GIRL WAITS WITH GUN
by Amy Stewart

이 도서의 국립중앙도서관 출판예정도서목록(CIP)은
서지정보유통지원시스템 홈페이지(http://seoji.nl.go.kr)와
국가자료공동목록시스템(http://www.nl.go.kr/kolisnet)에서 이용하실 수 있습니다.
(CIP제어번호: CIP2017017748)

GIRL WAITS WITH GUN

여자는 총을 들고 기다린다

에이미 스튜어트 장편소설
엄일녀 옮김

문학동네

일러두기

1. 원주라고 밝히지 않은 주석은 모두 옮긴이주다.
2. 본문 중 고딕체는 원서에서 이탤릭체나 대문자로 강조한 부분이다.

존 버젤과 데니스 오델에게

“우리 스스로를 지키기 위해 리볼버를 구했습니다.”
미스 콘스턴스가 말했다.
“그리고 이내 그것을 쓸 일이 생겼습니다.”
—1915년 6월 3일자 〈뉴욕 타임스〉

차례

1

우리를 괴롭힌 말썽의 싹은 내가 서른다섯이 되던 1914년 여름에 움텄다. 오스트리아의 황태자가 막 암살됐고 멕시코인들이 혁명을 일으켰는데 우리집에서는 도대체가 아무 일도 없었고, 그래서 우리 셋은 시시하기 이를 데 없는 잡무를 처리하기 위해 마차를 몰고 패터슨으로 가던 중이었다. 여러 해 혹사한 탓에 손잡이가 쪼개진 장도리의 대체품과 겨잣가루 구입에 관한 의사 결정에 이렇게 대규모 위원회가 소집된 건 처음이었다.

머리로는 안 그러는 편이 낫다고 생각하면서도 나는 플러렛이 말고삐를 쥐겠다는 걸 허락했다. 노마는 늘 하던 대로 우리에게 신문을 읽어주고 있었다.

"남자의 바지가 사망 원인." 노마가 큰 소리로 말했다.

"설마." 플러렛은 코웃음을 치더니 신문을 보려고 고개를 돌렸다. 고삐가 플러렛의 두 손에서 스르륵 빠져나갔다.

"진짜야." 노마가 말했다. "이 트럭 운전사는 습관적으로 밤마다 바지를 가스버너 위에 걸어뒀는데, 술에 취해서 바지가 불꽃을 덮어 꺼뜨린 걸 알아차리지 못했대."

"그럼 바지 때문이 아니라 가스중독으로 죽은 거네."

"흠, 바지가……"

거위 울음 같은 낮은 경적 소리가 노마의 말허리를 끊었다. 때마침 고개를 든 나는 우리를 향해 돌진해 오는 검은색 자동차를 목격했다. 자동차는 해밀턴 스트리트를 찢어발길 듯 달리더니 교차로에 진입하며 점점 속도를 올렸다. 플러렛은 발판에서 벌떡 일어나 자동차 운전자에게 손을 흔들어댔다.

"뛰어내려!" 내가 외쳤지만 이미 늦었다.

자동차는 마차 옆구리를 정통으로 들이받았고, 자동차 브레이크가 날카롭게 끼익 울었다. 마차 박살나는 소리가 우리 귀에는 꼭 폭죽 터지는 소리 같았다. 널빤지가 쪼개지고 쇠가 휘어지는 난장판 속에서 우리는 나뒹굴었다. 마차를 끌던 우리 암말 돌리는 비틀거리다 우리와 함께 자빠졌다. 돌리는 말한테서 난생처음 들어보는 희한한 고성을 내질렀다.

뭔가 육중한 것이 내 어깨를 짓눌렀다. 더듬더듬 만져보니 노마의 발이었다. "네가 날 밟고 있잖아!"

"나 아냐. 난 언니가 보이지도 않는걸." 노마가 말했다.

자동차가 이 사고의 잔해 속에서 빠져나가려 후진을 하자 우리 마차가 좌우로 요동쳤다. 나는 뒤집힌 뒷좌석 아래에 꼼짝없이 갇힌 채였다. 관 속처럼 캄캄했지만 내 밑으로 흐릿한 형체가 보였고, 플러렛의 팔 같았다. 나는 동생의 팔을 부러뜨릴까봐 무서워

옴짝달싹도 못했다.

주위의 소란으로 짐작건대 누가 마차를 밀어 바로 세우려는 것 같았다. "그러지 말아요!" 나는 외쳤다. "동생이 바퀴 밑에 있어요!" 바퀴가 돌아가면 플러렛이 깔릴 것이다.

통나무 같은 두 팔이 잔해 속으로 쑥 들어와 노마를 잡았다. "나한테 손대지 마!" 노마가 소리질렀다.

"널 꺼내주려는 거야." 나는 큰 소리로 말했다. 노마는 툴툴거리며 남자의 도움을 받아들였다. 노마는 누가 거칠게 당기거나 밀치면 아주 질색한다.

일단 노마가 빠져나간 다음 나는 혼자서 기어나왔다. 그 우람한 팔의 소유자는 피범벅이 된 앞치마를 걸치고 있었다. 순간 아찔해지며 우리 피인가 했는데, 곧 남자가 길 건너 정육점 주인이라는 걸 알아차렸다.

자동차가 우리를 쳤을 때 달려나온 사람은 정육점 주인만이 아니었다. 가게 점원, 자물쇠 장수, 식료품점 주인, 배달 청년, 장 보던 사람 들이 우리를 둘러싸고 있었다—실제로 마켓 스트리트에 있던 사람들 대부분이 지금 우리가 제공하는 이 극적인 볼거리에 혹해 뛰쳐나온 탓에 가게들이 다 텅 비어 있었다. 대개는 인도에서 구경했지만, 그래도 상당한 규모의 파견단이 자동차를 에워싼 채 달아나지 못하게 막고 있었다.

정육점 주인과 잉크가 묻어 손이 시커먼 인쇄소의 두 사내가 우릴 도와 플러렛이 바퀴를 피해 빠져나올 수 있도록 마차를 살짝 들었다. 부서진 판자를 들어내자 플러렛은 흥분한 다갈색 눈으로 우리를 빤히 올려다봤다. 분홍색 태피터로 만든 시스 드레스를 입은 플러렛은 먼지투성이 길 위에 뭉개진 장미 꽃다발 같았다.

"움직이지 마." 내가 허리를 숙이고 속삭였지만, 플러렛은 손으로 땅을 짚더니 상체를 일으켰다.

"가만, 가만, 그대로." 인쇄소 사내가 말했다. "의사를 부르지요."

나는 우리를 둘러싼 남자들을 쳐다봤다. "괜찮을 거예요." 그러고는 한 손으로 슬쩍 플러렛의 발목을 가리며 말했다. "가보세요." 몇몇 남자들은 플러렛의 다리가 괜찮은지 좀 지나치게 열렬히 확인하고 싶어하는 눈치였다.

승합마차를 모는 두 사람이 자기네 마차에서 내려 우리 말을 봐주고 있었고, 남자들은 그쪽을 도와주러 슬금슬금 물러났다. 그들은 돌리의 마구를 벗겨냈고, 돌리는 일어서려 애썼다. 저 불쌍한 것은 앓는 소리를 내며 고개를 홱 젖히고 콧김을 내뿜었다. 마차꾼이 주머니에서 뭔가를 꺼내 돌리에게 먹였고, 덕분에 돌리는 좀 안정된 듯했다.

나는 플러렛의 종아리를 꾹 눌렀다. 플러렛은 악 소리를 내며 내 손을 뿌리쳤다.

"부러진 거야?" 플러렛이 물었다.

뭐라 말하기 힘들었다. "좀 움직여봐."

플러렛은 잔뜩 인상을 쓰고 숨을 참은 다음 조심스럽게 다리를 한 쪽씩 구부렸다. 다 하고선 숨을 한꺼번에 몰아쉬더니 헐떡이며 나를 쳐다보았다.

"잘했어." 내가 말했다. "이젠 발목과 발가락을 움직여봐."

우리 둘 다 플러렛의 발을 내려다보았다. 플러렛은 이 상황과 도무지 어울리지 않는, 분홍 리본 끈이 달린 하얀 송아지가죽 부츠를 신고 있었다.

"괜찮을까?" 플러렛이 물었다.

나는 한 손으로 동생의 등을 받쳤다. "잔말 말고 움직여보기나 해. 먼저 발목부터."

"아니 내 부츠 말이야."

그 말을 듣는 순간 나는 얘가 질긴 생명력으로 거뜬히 일어나리라는 걸 깨달았다. 나는 플러렛의 부츠 끈을 푼 다음 신발을 잘 모시겠다고 약속했다. 구경꾼은 훨씬 더 늘어났고, 플러렛은 새로운 관객들을 위해 얇은 스타킹 속 발가락을 꼼지락거렸다.

"내일이면 멍이 꽤 들 거예요, 아가씨." 우리 뒤에 있던 한 아주머니가 말했다.

몇 분 전에 나를 덮쳤던 좌석이 땅바닥에 똑바로 놓여 있었다. 나는 플러렛을 부축해 그 좌석에 앉히고 다시 한번 동생의 다리를 살폈다. 스타킹이 찢어지고 다리가 긁히고 멍들긴 했지만 걱정했던 것처럼 부러진 건 아니었다. 나는 손수건을 건네면서 동생에게 발목을 따라 얕고 길게 베인 상처를 누르고 있으라고 했지만, 플러렛은 벌써 자신의 상처 따윈 안중에도 없었다.

"작은언니 좀 봐." 플러렛이 심술궂은 미소를 띠며 소곤거렸다. 노마는 자동차 정면을 떡하니 가로막고 서서 놈들의 도주를 차단하고 있었다. 칙칙한 승마용 면직 치마바지 차림의 작지만 다부진 노마의 모습은 우스꽝스러운 장면을 연출했다. 노마는 슬라브계의 넙데데한 얼굴에 아버지의 두툼한 코와 어머니의 뚱한 기질을 물려받았다. 입꼬리는 늘 찌푸린 상으로 꾹 다물었고 누구에게나 의심의 눈초리를 보냈다. 그녀는 재난이 닥칠 때마다 천성에서 소환

되는 단호한 의지력으로 자동차 운전자를 노려보았다.

운전자는 키는 작지만 탄탄한 몸집의 젊은 남자였고, 너무 잘 먹여 키운 모습이라 있는 집 자식임이 은근히 드러났다. 게으르고 버릇없는 눈빛과 제멋대로 사는 데 익숙함을 시사하는 야비한 입매만 아니라면 잘생겼다고도 볼 수 있었다. 열기 때문에 얼굴이 벌겋게 부었는데, 내 보기엔 아침마다 맥주 1쿼트, 저녁마다 와인 한 병을 반주로 먹어치우는 습관도 한몫했을 듯했다. 옷도 어마어마하게 잘 차려입었다. 줄무늬 리넨 바지, 번쩍번쩍 광을 낸 황동 단추가 달린 비단 조끼, 플러렛의 스타킹에 스며든 피처럼 붉은 넥타이.

남자의 동료들이 차에서 구르듯 빠져나와 마치 경호를 펼치듯 남자 주위에 우르르 섰다. 그들은 노동자들이 입는 평범한 브로드클로스 양복 차림이었고, 하는 행동은 대낮의 햇볕이 익숙지 않은 쥐새끼들 같았다. 하나같이 추레하니 면도도 안 했고, 어떤 자들은 칼이라도 꺼내려는 것처럼 손을 주머니에 찔러넣고 있었다. 이런 건달들이 어딜 그렇게 급히 가던 중이었는지 짐작도 가지 않았지만, 하필 그들의 앞길을 가로막은 게 우리였다는 사실이 벌써부터 애석해지려 했다.

운전자는 팔을 휘휘 내저으며, 모여든 사람들에게 길을 트라고 소리질렀다. 동료들은 그의 명령을 받들어 구경꾼들을 향해 고함을 치면서, 꼭 술집에서 싸움이 붙은 술꾼들처럼 사람들을 밀쳤다. 그러는 와중에 딱 한 사람, 슬금슬금 뒷걸음치며 달아나려는 사내가 있었다. 그러나 발을 헛디뎌 휘청하는 바람에 구경하던 사람들한테 금방 붙잡혔다. 스무 명 남짓한 사람들이 길을 막고 있었고, 자동차엔진은 푸득거리다가 꺼졌지만 고함과 밀침은 계속됐다.

나는 노마의 시선을 내 쪽으로 돌릴 수가 없었다. 노마도 남자들을 예의 주시하는 중이었고, 저 건달들이 골칫거리임을 알아보고는 얼굴에서 분노가 싹 가셨다.

가게 주인들, 점원들, 이제는 갓길을 따라 차를 쭉 세운 다른 자동차 운전자들까지 저마다 삿대질을 하며 이래라저래라 호통을 쳤다.

"니들이 한 짓에 대해 여기 숙녀분들께 보상을 해야지!" 누가 소리쳤다.

"저 여자들 말이 겁을 먹은 거야!" 운전자가 맞받아쳤다. "저 여자들이 우리 앞으로 돌진한 거라고!"

여기저기서 반박이 터져나왔다. 이런 충돌에서는 결코 말을 탓할 수 없다는 걸 다들 안다. 말은 자기가 가는 길을 볼 수 있지만, 부주의한 운전자가 모는 자동차는 길을 보지 못한다. 저 남자들은 시내로 난폭하게 들어서면서 분명 정신을 도로가 아닌 딴 데 팔고 있었다.

노마 혼자서 저들을 상대하게 놔둘 수는 없었다. 나는 플러렛을 힘있게 토닥여 꼼짝 말고 마차 좌석에 앉아 있으라고 한 뒤 잔해를 빙 돌아 달려가 노마 옆에 섰다. 모든 시선이 내게 꽂혔다. 자매 중 가장 키도 크고 나이도 많으니 분명 책임자로 보였을 것이다.

우리를 소개해줄 사람은 아무도 없었고, 내가 아는 말문을 여는 유일한 방법은 소개였다.

"나는 콘스턴스 콥이라고 합니다." 내가 말했다. "여기는 내 동생들이고요."

방금 전까지 뒤집힌 마차에 거꾸로 처박혀 있었음을 감안하여, 나는 끌어모을 수 있는 위엄을 총동원해 그 남자들에게 말했다. 자동차 운전자는 구태여 들을 것도 없다는 듯 티 나게 시선을 홱 돌렸고, 내가 자기 코앞에 서 있지 않은 것처럼 과장되게 딴청을 피웠다. 나는 숨을 한 번 들이쉬고 더 크게 말했다. "변상에 대한 합의를 마치면 당신들은 바로 가던 길을 갈 수 있을 겁니다."

좀 전에 달아나려 했던 남자—축 처진 눈에 앞니가 툭 튀어나온 키 크고 마른 사내—가 허리를 굽히고 다른 남자들한테 뭐라고 속닥였다. 모종의 계획을 세우는 것 같았다. 사내가 절뚝거리며 상황을 논의해보고자 나섰을 때, 나는 그가 다리를 저는 이유가 의족 때문임을 알아차렸다.

자동차 운전자는 제 친구들에게 고갯짓을 하고 차문 손잡이를 잡았다. 말 한마디 없이 그냥 차를 몰고 사람들 사이를 돌파하려는 수작이었다! 노마가 무슨 말을 하려 했지만 내가 말렸다.

운전자가 차문을 열었다. 다른 방법이 없었기에, 나는 그쪽으로 달려가 문을 쾅 닫아버렸다.

내 행동은 구경꾼들 사이에서 작고 흐뭇한 탄성을 자아냈다. 그들은 확실히 이 사태를 즐기고 있었다. 내 이점을 한껏 살리는 수밖에 없었다. 나는 그 남자 앞으로 다가가 허리를 최대한 쭉 펴고 반듯이 섰다. 그 말인즉 내가 상당히 위쪽에서 남자를 굽어보았다는 뜻이다. 남자는 내 쇄골에 대고 말을 하려다, 생각을 바꿔 턱을 치켜들고 나를 정면으로 노려보았다. 그는 살짝 입을 벌리고 있었는데, 동글동글한 땀방울이 입술 위에 가지런히 맺히는 게 보였다.

"우리에게 새 마차가 필요할 것 같군요. 아무래도 당신이 저걸 수리가 불가능한 상태로 박살낸 듯하니까요." 내가 말했다. 그 순간 내 모자에서 핀이 하나 스르륵 빠지더니 땅에 떨어져 자갈에 부딪히면서 작은 종처럼 짤랑 소리를 냈다. 나는 핀을 내려다보지 않으려 의지력을 발휘해야 했고, 풀리는 핀이나 단추가 또 없기를 빌었다. 이것들은 꼭 이런 난리통에 말썽이라니까.

"내 차에서 물러나시지, 아가씨." 남자는 앙다문 잇새로 말했다.

나는 눈을 부라리며 그를 내려다보았다. 우리 둘 다 꿈쩍도 하지 않았다. "당신이 변상을 거부한다면, 자동차 번호판을 봐야겠군요." 나는 똑똑히 말했다.

남자는 도전장을 던지듯 한쪽 눈썹을 치켜세웠다. 나는 가방에 넣어 다니는 작은 수첩에 차량등록번호를 적기 위해 차를 빙 둘러 성큼성큼 걸어갔다.

"굳이 이럴 거 없잖아." 노마가 바로 뒤에 서서 말했다. "난 저 사람들이 우릴 보는 게 싫어."

"나도 그래, 하지만 우린 저 남자 이름이 필요해." 나는 소리를 죽여 말했다.

"난 저 남자 이름 같은 거 알고 싶지 않아."

"하지만 난 알아야겠어."

사람들이 고개를 쑥 빼고 우리가 다투는 소리를 엿들으려 했다. 나는 운전자 쪽으로 돌아가 말했다. "당신의 이름과 주소를 알아내기 위해 뉴저지 주 정부에 물어보는 수고를 줄여주실 수도 있을 텐데요."

남자는 모여든 사람들을 둘러보더니 달리 뾰족한 수가 없음을 깨닫고 내 쪽으로 상체를 기울였다. 그에게서 모발 영양제 냄새와 (내가 앞서 의심했듯) 술냄새, 그리고 시내 모든 공장에서 새어나오는 지독한 금속성 악취가 났다. 그는 주소와 이름을 내뱉듯 불러주며 속에서부터 올라온 구취를 내뿜었고, 그 바람에 나는 받아 적으면서 한 걸음 물러나야 했다. 퍼트넘에 위치한 코프먼 비단염색 회사의 헨리 코프먼.

"이거면 됐습니다, 코프먼 씨." 나는 다른 사람들더러 들으라고 큰 소리로 말했다. "며칠 내로 청구서를 보내죠."

헨리 코프먼은 아무 대꾸 없이 차문을 휙 열고 운전석에 탔다. 그의 친구 중 하나가 엔진 크랭크를 힘껏 돌리자 차가 부릉거리며 살아났다. 다들 올라탄 뒤 자동차는 장 보러 나온 사람들 무리를 뚫고 앞으로 튀어나갔다. 차가 요동치며 달려가자 남자들은 말을 뒤로 끌었고, 어머니들은 아이들을 인도로 이끌었다.

노마와 나는 헨리 코프먼의 자동차 바퀴 뒤로 먼지가 피어올랐다가 가라앉는 모습을 지켜보았다.

"저걸 그냥 가게 놔둬?" 플러렛은 부서진 마차 좌석에 걸터앉은 채 말했다. 연극을 보는 관객의 자세였고 우리의 연기에 매우 실망한 눈치였다.

"그 인간들하고 일 분도 더 같이 있기 싫었어." 노마가 말했다. "이제껏 내가 본 사람들 중 최악이야. 그자들이 네 다리에 뭔 짓을 했는지 보라고."

"부러졌을까?" 플러렛은 아닌 줄 알면서도 물었다. 노마한테서 우울한 전망을 끌어내는 게 재미있는 거다.

"아, 아마도, 그래도 우리끼리 알아서 뼈를 맞출 수 있어, 그래야 한다면."

"내 댄스 경력은 끝장났군."

"그래, 그런 것 같네."

마차꾼들이 우리에게 좀 휘청거리기는 하지만 다친 곳 없이 멀쩡한 돌리를 데려다줬다. 마차의 잔해는 인도로 옮겨져 있었고, 얼추 열두어 조각쯤 되었다.

“이거 고칠 수 있으려나 모르겠네요.” 마차꾼 하나가 말했다. “그래도 우리 마구간 애를 마차 가게에 보내서 좀 알아보라고 할 수는 있는데.”

“아, 그러실 필요 없어요.” 노마가 말했다. “우리 오빠가 와서 가져갈 거예요. 오빠가 짐마차를 몰거든요.”

“프랜시스 오빠는 끌어들이지 말자!” 플러렛이 반대했다. “내가 말을 모는 바람에 이렇게 됐다고 야단칠 거야.”

우리가 옥신각신하는 동안 마차꾼이 도와주겠다는 제안을 도로 거둘까봐 나는 동생들 사이에 끼어들어 둘을 갈라놓으며 말했다. “선생님 직원을 저희 오빠 일터로 보내서 연락을 취해주시면 무척 고맙겠습니다.” 나는 프랜시스가 일하는 바구니 수입업체 주소를 적어주었다.

“그렇게 해드리죠.” 마차꾼이 말했다. “그런데 아가씨들은 집까지 어떻게 돌아가시려고요?”

“언니와 나는 걸을 수 있어요.” 노마가 얼른 대답했다. “동생은 말을 타면 되고요.”

내가 걸을 수 있을까? 충돌의 여파로 벌써부터 몸이 쑤시고 결리는데다 어두워진 뒤에나 집에 도착할 텐데. 하지만 노마와 다툴 기분이 아니어서 그냥 돌리한테 안장을 얹어주겠다는 마차꾼의 호의를 받아들였다. 우리는 플러렛을 들어올려 말 위에 앉히고 그애의 다친 발을 밀가루 포대로 감싼 다음 등자에 밀어넣었다. 노마가 돌리의 고삐를 잡았고, 우리는 비틀비틀 마켓 스트리트를 걸어갔다. 오후 나절 장을 보러 나온 세 자매라기보다 전쟁 난민처럼 보였다.

보통때였다면 자동차에 치인 것이 우리 셋에게 닥칠 수 있는 최악의 참사라고 생각했을 것이다. 그러나 그해는 보통 해가 아니었다.

2

이튿날 아침, 커튼이 반쯤 열린 창문으로 햇살이 들어와 맞은편 벽에 걸린 거울에 부딪히며 눈부신 빛을 내 침대에 뿌렸다. 이렇게 이른 시각에도 공기가 벌써 텁텁하고 참을 수 없이 뜨거웠다. 나는 이불을 걷어차고 일어나 앉았다. 두 발이 바닥에 닿자마자 생각했던 것보다 훨씬 상태가 좋지 않음을 깨달았다. 오른쪽 팔을 쓸 수가 없었는데, 어깨가 빨갛고 따갑고 심하게 멍들어 조금만 움직여도 아팠다. 힘겹게 윗단추를 풀고 잠옷을 벗었다. 일어서기도 힘들었지만 몇 번의 시도 끝에 겨우 일어나 허리를 폈고, 머리 위로 팔을 들어올릴 필요가 없는 옷 중에서 제일 먼저 눈에 들어오는 것을 사투 끝에 입었다.

걸을 엄두가 나지 않았다. 골반이 나간 것 같았다. 똑바로 서 있을 수가 없었고, 왼쪽 다리에 체중을 실을 때마다 무릎이 나 죽는다고 비명을 질렀다.

이건 한나절 과로로 인한 쑤심이 아니었다. 실컷 두들겨맞은 뒤의 후유증처럼 느껴졌다. 나는 방문을 나서 계단 난간을 붙들고 비틀비틀 아래층으로 내려갔다.

부엌에서는 플러렛이 숟가락으로 삶은 달걀을 먹고 있었다.

"봉주르." 플러렛이 인사했다. 작년에 어머니가 돌아가신 뒤부터 플러렛은 어머니의 말본새를 흉내내는 데 재미를 붙였다. 프랑스인 외할아버지와 오스트리아인 외할머니 사이에서 태어나 빈에서 자란 어머니는 스타일이 완연히 다른 두 종류의 독일어와 함께 프랑스어를 구사했다. 플러렛은 낭만적이고 화려하다면서 프랑스어를 더 좋아했다. 노마와 나는 저 꾸밈이 피곤했지만 그냥 무시하기로 의견을 모았다.

"발 좀 보자."

플러렛은 치맛자락을 들어올리고 붕대를 서툴게 감은 발목을 보여줬다. 붕대 천이 녹슨 듯한 갈색으로 얼룩져 있었다. 저건 피가 맺혔다 말라붙은 거지 붕대를 고정하기 위해 우리가 어설프게 꽂아둔 핀 때문이 아니라는 건 유감스럽지만 인정해야겠다.

"어이쿠. 엊저녁에 제대로 처치를 한 게 아니었네."

"주 팡스 크 세 카세."*

"그럴 리가. 못 움직이겠어? 일어나봐."

플러렛은 움직이지 않았다. 컵에 든 달걀을 깨작거리며 시선을 줄곧 내리깔았다. "작은언니가 전하라는데 프랜시스 오……" 플러렛이 말을 미처 끝맺기도 전에 부엌문이 덜컹 열리더니 오빠가

* '부러진 것 같은데'라는 뜻의 프랑스어.

들어왔다.

"너희 중에 누가 말고삐를 잡고 있었어?" 프랜시스가 물었다. 프랜시스는 몇 년 전에 결혼해 쭉 호손에서 산 주제에, 어머니가 돌아가신 후로는 꼭 이 집의 가장이나 된 것처럼 군다.

플러렛—얘는 거짓말을 할 때면 사람 눈을 똑바로 쳐다본다—은 프랜시스를 돌아보며 이렇게 말했다. "당연히 콘스턴스 언니지. 난 너무 어려서 말을 못 몰고, 작은언니는 신문을 읽고 있었어."

"누가 말을 몰았는지가 중요한 게 아냐." 내가 말했다. "그 자식은 그 기계를 우릴 향해 똑바로 몰았어. 하마터면 돌리가 죽을 뻔했다고."

"하마터면 내가 죽을 뻔했지." 플러렛이 호들갑스럽게 눈동자를 굴리며 말했다. 그러곤 의자에 앉은 채로 몸을 돌려 오빠더러 보라고 무릎 바로 위 자줏빛 멍자국을 내보였다. 프랜시스는 민망해하며 고개를 돌렸다.

"재 별일 없겠지?" 오빠의 물음에 나는 고개를 끄덕였다. 프랜시스는 문을 연 채로 나한테 따라 나오라는 몸짓을 했다. 따로 잔소리를 하고, 자기가 지금 막 가져온 마차 잔해를 같이 살펴보자는 얘기였다.

부엌 밖은 넓고 바람이 잘 통하는 헛간이다. 돌리와 열두어 마리쯤 되는 닭들의 집이고, 가끔 염소나 돼지를 두기도 한다. 처마 한쪽은 길게 늘여 노마의 비둘기장을 두었다. 건물 양쪽이 비대칭인 탓에 늘 폭삭 내려앉을 것처럼 위험해 보인다. 헛간 옆, 진입로를 마주한 곳에 지하 저장고 출입구가 있다. 몇 해 전 여름에 프랜시스가 거기까지 디딤돌을 깔아주었다.

오빠는 플러렛이 부엌문 뒤에서 엿듣지 못하게 목소리를 낮춰 말했다. "누구야, 그 해리인가 뭔가 하는 작자는?"

"헨리 코프먼이래. 코프먼 비단염색 회사의."

내 말에 프랜시스는 막다른 골목을 맞닥뜨린 사람처럼 걸음을 멈추더니, 두 발을 땅에 붙박고 바닥을 내려다보며 커다란 한숨을 길게 내쉬었다. 딱 아버지가 하시던 모양 그대로였다. 오빠가 분노가 일상적 정서인 나이가 되기 전까지는 나도 거의 잊고 있었다. 프랜시스는 아버지의 옅은 갈색 머리와 파리한 체고인의 이목구비를 물려받았는데, 아버지가 시원스러운 이마와 또랑또랑한 눈빛으로 자신을 건달 비슷하게 포장했던 반면, 오빠는 똑같은 이목구비를 갖고서 한 올 흐트러짐 없이 말끔히 빗어넘긴 머리와 단정히 다듬어 양끝을 살짝 올린 콧수염으로 엄숙한 신사를 빚어냈다.

"비단업자야? 진짜?"

"그 남자가 공장을 운영하는 모습은 상상이 잘 안 되지만, 불러준 주소가 거기야. 다른 회사들처럼 퍼트넘에 있고."

오빠는 고개를 절레절레 젓고 곁눈으로 노마를 힐긋 보았다. 노마는 우리가 오는 소리를 듣고 비둘기장에서 나와, 서두를 것 없이 찬찬히 비둘기장 문을 잠갔다. 노마는 올봄에 머리를 짧게 잘랐는데, 자기가 직접 하겠다고 우기는 바람에 얼굴을 감싼 갈색 곱슬머리가 들쭉날쭉했다. 지난 몇 년간 노마는 발목 바로 위까지 오는 치마바지에 승마용 부츠를 주로 신었다. 그 차림으로 사다리에 올라 홈통을 고치고, 개울까지 터벅터벅 걸어가 덫을 놔서 토끼를 잡곤 했다. 그런 노마를 두고 플러렛은 시시한 노래를 지어 불렀다. "바지는 여자가 아니라 남자를 위해 만들어졌고요. 여자는 바지가 아니라 남자를 위해 만들어졌지요." 노마는 이 노래에 기분이 상했지만, 그래도 자기가 입은 건 절대 바지라 할 수 없다고 주장했다.

"아프진 않은가보네." 노마가 가까이 오자 내가 말했다. 적어도 우리 중 한 명은 움직일 수 있군.

"두통이 끔찍해." 노마가 말했다. "플러렛이 어제 죽을 뻔했다면서 미주알고주알 조잘대는 거 들어주느라. 갠 저승 문턱까지 갔다 온 애치곤 말이 너무 많아."

"개가 왜 그렇게 일찍 일어났나 했다. 오빠한테 들려줄 얘기를 리허설하고 있었군."

"너희 둘 다, 내 말 좀 들어봐." 프랜시스가 말했다. 오빠는 우리 어깨에 한 손씩 얹고 자기 마차가 있는 곳까지 우리를 끌고 갔다. "그 코프먼이라는 작자 말이야. 그자가 정확히 뭐라고 했어?"

"최소한의 말만 하고 자기 건달 친구들이랑 그 기계를 타고 부릉부릉 가버렸는데." 나는 멀쩡한 한쪽 팔로 프랜시스가 짐칸에서 방수포를 벗기는 걸 거들었다. "그래도 내가 청구서를 보낼 거라고 분명히…… 맙소사."

우리 마차는 부서진 나무와 비틀린 금속으로 이루어진 참상이었다. 마차를 패터슨에 두고 오면서 여태껏 그것이 정확히 어떤 상태일지 생각해보지 않았는데, 지금 보니 이 연약한 베니어합판과 가죽과 황동 부품은 무지막지하게 돌진해 온 헨리 코프먼의 자동차로부터 우리를 보호하는 데 거의 아무런 소용도 없었던 것이다.

노마와 나는 멍하니 마차 잔해를 응시했다. 우리가 살아남은 게 기적이었다.

프랜시스는 모자를 벗고 손으로 머리를 쓸어넘겼다. "내가 맨날 여기까지 와서 너희를 건사할 순 없어."

"우리가 언제 건사해달라고 했어?" 내가 말했다. "우린 단지 마차를 수거해 왔으면 했던 건데, 그게 그렇게 귀찮았어?"

"그건 아니지만, 주변에 남자가 없으면……"

"오빠가 결혼해서 분가한 뒤론 쭉 주변에 남자가 없었잖아!" 나는 말허리를 자르고 반박했다. "남자가 있었다 해도 무슨 차이가 있어? 그 자식 차가 우릴 옆에서 들이받았다고. 오빠가 할 수 있는 일은 아무것도 없었어."

"그게 문제가 아니잖아. 이런 외곽에 너희끼리 살면 안 돼." 프랜시스가 말했다. "게다가 이젠 마차도 없잖아. 시내에서 우리랑 사는 게 낫지 않아?"

"난 시내에서 사는 거 별로야." 노마가 말했다. "어제만 해도 시내에 나갔다가 죽을 뻔했다고, 까먹었어? 여기가 훨씬 안전해."

프랜시스는 또 자기 발을 내려다보며—원치 않는 말이 나올까 봐 한풀 삭이는 아버지의 방식이었다—턱을 잠시 주억거리다가 항복했다. "알았어. 수리는 내가 알아서 할게. 해컨색에서 이런 일 하는 업자를 알거든. 꼴이 엉망이긴 하지만 다시 조립할 수 있을 거야. 기어도 멀쩡하고 판자도 거의 접합부가 쪼개진 거니까."

"수리는 우리가 맡기고," 내가 말했다. "비용은 헨리 코프먼이 낼 거야."

"그 사람이 물어줄 리가 없어. 그 사람이랑 엮일 생각도 하지 마." 프랜시스가 말했다. "그치들이 어떤 놈들인지 너도 잘 알잖아. 작년에 노동자들이 파업할 때 놈들이 무슨 짓을 했는지 못 봤어?"

굳이 상기시켜줄 필요는 없는데. 파업 참가자들한테 무슨 일이 일어났는지 모르는 사람은 없다. 공장 소유주들은 한 사람이 한 번에 방직기 두 대가 아니라 네 대를 돌릴 수 있고, 하루에 여덟 시간이 아니라 열 시간씩 일할 수 있다는 걸 똑똑히 머리에 새겼다. 방직공장 삼백 군데가 문을 닫았다. 뉴욕 시의 공장 노동자들은 연대 파업에 들어갔다. 패터슨 길거리는 성난 파업자들로 발 디딜 틈이 없었다. 엉킨 실을 푸는 기계와 실을 꼬는 기계를 담당하는 어린아이들까지 현수막을 펼쳐 들고 행진했다.

공장 소유주들은 경찰에 상당한 압력을 넣어 집회를 막았고, 경찰은 감옥이 꽉 찰 때까지 사람들을 마구 체포했다. 그러나 경찰도 막을 수 없는 지경에 이르자 비단업자들은 사설 용병을 고용했다. 그때부터 집이 불타 무너지기 시작했다. 그때부터 연설이 총탄에 중단됐다. 그때부터 빵집과 정육점은 파업자들에게 음식을 팔지 말라는 경고를 받았다. 굶어 죽을 지경에 몰린 노동자들은 결국 패배했고 방직기로 돌아갈 수밖에 없었다.

비단업자들은 패터슨이 자기네 소유인 양 굴었다. 하지만 그들에게 대로에서 우릴 차로 치고 아무 탈 없을 권리는 없었다.

"난 코프먼 씨가 겁나지 않아." 내가 말했다. "그 사람도 자기가 한 행동에 대가를 치르게 될 거야."

3

프랜시스 오빠네와 우리 세 자매가 합가하는 문제는, 어머니의 장례를 치른 날 저녁, 햄 샌드위치와 피클과 올케 베시가 만든 레몬 케이크로 식사를 마친 다음부터 시작됐다. 노마와 플러렛이 설거지를 하는 동안 나는 오빠네 집 뒤쪽 포치에 앉아 담뱃대에 연초를 재는 오빠를 물끄러미 바라보았다. 뒷골목에서는 조카들이 자기들만 아는 규칙에 따라 게임을 하는 소리가 들렸다. 잘은 몰라도 무슨 막대기를 던져 커다란 쇠고리를 통과시키는 놀이인 듯했다. 나는 프랜시스 옆에서 갈대의자에 몸을 깊숙이 묻고 그날 처음으로 평온한 숨을 내쉬었다. 그 숨은 오래가지 않았다.

"너도 알다시피 베시와 나는 너희가 우리랑 같이 살았으면 좋겠어." 담배가 서서히 타들어가자 오빠는 말문을 열었다.

나는 신음을 흘리고 발을 들어 포치 난간에 걸쳤다. "그것 참 설득력 없네. 게다가 이 집은 오빠네 애들만으로도 이미 방이 부족하잖아."

"뭐, 전에 브루클린의 삼촌 집도 방이 남는 건 아니었잖아. 달리 너희가 어딜 가겠냐."

하관과 매장이 끝난 후 갑작스레 소나기가 내렸지만, 저녁을 먹는 사이 하늘이 맑아졌다. 사위에 어스름이 내려앉는 가운데 초저녁 별이 몇 개 나타났다. 별을 올려다보다 문득 이런 생각이 들었다. 오늘밤, 그리고 앞으로 영원히, 우리 어머니는 별빛 아래 흙이불을 덮고 한뎃잠을 자겠구나. 어머니는 먼지라면 질색해서 집밖에 나가는 일도 드물었다. 어머니가 장지를 구입하기 전에 그런 생각을 손톱만큼이라도 했다면 저 새로운 환경에 새파랗게 질렸을 것이다.

"우리가 왜 어딜 가야 하는데?" 내가 말했다.

"농장에서 너희끼리 살 수는 없잖아. 여자 셋이, 그런 외딴 시골에서."

"어머니가 살아 계실 때랑 무슨 큰 차이가 있다고? 여자 넷이면 셋보다 나은가?"

오빠가 내 야유를 알아들었는진 모르겠지만 별다른 내색은 하지 않았다. 프랜시스는 파이프를 톡톡 두드리며 내 말을 잠깐 진지하게 곱씹었다. "글쎄다, 애초에 너희가 거기 사는 유일한 이유가……"

나는 허리를 숙여 오빠에게 조용히 하라는 신호를 보냈다. 부엌에서 플러렛의 기척이 들렸다. 우리는 고개를 창문 쪽으로 빼고 기다렸지만, 플러렛이 어디로 갔는지는 알 수 없었다.

프랜시스는 목소리를 낮췄다. "내 말은, 이젠 저애도 다 컸다는 거야. 재가 독립할 때가 돼서 결혼하고 나면 너흰 어쩔 건데? 독신녀 커플처럼 거기서 살 거야?"

신부가 된 플러렛이라니, 명치를 정통으로 맞은 느낌이었다. "결혼? 쟨 이제 겨우 열네 살이야! 더군다나……" 말을 채 마치기도 전에 플러렛의 목소리가 방충망을 뚫고 날아왔다.

"열다섯 살!"

프랜시스는 눈을 비비고 의자에서 몸을 돌려 나를 바라봤다. "너희 셋은 이제 내 책임이니까 우리와 같이 살아야 해. 베시의 살림을 도와줘도 되고, 또……" 우리 셋이 할 만한 일거리 목록이 떨어진 오빠는 말꼬리를 흐렸다.

나는 일어나서 플러렛이 상복으로 골라준 회색 트위드 치마를 털고 오빠가 앉은 의자 쪽으로 허리를 숙였다.

"우린 우리끼리 알아서 살 수 있어." 나는 속삭였다. "그리고 올케한테 오빠가 말한 정도의 도움이 필요하다면, 여름 동안 플러렛을 빌려줄게. 쟤는 시간이 남아돌거든."

"난 고용인이 아냐!" 플러렛이 소리쳤다.

그후로 프랜시스는 몇 달에 한 번씩 우리 셋의 미래를 보장할 선의의 계획을 짜서 나타났다. 우리가 결혼을 안 했고 생계를 꾸려갈 수입이 부족하다는 사실은 어머니가 살아 계실 때와 마찬가지로 오빠에겐 별 문제가 되지 않았다. 다만 어머니가 돌아가시고 나서 오빠는 우릴 물려받았다고 느끼는 것 같았다. 프랜시스는 자신에게 지워진 자잘한 책임—호손에 위치한 아담한 집, 너그럽고 기지가 뛰어난 아내, 안정적인 직업, 건강하고 바르게 잘 자란 두 아이—에 대해 끊임없이 걱정하는 부류의 사내로 자랐다. 내가 보기엔 도대체 걱정할 게 뭐가 있나 싶지만, 프랜시스는 원래 무슨 문제든 곱씹는 남자였다. 뭔가 더 심각한 문제가 떠오르지 않으니 우리 문제를 곱씹기 시작한 것이다.

대체로 그 나이 또래 남자들은 끈 없는 여자 형제나 친척을 한두 명쯤 다락방에 데리고 있게 마련이어서, 프랜시스도 결국엔 몇 명쯤 데리고 사는 건 피할 수 없는 일이라고 여기는 게 분명했다. 그렇지만 프랜시스는 우리가 일을 해야 한다고 생각했고, 그래서 그가 가져온 계획에는 늘 우리 셋을 위한 따분한 가사노동 일자리가 포함되어 있었다.

자기 옆집이 매물로 나왔는데, 그 집을 사서 하숙을 해보면 어떠냐—물론 집은 프랜시스 명의로 하고, 하숙비로 대출을 갚는 거다. 우리는 거절했다. 우리가 운영하는 하숙집에서 하숙생이 될 생각은 없었다.

그다음엔 나와 노마를 조카들 가정교사로 고용하겠다고 했다. 애들은 학교에서 글자와 셈을 배우고 있고 두 성인 여성의 돌봄은 필요가 없는데도. 플러렛은 삯바느질을 하면 된단다. 프랜시스가 남의 찢기고 해진 옷을 받아와 수선하는 얘길 꺼냈을 때, 나는 생전 처음 보는 사람 대하듯 눈을 동그랗게 뜨고 목청을 돋워 물었다. 오빠를 키운 사람이 어떤 여자였는지 기억은 해?

내가 우리 앞날을 걱정하지 않았다는 얘기는 아니다. 소작인을 찾으려고 노력해봤지만 매물로 나온 땅이 워낙 많아서 꼭 우리 땅을 빌려 농사를 짓겠다는 사람이 없었다. 살아가려면 어쩔 수 없이 몇 년에 한 번씩 상당한 면적의 토지를 팔아치울 수밖에 없었고, 이제 30에이커쯤 되는 이상한 모양의 땅만 남았는데 그마저도 우리집이 자리한 시코맥 로드를 통해서만 접근이 가능했다. 우리 토지를 관통하는 새길을 내지 않고서는 더이상 땅을 팔기 힘들 테고, 더욱이, 얼마 안 되는 땅이라도 보유하고 있는 게 좋겠다는 생각이 들었다. 늙어 궁핍하지 않으려면 부동산이 가장 좋은 보험으로 보였다.

노마는 농장에 대한 애착이 끔찍해서 어디 딴 데로 간다는 생각 자체를 거부했다. 본인이 시골 체질이었고, 시골살이를 선호하는 사람들이 대개 그렇듯 가장 가까운 이웃과도 제법 멀리 떨어져 사는 데 적합한 성향을 지녔다. 낯선 이들을 불신하고, 깍듯한 대화와 시시한 모임을 견디지 못하고, 상점과 극장과 도시의 여러 오락거리에 무관심하고, 자기가 관심 있는 몇 가지에만 지나치게 몰두한다. 내 비둘기와 내 신문과 내 가족. 우리가 떠메고 가지 않는 이상 노마가 농장을 떠날 리는 없다. 하지만 프랜시스 말이 맞다—플러렛에게 미래가 있어야 한다면, 이 시골구석에서 단춧구멍을 감치고 닭들한테 옥수수를 던져주는 것이어선 안 된다.

우리 셋을 위해 뭔가 대책을 세워야만 한다. 나는 오빠의 계획을 듣는 데 진절머리가 났지만, 정작 나 자신은 뾰족한 계획이 없었다. 그러나 이건 확실히 안다. 자동차에 받힌 게 우리가 스스로를 돌볼 수 없다는 증거로 받아들여져선 안 된다. 이건 그냥 일상적인 사건일 뿐이므로 프랜시스의 도움 없이 내 힘으로 해결할 것이다.

4

1914년 7월 16일

뉴저지 와이코프 시코맥 로드
콘스턴스, 노마, 플러렛 콥

헨리 코프먼 귀하

지난 7월 14일 오후에 귀하 및 귀하의 자동차가 우리 마차에 끼친 손해를 정산하여 그 내역을 송부합니다. 저와 제 동생들이 입은 피해 또한 상당합니다. 사랑스러운 플러렛은 겨우 열다섯의 나이에 심각한 발골절로 고통받고 있으며, 자동차에 대한 공포는 앞으로 다가올 엔진 동력 시대에 적응하는 데 큰 지장을 초래하리라는 것이 자명합니다. 그러나 지금 이 시점에서는 피해 내용을 차체에 한정하겠습니다.

히커리 바큇살 각 $1 (네 개), 파열: $4

전조등 (한 개), 전파: $3

채찍꽂이 (한 개), 사고중 이탈 및 분실: $1

오크 판자 (한 개), 박살: $8

마차 덮개 조립품 일체 (한 개), 수리 불가: $10

차체 각 부품 조립 및 재부착: $24

합계 (현재 대체 차량이 없는 관계로 수령 즉시 지불 요망): $50

답신과 함께 신속히 배상해주시면 감사하겠습니다.

그리고 붐비는 시내 도로에서는 운전에 더욱 주의해주시기를 당부드립니다.

콘스턴스, 노마, 플러렛 콥 드림

"난 자동차 안 무서운데." 소파에 앉아 있던 플러렛이 말했다.

"무서워하면서 뭘." 내가 말했다. "자, 입다물고 발이나 편하게 쉬여."

"입 안 다물고도 발은 편하게 쉬일 수 있어."

"금액이 너무 높다." 노마가 말했다. "그 인간은 신경도 안 쓰고 그냥 쓰레기통에 던져버릴걸."

"수리업자의 시간당 공임까지 포함한 거야." 나는 설명했다.

"수리업자에 대한 언급은 없었던 것 같은데. 다시 읽어봐." 노마가 대꾸했다.

"그만." 플러렛이 말했다. "코프먼 씨라면 진절머리가 나."

"그럼 이걸로 부친다."

"그리고 난 열다섯 살도 아니야." 플러렛이 덧붙였다.

열여섯보다 열다섯이 더 연약한 나이고 따라서 사고의 피해가 더 위중해진다는 것쯤은 이해할 줄 알았는데.

플러렛이 환자복으로 손수 골라 입은 실내용 비단 원피스 차림으로 투덜거리며 몸을 뒤척였다. 목깃을 따라 공작새 깃털 무늬가 있는 그 옷을 입으면 매력적으로 보일 거라 생각했나보다. 어머니가 돌아가신 후로 우리가 저애 응석을 너무 받아줬어. 이제 그만 종지부를 찍어야 해. 플러렛의 사치스러운 옷감 취향만으로도 우리는 파산하고 말 거야.

우표를 가지러 일어서기도 쉽지 않았다. 사고 이후 어깨 통증은 많이 가라앉았지만 매일 아침 새로운 통증이 덮쳤다. 발목이 내 체중을 감당하지 못했고, 숨쉴 때마다 갈비뼈가 비명을 질러댔다. 플러렛은 발을 신발에 밀어넣을 수가 없어서 계속 환자 비슷한 신세였다. 결국 우리 둘을 간호하고 밖에 나가 우리에게 필요한 것들을 조달하는 일은 노마 몫이었다. 마차가 없으니 이 무더운 날씨에 와이코프까지 한참을 걸어가 전차를 타거나, 돌리한테 안장을 씌워 타고 나가는 수밖에 없었다. 당연히 노마의 선택은 후자였다. 노마는 지난 며칠 새 이미 두 번이나 저멀리 패터슨까지 나갔다 왔고, 돌리의 엉덩이에 비둘기 바구니를 얹고 가다가 중간에 비둘기들을 날려보냈다.

몇 년 동안 노마는 메시지 전송에 전서구를 활용하는 아이디어에 푹 빠져 있었다. 시골에 사는 사람들끼리, 또는 전장의 병사들끼리, 또는 멀리 떨어진 환자의 상태를 추적 관찰하고 싶어하는 의사들(의사가 환자한테 비둘기 몇 마리를 맡겨놓으면, 환자는 자신의 예후에 관한 보고를 일정한 간격을 두고 발송한다는 생각이다)에게 유용하리라면서. 노마의 판단에 따르면, 전신선과 전화선이란 것은 필요할 때 누구나 쓸 수 있도록 구석구석까지 연결될 리 만무하고, 어쨌든 사적인 내용을 전달하기엔 미덥지 못하다. 교환수가 한 단어도 빠짐없이 같이 들을 테니까. 하지만 제대로 훈련받고 장비를 갖춘 비둘기는 수백 마일 밖에서 날려도, 폭풍과 적의 포탄을 뚫고, 굉장한 속도로 곧장 집으로 날아와 메시지를 전한다.

이 주장을 증명하기 위해 노마는 비둘기 몇 마리를 데리고 최대한 집에서 멀리 떨어진 곳까지 나가 편지 쪼가리를 다리에 묶어 집으로 날려보내는 습관이 있었다. 집에서 출발한 지 얼마 안 되는 사이에 우리에게 들려줄 중요한 소식이 생길 리 없으니 대신 신문에서 오려낸 기사를 보냈다. 노마는 매일 대여섯 종의 신문을 읽었고, 이를 뉴욕은 물론이려니와 뉴저지 북부와 그 너머 세상에서 일어나는 모든 일에 자신의 의견을 갖기 위한 도덕적 의무로 받아들였다. 매일 저녁 신문을 읽고 나중에 참고할 요량으로 기사를 오려내 집안 곳곳의 서랍마다 넣어두는 데 대부분의 시간을 할애했다. 설탕이나 바늘꽂이를 찾다가 '외교관의 아내, 울타리에 걸려 꼼짝 못해'라는 제목의 기사와 마주치는 건 드문 일이 아니었다.

노마는 그날의 뉴스를 매단 새가 집에 도착하면 현관문 근처에서 종이 울리도록 트립와이어를 대강 만들어 비둘기장에 설치했다. 뉴스는 기사 본연의 흥미도나 교훈에 의거해 노마 본인이 직접 선정했다. 내가 맡은 설거지를 다 끝내지 못하면 '가사 불량으로 벌금형에 처해진 여성' 비슷한 기사가 도착하는 식이었다. 플러렛이 파리 패션을 본뜬답시고 극락조가 수놓인 비단 튜닉을 입은 것을 보고 노마가 불만을 토한 뒤에는 '여성 대부분이 생각 없이 최신 유행 패션을 추종'이라는 기사가 배달됐다. 이어지는 불길한 메시지는 '여성의 품행은 입은 옷을 보면 알 수 있다'였다.

플러렛은 그 불쾌한 표제를 일일이 자기가 고른 걸로 바꿔치기해서 노마더러 보라고 놔두는 식으로 복수를 꾀했다. 그리하여 노마는 비둘기 다리에 묶인 기사에서 '집에서 금방 고치는 치질' 또는 '실종된 정신지체 언니' 같은 제목을 발견하게 되었던 것이다.

어머니는 새라면 질색해서 비둘기장 근처에도 가지 않았지만 노마의 관심은 응원했다. 여자애들은 집 가까이에서 즐길 수 있는 취미를 가져야 한다는 믿음에서였다. 아기 새를 키우며 노마가 모성애에 눈뜨고 그것이 결혼과 육아로 이어지길 바라는 당신의 희망도 숨기지 않았다. 정확히 무슨 수로 노마가 남편감을 찾고, 부부가 어떻게 시골에서 생계를 이어갈지 구체적으로 이야기된 바는 전혀 없었다. 게다가 고집 세고 따지기 좋아하고 제 방식만을 고수하는 노마한테 감히 데이트를 신청할 남자가 없다는 사실도 어머니의 머릿속에는 아예 들어 있지 않은 것 같았다. 노마의 여자다운 매력이 바윗돌과 맞먹고 노마에게 낭만적 사랑과 육아에 대한 관심이 손톱만큼도 없다는 사실은 별 도움이 되지 않았다. 비둘기가 좋은 소일거리라는 점에서는 어머니가 옳았지만, 그 결과 노마가 약혼이라도 할 가능성은 제로에 가까워졌다.

그나마 노마에겐 시간을 쏟을 만족스러운 방법이 있었다. 내게는 농장생활에 필요한 노동이 지루하고 쓸데없이 까다롭게 느껴졌다. 몇 년 전 프랜시스가 결혼해 시내로 이사했을 때, 노마는 헛간과 거기 사는 식구들을 기쁘게 떠맡았다. 플러렛은 꼬박꼬박 바느질과 빨래를 했고, 우리 셋이 번갈아가며 식사를 준비했다. 나한테는 채마밭에 물 주기와 김매기라는 진짜 하기 싫은 일이 떨어졌다. 벌레 먹은 양배추 한 바구니 얻자고 온종일 밭에서 허리 숙여 일하는 그 시간이 내게는 정말 고역이었다. 내 소원은 늘, 양배추가 먹고 싶으면 그냥 사서 먹을 수 있을 정도로 봉급이 나오는 말끔한 사무직이었다. 그렇다고 양배추가 먹고 싶어질 것 같진 않지만.

농장에서 벗어나 나 자신을 위한 삶을 찾으려 시도했던 시절도 있었다. 처음엔 간호사가 되려고 통신강좌를 우편으로 신청했는데, 불결함과 질병이라면 치를 떠는 어머니가 새파랗게 질리는 바람에 뜻을 접어야 했다. 그다음엔 뉴브런즈윅에 여자 변호사가 있다는 얘기를 듣고, 그 사람 회사에 취업 원서를 넣어볼 수 있지 않을까 하는 생각에 법학 과정을 밟았다. 내가 이쪽 계통의 일을 하게 되면 범죄자와 주정뱅이를 코앞에서 상대해야 한다고 믿었던 어머니는 훨씬 더 달가워하지 않았다. 그럼에도 불구하고 나는 수업과 과제를 다 마쳤는데, 뉴욕으로 결과를 보내고 다음 수강 신청을 해야 하는 시점에 과제물이 오간 데 없이 사라졌다. 어머니는 인정하지 않았을 테지만, 나는 어머니가 과제물을 없앴다는 걸 알았다.

이제 나는 평생 여기서 살게 될지도 모른다는 생각이 들기 시작했다. 어머니가 돌아가신 그 침대에서 나도 죽음을 맞을 운명일까봐 불안했다. 내가 만들었는지 아무도 기억조차 못하는 소맷동과 목깃의 삐뚤빼뚤한 바느질 선 그리고 지하 저장고 한가득 파스닙만 남긴 채.

우리는 일주일 동안 헨리 코프먼의 답신을 기다렸다. 간호학 과정을 이수했으면 좋았을 걸 싶을 정도로 간병할 일이 많아 딴생각할 겨를이 없었다. 하루에 두 번 플러렛의 발을 씻기고 붕대를 감아주었는데, 어디가 부러졌나 세게 더듬어 알아볼 엄두는 나지 않았다. 플러렛이 윈터 선생은 부르지 말자고 고집을 피웠다. 윈터 선생은 곰팡내 나는 늙은 의사로, 눈에는 항상 눈물이 고여 있고 환자들의 맨다리와 맨팔을 만질 때면 손을 덜덜 떨었다. 그를 피하고 싶어하는 플러렛을 탓하진 않았다. 하지만 내가 할 수 있는 일은 긁히고 베인 상처를 깨끗이 씻은 뒤 푹 쉬라고 당부하는 것밖에 없었다. 그 말인즉, 매 끼니를 쟁반에 받쳐 갖다줘야 하고 종이 울릴 때마다 응답해줘야 한다는 뜻이었다. 플러렛은 반짇고리에서 조그만 종을 찾아내선 항상 손에 닿는 곳에 두고 목이 마르거나 피곤하거나 따분할 때마다 울려댔는데, 그러지 않는 때가 드물었다.

그 종소리에서 벗어나기 위해 내가 갈 수 있는 유일한 장소는 어머니가 쓰던 방이었다. 그 방은 어머니가 돌아가신 그날 그 상태로 고스란히 놔둬, 벽장문에는 여전히 어머니의 목욕 가운이 걸려 있고 화장대 위에 놓인 빗에는 뻣뻣한 흰머리가 몇 올 엉켜 있었다.

몇 달 동안 나는 차마 어머니 방에 들어갈 수 없었다. 하지만 최근에는 들키지 않겠다 싶을 때면 몰래 이 방에 들어와 침대 가장자리에 앉아 있는 게 버릇이 됐다. 어머니가 아플 때도 나는 그러곤 했었다. 임종 직전의 며칠간 어머니는 종종 파르르 눈을 뜨고는, 아무것도 보지 않으면서 시선은 한 점에 고정한 채 미동도 하지 않았다. 어머니가 여전히 숨을 쉬는지 확인하려면 어머니의 입 앞에 거울을 갖다대야 했다. 나는 몇 시간이고 이 침대 가장자리에 걸터앉아, 저세상 쪽으로 흘러갔다 다시 이 세상 쪽으로 떠밀려오기를 반복하는 어머니를 지켜보았다.

원래 외할머니가 쓰시던 이 침대는 오스트리아에서 가져온 묵직한 구식 골동품이다. 호두나무에 장미 문양을 새긴 침대 머리판은 먼지를 모으는 용도 외엔 아무런 쓸모가 없었다. 가장자리에 살며시 엉덩이를 걸치자 풀 먹인 시트에서 파사삭 소리가 났다. 나는 몇 달 동안 아무도 이 방에 청소하러 들어오지 않았음을 깨달았다. 먼지를 터는 건 플러렛의 일이므로, 우리집에 그렇게 먼지가 쌓인 이유가 설명이 됐다.

담녹색과 흰색의 국화 무늬 벽지는 눈뜨고 볼 수 없을 정도로 바랜데다 들뜨기 시작해서 갈라진 회반죽과 말총이 드러났다. 이 방을 어떻게든 해야 할 텐데. 변화를 두려워하고 전통에 집착하며 무겁고 음울한 슬픔의 의례를 고수한 어머니도 당신 생의 마지막 세월에 바친 이 제단을 해체하여 뭔가 유용한 데 쓰려는 내게 설마 이의를 제기하지는 않을 것이다. 하지만 아직 실행에 옮기지는 못했다. 오랫동안 나는 어머니에게서 벗어나고 싶은 마음뿐이었는데, 막상 닥치고 보니 나도 모르게 어머니가 남긴 유일한 자취를 붙잡고 있었다.

플러렛은 언제나 프랑스어로 어머니에게 말을 건넸지만, 사실 어머니는 당신이 소녀 시절을 보낸 오스트리아의 독일어를 더 좋아했다. 만약 내가 어머니에게 독일어로 소곤거리기를 그만둔다면, 이 집에서 그 언어로 말하는 소리는 두 번 다시 들리지 않을 것이다.

"마마, 바어 에스 니히트 엔틀리히 차이트, 다스 비어 바스 미트 다이넴 치머 마헨?"*

대답은 없었다. 아마도 어머니는 이 방이 어찌되든 신경쓰지 않을 것이다. 나는 숨을 깊이 들이마셨다. 어머니가 쓰던 제비꽃 향 파우더가 아직도 공기 중에 맴돌았다. 아래층 어딘가에서 문이 쾅 닫히는 소리가 났고, 종을 흔들다 포기한 플러렛이 고래고래 내 이름을 불러댔다.

플러렛의 요구에 응답하는 건 늘 어머니 몫이었다. "게 아말 나 흐샤운, 바스 지 빌?"** 나는 물었다.

그러나 어머니는 나서지 않았다. 나는 일어나서 조용히 문을 닫고 나왔다.

* '엄마, 이 방도 이제 좀 치울 때가 되지 않았어요?'라는 뜻의 독일어.
** '가서 재가 뭘 해달라는 건지 알아보셔야죠?'라는 뜻의 독일어.

5

"자두 좀 먹어봐." 며칠 후 아침 식탁에서 플러렛이 말했다.

노마는 그 말을 무시하고 시선을 줄곧 신문에 두었다.

"딱 하나만. 한 입만." 플러렛은 버터나이프를 집어 자두 절임을 올린 토스트 한 쪽을 완벽한 삼각형으로 잘랐다. 그러고는 노마의 접시에 밀어놨다.

"봐." 플러렛이 속삭였다. "세 투 비올레."*

노마는 신문을 부스럭거리더니 문제의 토스트와 자기 사이에 신문지로 벽을 쳤다.

"보라색이라기보다는 빨간색인데." 나는 두 사람 맞은편에 앉으며 말했다. "넌 절대 이걸로 못 이겨."

플러렛은 낄낄거리며 토스트를 도로 가져갔다.

---

* '완벽히 보라색이잖아'라는 뜻의 프랑스어.

아침식사 때 소스의 보랏빛 색조를 두고 노마와 플러렛이 벌이는 장기간에 걸친 대립은 대체로 일방적이었는데, 몇 년 전 노마가 무심코 적양배추 피클 병에 손을 뻗어 그걸 자기 토스트에 떠 얹은 게 시작이었다. 첫입을 베어물었을 때는 깜짝 놀랐지만 의외로 그 맛이 몹시 마음에 들었던 노마는 그때 이후로 지금까지 매일 아침 그렇게 먹고 있다. 그게 플러렛이 일곱 살인가 여덟 살 때였는데, 플러렛은 어떻게 사람이 그런 말도 안 되는 음식을 아침으로 먹느냐며 도무지 이해하지 못했다. 플러렛이 하도 귀찮게 물어대니 결국 하루는 노마가 이렇게 대답했다. "당연히 보라색이니까 먹지. 아침으로 보라색 음식을 먹으면 평생 키가 2인치쯤 더 자란다는 거 몰라? 그래서 우리 키가 너보다 훨씬 크잖아."

노마는 그 얘기를 어디 권위 있는 출처에서 읽은 것처럼 신문을 뒤적이며 덧붙였다. "적양배추 피클보다 더 보라색에 가까운 음식이 있다면 그걸 먹을 텐데."

노마가 그렇게 웃어넘기려 했을 때 뭐라고 대꾸해야 할지 몰랐던 플러렛은—그후로 세월이 이렇게 많이 흘렀는데 아직도 우린 대꾸할 말을 못 찾았다—그 도전을 심각하게 받아들여 아침마다 눈에 띄는 보라색 음식이 있으면 노마에게 내밀었다. 잼, 절임, 보라색 사탕, 블루베리와 포도 등등. 플러렛은 걸핏하면 습관처럼 이 해묵은 반목을 다시 이어갔다. 그러나 역대 전적은 전패였다. 제아무리 자두 절임이라도 노마의 적양배추 광택에는 비할 바가 못 되었다.

노마는 늘 이런 식이다. 한번 뭐에 꽂히면 다른 건 일절 거들떠보지도 않는다. 적양배추 피클과 토스트가 가장 좋은 아침식사라고 생각하면, 잼이나 죽을 먹는 건 원칙에 위배되는 일이다. 어떤 부츠가 본인한테 잘 맞으면, 맨날 그 부츠만 신는다. 나는 노마의 침대 머리맡에서 책이라곤 여태 딱 한 권밖에 못 봤는데(『실용 비둘기: 날개 달린 전령의 훈련과 사육, 비행과 이용에 관한 완벽한 논문』), 모르긴 해도 그 책을 수백 번은 읽지 않았을까 싶다. 더 좋은 책을 찾지 못했다는 이유로 말이다.

아침을 먹으며 나는 헨리 코프먼에게 보낼 두번째 편지를 큰 소리로 읽었다. 첫머리 인사말을 넘기기도 전에 노마가 말허리를 잘랐다.

"난 코프먼이 마음에 안 들어." 노마가 말했다.

"뭐, 당연히 그러시겠지." 플러렛이 말했다. "우리 다 마찬가지잖아."

"내 말은, 우리가 그 사람한테 편지를 쓰는 게 마음에 안 든다는 거야." 노마가 대꾸했다. "그런 인간하고는 자꾸 서신을 주고받으면 안 된다고."

"이건 서신이 아니라 청구서야." 내가 말했다. "그리고 이번이 마지막이야. 답신이 없으면 내가 직접 가서 받아낼 테니까."

"하지만 언니는 내 말에 동의하지 않……"

"노마! 그 사람은 우리에게 빚이 있어." 오십 달러는 우리에게 적지 않은 돈이다. 우리는 일 년에 대략 육백 달러로 살고 대부분 저금에 의존하기 때문에, 그 오십 달러는 우리의 점점 줄어드는 저금에서 한 달치 재정 자립을 앗아가는 것이다. 나는 편지지를 쫙 펴고 다시 읽기 시작했다.

1914년 7월 23일

뉴저지 와이코프 시코맥 로드
콘스턴스, 노마, 플러렛 콥

헨리 코프먼 귀하

지난 7월 14일 귀하의 자동차와 충돌한 결과 우리 마차가 입은 피해에 대한 청구서를 받으셨을 줄로 믿습니다. 지불하셔야 할 총액은 지난번과 같습니다. 차량은 여전히 파손된 상태입니다. 귀하는 바쁘신 분이니 귀하의 회계 담당자가 분명 과중한 업무에 치여 미처 정산하지 못한 것으로 짐작되는 바, 만일 내주 화요일까지 배상액 오십 달러가 지불되지 않으면 귀하의 사무실로 직접 찾아가겠습니다.

그때까지 섣부른 예단은 자제하겠습니다.

콘스턴스 콥 드림

"회계 담당자는 들먹이지 않는 게 좋겠어." 노마는 신문에서 눈도 들지 않고 말했다.

"답신을 못한 이유에 대해 설명을 제시한 것뿐이야."

"언니가 그 회계 담당자라면 안 좋아할걸." 노마는 손등에 양배추 피클 한 조각이 떨어진 걸 발견하고 자기 접시로 가볍게 튕겨냈다.

"내가 코프먼 씨의 회계 담당자라면 뭐가 됐든 별로 안 좋아할 거야." 나는 이렇게 말하며 편지에 서명을 했다.

편지는 목요일에 부쳤다. 그다음 화요일 아침 우편배달 시간까지 아무 답신이 없어서, 나는 패터슨에 나갈 채비를 했다.

"우리 시내 가는 거야?" 모자를 쓴 나를 보고 플러렛이 물었다.

"나만. 처리해야 할 일이 있어. 넌 아직 몸도 성치 않잖아."

"하지만 집밖에 나가본 지가 백만 년인데." 플러렛은 거실 안락의자에 털썩 몸을 던졌다. 일본제 숄을 두르고, 머리는 윤기 도는 컬이 폭포처럼 흘러내리도록 복잡하게 모양내어 볶고 커다란 비단 앙귀비로 어찌어찌 한데 묶었다. 발에서 붕대를 막 푼 참이었고, 제 부속기관이 다시 해방된 것을 기념해 발레 슈즈를 신고 있었다.

"책이나 읽어." 내가 말했다. "몸이 많이 나아진 것 같으면 부엌에 가서 노마를 도와주든가."

더 커지는 볼멘소리. 더 큰 몸짓으로 의자에 주저앉기. 우리가 저 애를 우리집 굴뚝에 둥지를 튼 진기한 이국의 새인 양 다루지 않았더라면 좋았을걸, 좀더 훈육이 필요한 아이로 대했더라면 좋았을걸, 하고 백번째로 후회했다.

나는 플러렛이 빈방에 대고 항의를 하든 말든 내버려두고, 시내로 가기 위해 돌리에게 안장을 채우려 헛간으로 갔다. 돌리는 다가오는 내가 반갑지 않은 눈치였다. 나는 농부 체형으로 심지어 프랜시스보다 더 키도 크고 어깨도 떡 벌어졌다. 말을 타면 우스꽝스럽게 보인다. 하지만 마차가 수리될 때까지는 다른 방법이 없었다.

노마는 아침 내내 헛간에서 닭똥을 치우고 마구간에 새 짚을 깔았다. 감미로운 마른풀 내음이 났다. 내가 헛간에 들어설 때 노마는 돌리에게 빗질을 실컷 해주고 발굽을 점검하고 있었다. 노마는 발굽을 확인하기 위해 돌리가 땅에서 발을 들 때까지 손으로 암말의 다리를 쓸었다. 동물들은 본능적으로 노마를 신뢰했다. 노마는 모든 종류의 발톱과 발굽과 발과 친했다.

"낙농장에서 고장난 마차를 고치는 그 청년한테 물어봤는데," 나를 보고 노마가 말했다. "우리 것도 다시 조립할 수 있다던데. 저녁때 몇 번 와서 수리하겠대."

나는 아무 말도 하지 않고 벽에 걸린 안장을 내렸고, 노마는 안장을 얹고 뱃대끈을 조이는 것을 거들었다.

"코프먼 씨는 물어내지 않을 테고, 그래도 마차는 고쳐야 하잖아." 노마가 말했다. "그 청년이 도구는 다 자기한테 있대, 요 길 아래에 살아."

이 문제로 이러쿵저러쿵해봤자 소용없다. 탈출 수단 없이 시내에서 이렇게 멀리 떨어져 사는 것 자체로 충분히 멍청한 짓이다. 셋이 한꺼번에 돌리를 탈 수도 없고. "알았어. 그 청년한테 비용을 다 적어두라 그래. 총액이 오십 달러가 되도록 꼭 확인하고."

노마는 돌리의 발굽 점검을 마치고 헛간을 나섰다. "우리는 모르는 사람한테 돈 내놓으라고 요구하며 다니지 않아." 노마가 말에 올라타는 나를 지켜보며 말했다.

"이번 건은 예외야." 내가 말했다.

"글쎄, 예외를 만들지 말아야지." 노마는 이렇게 말하고는 닭들한테 줄 물을 길으러 터벅터벅 가버렸다.

코프먼 비단염색 회사는 철로 옆 공장가에 있었다. 염색사, 방적사, 방직사, 표백사, 자카르직기사, 염료 및 중간재 공급사들이 전부 도로를 등진 낮은 벽돌 건물들 안에 자리잡고 있었다. 창은 밖에서 들여다보지 못하게 지면보다 한참 높은 곳에 있었지만, 공장 안에서 나는 소음은 다 들렸다. 철컹철컹 기계 돌아가는 소리, 통에서 염료가 철벅이는 소리, 서로를 부르며 외치는 독일어, 이탈리아어, 프랑스어, 폴란드어—영어를 뺀 온갖 언어.

도로는 배달차들 바퀴에 깊이 패어 있었다. 돌리는 팬 곳을 피해 발을 디뎠고, 나는 각 공장 철문에 스텐실로 찍힌 조그만 간판을 주의깊게 살피다 이윽고 헨리 코프먼의 간판을 찾았다. 능숙함과는 거리가 먼 모양새로 안장에서 내린 뒤 돌리를 기둥에 묶었다. 돌리는 고개를 발딱 젖히고 힝힝거리며 나한테서 벗어나 얼마나 행복한지 표를 냈다.

안에 들어서니 염료의 황화구리 악취가 와락 덮쳤다. 나는 눈을 질끈 감고 더듬더듬 손수건을 찾아 꺼내야 했다. 기침이 나고 숨이 막혔지만, 더이상 내 폐에 이 공기를 집어넣고 싶지 않아서 심호흡하고 싶은 충동을 억지로 참았다. 침도 못 넘기고 눈물로 시야가 얼룩져 주변 사람도 흐릿한 형체로만 보였다. 도로 문을 나서 집으로 돌아갈 뻔했다.

겨우 정신을 가다듬고 보니 내가 서 있는 곳은 작업장 가장자리였다. 일렬로 늘어선 거대한 통들이 내려다보였고, 통마다 두세 명씩 붙어 있었다. 통에서 증기가 피어올라 머리 위 널찍한 나무 들보까지 흘러갔다. 염료가 작업자들의 발 주위로 밝은색 웅덩이를 이루었고, 발을 보호하려고 신은 나막신은 페퍼민트 사탕처럼 짙은 암청색과 환한 분홍색으로 물들었다. 다른 색 염료가 맞닿은 곳마다 거뭇한 회색으로 변했다. 두 사람씩 짝지어 명주실 타래를 철제 막대에 감아 염색통에서 건져올렸고, 그러면 염료가 팔을 따라 흘러내려 셔츠 소매를 적셨다. 아가씨와 어린 소년 한 부대가 빗자루를 들고 작업장 가장자리를 돌며 흘러넘친 액체를 배수구로 쓸어넣었고, 일부는 생명주실을 높이 쌓은 수레를 밀고 다녔다. 좀 떨어진 한쪽 구석에서는 줄줄이 놓인 탈수기가 쉬지 않고 돌아가며, 작업자들이 젖은 타래를 넣을 때마다 덜그럭덜그럭 쥐어짜는 소리를 냈다.

몇 사람이 증기 너머로 나를 쳐다봤지만 말을 거는 사람은 아무도 없었다. 내 오른편으로 창문 달린 긴 벽이 사무실과 작업장을 가르고 있었다. 나는 치맛자락을 들고 그리로 건너가 문을 열려고 했지만 잠겨 있었다. 창문 안쪽에서 책상 앞에 앉은 비서가 고개를 들고 나를 보더니 어쩌야 하나 고민하는 눈치였다. 결국 비서는 자리에서 일어나 나를 맞았다.

"일하시는 중에 방해해서 죄송합니다만, 헨리 코프먼 씨를 만나러 왔습니다." 내가 말했다.

비서는 사무실 안쪽으로 나를 안내하고 얼른 문을 닫았는데, 나를 안으로 들이고 싶다는 열망보다는 악취를 차단하려는 의도가 더 강한 것 같았다.

"성함이?" 그녀는 지체 없이 효율적으로 업무에 들어갔다. 긴 플레인 스커트와 테두리를 덧댄 재킷으로 이루어진 세련된 남색 맞춤 정장을 입었고, 머리는 하나로 묶어 단단히 틀어올렸다. 책상 앞 자기 자리로 돌아간 그녀는 우아한 금테 안경 너머로 나를 바라보며 내가 자초지종을 설명하기를 기다렸다.

나는 이름을 대고 우리 마차에 대한 피해 보상 청구서를 전하러 왔다고 말했다. 비서는 이런 청구서를 허구한 날 접수하는 사람처럼 손을 내밀었다. 나는 청구서를 건넸고, 그녀는 압지철 위에 청구서를 놓고 잘 펼친 다음 천천히 읽었다. 그러고 나서 나를 올려다봤는데 무슨 표정인지 읽을 수가 없었다. 비통함인지 충격인지 깊은 의심인지.

"헨리가 그랬단 말이죠." 그녀는 거의 혼잣말처럼 말했다.

"코프먼 씨는 우리 말이 자기 앞으로 달려들었다고 주장했지만, 마켓 스트리트에 있던 모든 사람이 사고를 목격했고, 우리를 들이받은 건 분명히 그쪽입니다."

비서는 손을 저어 내 말을 막았다. "당신 얘기를 의심하는 건 아네요. 이 사고가 14일에 일어난 건 확실한가요?"

그녀가 나를 올려다봤고 나는 고개를 끄덕였다.

그녀는 한숨을 내쉬며 청구서를 다시 내게 내밀었다. "헨리는 그날 은행 담당자를 만날 예정이었어요. 나한테는 타이어가 펑크났다고 했는데."

그러고는 고개를 떨구고 두 손으로 얼굴을 감싸쥐더니 들리지 않는 소리로 뭐라고 중얼거렸다.

"이런 말씀 드려서 죄송하지만……"

"아," 그녀가 말허리를 잘랐다. "죄송할 것 없어요. 뭔데요?"

"당시 코프먼 씨와 함께 있던 동료들을 봤을 때, 그분이 은행에 가는 길이었다고는 믿기지 않는군요."

그녀는 또 한번 노여운 한숨을 길게 내뱉더니 책상을 밀고 벌떡 일어났다. "남자 형제가 있나요, 미스 쿱?"

"한 명 있지요." 내가 대답했다.

"당신 형제도 내 동생만큼이나 골칫거리인가요?"

"헨리 코프먼의 누님 되세요?" 나는 말했다. "죄송합니다. 저는 비서라고 생각했어요."

"제 이름은, 공식 문서에 따르면, 매리언 가핑클입니다. 남편은 에드 가핑클이고요. 헨리가 공장을 엉망으로 만드는 바람에 일을 수습하러 피츠버그에서 이 도시까지 온 거죠." 내가 뭐라 말을 하기도 전에 그녀는 몸을 돌려 사무실 안쪽의 닫힌 문을 향해 고함쳤다.

"헨리!"

사무실에는 그녀의 책상 말고도 책상 세 개가 더 있었고, 거래 원장과 타자기를 두고 일하는 젊은 여자들이 앉아 있었다. 미시즈 가핑클이 악을 쓰자 아가씨들은 모두 고개를 푹 수그렸다. 문은 열리지 않았다.

그녀는 이를 악물고 중얼거렸다. "저 자식이 한 번만 더 내 말을 무시했다간……" 그러고는 코프먼 씨의 사무실로 성큼성큼 걸어가 내 쪽을 돌아보지도 않고 말했다. "잠깐 계세요."

그녀는 문을 쾅쾅 두들기고 손잡이를 마구 돌려댔다. 그래도 문이 열리지 않자 허리에 차고 있던 열쇠고리에서 열쇠를 찾아 직접 문을 따고 들어갔다. "헨리, 지금 밖에 어떤 여자분이 와서 그러는데……" 그 뒤로 문이 쾅 닫혔고, 안에서 뭐라 외치는 소리가 희미하게 들렸다.

나는 괜히 손가방을 만지작거리며 아가씨들의 호기심 어린 눈초리를 애써 무시했다. 돌리가 돌보는 사람 없이 너무 오래 기다리고 있어서 그냥 청구서나 넘기고 돌아가고 싶었다. 헨리 코프먼의 사무실에서 고성이 뚝 그쳤다. 나는 미시즈 가핑클의 책상에서 내 편지를 집어들고 안쪽으로 가 조용히 문을 두드렸다.

문이 활짝 열렸다. 매리언은 나오려는 참인 듯했는데, 옆으로 비키더니 내게 들어가보라며 한 팔을 벌렸다. 억지 미소를 짓느라 입술이 꽉 맞물려 있었다.

“동생이 사고를 기억하지 못하는군요.” 그녀는 딱딱하게 말했다.

“하지만……”

“직접 한번 얘기해보세요.”

나는 주장의 정당성을 입증하라고 파견된 느낌이 들어 껄끄러웠다. 어떤 주장을 해야 하는지 가늠도 안 되는데. 나는 내키지 않는 걸음을 옮겨 안으로 들어갔고, 매리언이 뒤에서 문을 쾅 닫았다. 빠르게 사무실을 가로질러 제자리로 돌아가는 구둣발 소리가 들렸다.

광활한 오크 책상 뒤에는 또다른 우아한 정장을 차려입은 헨리 코프먼이 앉아 있었다. 저녁 약속이 있을 때 남자들이 흔히 하는 스타일로 머리칼을 매끈하게 뒤로 빗어넘겼다. 하지만 둥글고 매끄러운 얼굴 탓에 아버지의 옷차림을 흉내낸 어린애 같아 보였다. 나보다 한참 어릴 리는 없는데—얼추 서른쯤 됐을까—사립기숙학교에 너무 오래 다닌 남자애의 오만방자한 태도가 묻어났다. 눈빛에 밴 차가운 거리감과 입매에 새겨진 분노만 아니면 전혀 무해하게 보였을 텐데. 여기 이 공장 안에서 그는, 자신이 이미 가진 것은 원하던 게 아니고 정작 자신이 원하던 것은 갖지 못한 남자로 보였다.

방안을 빙 둘러 놓인 가죽의자에는 그의 친구들, 품행이 나쁘고 불량한 친구들이 앉아 있었다. 나무 의족을 하고 눈이 축 처진 그 남자는 원래 자기 옷보다 두 치수는 큰 갈색 정장을 입고 퍼져 있었고, 난로 연통처럼 굵은 팔뚝에 지금까지 내가 본 가장 넓은 사각 턱을 소유한 비대한 몸집의 사내도 있었다. 나머지는 마르고 각진 체형으로 저마다 싸움판에서 뭐 하나씩은 잃은 모양이었다. 왼손 가운뎃손가락이 없거나, 귀 윗머리가 한 움큼 빠졌거나, 한쪽 눈이 뿌연 의안이거나. 다들 손에 카드를 쥐고 있었고, 가운데 테이블에는 위스키 한 병이 놓여 있었다.

나는 방을 나가고 싶었다.

"아, 당신이로군." 헨리 코프먼이 말했다. "누님이 들어와서 돈 달라는 여자가 왔다길래 뉴저지 여자들 중 절반이 그럴 수 있다고 말해줬는데."

사내들이 낄낄거리며 담배를 한 모금씩 빨았다.

나는 좀더 허리를 곧추세우고 차분하고 위엄 있게 보이길 바라며 그를 내려다보았다. "그렇다면 기억하고 있는 거로군요. 나는 콘스턴스 콥이라고……"

"그리고 여동생들도 있지." 코프먼은 조소를 머금었다. "아, 동생들은 안 데리고 왔나? 막내 이름이 뭐더라? 플러렛?"

놈이 플러렛의 이름을 말하자 나는 속이 약간 메스꺼워졌다. "우리가 보낸 편지에 답신이 오지 않아서 새로 가져왔습니다. 당신이 우리 마차에 입힌 피해액 오십 달러를 청구합니다. 지금 정산해주시죠."

내가 내민 청구서를 놈이 받지 않자 나는 앞으로 걸어가 그의 책상 위에 편지를 툭 내려놨다.

"이 건에 대해서는 당신 아버지와 얘기하지. 여기 패터슨에서 일하시나? 아니면……" 코프먼은 봉투를 집어들고 회신 주소를 자세히 들여다보았다. "아니면 와이코프의 당신네 농장에서 일하시나?"

놈이 우리 주소를 안다. 은행 계좌로 돈을 이체하라고 요구했어야 했는데. 이 더운 날씨에도 나는 등골이 오싹해졌다.

"시코맥 로드에 사나? 거기 낙농장 옆에?"

그는 책상을 빙 둘러 나와 내 코앞에 서서 출입구를 막고 어깨를 폈다. 사내들 중 하나가 낮게 휘파람을 불었다. 헨리 코프먼은 나보다 머리 하나는 작을지 몰라도 다부지고 건장한 근육질이었다. 위스키 냄새가 풀풀 풍겼고, 예의 모발 영양제와 이 공장의 염료 냄새도 났다.

"금방 찾을 수 있겠네." 그는 나직하게 말했다. "내가 거기 가면 말이야, 좀 알려주지그래, 어느 창문으로 들어가야 미스 플러렛의 침실이 나올까?"

코프먼은 자기 친구들을 돌아봤고, 사내들은 웃음을 터뜨렸다. 귓속이 웅웅 울리더니 별안간 놈이 아주 작고 멀게 보였다. 나는 놈의 어깨를 거머쥐고 벽에 쾅 밀어붙였다. 얼마나 세게 밀쳤는지 놈의 뒤통수가 부딪힌 회반죽 벽에 금이 갔다.

"네가 감히." 의식하기도 전에 내 손이 먼저 놈의 멱살을 잡고 들어올렸다. 한쪽 시야 끝으로 다른 놈들이 일어나는 게 보였다.

가느다란 핏자국이 벽에 묻어났다. 뒤에서 발을 끄는 소리가 들렸고 어깨 너머로 누군가가 내뿜는 숨이 느껴졌다.

"당신 체급에 맞는 상대와 싸우고 싶다면," 코프먼이 조용히 말했다. "내 한 명 보내주지."

나는 뜨거운 팬을 만진 것처럼 놈에게서 손을 확 뗐다. 딴 녀석들이 나를 붙잡기 전에 문을 뛰쳐나와 비서들을 지나쳐 달렸다. 매리언이 자리에서 일어나 소리쳐 불렀지만 대답하지 않았다.

사무실 문을 밀치고 작업장으로 나오자마자, 김이 모락모락 나는 직물을 트레이에 받쳐들고 나르던 호리호리한 빨간 머리 아가씨와 정면으로 부닥쳤다. 아가씨는 트레이를 떨어뜨렸고 에메랄드 그린 염료가 그녀의 앞치마에 흘러내렸다. 우리는 염료 웅덩이에 미끄러졌고, 누가 폴란드 말로 소리를 질렀다. 빨간 머리 아가씨가 넘어지지 않으려고 내 팔을 붙들었지만, 나는 그 손을 뿌리친 다음 뒤도 한번 보지 않고 문을 향해 내달렸다.

밖으로 나와 돌리의 굴레를 잡고 몇 블록 떨어진 곳까지 가서야 발을 멈추고 숨을 골랐다. 땀에 젖은 손바닥이 미끈거렸고, 머리는 끈에 매달린 풍선처럼 목하고 따로 놀았다. 작은 별들이 눈앞에서 헤엄쳤다. 나는 치미는 욕지기를 도로 눌러삼킨 다음, 간신히 길 건너편 가게에 초점을 맞췄다. 보일러와 요리용 스토브를 파는 '거니'라는 상점이었다. 창문에 "뜨겁게 데워드립니다"라는 문구가 붙어 있고, 그 옆의 안내문에는 패터슨이 이미 뜨겁게 달궈져 있으므로 휴업한다고 쓰여 있었다.

모퉁이 저쪽에서 자동차엔진 소리가 들리자 나는 돌리를 내 쪽으로 잡아당겼다. 놈들이 쫓아올까? 나는 숨을 멈추고 기다렸다. 그러나 자동차는 덜컹거리며 지나쳤고, 운전자는 내 쪽을 돌아보지 않았다.

노마와 플러렛에게 이 사태를 어떻게 전할지 상상해보았다.

놈이 네 이름을 언급했어. 플러렛에게 말한다. 놈이 네 침실이 어디냐고 물었어.

그리고 노마에게는 이렇게 말한다. 우리 아버지와 얘기하고 싶다더라.

그 방에서 내 뒤로 다가오던 남자들과 내 어깨를 잡으려던 손이 여전히 생생했다.

6

어머니가 살아 계셨다면 이런 일은 벌어지지 않았을 것이다. 우리는 공장에 쳐들어가 모르는 사람한테 배상금을 청구하고 다니진 않았다. 사실, 어딜 가는 일 자체가 극히 드물었다. 어머니는 장 보러 가는 것도 좋아하지 않았다. 브루클린에 살 때는 거의 모든 물건을 배달시켰고, 시골로 이사 온 다음부턴 시내에 나가 필요한 물품을 사오는 일은 프랜시스가 도맡았다.

어머니는 당신 이름을 따서 내 이름을 지었지만, 나는 어머니와 전혀 닮지 않았다. 어머니는 콘스턴스 클레먼타인 콥이고, 나는 외할머니 이름을 중간 이름으로 써서 콘스턴스 아멜리다. 프랜시스가 첫아이였지만, 네 명의 남자 형제와 자란 어머니로서는 아들에 대한 각별함이 없었다. 어머니는 딸을 기다리고 있었다. 당신의 폐쇄된 세상 속에 꽁꽁 싸매둘 수 있는 딸, 당신 옆에 앉아 자수를 놓고 당신의 비밀을 지키고 문에서 들리는 노크 소리 따위는 못 들은 척하는 딸.

어머니는 생애 대부분을 이 나라에서 살았지만 결코 미국인이 아니었고, 미국인이나 미국적 방식을 신뢰하지도 않았다. 나의 외조부모는 1848년 혁명*이 일어나자 수많은 중산계급 사람들이 그랬듯 빈을 떠났다. 당시 어머니는 열여섯 살이었다. 외할아버지—학식 있는 약사였다—는 가족들에게 더 안정되고 보장된 미래를 주기 위해, 프랑스 및 이탈리아와 벌이는 끝없는 전쟁에서 아들들을 빼내기 위해 미국으로 이주했다고 입버릇처럼 말씀하셨지만, 언젠가 한번 외할머니는 유대인들을 피해 여기 온 거라고 귀띔하신 적이 있다. "유대인들이 게토에서 나온 뒤로 어디서나 살 수 있게 됐거든." 외할머니는 소리를 죽여 말씀하시고 유대인들이 브루클린으로 오고 있진 않은지 의심하며 창밖을 힐긋 보셨다. 물론 유대인들도 이주해 오고 있었다.

어머니가 아버지 프랭크 콥과 결혼한 건 스무 살 때였다. 우리 아버지는 외조부모가 보헤미아인이라 부르는 민족이었고, 그 말인즉슨 체코 사람이라는 뜻인데, 저 먼 나라들끼리 벌이고 있는 전쟁의 결과와 관련해 뭔가 대단히 난해한 과정을 거쳐 사실상 오스트리아인이라는 결론이 내려졌다. 외조부모는 아버지가 유대인이 아님에 안도했고, 어머니가 아버지를 뉴욕에서 만났는데도 미국인이 아니라는 데 안도했다. 그렇게 두 분은 소거법에 의거하여 아버지가 당신네 딸과 결혼하는 것을 허락했다.

결혼할 때 아버지는 와인 거래상이었지만 사업에 실패한 후로는

---

* 프랑스 2월혁명의 영향으로 유럽 전역에서 왕정에 대항하는 시민혁명이 일어났다.

바텐더가 되었고, 그 직업이 성미에 맞지 않을 때는 한낱 주정뱅이가 되었다. 어머니는 아버지를 집에서 수없이 내쫓았지만, 아버지가 완전히 집을 나가버린 것은 내가 열 살 때쯤이었다. 그후로는 하도 뜸하게 나타나서 사람들이 어머니를 과부로 여기기 시작했고, 어머니도 오해를 부추겼다. 브루클린을 떠나면서 어머니는 우리가 어디로 가는지 아버지에게 알리지 않았고, 내가 아는 한 아버지도 우리를 찾으려 한 적이 없었다.

속임수와 비밀주의는 우리 어머니의 특기였다. 나이를 속여도 괜찮겠다 싶으면 어김없이 자신의 생년월일을 새로 꾸며댔다. 어머니는 관청을 불신했고 자신이 이곳에 살 권리가 있다는 사실도 결코 믿지 않았다. 어머니가 이 나라에 입국한 기록이 분명 어딘가에 있을 텐데도 당신은 그에 대해 전혀 아는 바가 없었고, 자신은 미국 시민이 아니라고 주장했다. 어머니는 신분증도 결혼증명서도 자식들 출생증명서도 갖고 있지 않았다. 아이들을 모두 집에서 낳았으며, 공무원들에게는 출산에 관해 입도 벙긋하지 않았다. 어머니는 의사, 세금징수원, 인구조사원, 검사관, 신문기자, 경찰을 몹시 두려워했다—특히 경찰을.

어머니는 미국인이 상스럽고 미개하다고 생각했고, 우리를 선한 오스트리아인으로 키우려 애썼다. 우리에게 프랑스어와 독일어가 독특하게 뒤섞인 당신의 언어를 쓰라고 닦달했고, 우리를 이웃의 다른 아이들한테서 떼어놓고 집안에만 잡아두려고 장식화 그리기와 레이스 뜨기 같은 따분한 연습을 잔뜩 시켰다.

그 결과 우리의 브루클린 아파트에는 장미꽃이 그려지지 않거나 레이스천으로 덮이지 않은 빵 보관통 또는 반짇고리란 존재하지 않았다. 우리집은 빈에서 보낸 어머니의 소녀 시절을 주제로 한 어둡고 빽빽한 박물관이었다. 어머니의 빛바랜 자수 작품 옆에는 이름 모를 선조들의 유화 초상화가 줄줄이 걸렸고, 유리 진열장 안에는 오래전에 돌아가신 증조할머니의 머리칼을 씌운 도자기 인형이 있었다. 미니어처 자기 찻잔 세트—접시마다 금테를 둘렀고 수작업으로 정교하게 해란초와 양치식물을 그려넣었다—는 마호가니 장식장 안에 자리했고, 그 옆에 코끼리, 사자, 물고기, 바다 괴물 등 미니어처 유리 동물 컬렉션이 있었다. 우리는 거기에 손가락 하나 대지 못했다.

어머니는 모르는 사람한테 절대 문을 열어주지 않았다. 노마와 내가 자수를 놓고 있으면 옆에서 외설스러운 신문 기사를 읽어주었는데, 당신이 전하는 망측하고 부도덕한 이야기를 통해 우리가 현관문 노크가 불러올 수 있는 위험성을 한 땀 한 땀 깨우치길 바랐던 것 같다. 그래서 나는 우리의 어린 시절 자수 견본을 볼 때마다 열일곱의 나이에 식료품점 점원의 꾐에 넘어가 가출했다가 신세를 망친 로라 스미스의 수치스러운 운명이나, "바람직하지 못한 친구들"과 어울리다 시체로 발견된 열세 살짜리 리나 루프슈츠의 사나운 팔자 같은 이야기가 자동으로 떠오른다. 아멜리아라는 이름의 여자애는 "이탈리아인과 댄스홀에 간" 죄로 연행되어 증인으로 두 주간 억류되는 바람에 고국 독일로 돌아가는 증기선을 놓치고 가족의 품에 안기지 못했으며, 뉴욕 같은 대도시가 어린 여자애에게 가할 수 있는 공포에서 해방될 기회도 놓쳤다. "아르메 아멜리아, 조 바이트 베크 폰 이러 파밀리에"* 하고 어머니는 중얼거리곤 했다. 아멜리아는 어머니의 기도 속에서 항구적으로 살았다.

어머니의 신고로 경찰에 잡혀가 품행 불량으로 구속된 여자애에 관한 기사를 몇 주에 걸쳐 듣기도 했다. 친어머니 말이다! 그 여자애는 통금 시간이 넘도록 집에 들어오지 않았다—그 시간이 열시라는 것을 알고 우리는 경악했다. 여자애 쪽에서는 현관문이 잠겨 있었고 어머니가 문을 열어주지 않아 밤새도록 자전거를 타고 다닐 수밖에 없었다고 주장했다. 이어 열린 재판에서 그녀의 자전거 주행계가 증거로 제출됐다. 주행계는 그녀가 50마일을 달렸음을 보여주었다. 교회 목사도 여자애 편에서 증언했고, 주일학교 교사도 그랬다. 치안판사는 여자애를 무죄방면하는 쪽으로 기우는 듯했으나, 어머니가 딸이 "맨해튼의 젊은 의사"한테 쓴 편지를 들고 나오면서 상황이 급변했다. (우리 어머니는 그 편지를 엄숙한 어조로 읽었는데, 의사와 서신 왕래를 해서 좋을 일은 하나도 없다는 암시였다.) 치안판사는 편지를 읽고 어이가 없다는 듯 강경한 눈빛으로 여자애를 노려보았고, 스물한 살이 될 때까지 웨이사이드 보호소에 수감할 것을 선고했다.

어머니가 그 편지에 담긴 내용을 미리 알았더라면 우리에게 읽어주지 않았을 것이다. 어머니가 우리한테 알리고 싶어했던 점은 오로지 미국에서 편지란 위험한 것이고, 댄스홀도 자전거도 의사도 이탈리아인도 마찬가지라는 것이었다. 이중 하나라도 잘못 엮이면 감옥에 갈 수도, 신세를 망칠 수도 있다는 뜻이었다.

이런 어머니가 우리의 사고를 알았더라면 새파랗게 질렸을 거다. 단순히 마차가 입은 피해나 우리가 당한 부상 때문이 아니라, 우리

---

* '가엾은 아멜리아, 가족하고 그렇게 멀리 떨어져서'라는 뜻의 독일어.

가 세상에 너무 노출됐기 때문이다. 우리 셋이 마켓 스트리트 한복판에서 한데 뒤엉켜 내동댕이쳐졌고, 사람들이 주위로 모여들었고, 모두가 우릴 지켜보고 우리가 누군지 궁금해했으니—바로 이런 일을 피하려고 어머니는 당신의 평생을 바쳤는데.

거기다 이제 나는 공장 소유주와 주먹다짐까지 했다. 만약 어머니가 악몽을 꾸기라도 했다면, 이런 게 그중 하나였을 것이다.

7

집에 들어갔더니 플러렛과 노마는 나를 거들떠보지도 않았다. 둘이 한창 프레퍼런스*를 하는 중이었고, 플러렛이 세 패 중 두 패를 쥐고 있었다.

"아, 잘됐다." 플러렛이 나를 보고 말했다. "와서 어머니 자리에 좀 들어가."

"네가 어머니 대신 하고 있었어?" 나는 애들 건너편 의자에 털썩 앉으며 말했다. 플러렛은 제 옆의 세번째 사람 자리에 쿠션을 세워놓은 채 소파에 앉아 있었다. 노마는 그 맞은편에 패를 쥐고 앉아 몹시 회의에 찬 표정을 하고 있었다.

"아니, 쿠션 대신 하는 거야." 노마가 말했다. "그리고 나는 저 쿠션이 사기를 치고 있는 게 아닐까 아까부터 의심스러워."

---

* 19세기 초 오스트리아에서 유래한 3인용 카드 게임.

"큰언니가 없었잖아." 플러렛이 말했다. "언니가 맨날 그렇게 혼자 쏘다니면 셋이 하는 카드 게임은 앞으로 절대 못한다고."

"내가 언제 맨날 혼자 쏘다녔다고." 내가 대꾸했다.

"코프먼 씨가 돈 줬어?" 플러렛이 물었다.

플러렛한테는 무슨 일이 있었는지 알리지 않겠다고 결심한 터였다. 막내는 흥분을 잘하는 아이였고, 총천연색 꿈과 허황된 망상에 심취하곤 했다. 만약 우리한테 적이 있다고 믿게 되면, 음모와 비밀로 가득한 계획을 공들여 짜서는 밤새 나를 잠도 못 자게 할 거다.

"코프먼 씨가 청구서를 받았지." 나는 이렇게만 말해두었다.

노마가 나를 보며 한쪽 눈썹을 치켜세우더니 카드 패를 내려놨다. "저녁 먹을 시간 다 됐네. 면은 언니하고 내가 마저 만들게."

"네모나게 썰지 마!" 부엌으로 향하는 우릴 보고 플러렛이 소리쳤다. "세모난 게 더 맛있단 말이야!"

부엌 식탁 위에는 노마가 크라우트플레컬*을 만들기 위해 평평하게 밀어 젖은 행주로 덮어놓은 반죽이 있었다. 우리가 어릴 때 브루클린에 살 적에 양파와 비니거, 캐러웨이, 양배추 냄새가 복도에 진동하면 그날 저녁 콥 식구들이 뭘 먹는지 온 아파트 사람들이 다 알았다.

"플러렛이 먹고 싶대서." 이 푹푹 찌는 여름날 저녁에 왜 뜨거운 양배추 요리를 하느냐고 묻기도 전에 노마가 말했다. "온종일 어머니가 보고 싶다는데 언니가 없으니 뭘 어쩔 수도 없고."

---

* 양배추를 각종 향신료와 볶아 네모나게 자른 면과 섞어 먹는 오스트리아 전통 파스타.

"같이 카드도 쳐주고 잘했네." 나는 칼을 들고 면을 썰기 시작했다. 노마가 스토브 앞에서 나를 미심쩍은 눈초리로 쳐다봤다.

"뭘 하는 거야?" 내가 칼질을 시작하자 노마가 물었다.

"세모로 썰어."

"엉망이 되잖아. 그냥 늘 하던 대로 썰고 플러렛더러 제 건 알아서 세모로 만들라 그래."

"하지만 플러렛이 싫다잖아. 개 좋으라고 만드는 줄 알았는데."

노마가 칼 쪽으로 손을 뻗었다. "면은 내가 썰게. 언니는 양배추를 맡아."

나는 노마를 밀어내고 완벽한 사각형 면을 줄줄이 썰어냈다. "뭐, 헨리 코프먼에 대해선 네가 옳았어. 지금까지 내가 만나본 젊은 남자 중에서 매너가 제일 형편없더라. 거기다 같이 몰려다니는 그 불량배들은 또 어떻고! 사업가라는 사람이 그런 놈들하고 뭘 하는 거지?"

노마가 냄비에 면을 넣자 김이 뽀얗게 피어올랐다. 동생 뒷목의 곱슬곱슬한 머리칼이 살갗에 달라붙어 번들거렸다. 노마는 돌아보지도 않고 말했다. "언니를 별로 안 반가워해?"

"응. 별로. 한푼이라도 받아내긴 글렀다고 본다."

노마는 숟가락을 냄비에 탁 털고 돌아서서 나한테 흔들어댔다. "헨리 코프먼은 잊어버리는 게 나아. 내가 낙농장 청년한테 마차를 수리해달라고 했어. 그 사람이 낙농장에서 안 쓰는 낡은 소형 마차도 갖다줬어. 우리 걸 다 고칠 때까진 그걸 타면 돼."

나는 숨을 들이마시고 한껏 용기를 끌어모아 아까 있었던 일을 얘기하려 했다. 하지만 들이마셨던 공기는 그대로 입 밖으로 흘러나갔고, 아무런 말도 뒤따르지 않았다. 끔찍함 그 자체였던 대면을 다시 입에 올리는 게 무슨 소용이 있을까?

"잘됐네." 나는 결국 이렇게 말했다. "나도 잊고 싶다."

부엌 창밖으로 앞집 돼지들이 우리 안에서 왔다갔다하는 게 보였다. 나는 종종 우리집 음식 찌꺼기를 돼지한테 던져줬는데, 가을에 옆구릿살 베이컨 한 덩이를 얻는 데 대한 소소한 서비스였다. 도축까지는 아직 몇 주 더 남았지만, 돼지 언어로 꿀꿀거리며 휘청휘청 돌아다니는 녀석들의 배는 벌써 진흙 바닥에 끌렸다.

나는 벌레 먹은 양배추 줄기를 사발에 던져넣고 뭐 또 먹일 만한 게 없나 둘러보았다.

"감자 껍질도 가져가." 나는 노마의 말대로 했다. 도무지 수그러들 줄 모르는 열기 속에서 사발을 들고 길을 건넜다. 멀리 숲에서 매미가 울어대고, 낙농장의 연못 주변 키 큰 수풀에서는 귀뚜라미가 목청을 돋워 합창했다. 사실 노래는 아니고 날개 수백여 쌍이 서로 비벼대는 둔탁한 긁힘 소리지만.

찌꺼기 사발을 들고 오는 나를 보고 돼지들이 꿀꿀거리며 울타리 쪽으로 비칠비칠 나왔다. 주변이 온통 시골다운 소음으로 웅웅거려서, 나는 헨리 코프먼의 자동차에 거의 치일 뻔할 때까지 차가 오는지도 몰랐다.

코프먼이 운전대를 잡고 세 명의 남자가 함께 타고 있었다. 지는 해가 역광으로 비쳐 놈들의 얼굴이 잘 보이지 않았지만, 반쯤 입을 벌리고 나를 쳐다보는 젊은 남자는 눈이 축 처진 그 사내로 짐작됐다. 사내의 돌출된 앞니는 영구적으로 어리둥절한 표정을 심어주었다. 그 옆에는 팔뚝이 난로 연통 같은, 엄청나게 거대한 남자가 있었다. 자동차는 엔진이 펑 터지고 털털거려 곧 멈출 것 같더니만 이내 다시 부릉거리며 방향을 홱 틀어 내 코앞에 닥쳤다. 나는 잡초 위로 벌러덩 자빠졌다. 한 놈이 몸을 반쯤 내밀고 소리쳤다. "골라봐, 헨리! 여기 여자들 중에 누굴 갖고 싶어?"

다른 놈이 웃음을 터뜨리며 뭐라고 하는데 잘 들리지 않았다.

"그 프랑스 여자애. 이름이 뭐더라?"

또 웅얼거리는 소리가 들리더니, 놈은 세상에서 가장 용서할 수 없는 짓을 저질렀다. 우리집 진입로에 대고 플러렛의 이름을 소리쳐 부른 것이다. 마치 플러렛을 잘 아는 것처럼, 우리에 관한 건 뭐든 다 아는 것처럼.

"플러렛! 맞아, 그 이름이지! 여기요, 아가씨!" 그뒤로는 난폭하고 술에 전 웃음소리, 우레 같은 엔진음과 사방에 날리는 먼지뿐. 차 뒷좌석에서 내던진 술병이 바위에 부딪혀 산산조각 나는 사이, 사내들은 시코맥 로드를 따라 사라졌다.

사발이 내 손에서 미끄러져 떨어졌다. 나는 모래색 먼지구름이 다시 길 위로 내려앉는 모습을 멍하니 바라보았고, 이내 사위가 잠잠해졌다. 귀뚜라미조차 혼비백산했는지 침묵에 빠져들었다. 나는 일어나서 치마에 붙은 도꼬마리 씨앗와 둑새풀을 떼어내려 했지만, 손가락이 떨려 잘 잡히지 않았다.

길 건너에서 노마가 어머니의 낡은 앞치마를 승마복 위에 비뚜름하게 걸친 채 현관문을 반쯤 열고 서 있었다. 플러렛은 더 잘 보려고 까치발을 하고 열심히 주위를 살폈다. 두 사람은 마치 그림엽서에 나오는 흐릿한 인물들 같았다. 그 자리에 붙박여, 이제는 더 이상 존재하지 않는 세계에서 밖을 물끄러미 내다보는.

8

우리 셋은 내 방으로 후퇴했다. 저녁식사고 뭐고 안중에 없었고 면발은 냄비 속에서 찐득한 덩어리가 됐다. 플러렛은 양볼이 붉게 상기됐고 두 눈은 흥분으로 번득였다. 노마는 지금까지 내가 본 중 가장 암울한 표정이었다. 시선은 줄곧 바닥을 향했고, 무슨 말을 하려는지 한참을 고르며 점점 호흡이 거칠어졌다.

"어떻게 우릴 찾아낸 거지?" 플러렛이 침대 위에서 방방 뛰며 물었다.

"들썩거리지 좀 말았으면 좋겠다." 노마가 말했다.

"안 그럴 수가 없는걸. 내 이름은 어떻게 알았을까?"

둘 다 기대하듯 나를 바라보았고, 플러렛은 나머지 이야기를 듣고 싶어 죽을 지경인 반면 노마는 두려움에 떨었다.

"그게…… 청구서에 있었어. 내가 우리 주소와 이름을 청구서에 썼거든."

노마는 슈미즈 무릎단 끝의 느슨해진 끈을 매듭지어 묶었다. 통신판매로 사면 아주 저렴하게 세트로 마련할 수 있는 속옷을 집에서 만들다니 플러렛은 그게 자기 재능의 낭비라고 생각했지만, 노마는 지금은 단종된 특정 스타일의 네인숙 소재 슈미즈에 집착했다. 노마는 그 슈미즈를 끝단이 나달나달해질 때까지 입다가 결국 플러렛한테 새것을 만들어달라고 뇌물을 줘야 했다.

"그거 잡아당기지 마." 플러렛이 조용히 말했다. 노마는 손을 뗐지만 눈은 계속 닳아 해진 끝자락에서 떼지 않았다.

"내일 경찰에 가야겠어." 내가 말했다.

노마가 코웃음을 쳤다. "난 이 나라 경찰을 회의적으로 보는데."

"네가 경찰에 대해 얼마나 안다고? 우린 경찰관하고 얘기해본 적도 없잖아."

"신문에서 읽었어. 경찰은 소매치기도 못 잡아. 기억 안 나? 바로 저번 주에 기차역에서……"

"노마," 나는 분노의 한숨을 크게 몰아쉬며 말했다. 요즘 노마의 이름을 부를 때면 자주 이런다. "경찰에게 이건 아주 간단한 사건이야. 그 남자가 우리 마차를 박살냈고, 피해 보상을 거부했고, 이젠 우릴 괴롭히고 있어."

"이유가 뭘까?" 노마가 말했다.

"그가 왜 우릴 못살게 구냐고? 너도 그 남자가 몰고 다니는 불량배들 봤잖아. 달리 할 만한 짓이 없나보지. 놈들이……"

노마가 나를 향해 한쪽 눈썹을 치켜세웠다. 이 제스처는 누군가에게 책임을 돌리고 싶을 때마다 효율적으로 사용하는 노마만의 특기였다.

"내 잘못이라는 건 아니겠지!" 나는 소리쳤다. "그 남자가 신사에 속하는 부류였다면 곧장 손해배상을 했을 거야. 난 당연히 받아야 할 걸 받으려 했던 것뿐이라고."

플러렛은 테니스 시합을 보는 관객처럼 우리 둘을 번갈아 쳐다봤다. 하지만 입을 다물고 있는 데는 한계가 있었다. "코프먼 씨는 어디 사는데? 오늘밤에 그 집에 가자. 셋 다 변장을 하고, 그 사람이 잠자리에 들 때까지 기다렸다가……"

노마가 플러렛을 조용히 시키고 내 손 위에 자기 손을 얹었다. "난 가끔 언니가 자신이 어떻게 보이는지 모르는 것 같아." 노마는 그 심정 안다는 듯 내 손을 가볍게 토닥였다.

나는 손을 뺐다. "내가 어떻게 보이는데?"

"사고가 났을 때. 언니가 그 남자를 내려다봤잖아. 그리고 그 남자가 차에 못 타게 차문을 쾅 닫았고. 그 꼴이 제 친구들한테 어떻게 보였겠어?"

"머저리같이 보였겠지." 내가 말했다.

"그 사람은 머저리 맞아." 플러렛이 덧붙였다.

"그리고 오늘은 어땠어? 그 남자 친구들이 또 옆에 있었어?"

"아, 그놈들은 원래 몰려다니잖아." 내가 말했다. "들개 무리처럼."

"그럼 혹시 오늘 또 헨리 코프먼을 머저리로 보이게 만들었어?" 이렇게 묻는 노마의 목소리는 여전히 조용하고 침착했다. "그 들개들 앞에서?"

나는 눈을 감고 놈의 머리가 회반죽 벽에 부딪히는 장면을 그렸고, 이 상세한 그림을 노마와 공유하지 않아서 다행이라는 생각이 들었다. "하지만 그게 우릴 쫓아올 이유가 되진 않아. 우릴 차로 친

건 그놈이잖아."

"그 사람이 상황을 그런 식으로 보고 있을 것 같진 않은데."

"글쎄다, 그쪽 편을 들다니 착하기도 해라." 나는 이렇게 쏘아붙이며 이불을 홱 잡아당겨 노마를 몰아냈다. 배고픔을 견디다 못한 플러렛이 노마한테 같이 아래층에 내려가 망친 저녁 요리 중 뭐 건질 게 없나 찾아보자고 꾀었다. 나는 침대에 머물렀다. 저녁도 못 먹고 위층으로 내쫓겨도 싸다는 기분이었다. 어쨌든 음식을 생각하는 것만으로도 뱃속이 뒤집혔다. 술에 취한 미치광이들이 자동차를 타고 우릴 향해 돌진하고, 모르는 남자들이 플러렛에게 위협을 가한다는 생각에 속이 메스꺼웠다.

플러렛, 세상을 거의 경험해보지 못한 아이, 어머니가 다른 딸들보다 훨씬 주의깊게 숨겨 키운 아이. 플러렛은 조그만 보석처럼 작고 반짝이고 훔치기 쉽다. 그리고 이제, 플러렛의 안녕과 행복이 내 책임이 된 지 고작 일 년인데, 남자들이 집까지 차를 타고 와서 그애 이름을 소리쳐 부른다.

어떡해야 하지? 어머니라면 자동차가 지나갈 때마다 악천후용 덧문을 내리고 문에 빗장을 가로지르고 지하 저장고에 숨으라고 할 것이다. 노마라면, 농장을 바깥세상의 접근을 막기 위해 고안된 성채로 여기는 그애라면 어머니의 의견에 찬성할 것이다. 하지만 나는 이 시골에 숨어 사는 데 진절머리가 났다.

프랜시스라면 농장을 팔고 자기네와 함께 살자고 할 것이다. 그래야 우리 셋을 제대로 감독할 수 있을 테니까. 하지만 나는 평생을 남자 형제의 가정부로 봉사하는 여자들처럼 될 생각은 없다.

내가 잠을 이룰 수 있는 유일한 방법은 이 상황에 대해 너무 호들갑을 떨고 있다고 스스로를 타이르는 것뿐이었다. 나는 코프먼과 대면하면서 사소한 오판을 저질렀고, 그 결과 우리 앞에 사소한 말썽이 하나 떨어졌다. 이런 일이 또 생길 리는 없겠지.

다음날 아침, 노마와 나는 플러렛을 앉혀놓고 집 앞을 지나가는 자동차를 조심하고 어떤 경우라도 낯선 남자들을 멀리하라고 경고했다.

"언니들 말하는 게 꼭 어머니 같아." 플러렛이 눈동자를 굴리며 말했다. 플러렛은 어떤 아이들이 타고나는 길고 짙은 속눈썹을 여전히 자랑했고, 그걸 우리를 향해 거만하게 파르르 떠는 버릇이 있었다.

"이번엔 진짜야." 내가 말했다. "이번엔 심각하다고."

"어머니는 뭐든 심각하다고 생각했지."

어머니와 비교되는 건 달갑지 않았지만, 코프먼 씨는 정말 새롭게 대두한 위험 요소였다. "나하고 약속하자." 내가 말했다. "자동차는 안 돼. 낯선 남자도 안 돼. 그자가 우릴 완전히 잊을 때까지 그를 멀리해야 해."

플러렛은 약속했다. "그래도 다음주에 패터슨엔 가는 거지? 응?"

나는 노마를 쳐다보며 설명을 요구했다. 노마는 의자 옆 바구니로 손을 뻗어 어젯자 신문을 집어들었다.

"어떤 영화사가 시내에 온다는 얘길 본 것 같아." 노마가 신문을 넘기며 말했다. "안전 캠페인의 일환으로 전차와 정면충돌하는 자동차를 찍을 거래."

"이것저것 들이받는 자동차는 이미 신물나게 겪었다고 생각한다만." 내가 말했다.

"아, 가야 한다고." 플러렛이 의자에서 펄쩍 뛰며 말했다. 플러렛은 이국적인 커다란 연분홍색 달리아를 머리에 꽂고 있었다. 어디 한번 견주어보라는 듯 일부러 제 얼굴 옆에 놓은 것처럼 보였다. "노마 언니가 큰언니가 데려가줄 거라고 장담했단 말이야."

노마는 계속 신문으로 얼굴을 가린 채였다. "시간이 되면 내가 가려고 했는데, 안 되더라고. 언니도 알다시피 난 목요일마다 비둘기들을 데리고 나가니까."

"넌 수요일하고 금요일에도 비둘기를 데리고 나가잖아." 내가 대꾸했다. "그리고 월요일하고 토요일에도. 화요일에는……"

"비둘기는 정해진 일과에 변동이 생기는 걸 좋아하지 않아." 노마가 말했다. "혼란스러워할 거야."

"글쎄, 나도 못 가." 말은 이렇게 했지만 딱히 댈 만한 핑계가 없었다.

플러렛은 어릴 때 하던 양 그대로 내 팔뚝을 잡아당겼다. "하지만 그 사람들이 여자 배우를 구하면 어떡해?"

"충돌 사고라며." 내가 말했다. "여자 배우를 어디다 쓰겠니?"

"충돌 사고라면 내가 또 경험자잖아." 플러렛이 말했다.

"그 사람들이 널 안전 캠페인에 쓸 것 같진 않다."

"제발." 플러렛이 사정했다. "큰언니가 데려가줄 거라고 노마 언니가 그랬어. 큰언니는 나랑 재미있게 놀아주는 것 말고 달리 할 일도 없다면서."

"노마!" 나는 노마가 든 신문을 잡아채려고 했지만 노마는 도무지 놓질 않았다.

"게다가 어제 너무너무 무서웠는데," 플러렛이 눈썹을 찡그려 미간에 서글픈 주름을 잡고 말했다. "오후 한나절만 나갔다 오면 기분 전환이 되지 않을까?"

플러렛은 상체를 내밀고 예의 우스꽝스러우면서도 묘한 매력이 있는 모양새로 입술을 오므렸다. 가끔 나는 얘를 들어올려 숨도 못 쉴 때까지 쥐어짜고 싶어진다. 이 충동이 애정에서 비롯된 것인지 분노에서 비롯된 것인지는 나도 모르겠다.

사고 장면의 부대는 메인 스트리트와 마켓 스트리트가 만나는 모퉁이였다. 낙농장에서 빌린 작은 마차를 돌리한테 매는 건 노마가 도와주었다. 우리 둘이 앉으니 마차의 좌석이 꽉 찼다.

"봐, 어쨌든 난 못 갔겠네." 노마는 티 나게 안도하며 말했다.

시코맥 로드에 들어서자마자 질문 공세가 시작됐다.

"어린 아가씨한테 맡길 만한 배역이 뭐가 있을 것 같아?" 플러렛이 물었다.

"우린 가서 보기만 할 거야."

"바퀴에 깔려 다리가 부러진 피해자 역은 할 수 있는데."

"넌 영화에 안 나와."

"그건 모르는 일이지."

나는 가시 돋친 침묵을 지켰지만, 어차피 내 말을 듣지도 않는 애한텐 그러거나 말거나였다.

"그럼 말이라도 좀 몰아볼게."

"지난번에 그 난리를 치렀는데?"

패터슨에 도착해 강을 건너 거대한 램버트성을 지날 때까지 우리는 내내 이런 식이었다. 램버트성은 미국의 기업가들이 처음 해외여행을 다녀온 후 중세풍을 흉내내어 지은 미련한 건축물 중 하나였다. 이 성을 지은 기업인은 캐설리나 램버트라는 이름의 비단업자인데, 아내와 여덟 자식 중 일곱이 묘지에 묻히는 것을 보고 난 지금까지도 저 건물에 살고 있다. 그의 아이들은 대부분 폐결핵으로 죽거나 소아열로 죽거나 말의 발길질에 머리를 차여 죽었다. 그는 자신과 마찬가지로 홀몸이 된 처제와 결혼했고, 둘은 대리석 아트리움에서 이끼 낀 숲이나 멀리 떨어진 다른 성채 또는 램버트가의 조상을 어두운 색조로 그린 웅장한 유화를 올려다보며 소일하고 있다고 했다. 램버트성의 테라스는 뉴욕 시를 내려다보는 탁트인 전망을 제공하지만, 성의 거주자들은 풍경을 내다보는 데 별 관심이 없는 모양이었다. 그들이 밖에 나온 것을 본 사람은 지금까지 아무도 없었다.

성의 그림자 속을 지나며 플러렛은 조용해졌다. 플러렛이 어렸을 때 뭔가 잘못하면 우리는 저 성의 부엌데기로 보내버린다고 플러렛을 협박했었다. 아이는 진짜로 우리 말을 믿었다. 열네 살이 되기 전까진 우리가 하는 말을 죄다 철석같이 믿었다. 램버트성은 플러렛에게 엄청난 영향력을 행사했다—실은 전 시민에 영향을 끼쳤다. 아무도 성 근처에 가려 들지 않았다.

“이런 덴 누가 살아?” 성 앞을 벗어나자 플러렛이 물었다.

“비단업자들은 다 여기 살아.” 내가 말했다.

언덕 위 전망 좋은 위치에 서니, 패터슨 번화가 가장자리에 옹기종기 모여 퍼세이크강에 그림자를 드리운 공장과 기업들이 보였다. 좁다란 벽돌 굴뚝은 석탄 연기를 하늘로 내뿜었고, 하늘엔 영구적인 잿빛 구름이 형성됐다. 일 년 중 이맘때의 강은 실개천 수준으로 졸아들어 진흙과 바위와 모기가 드나드는 웅덩이만 남는다. 공장주들은 자기네 붉은 벽돌 제국에서 멀리 떨어진 쾌적한 주거지를 선호했고, 그래서 느릅나무가 우거지고 넓은 경사로가 있는 시원하고 조용한 이 동네로 들어왔다.

"시내로 들어가는 데 엄청 돌아가는 길을 택하네." 플러렛이 모자를 만지작거리며 말했다.

"너무 일찍 왔잖아. 공원을 둘러 가면 좋을 것 같아서."

"뭐야, 난 빨리 가고 싶다고!" 플러렛이 항변했다. "감독을 만날 기회가 있다면 노려야지!"

"어련하시겠어요." 나는 느릅나무 아래서 한가로이 걷도록 돌리를 느릿느릿 몰았다.

패터슨은 산업도시다. 학생들은 모두 미국 초대 재무장관 알렉산더 해밀턴의 전기를 읽고, 퍼세이크강의 그레이트 폭포를 동력원으로 활용해 제방을 따라 국영 제조업 단지를 건설할 목적으로 해밀턴이 창설한 '유익제조시설설립협회'에 관해 배운다. 애초에 해밀턴이 계획했던 대로 일이 진행되지는 않았지만, 결과적으로 패터슨은 철강 제조업 도시로 성장했고 비단 제조업이 그 뒤를 이었다. 공장에서는 기관차와 콜트 리볼버를 생산했고, 최근에는 머리끈과 비단 옷감을 생산하고 있다. 그러나 영화사가 시내에 오는 오늘은 전 산업이 멈추었다.

플러렛이 나를 끌고 마켓 스트리트와 메인 스트리트 교차로를 향해 질주하는 동안, 낮부터 문을 닫은 은행과 과일 가판대를 접은 식료품점과 유리창 덧문을 내린 금은방 앞을 지나쳤다. 핀스트라이프 정장 차림의 회사원들이 처리해야 할 업무가 없는 것처럼 인도에 서 있었다. 학교 선생님들이 어린 제자들을 이끌고 거리로 쏟아져나왔다. 경찰이 인파를 한옆으로 몰았지만 그저 자기들이 더 잘 보려는 속셈이었다.

플러렛은 사람들 머리 너머로 볼 수 없었으므로, 나는 그애가 도서관 계단(별도 공지가 있을 때까지 휴관이었다)을 올라가 가로등 받침대에 올라설 수 있도록 도와주었다. 플러렛은 한 팔로 기둥을 끌어안고 고개를 길게 뺐다. 몸을 휘감고 물결치는 복숭아색 애프터눈드레스와 어깨 부근에서 찰랑거리는 윤기 나는 밤색 곱슬머리 덕분에 횃불을 든 자유의여신상처럼 보였다. 나는 그 바로 밑에 자리잡고 서서 새파란 사내들이 거리에서 벌어지는 광경에서 눈을 떼고 플러렛을 올려다보며 씨익 웃는 것을 예의 주시했다. 플러렛은 턱을 치켜들고 있었지만 자신의 숭배자들을 힐끔거리는 모양이 내 눈에 들어왔고, 나는 저 기둥과 플러렛을 같이 뽑아 치워버려 남자들의 관심에 재를 뿌리고 싶은 마음이 굴뚝같았다.

교차로는 마치 결투를 위해 자리를 비켜주듯 깨끗이 치워져 있었다. 패터슨의 낡디낡은 전차 한 대가 선로에 놓여 운명을 기다리고 있었다. 반 블록 떨어진 교차로 반대편에서는 집채만한 검은색 자동차가 낮게 으르렁거리며 매복중이었다. 촬영을 위해 나무로 된 높은 단이 설치되었고, 그 위의 삼각대에 카메라가 홀로 고정되어 있었다.

마침내 자동차엔진음이 포효했고, 차장이 전차로 뛰어들어가 사람들을 향해 손을 흔들었다. 너나없이 함성을 지르며 차장을 향해 손수건을 흔들었다. 자동차 운전자가 일어나 손을 흔들자 더 큰 박수갈채가 터져나왔다. 그러고 나서 둘 다 자리를 잡자 사람들은 쥐 죽은듯 조용해졌다.

카메라맨이 고개를 한 번 끄덕였다. 누가 확성기를 들고 카운트다운을 시작했다.

"셋. 둘. 하나. 고!"

구경꾼들이 헉 소리와 비명을 내지르는 가운데, 전차가 선로를 따라 움직였고 자동차는 속도를 내며 전차의 측면으로 돌진했다. 꼭 헨리 코프먼이 그랬던 것처럼. 차장은 겁먹은 표정을 과장스럽게 지으며 내다봤고, 그걸 본 사람들이 박장대소하는 찰나 자동차가 전차를 들이받았다. 전차가 좌우로 흔들렸다. 차장의 얼굴은 더욱 공포에 사로잡혔고, 자동차가 마지막으로 밀어붙이자 결국 전차가 옆으로 전복되며 바퀴가 헛돌았다.

사람들 사이에서 환호성이 터져나왔다. 플러렛은 방방 뛰며 미친듯이 박수를 쳤다. 경찰관과 소방관 그리고 의료 가방을 든 의사가 전차를 향해 달려갔지만, 차장은 의기양양하게 빠져나와 두 주먹을 치켜들고 흔들었다. 주위 사람들은 다들 성공적인 결과에 한몫이라도 거든 양 서로 축하 인사를 건넸다.

나는 플러렛을 보려고 고개를 돌렸는데, 그 순간 누가 내 소매를 붙잡았다. 공장에 있던 빨간 머리 아가씨였다.

"나 기억 안 나요?" 그녀는 사람들 소리에 묻히지 않으려 안간힘을 쓰며 외쳤다. 처음 생각했던 것보다 더 어렸고—플러렛보다 기껏해야 한두 살 위일까—염색장에서 평생을 보내지 않았더라면 예뻤을 것이다. 숱 적은 머리칼은 윤기 없이 푸석하고 입술은 파리했고, 목에는 화상 자국이, 손등에도 비슷한 흉터가 하나 더 있었다. 둘 다 꽤 짙은 갈색이어서 몇 년 전에 겪은 사고임을 짐작케 했다. 손가락은 숱하게 염색제가 묻어 회색으로 얼룩졌다.

"기억해요." 내가 말했다. "나 때문에 염료를 쏟았죠. 미안합니다." 나는 한 걸음 물러나 붙잡힌 팔을 뺐다. 도서관 가로등 받침대에는 기둥밖에 없었다. 플러렛이 자리를 뜬 것이다.

"미안해할 건 없어요." 빨간 머리 아가씨가 말했다. "염료를 쏟는 건 흔한 일이니까. 내 앞치마는 매일 색깔이 달라져요."

구경하던 인파가 물고기떼처럼 나를 떠밀며 지나쳤다.

"미안하지만 실례할게요." 내가 말했다. "동생을 찾고 있어서."

나는 도서관 계단 쪽을 더 잘 보기 위해 인파를 헤치고 다시 길가로 내려갔다. 하지만 보이는 거라곤 모자로 이루어진 바다뿐이었고, 갑자기 플러렛이 어떤 모자를 썼는지 기억나지 않았다. 이젠 헨리 코프먼한테까지 생각이 미쳐, 여자애를 조수석에 태우고 달아나는 검은색 자동차는 없는지 이 골목 저 골목을 살폈다.

이윽고 플러렛을 발견했을 때 그애는 거의 내 코앞에 있었는데, 여전히 생글거리며 여전히 상기된 채 여전히 까치발로 방방 뛰고 있었다. 나는 플러렛을 내 쪽으로 확 잡아당기며 그애의 모자 꼭대기 너머로 주위를 살폈다. 플러렛은 나를 밀쳐내려 했지만 어림없는 짓이었다.

뒤에서 속삭이는 말소리가 들렸다. "이 사람이에요?"

나는 한 팔을 플러렛의 목에 두른 채 돌아섰다. 또 공장에서 본 그 아가씨였다.

"이 여자분이에요?" 그녀가 물었다. "당신일 리는 없다고 생각하긴 했지만."

플러렛이 그녀를 제대로 보려고 꼼지락거리며 내 팔에서 빠져나갔다. "누구세요?"

그녀는 심호흡을 하고 어깨를 늘어뜨렸다. "내 이름은 루시 블레이크예요. 헨리 코프먼의 공장에서 일해요. 당신도 아이가 있나요? 나한테 말해도 돼요."

"아이?" 플러렛은 인상을 쓰며 우리 둘을 번갈아 쳐다보았다. 나는 이 아가씨의 말이 무슨 뜻인지 이해되기 시작했다.

"나는 아들이 있었어요." 루시가 말했다. "우리 보비. 하지만 없어졌어요."

"실례합니다만, 미스 블레이크," 나는 플러렛을 내 쪽으로 끌어당기며 말했다. "뭔가 오해하신 듯합니다. 나는 청구서 대금 지불 건으로 코프먼 씨를 만나러 간 거였어요."

루시가 또 플러렛을 힐긋거렸다. "그럼 이분은 그런 건 아니……"

플러렛이 누군가의 아이를 갖다니, 더구나 헨리 코프먼의 아이라니, 나는 등골이 오싹해져 고개를 흔들었다.

"아들이라뇨?" 플러렛이 숨가쁘게 물었다. "그애가 어디 갔는데요?"

루시는 눈물이 그렁그렁한 눈으로 플러렛을 바라봤다. 막아야 한다는 생각이 미처 들기도 전에 그녀의 이야기가 튀어나왔다. "모르겠어요." 루시는 떨리는 목소리로 말했다. "파업을 하기 전까진 결코 헨리한테 뭘 요구한 적이 없어요. 그저 보비를 굶기지 않을 정도의 돈만 바랐을 뿐인데. 절대 날 위한 건 아니었다고요! 빵과 우유만 있으면 됐는데. 하지만 헨리는 불같이 화를 냈죠. 그는 내가 가업의 지분을 받아내려고 수를 쓰는 거라고 생각했어요."

"딱 그 인간답네." 나는 무심결에 내뱉었다. 플러렛이 이 이야기를 한마디도 듣지 않았으면 하면서도, 나는 루시 편에서 점점 격분하고 있었다.

루시는 코를 훌쩍이며 고개를 끄덕였다. "애가 있다는 걸 그도 알았죠. 그게, 나는 가능한 한 오래 숨기려고 했지만, 그 사람은 매일 나를 보는걸요. 그도 알게 됐어요. 난 일자리만 보전할 수 있다면 아무것도 필요 없다고 했어요. 그에게 아무것도 바라지 않았다고요! 그 사람은 아버지로서 적합하지 않아요."

"당연하죠!" 나는 곧바로 맞장구쳤다.

"하지만 파업 동안 도와달라고 하니까, 헨리는 마치 내가 터무니없는 금액을 요구하며 협박이라도 하는 것처럼 굴었어요! 한푼도 주지 않으려 했죠. 그래서 어린애들을 피난시킬 때 보비도 보내야만 했어요."

"아기를 딴 데 보내버렸다고요?" 플러렛이 물었다. "어떻게 그럴 수가 있죠?"

"플러렛! 그때 다른 선택의 여지가 있었겠니?" 작년에 파업자들의 아이들은 우마차에 실려 패터슨을 떠나 뉴욕 시로 보내졌고, 파업에 공감하는 뉴욕의 각 가정에서 맡아 아이 부모가 일터로 돌아가 다시 아이를 먹일 형편이 될 때까지 돌봐주기로 했다. 우린 아이들이 떠나는 장면을 신문에 난 사진을 통해 모두 보았다. 목깃에 핀으로 쪽지를 꽂은 그 애절한 아이들.

"다른 애들은 모두 돌아왔는데, 우리 아이만 안 왔어요." 루시가 내 손을 잡으며 말했다. "헨리랑 관련이 있을 거예요, 안 그래요?"

나는 루시의 손을 떨쳐내고 거리를 좀 두려다 치맛자락에 발이 걸렸다. 창밖으로 떠밀린 것 같은 느낌이었다. 헨리 코프먼이 게으름뱅이에다 불한당이긴 하지만, 거기다 유괴범이라고?

"내가 알 리가 없죠." 나는 말했다. "경찰서에 안 가봤어요?"

모자 상자를 쌓아 나르던 남자가 옆을 지나며 나를 거칠게 밀쳤다. 나는 펄쩍 뛰었고, 플러렛을 도서관 계단 쪽으로 끌어당겼다. 루시 블레이크는 불안한 눈으로 두리번거리며 따라왔다.

"경찰서에는 못 가요." 루시는 내 손목을 잡고 상체를 내밀어 귓속말로 소곤거렸다. "만약 내가 경찰서에 가면 헨리가 분명 나까지 실종되게 만들 거예요. 나한테 그렇게 말했어요."

이 아가씨가 왜 나한테 이런 말을 하는 걸까? 그녀를 쳐다보기가 힘들었지만, 그렇다고 자리를 뜰 수도 없었다. 플러렛이 나한테 딱 붙어 다갈색 눈을 휘둥그레 뜨고 루시를 빤히 바라봤다.

"헨리는 점점 심해지고 있어요." 루시가 말을 이었다. "처음 공장을 맡았을 땐 이 정도까진 아니었어요. 마음만 먹으면 친절해지기도 해요, 특히 여자들한테."

나는 한 손으로 플러렛의 귀를 덮었다. "많은 남자가 여자한테 친절해지기도 하죠."

플러렛이 몸을 뒤로 뺐다. "다 들려!"

"하지만 지금 헨리는 무시무시해요." 루시가 말했다. "공장을 운영하기보단 그 불량배들하고 몰려다니기만 해요. 다 같이 위스키를 마시고 시시한 계획을 짜는 것 말고는 아무 일도 안 하죠. 맨날 누군가한테 복수한답시고, 아니면 본때를 보여준답시고 나가요. 그 사람들이 벌이는 싸움을 당신은 상상도 못할 거예요. 자기들끼리도 막 싸워요."

"그 누나라는 사람은 어때요?" 내가 말했다. "그 여자분은 꽤 분별 있어 보이던데."

루시는 고개를 저었다. "이 난장판에 넌더리가 났죠. 미시즈 가핑클의 집안은 온갖 종류의 공장을 소유하고 있는데, 문제가 있는 건 우리 공장뿐이래요. 가핑클 부부는 헨리를 바로잡기 위해 파견됐지만, 그분도 전혀 손을 못 쓰고 있어요."

"하지만 미시즈 가핑클이라면 분명 당신을 도와줄 수 있었을 텐데요?"

"시도해봤죠. 하지만 이런 일과 엮이고 싶지 않대요. 그분이 내 말을 믿지 않는 건 아니에요. 내가 헨리의 물건을 몇 개 갖고 있거든요. 그가 나한테 남긴 쪽지라든가……" 루시는 플러렛을 흘끔거렸다. 플러렛은 태어나서 지금까지 들은 그 누구의 얘기보다 더 주의깊게 듣고 있었다. "뭐, 몇 가지 개인적인 물건을요. 미시즈 가핑클은 보비가 자기 조카라는 것도 알아요. 하지만 그분한테 저는 또하나의 골칫거리에 지나지 않죠……" 루시의 목소리가 다시 갈라졌고, 그녀는 손수건을 들어 눈가를 훔쳤다. "두 번 다시 그 일은 입에 담지 말라면서, 자기 집안일에 경찰을 끌어들이지 말라고 했어요."

"왜 그런 사람들 밑에서 일하는 거예요?" 플러렛이 물었다.

"쉿." 나는 플러렛을 조용히 시켰다.

"달리 갈 데가 없는걸요." 루시가 말했다. "공장마다 다 블랙리스트가 있어요. 시내에서 일을 하려면 입다물고 지내는 수밖에요. 그러다보면 보비에 관한 소식이 들릴지도 모르잖아요. 지난주에 당신이 공장에 왔을 때, 비슷한 상황에 대해 들은 게 있을지도 모른다고 생각했어요. 서로 도울 수 있을 거라고. 그래서 당신을 찾고 있었어요."

갑자기, 이 아가씨가 헨리 코프먼과 그렇게 곤란한 상황에 엮여 있다면 우리가 그녀와 함께 길거리에 있는 모습을 사람들에게 보이면 안 되겠다는 생각이 들었다. "미안합니다만 미스 블레이크, 우리 처지는 아주 달라요. 부디…… 그러니까…… 잘 지내요." 나는 플러렛의 팔을 잡고 뒤돌아 걸었다.

"그를 조심해요!" 루시가 우리 뒤에 대고 외쳤다. "그는 포기하는 법이 없어요. 한번 자기를 화나게 한 사람은 절대 잊지 않아요."

루시의 이야기에서 뭔가가 자꾸 맘에 걸렸다. 나는 인도 한가운데에서 발을 멈추고 뒤로 돌았다. 루시는 도서관 앞에 홀로 오도카니 서서 우리가 멀어지는 모습을 지켜보고 있었다.

"루시, 뉴욕에서 당신 아기를 돌봐주던 사람들은 어떻게 된 거예요? 그 사람들은 뭐라던가요?"

"그게 무서운 거예요." 루시가 말했다. "그 사람들도 사라졌거든요."

9

집으로 가는 길에는 플러렛에게 고삐를 맡겨야 했다. 플러렛이 패터슨의 붐비는 도로를 따라 마차를 조심스레 모는 동안, 나는 똑바로 앞을 응시하며 루시 블레이크와 헤어진 이후로 나를 사로잡고 있는 뒤숭숭한 기분을 떨쳐내려 애썼다.

뭐라 형용할 수 없이 미묘하게 무언가가 변했다. 장 보는 사람들, 마차와 자동차, 가게 주인과 배달부들, 한때 그토록 익숙했던 일상의 인파가 이젠 낯설고 슬쩍 위협적으로 보였다. 나는 수레에 거대한 나무 궤짝을 싣고 가는 세 남자를 유심히 지켜봤다. 남자들은 궤짝이 굴러떨어져 깨질까봐 사면에서 붙들고 있었다. 안에 뭐가 들었는지는 보이지 않았지만 돌연 수상쩍은 느낌이 들었다. 저들이 뭘 숨기고 있는 걸까? 탄약? 은행 금고? 실종된 사람? 길 건너편 가게에서 한 아주머니가 양동이를 들고 나와 배수로에 구정물을 버렸다. 나는 몸서리를 치며 저 아주머니가 닦아내려 한 더러운 게 뭐였을까 생각했다. 플러렛 또래의 여자애가 포대기로 싼 아기 같은 모양새의 보따리를 가슴에 꼭 안고 돌리의 진로를 방해했고, 그때 나는 이런 생각밖에 들지 않았다. 그애는 누구 애야? 어디로 데려가는 거야?

플러렛은 돌리를 계속 앞으로 몰았고, 시내를 거의 빠져나올 때까지 침묵을 지키다 이윽고 입을 열었다. "코프먼 씨가 진짜로 그런 짓을 했을까?"

"모르지."

"그 여자가 거짓말을 한 것 같아?"

"그런 것 같진 않아."

"그 여자, 경찰한테 가야 하지 않을까?"

"플러렛! 그만 좀." 나는 진이 빠졌고 짜증이 났다. 어서 시원하고 어두운 방에 누워 눈을 감고 싶은 마음뿐이었다. 플러렛은 돌리의 고삐를 당겨 아주 느린 걸음으로 터벅터벅 걷게 해서 우리의 여정을 질질 끌고 있었다. 우유 배달차가 우리를 추월했고, 이어서 가구와 여행용 트렁크를 과적재한 짐마차에도 추월당했다.

"이러다 집에 가긴 가겠니?" 나는 플러렛에게 물었다.

"이게 다 무슨 일인지 말해주기 전까진 못 갈걸."

"내가 아는 것도 너랑 별반 다를 게 없어."

"그 여자는 어쩌다 그딴 남자랑 엮이게 된 걸까?"

나는 한숨을 내쉬고 고개를 저었다. "흔해빠진 이유지."

"사랑에 빠져서?"

"아마도."

"그리고 그 남자가 자기랑 결혼할 거라 생각했고?"

"십중팔구."

"어떻게 그만 남자와 결혼할 생각을 다 할까, 알 수가 없네."

나는 잠시 그 점에 대해 생각해보았다. "어쩌면 원래 그렇게 나쁜 사람은 아니었을지도 모르지. 전에는 달랐을지도 모르고."

"언니도 전에는 달랐어?" 플러렛이 물었다.

그 질문에는 대답하지 않았다.

집에 오니 올케가 노마와 함께 거실에 있었다. 올케 베시는 도서관 자선 경매에서 낙찰받은 딸기 케이크를 주러 잠깐 들렀다고 힘주어 말했지만, 오빠가 우리 셋이 어떻게 지내고 있는지 여자 입장에서 본 의견을 듣고 싶어 보냈으리라는 의심이 들었다. 우리가 도착했을 때 베시는 이미 돌아갈 채비를 하고 있었다. 노마가 검사를 통과한 모양이었다. 베시는 나를 보고 자리에서 일어나 다정하게 자기 쪽으로 끌어당겼다. 올케는 쾌활하고 포동포동한 여인으로, 시원스럽고 자애로운 미소와 여름에는 붉게 변하는 갈색 머리의 소유자다. 베시가 내 쪽으로 상체를 기울이며 소곤거렸다. "오빠가 동생들 걱정을 많이 해. 다만 표현법이 서툴 뿐이지."

"딸기 케이크를 보내는 건 산뜻한 시작인데." 나는 베시의 어깨를 한번 꾹 누르고 말했다.

"그건 내 아이디어였다는 거 알면서." 베시는 플러렛을 돌아보며 말했다. "정말 하루종일 영화 찍는 걸 구경했어?"

플러렛은 신나서 자세한 보고에 들어갔고, 그러면서 루시 블레이크와 만났던 일을 은폐하는 데 성공했을 뿐 아니라 우리의 기나긴 외출을 설명할 한나절분의 활동을 창조했다. 진짜로 시내 전차가 탈선하는 바람에 멀리 돌아가야 했다는 둥, 즉흥적으로 길을 돌려 피아노 가게에서 새로 나온 악보의 시범 연주를 들었다는 둥, 큼직한 황동 새장에 녹색 아프리카 앵무새를 넣어 파는 노점상과 우연히 마주쳤다는 둥. 앵무새들은 프랑스어를 할 줄 알고 네덜란드어도 조금 했는데, 국적을 물었더니 일제히 합창으로 "우린 스페인 출신이야!"라고 대답했다나 뭐라나. 새를 파는 사람은 그에 대해 아무런 해명도 못했다고 했다. 노점상은 그저 껄껄 웃으며 어깨를 으쓱하더니 플러렛한테 두 마리를 사면 싸게 해주겠다고 제안했단다.

이런 소소하고 의미 없는 거짓말이 어쩌나 쉽게 플러렛의 혀에서 술술 풀려나오는지 나는 혀를 내두를 수밖에 없었다. 저런 얘기를 날조하는 기술은 누구한테 배운 걸까? 플러렛이 저 어처구니없는 얘기를 지어내는 동안 나는 노마를 제대로 쳐다볼 수 없었다. 이번에 노마는 플러렛이 들려주는 이야기를 전혀 의심하는 눈치가 아니었다. 베시도 이야기에 쏙 빠져서, 손을 흔들고 우리와 헤어지면서 프랑스어 악센트로 말하는 앵무새 생각에 고개를 저었다. 그걸 보니 플러렛이 그동안 얼마나 자주 나를 속여먹었을까 하는 생각이 들었다.

저녁 내내 루시를 머릿속에서 몰아내려 애썼지만, 그녀가 처한 곤경이 자꾸 마음에 걸렸다. 어딘가, 그 파업의 아수라장 한가운데에서, 그녀의 아이가 실종됐을 가능성이 뇌리에 맴돌았다.

그날 밤 막 잠자리에 들었는데 노마가 방문을 두드렸다. 노마는 침대 끝에 한 다리를 깔고 앉아서 다른 다리는 내 옆으로 쭉 뻗었다. 목욕 후의 우유비누 향과 쌀가루분 냄새가 났고, 곱슬곱슬한 젖은 머리칼이 더운 밤공기에 마르면서 제멋대로 뻗쳤다.

노마는 뭔가 진지하게 말할 거리가 있을 때 늘 그러듯 입술을 꾹 다물고 있었다. 이럴 땐 직설적으로 묻기보다 먼저 말할 때까지 기다리는 게 낫다.

"녹색 아프리카 앵무새?" 노마가 물었다.

"그게 뭐?"

"플러렛이 녹색 앵무새를 파는 노점상에 관한 얘기를 어디서 주워들었을까? 설마 내가 그 얘길 믿을 거라고 생각한 건 아니겠지?"

나는 미소를 쥐어짰다. "응. 네가 믿길래 오히려 놀랐지."

"흠, 안 믿었어." 노마는 침대를 내려다보며 시트의 주름을 폈다. "헨리 코프먼과 관련된 거 맞지?"

"음…… 어떤 면에서는, 응. 그래."

"언니가 그 남자를 만나는 데 플러렛을 데려갔다니 믿을 수가 없네. 우린 십수 년 동안 저애를 거의 집밖에 내보내지도 않았는데, 이젠 범죄자 앞에 떡하니 전시하다니. 어째서?"

"코프먼 씨가 아니야. 공장에서 일하는 아가씨였어."

"공장에서 일하는 여자 중에 우리가 아는 사람이 누가 있다고."

"코프먼 씨 사무실에 갔을 때 만났어. 그리고 오늘 길에서 마주쳤고. 그 아가씨는…… 내가 코프먼과 좀 다른 종류의 말썽에 휘말렸다고 생각했나봐."

"다른 종류의 말썽?" 노마는 고개를 들고 예의 날카로운 눈으로 나를 빤히 응시했다. "코프먼 씨가 제공하는 말썽이 몇 종류나 되는데?"

"그 아가씨 이름은 루시인데……"

"이름은 됐고."

"너한테 이런 얘기까지 할 필욘 없어."

"그렇겠지. 말해봐. 그 사람이 어쨌는데?"

"그 사람한테 아기가 있었어."

"아. 그래서 그 사람이 언니한테 육아 지식을 물어봤고?" 노마가 한쪽 눈썹을 치켜세웠다.

"노마! 아기가 사라졌어. 루시는 아기의 실종이 코프먼 씨와 관련있다고 생각하고."

"그 남자가 그 여자와 아기한테 웬 관심인데?"

"코프먼 씨의 애니까."

노마는 젖은 머리칼을 쓸어넘겼다. "날이 갈수록 코프먼 씨의 도덕성은 바닥을 모르고 가라앉는군. 수요일쯤엔 살인자가 되어 있겠는걸."

"루시는 그 남자가 아이를 유괴했다고 생각해, 그래서 나는……"

"언니도 내 의견에 동의하지 않아?" 노마는 시트 위로 몸을 쭉 뻗고 누워 발(다행히도 깨끗하다)을 내 베개 위에 얹었다. "자기 공장 직원들과 부적절한 관계를 맺은 다음 아이들을 유괴하는 부류의 남자와 콥가의 세 자매가 낯을 익히지 않는 편이 낫겠다는 내 의견에?"

"동의해." 내가 말했다. "하지만 그 아가씨한테 일어난 일이 너무 끔찍하다고 생각하지 않아?"

노마는 한쪽 팔꿈치로 지탱하고 윗몸을 일으켜 나를 똑바로 쳐다봤다. "곤란을 자초한 아가씨들한테 일어나는 일들은 무척 끔찍하다고 생각해. 하지만 골칫거리라면 우리한테도 이미 차고 넘쳐."

"그냥, 누군가는 그 아가씨를 도와줘야 한다는 기분이 들어서."

"그런 기분은 지나갈 거야." 노마는 침대에서 굴러 일어나 팔짱을 끼고 나를 내려다보았다. "올케랑 오빠가 바비큐 먹으러 오래. 완두콩은 언니가 요리할 거라고 얘기해뒀어."

"내 완두콩 요리는 아무도 좋아하지 않잖아." 내가 말했다.

"하지만 언니한테 요리시키는 건 다들 좋아하거든." 노마가 말했다. "자, 이제 그만 자. 그 아가씨에 관해서는 더이상 생각하지 마. 나도 안 할 거야." 이것이 만족스러운 결론이었는지 노마는 살며시 문을 닫고 방을 나가 어둠 속에 나를 홀로 남겨두었다. 루시 블레이크에 관해 생각하지 않으려고 애쓰는 나를.

10

브루클린에 살던 시절 우리의 외출은 학교를 제외하면 리버스 아카데미에 무용 교습을 받으러 가는 것뿐이었다. 거기서 찰스 삼촌이 반주자로 일했다. 삼촌이 기꺼이 우리의 감시를 맡았으므로 노마와 프랜시스와 나는 무용 학원에서 오후 시간 대부분을 보냈다. 미뉴에트와 살랑거리는 옷들의 향연을 감내하며 무거운 걸음으로 폴카와 타란텔라를 추고 스텝을 외우거나, 저학년 애들이 거울 앞에서 수업을 받는 동안 한구석에 앉아 주름종이로 머리쓰개에 달 꽃을 접었다.

프랜시스는 삼촌에게서 치터도 배웠다. 발표회 날 프랜시스는 부들부들 떨며 무대에 서서 독주를 했고, 그 옆에서 노마와 내가 나무토막처럼 이인무를 추었다. 반에서 제일 큰 여자애였던 나는, 마흔다섯 명의 여자애가 각기 마흔다섯 개의 주를 형상화하며 춤을 추는 동안 미합중국의 상징 엉클 샘처럼 차려입고 무대 한가운데에 서 있기도 했다. 노마는 주를 고르지 않겠다고 해서 와이오밍이 강제로 배당되었다. 그리하여 모래색 리넨 드레스를 입고 자기로서는 상상할 수도 없고 상상하고 싶지도 않은 와이오밍의 광대함과 공허함을 표현하기 위해 두 팔을 활짝 벌렸다.

싱어 재봉틀 외판원을 처음 본 건 무용 수업을 마치고 돌아온 어느 날이었다. 당시 우리는 건물 꼭대기 층에 살았는데, 건물 후문으로는 배달부들이 드나들었고 정문으로는 그 밖의 아무나 드나들었다. 외판원들은 초인종을 누르지 말라는 경고판에도 불구하고 벨을 누르곤 했다. 그들은 은식기 광택제나 가루세제, 연필, 바느질 도구, 정기구독 책, 심지어 과실수 묘목도 팔았다. 작대기 같은 묘목 꾸러미를 어깨에 들쳐 메고, 블랙체리나 콕스사과나무를 사려는 사람을 찾지 못해 우리집 앞길을 왔다갔다하는 행상을 나는 창밖으로 내다보곤 했다. 세상에서 가장 불운한 과실수 행상만이 브루클린을 활동 구역으로 배정받는다. 재봉틀 외판원은 그보다는 평탄한 세월을 보냈다.

외판원들은 누가 들여보내줄 때까지 벨을 눌렀다. 마침내 그들의 발소리가 우리집 문 앞까지 다가와 노크 소리가 들리면, 어머니는 양손으로 당신의 딸들 머리를 누르고 위협이 지나갈 때까지 꼼짝 말고 조용히 있으라는 신호를 보냈다.

외판원들은 지저분해, 어머니는 우리에게 말했다. 저 사람들은 어떤 가게에서도 취급하지 않을 열악한 물건들을 팔아. 바깥출입을 못하는 외로운 환자들이나 마음 약한 사람들을 먹잇감으로 삼는다고. 저들이 들어오고 싶어하는 이유는 그저 나중에 우리가 외출한 틈을 타 다시 와서 빈집을 털기 위해서야. 그리고 벼룩도 옮기지.

그럴 리가 없음은 잘 알고 있었다. 나는 방문판매원한테서 머리끈과 어린이용 신발을 사는 여자애들과 같은 학교를 다녔다. 새로 나온 노래를 팔려고 무용 학원에 들른 악보 외판원도 보았다. 어느 겨울엔가는 화장수와 약품을 파는 사람이 내가 길에서 콜록거리는 소리를 듣고 샘플 물약을 따라준 적도 있었다. (달아나긴 했지만, 순전히 그 아저씨와 얘기하는 모습을 어머니한테 들킬까봐서였다.) 그래서 나는 외판원들이 어머니의 믿음처럼 위험한 사람들은 아니라고 생각했다. 그러나 감히 어머니의 말을 반박하지는 못했고, 노마도 마찬가지였다.

그러니 어느 날 무용 학원에서 집으로 돌아와 싱어 외판원이 우리집 거실에서 신형 전동 모터를 시연하는 장면을 본 우리는 아연실색했던 것이다. 어머니는 신문에 나오는 겁에 질린 납치 피해자처럼 우리를 쳐다봤다. 싱어맨은 그저 자리에서 일어나 싱긋 웃었다.

막 열여덟이 된 나는 무용 학원에 다니기엔 나이가 많았지만, 열네 살로 학원 졸업반이던 노마가 마지막 한 해만 같이 다니며 저학년 애들 교습을 도와달라고, 그럼 자기 혼자 학원에 다니지 않아도 된다며 나를 설득했다. 노마는 플리츠스커트와 블루머 차림을 남에게 보인 게 부끄러워 싱어맨을 지나쳐 우리 방으로 달려가 문을 쾅 닫았다. 그렇게 남겨진 나는 그 사람과 일대일로 마주하게 되었다.

"샬롬 알레헴."* 그는 마치 우리 어머니가 방안에 없는 것처럼

* '당신에게 평화가 깃들기를'이라는 뜻의 유대어 인사말.

나직이 말했다. "저는 싱어 재봉틀 회사에서 나왔습니다. 안녕하세요?"

그는 유대인이었다. 이디시어를 길거리에서 들은 적은 있지만 우리집 지붕 아래서는 처음이었다. 나는 그의 어깨 너머로 어머니를 쳐다봤는데, 어머니는 소파에 앉은 채 꼼짝도 하지 않았다. 어쩌다 어머니가 이런 사태를 허용했을까?

싱어맨은 그 부드러운 목소리로 또 내게 말을 걸었다. "분명 미시즈 콥의 예쁜 따님들 중 한 분이시겠군요."

악센트로 짐작건대 이 나라에 온 지 얼마 되지 않은 듯한데도 그는 벌써 훌륭한 영어를 구사하고 있었다.

내가 아무 말이 없자 그가 덧붙였다. "마침 어머님이 빨래를 널러 나오시는 길에 만났습니다. 옆집의 미시즈 프리츠께 저희 신제품의 장점을 보여드리고 있던 참이었거든요. 어머님께서 친절하시게도 이 댁 거실에서 다시 한번 시연을 해도 좋다고 하셨습니다."

우리 어머니가? 친절해? 이 양반이 어머니에게 마법을 건 게 분명했다.

"저는 콘스턴스 콥이라고 합니다." 마침내 나는 입을 열었다. "제 동생에 대해서는 양해해주세요. 무용 학원에서 너무 열심히 해서 지쳤나봐요."

싱어맨은 나보다 키가 머리 반쯤 컸는데, 이것은 그 당시에도 이미 내겐 희귀한 일이었다. 그의 눈은 초콜릿빛 갈색이었고, 숱 많은 검은 머리는 가운데 가르마를 타서 이마 양옆으로 내렸다. 그는 금테 안경을 통해 나를 내려다보았는데, 안경 덕분에 학자의 면모를 풍겼다.

"당신은 무용 연습하느라 피곤하지 않고요?"

"전 이제 수업을 받지 않아요. 나이가 너무 많아서."

"춤출 나이가 지난 여자란 존재하지 않는 법인데."

그는 항상 미소 짓고 있어 얼굴에 호감형 주름이 잡힌 남자들 중 하나였다. 마주 웃으면 안 된다는 걸 알고는 있었지만 나는 미소로 화답하고 말았다.

드디어 어머니가 말을 되찾았다. "우리 딸은 춤추는 것을 좋아하지 않아요."

그는 내게서 눈도 떼지 않고 말했다. "하지만 교습을 받았다면서요."

"무용 교습은 여자애들한테 좋으니까요." 어머니는 소파에서 일어나 우리 사이를 뚫고 현관으로 당당히 걸어가 문을 활짝 열었다. 그러고는 꿈쩍도 하지 않는 외판원을 보고 덧붙였다. "이 아이는 재봉도 좋아하지 않는답니다."

결국 싱어맨은 돌아서서 견본품 가방과 전동 모터 모델을 챙겼다. 그러고는 문으로 걸어가며 내게 정중한 묵례와 함께 뭔가를 더—윙크?—남겼다.

"따님이 교습을 좋아할지도 모르지요." 싱어맨은 복도에 서서 어머니를 향해 따사롭고 넉넉한 미소를 효과적으로 활용하며 말했다. "저희 회사의 모든 제품에 관해 상세히 설명해드리겠습니다."

어머니는 그의 코앞에서 현관문을 닫았고, 나는 얼굴로 몰린 핏기를 들키지 않으려 돌아서야 했다. 그 순간 나는 어머니 말이 줄곧 옳았던 게 아닐까 생각했다. 과연 미국에서 젊은 아가씨들은 매일 정숙함을 위협받는 상황에 직면하는지도 모른다. 자기 집안에

서조차, 심지어 주문서와 견본품밖에 갖고 다니지 않는 방문판매원한테까지.

싱어 외판원이 다시 우리집 현관문을 두드렸을 때 그를 집안에 들인 사람은 나였다.

노마를 무용 학원에 데려다주는 일은 더이상 하지 않겠다고 선언한 후였다. 어머니는 노마가 혼자 다니는 것을 용납하지 않았으므로, 수요일과 토요일이면 어머니와 노마 둘이 전차를 타고 무용 학원에 갔고 나는 집에 남아 저녁식사를 준비했다. 프랜시스는 철물점에서 창고 담당자로 일하고 있었고, 그 말인즉 나는 일주일에 두 번씩 빈집에 홀로 남는 예기치 않은 호사를 누리게 되었다는 것이다.

그날 오후 나는 구워야 할 고기를 나 몰라라 팽개치고 소파에서 책을 읽으며 빈둥거리고 있었다. 십일월치고는 이상하게 포근한 날이어서 창문을 죄다 열고 두꺼운 태피스트리 커튼을 젖혀 높이 부는 청명한 산들바람을 들였다.

현관문 노크 소리에 절대 답하지 않는 어머니의 습관이 내게도 있었지만—우리 모두 그랬다—이번 노크는 무척이나 부드러워 해가 될 것 같지 않았다. 나도 모르게 문으로 나갔다.

싱어맨이 미소 짓자 눈가에 주름이 잡혔다. "당신이 집에 계시길 바랐습니다, 미스 콥."

내 팔다리가 뭔가 이상해졌다. 그대로 얼어붙음과 동시에 팽팽히 긴장되어, 마치 급류에 휩쓸린 것 같았다. 그는 내가 뭘 어쩌기도 전에 안으로 들어와 문을 닫았다. 그제야 나는 그가 첫 방문 때 우리 어머니를 어떻게 통과했는지 알아냈다. 그는 어느 집이나 자기 집처럼, 혹은 주인이 몇 시간 동안 기다리던 손님처럼 부드럽게 현관문을 통과하는 재주가 있었다.

싱어맨은 테이블에 케이스를 놓고 잠금장치를 풀었다. 양옆이 펼쳐지며 광택이 도는 검은색 기계가 드러났다.

"저희 회사의 최신 모델입니다. 제일 먼저 보여드리고 싶었어요. 이걸 보시면 재봉에 좀더 관심을 가지시지 않을까 생각해서."

뭘 봐도 재봉에 관심이 생길 리는 없었지만, 이해할 수 없는 몇 가지 이유로 어쨌든 고개를 끄덕인 나는 그 옆에 나란히 앉아 원단 견본과 실패를 펼쳐놓는 남자를 지켜보았다. 천마다 이전에 박은 흔적들이 있었고, 감치고 주름잡고 다시 뜯은 그 자국들은 싱어맨이 지금까지 시연한 재봉 강습의 역사를 고스란히 보여주었다.

깅엄 한 조각이 재봉틀을 통과하던 장면, 그리고 심장이 알에서 깬 새처럼 빠져나오려 발버둥치던 느낌이 아직도 생생하다. 목구멍까지 올라온 새를 나는 도로 삼켜 밀어넣었다. 머릿속 한구석에선 시간이 흐르면 어머니와 노마가 집에 돌아오리라는 사실을 인식하고 있었지만, 숨쉬기도 힘든데 하물며 고개를 들어 시계를 보기란 어림도 없는 일이었다.

싱어맨은 음악가처럼 길고 가느다란 손가락의 소유자였다. 가장 가는 실도 능숙하게 다뤘고, 음악가가 악기를 조율하듯 자신의 기계를 세심하게 조정했다. 그의 손가락이 내 손가락을 가볍게 쓸며 새 비단을 바늘 밑으로 가져갔고, 지금까지 어머니가 애써 박아왔던 그 어떤 재봉선보다 완벽하고 정확한 고운 파란색 재봉선을 남겼다.

강습은 한 시간 동안 이어졌고, 노마와 어머니가 돌아오기 십 분 전에야 끝났다. 그는 들어올 때와 마찬가지로 조용히 나갔고, 우리 집에서는 그가 왔다 갔다는 어떠한 흔적도 찾아볼 수 없었다. 싱어맨이 떠난 뒤, 아무도 없는 거실 한가운데에 서서 나는 그가 왔었다고 혼자 상상한 게 아닐까 의심했다.

내가 그때 뭘 배웠다고는 할 수 없다. 나는 그가 파는 물건을 살 수 있는 처지가 아니었고, 그도 분명 알고 있었을 것이다. 그날 저녁 식구들과 함께 고기가 익기를 기다리며 나는 오후를 어떻게 보냈는지 입도 벙긋하지 않았다. 이것이 내가 가족들에게 숨긴 첫번째 비밀이었다.

11

그후로 며칠간 노마와 나는 헨리 코프먼과 루시 블레이크를 화제에 올리지 않았다. 그러나 별다른 생각할 거리가 없는 플러렛은 틈만 나면 나를 구석으로 끌고 가 자꾸 이상한 얘기를 늘어놓았다.

"만약 그 아기가 코프먼가의 재산을 물려받을 상속인인데, 러시아로 몰래 끌려가는 바람에 자신의 진짜 정체와 유산의 존재를 알지 못한다면?" 노마는 비둘기를 데리고 나가고 우리 둘은 시원하고 어둑한 거실로 물러나 책을 읽고 있던 어느 나른한 늦은 오후, 플러렛이 물었다. "또 한 명의 '도팽 페르뒤'*가 되는 거야."

"미국에는 왕자 같은 거 없어." 내가 말했다. "그리고 러시아에는 왜 끌려가니?"

플러렛은 뾰족한 작은 턱을 검지로 받치고 생각하는 척했다. "볼

* '사라진 황태자'라는 뜻의 프랑스어.

셰비키 짓이지. 그 사람들이 아이를 파업 피난 때 뉴욕으로 데려갔다가, 아이가 비단업자의 아들이란 걸 알고 혁명가로 키우기 위해 러시아행 배에 태워 보낸 거지."

읽고 있던 책보다 플러렛의 이야기가 수십 배는 더 흥미진진했기 때문에 나는 책을 내려놓았다. "그래서 나중에 아이가 되돌아오고?"

"그렇지." 플러렛은 두 팔을 머리 위로 쭉 뻗으며 하품했다. "열여덟 살 성인이 된 아이는 아버지에게 재산을 요구할 거야, 그때쯤이면 애 아버지는 엄청 늙었겠지……"

"그렇게 많이 늙지는 않았을 거야." 나는 플러렛의 말을 바로잡았다.

"아냐, 엄청 늙었을 거야, 쉰이나 그쯤. 그리고 황태자는 패터슨으로 돌아올……"

"그때쯤이면 코프먼 씨는 이미 패터슨에서 쫓겨났을 거라고 생각하고 싶다."

플러렛은 더이상의 방해는 허락하지 않겠다는 듯 과장되게 헛기침을 하며 목청을 가다듬었다. "아이는 돌아와서 자신의 아버지를 찾아내, 아버지가 어디 있든지 말이야, 그리고 재산을 요구해서 그 돈을 공장 노동자들한테 다 나눠주는 거야, 그러면 코프먼 씨는 고래고래 악을 쓰겠지, 하지만 결국 그는 땡전 한푼 없는 빈털터리가 되고, 노동자들은 대낮에 두둑한 주머니를 두드리며 집으로 돌아가는 거야."

"그런데 루시는 어떡하고? 그 아가씨도 뭘 얻어야 하지 않겠어?"

"아이가 루시를 위해 러시아에 궁전을 지어놨을 거야. 두 사람이 함께 러시아로 돌아가면 루시는 볼셰비키의 여왕이 되는 거지." 플러렛은 이야기가 끝났다는 뜻으로 읽고 있던 책을 탁 덮었다.

"볼셰비키는 여왕을 바라지 않을 거라고 상당히 확신하는데."

"아무튼, 끝에서는 뭘 다스리든 여왕이 되어야 해."

루시 블레이크에 관해 플러렛이 지어낸 이야기는 온통 숨겨진 보물과 극적인 구출과 영예로운 탈출로 점철되어 있었다. 탈출해서 도착하는 장소는 이국적인 어느 나라이고 거기엔 항상 공작새와 흑조가 사는데, 플러렛 생각엔 그런 새들은 왕족 계급이라면 갖춰야 할 '아쿠트르망'*이었다.

그러나 루시 블레이크는 동화 속 등장인물이 아니었다. 그녀의 아기는 사라진 황태자가 아니라 여공의 사생아고 인구 수백만의 도시에서 행방불명되었다.

궁지에 빠진 루시가 걱정되고 헨리 코프먼이 그녀의 인생과 자신의 인생을 어떻게 망쳤을까 궁금하긴 했지만, 그런 문제는 어찌 보면 내게는 여전히 추상의 영역이었다. 나는 어떤 남자와 우연히 마주쳤고 그는 절대 훌륭한 시민이 아니며 범죄자일 가능성도 있었다. 하지만 그 모든 사건은 한낱 희미한 기억으로 시들어가고 있었다. 플러렛이라면 신나게 윤색할 만하고, 노마라면 경고성 일화로 분류해 스크랩북에 간직할 만한 별난 이야기였지만, 이후 우리의 삶과는 무관할 터였다. 심지어 헨리 코프먼은 매일 나다니며 이런저런 일을 하는 사람—머리를 빗고 점심을 먹고 친구들과 술집

* '옷차림'이라는 뜻의 프랑스어.

에서 술을 마시고 자기 누나와 싸우는 사람—으로 느껴지지도 않았다. 내 머릿속에서 헨리 코프먼은 내가 그를 봤던 시점에만 존재했고, 그 외에는 누가 그를 집어들고 줄을 당겨 휘리릭 생명을 불어넣을 때까지 무대 뒤의 꼭두각시 인형처럼 줄에 매달린 채 축 늘어져 쥐죽은듯 가만히 있었다.

내가 헤아릴 길이 없던 것은—사실 깊이 생각해보지 않았던 것은—그의 머릿속에는 과연 우리가 계속 존재할까 하는 점이었다. 그는 말뚝 위의 꼭두각시가 아니었고, 우리를 잊지도 않았다. 그는 항상 거기에 있었고, 헨리 코프먼이 할 만한 짓을 하고 있었으며, 나는 헨리 코프먼이 가끔씩 하는 짓 중 하나가 우리 생각을 하는 것이라는 사실을 간과하고 있었다.

결국 어느 화요일 늦은 밤, 상황은 명백해졌다. 코프먼 공장의 염료통에서 헤엄치는 연두색 백조와 루시가 뒤죽박죽된 괴상한 꿈을 꾸다가 어쩐 일인지 퍼뜩 깨어 정신이 들었을 때였다. 나를 깨운 소리는 침실 창문 밖에서 들리는 자동차엔진음이었다.

나는 일어나 앉아 베개를 꼭 끌어안았다. 무슨 일이 일어나든 달리 나를 보호할 만한 것이 없었다. 한줄기 불빛이 유리창을 비추더니 이어서 유리가 깨지고 파편이 날아들었다. 뭔가 육중한 것이 침대를 강타해 나는 비명을 질렀다.

창밖에서 타이어가 자갈길을 구르며 회전하는 소리가 나더니 자동차가 부릉거리며 멀어졌다.

자다가 날벼락이라도 맞은 것처럼 우악스럽게 꿈에서 현실로 내팽개쳐지는 바람에 몸이 부들부들 떨리며 생목이 치밀었다. 침대를 때린 게 뭔진 모르겠지만 나는 방패막이로 이불을 주섬주섬 끌어모아 둘러썼다. 손으로 주위를 더듬어보니, 깨진 유리 조각 너머에 문제의 그것이 있었다.

벽돌. 벽돌에 끈이 묶여 있고 그 밑에 종이가 끼워져 있었다.

그때 플러렛이 내 방에 들어왔고, 뒤이어 노마의 발소리가 가까워졌다. 창문이 삐죽삐죽한 유리 입을 헤벌린 채 우리를 쳐다보고 있었다.

"바닥에 엎드려." 나는 낮게 말한 뒤 구르듯 침대에서 빠져나와 위험을 무릅쓰고 박살난 유리 조각들 너머로 한 걸음 내디뎠다. 온 바닥이 반짝반짝하고 잘그락거렸다. 밖을 슬쩍 엿보았지만, 무슨 일이 있었느냐는 듯 캄캄한 길에는 아무것도 없었다.

노마와 플러렛은 잠옷 바람으로 무릎을 끌어안고 바닥에 웅크려 앉아 나를 쳐다보고 있었다.

"그 남자였지, 응?" 플러렛이 말했다. "또 온 거야."

나는 고개를 끄덕였다. "그런 것 같다."

우리는 잠시 그대로 기다렸고, 이윽고 노마가 일어나 등불을 켰다. 노마는 벽돌에서 종이쪽지를 빼내 그 속에서 뭔가 튀어나오기라도 할 듯 조심스럽게 펼쳤다.

마담

H. 코프먼과 그의 사업장 근처에 얼씬도 하지 마. 이번은 경고야. 조만간 총 쏜다. 우리는 총을 쓰고, 총알도 많이 쓰고, 당신은 죽는다.

H.K. 친구

노마가 쪽지를 내게 넘겼고, 그다음엔 플러렛에게 보여줬다. 어린애 같은 정자체 손글씨였는데, 꼭 오른손잡이가 왼손으로 쓴 것 같았다.

"총을 쏜다고?" 플러렛이 말했다. "정말 우리한테 총을 쏜다는 얘기야?"

나는 다시 창밖으로 시선을 돌렸다. 칠흑 속에서 나무들이 소곤거리고 올빼미가 숨죽여 울었다. 나는 아직도 염색공장과 백조 꿈에 절반쯤 잠긴 상태였고, 감히 자기 꿈을 꿨다고 코프먼 씨가 쫓아온 거라는 얼토당토않은 느낌이 들었다. "설마. 우릴 거의 알지도 못하는데." 내가 말했다.

산들바람이 일면서 부서진 창문에서 커튼이 부풀어올랐다. 우리 셋은 다 같이 놀라 펄쩍 뛰었다.

"누가 벽을 타고 올라온 줄 알았어." 플러렛이 제 목을 감싸며 말했다.

"여기선 못 자겠다." 노마가 말했다. "창문이 저 지경이니."

나는 벽돌을 집어들고 창틀에 남은 유리를 마저 깨서 떼어냈다. 밖에는 시커먼 헛간과 인적 없는 도로뿐이었다. "괜찮을 거야." 괜찮을지 조금도 확신할 수 없었지만 일단 말은 그렇게 했다. "그냥 우릴 겁주려는 장난일 뿐이야, 그게 다야."

"그 쪽지 이리 줘봐, 다시 읽어보게." 플러렛이 손을 내밀며 말했다.

"밤새 곰곰 그 생각만 하다 악몽 꾼다, 너."

"그냥 좀 보여줘."

나는 쪽지를 머리 위로 쳐들었다. "안 돼! 다들 방으로 돌아가자도록 해, 이 일에 대해선 내일 아침에 얘기하자."

플러렛이 내게 머리를 기댔다. "어머니라면 지금 이 상황을 어떻게 처리하셨을까?"

나는 플러렛의 머리를 쓰다듬으면서도, 막내의 머리 너머로 노마를 쳐다볼 엄두가 나지 않았다. "어머니가 어떻게 처리했을진 나도 모르지." 내가 말했다. "이런 일은 한 번도 없었으니까. 하지만 어머니가 너한테 뭐라고 하셨을지는 알아."

"진짜? 뭐라고?"

"게 인스 베트."*

"알았어! 간다고."

노마는 문설주에 등을 기대고 플러렛이 제 방으로 들어가는 모습을 지켜보았다. 그러곤 슬며시 내 방에 들어와 문을 닫았다.

"코프먼 씨가 우리한테 총을 쏠 생각이 없을 거라고 어떻게 장담해?" 노마가 말문을 열었다. "정확히 그 반대 의사를 천명하는 편지를 써갖고 창문을 깨서 전달하는 수고까지 하는데?"

"아무것도 장담할 순 없지." 내가 말했다. "다만 플러렛이 밤새도록 머리를 굴리는 게 싫어서."

노마는 침대 위 내 옆에 앉아 한 손으로 유리 파편을 집어서 다른 쪽 오므린 손바닥에 떨어뜨렸다. "앞으론 이렇게 살게 되겠지, 낯선 남자들이 우리한테 벽돌을 던지고 우리는 널빤지를 댄 창문 뒤에 숨어 지내고. 우리집에 지하실이 있다면 좋았을 텐데, 거기 들어가서 아예 밖에 안 나오게."

---

* '가서 자라'는 뜻의 독일어.

"그냥 장난이겠지, 또 그럴 것 같지는 않은데." 내가 말했다. "우리가 빌미를 준 적은 없잖아." 베개 옆에서 일 페니짜리 동전만한 유리 조각이 나왔고, 유리에는 흰색 페인트가 조금 묻어 있었다.

"글쎄, 우리가 준 적은 없지." 노마가 대꾸했다. "하지만 언니는 줬어. 남자들은 자기 잘못을 인정하는 걸 좋아하지 않아. 더욱이 잘 모르는 여자가 와서 자신이 저지른 잘못에 대해 배상을 요구하면 특히 질색하지."

"그게 우리한테 총질할 이유는 되지 않아."

"양식 있는 사람이라면 우리한테 총질할 이유가 되지 않겠지." 노마가 말했다. "코프먼 씨가 양식 있는 사람이었다면 애초에 우릴 차로 치지도 않았을 거야. 말이야 바른말이지, 그런 기계를 아예 사지도 않았을걸." 자동차 산업은 노마에게 가공할 적이었다. 노마는 자체 추진력을 가진 탈것들이 무법천지와 사회 혼란으로 가는 지름길이라고 믿어 의심치 않았다. 코프먼 씨의 사례는 노마의 주장에 더욱 힘을 실어줄 뿐이었다.

"뭐, 이젠 경찰의 일이야. 아침에 경찰서에 가볼 거야."

"경찰은 아무 도움 안 될걸. 코프먼 씨를 체포하려 들지도 않을 거고. 경찰이 괜히 찾아가서 이런저런 질문을 해대면 그 남자는 더 흥분만 할 텐데, 그다음에 어떻게 나올지는 알고 싶지도 않네."

복도에서 발소리가 들렸다. 플러렛이 문을 확 열고 들어오더니 내 침대로 뛰어들었다. 노마는 손에 든 유리 파편을 떨어뜨리지 않으려고 벌떡 일어났다. "가서 자라니까." 내가 말했다.

"하지만, 큰언니, 나 방금 깨달았는데."

"뭘?"

"루시가 말한 게 사실이었어. 그 남자는 자길 화나게 한 사람을 끝까지 쫓아다니고, 절대 포기하는 법이 없어."

"우리가 그를 화나게 한 사람들이라고는 말하기 힘들지." 그러나 기억 속에서 내가 그를 벽에 거칠게 밀어붙이던 장면이 떠올랐다. 그는 덫에 걸린 짐승처럼 보였다. 궁지에 몰린 짐승이 어떻게 나오더라?

"그 남자가 우리한테 이런 식으로 나오는데, 루시한테는 무슨 짓을 했겠어?" 플러렛은 내 베개를 베고 애원하듯 나를 쳐다보았다.

나는 고개를 저었다. "모르지. 상상이 안 돼."

"그 아가씨와 아기를 그냥 저렇게 놔둘 거야?"

"글쎄다, 내가 딱히 할 수 있는 일이 없잖아. 특히나 우리한테 벽돌까지 날아오는 마당에."

"하지만 언니가 안 하면 누가 해?"

나는 허리를 숙여 플러렛의 머리에 턱을 올렸다. 노마는 우리 둘을 내려다보며 그 문제에 엮이는 게 얼마나 현명치 못한 짓인지 또다시 연설하려는 듯 숨을 들이켰지만, 말은 나오지 않았다. 아니면 말하지 않기로 마음먹은 걸지도. 노마는 쓰레기통에 대고 손을 펼쳤고, 유리 조각들이 빗방울처럼 후드득 떨어졌다.

12

이튿날 아침 늦여름의 소낙비가 해컨색을 휩쓸면서 건물의 먼지를 씻어내렸다. 내가 시내에 도착할 즈음에는 태양이 이미 구름을 몰아냈고, 도시에서는 상쾌한 건초와 촉촉한 돌 내음이 났다. 시큼하게 농익은 여름의 열기도 제법 가셨다. 계절의 변화가 주는 흥분 속에서 나는 법원 계단을 올랐고, 문 바로 안쪽에서 목깃에 밴 땀을 잠깐 말린 후 안내 데스크 뒤 여자에게 다가갔다.

"어떤 남자를 고소하러 왔습니다." 내가 말했다. "형사사건입니다."

"그 남자가 당신의……" 여자는 장미꽃 봉오리 같은 입술을 꾹 다물었는데, 아마 내 '남편'이냐는 말을 하려다 도로 거둔 듯했다.

"그 남자는 범죄를 저지른 사람입니다." 내가 말했다. "제가 맞게 찾아온 건가요?"

여자는 새침하니 못마땅한 시선으로 날 보더니 한 사무실을 알려주며 거기 수사관 아무나 붙잡고 얘기하라고 말했다. 나는 당당한 걸음걸이로 여자의 책상 앞을 지나 천장이 높고 환한 원형 홀로 들어섰다. 홀 한가운데에는 여러 법정에서 흘러나온 희미한 소음이 한데 모여 맴돌았고, 논쟁적이고 호전적인 웅얼거림이 스테인드글라스 돔을 향해 떠올랐다. 검사 사무실 문은 닫혀 있었다. 나는 노크도 없이 그냥 밀고 들어갔다.

책상 앞에 앉은 남자는 어깨가 축 처졌고 얼굴의 모양과 질감이 꼭 달걀 같았다. 눈은 황달에 걸린 것처럼 누렇고 입술은 V자 모양으로 푹 꺼져 항구불변의 찡그린 인상이었다. 책상 위 명패에는 그저 '수사관'이라고만 쓰여 있었다.

수사관은 갈색 정장을 입은 남자와 얘기중이었다. 맞은편 남자는 내게 등을 돌리고 있어 얼굴을 볼 수 없었지만, 수사관은 코트 속에 벼룩을 한 부대쯤 끼고 다니는 부랑자를 보듯 아주 역겹다는 표정으로 그를 대하고 있었다. 수사관은 나를 보자 자리에서 벌떡 일어났는데, 분명 내가 끼어들어 안도한 눈치였다.

"안녕하세요," 그가 말했다. "저는 코터 수사관입니다. 무슨 일로……"

"형사 고소를 하려고 합니다." 내가 말했다.

맞은편 남자가 일어나 몸을 돌려 나를 마주했다. 부랑자는 아니었고, 그냥 평범한 양복에 나비넥타이를 맨 남자였다. 얼굴에 비해 콧수염이 너무 넓게 퍼져, 아버지 옷을 입은 소년이 떠올랐다. 움푹 꺼진 다갈색 눈이 서글픈 눈빛으로 나를 보았다.

"로버트 히스 보안관입니다." 남자가 말했다. "안녕하십니까."

나는 내 소개를 하고 방문 목적을 설명했다. 그러자 히스 보안관이 옆으로 비켜나 코터 수사관에게 발언권을 양보했다. 나는 수사관에게 내 우려를 설명하면서도, 미소를 반쯤 억누른 채 우리 대화를 지켜보는 보안관을 흘끔거릴 수밖에 없었다.

내 얘기를 들으면서 코터 수사관도 보안관을 곁눈질했고, 이윽고 자리에 앉아 눈을 가늘게 뜨고 내가 제출한 협박 쪽지를 읽었다.

"그 사고가 패터슨에서 일어났다고 말씀하지 않으셨나요? 그럼 퍼세이크 카운티 관할인데요?"

"네, 하지만 전 여기 버건 카운티에 살고 있고, 그 남자는 두 번 우리집까지 찾아와서 우리를 괴롭혔습니다." 내가 패터슨이 아니라 해컨색을 고른 이유는 사실 해컨색 경찰이 패터슨 경찰보다 비단업자들에게 덜 물들지 않았을까 하는 기대에서였다. 패터슨은 산업이 지배하는 도시였으니까.

"이건, 미스 콥," 수사관은 쪽지에서 눈도 떼지 않고 말했다. "당신이 직접 그 남자와 합의해야 할 사안으로 보입니다. 그 사람이 당신 마차에 피해를 입혔다면, 그냥 청구서를 써서 그 사람한테 보내세요." 그러더니 마침내 눈을 들어 나를 보았고, 한쪽 눈썹을 치켜세우는 폼이 자신이 전적으로 만족스러운 해법을 제시하여 문제를 해결했다고 생각하는 모양이었다.

나는 수사관 맞은편 의자에 앉아 상체를 내밀고 나직이 또박또박 말했다.

"헨리 코프먼은 그 사람 많은 마켓 스트리트로 자동차를 끌고 들어와 우리 마차를 박살낸 뒤에, 다른 세 남자랑 우리집 앞까지 차를 몰고 와서 내 여동생을 향해 상스러운 말을 외쳤습니다. 그다음엔 한밤중에 벽돌을 던져 내 방 창문을 깨고 이 쪽지를 보냈고요."

나는 그에게 받아 적을 시간을 주기 위해 잠시 말을 끊었다. 시민이 고소를 하러 법원에 왔으면 공무원은 당연히 기록을 해야 하지 않는가. 그러나 코터 수사관은 아무것도 받아 적지 않았고, 실상 뭘 적을 종이도 펜도 소지하지 않은 듯 보였다. 그래도 나는 이야기를 계속했다.

"코프먼 씨에게 청구서를 보냈습니다만, 그는 손해배상을 거부했습니다. 그래서 이제 소송을 제기하고자 합니다. 그 남자는 아무런 이유 없이 우리를 대상으로 일련의 범죄행위를 저질렀어요."

코터 수사관은 보안관을 쳐다봤고, 보안관은 수긍의 의미로 고개를 끄덕였지만 입은 열지 않았다. 수사관은 다시 협박 쪽지를 들여다보고, 이어서 천장을 올려다봤다. 머리 위 함석판에는 아무런 대답도 새겨져 있지 않았으므로, 그의 시선은 다시 내게로 돌아왔다. 드디어 또다른 생각이 그의 머릿속에 떠올랐다.

"그런데 미스 콥," 그가 말했다. "그 사고를 누구한테 신고했습니까?"

"지금 수사관님께 신고하러 온 건데요." 내가 말했다.

"그게…… 어…… 그렇죠. 하지만 현장에 출동한 경찰 말입니다. 댁의 마차가 피해를 입은 사건을 어느 경관이 접수했습니까?"

"경찰은 없었어요. 단 한 명의 경관도 우릴 도와주러 오지 않아서 놀랐습니다. 하지만 가게에서 나온 남자분들이 우리 말이 바로 설 수 있게 도와줬고, 제가 직접 코프먼 씨의 이름과 주소를 받아뒀습니다, 나중에 피해 보상 청구서를 보낼 수 있도록요."

수사관은 내 대답을 곰곰 생각해보는 눈치였다. "음, 우리는 경찰에서 넘어온 신고 건만 수사합니다, 미스 콥. 사건이 접수되지 않았다면, 저로서도 어떻게 도와드릴 방법이 없는데요."

이번에는 내가 곰곰 생각해볼 차례였다. 나는 자리에서 일어나 그를 내려다보았다. 그의 머리통은 오일을 발라 반짝이는 숱 많은 검은 머리카락으로 뒤덮여 있었다. 코프먼 씨의 머리통이 생각났다. 갑자기 그 둘이 똑같은 남자로 보였다.

"내 동생 플러렛은 이제 겨우 열세 살입니다." 내 우렁찬 목소리에 그는 고개를 뒤로 홱 젖혀 나를 올려다보았다. "그애가 위험한 범죄자에게 두 번이나 협박을 받았어요." 그러고는 쪽지를 집어들어 다시 한번 그의 코앞에 갖다댔다. "나어린 여자애들한테 어떤 일이 일어나는지 저 못지않게 잘 아시겠지요. 당신의 직무는, 그 남자를 막는 겁니다."

코터 수사관은, 이렇게 말하게 되어 안타깝지만, 내 연설에 한바탕 낄낄거림으로 반응했다. 의자에 등을 기댄 그의 어깨가 들썩이고 눈가가 촉촉해졌다. 마침내 폭소에서 빠져나온 그는, 내가 여태 서서 자신을 굽어보고 있음을 그제야 깨달은 듯했다.

"그러니까," 그가 입을 열었다. "그 남자가 오십 달러를 물어주는 대신 당신 여동생과 달아날 거라는 말입니까? 비단업자가요?"

"그의 직업이 무슨 상관이 있는지 모르겠군요. 내 고소를 접수할 준비가 되어 있긴 합니까?"

보안관이 한쪽 구석에서 작게 헛기침을 했다. 코터 수사관이 그를 향해 눈을 부라렸다. 몇 차례 더 꾸물거리고 얼버무리다가 수사관은 어찌어찌 펜을 찾아냈고, 나는 도로 의자에 앉았다. 나는 사건의 전모를 거듭 얘기하며 그가 받아 적는 것을 지켜보았다. 그러나 헨리 코프먼의 사무실에서 일어났던 불쾌하기 짝이 없는 조우

부분은 생략했고, 루시 블레이크나 아들이 유괴됐다는 루시의 주장에 대해서도 언급하지 않았다. 코터 수사관이 그 아가씨의 처지를 세심하게 다룰 거라는 믿음이 가지 않았다.

그가 조서를 작성하는 동안 나는 사무실을 둘러보았다. 멋진 방이었다. 벽에는 고급 오크 패널을 둘렀고, 천장에서 내려온 우윳빛 유리갓을 씌운 황동 램프가 방을 밝혔다. 분명 지금 이곳에서 벌어지는 일들보다 더 고결한 활동을 위해 꾸며진 공간이었다. 한쪽 벽을 따라 책장과 파일 보관용 서랍장 그리고 전갈을 갈무리해두는 작은 함 등을 갖춘 캐비닛이 쭉 들어찼는데 전부 텅 비었다. 수사관들이 쓰는 책상 두 개가 있고, 타자기와 전화기가 구비된 비서 자리가 있었지만 그곳에 쌓인 먼지의 두께로 보건대 그 장비를 사용하는 비서는 없는 듯했다. 하긴 어떤 여자가 저 자리에서 오래 배길 수 있을까 싶었다. 나라도 코터 수사관 같은 남자와는 일하고 싶지 않을 것이다.

나는 설명을 끝내면서 그가 꽉꽉 채워 써넣은 페이지를 힐끔 보고 정확한 내용에 만족했다.

"자," 그는 조서 기록장을 덮고 마치 긴긴 일과를 이제 막 마무리한 사람처럼 두 손을 털며 말했다. "이제 처리된 겁니다. 신고해주셔서 감사합니다." 그러고는 나를 배웅하려고 자리에서 일어났다.

나는 그대로 자리를 지켰다. 수사관은 머뭇거리다 도로 주저앉았다. "그럼 제가 언제 연락을 받을 수 있을까요, 수사관님?" 내가 물었다.

그는 조서를 다시 펼치면서 거기에 답이 쓰여 있기를 바라는 듯했다. "아…… 네. 뭐, 신고를 받고 조서도 작성했고, 만약 또다른 사건이 발생하면……"

"저는 더이상 어떠한 사건도 일어나지 않기를 바랍니다. 코프먼 씨의 관련 혐의를 추궁하고, 우리 가족에 대한 이 부당한 학대를 중지시키란 말입니다!" 나는 기어이 벌떡 일어났다.

내가 이런 식으로 말하자 코터 수사관은 갑자기 태도를 바꿨다. 그는 나를 차갑게 올려다봤다. 관자놀이에서 혈관이 불거졌고 눈꼬리가 씰룩거렸다. "검사에게 얘기하지요." 그가 느릿느릿 말했다.

"그럼 그 남자가 다시 오면 우린 어떻게 해야 합니까?"

수사관은 히스 보안관을 쳐다봤지만, 보안관은 자기 발만 빤히 내려다보고 있었다. "당신들 셋을 돌봐줄 사람이 아무도 없습니까?" 코터는 짐짓 우려된다는 듯 말했다. "아버지나 삼촌은요? 아니면 남자 형제라도?"

아까부터 숨이 턱턱 막혀서 나는 이 사무실에 일 분도 더 머물 수 없겠다고 판단했다. 나는 빙글 뒤로 돌아 두 남자에게 눈길 한 번 주지 않고 문을 나섰다.

법원 계단에 서서 애써 숨을 고르고 있는데 뒤에서 히스 보안관의 기척이 들렸다—정확히는 느껴졌다. 나는 뒤돌아 그를 마주보았다. 보안관은 키가 큰 남자로, 나와 눈높이가 정면으로 맞을 만큼 컸다.

"검찰청에는 처음 오신 거죠." 그가 말했다.

"그래요, 그리고 두 번 다시 여기서 내 시간을 허비하지 않으려고요."

보안관은 싱긋 웃었다. 아침 내내 위력을 더해가던 태양이 그의 얼굴을 때리자 눈 주위 주름과 굴곡이 도드라졌다. 친절한 분위기가 감돌고 냉철한 따스함과 품격 같은 것이 풍겨 뉴저지의 공무원치고 이례적인 인상이었다.

"제가 코프먼 씨와 얘기해보겠습니다. 만약 그 사람이 또 말썽을 일으키면 제게 오십시오."

"보안관의 직무가 교도소를 관리하고 양계장 도둑을 뒤쫓는 것 말고 또 있는 줄은 미처 몰랐네요."

"양계장 도둑은 확실히 제 관할이죠, 그리고 벽돌을 던져 창문을 깨는 패거리도 마찬가지고요. 게다가 코프먼과는 전에도 문제가 있어서요. 그 쪽지를 좀 볼 수 있을까요?"

나는 쪽지를 그에게 건넸다. "무슨 문제였나요?"

"파업중에 있었던 일입니다. 비단업자들은 자기들 나름대로 질서 유지에 대한 생각이 있더군요. 코프먼이 자기 친구들을 시켜서 내 부하들을 따라다니며 파업 노동자들한테 너무 무르게 굴지 말라고 닦달했는데, 저로서는 달갑지 않았죠."

보안관은 눈을 찡그리고 쪽지를 들여다보고는 고개를 흔들었다. "그 무리를 수사할 기회가 있다면 마다하지 않겠습니다. 그들은 단순히 당신 자매를 쫓아다니는 것 외에 뭔가 더 꾸미는 게 있을 겁니다."

"그게 무슨 말이에요?"

"뻔하죠. 주류 밀수. 도박. 공갈. 그런 놈들은 다 폭력배에 사기꾼이에요. 이런 협박 쪽지는 딱 놈들 수법입니다. 코프먼이 당신에게서 금품을 갈취하려 했습니까?"

"아뇨! 왜 그런 짓을 하겠어요? 돈을 물어줘야 하는 사람은 그쪽이라고요!"

"그놈들에게 이건 그냥 게임에 불과하다는 사실을 이해하셔야 합니다."

"흠, 그것참 끔찍한 게임이네요." 내가 대꾸했다. "근데 아까 저기서는 왜 아무 말도 하지 않은 겁니까?"

보안관은 어깨를 으쓱했다. "코터가 어떤 사람인지 보셨잖습니까. 코터 수사관은 그 패거리하고 각을 세우지 않을 겁니다. 검찰은 공장주들과 매우 돈독한 사이가 되기도 하죠. 하지만 걱정하지 마세요. 보안국에는 코프먼 씨 친구가 한 명도 없거든요."

"음, 그런데 그 남자가 한 짓은 그게 다가 아닙니다. 그 사람 밑에서 일하는 여자와 얘기한 적이 있는데……"

"여자?" 보안관은 예의 재미있어하는 미소를 반쯤 억누른 표정으로 나를 보았다. "여자들하고는 언제 얘길 다 했습니까?"

"여자들이 아니라 한 명이에요. 우연히 마주쳤거든요. 그 아가씨가 애를 가졌는데, 문제는 코프먼 씨가……" 나는 어떻게 설명해야 할지 몰라 말꼬리를 흐렸지만, 히스 보안관은 말뜻을 알아차린 듯했다.

"죄송하지만 그건 제 관할 밖인데요."

"하지만 아이는 지금 행방불명이고, 그 아가씨는 코프먼 씨가 배후에 있다고 생각합니다."

보안관은 인상을 쓰고 고개를 외로 꼬았다. "그 아가씨가 누구죠?"

"그게……" 나는 한 걸음 물러났다. "말씀드리면 어떻게 하실 건데요? 그 아가씨를 더이상 곤경에 빠뜨리고 싶지 않아서요."

바로 그때 보안관보 제복을 입은 남자가 교도소 쪽에서 모퉁이를 돌아 달려오며 보안관을 소리쳐 불렀다.

"그 아가씨가 누군지 모르면 저는 아무것도 할 수 없습니다." 히스 보안관이 말했다. "그 아가씨한테 도움을 받고 싶다면 직접 와서 얘기하라고 하세요."

"하지만 저는……"

보안관보가 숨을 헐떡이며 달려와서 말했다. "지금 막 놈을 데려왔습니다."

히스 보안관은 놀란 얼굴로 보안관보를 쳐다보았다. "벌써? 그럼, 미스 콥," 그가 손을 내밀며 말했다. 나는 남자와 악수한 적이 거의 없었지만, 장갑을 벗고 내 손바닥을 그의 손바닥에 쏙 밀착시켰다. 그의 손은 따뜻하고 건조했고, 나는 약간 힘주어 잡았다. 그는 내 손을 놓으며 작게 웃음을 터뜨렸다. "걱정하지 마십시오. 코프먼 씨는 더이상 당신만의 일이 아닙니다. 만약 그가 다시 귀찮게 굴면, 곧바로 저한테 말씀하세요. 밤이든 낮이든 아무때나 해컨색 교도소로 전화하시면 됩니다. 그리고 그 아가씨한테는 저를 좀 보러 오라고 전해주십시오. 그래주시겠죠?"

내가 대답도 하기 전에 그는 보안관보와 함께 법원 계단을 성큼성큼 뛰어내려갔다. 그들은 벌써 뭔가 훨씬 더 중요한 문제에 골몰한 듯 활발히 대화를 주고받으며 내게서 멀어져갔다. 나는 그들이 교도소의 측면 출입구로 사라질 때까지 지켜봤고, 뭐라 설명할 수 없는 울적함과 갈망이 내 주위에 내려앉았다.

멀리서 기차가 덜컹거리며 달려오는 소리가 들리고 다음 정류장을 알리는 경적이 울렸다. 패터슨행 기차였다. 루시 블레이크는 공장에서 오전 근무를 하고 있겠지.

집으로 돌아갔어야 했다. 점심 먹을 시간이 다 됐고, 노마는 식사 시간에 누가 빠지는 것을 좋아하지 않았다. 나는 잠깐 망설이다가, 이내 치맛자락을 붙들고 기차를 잡으러 달려갔다.

13

정오 호각이 울리기 한 시간 전에 패터슨에 도착했다. 시장의 생일을 기념하는 퍼레이드 때 브로드웨이를 따라 내걸었던 장식용 깃발을 청년들 한 무리가 치우는 중이었다. 그 뒤를 따라 여자애들 한 부대가 단추를 팔며 세일럼 대화재 피해자를 돕기 위한 성금을 모으고 있었다. 여자애 셋이 만만한 상대를 찾았다는 듯 순식간에 나를 둘러쌌다. 흰 바탕에 붉은 글씨로 '고통받는 세일럼, 1914'라고 박힌 단추 세트를 이용해 플러렛이 뭘 만들지 상상도 가지 않았지만, 어쨌든 오십 센트를 주고 몇 개를 내 가방에 넣었다. 여자애들은 다시 쫄래쫄래 가버렸고, 나는 약국 앞에서 서성이다 소화제 견본품이라는 걸 받았는데 미심쩍게도 시럽과 와인을 섞은 듯한 맛이 났다. 그러고 나서 상점들 진열창을 들여다보며 시간을 때우는데, 이제부터 하려는 일에 약간 초조감이 들었다.

헨리 코프먼의 공장은 걸어서 얼마 안 되는 거리였다. 나는 퍼트

넘 스트리트를 오락가락하며 공장 근처까지 갔다 되돌아오기를 반복했다. 똑같은 회색 작업복을 걸친 염색공들이 점심을 먹으러 거리로 쏟아져나올 때 나는 금방이라도 허물어질 듯한 벽돌 건물 맞은편 길가에 있었다.

점심시간이 거의 끝나갈 때쯤 루시 블레이크가 걸어나와 햇볕 아래 서서 얼굴을 하늘로 향한 채 눈을 감았다.

"루시?" 나는 최대한 조용히 불렀다. 그래도 남자들 서너 명이 돌아서서 루시에게 다가가는 나를 빤히 쳐다봤다. 루시는 한 발짝 물러나 내게 오지 말라는 경고의 뜻으로 보일 듯 말 듯 고개를 흔들었지만, 이미 늦었다. 나는 마음을 굳혔다.

"루시, 내가 도움을 줄 수 있을 것 같아요." 나는 가까이 가서 말했다. "일전에 우리가 논의했던 문제 말예요."

루시는 건물의 반대편 끝자락, 사무실이 있는 쪽의 창문을 올려다봤다. "이쪽으로." 그러더니 나를 이끌고 모퉁이를 돌았다.

사람들의 시야를 벗어나자마자 루시가 말했다. "여기 오면 안 돼요. 무슨 일이에요?"

호각이 울렸고 루시는 깜짝 놀랐다. "당신하고 얘기하고 싶어하는 사람을 찾았어요." 나는 급히 말했다. "당신 아기에 관해서요. 내가 같이 가줄게요."

호각이 다시 울렸다. "공장 문이 잠기기 전에 들어가야 해요." 루시가 말했다. "여기로는 오지 말아요. 오늘 저녁에 우리집에서 봐요." 루시는 내게 자기 집 주소를 알려주고 가버렸다.

집에 돌아가면 노마는 루시를 만나지 말라고 말릴 테고, 플러렛은 자기도 같이 가겠다고 우기겠지. 둘 중 어느 쪽도 감당할 자신이 없어서 나는 도서관에서 오후를 보냈고, 여섯시가 조금 넘어 루시를 만나러 갔다.

루시는 브로드웨이에서 몇 블록 떨어진, 좁다란 판잣집들이 늘어선 연립주택 지구에 살고 있었다. 그동안 마차를 타고 몇 번 지나긴 했지만 이 일대는 공장에서 일하는 사람들의 주거지역이라 굳이 멈춰설 이유가 없었다. 패터슨은 한 기업에만 의존하는 도시는 아니었지만, 공장주들은 몇 년에 걸쳐 주변 하숙집과 가게를 사들였다. 그런 집에 사는 사람들은 자기가 일하는 공장 사장에게 집세를 내고, 사장한테서 식료품을 사고, 돈이 모자라면 사장한테 빚을 졌다.

루시가 알려준 거리의 건물들에는 번지수가 적혀 있지 않아서 나는 끝에서부터 세어나가 마침내 그녀의 집을 찾아냈다. 현관 위 처마가 없는 낡은 이층집은 최근 들어 포치가 없어진 듯했다. 무너진 건지 불에 탄 건지, 하여간 아무도 품을 들여 새로 짓지 않았다. 나는 치맛자락을 들고 입구에 계단 대신 놓은 시멘트 블록 두 개를 밟고 올라갔다. 문 옆에 달린 명패도 건물 색과 똑같은 칙칙한 고동색으로 칠해져 있었다. 페인트공이 이 안에 사는 사람들 이름이 적힌 문패까지 신경쓰면서 그 주위를 둘러 칠할 겨를이 없었나보다. 그래도 누가 금속판에 카드를 붙이고 입주자들 이름과 방 번호를 적어놨다.

루시는 2층에 살고 있었다. 초인종도 안 보이고 현관문도 열려 있길래 어두침침한 건물 안으로 들어가 계단을 오르기 시작했다.

머리 위에서 뭔가 부딪히며 유리 깨지는 소리가 나더니 여자의 비명이 이어졌다. 나는 도로 계단을 내려와 현관까지 되돌아나왔다. 위에서 방문이 쾅 닫히더니 곧 다시 열렸다.

"그 여잔 어딨어?" 남자 목소리가 흘러나왔다.

"몰라요." 여자가 말했다. "모른다고 했잖아요." 또 쿵 소리와 함께 여자의 울부짖음이 들렸다.

"그 여자가 너랑 할 얘기가 뭐가 있다고!"

나는 퍼뜩 정신이 들었다. 어떻게 저 목소리를 못 알아들었지? 정신을 추스를 틈도 없이 계단참에서 남자의 발소리가 났다.

"그 콥가 여자한테 성가시게 굴지 말고 꺼지라고 해." 남자의 고함소리가 계단통에서 울렸다. "그 여자랑 같이 있는 모습이 또다시 내 눈에 띄었다간 그날로 거리에 나앉을 줄 알아."

움직여야 했다. 내 뒤에 문이 하나 있었고 나는 그곳이 부엌이나 창고이길 빌었다. 문은 잠겨 있지 않았다. 헨리 코프먼이 쿵쿵거리며 계단을 내려올 때 나는 간발의 차이로 그 안에 들어가 문을 닫았다. 둘러보니 부엌은 아니고 어느 세입자의 방이었다. 천만다행으로 사람은 없었다. 얇은 매트리스와 지저분한 이불이 깔린 철제 침대, 낮은 테이블 위에 놓인 석유램프, 길게 벗겨진 때 묻은 줄무늬 벽지가 눈에 띄었다. 남성용 나들이 구두가 한쪽 구석에 놓여 있었다. 누렇게 바랜 신문지가 의자 위에서 시들어가는 중이었다. 나는 맞은편 벽에 걸린 거울에 비친 내 모습에 깜짝 놀랐다—베일 달린 회색 펠트 모자와 감청색 외출복 차림의 나는 오후 연주회에 참석한 나이 지긋한 사교계 부인처럼 보였다. 좀더 평범한 옷을 입고 올걸. 내 키만으로도 충분히 눈에 띌 텐데.

가까운 데서 시계가 똑딱거렸다. 방안에서 뭔가 역겹고 고약한 냄새가 났다. 나는 간절히 여기서 나가고 싶었다. 발소리가 방문 앞을 지나고 현관문이 열렸다 다시 닫힐 때까지 기다렸다가, 문고리를 조용히 돌려 빠져나왔다.

계단 맨 위에서 루시가 마치 나를 기다리고 있었던 듯 서 있었다.

"루시, 미안해요."

"여기 있으면 안 돼요." 루시가 소곤거렸다. 무명 홈드레스를 입은 그녀는 왜소해 보였고, 덩치에 비해 너무 큰 앞치마를 둘러 앞치마가 거의 두 겹으로 감겼다. 루시는 앞치마 한쪽 끝을 구깃구깃 감싸쥐고 있었다. 뺨에는 헨리 코프먼의 손자국이 선명했고, 얼마나 울었는지 코가 부어 있었다.

나는 계단을 올라가지 않았다. 어떻게 해야 할지 알 수가 없었다. "코프먼이 집주인이에요?"

루시는 어리둥절한 표정이었다. "어, 네. 당연하죠. 이 건물하고 또 이웃한 두 집이 모두 그 사람 거예요. 혹은 그의 집안 거죠. 지금은 그가 관리하고 있어요, 이런 걸 관리라고 한다면."

나는 잠시 방금 들은 얘기를 곰곰 생각해보았다.

루시가 말을 이었다. "미시즈 가핑클이 계속 살아도 된다고 했어요, 그 일을 알고 난 후에도……" 루시는 누가 들을세라 안절부절못하며 계단을 내려다보았다.

"알았어요." 내가 말했다. "루시, 좀 올라가서 얘기를 나눠도 될까요? 코프먼은 확실히 떠났고, 만약 돌아온다 해도 내가 알아서 처리할게요. 그 남자쯤은 상대할 수 있어요."

루시는 나를 쓱 훑어보았다. "그럴 것 같네요. 키가 더 크잖아요, 그렇죠?"

다시 그 파열음이 떠올랐다. 그의 뒤통수가 부딪히며 회반죽 벽이 날카롭게 갈라지던 소리. 나는 그를 밀친 것을 후회하지 않았고, 놈이 이 불쌍한 아가씨한테 한 짓을 생각하면 기꺼이 재탕해주고 싶었다.

루시가 진정된 듯 보여 나는 계단을 올라 그녀 뒤를 따라 방으로 들어갔다.

루시의 방은 아까 본 아래층 세입자의 방보다는 넓었지만, 똑같이 생긴 좁은 철제 침대가 두 개 놓여 있고 옷장과 화장대가 있었다. 벽지에는 잔디밭에서 굴렁쇠를 굴리는 아이들 실루엣이 그려져 있었다. 매 장면마다 가는 금줄로 세공한 테두리가 있었지만 금박은 거의 다 갈라져 벗겨졌고 원래는 하얬을 속지가 드러났다. 부엌은 없고 철판이 얹힌 목제 스토브와 풍로가 딸린 큰 냄비만 있었다. 방안의 유일한 의자 위에는 바느질감이 산처럼 쌓여 있었다. 앉을 만한 곳이 딱히 보이지 않아 가방을 바로 옆 침대 가장자리에 내려놨다.

"어머니 침대예요." 루시가 말했다. "강 건너에 사는 부인 집에서 청소 일을 하세요. 거기 앉으셔도 돼요. 죄송해요, 저는……" 루시는 소심하게 주위를 둘러보다 바느질감을 들고는 의자에 앉았고, 그 보따리를 그대로 무릎 위에 올려놨다. 그녀는 기대에 찬 눈빛으로 나를 바라보았다.

"코프먼 씨가 당신과 내가 얘기하는 걸 봤나보군요." 결국 내가 말을 꺼냈다.

루시는 고개를 끄덕였다. "퇴근하는 길에 가게에 들러 장을 봤는데, 집에 와보니 기다리고 있더라고요. 그 사람은 마스터키를 갖고 있거든요."

놈이 마스터키를 갖고 있는 방에 사는 젊은 아가씨가 몇 명이나 될까. "저기," 내가 말했다. "내가 여기 온 이유는 딴 게 아니라, 당신 아이에 관해 무슨 일이든 해야 하지 않을까 싶어서예요."

"나도 알아요." 루시의 눈이 다시 그렁그렁해졌다. "파업하는 엄마들이 애들을 보낼 때 보비를 같이 보내지 말았어야 했는데. 달리 뭘 어째야 할지 모르겠더라고요. 몇 달 동안 월급도 못 받았지, 구호 천막에선 항상 먹을 게 동났지. 그렇다고 애를 굶길 수는 없잖아요? 아이를 보내야 하는 심정이 어떤지 모르시죠."

루시는 엉엉 울며 옷 보따리를 꽉 끌어안고 마치 아기를 어르듯 앞뒤로 흔들었고, 나는 실컷 울라고 내버려두었다. 그 순간 아들을 보내지 않으려는 그녀를 다른 엄마들이 떼어내는 장면이 눈에 선했다.

몇 분이 지나 루시는 코를 풀고 눈가를 닦고 나를 바라보았다. "열심히 보비를 찾아봤지만 가망이 없어요. 다들 없어졌어요. 그때 피난과 조금이라도 관련된 사람들은 싹 다 사라졌어요."

"경찰서에는 한 번도 안 가봤죠?" 내가 물었다.

루시의 눈이 커졌다. "안 돼요! 내가 신고해서 경찰이 조사에 나서면 헨리가 날 죽일 거예요."

"음, 설마 그렇게까지……"

"아뇨, 진짜예요. 한밤중에 자기 부하들을 나한테 보낼 거예요. 이 건물에 불을 내서 폭삭 무너뜨리고 나도 그 속에 묻히겠죠. 그 자들한테 경찰을 보내면, 당신도 죽은 목숨이나 마찬가지예요."

루시는 자명한 사실이라는 듯 얘기했다. 내 심장은 차갑게 얼어붙어 두세 박자 동안 뛰지 않았다. 내가 무슨 짓을 한 거지?

"정말 그럴까요? 기꺼이 도움을 주겠다는 사람을 아는데, 만약……"

루시는 왜 말귀를 못 알아듣느냐는 듯 나를 쳐다봤다. "미스 콥! 만약 보비가 헨리의 손아귀에 있다면…… 헨리가 아이를 어딘가로 데려간 거라면…… 내가 경찰을 불렀다는 사실을 그가 알면 애한테 무슨 짓을 할 것 같아요?"

내 표정이 그대로 굳어진 게 틀림없었다. 루시는 상체를 내밀고 나를 찬찬히 응시했다. "알아들어요?"

나는 넋 나간 얼굴로 고개만 주억거렸다.

"왜 오셨는지 모르겠지만," 루시가 말했다. "알려줄 방법이 경찰에 신고하는 것밖에 없다면, 저한텐 별로 도움이 되지 않네요."

나는 헛기침을 하고 막힌 말문을 애써 열었다. "음. 내가 달리 할 수 있는 일이 있을까요?"

"나도 모르죠." 루시는 눈을 깜박이며 분루를 삼켰다.

더이상 할 얘기가 없는 것 같아 나는 자리에서 일어났다. 고개를 푹 숙이고 두 팔로는 여전히 바느질감을 한아름 끌어안고 있는 루시의 모습이 애처로웠다.

"가기 전에, 일단 당신이 아는 것만이라도 말해줘요. 혹시 무슨 수가 생각날지도 모르잖아요." 내가 말했다.

루시는 눈을 들어 나를 쳐다보며 코를 훌쩍였다. 아직 화를 푼 것은 아니었지만, 담담한 목소리로 내가 알고 싶어하는 정보를 들려주었다. 나는 리자이나 도일의 주소를 받아 적었다. 보비를 맡아 보호하던 사람이었다. 루시는 파업 기간 동안 두 여자가 아이들을 책임지고 피난시켰다고 얘기했다. 그 두 사람은 작년에 매일같이 신문지상에 오르내려서 나도 이름을 알고 있었다, 생어와 플린. 루시는 또 아기의 생김새를 상세히 묘사해주었다, 비록 그녀도 아들을 못 본 지 일 년이 넘었지만. 이젠 거의 만 두 살이 되었을 것이다. 아들을 데리러 뉴욕에 갔던 일 중 뭔가 기억나는 게 없는지 물었지만, 루시는 고개를 저으며 다시 눈물을 흘렸다.

"소용없어요." 루시가 말했다. "리자이나 도일은 사라졌어요. 그녀의 행방을 수소문하며 그 거리를 왔다갔다했지만, 그녀를 봤다는 사람조차 없었어요."

"떠나면서 집주인한테 주소도 남기지 않았나요?" 내가 물었다.

루시는 고개를 흔들었다. "아무것도. 하루아침에 그녀를 아는 모든 사람과 함께 연기처럼 사라진 거예요. 그 건물에 살던 파업 지도자들도 갑자기 한꺼번에 사라졌어요."

계단에서 무슨 소리가 나는 바람에 우리 둘 다 그대로 얼어붙었다. 발소리는 루시의 방문 앞을 지나 위층으로 올라갔다. 나는 고르지 않은 숨을 길게 내쉬고, 얼마간 풀죽은 목소리로나마 뭔가 도울 방법이 있을 거라고 루시를 위로했다. 루시는 절레절레 머리를 흔들고 거듭 경찰서에는 가지 말라고 신신당부했다.

더이상 해줄 말이 없는 나는 작별 인사를 하고 비좁은 계단을 비틀비틀 내려와 눈부신 석양을 맞았다. 거리는 유난히 인적 없이 고요했다. 빨랫줄에 걸린 세탁물이 펄럭이는 소리와 생선 토막을 파는 행상의 외침만 들렸다. 장사 막바지 길인지 행상의 수레에는 도미류와 농어 머리밖에 없었다. 더 잘사는 동네 주부들이 마다했던 것들이었다.

14

싱어 재봉틀 외판원에게 우리집에 그만 오라고 얘기할 수도 있었다. 현관문에는 자물쇠가 달렸고, 내가 열어주지 않으면 그는 들어올 수 없었다.

그런데 나는 매번 문을 열어주었다.

몇 주 지나지 않아 싱어맨의 길고 고운 손가락이 실과 바늘뿐 아니라 단추와 호크도 능수능란하게 다룰 수 있음이 명백해졌다. 옷감을 붙이고 떼는 여러 방식에 재봉틀 외판원보다 더 익숙한 남자는 없었다. 그가 맨 처음 내 목으로 손을 뻗어 드레스에서 목깃을 떼어냈을 때 나는 꼼짝하지 않았고, 그 민첩한 손놀림에 놀랐다. 해질녘 어스름이 계속되는 어머니의 거실에서 싱어맨은 옷을 맞추는 재단사처럼 내 드레스를 여기저기 손봤고, 그가 내 주위를 빙빙 돌며 호크를 풀고 어머니가 박음질한 단춧구멍 사이로 진주단추를 끄르는 동안 나는 그가 하라는 대로 거실 한가운데에 서 있었다.

그는 단순히 고리의 강도를 시험하고 단추 디자인의 결함을 확인하는 양 가볍게 매만졌다. 올 때마다 1897년의 복식에 따라 우리 여자들을 꽁꽁 묶고 있던 무수한 매듭과 걸쇠를 거듭 풀어주었다. 마지막 관문을 통과하기까지 몇 주가 소요됐지만 싱어맨은 참을성 있게 기다렸고, 늘 미소 짓는 얼굴로 빗장을 풀었다. 그는 내게 입을 맞추며 기도하는 사람처럼 눈을 감았다.

어머니는 내게 여자는 절대 소파에 남자와 단둘이 앉아서는 안 된다고 각인시켰다. 그래서 우리는 절대 소파에 앉지 않았다. 싱어맨은 반드시 내가 서 있도록 했다.

딱 한 번 다리가 풀려 주저앉았지만, 그는 나를 다시 일으켜세웠다.

·

싱어맨이 나보다 먼저 알아차렸다. 그해 겨울 워낙 자주 내 드레스를 풀고 잠그고 한데다 옷이 더 예쁘게 맞도록 본인이 직접 다트와 주름을 더하기도 했으므로, 그는 내 드레스의 핏을 정확히 알고 있었다. 그가 직접 재봉한 허리선이 쪼이는 것을 보고 그는 알았다.

뉴저지에 나와 같은 아가씨들을 위한 곳이 있다고 그는 말했다. 동료 외판원한테 들었다고.

동료 외판원? 나는 퍼뜩 깨달았다. 싱어맨들한테 바느질 강습을 듣는 여자애들이 브루클린에 나 말고도 여럿 있음이 분명했다. 지난 몇 달간 얼마나 짙은 안개가 내 정신을 흐려놓았는지 몰라도, 여자애들한테 바느질 강습을 하는 동료 외판원들에 대한 언급에 그 안개는 깨끗이 걷혔다. 싱어맨이 그 말을 했을 때 방안이 매우 또렷하고 서늘하게 눈에 들어왔고, 돌연 내가 처한 상황이 전과 다른 양상으로 분명해졌다. 내 곤경을 묘사하는 어휘는 신문 칼럼에 나오는 유형과 딱 맞아떨어졌다.

그래도 나는 여전히 싱어맨이 내 치마 속에 손가락을 살며시 밀어넣어 허리선을 몇 인치 더 늘릴 만한 여유분 옷감이 있는지 알아보는 동안 가만히 있었다.

어머니에게 얘기하는 것은 단 한 번도 고려해보지 않았다. 아기가 생긴 것도 사실이었고, 내가 그 남자를 어머니의 집안에 들인 것도 사실이었다. 집집마다 돌아다니며 다가올 20세기의 기계를 판매하는 유대인이, 우리를 세속에서 격리해 지키기 위해 당신이 직접 건설한 낡은 보호구역에서, 당신의 딸을 한 땀 한 땀 해체한 것이다.

다른 방법을 몰랐던 나는 싱어맨이 하자는 대로 와이코프로 가서 '의지가지없는 부정한 여성들을 위한 미시즈 플로렌스의 시골집'에 의탁했다. 그전에 의사를 찾아간다거나 약을 먹는다거나 계단에서 구른다거나 하는 그 어떤 논의도 없었다. 그런 건 하나도 알지 못했다. 와이코프에 가서 다른 여자들한테 듣기 전까진 알 도리가 없었다.

그리하여 나는, 한마디 말도 없이 사라졌다. 어느 여름날 아침에 나는 여느 때처럼 브루클린의 내 방 침대 위에서 눈을 떴고 내 옆엔 선잠을 자는 노마가 있었는데, 이튿날 아침에는 와이코프의 모직 매트리스 위에서 눈을 떴고 전날 저녁에 싱어맨의 기구한 사촌동생으로 소개되어 가명으로 등록한 상태였다.

나는 아무런 쪽지도 남기지 않았다. 아무것도 들고 나오지 않았다. 심지어 갈아입을 옷 한 벌도 가져오지 않았다. 와이코프에서 내가 입을 옷들을 새로 만들 생각이었다. 이별 선물로 싱어맨은 자신이 사용하던 견본 재봉틀을 놓고 갔다.

15

감자들이 흙 밖으로 몸을 내밀고 있었다. 잎이 무성한 줄기 위쪽에선 이미 꽃이 피었다 시들었다. 감자가 퍼렇게 변하기 전에 박박 닦아서 밀짚으로 싸 지하 저장고에 넣어야 한다. 몇 개를 발로 찼더니 감자알이 금방 땅 위로 툭 올라왔고, 땅속에 숨어 있던 쥐며느리 부대가 사방으로 흩어졌다.

헛간에 들어가니 노마가 돌리를 빗겨주고 있었다. 노마는 나를 보더니 말의 엉덩이를 가볍게 두드리고 등을 쿡 찔러 마구간으로 들여보냈다.

"오늘 비둘기 도착 시간이나 좀 재주지?" 노마가 말했다. "밖에서 할 일도 딱히 없으면."

할 일이 없지는 않았지만, 거기에 관해 아직은 노마에게 얘기하지 않았다. 나는 돌리에게 안장을 채우는 것을 거들고, 노마가 비둘기 바구니를 챙겨들고 새를 가지러 가는 동안 말을 돌려 문 앞에 데려다놓았다. 노마는 얼마 전 헛간의 새장에 비둘기 시계를 달았다. 비둘기 각대를 통 안에 넣으면 타이머가 멈추도록 특별한 장치가 되어 있는 상자였다. 시합에서는 심판이 상자를 일일이 열어 새들을 풀어줌과 동시에 시계를 작동시킨 후 다시 상자 속에 넣고 잠근다. 각 참가자는 상자를 집으로 가져가 비둘기가 올 때까지 기다린다. 비둘기가 새장으로 날아들면 각대를 풀어 상자의 구멍 속으로 넣어 시간을 표시한다. 상자는 심판에게 반납해야 하고, 심판은 상자를 열고 비행시간을 기록하여 속도를 계산한다.

노마는 새를 경주에 내보내지 않았다. 시합에 나가려면 비둘기 클럽에 가입해야 하는데 노마는 그 어떤 조직의 사람들과도 어울리기를 꺼렸다. 하지만 그와는 별개로 새들의 비행 속도를 기록하는 일을 즐겼다. 그리고 새장 옆에 서 있다가 비둘기가 돌아오는 시간을 표시하는 것은 내 일이 되었다.

노마는 내게 사작 시간을 알려주었다. 노마가 자기 시계를 갖고 시내로 향하는 동안 나는 회중시계를 들고 깃털 쌓인 먼지투성이 새장에서 기다리기로 했다. 약속한 시간이 되면 나는 타이머를 작동시킨 후 상자를 잠그고, 몇 마일 밖 어딘가에서 노마는 새들을 날려보낼 것이다.

"리지우드까지만 가서 신문을 살 거야." 노마는 비둘기 바구니를 들어올려 돌리의 안장에 맸다. 바구니 안에서는 날개와 발톱이 얽히고설키며 난리가 났는데, 새들끼리의 신남과 흥분의 표현이겠거니 했다.

우리는 서로 시계를 확인하고 언제 타이머를 작동시킬지 상의했다. 잠시 후 노마가 출발했고, 진입로를 내려가 시야에서 사라졌다. 나는 반쯤 빈 비둘기장과 한 뙈기 감자밭 사이에 덩그마니 남겨졌다.

방금 막 집안에 들어왔는데 노마의 비둘기 종이 울렸다.

"악. 저 새를 잡으러 가야 하는데."

"가봐." 플러렛이 말했다. 플러렛은 제일 좋아하는 점심 메뉴를 만드는, 즉 버터 바른 빵에 설탕을 뿌리는 중이었고, 설탕을 낭비하지 말라는 잔소리를 듣기 전에 나를 부엌에서 내몰고 싶어 안달이었다. 먹는 음식마다 그렇게 자꾸 설탕을 퍼넣으면 우리 설탕을 벨기에 군인들한테 보내버리겠다고 전부터 내가 협박했던 것이다.

어쨌든 나는 플러렛을 설탕통과 내버려두고 시계를 멈추기 위해 달려나갔다. 일등으로 돌아온 비둘기는 새장 제일 먼 구석에 처박혀 각대를 계속 쪼면서도 내가 벗겨내게 놔두지 않았다. 비둘기는 홰에 꼿꼿이 앉아 있었다. 오팔색 깃털의 쪼끄만 놈이 경멸과 의심이 담긴 표정으로 나를 응시하는데 그게 기분 나쁠 정도로 노마와 똑 닮았다. 비둘기장에서는 똑바로 설 수가 없어 이리저리 휘적거리다 육각 철망에 머리칼이 걸렸고, 다음 비둘기가 도착하자 나는 저 고집 센 비둘기를 저주하며 도로 나와 헛간 문가에 섰다.

비둘기 두 마리가 더 도착했다. 이번엔 찡찡거리며 비쩍 마른 새 다리에서 용케 각대를 벗겨 시계 상자의 구멍 속으로 밀어넣었다. 나머지 비둘기떼는 몇 분 후에 내려앉았다. 다시 집안에 들어가 플러렛과 설탕통을 떼어놓으려 용쓰고 있을 때 노마가 돌아왔다.

"어땠어?" 노마가 물었다.

"제일 처음 돌아온 녀석이 도무지 나한테 오지를 않더라고. 다른 애들보다 일 분 정도 먼저 들어왔는데."

노마가 식탁 위에 신문을 툭 떨궜다. "언니 친구가 신문에 나왔더라."

플러렛이 기사 제목을 읽었다. "닭 도둑이 버건에서 재판을 받다?"

"이리 줘봐." 나는 히스 보안관이 연관된 사건이라는 것까지만 읽었다. 이게 노마의 방식이다. 우리 일에 닭 도둑 잡는 경찰을 끌어들일 필요는 없다는 전언이다.

"이 보안관이 우리한테 뭘 어떻게 해준다는 건데?" 플러렛이 물었다.

"대화를 통해 헨리 코프먼에게 약간의 지각과 양식을 불어넣어주겠다는 것뿐이야." 내가 말했다.

"하지만 둘째 언니는 그 사람 별로라는데?"

"노마는 그 보안관을 알지도 못하잖아." 내가 대꾸했다.

"아, 그래도 그 사람이 뭘 하는지는 알아." 노마가 말했다. "자유보유권자위원회*에 맨날 재소자를 위한 재정을 확충해달라고 읍소하는 사람이잖아."

"재소자를 위한 재정이라니, 그게 무슨 소리야?" 플러렛이 물었다.

"자유보유권자들은 카운티의 업무가 효율적으로 이루어지는지 감시하도록 선출된 건데, 히스 보안관은 납세자들의 돈을 낭비하려 하고 있어." 노마가 말했다. "재소자 전원에게 새 옷을 지급하

---

* 뉴저지 주 카운티 의회. 뉴저지 법에서는 카운티 의원을 '자유보유권자(freeholders)'라 칭한다.

고 싶다질 않나, 책 읽을 도서관도 마련하고 면도와 이발도 깨끗이 해주고 싶다질 않나. 그가 하자는 대로 다 하면 이 도시의 범죄자들은 호텔 숙박객보다 더 나은 대우를 받게 될걸."

"우릴 구해주겠다는 사람에 대해 예의상 한마디라도 좋은 얘길 할 순 없니?"

"아직 구해준 건 아니잖아." 노마가 대꾸했다.

캐넬 때는 약간 축축했던 나의 감자들이 햇볕 아래 말라가고 있었다. 감자를 뒤집어 흙을 털어내고 있는데 뒤에서 노마가 다가오는 게 느껴졌다.

"아직도 그 여자 생각하고 있지?" 노마가 말했다.

나는 대답하지 않았다. 계속 땅만 보았다.

"코프먼 씨하고 더이상 엮이면 절대 안 돼." 노마가 말했다. "전부터 내가 얘기했잖아. 프랜시스 오빠도 같은 생각이고."

"오빠한테는 언제 말했어?"

"어제 언니 없을 때 왔었어."

나는 일어나서 양손을 비벼 털었다. "그래서 얘기했어? 벽돌이 날아온 거? 또……"

노마는 어깨를 으쓱했다. "플러렛이 얘기했어. 애가 입이 방정이잖아. 나도 오빠한테 거짓말할 생각은 없었고. 오빠는, 당연히, 이 모든 상황이 우리가 스스로 앞가림을 못한다는 또하나의 증거라고 생각해."

"그러기엔 좀 늦은 감이 있지 않나." 내가 말했다. "지금까지 우리끼리 잘만 해왔잖아."

노마는 팔짱을 낀 채 실눈을 뜨고 채마밭과 거기에 그림자를 드리운 거대한 민들레 군락을 노려보았다. 노마는 내게 텃밭을 깔끔히 관리하지 못하겠으면 텃밭 운영권을 넘기라고 수없이 협박해왔다. 나는 매번 언제든 가져가라고, 환영한다고 대꾸하며 대신 네가 맡은 일 중 아무거나 달라고, 바꾸자고 했다. 아직까지 노마는 내 제안을 받아들이지 않았지만, 저 잡초들이 노마의 정리벽에 심히 거슬리는 게 분명했다.

"민들레를 먹는 사람도 있어." 내가 말했다.

노마는 코웃음을 쳤다. "그 여자하고 무슨 일이 있었는지 나한테 얘기 안 했지."

"엮이기 싫어하는 줄 알았는데." 내가 말했다.

"그래, 그럼 언니도 가지 말았어야지. 하여간 그 여자가 뭐래?"

나는 슬그머니 새는 미소를 참았다. 노마는 타인의 불행에 끝없는 호기심을 보였다. 그래서 그토록 많은 신문을 구독하는 것이다. 세상 어딘가에서 누군가에게는 항상 뭔가 끔찍한 일이 생기고, 노마는 그에 관해 아는 것을 제 업으로 삼았다.

"별로 얘기할 것도 없어." 내가 말했다. "코프먼은 짐승이고, 그건 우리도 익히 아는 사실이잖아. 그자는 자기 소유의 하숙집을 젊은 아가씨들한테 세주고, 매달 친히 방세를 걷으러 다녔어. 그 말은 곧……"

"아, 그만하면 됐어." 노마는 말허리를 잘랐다. "무슨 말인지 알아들었어."

"루시는 작년에 아이들을 피난시킬 때 아들을 보냈어. 그런데 아이는 돌아오지 않았고, 아이를 보호하던 여자도 사라졌어. 그 이상은 루시도 사실 아는 바가 없어."

"경찰이 얽히면 안 된다는 사실은 알잖아."

"목숨이 걸려 있어서 그러는 것뿐이야." 내가 말했다.

"우리 다 마찬가지지, 코프먼 씨가 우리한테 총질을 하겠다는 의지를 표명했으니."

돌리가 사료통을 뒤엎는 바람에 노마는 통을 바로 세우려 헛간으로 들어갔다. 나도 뒤따라 안으로 들어갔다. 돌리는 눈을 껌벅이며 고요히 우리를 바라보았다. 나는 돌리의 미간 한가운데 평평하고 따스한 부분에 손을 얹은 뒤, 노마가 늘 하던 대로 흉곽을 툭툭 두드렸다. 돌리한테 손을 대고 있으니 나도 평온해졌다. 힘찬 심박과 깊고 확고한 숨은 어떤 다른 시대, 좀더 고요한 시절의 것 같았다. 나는 돌리에게 몸을 기댔다. 나보다 훨씬 더 강건하고 장대한 바닐라색 피조물에게.

"루시를 위해 뭔가 해야 돼." 나는 시선을 말에 고정한 채 말했다.

"아니, 하지 마."

"할 건데. 뉴욕에 가서 어떤 실마리가 있는지 알아볼 거야. 질문 몇 가지 한다고 큰일날 건 없겠지."

"큰일날 게 없다고? 그 남자들이 우리집에 왔었는데도? 플러렛의 이름을 무슨 동네 개……"

"나도 놈들이 무슨 짓을 했는지 알아." 나는 노마의 말을 끊었다. "하지만 누군가는 그 아이를 찾으러 가야지."

"그 누군가가 왜 언니여야 하는지 나는 모르겠어." 노마가 말했다.

"왜냐면……" 나는 마침내 고개를 돌려 노마를 마주보았다. 노마의 눈을 똑바로 쳐다보기 위해 내가 가진 모든 힘을 쥐어짜냈다.

"왜냐면 말이지, 아무도 나를 찾으러 오지 않았다면 어떻게 됐겠어?"

16

미시즈 플로렌스의 집에서 나는 가족에 대해 일절 언급하지 않았다. 대부분의 여자들이 그랬다. 몇몇은 나처럼 도망쳐나왔고, 나머지는 겁에 질리고 입술을 꾹 다문 어머니나 언니의 손에 이끌려 맡겨졌다. 이들은 몇 달 후면 집으로 돌아갈 예정이었고, 기숙학교에서 한 학기 지낸다거나 먼 시골에 사는 이모한테 간다는 식으로 미리 입을 맞췄다. 한번은 엄마도 없이 신생아만 덜렁 문 앞에 놓여 있었는데, 돈봉투에 이모나 삼촌을 설득하는 대로 꼭 아이를 데리러 사람을 보내겠다는 쪽지가 들어 있었다. 결국 나타나는 사람은 아무도 없었지만.

나는 되도록 어머니에 대한 생각은 하지 않으려 애썼다. 어머니는 사라진 방종한 여자애들의 운명에 관한 한 워낙에 권위자였다. 이제 나는 방문판매원한테 몸을 망치고 가족한테 말 한마디 없이 뉴저지의 보호소에 몸을 의탁한 딸이었다. 분명 이런 제목으로 벌써 기사가 났을 터였다.

밤에 이따금 어머니 꿈을 꾸었다. 어머니는 우물 밑바닥에 있었다. 칠흑 같은 어둠이 어머니를 둘러쌌고 별도 멀어 보이지 않았다. 잔물결 소리와 우물 벽에 부딪는 당신 자신의 메아리밖에 들리지 않았다. 어머니는 구조를 기다렸지만 아무도 오지 않았다. 몇 주가 지나도록 나는 계속 꿈속의 어머니에게 돌아갔고, 어머니는 별도 들지 않는 그 우물 밑바닥에 여전히 있었다.

어머니가 경찰에 신고했을까? 아버지에게 편지로 알렸을까? 이 거리 저 거리 식료품 가게와 과일 행상마다 딸을 본 적이 있는지 묻고 다녔을까? 집을 나와 있는 동안 나는 매일 밤 그게 궁금했다. 그 시절에 관해 어머니는 내게 한 번도 얘기하지 않았고, 프랜시스는 그 일에 대해서라면 조금만 얘기가 길어져도 쩔쩔맸기 때문에, 결국 나는 노마에게서 내막을 들었다. 몇 년에 걸쳐 드문드문, 우리 둘만 있고 또 노마가 비밀을 나눌 마음이 드는 흔치 않은 때에만, 숨죽인 대화로 조각조각 들었다.

식구들은 아침에 일어나 내가 사라진 것을 발견하고 분명 새벽같이 나간 이유가 있겠거니, 그날 늦게 돌아와 뭔지 짐작도 안 가지만 하여간 납득할 만한 해명을 하겠거니 속으로 생각했다. 그날 저녁 식구들은 해가 지고 한참 지나서까지 딱 하나 있는 가스등의 침침한 불꽃 주위에 둘러앉아, 아마도, 잠자리에 드는 것은 나의 실종에 대해 평범하고 일상적인 해명이 불가능함을 인정하는 것임을, 그리고 이튿날 아침 잠에서 깨어나면 인생의 새로운 시절에 접어들 것임을 깨달았을 것이다—자기네 일원 중 한 명을 불가해한 이유로 상실함으로써 비롯된 시절, 그게 무엇을 뜻하든 눈앞에 닥친 시절에. 식구들은 새날의 도래를 막기 위해 의자에서 잠을 청했지만 한밤중에 하나둘 슬그머니 침대로 도망쳤고, 그리하여 나는 실로 완전히 사라져버린 게 되었다.

다음날 아침 거실 한 귀퉁이의 낡은 안락의자에 앉아 자수 작품을 쥐어뜯고 있었을 어머니의 모습이 눈에 선하다. 입술은 달싹이지만 아무 소리도 나지 않았겠지. 어머니는 당신의 엄숙한 침묵으로 일체의 대화를 중단시키는 재주가 있었다. 가엾은 프랜시스는 집안의 남자로서 누이동생의 갑작스러운 이탈이라는 미묘한 화제를 꺼내는 일이 자기한테 주어진 사실을 깨닫고 막막했을 것이다. (식구들은 어김없이 이탈이라고 생각했다. 누가 나를 내 의지에 반해 침대에서 낚아채 업어가는 일은 불가능해 보였으므로.)

프랜시스는 평범한 탐문 조사를 제안했다—경찰에, 이웃 가게 주인들한테, 기차역 역무원에게, 그리고 혹시 내가 외삼촌들이나 숙모들 중 한 명에게 털어놨을 수도 있으니 그들에게도 물어보자는 것이었다. 그러나 어머니는 허락하지 않았다. 어머니의 거부가 뜻하는 바는 당신은 이미 판결을 내렸고, 내가 실종된 이유가 무엇이든 수치스러운 일임에 틀림없으며, 따라서 친지들에게조차 발설해서는 안 된다는 얘기였다. (어머니는 내 실종을 외삼촌들에게 끝까지 비밀로 했고, 나중에 외삼촌들에게서 그때 얘기를 들으니 내가 필라델피아에 있는 비서 대학에 입학했던 것으로 되어 있었다. 나도 싱긋 웃으며 강의가 재미있긴 했지만 비서 일이 잘 맞지 않았다고 장단을 맞추게 되었다.)

노마는 경찰에 신고하고, 이웃의 누구든 붙잡고 물어보고, 나를 돌아오게 하기 위해 가능한 모든 수단을 동원해야 한다는 프랜시스의 의견에 동의했다. 그러나 어머니의 반대는 요지부동이었고, 이 지점에서 두 사람 사이에 균열이 생겼던 것 같다. 노마는 찬물을 뒤집어쓴 것처럼 퍼뜩 깨달았다. 만약 노마 자신이 사라진다 해도, 마찬가지로 어머니는 찾으려 들지 않으리라는 사실을. 그리고 노마는 그 생각을 소리 내어 말할 정도로 대담했다.

"두 손 놓고 있을 거예요? 내가 사라져도 그냥 포기할 거예요?"

이 부분이 노마가 내게 상세히 얘기한 유일한 대목이다. 노마는 몇 년이 지나서도 그 상처가 아물지 않았다. 어머니는 노마의 턱을 콱 잡고 끌어당기며 말했다. "넌 절대 사라질 리 없어. 넌 절대 나한테 그따위로 굴지 않아."

바로 그때 노마는 어머니가 신세 망친 아가씨들에 관한 기사를 우리에게 들려준 진짜 의도를 이해했다. 그것은 넓고 거친 세상에서 우리가 당할 수도 있는 일들에 대한 경고였을 뿐 아니라, 우리가 다시 집으로 돌아오려 할 때 무슨 일을 당할지에 대한 경고이기도 했다.

그때 프랜시스가 재봉틀 외판원을 집에 들였던 또다른 여자애에 대한 이야기를 들었다. 그 여자애도 실종됐다가 아이가 태어나기 전에 자진해서 집에 돌아와 그간의 일을 죄다 털어놓았던 것이다.

프랜시스는 자신의 의혹을 노마에게 귀띔하면서, 노마가 언니는 절대 그런 짓을 할 리 없다고 일축하리라 예상했다. 그러나 노마는 하얗게 질려 반짇고리를 뒤지더니 프랜시스에게 처음 보는 실패를 보여주었다. 며칠 전에 식기장 밑에서 발견했는데, 어머니의 재봉틀에는 맞지 않는 실패라고 말하면서. 두 사람은 즉각 그것이 뭘 의미하는지 깨달았다.

그래도 확실해지기 전까지는 어머니에게 말할 각오가 서지 않았다. 프랜시스는 그 다른 여자애가 있던 보호소의 이름을 알아내지 못했고, 결국 뉴욕과 뉴저지와 펜실베이니아에 있는 모든 보호소에 일일이 편지를 보내는 일은 노마가 맡았다. 그게 노마가 했던 일이었다. 밤이면 밤마다 내 생김새에 대한 묘사와 내가 사라진 날짜를 적은 편지를 한 부씩 새로 써서 매일 아침 다른 주소로 부치는 것.

노마의 편지가 와이코프에 당도했을 때쯤, 아기가 태어났다.

17

뉴욕행 기차는 사람이 너무 많아 토끼 생가죽이 든 가방을 끼고 있는 노파의 옆자리밖에 비어 있지 않았다. 어째서 아무도 노파 옆에 앉지 않았는지는 금세 명확해졌다. 가방 주변에 암모니아 구름이 떠돌았고, 뭔가 작고 징그러운 것들이 우글거렸다. 각다귀, 아니, 이라면 더 큰일이다. 노파는 러더퍼드에서도, 패터슨 근교의 어느 역에서도 내리지 않았다. 십중팔구 저 악취 나는 보따리를 가먼트 디스트릭트* 끝자락에 있는, 뱀피나 작은 짐승 가죽을 취급하는 허름한 모피상에 배달하려고 시티로 향하는 중일 것이다. 나는 기차가 잠깐 정차하길 기다렸다 곧장 다른 칸으로 옮겼다. 자리를 찾아 두리번거리는 나를 본 한 청년이 드디어 내게 자리를 양보했다.

기차에서 내려 역 바깥으로 나오니 살 것 같았다. 혼자 뉴욕에

* 뉴욕 맨해튼에 위치한 의복 제조와 유통의 중심지.

온 게 언제가 마지막이었는지 기억도 나지 않았다. 외삼촌들 가족은 여전히 브루클린에 살고, 가끔 일요일 저녁에 우릴 초대하기도 했다. 한두 번쯤 연극을 보러 노마와 함께 플러렛을 데리고 온 적도 있었다. 그러나 나 혼자 올 수도 있는 곳이라는 생각은 꿈에도 해본 적이 없었다. 이 도시 전체와, 이 도시의 거대함과, 어딜 가든 뭘 하든 내 마음대로라는 가능성과 맞닥뜨린 적은 한 번도 없었다.

지금 내가 해야 할 일은 잘 알고 있다. 나는 리자이나 도일이 루시의 아기와 살았다는 이스트 30번가의 건물로 향했다. 단추와 구두 가죽을 파는 상점을 지나, 간이식당과 길거리에 사과 궤짝을 내놓은 식료품 가게를 지나, 유리창에 황금색 로고가 박힌 사무용 건물을 지나 서둘러 걸었다.

얼마 지나지 않아 루시에게 받은 주소지에 도착했다. 평범하고 엇비슷한 4층 건물들 사이에 위치한, 적갈색 사암으로 지은 평범한 건물이었다. 3층 창문 밖의 화분에는 제라늄이 방치되어 황갈색 밑동만 남았다.

건물 앞 인도에서 한 여자가 나를 지나치더니 계단을 올라갔다. "실례합니다만," 나는 뒤따라 달려올라갔다. "전에 여기 살던 사람을 찾고 있는데요."

"난 그런 남자 몰라요." 여자는 돌아보지도 않고 말했다.

"아뇨, 그게 아니라 제가 궁금한……" 그때 여자가 건물 안으로 들어가버렸고, 미처 잡을 새도 없이 문이 쾅 닫혔다.

손잡이를 돌려봤지만 잠겨 있었다. 초인종이 여러 개 쭉 달렸지만 명패에 적힌 이름은 죄 모르는 이름이었다.

정육점에서 보낸 꾸러미를 든 배달 소년이 모퉁이에서 나타났다.

나는 소년에게 이 건물에 살던 리자이나 도일이라는 여자를 기억하느냐고 물었고, 소년은 고개를 저었다. "모르겠는데요." 소년은 걸음을 늦추지도 않았다.

"하지만 이 건물에도 배달하잖니." 나는 멀어져가는 소년의 등에 대고 외쳤다.

소용없었다.

사람들이 직설적인 질문에는 대체로 대답을 거부한다는 것을 그땐 생각지 못했다. 내가 접근했던 사람들은 전부 내게 실질적 권한이 없음을 뻔히 알고 있었을 것이다. 내게는 명함도 신임장도 소개장도 없었다. 그래서 나는 길거리에 서서 뭐라도 나오길 기다렸다—증인, 실마리, 더 나은 생각. 나올 리가 없지.

제2의 계획은 없었으므로 나는 그 블록을 한 바퀴 돌면서 모퉁이 매점에, 그다음엔 신발 가게에, 그다음엔 서점에 들러 리자이나 도일과 아기에 관해 물었다. 아무도 그녀에 대해 들어본 적이 없었다. 그 둘의 생김새를 묘사할 뾰족한 방법이 없다는 점도 낭패였다. 길거리에서 꽃을 파는 남자도 불러 세우고, 남동생을 안고 가는 여자애도 불러 세웠다. 그들은 내게 해줄 말이 단 한 단어도 없었다.

길을 따라가다 한 아파트 지하층에서 사진관을 발견했다. 바깥 난간에 걸린 황동 명패를 보고 알았는데, '라모트 스튜디오' 그리고 '사진 촬영. 피사체 불문'이라고 쓰여 있었다. 누를 초인종이 보이지 않아 나는 문을 밀었고, 그렇게 들어선 곳은 예상했던 흔한 사진관이 아니라 서류가 마구 흩어져 있고 똑같은 종류의 커다란 갈색 봉투가 몇 겹씩 쌓여 있는 갑갑한 사무실이었다. 봉투마다 붉은 끈으로 된 잠금장치가 달려 있었다. 붉은 끈은 살아 있는 것처럼 보였고, 그냥 봉투에 매달려 있는 게 아니라 이 난장판 위로 슬금슬금 기어다니는 것 같았다.

방안 어딘가에 등이 있을지도 모르지만 내 눈에는 보이지 않았다. 빛이라곤 전면의 창문을 통해 들어오는 것이 유일했는데, 그나마 창유리의 절반은 해가 닿지 않는 모든 아파트 지하층 계단에서 자라는 녹갈색 이끼류로 뒤덮여 있었다.

낮은 문 뒤에서 남자 목소리가 외쳤다. "이 분만!" 나는 기다리겠다고 답했다. 뭘 기다리는지는 모르겠지만. 물이 튀는 소리, 스위치를 켰다 다시 끄는 소리가 들렸다. 사진을 현상하고 있나보다 짐작했고, 과연 남자는 내부가 완전히 새카만 방에서 나왔다. 남자는 정육점에서 입는 것 같은 고무 앞치마를 둘렀고, 황과 휘발유가 섞인 냄새를 풍겼다. 포동포동하고 작은 키에 두꺼운 안경을 썼고, 만듦새가 조악한 갈색 가발은 은색 귀밑털을 가리지 못했다.

"아!" 남자는 깜짝 놀라 나를 올려다보며 말했다. "난 또 그 꼬마인 줄 알았네."

"어떤 꼬마요?"

남자는 안경을 추어올린 뒤 나를 더 잘 보기 위해 까치발을 하고 몸을 앞으로 내밀며 말했다. "심부름꾼 꼬마요. 당신은 이런 데······ 아뇨, 아무것도 아닙니다. 실례했군요. 나는 헨리 라모트입니다. 처음 뵙겠습니다."

"콘스턴스 콥입니다." 내가 말했다. "라모트라는 성씨를 아는데요. 보트르 파미유 비앵텔 데 코트다르모르?*"

라모트 씨는 껄껄 웃었다. "아, 그만, 그만요. 나는 우리 어머니가 프랑스어를 가르쳐주는 족족 다 까먹었어요. 딸은 어머니 말을 잘 듣지만, 아들은 영 아니죠."

"그건 맞는 말씀인 것 같네요." 내가 말했다. "저희 오빠는 정통 브루클린 영어가 아닌 언어는 단 한마디도 못하거든요. 어머니는 당신 손주들이 뉴요커처럼 말한다는 사실에 억장이 무너지셨죠." 이렇게 말하는 내가 놀라웠다. 처음 보는 사람한테 우리 가족에 대해 얘기한 게 언제가 마지막이었는지 기억도 나지 않았다. 하지만 라모트 씨에겐 뭔가 명랑하고 마음 편한 구석이 있었다. 신뢰를 부르는 사람 같았다.

"그럼," 그가 말했다. "미스 쿱, 성씨로 판단하건대 프랑스어만큼이나 독일어도 능숙한지……"

"디 파밀리에 마이너 무터 슈탐트 아우스 외스터라이히."**

"위Oui. 아니, 야Ja라고 해야 하나. 근데 지금 언어 강습을 하러 왔나요, 아니면 당신의 봉투가 여기 있나요?"

"봉투요?" 나는 봉투 무더기를 돌아보며 물었다. "아뇨, 그냥 뭘 좀 여쭤보려고요. 그게, 제가 사람을 찾고 있는데……"

"아, 그래요." 그가 말했다. "알겠습니다. 하지만 나한테 바로 오면 안 되죠."

"네?"

"일단 신고를 하시면 수사관한테서 내게 연락이 옵니다."

"수사관이요?"

* '집안이 코트다르모르 출신인가요?'라는 뜻의 프랑스어.

** '외가가 오스트리아 출신이에요'라는 뜻의 독일어.

라모트는 한 걸음 더 가까이 다가와 안경알 위쪽으로 나를 어리둥절하게 쳐다봤다.

"네, 형사 말입니다." 그가 말했다. "누굴 찾고 싶어요? 우리는 사진을 찍지요, 하지만 수사관들과 공조해서 일을 진행합니다. 우리 멋대로 돌아다니진 않아요. 수사관들은 준비가 됐을 때 우릴 부르죠."

"형사들과 일하신다고요? 전 여기가 일반 인물 사진관인 줄 알았는데요."

그는 웃음을 터뜨렸다. "아, 그건 몇 년 전에 접었습니다. 사진기와 긴 커튼 한 세트만 있으면 개나 소나 사진관을 하죠. 나는 증거를 수집하는 업무를 하고 있습니다. 우리 사진사들은 재판 과정에서 증거물로 제출되는 사진을 찍습니다. 또는, 이쪽이 좀더 빈번한데, 법정까지 갈 것 없다고 사람들을 납득시키기 위해 사진을 찍죠. 인물 사진을 원한다면 내가 다른 곳을 알려……"

"아, 아닙니다." 나는 그가 해준 얘기를 이해하려 애쓰며 말했다. "그게 아니라, 제가 궁금한 건 동네 사람에 관한 거예요. 요 옆 블록에 살던 남자애를 찾고 있어요."

"내 밑에서 일하던 애는 아니겠죠." 라모트 씨가 말했다.

"아뇨, 남자 아기예요. 모퉁이 너머에 살던 여자분이 아기를 데리고 있었는데, 지금 그분의 행방이 묘연해요." 나는 리자이나 도일의 이름과 주소를 말해주었다.

라모트 씨는 입을 일자로 꾹 다물고 길게 숨을 들이마셨다. "아이고, 마드무아젤, 골치 아픈 문을 열었군요. 당신이 그걸 찾아낸 겁니까, 그게 당신한테 온 겁니까?"

"제가…… 음, 그게 저한테 온 것 같은데요."

"그럼 도로 돌려보내요!" 라모트 씨는 고무 앞치마를 벗어 고리에 걸었다. 그러곤 책상 앞에 앉았는데, 잡동사니에 가려 모습이 거의 보이지 않았다. "돌려보내요, 미스 콥, 그리고 당장 브루클린으로 돌아가십시오. 내가 해줄 조언은 그것뿐입니다." 그러고는 우리의 대화가 종료됐다는 표시로 펜을 들었다.

"이젠 브루클린에 살지 않아요." 내가 말했다. "지금은 패터슨 외곽에 살고 있습니다. 이곳엔 당일치기로 왔는데……"

"패터슨?" 그는 다시 나를 올려다봤고, 그 우스꽝스러운 가발을 이마 위로 밀어 시야를 확보했다. "이게 그 비단 노동자 파업과 관련있는 겁니까?"

"네!" 나는 좀 우렁차다 싶게 대답했다. "그럴 수도 있어요. 파업중에 아기를 피난시킨 거니까."

그는 고개를 절레절레 저었다. "파업 기간 동안 온갖 부류의 볼셰비키들이 다 그 동네에 있었습니다. 한 블록 떨어진 곳에서도 그들이 논쟁하는 소리가 다 들렸다니까요. 경찰은 길거리에 나와 서 있기만 해도 그 사람들 계획을 낱낱이 알 수 있었죠. 하지만 지금은 다들 떠났어요."

바로 그때, 문이 열리고 한 소년이 들어왔다. "왔구나!" 라모트 씨는 소년의 등장에 확연히 안도하는 눈치였다. "사건이 모두 세 개지, 맞나?" 소년은 고개를 끄덕이고 의심의 눈초리로 나를 쳐다보았다.

"괜찮아. 미스 콥은 이제 가실 거니까. 뵈예 멕스퀴제, 마드무아젤.* 더 도와드릴 게 없군요. 좋은 하루 되십시오." 라모트는 뒤로 돌아 자신의 봉투 제국을 파헤쳤다.

나는 고개를 끄덕이고 자리를 뜨는 수밖에 없었다. 혹시 그가 뭔가 도움이 될 만한 기억을 떠올릴지도 모르니, 내 이름과 주소를 적어 그의 책상 위 서류들 사이에 남겨놓았다. 다시 거리로 나온 나는 사진사가 제공한 빈약한 정보에 대해 골똘히 생각했다. 다시 한 블록을 돌아 리자이나 도일이 살던 공동주택을 마주하고 서서 창문을 올려다보았다. 죄다 닫혀 있고 커튼이 쳐져 있었다.

이윽고 문이 열리더니 한 꼬마가 튀어나왔다. 이번에는 계단 위에 있었던 덕분에 금방 문을 잡았다. 꼬마에게 말을 걸려고 돌아섰지만, 아이는 금세 길을 건너 말소리가 닿지 않는 곳까지 가버렸다.

건물 안에 들어서자 문이 닫혔고, 나는 현관 안쪽에 일렬로 붙어 있는 우편함을 마주하고 섰다. 도일이라는 이름이 붙은 것은 없었고, 낯익다 싶은 이름도 없었다. 한 집씩 알아보는 수밖에 대안이 없었다.

나는 첫번째 집 현관문을 두드렸지만 대답은 없었다. 두번째 집에서는 열 살쯤 된 소녀가 문을 열었다. 허리께에 아기를 안고 있었다. 나는 어머니가 집에 계시느냐고 물었고, 소녀는 고개를 젓더니 살며시 문을 닫고 자물쇠를 걸었다.

그 옆집에서 플루트 부는 소리가 들렸다. 문을 두드리려 손을 든 순간, 뒤쪽 계단에서 누가 외쳤다.

"아가씨! 게시물 못 봤어요?"

획 돌아서 보니, 작업복 차림의 건장한 중년 남자가 서 있었다.

---

* '이만 실례하겠습니다, 아가씨'라는 뜻의 프랑스어.

그는 줄곧 자기 발에 시선을 두고 요란하게 씩씩거리며 쿵쿵 계단을 내려왔다.

"게시물이요? 아뇨, 난……"

남자는 숨을 헐떡이며 계단 맨 아래 칸에 섰다.

"방문판매는 금지요. 팸플릿이든 견본품이든 하여간 가져온 것 싹 다 챙겨서 나가쇼. 이 건물에 사는 사람들은 성가시게 구는 건 딱 질색한다고."

플루트 연주가 그쳤다. 플루트를 불던 사람도 듣고 있나보다.

"나는 뭘 팔러 온 게 아닙니다. 전에 여기 살던 여자분을 찾고 있어요. 리자이나 도일이라고, 아기를 데리고 있었는데, 그 여자분의 아이는 아니었어요."

남자는 잠깐 내 말을 생각해보더니 이렇게 말했다. "자기 아이가 아니라고? 그럼 왜 데리고 있었던 거요?"

"그게……"

"됐고. 그런 사람 모르니까 딴 데 가서 알아보쇼." 남자는 손을 내저으며 나를 다시 현관 쪽으로 몰았다. 남자를 제치고 계단을 올라갈 방법이 없었으므로, 나는 좋은 하루 보내라고 인사하고 문을 빠져나왔다.

그러고도 차마 떠나지 못하고 계속 계단 위에서 서성이는데, 잠시 후 문이 열리더니 한 청년이 나왔다. 너무 말라서 셔츠 위로 쇄골이 튀어나와 있었다. 청년은 조용히 문을 닫고 속삭이다시피 말했다. "미시즈 도일을 찾으셨나요?"

"네, 플루트 연주가 들리던데 당신이었나요?"

청년은 고개를 끄덕이고 내 팔을 잡아끌며 계단을 내려갔다. "미시즈 도일이 어디 있는지는 모릅니다." 청년은 아까와 마찬가지로 나직이 말했다. "그분은 노동조합원 무리와 어울렸어요. 그러다 조합원들이 블랙핸드*의 협박을 받기 시작해서 다들 한꺼번에 떠났습니다."

"어떤 협박이었는데요?"

청년은 누가 들을까봐 겁이 나는 듯 건물을 돌아보았다. "흔한 거죠. 방화. 납치. 그래서 야반도주했어요."

"어디로 갔을지 짚이는 데도 전혀 없나요?"

청년은 고개를 저었다. "블랙핸드 놈들한테 쫓겨난 거죠. 제가 아는 건 그게 다입니다."

나는 그에게 감사를 표했고, 그는 얼른 계단을 올라갔다.

헨리 코프먼이 블랙핸드의 일원이었나? 지난 몇 년간 블랙핸드의 범죄 행각이 신문을 도배했는데, 대부분 이탈리아 사람들 짓이었다. 협박을 중지시키기 위해 돈을 지불할 만한 지위에 있는 사람을 협박하는 것이 그들의 주요 사업이었다. 요구는 간단했고 문장은 조잡했다. 보통 쓰는 수법은 돈을 내놓지 않으면 방화나 납치를 하겠다는 쪽지를 보내는 것이었고, 요구액은 대개 천 달러 정도였다.

납치의 경우 보통 어리고 예쁜 여자를 노렸고, 매춘 업소에 팔아넘기리라는 추측이 가능했다. 그런 생각이 들면 아비 되는 사람들은 경찰이 아무리 돈을 주지 말라고 말려도 기어이 수표책을 열게 마련이었다. 자식이 매춘부로 팔려간다는 생각을 머리에서 지울 수만 있다면 어떤 남자든 기꺼이 천 달러를 내놓을 것이다.

---

* 20세기 초 뉴욕에서 활동한 이탈리아계 비밀 폭력단.

노마는 어머니와 똑같이 그런 기사들을 큰 소리로 우리한테 읽어주었다. 노마는 범죄면과 사회면을 신나게 왔다갔다하면서, 수많은 여자들이 협박 목표가 된 직후 엉겁결에 약혼을 하고, 그 상대는 종종 억지로 식장에 끌려나온 아버지의 동료임을 지적했다. 딸을 보호하는 일은 사위에게 맡기자, 가엾은 아버지는 분명 그렇게 생각했을 것이다. 남자들 깜냥이란 게 그 정도지.

식스스 애비뉴를 따라 바람이 불어왔고, 나는 맞바람에 허리를 숙이고 힘겹게 기차역으로 돌아갔다. 붐비는 인파와 뉴욕의 혼란 속에서 하루를 보내고 나니, 이런 유의 수색이 무의미하다는 생각이 들었다. 인구 오백만의 도시에서 아이 한 명 찾기란 불가능해 보였다. 사라지기는 어렵지 않다. 나 자신이 해봤으니까.

18

플러렛은 뭐든 엿듣는 요령이 남달랐다. 애가 작고 약삭빨라서 문 뒤에 쏙 들어가 숨거나 창문 밑에 웅크리고 있으면 아무도 알아채지 못했다. 유난히 청력이 예민했고, 두 사람의 숨죽인 말소리도 억양을 좇아 그 의미를 파악하는 음악가의 귀를 가졌다. 집안에서는 플러렛한테 비밀을 숨길 방법이 없었다. 열쇠 구멍으로 엿보고, 밖으로 달려가 문설주에 기대고, 다락에 기어올라가 마룻바닥 틈에 귀를 대고 있곤 했다. 심지어 닭장도 안전하지 않았는데, 플러렛은 쥐도 새도 모르게 비둘기장에 들어가 널빤지 사이로 귀를 기울였다. 사실상 노마와 내가 비밀 회담을 갖는 유일한 방법은 목초지로 걸어나가는 것뿐이었다. 초원 한가운데에서 한 사람이 말하는 동안 다른 사람은 플러렛이 우릴 향해 기어오지 않는지 사방을 감시하며 조용히 얘기를 나눴다—하지만 우리가 뭘 하고 있는지 알아차리자마자 플러렛은 우리를 향해 돌진해 왔고, 막내가 숨을 헐떡이며 우리 발치에 털썩 주저앉기 전에 우리는 단음절어 속사포로 대화를 마쳐야 했다.

뉴욕에서 집으로 돌아왔을 때는 날도 어둡고 바람도 심해 들판에 나갈 기분이 들지 않아 그냥 플러렛이 듣는 데서 그날 있었던 일을 얘기했다. 노마는 내가 또 골칫거리를 물고 온 건 아닌지 확인만 하면 된다며 간략하게 말할 것을 주문했다. 일단 중요한 정보를 아무것도 건지지 못했고 루시 블레이크의 아이에 관해 아는 사람을 한 명도 만나지 못했다는 사실에 만족한 노마는, 자기 앞에서 그 문제에 관해 한마디도 더 꺼내지 말라고 했다. 플러렛은 두 눈을 동그랗게 뜨고 귀를 기울였지만, 노마가 자려고 자기 방으로 올라갈 때까지 아무 말도 하지 않았다.

"내 생각에 그 플루티스트는 발설한 것보다 더 많은 걸 알고 있어." 플러렛은 음흉하게 말했다. "그 건물 안에서 벌어지는 모든 일을 듣고 있는 거야. 음악만 아는 순진남처럼 보이지만, 어디든 항상 데리고 다니는 파란 꼬마 앵무새는……"

"앵무새는 없었어." 내가 말했다.

플러렛은 고개를 외로 꼬고 생각에 잠긴 눈으로 나를 쳐다보았다. "언니가 못 본 거지. 나를 데리고 갔어야 해. 언니가 길거리에서 플루티스트하고 얘기하는 동안 내가 그 사람 집에 몰래 들어갈 수도 있었는데. 아기도 그 집에 있었을 거야. 바로 거기에, 언니 코앞에 있었는데 언니가 놓친 거야."

"멋대로 지어내지 마. 이건 동화 속 얘기가 아냐. 진짜 아기고, 아기 엄마가 애를 되찾고 싶어한다고."

플러렛은 고개를 끄덕였다. "그런데 루시는 진짜 자기 혼자 애를 키울 수 있다고 생각하는 걸까?"

"그게 무슨 말이야?" 나는 플러렛이 무슨 얘길 하는지 정확히 알면서도 되물었고, 대꾸할 말을 열심히 생각해내느라 머리가 지끈거렸다.

"루시는 남편이 없잖아. 아이를 기를 수 없어. 사람들도 다 알걸."

플러렛은 소파에 누워 기지개를 켰고, 나는 그 옆의 안락의자에 앉아 있었다. 플러렛의 발이 내 무릎 위에 올라왔고, 검은 스타킹에 감싸인 발가락이 허공에서 꼬물거렸다. 그애한텐 그저 기분을 전환하기 위한 행동이었다.

나는 꼼지락거리는 한쪽 발을 잡았다. "루시가 어떻게 살아가려고 했는지는 나도 모르지. 우리가 상관할 바도 아니고. 루시가 보안관한테 말하지 않겠다면, 나도 더이상 어떻게 해줄 수가 없어."

"루시한테 다시 안 가볼 거야?" 풀죽은 목소리였다.

"왜 가봐야 하는지 모르겠는데." 내가 말했다.

"다 끝났다는 뜻이야?"

"끝났길 바란다."

"흠, 그럼 우린 이제 뭐해?"

이번 헨리 코프먼 사태가 낳은 이상한 효과 중 하나는, 우리의 한결같던 일상이 궤도를 벗어났다는 것이다. 벽돌 한 장이 유리창만 박살낸 게 아니라, 우리가 평생 동안 신중하게 구축해온 질서를 무너뜨린 셈이었다. 이후 몇 주에 걸쳐 노마와 플러렛은 완전히 자기들이 좋아하는 일에만 열중해서, 집안을 동물원인지 축제 장터인지 모를 곳으로 만들어버렸다. 플러렛은 거실을 극장으로 개조했다. 망측한 주홍색 커튼 뒤에 숨겨진 무대를 만들고, 플러시 천을 씌운 고급 좌석을 세 줄로 놓고, 낡은 석유램프를 몽땅 꺼내 집안 어두운 구석구석에 놓아두어 대충 구색을 갖춘 기발하지만 위험천만한 각광도 마련했다. 플러렛은 밤마다 무대에 공연을 올렸다. 대부분은 관객이 전혀 없었다. 그러나 한번은 내가 거실에 들어갔다가 낙농장 청년이 티켓을 구입한 사람처럼 객석에 앉아 있는 걸 보고 기겁하기도 했다. 플러렛은 패터슨의 노점상에서 산 타조 깃털 부채를 들고 본인이 창작한 동양풍 춤을 추고 있었는데, 부채는 우리 마당 주위에 열린 무슨 베리 열매를 써서 칙칙한 식물성 분홍색으로 물들여놓았다. 나는 청년을 부엌문으로 쫓아내면서, 노마한테 들키지 않게 조용히 나가라고 경고했다. 노마가 봤다면 분명 부지깽이를 들고 청년을 뒤쫓아갔을 거라고 나는 믿어 의심치 않는다.

노마도 문제가 만만치 않았다. 노마의 비둘기 한 마리가 장거리 비행중에 다쳤는데, 노마는 그 새가 건강해질 때까지 자기 방에서 돌보며 간호했다. 비둘기는 한 발이 짓뭉개졌고, 노마는 그 얼마 안 남은 형체(발)에 붕대를 감아두었다. 무슨 사고에 휘말렸는지는 몰라도 그 때문에 비둘기 다리에 매단 기사 쪽지도 없어졌다. (없어진 기사는 '소년원에 보내진 소녀'라는 제목이었고, 나중에 노마가 플러렛에게 읽어줬으나 효과는 전무했다.) 노마는 확실하진 않지만 이쑤시개처럼 가느다란 날개뼈 중 하나도 사고중에 부러졌다고 생각했다. 그래서 부목도 만들어 대줬는데, 부목 때문에 날개를 제대로 접지 못하는 비둘기는 노상 한쪽으로 기우뚱한 모습이었고, 자라고 깔아준 조그만 베개 밖으로 반쯤 펼쳐진 한쪽 날개가 삐져나왔다.

원래 살던 비둘기장의 홰에서 멀리 떨어져 이렇게 하루종일 혼자 방안에 갇혀 있으면 비둘기가 스트레스를 받을지도 모른다면서, 노마는 침대 발치에 낡은 황동 새장을 놓아두고 부상당한 동료한테 말벗이라도 해주라며 매일 다른 비둘기들을 데려왔다. 별로 도움이 되는 것 같지는 않았다. 그 불쌍한 녀석은 거의 온종일 잤고, 아주 가끔씩만 눈을 떠 반짝반짝 빛나는 창살 안쪽의 깃털 달린 친구들을 응시했다. 그러다 다른 비둘기들도 지루해할지 모르겠다는 생각이 든 노마가 방안에서 훈련을 시작했고, 빵 부스러기 한줌을 들고 이걸 줄 테니 전등갓까지 날아갔다 오라고 새들에게 애원했다.

노마는 새들을 항상 깨끗이 관리했으므로—자기 새들에 관해선 가차없이 청결을 유지했다—냄새 문제는 없었지만, 새들이 움직이면서 내는 소리가 문제였다. 방에 갇힌 비둘기 두세 마리가 지저귀고 푸드덕거려봤자 뭐 얼마나 시끄럽겠느냐 생각할 수도 있겠지만, 온 집안에 그 소리가 들렸다. 이 집에 날개 달린 짐승이 있다는 게 여실히 표가 났다. 계단에서 뭐가 나를 향해 날아온다 해도 놀라지 않을 것이다. 나는 노마의 방 앞을 지날 때면 매우 조심스럽게, 항상 엎드릴 준비를 하고 걷게 되었다.

식사는 불규칙한 행사가 되었다. 아직 채마밭에서 야채가 났으므로 스토브 위에는 언제나 뭔가로 만든 수프가 있었고, 노마와 플러렛은 같이 앉아서 먹기보다 그 앞을 지날 때마다 되는대로 퍼먹기로 결정했다. 가끔씩 프랜시스가 들러 베시가 넘치도록 꽉꽉 눌러 담은 저녁 바구니를 전달했고(오빠는 "네 올케가 어쩌다 실수로 파이를 다섯 개나 더 만드는지 알 수가 없다니까. 내가 그것들을 해치우려고 온갖 짓을 다 하는데"라고 말했다). 우리는 수프에 더해 열두시의 파이를 먹으며 연명했다. 열두시의 파이란 올케가 붙인 이름으로, 자신의 특제 애플파이 속에 먹고 남은 구운 고기와 감자를 채워넣은 요리였다.

설거지 또한 손놓은 지 오래였다. 냄비는 딴 데 써야 할 일이 생길 때에만 닦았고, 책과 신문 등 잡동사니는 그 공간을 다른 활동에 쓰기 위해 비워야 할 때에만 치웠고, 은제품은 광을 낸 지가 까마득했다. 이부자리를 햇볕에 너는 날, 마룻바닥을 박박 닦는 날, 빨래하는 날을 정해 빠짐없이 지켰던 우리가, 이제는 청소와 빨래에 전혀 시간을 할애하지 않았다. 그렇게 정성 들여 가꿨던 집안 살림이 이렇게 쉽게 허물어질 줄은 상상도 못했다.

재정을 관리하는 일은 항상 내 몫이었고, 나는 그 의무를 계속 수행했다. 회계는 단순했다. 청구서의 요금을 지불하고, 갈수록 줄어드는 저축을 주시하며 토지를 조금이라도 잘라서 팔 방법이 없는지 모색했다. 노마를 꼬드겨 소규모 낙농장을 운영하거나 아니면 양계 규모를 확대해 달걀을 파는 데 관심을 갖게 할 수 없을까 고민했다. 하지만 우리의 생계를 감당할 만큼 많은 양의 달걀을 팔 수 있을 리가 없었다.

저녁이면 플러렛은 바느질감을 들고 앉았고, 노마는 신문을 읽고, 나는 책상 앞에 앉아 가계부를 살폈다. 헨리 코프먼은 코빼기도 보이지 않았다. 히스 보안관이 뭘 어떻게 했는지는 모르겠지만 효과가 있었음에 분명했다.

어느 화요일 아침식사 자리에서, 나는 이제 대충대충 사는 건 충분히 해봤으니 오늘 오전엔 그린빈과 토마토로 저장용 병조림을 만들겠다고 선언하고, 낮에는 볕이 뜨거워 작업하기 힘드니 지금 바로 시작해서 점심 전에 끝내자고 말했다. 플러렛이 입이 댓 발 나와서 반항하길래, 얼핏 다이아몬드와 에메랄드처럼 보이는 어머니의 오래된 컷글라스 비즈 목걸이를 주겠다고 구슬렸다. 절임 병 하나당 하루씩 목걸이를 걸 수 있게 해주겠다고 말이다.

그러나 노마는 아침 일찍 사라졌고, 분명 이런 경우에 대비해 쟁여둔 메시지를 비둘기 편에 부쳐왔다. '부엌에서 화상을 입은 여자.' 노마가 도와주지 않으니 일은 더뎠고, 우리 둘이 점심때까지 한다고 했는데도 서른여섯 병이 고작이었다. 나는 플러렛한테 뒷정리를 맡기고 해컨색에 물건 몇 가지를 사러 가려고 자리를 떴다. 집으로 돌아가는 길에는 제과점에 들러 마카롱 한 박스를 샀다.

전차역으로 가고 있는데 무용 학원 수업이 끝났는지 쏟아져나온 아이들이 내 곁을 우르르 스쳐갔다. 여자애들은 치맛자락이 펄럭이는 소리를 들으려 빙글빙글 돌았고, 남자애들은 빳빳한 하이칼라를 잡아뜯었다. 나는 아이들에게 사교댄스를 가르치는 일의 무용함에 대해 생각했다. 저렇게 아이들을 거북하게 억지로 짝지어 놓고 뭘 바라는 걸까? 아이들은 부모나 무용 선생의 도움 없이도 저마다 알아서 자기 짝을 찾을 것이다. 그리고 쉽게 만났던 것만큼이나 쉽게 헤어지겠지.

이런 상념에 정신이 팔려서, 자동차 한 대가 내 앞을 지나쳤다 다시 블록을 돌아 천천히 다가와 내 코앞에서 정차할 때까지 전혀 눈치채지 못했다. 일단 자동차가 눈에 들어온 순간 온몸이 차갑게 식었다. 숨이 쉬어지지 않았다.

조수석 문이 열렸고, 지금부터 무슨 일이 일어나든 가까이에서 목격해줄 사람이 있기를 바라며 나는 재빨리 주위를 둘러보았다. 부산한 오후의 번화가였지만 아무도 나를 지켜보는 것 같지 않았다.

"미스 콥," 목소리가 들렸다. "저희와 같이 타고 가시겠습니까?"

히스 보안관이었다. 마침내 숨이 쉬어졌다.

보안관은 유쾌하게 삐딱한 미소를 띠고 나를 향해 걸어왔다. "다른 사람인 줄 아셨어요?" 그의 어조는 온화하고 나직했다.

"아주 가끔은 그 남자와 우연히 마주칠 것 같아서요."

"당신이 그에게서 멀리 떨어져 있으면 좀 낫지 않을까 싶은데요." 그가 말했다.

"떨어져 있었거든요! 그동안 한 번도 본 적 없어요!" 나는 루시의 집에 갔던 얘기는 꺼내지 않았다.

"잘됐군요." 또다시 예의 상냥한 반쪽짜리 미소. 보안관은 나를 매우 골똘히 쳐다보고 있었다. 뭔가 근사하고 경이로운 것이 들었길 기대하며 새 둥지를 들여다보는 눈빛이었다. 저 눈빛을 어떻게 해석해야 할지 모르겠다.

"그럼, 댁까지 모셔다드려도 되겠습니까? 가면서 우리의 친구 코프먼 씨에 관해 얘기할 수도 있고요."

우리는 거리의 이목을 끌고 있었다. 아기를 안은 엄마가 인도에서 있었고, 자동차 주위로 소년 네다섯 명이 모여들었다. 보안관보는 다소 곤란해하는 표정으로 운전석에서 일어나 소년들에게 차 안을 보여주었다.

"그러는 편이 낫겠군요." 내가 대답했다. "제 동생들이 보안관차를 타고 귀가하는 언니를 어떻게 생각할지 모르겠지만.”

“제가 기꺼이 동생분들께 설명하겠습니다.” 보안관은 차문을 열어주며 말했다.

플러렛이 오늘 저녁 무대를 위해 어떤 공연을 준비했을지, 현재 노마의 심기가 어떨지 궁금했다.

“동생들이 방문객을 맞이할 만한 상태일지 아닐지 전혀 짐작도 안 가네요.”

자동차 뒷좌석에 앉아 보안관보에게 우리집으로 가는 길을 알려주려는데, 히스 보안관이 손을 내저었다. “길은 우리도 압니다.”

“와보셨어요?”

“예의 주시하고 있는 것뿐입니다.”

우리는 잠시 아무 말 없이 달렸다.

“그 아가씨한테 무슨 일이 생겼습니까?” 히스 보안관이 말했다. “당신이 그 여자분을 저한테 보내실 줄 알았는데요.”

“겁에 질렸어요.” 내가 말했다. “자기가 경찰한테 가면 그 남자가 자길 쫓아올 거라고 생각하더군요.”

보안관과 보안관보는 눈빛을 교환했지만 입은 열지 않았다. 이때쯤 해컨색을 벗어났다. 우리 농장으로 이어지는 시골길은 늦은 오후만 되면 하루 일과를 마친 사람들과 동물들로 늘 북적였다. 느릿느릿 이동하는 건지종 젖소 무리 때문에 차를 멈추는 것은 딱히 드문 일도 아니었다. 배달을 마치고 시내로 돌아가는 빵 트럭을 지나치는데, 불현듯 저녁거리로 좀더 든든한 걸 사왔어야 했다는 생각이 스쳤다. 베시가 보낸 마지막 바구니도 거의 거덜났는데. 마카롱과 삶은 달걀과 지난여름에 담근 피클로 때워야 할지도 모르겠다.

"음, 코프먼 때문에 곤란을 겪으셨던 것 기억하고 있습니다." 보안관이 말했다. "그리고 이걸로 해결이 되면 좋겠군요. 댁의 마차가 입은 피해에 관한 소송을 맡아줄 판사가 있습니다. 당신은 진술서에 서명하고 법정에 나와서 그 내용이 정확하다고 선서만 하면 됩니다. 그럼 판사가 벌금을 부과하고 코프먼 씨에게 접근 금지 명령을 내릴 겁니다. 벌금 징수는 우리가 할 거고요. 당신은 코프먼과 얼굴을 마주칠 필요도 없어요. 그가 이런 일들에 타격이나 받을지 모르겠습니다만, 이게 제가 할 수 있는 최선입니다."

"보, 보안관님이…… 기소했다고요? 헨리 코프먼을?"

히스 보안관은 나를 의아하게 쳐다보았다. "당신이 원하던 바 아닌가요?"

"그냥 그 사람하고 얘기해보겠다는 건 줄 알았어요."

"뭐, 얘기도 하긴 했습니다. 당신과 당신 여동생들한테 접근하지 말고, 피해 보상도 하라고 말했지요. 코프먼이 얼씬거리진 않았죠?"

"그런 것 같네요."

"그런 것 같다고요?"

"네. 코프먼은 얼씬도 안 했습니다."

"그럼 이제 피해 보상도 할 겁니다. 바로 이게 버건 카운티에서 범죄자들을 처리하는 방식이죠. 이 정도면 문제없죠?"

나는 한숨을 내쉬고 등받이에 몸을 기댔다. 뭐 어떻게 부정할 수가 없는 듯했다.

집에 도착해 두 사람을 안으로 안내하면서, 나는 보안관을 집으로 데려오는 건 고사하고 그와 함께 차를 타는 것 자체가 당치 않은 경악스러운 행위로 여겨질 때가 있었음을, 그것도 그리 오래전이 아니었음을 깨달았다. 그러나 우리 집안의 총체적 질서가 붕괴된 이후여서 대수롭지 않게 느껴졌다.

노마는 내가 들어오는 소리를 듣고 다친 비둘기를 베개에 얹어 들고 계단을 내려왔다. 스타킹을 신은 발이 먼저 등장했고, 그다음에 품에 안은 베개가 출현했다.

"마침 잘 왔어. 이건 두 사람 손이 필요하거든. 언니가 잠깐 얘를 들고 있으면 내가……"

마침내 노마의 얼굴이 난간 너머에서 나타났다. 노마는 우리집 거실에 들어온 남자들을 보고 걸음을 멈췄다. 히스 보안관의 얼굴은 신문에서 보아 아는 게 분명했다. 보안관을 보고 첫인상만으로는 나올 리가 없는 뿌리 깊은 결연함으로 얼굴을 찌푸렸기 때문이다. 노마는 마음에 들지 않는 대부분의 사람을 대할 때마다 이런 식으로 반감을 표현하는 데 각별한 공을 들여왔으므로, 그 결연한 태도를 소환하는 데 아무런 문제가 없었다.

보안관은 이런 대접에 익숙한지 담담히 자신과 보안관보를 소개했다.

침묵. 결국 내가 말문을 열었다. "제 동생 노마예요. 노마의 전서구 중 한 마리가 다쳤는데, 회복을 위해 실내로 들여와 집안 식구처럼 돌보는 게 도리라네요."

비둘기가 화제로 등장하자 보안관의 얼굴이 밝아졌다. "저희 보안관보 중 한 명이 전부터 계속 비둘기를 두자고 건의했어요. 재소자들에게 좋은 활동이 될 거라는 생각인데, 제 상사들은 교도소에 비둘기를 두고 싶어하지 않더군요. 죄수들이 동료 범죄자와 연락을 취할까봐 걱정하는 거죠."

내가 볼 때 노마는 분명 보안관과 얘기를 나누지 않으려 했는데 무심코 말을 하고 말았다. "비둘기는 집으로만 날아와요. 전서구는 우편배달부가 아닙니다. 경로를 따라 배달하지 않아요."

보안관의 콧수염 밑에서 활짝 웃음이 번졌다. "저도 그렇게 얘기했습니다만……" 그는 어깨를 으쓱하는 것으로 상사와의 논쟁이 무의미했음을 내비쳤다.

나는 보안관의 사람 다루는 방식에 감탄할 수밖에 없었다. 보안관보가 비둘기를 두자고 줄곧 요청했다는 말이 거짓일 거라고는 조금도 의심하지 않았다. 그는 노마를 대화에 끌어들일 만한 화제 중 자신이 아는 단 한 가지를 꺼낸 것이었다.

노마는 코웃음을 치고 뒤로 돌아 다시 계단을 올라갔다. "플러렛을 찾는 거라면," 노마가 어깨 너머로 외쳤다. "개구리 잡으러 나갔어."

보안관과 보안관보는 어안이 벙벙한 표정으로 나를 쳐다봤다. 우리가 지금 여기서 무슨 막간극을 벌이고 있는 거지?

"막내가 어렸을 때," 나는 설명했다. "길 아래 사는 아주머니 한 분이 개구리를 잡아오면 돈을 줬거든요. 플러렛한테야 개울에서 첨벙거리며 놀 수 있는 좋은 핑계였죠. 막내는 다른 여자애들처럼 개구리를 꺼리지 않아요. 오후 반나절이면 열두어 마리쯤 잡아서 용돈을 벌었죠. 그 아주머니는 몇 년 전에 이사 갔지만, 플러렛은 지금도 개울에 가서 개구리 잡는 걸 좋아해요."

"먹는 건 아니죠?" 보안관보가 물었다.

"어쩌나, 먹는데요." 내가 말했다. "저랑 같이 개울가로 플러렛 데리러 가실래요? 저녁 찬거리로 한 마리 팔아줄지도 모르는데."

"괜찮습니다, 미스 콥." 히스 보안관은 보안관보가 뭐라 입을 열기 전에 문밖으로 이끌며 말했다. "콥가의 막내따님은 이미 만나뵌 적이 있습니다."

"네? 언제요?"

보안관은 현관문을 열고 내 쪽으로 돌아서 싱긋 웃었다. "얼마 전에 여기 거실에서 낮 공연을 관람했거든요. 당신이 뉴욕에 갔던 날이라고 생각합니다만." 그러고는 내 앞에서 매우 정중히 문을 닫았다.

그날 저녁상은 어머니의 특제 '라구 드 그르누유'*로 차려졌다. 플러렛이 유일하게 열심히 배운 요리였는데, 그저 자기가 잡아온 사냥감을 너무나 먹고 싶어서였다. 이 주요리에는 물냉이 샐러드와 낯선 남자들을 집안에 들이는 일의 위험성에 대한 내 기나긴 잔소리가 딸려나왔다.

"낯선 사람들이 아니잖아." 플러렛이 소스를 요란하게 후루룩거리며 말했다. "하나도 낯설지 않았어. 셋째 줄에 엄청 조용히 앉아서 박수도 딱 알맞은 순간에만 쳤다고. 앙코르도 보고 갔으면 좋았을걸."

나는 좀 거들어달라고 노마를 쳐다봤지만, 노마는 저녁 내내 말이 없었다. "내가 집을 비우면 여기서 무슨 일이 벌어지는 거야?"

---

* '개구리 스튜'라는 뜻의 프랑스어.

끝내 나는 이렇게 말했다. "현관문을 열어놓고 그냥 아무나 들어오십쇼 하는 거야?"

"그 사람들이 그냥 아무나는 아니지." 플러렛은 흘러내린 머리카락 한 올을 모자 속에 찔러넣었다. 검푸른 까마귀 깃털로 장식된 저 모자는 어머니의 옷장에서 꺼내와 어머니의 낡은 호박 핀으로 머리에 고정한 것이었다. 개구리들이 저 모자를 쓰고 다가오는 플러렛을 보고 무슨 생각을 했을까 상상하지 않기로 했다. "그 사람들은 선서한 공무원이잖아. 그리고 큰언니의 친구들 같고. 언니가 그 사람들을 집에 데려올 수 있다면, 나는 왜 안 되는지 모르겠는데. 게다가, 그 사람들 저 아래쪽 길가에 차를 세워두고 답답한 자동차 안에 너무 오래 앉아 있는다고. 공연을 즐길 자격이 있어."

"저 사람들이 여기 도로에 있는 걸 봤다는 얘긴 아니지?" 노마가 마침내 침묵을 깨고 물었다. "바로 우리집 앞에?"

플러렛은 어깨를 으쓱했다. "난 큰언니가 청한 줄 알았지."

노마가 일어나서 자기 그릇을 싱크대에 넣었다. "보통 동료와 함께 총 들고 집밖에 앉아 있으라고 보안관을 청하지는 않지. 보안관이 여기 있었다면, 그건 우리가 생각보다 더 위험한 상황에 처해 있다는 얘기밖에 안 되고, 이게 다 언니가 끈질기게 헨리 코프먼을 성가시게 했기 때문이야."

"한동안은 성가시게 안 했어." 내가 대꾸했다.

"성가시게 하라고 보안관을 보냈잖아, 그게 그거지."

"보안관은 일단 위험은 지나갔다고 보는 것 같던데." 내가 말했다. "코프먼 씨는 벌금을 내게 될 테고 그걸로 잠잠해지겠지. 보안관이 사건을 맡은 뒤론 한 번도 그 남자가 보이지 않았어, 그건 사실이잖아?"

"보안관을 몹시 신뢰하는군." 노마가 저녁식사 후 늘 마시는 커피를 끓이려 물을 올리며 말했다. "내가 경찰을 회의적으로 본다고 말했지. 이제 그 견해를 보안국에까지 확장해야겠어. 전서구에 대한 가장 기본적인 사실도 모르다니 호기심이 결여됐다는 증거지. 보안관이 우리한테 해줄 건 별로 없을 것 같은데, 안 그래?"

노마는 대답을 기다리지도 않고 두 손을 치마에 슥슥 닦은 다음 닭장 문단속을 하러 부엌문으로 나갔다. 나는 그릇 바닥까지 싹싹 긁어먹었다. 플러렛이 일어나서 그 우스꽝스러운 모자를 다시 매만졌다. "무도용 드레스를 새로 만드는 중인데 옷핀으로 단 고정하는 것 좀 도와줄래?"

걸을 수 있게 되자마자 빙그르르 돌기 시작한 요 작은 아가씨를 바라보며 내가 말했다. "그럼, 물론이지, 어서 입어봐."

19

처음엔 여자애인 줄 몰랐다. 내가 본 건 검은 머리칼의 아기 머리와 아기를 안아 데려가는 간호사의 하얀 앞치마뿐이었다. 나는 이미 아이를 포기하는 데 동의했지만, 그 순간 광기와 다름없는 갈망이 나를 덮쳤다. 의식이 혼미한 가운데 엄마 고양이가 제 새끼들을 물고 빠는 꿈을 꿨고, 만약 그때 사람들이 신생아를 다시 나한테 데려다주었다면 내가 아기를 거의 집어삼켰을지도 모른다는 생각이 든다.

나를 돌보던 의사는 분만 후 비정상 출혈을 의심해서 큐렛을 들고 소파할 참이었다. 마취용 에테르 마스크가 내려왔지만 나는 마구 발로 차며 저항했다. 금속이 바닥에 부딪혀 챙그랑 소리가 났고 남자가 뭐라 외치더니 이내 주위가 새하얘졌다.

몇 시간 후 나는 세상에서 가장 멋진 자줏빛 어둠 속에서 눈을 떴다. 에테르의 영향이었겠지만, 몸이 깃털처럼 가벼웠고 머리도

맑았다. 뜨거운 물에서 김이 피어오르듯 가뿐히 회복실 침대에서 일어났다. 이 지붕 아래 어딘가에 내 아이가 있다. 세상에서 내가 해야 할 일은 단 하나, 가서 내 아이를 데려오는 것이었다.

야간 근무 간호사는 의자에 앉아 졸고 있었고, 내가 옆으로 살그머니 지나가는데 미동도 하지 않았다. 복도에는 불이 모두 꺼져 있었지만, 나는 평생을 지나다닌 사람처럼 신생아실로 가는 길을 알고 있었다. 마룻바닥 삐걱이는 소리, 양탄자 스치는 소리, 경첩 끼익하는 소리, 그 어느 것도 간호사들에게 내 존재를 고해바치지 않았다. 나는 신생아실에 들어가 문을 닫고 검은 머리 아기를 품에 안았다. 다른 아기들—세 명이 더 있었다—이 나를 보며 마치 내가 뭘 하려는지 잘 안다는 듯 꼼지락거리고 한숨을 내쉬며 까르륵거렸다.

그러고 내가 뭘 했느냐고? 나는 아기를 안고 그대로 정문으로 걸어나갔다. 웃자란 장미 넝쿨이 무성한 긴 진입로를 내려가 도롯가로, 쌀쌀한 시월의 밤으로 들어섰다. 니트 슬리퍼에 잠옷 바람이었다. 플란넬에 감싸인 아기는 전혀 개의치 않는 것 같았다. 조막만한 얼굴은 아직 피지 않은 꽃봉오리처럼 쪼글쪼글했고, 눈도 뜨지 않은 채 입술을 오물오물했다. 그 길을 걸으며 나는 아기에게 이름을 지어주었다. 플러렛 유지니 콥.

유지니는 아이 아버지 이름에서 땄다. 싱어맨 유진.

보호소에 갇혀 지낸 지난 몇 달간, 그를 떠올리거나 내가 그에게 허용했던 짓을 생각하면 수치심만 들었다. 그러나 이제 나는 헤아릴 수 없는 별들로 가득한 벨벳처럼 까만 하늘 아래서, 풀 내음과 장작불 연기 냄새와 효모처럼 달콤한 아기 내음이 생생한 공기 속을 걷고 있었다. 그의 이름을 아기 이름에 넣는 순간, 문장의 말미에 마침표를 찍은 느낌이었다. 그가 끝나고 아기가 시작된 지점.

이튿날 아침 간호사들이 건초 창고에서 우리를 발견했다. 당연히 찾아냈다. 한밤중에 사라진 애엄마가 내가 처음은 아니었고, 우리 몸 상태로는 그리 멀리 갈 수 없었다. 아마도 그렇기에 우리가 도망치는 걸 열심히 경계하지 않았을 것이다.

플러렛은 건강했고 잘 먹었다. 아이는 허기진 상태였고, 나는 아무런 교육도 받지 않았지만 필요한 것을 내어주기에 충분한 본능의 힘이 우리 두 사람에게 작용했다. 간호사들은 수레를 불러와 우리를 도로 미시즈 플로렌스의 집으로 실어 갔다. 만약 그날 아침 브루클린에서 보낸 편지가 당도하지 않았다면, 그들은 분명 플러렛을 다시 내 품에서 앗아갔을 것이다.

1897년 10월 9일

뉴욕 브루클린 사우스 8번가 92
노마 콥

미시즈 플로렌스께

제가 이 편지를 쓰는 이유는 다름이 아니라 제 언니의 행방을 찾기 위해서입니다. 언니의 이름은 콘스턴스 아멜리 콥이고, 그곳에서는 본명을 쓰지 않았을 수도 있습니다만, 그 댁과 같은 보호소를 찾아서 7월 17일에 사랑하는 가족의 품을 떠났습니다. 저희 어머니는 매일 언니의 안전한 귀가를 손꼽아 기다리고 있으며, 만약 아이가 있다면 입양하여 점잖은 가정의 막내로 키울 준비가 되어 있습니다. 언니를 돌봐주시면서 발생한 비용은 얼마든 기꺼이 지불하겠습니다. 언니는 180센티미터가 넘는 큰 키에 열여덟 살이며, 붉은색에 가까운 갈색 머리와 옅은 녹갈색 눈을 가졌습니다. 말버릇이 단호하고 과단성 있으며, 모국어인 영어만큼이나 독일어와 프랑스어도 능숙하게 구사합니다.

위와 같은 여성을 보호하고 계시다는 언질을 주시면 저희가 지체 없이 데리러 가겠습니다. 그리고 자신의 상태에 겁먹은 나머지 이성을 잃고 자기 아이에게 가장 적합한 집이 본인이 지금까지 살아온 가정임을 깜박 잊어버린 사람에게 쉼터를 제공해주신 데 대하여 변치 않는 무한한 감사를 표하고자 합니다.

저희의 이러한 몹시 힘겨운 시련에 기쁜 결과가 있기를 고대합니다.

노마 샬럿 콥 올림

20

1914년 9월 15일

선서. 뉴저지 와이코프의 콘스턴스 아멜리 콥 본인은, 저와 제 여동생 노마 샬럿 콥과 플러렛 유지니 콥이 타고 있던 마차에 부주의하게 충돌하여 일금 오십 달러의 피해를 입힌 자동차의 소유자이자 운전자가 뉴저지 패터슨의 헨리 코프먼이며, 여러 차례 보상금을 청구했으나 헨리 코프먼 씨가 지불을 거절했음이 사실임을 맹세합니다.

뉴저지 퍼세이크 카운티의 존경하는 재판장님 앞에서,

콘스턴스 아멜리 콥

그날 아침은 비가 내렸고, 길가에 군데군데 생긴 갈색 웅덩이에서는 김이 피어올랐다. 나는 치맛자락을 들어올리느라 코를 틀어

막을 손이 부족했다. 비 내린 뒤만큼 패터슨에 지독한 악취가 풍기는 때도 없다. 도대체 뭐가 넘쳐흘러 배수로까지 새어나왔는지 상상하고 싶지도 않다.

법원 청사 계단에 발을 올리기 전에 위를 쳐다보지 않았다면 그대로 헨리 코프먼과 부딪혔을지도 모른다. 코프먼은 계단 맨 위에 두 발을 붙박고 서서, 두 손은 주머니에 찔러넣고 모자는 이마 위로 올려쓴 채 나태한 부자의 게으른 자신감을 온몸으로 발산하고 있었다. 그 옆에 패거리 두 명이 있었다. 한쪽 눈이 유리알인 남자와, 어깨가 넉가래처럼 벌어진 거구의 남자. 세번째 남자는 약간 떨어져 서서 절박하게 파이프 담배를 피워대고 있었다. 키가 크고 말랐으며 붉은 기가 도는 곱슬머리에 금테 안경을 썼다.

내가 그들을 발견한 직후 히스 보안관도 그들을 보았다. 보안관은 내 팔을 잡고 그들에게서 떨어져 계단을 올랐다.

"존." 보안관은 곱슬머리 남자 옆을 지나며 말했다.

"보안관." 남자가 말했다.

두 마디 말로도 헨리 코프먼의 주의를 끌기에 충분했다. "그 여자를 체포한 건가, 보안관 양반?" 코프먼이 우리 뒤에 대고 소리쳤다. "그 여자가 우리 사업장에서 나를 괴롭혔거든. 증거가 다 있다고……"

코프먼과 그 친구들의 왁자지껄한 웃음과 칭찬이 이어지는 가운데 히스 보안관은 법원 문을 열고 나를 안으로 들여보냈다. 등뒤에서 문이 닫히자 나는 안도의 한숨을 내쉬었다. 청사 로비는 시원하고 조용했다.

"코프먼 씨는 안 오는 줄 알았는데요." 내가 말했다.

“나도 올 줄 몰랐습니다. 뭔가 일이 있나본데요. 어떻게 이 건에 변호사를 끌어들였는지 모르겠군요.”

“아까 그 사람이 변호사예요?”

보안관은 고개를 끄덕였고, 양쪽에 누더기 양복 혹은 허름한 작업복을 입은 사내들이 쭉 서 있는 복도로 나를 데려갔다. 뚫고 지나갈 틈이 거의 없었다.

누가 내게 쾅 부딪쳐서 나는 보안관 쪽으로 넘어질 뻔했다. “이건 무슨 일이죠?”

“비단 파업자들에 대한 마지막 기소 건이 있어서요.”

“일 년이 지났는데요?”

“불법 집회 혐의로 기소되어 중노동형을 받았지만 집행유예였죠.” 보안관이 낮은 목소리로 말했다. “또 파업이 있을 거라는 소문이 돌아서 경찰청장이 파업을 방해하려고 노조원 전원에게 새 영장을 발부했어요. 오늘 출두하지 않으면 체포됐을 겁니다. 저들에게는 다행히도, 파업 명분에 조금이라도 공감하는 유일한 판사 앞에 서게 됐어요.”

“판사가 비단업자들의 친구가 아니라는 뜻이군요. 그래서 우리도 그 판사한테 가는 거고.”

보안관이 빙그레 웃었다. “말하자면 그런 거죠.” 그는 사람들을 피해, 한쪽으로 방들이 늘어선 복도로 나를 안내했다. 보안관이 아무 표시 없는 문 앞에 서더니 말했다. “명심하십시오, 이건 재판이 아닙니다. 단순히 당신의 진술이 사실임을 맹세하고 판사의 요청에 따라 서명만 하면 됩니다. 여기서 우리가 할 일은 그게 다예요.”

나는 고개를 끄덕였고, 보안관이 문을 열었다. 안에는 사람들이 우리에게 등을 보인 채 한 줄로 서 있었다. 보안관이 헛기침을 하자 그들이 돌아보고 길을 비켜주었다. 재판정은 장터처럼 소란스러웠다. 서기는 정숙을 외쳐댔고 방청객들은 고함을 치며 투덜거렸다. 방청석은 만원이었고, 가장자리를 빙 둘러 공장 노동자들이 벽에 기댄 채 자기 순서를 기다리고 있어서 빈 공간이 거의 없었다.

"누가 보는 앞에서 해야 하는 일인 줄은 몰랐네요." 나는 보안관에게 속삭였다.

"오늘 자 심리 일정이 꽉 찼거든요." 보안관이 말했다. "다음이 당신 차례입니다." 보안관이 서기에게 인사를 건네자 서기는 고개를 끄덕이고 판사에게 뭐라고 속삭였다. 판사—턱살이 처지고 눈에 눈물이 고인 노인이었고, 뺨과 귀에 흰색 구레나룻이 삐죽삐죽 나 있었다—가 소리쳤다. "알았네, 밥, 이리 데려오시게."

보안관은 내 팔을 잡고 재판정 앞으로 이끌었다. 그는 판사에게 서류를 건넸고, 판사는 안경을 더듬어 쓰고 입술을 달싹이며 서류를 읽었다. 이윽고 판사가 고개를 들어 나를 보았다.

"이게 모두 사실입니까?"

나는 히스 보안관을 쳐다봤고, 그는 고개만 끄덕했다. "네, 재판장님." 내가 대답했다.

"그럼 이 남자, 헨리 코프먼이란 사람은 배상액을 지불할 충분한 기회가 있었습니까?"

"있었습니다." 보안관이 말했다.

"이 사람이 오늘 이 자리에 왔습니까?" 판사는 법정을 둘러보았다.

법정 저편에서 느릿느릿한 발소리가 났고, 곱슬머리 남자가 사람들을 헤치고 나왔다. 남자는 입에 물고 있던 파이프를 빼고 말했다.

"재판장님."

판사가 두리번거리다 남자를 알아보았다. "존? 자네가 이 문제에 연루된 건 아니겠지?"

"안타깝게도 관련이 있습니다." 이렇게 시인하는 남자는 우울해 보였다. "저는 여러 해 동안 코프먼가의 사업 이익을 대변해왔고, 최근 헨리 코프먼 씨는 개인적인 일도 제게 의뢰했습니다."

히스 보안관은 한숨을 내쉬고 고개를 저었다. 변호사는 앞으로 걸어나왔고, 두 남자는 정중히 묵례를 나눴다.

"재판장님께서 허락해주신다면, 제 의뢰인의 진술을 들어주십사 본 법정에 간청합니다."

"자네 의뢰인은 어디 있나?" 판사가 물었다.

변호사는 목청을 가다듬었다. "제 의뢰인은 밖에서 기다리는 편을 선호하는데, 그것이…… 음…… 당사자들의 이해관계상…… 그러니까…… 오늘 재판장님의 법정에서 진행되는 다른 소송들을 고려해……"

"됐네." 판사가 말했다. "빨리 끝내게. 분명 간단한 건이라고 들었네만."

"존경하는 재판장님," 변호사는 코트 주머니에서 서류 한 장을 꺼내 펼치며 말했다. "이 진술은"—이 부분에서 그는 의미심장하게 히스 보안관을 힐긋 쳐다봤다—"변호인의 반대 의견에도 불구하고 부득이하게 의뢰인을 대리하여 본 변호인이 대독하는 것으로 이하 제기된……"

판사가 끙하고 앓는 소리를 냈다. "그냥 바로 읽게."

변호사는 서류를 한 번 탁 털고 자세를 똑바로 한 다음 읽기 시작했다. "뉴저지 패터슨에 있는 코프먼 비단염색 회사의 헨리 코프먼 씨는……"

법정 안의 공장 노동자들이 문제의 의뢰인이 공장주 중 하나임을 알게 되자 수런거리던 소리가 더욱 왁자해졌다. 헨리 코프먼이 얼굴을 들이밀고 싶어하지 않은 것도 당연했다.

"정숙!" 판사가 소리질렀다. 방안이 조용해졌다. "계속하게, 존."

변호사는 불안한 눈으로 주위를 돌아보고 서두 부분을 혼잣말로 반복한 다음 단조로운 말투로 낭독을 이어나갔다. "1914년 7월 14일에 일어난 사건, 즉 콥가 세 자매의 감독하에 있던 마차가 고의로 코프먼 씨의 자동차와 충돌하여 상기 자동차에 상당한 피해를 입힌 사건과 관련하여 그에게 씌워진 모든 혐의를 부인하며, 나아가, 코프먼 씨는 미스 콘스턴스 콥이 노동조합주의자이자 무정부주의에 동조하는 자로서 그의 사업장에서 그에게 위해를 가했을 뿐 아니라 평온한 직원들 사이에서 파업을 조장하고 폭동을 선동할 목적으로 직원들에게 접근했고 또한 앞서 말한 위해를 통해 공장의 제품 생산에 지장을 초래해……"

파업이니 평온한 직장 내 혼란이니 하는 소리에 또한번 웅성거림이 퍼져나갔고, 몇몇은 나를 더 잘 보려고 자리에서 일어났다.

판사가 법봉을 탕탕 두들겼고, 법원 경비가 방청석 벤치 사이를 오가며 사람들에게 자리에 앉으라고 재촉했다.

"그만하면 됐네, 존." 판사가 말했다. "그거 이리 가져오게."

변호사는 진술서를 제출하고 나서 법봉으로 맞을까봐 무서워하는 것처럼 얼른 도로 내려왔다. 서류를 읽은 후 판사는 나를 쳐다봤다. "미스 콥, 당신은 노동조합주의자입니까?"

나는 어이가 없어서 말문이 막혔다. 판사는 상체를 내밀고 가늘게 뜬 눈으로 나를 응시했다.

"워블리* 중 한 명입니까? 무정부주의 동조자? 볼셰비키입니까? 여기선 그렇게 말하는데요."

그 말에 사람들 사이에서 웃음이 터져나왔다. 소란이 가라앉자 나는 입을 뗐다. "아닙니다, 재판장님. 저는 다만 배상금을 받기 위해 코프먼 씨를 만나러 갔을 뿐입니다. 그리고 저희는 고의로 충돌하지 않았……"

"그건 됐습니다, 수고하셨습니다." 판사는 변호사를 돌아보았다. "이 여자분은 별로 무정부주의 동조자처럼 보이지 않는데, 존."

"그렇습니다, 재판장님."

"이 진술은 완전히 날조된 헛소리로 이루어진 건가, 아니면 쓰인 그대로인가?"

변호사는 대답을 하려고 입을 열었다가 마음을 고쳐먹은 듯 다시 다물었다.

"내 생각도 그렇네. 자 그럼 미스 콥, 이리 와서 당신 진술서에 서명하십시오." 판사는 판사석 너머로 서류를 내밀었다. 나는 몇 계단을 올라 증인석에 섰고, 판사가 건네준 펜으로 서명을 했다. 판사의 손이 부들부들 떨렸고 손가락에는 푸르스름한 정맥이 비쳤다. 그와 같은 나이의 노인이 어떻게 날마다 이런 법정의 소동과

* 1905년 시카고에서 설립된 세계산업노동자연맹(IWW) 회원을 가리키는 말.

혼란을 버텨내는지 궁금했다.

"감사합니다." 나는 나직이 인사하고 판사석 너머로 도로 서류를 밀었다.

"나한테 감사할 건 없고." 판사가 말했다. "고생이 참 많았겠군요." 그러더니 판사는 다시 상체를 내밀어 보안관에게 얘기했다.

"본 법원은 벌금 오십 달러를 명령합니다. 벌금을 징수하는 건 자네에게 맡기지, 밥. 그리고 미스 콥과 미스터 코프먼은 서로 마주치는 일이 없도록 하게. 둘이 사이가 나쁜 것 같구먼."

히스 보안관은 엄숙하게 고개를 끄덕였다. "알겠습니다, 재판장님."

"그리고 다음번엔, 자네의 지루한 사건은 다른 법정으로 가져가게."

공장 노동자들이 껄껄 웃었고 박수갈채를 보내는 사람도 있었다. 판사는 소란이 그칠 때까지 법봉을 두드렸다.

우리는 한낮의 밝은 햇살 속으로 걸어나왔다. 메인 스트리트는 평소처럼 점심을 먹으러 가는 사람들로 붐볐다. "저 얼토당토않은 수작에 대해서는 사과드립니다." 보안관이 덜컹거리는 차량들 소음을 이기려 크게 말했다. "코프먼 씨는 상식이 좀 부족할지 모르지만, 그의 변호사는 그렇지 않을 겁니다. 그는 아마 지금쯤 아예 처음부터 코프먼가를 몰랐으면 좋았을 걸 하며 땅을 치고 있을 걸요."

"괜찮아요." 내가 말했다. "다 끝나서 기쁠 따름이죠."

모퉁이에 자동차 한 대가 시동이 꺼진 채 서 있었고, 운전자가 나와서 차를 살피며 엔진에서 피어오르는 연기를 모자로 부채질하고 있었다. 아무도 해결법을 찾아내지 못하는 가운데 다른 운전자들이 경적을 울리며 고함을 질렀다. 두 마리 말이 끄는 커다란 짐마차가 길 한가운데에 오도 가도 못한 채 갇혔고, 말들은 그 난리통에서 벗어나려 애를 썼지만 헛수고였다.

"이것참 엉망이군." 보안관이 말했다. "여기 계세요, 미스 콥. 잠깐 교통경찰을 찾아보고 오겠습니다."

보안관은 인파 속으로 달려갔고, 나는 그가 돌아올 때까지 신발가게 차양 아래에 물러나 있었다. 다시 나타난 보안관은 겉옷을 팔에 걸치고 소매를 말아올린 상태였다. "죄송합니다." 그는 약간 숨을 몰아쉬며 말했다. "방해가 안 되게 차를 길에서 밀어내야 했거든요. 자, 마저 들어보세요." 보안관이 내 팔을 이끌고 길을 따라 걸어가며 말했다. "저 말도 안 되는 주장은 신경쓸 것 없습니다. 그건 정식 고소도 아니고 그렇게 될 리도 없어요. 작년 파업중에 저런 일이 흔했습니다. 저자들은 자기 맘에 안 드는 사람들더러 죄볼셰비키에 무정부주의자라고 해요. 변호사를 시켜 온갖 종류의 터무니없는 고소장을 작성해서 물타기를 하고 법원에 과부하를 주려는 거죠. 하지만 통하지 않을 겁니다. 이번에는요."

우리는 그랜드 스트리트 모퉁이에서 길을 건너다 우르르 아이스크림 수레를 쫓아가는 초등학생들 때문에 도로 한가운데에서 잠시 떨어졌다. 내가 먼저 건너편에 닿았고 누가 내 팔꿈치를 잡았다. 보안관인 줄 알고 돌아섰는데, 뿌연 유리 눈알이 나를 똑바로 쳐다보고 있었다.

"경찰은 안 된다고 했지."

유리 눈의 사내는 내 팔을 한 번 세게 비틀었고 그 바람에 나는 중심을 잃었다. 다시 발을 제대로 디뎠을 때는 히스 보안관을 마주 보고 있었고, 사내는 온데간데없이 사라진 후였다.

21

사내의 손가락이 내 팔꿈치를 파고들던 그 감각이 저녁 내내 나를 떠나지 않았다. 노마와 플러렛에게는 얘기도 꺼내지 못했다. 동생들에게 오늘 법원에 가서 코프먼 씨와 관련된 말썽에 종지부를 찍겠다고 약속했던 터라, 내 생각이 틀렸음을 어떻게 시인해야 할지 알 수 없었다.

히스 보안관은 걱정하지 말라고 나를 안심시켰다. 판사가 접근금지 명령을 내린 마당에 또다시 우릴 성가시게 굴 만큼 헨리 코프먼이 멍청하진 않을 거라면서. 나는 멍청하고 무모한 행동에 있어 코프먼 씨의 능력을 과소평가하는 건 실수라고 대꾸했다.

둘 중 누구 말이 옳은지 알게 되기까진 그리 오래 걸리지 않았다. 막 잠이 들었는데 복도 쪽에서 창문이 와장창 깨지는 소리가 들렸다. 남자 웃음소리를 들은 것도 같은데 꿈이었을지도 모른다.

우리 셋은 비틀비틀 침대에서 나와 서로를 찾았다. 달도 없어 칠흑처럼 캄캄했다. 코앞에 있는 동생들 얼굴이 겨우 보였다.

"누구 방 창문이 깨진 거야?" 노마가 말했다. "내 방은 아닌데."

잠시 후에야 우리 셋의 방은 멀쩡하다는 것을 깨달았다. 그 사실을 깨달은 순간, 우리는 동시에 어머니 방으로 달려갔다. 어머니가 더이상 그 방에 계시지 않다는 사실을 반쯤 잊고 있었던 것이다.

제일 먼저 램프를 찾아 불을 켠 사람은 노마였다. 노마는 플러렛한테 방으로 돌아가서 신발을 신고 오라고 시켰다. 나는 노마가 앞장서서 이 상황을 통제하고 있다는 사실에 나도 모르게 짜증이 났다. 창문을 깨고 날아든 벽돌들은 내 책임이었다.

플러렛이 돌아올 때쯤 노마는 손에 쪽지를 들고 있었다. 나를 쳐다보던 노마의 표정을 제대로 형용할 말을 찾을 수가 없었다. 마치 나를 생전 처음 보는 듯한, 한밤중에 자기 어머니의 침실에 서 있는 완전히 낯선 사람을 보는 듯한 표정이었다.

"이게 히스 보안관이 우리를 보호하는 방법이야?"

나는 할말이 없었다. 노마는 혼자 쪽지를 읽은 후 내게 넘겼다.

마담

지금 H. K.를 고소하지 말라고 경고하는 거야. 만약 고소하면 고생 좀 할걸, 그의 친구인 우리가 제대로 갚아줄 테니까, 당신을 법원에서 봤지, 만약 더이상 H. K.한테 돈을 쓰게 하면 당신을 감금하거나 집에 불을 놓는다. 이 쪽지를 경찰에 넘기지 마, 안 그럼 후회한다.

H. K. 친구들

우리는 깨진 유리가 사방에 널린 방안에 동그랗게 모여 서서 쪽지를 돌려가며 저마다 두 번씩 읽었다. 벽돌이 화장대 위에 떨어지면서 거울을 박살냈고 시침핀이 든 옻칠 상자를 쳐서 떨어뜨렸다. 우리 주위로 시침핀이 얼음 조각처럼 바닥에 흩어져 있었다.

우리 중 누가 입을 열기도 전에 멀리서 자동차 소리가 들렸다. 엔진음은 점점 커졌고 나는 소리쳤다. "엎드려!" 곧바로 또다른 창문이 산산조각 났고 두번째 벽돌이 바닥을 강타하며 두 동강 났다. 플러렛이 다쳤는지 비명을 질렀다. 남자들이 아직도 밖에 있을까봐 나는 몸을 숙이고 막내에게 달려갔다. 진입로에서 타이어 미끄러지는 소리가 나더니 자동차가 부릉거리며 멀어져갔다. 플러렛이 내게 기대어 쓰러졌다.

"다쳤니?" 내가 물었다.

"모…… 모르겠어. 뭐가 머리를 치는 느낌이었어."

노마가 램프를 가까이 가져왔고, 나는 플러렛의 머리를 살폈다. 상처는 없고 머리카락 사이에 유리 파편만 몇 개 보였다. 화장대로 손을 뻗어 빗을 집는데 플러렛이 말렸다.

"어머니 빗은 싫어. 그냥 거기 있던 대로 놔둬."

나는 빗을 놓고 막내의 머리칼을 손가락으로 매만지며 말했다. "다친 것 같진 않은데. 괜찮을 거야."

노마가 램프를 도로 갖다놨고, 그제야 두번째 벽돌에 묶인 쪽지가 눈에 들어왔다. 노마가 쪽지를 읽고 말없이 내게 건넸다.

친애하는 미스 플러렛

시카고에 가본 적 있습니까? 당신처럼 재능 있는 아가씨한테 어울리는 좋은 곳을 금방 찾을 수 있을 거라 생각합니다. 다음에 우리가 가는 길에 모시고 가도 되고요. 모험할 준비가 되었나요? 하! 하!

H. K.와 친구들

플러렛은 그대로 내 어깨에 기댄 채 쪽지를 받아들고 중얼중얼 읽었다.

"시카고? 내가 왜 시카고에 가?"

노마는 나더러 설명하라며 한쪽 눈썹을 치켜세웠다.

"당신처럼 재능 있는 아가씨라니, 이게 무슨 뜻이야? 그 사람들은 나를 알지도 못하잖아. 내 춤을 말하는 거야, 노래를 말하는 거야, 아니면……"

나는 한숨을 푹 내쉬고 노마를 쳐다보며 도움을 청했지만, 아무런 반응이 없어서 불쑥 이렇게 내뱉었다. "이건 납치 협박이야. 널 시카고의 무대에 올리겠다는 얘기가 아니라고. 널 시카고로 끌고 가서 팔아버리겠다는 소리지."

플러렛은 특유의 어린애 같은 표정으로 얼굴을 찡그렸다. "팔아? 판다는 게 무슨 뜻이야? 어떻게 사람을……" 그러다 말을 뚝 그쳤다. 플러렛은 허리를 펴고 앉아 양팔로 제 몸을 감쌌다. 우리 셋 다 백인 성노예에 관한 기사를 신문에서 읽은 적이 있지만, 플러렛이 어디까지 이해하고 있는지 나는 알지 못했다.

"약에 취하게 하는 거야." 나는 차분히 말했다. "붙잡아서 클로로포름으로 코를 덮어 어디로 끌고 가. 남자들이…… 어…… 그 짓을 하려고…… 돈을 내는 남자들이 있어. 너한테."

플러렛은 내게서 떨어져 일어나더니 두 주먹을 겨드랑이 밑에 넣고 팔짱을 낀 채 어머니의 깨진 거울 조각이 바닥에 그려놓은 불규칙한 무늬와 제 발을 내려다보았다. 플러렛의 섬세하고 뾰로통한 이목구비는 너무나 쉽게 허물어졌다. 진실이 스며들면서 아이의 입꼬리가 처지고 가늘게 떨리는 모습을 나는 지켜보았다. "하지만 이건 그게 아니잖아." 플러렛이 속삭였다. "저 사람들 진심은 아니겠지, 응?"

나는 고개를 저었다. "나도 모르지. 내 생각에 헨리 코프먼은 굉장히 위험한 자야. 우리 마차가 사람을 잘못 골라 부딪친 것 같다."

잠시 우리는 그대로 서서 생각에 잠겼다. 어둑어둑한 어머니의 옛 방은 무척 아름다웠다. 벽지의 국화는 저멀리 바닷속에서 헤엄치는 해파리처럼 은은히 빛났다. 창가에는 어머니가 어릴 적 빈에서 가져온, 갓 가장자리를 따라 유리 비즈가 매달린 램프가 있었다. 한 줄기 바람이 불어와 비즈들끼리 부딪치면서 어딘가 먼 곳에서 아련히 들려오는 음악 같은 종소리가 났다. 아직도 옷장 문에 걸려 있는 어머니의 얇은 가운이 춤추는 여자처럼 팔락이며 흔들렸다. 그 순간 이곳은 평범한 사람들이 사는 집이 아니라 무대장치처럼 보였다. 스태프들이 소도구를 다 수레에 실어 내간 후 검은 바닥과 배경 커튼과 함께 무대 위에 덩그러니 남겨진 우리 모습이 그려졌다.

"흠," 이윽고 내가 말문을 열었다. "오늘밤에는 너 혼자 못 자겠다. 내 침대가 제일 크니까 나랑 같이 자자."

"작은언니는 어떡하고?" 플러렛이 말했다.

노마는 쪽지를 읽은 후로 줄곧 말이 없었다. 숨은 쉬는지도 알 수 없었다. 노마의 목소리가 갈라져서 나왔다.

"참호 속 군인들처럼 셋이 쭈그리고 모여 있는 수밖에 없겠네. 나는 바닥에 요를 깔고 잘게."

그래서 우리는 그렇게 했다. 플러렛은 곧장 내 침대로 기어들어갔다. 노마가 담요를 가지러 간 사이, 나는 프랜시스가 쓰던 낡은 엽총을 찾아 꺼내왔다. 그 총을 쏴본 지 하세월이 지났고, 그땐 자동차를 탄 낯선 남자들이 아니라 토끼를 겨냥했었다.

"그걸로 뭘 하려고?" 노마가 돌아와서 물었다.

"이게 벽장 구석에 처박혀 있으면 도움이 안 되잖아." 나는 엽총을 창가에 기대어놓았다.

노마는 담요 더미 위에 자리를 잡았다. "플러렛을 안쪽에 재우고 언니가 바깥쪽에 눕는 게 어때? 그래야 플러렛이 다음번 날아오는 유리에 안 맞지."

플러렛은 내 침대 한가운데를 떡 차지하고 이미 반쯤 잠이 든 상태였다. 나는 플러렛을 창가 반대편으로 굴렸다. 플러렛은 칭얼거리며 발을 찼지만 어쨌든 자리를 옮겼다.

나는 플러렛 옆에 누웠다. 애가 워낙 작아서 내 몸이 그애를 둘러싼 벽이 되었다. 내 몸에 닿은 플러렛의 갈비뼈가 오르락내리락했다.

노마가 어둠 속에서 고개를 끄덕였다. "파편에 맞는 건 언니가 되겠지. 그게 공평해 보여."

이번엔 나도 노마의 말에 동의할 수밖에 없었다. 노마는 다시 고개를 돌려 엽총을 바라보더니 이내 잠을 청했다. 하지만 잠든 것 같지는 않았다. 나도 잠을 이루지 못했다.

22

와이코프에서 살겠다고 결정한 사람은 노마였다. 어머니는 어떤 계획도 세우지 못했다. 어머니는 프랜시스와 노마가 나를 찾아냈을 뿐 아니라 당신을 대신해 당신의 새로 발견된 손녀를 당신의 딸로 키우겠다고 약속했음을 알고 너무 기가 찬 나머지 말문이 막히고 거의 넋이 나갔다. 와이코프에 도착해 미시즈 플로렌스의 집 현관 앞에 노마와 함께 섰지만(남자가 그 집 가까이 가도 되는지 셋 다 잘 모르는 상태였으므로 프랜시스는 진입로 끝에 마차를 세우고 그 안에서 기다렸다), 어머니는 손을 들어 노크조차 할 수 없었다. 다시 상황에 대한 지휘권이 노마에게 넘어왔고, 보호소에 들어가 언니와 동생을 만나겠다고 요구하는 것도 노마의 몫이었다.

이미 플러렛은 노마의 여동생이었다. 이후 플러렛의 인생에서 그애가 내 딸로 취급된 적은 단 한 순간도 없을 터였다. 노마는 어머니가 플러렛을 당신의 딸로 입양한다는 서류에 서명만 하면 되도록 전부 처리해놨고, 미시즈 플로렌스의 파일에서 내 이름이 발견되는 일이 절대 없도록 대단히 꼼꼼하게 살폈다—내가 도착했을 때 사용한 가명만 남겼다. 노마가 쓴 편지는 돌려받았다. 소수의 간호사만이 우리의 비밀을 알았는데, 그들은 파일에 적혀 있지 않은 세부 사항을 잊어버리는 일과 아이의 이익을 보호하기 위해 최선을 다하는 일이 몸에 밴 사람들이었다. 사생아로 태어난 여자는 결혼을 하거나 자신의 가정을 꾸리는 건 고사하고 그 어느 사교모임에도 발을 들여놓지 못한다. 간호사들은 이런 사정을 가족보다 더 잘 이해했다. 그래서 노마에게 아이의 출생을 둘러싼 정황은 그 누구도, 심지어 플러렛 본인조차도 영원히 듣지 못할 거라고 장담했다.

일단 어머니가 서류에 서명하고 나자, 플러렛은 간호사 품에서 즉시 어머니에게 건네졌다. 몇 분 후 간호사 한 명이 나를 부르러 왔고, 그리하여 나는 다시 어머니를 보게 되었다. 미시즈 플로렌스 사무실의 안락의자에 앉아 아기를 품에 안은 어머니와, 어머니의 어깨 너머로 아기를 바라보고 있는 노마. 내가 사무실에 들어서자 두 사람 다 똑같이 궁금증과 경악에 찬 표정으로 나를 쳐다봤다. 그러나 그때 플러렛이 무슨 소리를 냈고, 두 사람의 시선은 다시 아이에게 떨어졌다. 나는 등받이 높은 의자에 앉아, 아이를 두고 부산 떠는 그들을 가만히 지켜보았다.

노마가 나를 찾아냈고 내 아이를 뺏기지 않아도 된다는 사실을 알았을 때 마음 깊이 안도했지만, 가슴 밑바닥에 돌덩이 하나가 가라앉았다. 사실상 아이를 뺏기지 않은 게 아니었다. 식구들이 나를 빼앗기지 않은 것, 그뿐이었다.

브루클린으로 돌아갈 수는 없었다. 열여덟 살짜리 여자가 몇 달 동안 행방이 묘연하다가 집안에 아기가 입양된 시점에 맞춰 돌아왔다는 데 의심과 소문이 따라붙지 않기란 불가능했다. 프랜시스는 패터슨에서 방 두 칸을 빌렸고, 우리가 살 곳을 정하는 대로 짐을 가지러 브루클린으로 돌아가기로 했다. 필라델피아가 고려 대상이 되었고, 보스턴도 후보에 올랐다. 프랜시스가 쉽게 일자리를 찾을 수 있고 노마도 학교를 마칠 수 있다는 생각에서였다. 어머니가 물려받은 유산이 있었으므로 기댈 구석이 없는 건 아니었다.

보호소를 나설 때 노마가 근처 농장에 관한 간호사들의 대화를 어깨 너머로 듣지 않았다면 우린 아마 필라델피아나 보스턴으로 갔을 거다. 서부로 이주한 농장 주인이 농장을 팔아치우고 싶어 안달이라는 얘기였다. 노마는 농장 위치를 받아 적었고, 마차를 타고 시코맥 로드를 지나가면서 프랜시스에게 한번 들러보자고 했다.

거기에 그 집이 있었다. 넓은 박공지붕 농가, 헛간, 가축 우리, 버드나무가 줄지어 선 개울가로 이어지는 목초지. 길 저편에서 이웃집 소들이 사근사근하게 음매 울었다. 진입로에는 잡초가 무성하고 집 외벽은 페인트가 다 벗겨졌는데도, 그곳에서 노마는 뭔가를 보았다. 노마는 마차에서 내려 헛간을 산책하듯 둘러보고 집도 한 바퀴 돌아본 다음, 그 자리에 서서 저멀리 들판 너머 나무들을 바라보았다. 노마가 우리—플러렛을 품에 안은 어머니와 그 옆에 앉은 나, 고삐를 잡은 프랜시스—를 향해 돌아섰을 때는 이미 마음을 정한 후였다.

"아무도 우리가 여기 있는 줄 모를 거예요." 노마는 어머니에게 말했다. "그 지저분하고 사람 많은 도시에서 멀리 떨어져 있고요."

노마는 의미심장하게 나를 쳐다보았다. 마치 지저분한 도시 그 자체가 이 사달의 원인이라는 듯이.

어머니는 천천히 고개를 끄덕였다. "너희가 어렸을 때 난 항상 너희를 시골로 데려가고 싶었다. 너희 아버지가 절대 안 된다고 펄쩍 뛰었지."

프랜시스가 이의를 제기하기 전에 어머니가 덧붙였다. "프랜시스, 넌 집부터 먼저 고치고, 집수리가 다 끝나면 분명 패터슨에서 일자리를 구할 수 있을 거다."

"그럼 넌 어떡하려고?" 나는 노마에게 물었다. 나도 있다는 걸 다들 깜박했는지 일제히 고개를 돌려 나를 쳐다보았다.

노마는 싱긋 웃더니 시선을 다시 헛간으로 돌렸다. "난 염소를 기를 거야. 어쩌면 돼지도 몇 마리. 새 같은 것도 기르면 재밌겠지."

23

새벽녘에 깜박 잠이 들었나보다. 동트기 전 이른 회색 빛 속에서 지붕을 맴돌던 전서구떼가 부리에 물고 온 신문지 조각을 우리에게 떨어뜨리는 꿈을 꾸었다. '닭 도둑들, 납치 협박장 보내'가 제일 처음 떨어진 기사였고, 그다음은 '경찰이 오빠의 엽총을 찾아나서'였다. 플러렛이 공중에서 기사 하나를 낚아채 내게 내밀었다. '전시 체제의 자매들'이라고 적혀 있었다.

눈을 떠보니 오전도 이미 절반이 훌쩍 지나 있었다. 나는 침대에서 일어나 간밤의 일이 다 악몽은 아니었을까 생각했다—유리창을 산산조각 낸 벽돌, 플러렛을 잡아가겠다고 협박하는 쪽지. 그때 벽에 기대어 세워놓은 엽총이 눈에 들어왔고, 꿈이 아니었음을 깨달았다.

아래층 문이 열렸고, 나는 그 소리를 따라 부엌으로 갔다. 지금 막 도착한 것 같은 히스 보안관이 연설을 시작하려는 사람처럼 한 손에 모자를 벗어들고 있었다. 노마와 플러렛은 식탁 옆에 서서 각자 의자 등받이에 손을 얹고 있었다. 아무도 말 한마디 하지 않았다. 마치 액자 속 그림의 모델처럼 같은 자세를 유지했다. '구조를 기다리는 자매들'이라고 제목을 붙여도 될 것 같았다.

나는 스토브 위에 커피가 좀 남아 있지 않을까 하는 희망으로 그 그림 주위를 기웃거렸다. 한 방울도 없었다.

보안관의 눈은 더 퀭하게 꺼졌고 다크서클은 더욱 짙게 내려왔다. 머리는 한쪽으로 떡이 졌고, 잘은 모르겠지만 아마도 어제 내가 봤던 갈색 양복을 그대로 입고 있는 듯했다.

"우리보다 더 잠을 못 주무신 것 같네요." 내가 말했다.

보안관은 인상을 쓰며 손을 들어 머리를 매만졌다. "그런 것 같습니다. 한밤중에 호출을 받고 나와 저 길 위쪽 도랑에 처박힌 헨리 코프먼의 자동차를 끌어냈거든요."

"그냥 거기 놔두지 뭐하러 끌어내요." 노마였다.

"코프먼 씨는 어디 있는데요?" 플러렛이 물었다.

"달아났겠지요. 진흙 위에서 네 사람의 발자국이 발견됐습니다. 이 집을 지켜보라고 부하를 보냈는데, 코프먼을 보진 못했어요."

"그자가 한발 먼저 우리집을 방문했으니까요." 노마가 말했다. "그리고 자신의 최신 문학작품을 선사했지요."

"저도 그랬을까봐 걱정했습니다. 어떤 방법으로 전달했습니까?"

"또 벽돌이죠." 내가 말했다. "하지만 이번엔 어머니의 옛 방을 노렸어요."

히스 보안관은 실망한 표정이었다. "약은 놈" 하고 내뱉은 후, 우리의 깜짝 놀란 표정을 보고 사과 조로 해명했다. "제 말은, 코프먼이 우편을 이용하지 않았다는 겁니다. 만약 우편으로 부쳤다면 연방법 위반으로 기소할 수 있거든요. 그는 이쪽 방면으로 전문가군요. 그 편지를 볼 수 있을까요?"

"두 개가 있어요." 나는 이렇게 대답하면서 편지가 위층에 있다고 생각했다. 그러나 노마가 자기 주머니에서 종이를 꺼냈다. 보안관은 편지를 식탁에 내려놓으라고 손짓한 다음 의자에 앉았다. 그가 구깃구깃한 종이 위로 고개를 숙일 때 우리도 식탁 앞에 빙 둘러앉았다.

"숙녀 여러분, 제가 수사 기법에 관해 약간 알려드리지요." 플러렛이 허리를 똑바로 세우고 앉았다. 플러렛 같은 기질의 여자애한테 이것은 딱 경계해야 할 종류의 흥분제였다. 보안관은 편지에서 눈을 떼지 않고 말을 이었다. "범죄 현장 수사의 첫번째 원칙은 증거물에 손을 대지 않는 것입니다. 운이 좋으면 지문을 채취할 수 있는데, 여러분의 지문이 그 위에 찍혀 있으면 안 되거든요."

노마는 자신의 잘못을 지적받고 고마워하는 여자가 아니었다. "편지를 바닥에 놔두고, 뭐라고 써 있는지 내용도 모른 채 평온하게 잠자리에 들라는 말인가요?" 노마가 쏘아붙였다.

"설마요." 보안관은 계속해서 편지를 면밀히 살피며 대답했다. "집어들 때 장갑이나 손수건을 쓰거나 치맛자락을 이용하면 됩니다. 뭐든 상관없어요."

편지를 다 읽고 나서 보안관은 차분하고 절도 있게 손가락 하나를 종이 아래로 슬쩍 밀어넣어 두 장 모두 들어올린 다음 뒷면에 아무것도 써 있지 않음을 확인했다.

"골치 아프게 됐군요." 마침내 보안관이 우리를 쳐다보며 말했다. "블랙핸드 협박장의 특징을 고루 갖추고 있어요."

"블랙핸드?" 노마와 내가 동시에 말했다.

"놈들 하는 짓이 이런 식입니다." 그가 설명했다. "처음엔 사소하고 막연한 위협으로 시작하죠. 창문을 깨거나 허공을 향해 총을 쏴서 피해자들에게 자신들이 진지하다는 걸 알립니다. 그다음엔 납치와 방화 등 좀더 구체적인 내용으로 협박합니다. 경찰에 알리지 말라는 경고도 늘 따라붙고요."

"놈들의 충고를 무시하다니 우리가 꽤나 똑똑했네." 노마가 딱 잘라 말했다.

"언니분이 제게 연락하고 스스로 맞서기로 나선 것은 옳은 행동이었습니다." 보안관이 말했다. "대부분 그러지 않거든요. 그래서 저희가 이런 초기 협박장을 거의 보지 못하는 겁니다. 그러다 돈을 요구받게 되면, 그때쯤 피해자들은 겁에 질려 돈을 주는 것 외에 다른 방도를 생각지 못하죠."

"헨리 코프먼이 블랙핸드의 일원이라는 얘긴가요?" 내가 물었다. "그 사람은 이탈리아인도 아닌데요."

"꼭 그런 건 아닙니다." 보안관이 말했다. "이런 협박장은 신문에 하도 많이 나와서 누구라도 그 스타일을 베낄 수 있죠. 놈들은 신문에서 본 걸 흉내내고 있을 뿐입니다. 사건이 몇시에 일어났습니까?"

나는 고개를 저었다. "무척 유감입니다만, 우리 중 아무도 시계를 볼 생각은 못했던 것 같아요. 캄캄한 밤이었고, 사건이 일어났을 땐 모두 깊이 잠들어 있었거든요. 그다음엔 좀 혼란스러워서……"

"두시 십오분이었어." 노마가 말했다.

모두 어리둥절해서 노마를 바라보았다.

"담요 가지러 갔을 때 시계를 확인했어. 언니는 그 엽총을 만지작거리느라 정신이 없어서 몇시인지도 몰랐고."

히스 보안관은 의자에 등을 기대고 좀더 멀찍이 떨어져 노마를 바라보았다. "엽총이요? 여성분들이 엽총을 가지고 뭘 할 계획이었습니까?"

노마가 코웃음을 쳤다. "언니는 여동생들을 보호할 계획이었지요. 당신은 뭘 하고 있었는데요?"

보안관은 나를 보았다가 다시 노마에게 시선을 돌렸다. 아마도 우리 둘 중 어느 쪽 장단에 맞춰야 할지 머리를 굴리는 중이겠지. 이윽고 보안관은 의자를 뒤로 빼고 위층에 올라가 범죄 현장을 둘러봐도 되는지 물었다. 노마는 안 된다고 했고, 나는 된다고 했다. 노마는 의자를 뒤로 확 밀치고 일어나 한마디 말도 없이 부엌문으로 나갔다. 나는 보안관을 위층으로 안내했고 플러렛이 졸졸 따라왔다.

노마가 이미 어머니 방 창문의 남은 유리를 다 걷어내고 깨진 유리와 시침핀을 쓸어낸 다음 창틀에 널빤지를 끼워 막아놨다. 벽돌 두 개는 싸구려 장신구처럼 화장대 한가운데에, 해변에서 주운 불가사리를 전시해놓은 양 신중히 올려져 있었다.

히스 보안관은 잠시 방안을 둘러보다 창문을 힐긋하더니 판자가 단단히 박혀 있는지 시험해보았다. 그의 모자가 침대 위 작은 샹들리에에 쓸리는 바람에 그는 목을 움츠렸다. 보안관이 우리가 고스란히 놓아둔 어머니의 생전 물건들을 보고 있으니 나는 머쓱한 기분이 들었다. 그에게서 나는 희미한 가솔린 냄새가 방안 가득 퍼지는 것 같았다.

"벽돌은 제가 가져가겠습니다." 보안관은 손수건으로 벽돌을 싸며 말했다. 그러고 나서 플러렛을 내려다보았다.

"언니들이 너한테도 편지를 보여줬니?" 보안관이 물었다.

나는 방어적으로 말했다. "뭐라고 써 있는지 알았더라면……"

그는 손을 뻗어 내 말을 막았다. "괜찮습니다. 그 협박장은 플러렛을 향한 거였어요. 아이도 알아야지요."

플러렛은 문간에 기대서 있었다. 보안관은 아버지들이 하는 식으로 두 손을 플러렛의 어깨에 얹었고, 플러렛은 놀라서 똑바로 섰다. 나도 깜짝 놀랐다. 플러렛한테 저런 식으로 대하는 남자를 보다니. 플러렛은 입술을 깨물고 눈물이 그렁그렁한 눈을 휘둥그레 뜬 채 보안관을 올려다보았다.

"저놈들은 진지하단다." 보안관이 나직이 말했다. "저들은 지금 게임을 하는 게 아니야. 나는 놈들이 너한테 접근하지 못하도록 있는 힘을 다할 거고, 너도 놈들 근처에 가지 않는 거다, 알겠니?"

플러렛은 고개를 끄덕이고 숨을 크게 들이켰다. 보안관은 여전히 플러렛의 어깨를 꽉 붙들고 있었다. 나는 보안관 뒤에 서서 그가 플러렛에게 허리를 숙이고 얘기할 때 그의 목덜미가 옷깃에서 떨어지는 모습을 무심결에 쳐다보고 있었다. "나는 네가 현관문을 잠그고 다녔으면 좋겠다. 창문을 열어둔 채 자지 않았으면 좋겠어. 혼자서 개울가에 내려가지 말았으면 하고, 같은 이유로 헛간에 갈 때도 혼자 다니지 않았으면 한다. 시내에 갈 때는 반드시 누구와 동행하고, 주위를 경계해야 한다. 알겠니?"

플러렛은 간신히 대답했다. "알겠습니다."

그걸로 끝난 줄 알았는데, 끝이 아니었다. 보안관은 플러렛이 누구한테서도 거의 들어본 적 없는, 아버지 같은 자상함과 엄격함이 섞인 특유의 어조로 당부를 이어갔다. 프랜시스조차 저런 식으로 플러렛에게 얘기한 적은 없었다.

"낯선 사람들을 빤히 쳐다보지 말아라. 모르는 사람에게 말을 걸지 말고. 예기치 않은 외판원이나 배달부에게 문을 열어주지 말고. 할 수 있겠니?"

플러렛은 홀린 듯 보안관을 빤히 쳐다보았다.

"할 수 있겠니?"

플러렛이 고개를 끄덕였다. "네."

"전차와 기차에 가까이 가지 말거라. 무슨 일이 있어도 호텔에 들른다거나 거기서 밥을 먹으면 안 돼. 호텔은 절대 안 된다."

"호텔은 안 된다." 플러렛이 중얼거렸다.

"그리고 언니들 말 잘 듣고, 언니들이 시키는 대로 해. 만약 내가 너를 위해 내 부하들을 위험한 상황에 노출시키게 되면, 너는 그들의 일을 더 어렵게 하거나 위험하게 만드는 그 어떤 짓도 하면 안 된다."

플러렛은 떨리는 눈을 동그랗게 뜨고 놀란 상태로 그 모든 얘기를 받아들였다. 마침내 보안관은 플러렛의 어깨를 놓고 말했다. "이제 나는 밖을 한 바퀴 돌아보면서 네 언니들과 얘기할 거야. 너는 집에서 네 할 일을 하고 따라오지 않도록 하렴."

우리는 어머니의 방에 플러렛을 놔두고 함께 아래층으로 내려왔다. 보안관은 부엌문을 통해 밖으로 나갔고, 나도 그 뒤를 따랐다. 노마는 비둘기장에서 새들에게 모이를 주고 있었다. 기꺼이 우리를 기다리게 하며 느긋이 모이를 주었다. 히스 보안관이 전서구에 관해 몇 가지 예의바른 질문을 던졌지만, 노마는 불만 가득한 침묵으로 응수했다. 일을 마친 노마는 캔버스 앞치마를 벗어 비둘기장 밖의 못에 걸었다. 그러고는 무슨 일이냐는 눈빛으로 우리를 쳐다보면서도 여전히 고집스레 입은 열지 않았다.

"좋습니다." 히스 보안관이 말했다. "저와 같이 가시죠."

우리는 보안관을 따라 그가 차를 세워둔 우리집 진입로 끄트머리까지 나갔다. 그는 뒷좌석에서 목제 상자를 꺼냈다. 그러곤 허리를 펴고 주위를 둘러보며, 덧창을 내린 우리집과 이상하게 생긴 낡은 헛간, 길 건너 이웃집 우리 안의 돼지들, 풀이 웃자란 목초지와 샛강, 그 너머 버드나무를 살폈다. 길 아래 젖소들이 음매 울며 꼬리로 제 옆구리를 찰싹찰싹 때렸다.

"숙녀분들, 괜찮으시다면 잠시 개울까지 걸어도 될까요?" 보안관이 물었다.

노마와 나는 그의 넓은 보폭에 맞춰 목초지를 가로질렀다. 몇 분 후 우리는 채찍처럼 가느다란 나뭇가지가 잎을 떨구기 시작한 버드나무 숲 아래 섰다. 히스 보안관은 날쌔게 개울가로 내려가 상자를 내려놨다. 뒤이어 몸을 바로 세우고 집 쪽을 돌아보았다. "여기 아래서는 집이 거의 보이지 않는군." 그는 혼잣말처럼 중얼거렸다.

보안관이 상자를 열자 군청색 리볼버 두 자루가 보였다.

"두 분 다 그 엽총 쏘는 법은 아시죠?" 그가 물었다.

"오빠가 쓰던 총인데, 쏠 수는 있지만 그냥 겁을 줘 쫓아내는 정도예요. 뭘 맞힐 수 있을 것 같지는 않네요." 내가 말했다.

"기회가 되면 코프먼 씨를 맞힐 수는 있겠지요." 노마가 말했다.

그 말에 보안관은 껄껄 웃었다.

"그럴 일은 없기를 바랍니다." 보안관이 말했다. "자, 이리 와서 이걸 한번 사용해보시겠습니까?"

노마가 보안관 옆에 서서 개울 줄기를 내다보았다. 낙엽이 지고 있어서, 우리 땅의 경계와 그 건너 숲까지 훤히 보였다.

"제 말 잘 들으십시오." 히스 보안관은 플러렛을 대할 때와 똑같이 엄격하고 상냥한 어투로 말했다. "저 아래 붉은 나무가 보이죠? 개울이 굽이진 곳에 서 있는 단풍나무요."

노마가 고개를 끄덕였다.

"그 바로 밑에 큰 바위가 있습니다. 햇살을 받아 빛나는 커다란 흰 바위예요. 보이십니까?"

다시 노마가 고개를 끄덕였다.

보안관은 상자에서 리볼버를 집어들어 약실을 열고 탄약을 확인했다. 이어서 약실을 돌려 닫고 손잡이 쪽을 노마의 손에 쥐여주었다. 그러곤 노마의 손을 겹쳐 잡고 들어올려 흰 바위를 겨눴다.

"위쪽 가늠자를 사용해 목표물을 시야에 고정합니다." 보안관이 낮은 목소리로 말했다. 노마의 귀에 대고 말할 수 있을 정도로 아주 가까이 서 있었다. "총열 끝부분에 날이 보이죠? 동전 반쪽처럼 생긴. 그걸 써서 일직선이 되게 맞추는 겁니다."

노마가 고개를 끄덕이고 겨냥했다.

"좋아요." 그가 말했다. "한 발을 이렇게 뒤로 딛습니다. 발을 단단히 고정해요. 손도. 팔에 힘주고. 팔꿈치를 조금 구부리고. 네, 그거예요."

노마는 고개를 움직이지 않고 눈만 살짝 돌려 보안관과 시선을

"괜찮습니다." 보안관이 얼른 말했다. "잘했어요. 이제 어떤 느낌인지 알겠지요. 한번 더 쏴보세요, 이번엔 격발시에 총을 단단히 고정하는 데 집중하고요. 가늠쇠를 이용하십시오."

나는 어깨를 펴서 자세를 잡고 총열을 똑바로 들어 바위를 겨냥한 뒤, 눈을 가늘게 뜨고 가늠자와 총열 끝의 좁은 반달을 가이드 삼아 방아쇠를 당겼다. 바위를 맞힌 것 같진 않지만 총은 그럭저럭 수평을 유지했다. 히스 보안관이 총을 거둬갈 때까지 팔을 뻗은 채 그대로 쥐고 있었다.

보안관은 주머니에서 총알 세 개를 꺼내 장전한 다음 허리를 숙여 총을 상자에 넣고 잠갔다. 허리를 세우고 일어난 그는 상자를 내게 내밀었다.

"각자 하나씩입니다." 그가 말했다. "플러렛의 손에 닿지 않게 하십시오. 아예 못 보게 하는 편이 좋겠습니다. 밤에는 몸 가까이에 두십시오, 하지만 베개 밑에 넣거나 옷 속에 쑤셔넣지는 말고요. 사람을 향해 발포하면 안 됩니다. 놈들이 다시 오면, 대충 놈들 방향을 겨냥하되 나무를 향해 쏘십시오. 그냥 겁주어 쫓아내려는 거니까요. 이해하셨습니까?"

노마는 고개를 끄덕인 후 언덕을 올라 개울가에서 벗어났다. 히스 보안관이 그 뒤를 따라 올라간 후 허리를 굽히고 내게 손을 내밀었다.

도움이 필요하진 않았지만, 나는 그의 손을 잡았다.

24

그후로 플러렛은 무대 공연을 중단했고, 노마는 다친 비둘기를 새장으로 돌려보냈다. 새는 날개는 거의 다 나았지만 전서구로서의 생명은 끝났다. 자질구레한 집안일을 싫어해서 평소엔 거들떠보지도 않던 플러렛이 보안관과 얘기를 나눈 뒤로 놀랍게도 말 잘 듣는 아이가 되었다. 쥐가 드나들며 닭 모이를 훔쳐먹던 닭장 구멍도 철망을 덧대어 막고, 텃밭 울타리도 새로 페인트칠하고, 봄에 콩을 심을 밭도 말끔히 정리했다.

히스 보안관이 보낸 부하들이 집 주변을 경계했지만 이십사 시간 대기하는 건 아니었다. 다른 범죄 사건을 해결하고 나서 밤늦게 집으로 돌아가는 길에 들르곤 했다. 나는 자정이 지난 후 집 앞 도로에서 들리는 엔진 공회전 소리에 점점 익숙해졌다. 히스 보안관이 우리한테 사람을 향해 발포하지 말라고 경고한 이유가 이거였다. 우리가 보안관보들을 쏠까봐 걱정한 것이다. 그들 또한 그 점을 이해한 듯 우리집 바로 앞에는 절대 차를 세우지 않았다. 늘 진입로를 지나쳐 몇 미터 더 나아가 떡갈나무 아래 공터에 주차했다.

나는 매일 염색공장에 나가 일하고 월급을 받아 그걸 집세로 코프먼 씨에게 도로 바치는 루시가 자꾸 생각났다. 어디 있는지 모를 그 아기도 그려보았다. 지금쯤 말을 배울 텐데. 누가 아이 이름을 부르겠지. 어린애들을 부를 때 흔히 그러듯 양팔을 펼치고. 하지만 무슨 이름으로 부를지는 모르겠다.

루시를 위해 뭔가 할 수 있는 일이 있기를 나는 진심으로 바랐다. 하지만 헨리 코프먼을 상대로 내가 한 발짝씩 전진할 때마다 우리집 창문으로 벽돌이 하나씩 날아드는 것 같았다.

"헨리 라모트가 누구야?" 어느 날 오후 플러렛이 우편물을 들고 오며 말했다.

"이리 줘봐." 내가 말했다.

"이 사람이 누군지 말해줄 때까진 안 돼."

"내 앞으로 온 거야?"

"모르지. 미스 쿱이라고 써 있는걸. 나한테 온 걸 수도 있지."

플러렛은 봉투를 들고 내 의자 옆에 서서 날 지켜봤다. "너 벌써 봉투 뜯어봤지, 그치?" 내가 물었다.

플러렛은 마지못해 내게 봉투를 내밀었다. "우리 중 누구 앞으로 온 건지 모르잖아."

"알면서 그런다." 내가 말했다.

1914년 10월 1일

라모트 스튜디오 대표

헨리 라모트

친애하는 미스 콥

당신이 관심을 가질 만한 사진을 몇 장 발견했습니다. 전에 문의하셨던 건물 앞에서 작년에 촬영한 사진입니다. 저희 직원 중 한 명이 문제의 주소지에서 일어나는 일들을 몇 주에 걸쳐 촬영했는데, 저희를 고용한 변호사가 사진에 대한 비용을 지불하지 않았습니다. 그 사진들을 까맣게 잊고 있었는데 방금 전에 다시 나타났네요. 사진을 원하신다면 화요일까지 보관하고 있겠습니다. 그후로는 파기해야 합니다. 저희는 주인 없는 증거 사진 보관소가 되는 것을 선호하지 않습니다, 이미 제 원칙에 새는 구멍이 있는 것 같긴 하지만요. 배를 바로잡고 항해를 계속해야지요!

오 르부아르*

헨리 라모트 드림

"이게 무슨 소리야? 무슨 증거 사진?"

나는 혹시 노마의 귀에 들어갈까 주위를 둘러보았다. 노마는 밖에 있는 게 분명했다. 나는 편지를 다시 읽었다.

"루시와 관계된 일이야." 나는 결국 말을 꺼냈다.

플러렛은 숨을 헉하고 들이쉬더니 내 안락의자로 미끄러져들어

* '그럼 안녕히'라는 뜻의 프랑스어.

와 팔걸이와 내 무릎에 엉덩이를 반씩 걸치고 앉았다. 요 몇 년 동안은 안 하던 짓인데.

"실마리를 찾은 거지, 그치?" 플러렛이 내 귀에 대고 속삭였다.

플러렛한테는 늘 설탕처럼 달콤한 향이 감돌았다. 플러렛이 어릴 때 우리가 종종 굽던 크럼블 타르트 같은 냄새. 눈을 감으니 그때의 기억이 밀물처럼 밀려들었다. 내가 플러렛에게 딱 먹음직스럽게 생겼다고 놀리면, 아이는 짐짓 겁에 질린 척 비명을 지르며 어머니에게 달려갔다.

플러렛은 몸을 틀어 나를 똑바로 쳐다보았다. "그 사진들이 루시의 아기를 되찾는 데 도움이 될까?"

"난들 아니. 루시한테 이 편지를 전해주면 루시가 알아서 하겠지."

플러렛이 내 무릎에서 뛰어내렸다. "하지만 시간이 없어! 화요일까지 와서 가져가라잖아. 내일이 화요일이야. 지금 바로 루시한테 갖다줘야 해."

나는 고개를 저었다. "보안관님이 하신 말씀 들었지. 우린 낯선 사람들을 경계해야 해."

"하지만 루시는 낯선 사람이 아닌걸." 플러렛이 대꾸했다. "그냥 가서 우편함에 넣고 오면 되잖아."

나는 손에 든 봉투를 뒤집었다. "아냐, 이번에는 노마 말이 맞는 것 같다. 우린 헨리 코프먼과 관련된 일에서 손떼야 해."

"하지만 그 가엾은 아가씨가 걱정되지도 않아?" 플러렛의 말투에 약간의 절박함이 묻어났다. "젊은 엄마가 아기를 잃는다는 게 어떤 느낌일지 잠깐이라도 상상해보라고. 기분이 어떻겠어?"

나는 입술 안쪽을 깨물었다. 플러렛이 이렇게까지 진실에 가깝게 다가온 건 처음이었지만, 그 이상 다가오게 할 생각은 없었다. 나는 과거와 나름의 평화조약을 맺었고, 그걸 다시 건드리고 싶지 않았다.

하지만 플러렛 말이 옳았다. 루시는 나로서는 결코 알지 못하는 상실감을 안고 살아가고 있었다.

"내가 어디 가는지 노마한테 말하지 마."

25

루시네 집 골목을 따라 늘어선 낡은 하숙집들 창문이 연기와 김으로 뿌옜다. 누구는 커피를 끓이고, 누구는 수프 냄비 바닥을 태워먹고, 누구는 생선을 굽고 있었다. 어느 집 앞에서는 갈색 원피스를 입은 여자가 손바닥만한 텃밭에서 허리를 숙인 채 이미 웃자라 씨앗이 맺히고 줄기가 질겨진 식물들 가운데 아직 연하고 먹을 만한 이파리를 찾고 있었다.

나는 자초지종을 설명한 쪽지와 라모트 씨의 편지를 한 봉투에 담아 가져왔고, 이것을 루시의 우편함에 떨구고 누가 보기 전에 얼른 꽁무니 뺄 수 있기를 바랐다. 그러나 루시가 사는 공동주택의 현관문을 여는 순간 문짝이 덜컹 하고 떨어지더니 어두운 현관 안쪽으로 쓰러졌다. 이미 경첩이 떨어져나간 문을 누가 입구를 막기 위해 받쳐놓았던 것이다.

나는 잡초투성이 앞마당으로 다시 나와 위쪽을 쳐다보았다. 2층 창문 하나가 널빤지로 막혀 있었다. 건물 안에 생활의 흔적이라곤 없었다—빨랫줄에 빨래도 없고, 창문에 불빛도 커튼도 없고, 그릇 부딪히는 소리도 스토브 위에서 저녁식사를 준비하는 냄새도 나지 않았다. 용기를 내어 아가리를 벌린 복도 안쪽을 들여다보려고 가까이 상체를 내미는데 어떤 냄새가 나를 덮쳤다. 불이다.

나는 건물이 아직 불타고 있기라도 한 듯 뒤로 펄쩍 뛰었다. 길 건너편에서 자기 집 현관 앞을 쓸던 여자가 나를 쳐다보았다. 골목 어귀에서 남자애 셋이 공놀이를 하고 있었고, 길바닥에 공이 튈 때마다 공허한 메아리가 섬뜩하게 울렸다.

루시가 살던 건물과 그 옆집 사이의 낮은 울타리가 무너져 있었다. 나는 울타리를 넘어 집 뒤쪽으로 돌아가보았다. 뒤쪽은 완전히 불에 타버렸다. 시커멓게 탄 목재가 가을 비바람에 허물어지기 시작했고, 창문은 구멍만 남아 새와 다람쥐가 자유롭게 들락거렸다.

뒷문이 있던 자리에는 시멘트 문지방과 불에 탄 나무 문설주 밑동밖에 없었다. 나는 안으로 한 발짝 들어서 금간 유리 문손잡이와 물집이 잡힌 듯 우글우글해진 에나멜 냄비 뚜껑을 걷어찼다. 그것들이 내는 쨍그랑 소리가 검게 그을리고 텅 빈 내부에서 메아리쳤다. 심지어 계단도 없어졌다. 남은 난간의 일부가 2층에 아무 쓸모 없이 매달려 있었다.

루시가 집에 있었다면 무사히 빠져나올 수 있었을지 모르겠다. 위층 사람들은 모두 발이 묶였을 텐데.

전차역을 향해 달린 기억은 없지만, 떨리는 두 손을 다시 진정하게 된 건 전차를 타고 해컨색까지 절반쯤 왔을 때였다. 법원 청사에 도착한 나는 히스 보안관과 면담을 하게 해달라고 요청했다.

"방금 나가셨는데요." 안내 데스크의 여자가 말했다.

"그럼 보안관보님이라도요." 나는 머리칼을 모자 속으로 밀어 넣으며 말했다. 루시의 집에서 달려온 여파로 아직도 땀이 줄줄 났다. "무…… 무슨 일이 생기면 여기로 오라고 했어요. 내 이름을 말하면 알 거예요. 콘스턴스 콥입니다."

여자는 따분하고 무심한 기색을 한껏 풍기며 청사 계단 위에 선 경비원한테 가서 뭐라고 소곤거리고는 내게 "여기서 기다리세요"라고 말했다. 경비원이 계단을 내려가 교도소 쪽으로 사라졌다.

몇 분 후 보안관보 제복을 입은 잿빛 머리칼의 사내가 걸어왔다. "보안관보 모리스입니다." 그러곤 호기심 어린 표정으로 우리를 주시하고 있는 안내 데스크의 여자를 쳐다봤다. "이쪽으로 가시죠."

모리스 보안관보가 내 팔을 잡고 아무도 우리 얘기를 엿들을 수 없는 복도로 걸어갔다. "히스 보안관님이 곤란한 상황에 처한 저희 세 자매를 도와주고 계신데요." 내가 말했다.

"네, 저도 몇 번 그쪽 순찰을 돈 적이 있습니다. 그자가 또 성가시게 굴었습니까?"

나는 고개를 저었다. "이건 좀 다른 문제예요. 패터슨에서 일어난 화재 건인데, 불이 난 지는 얼마 되지 않았습니다. 서머 스트리트에 있는 하숙집이에요. 혹시 들어보셨어요?"

그는 잠시 기억을 더듬었다. "들어본 것 같습니다. 무슨 일이죠?"

"제 친구가 거기 있었을지도 몰라서요. 다들 무사히 빠져나왔나요?"

그는 고개를 저었다. "모르겠습니다. 그 사건은 여기 버건 카운티 보안국 관할이 아닐 겁니다."

"하지만 알아볼 수는 있지 않나요?"

보안관보는 로비에 있는 여자를 건너다보았다. "저 사람한테 전화해달라고 부탁해야 하는데요."

"해주시면 안 될까요, 모리스 씨? 부탁드립니다."

보안관보가 웃음을 터뜨렸지만, 매몰찬 웃음은 아니었다. "애원은 당신께 어울리지 않습니다, 미스 콥."

다음날 아침, 모자와 여행용 코트 차림으로 계단을 내려오는 내 모습을 보고 플러렛이 깜짝 놀랐다. 플러렛은 거실 바닥에 앉아 지금 짓고 있는 드레스에 어울리는 단추를 찾기 위해 단추 상자를 뒤지고 있었다.

"우리 어디 가?" 플러렛이 벌떡 일어나며 말했다.

"넌 집에 있어." 내가 말했다. "뉴욕에 다녀올게. 저녁 먹을 때쯤 돌아올 거야."

"뉴욕! 날 두고?" 플러렛이 발을 쿵쿵 구르는 바람에 단추가 러그 위로 이리저리 흩어졌다. 자기 맘대로 안 되면 어찌나 버르장머리가 없어지는지! 나는 짜증을 삼키며 허리를 숙이고 나직이 말했다.

"데려갈 수 없다는 거 잘 알잖니. 보안관님이 한 얘기 들었지. 기차역도, 낯선 사람도, 낯선 장소도 안 돼."

플러렛은 발가락으로 단추들을 밀어냈다. "그 사진을 가지러 언니가 직접 가려는 거지, 맞지?"

"시도는 해보려고. 자, 이제 착한 아이가 되어 집에 있으면서 우리가 하라는 대로 해줬으면 좋겠다."

"하라는 대로 다 했다고!" 플러렛이 소리쳤다. "큰언니랑 작은 언니랑 보안관님이 시킨 대로 다. 나는 언제 다시 내 생각대로 할 수 있는 거야?" 플러렛은 소파에 몸을 던지더니 쿠션에 얼굴을 묻고 흐느꼈다.

이걸 어쩐다? 그저 몇 시간 나갔다 오는 것뿐인데, 막내는 제 앞을 지나가는 것만으로도 잔뜩 성질을 부렸다. 나는 한숨을 내쉬고 창밖을 내다보았다. 노마가 낙엽을 쓸고 있었다. 노마도 집에서 벗어나고 싶어한다는 걸 나는 알았다. 이렇게 오래 집에 갇혀 생활하려니 유쾌하지 않았다. 우리는 이곳에서 우리끼리 기묘하게 고립된 삶을 살아가는 중이었다.

나는 플러렛 옆에 앉아 그애가 어렸을 때 자주 그랬듯 한 손을 아이의 등에 얹었다. "다음주에 내 생일인데, 뭐할 거야?" 플러렛이 쿠션에다 대고 말했다.

"그래? 그럼 열다섯이 되는 건가? 열여섯인가?"

플러렛이 내 다리를 주먹으로 살짝 쳤다. "열일곱이야. 알면서."

"벌써? 흠, 그래. 어디 가긴 가야 할 텐데."

플러렛은 코를 풀고 일어나 앉았다. 울고 나면 아이의 두 눈은 말간 밤하늘 같다. "어디 갈 거야?" 플러렛이 물었다.

"어디든 너 가고 싶은 데로. 보안관님이 반대만 안 하면."

"보안관님한테 물어봐줄 거지?"

"물어볼게."

루시는 그 화재에서 죽지 않았다. 당시 사망자는 없었다. 불길은 집 뒤쪽 구석에서 치솟았는데—헨리 코프먼과 그 친구들이 등유가 든 들통을 들고 슬금슬금 돌아다니는 모양이 눈에 선하다―1층 에 사는 남자가 즉각 냄새를 맡고 위층으로 뛰어올라가 다른 사람들을 깨웠다. 내가 루시를 만나러 갔을 때 잠시 몸을 숨겼던 그 방 주인이 틀림없다. 누추하고 초라하기 짝이 없는 작은 방으로만 보였는데, 거기 사는 남자는 영웅적인 일을 해냈다. 나는 그 남자가 어디로 갔을까 궁금했다. 거기 살던 사람들은 다 어디로 갔을까. 거기까진 모리스 보안관보도 내게 말해줄 수 없었다. 루시의 행방이 묘연해졌으니, 라모트 씨가 사진을 버리기 전에 내가 직접 가는 수밖에 없었다.

기차는 정오에 나를 뉴욕에 내려놨다. 역 근처에 점심을 먹을 수 있는 여성 전용 찻집이 있어서 일단 거기부터 들러 햄샐러드 샌드위치와 체리가 올려진 파인애플 링을 먹었다. 후식으로 코코넛 케이크도 있었다. 배가 고프진 않았지만, 우리 농장 요리에 물린 터라 코코넛처럼 이국적인 음식에 도저히 저항할 수 없었다. 나는 한 조각을 주문하고 커피도 같이 마셨다. 드레스 단추가 금방이라도 터져나갈 것처럼 잔뜩 배가 불렀다. 라모트 씨의 스튜디오까지 먼 거리를 걸어야 하는 게 다행이었다.

라모트 씨는 마치 나를 기다리고 있던 것처럼 책상 앞에 앉아 있었다. "미스 콥!" 스튜디오에 들어서는 나를 보고 라모트 씨가 소리치며 벌떡 일어섰다. "마침 잘 왔어요."

나는 한 발 앞으로 내딛다가 의자 위에 쌓인 봉투 더미를 무너뜨렸다. "죄송합니다." 쭈그리고 앉아 봉투를 주섬주섬 주웠다. 봉투에는 저마다 앞면에 연한 연필로 끄적인 이름 말고는 아무것도 쓰여 있지 않았다. '웨이폴' '다우드' '커츠' '우드'. 특별히 순서는 없는 것 같아서 그냥 주워모아 의자 위에 도로 올려놨다.

"괜찮습니다." 라모트 씨가 말했다. "쟤들이 사람을 보면 펄쩍 달려드는 습성이 있어서. 어쩔 수가 없다니까요." 보관용 캐비닛을 사고 정리할 비서를 고용하면 어쩔 수 있다는 생각이 들었지만, 입 밖에 내지는 않았다.

"저 때문에 기다리신 게 아니라면 좋겠습니다." 내가 말했다. "보내신 편지가 바로 어제 도착해서요, 답신을 할 시간이 없었습니다."

라모트 씨는 고개를 외로 꼬고 안경테 위로 나를 쳐다보았다. "아, 맞다, 사진. 여기 있으니까 당신이 봐주시면 더없이 기쁠 겁니다. 그전에 먼저 부탁드리고 싶은 게 하나 있는데요."

그가 뒷말을 잇기 전에 문이 열리더니 덩치가 산만한 남자가 비좁은 사무실 안으로 비집고 들어왔다. 남자가 입은 모직 오버코트는 지금까지 내가 본 사람이 걸친 옷가지 중 가장 컸고, 검은 모자는 꼬마 한 명쯤 거뜬히 몸을 숨길 수 있는 크기였다. 얼굴은 그림자에 가렸지만, 그래도 소시지만한 입술과 그 위의 거대한 콧수염, 두 겹으로 불룩한 턱이 보였다. "이 여자입니까?" 남자는 브롱크스 출신에게서만 들을 수 있는 특유의 으르렁거리는 말투로 물었다.

라모트 씨는 허겁지겁 책상을 돌아나와 우리 둘 사이에 섰다. "호퍼 씨! 이렇게 빨리 오실 줄은 몰랐습니다. 미스 콥을 소개해드리지요."

악수하려고 손을 내밀었더니 무슨 포수 미트 같은 것이 내 손을 거칠게 움켜쥐었다.

"처음 뵙겠습니다." 내가 말했다. "누가 저를 기다리고 있는 줄은 몰랐네요."

"일 때문에 오신 거 아니오?" 남자가 퉅툴거렸다.

라모트 씨가 두 손을 저어 우리를 조용히 시켰다. "막 그 얘기를 하려던 참이었습니다. 미스 콥, 저와 같이 일하는 호퍼 씨를 위해 한 가지 부탁을 들어주실 수 없을까요? 저희한테 가끔 여성 사진사가 필요하거든요. 그리고……"

"사진사요?" 나는 한 걸음 물러서다 또다른 봉투 더미를 뒤엎었다. "저는 사진에 대해 전혀 아는 게 없는데요. 제가 여기 온 건 그저 라모트 씨께서……"

"저는 기꺼이 호의를 베풀겠다고 말했었지요." 침착을 되찾은 라모트 씨가 말했다. "그리고 지금은 제게 호의를 베풀어주십사 부탁드리고 있는 겁니다. 이 신사분은 당신이 피프스 애비뉴 근처의 여성 전용 호텔에 잠깐 들러주셨으면 합니다."

"호텔에 들르라고요?" 히스 보안관이 호텔은 절대 피하라고 경고한 지 얼마 되지도 않았는데. "아무래도 안 되겠어요."

"그냥 객실에 관해 문의하고 건물 후면으로 창이 난 고층 방을 보고 싶다고만 하십시오. 호텔에서 당신에게 열쇠를 주고 직접 올라가보라고 할 거예요. 그럼 가서 방 사진을 찍고, 창문으로 보이는 풍경을 뭐든 사진기에 담으세요. 그런 뒤에 프런트에 열쇠를 돌려주고 사진기를 이리로 가져오시면 됩니다. 그때까지 당신에게 드릴 사진을 준비해놓겠습니다."

내가 뭐라 대답할지 궁리하기도 전에 라모트 씨가 덧붙였다. "당신은 침착하게 잘 대처할 수 있는 여성 같아 보여서요, 미스 콥."

"그게, 저는……"

"평판이 나빠질 만한 일에 연루되길 부탁드리는 게 절대 아니라는 점을 약속드립니다. 저희가 조사하고 있는 건은 오로지 범죄의 목격자에 관한 것입니다. 그 호텔방의 배치와 창밖 풍경을 확인해서 목격자의 진술 중 어떤 세부 사항을 입증해야 하거든요. 그게 답니다. 우리가 직접 가면 좋겠지만, 그 호텔은 여성분들만 위층 입장이 허용되고, 현재 저희 직원들 중엔 여자가 없어서요."

호퍼 씨는 거한들의 호흡이 으레 그렇듯 두 개의 허파가 아니라 보일러실을 통해 연료를 공급받는 것처럼 숨을 몰아쉬고 있었다. 모자를 벗지 않아서 얼굴도 제대로 볼 수 없었다.

"호퍼 씨는 당신의……"

"같이 일하는 동료입니다. 맨해튼의 괜찮은 몇몇 변호사와 협력해서 사건 조사를 맡고 있습니다. 호퍼 씨의 명성에 관해선 뭐 말할 것도 없지요. 이 사람은 경찰과 법원 공무원들이 자신에게 보이는 깊은 존경심을 즐기고 있죠."

호퍼 씨는 동의의 툴툴거림이라고 할 만한 소리를 냈다. 우리 둘 다 그를 쳐다봤지만 그는 아무 말도 하지 않았고, 라모트 씨가 말을 이었다.

"호퍼 씨가 당신을 호텔까지 바래다드리고, 일이 끝나는 즉시 여기로 다시 데려다줄 겁니다. 장담하는데 한 시간도 채 걸리지 않을 거예요. 그것도 당신이 한가롭게 피프스 애비뉴를 거닐며 죽 늘어선 고급 상점 몇 곳을 방문하길 즐기신다는 전제하에 말이죠."

그때 호퍼 씨가 나와 함께 한가로운 산책을 즐긴다는 생각이 우스웠는지 껄껄 웃었는데, 그 소리는 뭐랄까 작은 화산이 폭발하는 것 같았다.

나는 어안이 벙벙해서 기분 나빠할 새도 없었다. 이렇게 짧은 시간 내에 이토록 수많은 예기치 못한 상황에 부딪힌 건 난생처음이었다. 라모트 씨는 나의 침묵을 동의로 알아듣고 지체 없이 카메라를 내 손에 쥐여주었다. 여성용 손가방과 비슷하게 꾸민 조그만 상자형 사진기였다. 나는 부드러운 이탈리아제 가죽 손잡이와 상자를 감싼 고급 트위드 천에 감탄해 마지않았다. 진짜 잘 만든 기기였다. 그게 내 손에 들어온 순간, 언젠가 나도 이런 것을 하나 장만해야겠다고 결심했다.

"몸에 딱 붙여 들어요, 바로 그렇게." 라모트 씨가 말했다. "별거 없어요. 여기 작은 레버를 끝까지 밀어 셔터를 여는 겁니다. 천천히, 반대편에 걸리는 느낌이 올 때까지. 그리고 다음 숫자가 나올 때까지 키를 감아요. 총 여덟 장을 찍을 수 있습니다. 다 써버리세요. 바로 필름을 현상해야 하니까. 남은 롤은 아무짝에도 쓸모가 없어요. 방안의 빛을 되도록 많이 받고, 사진기를 완벽하게 고정한 상태에서 찍으세요. 다 알아들으셨습니까? 할 수 있겠지요?"

라모트 씨는 순수한 호의를 담은 미소를 지으며 나를 올려다보았다. 조카를 가업에 끌어들인 삼촌이 지어 보일 법한 웃음이었다. 나도 미소로 화답할 수밖에 없었다.

"네, 라모트 씨. 완벽하게 알아들었어요. 그런데 왜 저한테 이 일을 부탁하시는 거죠? 여성 사진사가 필요하다면 분명 뉴욕에서도 구할 수 있을 텐데요."

그는 한 걸음 물러나서 잠시 나를 유심히 바라보았다. "능력 있어 보여서요, 미스 콥. 당신은—이렇게 말씀드려서 죄송하지만—단단해요."

그 말을 불쾌하게 받아들일 이유는 하나도 없었다.

"그리고 신중합니다." 라모트 씨는 서둘러 덧붙였다. "어떤 말썽도 잘 처리할 수 있을 것 같아요. 그렇다고 이 일에 말썽이 생길 거라는 얘기는 아니고요. 그냥…… 음……"

"알겠습니다." 내가 말했다. "별일 없겠죠." 그러면서 나는 카메라 스트랩을 손목에 걸고 저 위에서 굽어보는 인물, 즉 호퍼 씨를 쳐다보았다. 그는 미동도 하지 않았다. 그저 기다리고 있을 뿐이었다. 그가 일하면서 상당 시간을 기다리는 데 쏟을 거라는 느낌이 들었다. "갈까요?"

호퍼 씨는 문을 열고 문짝에 자신의 몸을 밀착해 내가 지나갈 공간을 만들어주었다. 그에게서 담배와 녹제초 냄새가 났다. 금세 우리는 창백한 시월의 햇살 아래로 나왔고, 두 군인처럼 피프스 애비뉴를 향해 행진했다.

그는 대화를 즐기는 남자가 아니었고, 나로서도 그편이 편했다. 나는 상점 진열창을 단 한 곳도 들여다보지 않았다. 모자를 써보거나 팔찌를 보고 꺅꺅거리며 시간을 허비하는 부류의 여자로 비치지 않도록 말이다. 호퍼 씨가 뭐라 생각하든 그게 왜 나한테 중요했는지 모르겠다. 여성 사진사로서 일자리를 구하려는 건 아니었지만, 일단 하기로 한 이상 제대로 해낼 작정이었다.

피프스 애비뉴 모퉁이를 돌자 돌풍이 휘몰아쳐 앞으로 나아가기가 힘겨워졌다. 도로는 협곡이 되었고 건물들이 도로를 따라 바람을 휘몰아댔다. 나는 사진기를 코트 속에 넣고 단추를 목까지 잠갔다.

호퍼 씨는 내가 따라올 수 있는지 한 번 흘깃 돌아볼 뿐이었다. 나는 할 수 있었다.

맨더린이라는 이름의 여성 전용 호텔은 피프스 애비뉴 맞은편,

30번가의 허름한 블록에 위치해 있었다. 한 쌍의 유리문 위에 초록색 캐노피가 있는 극히 평범한 6층짜리 건물이었다. 문밖의 황동 가스등 아래 도어맨이 서 있었다.

우리는 빠른 걸음으로 호텔 앞을 지나쳐 다음 모퉁이까지 걸어갔다. 거기서 호퍼 씨가 걸음을 멈추고 나를 기다리고 있겠다고 말했다. 그는 모자를 뒤로 젖히고 나를 내려다보았다.

"괜찮겠습니까, 미스 콥?"

성격이 친절하지 않은 건 아니었다. 짙은 갈색 눈, 그리고 처음 생각했던 것보다 젊고 부드러운 얼굴이었다. 아마도 의도치 않게 사람들을 겁먹게 하는 부류의 남자인 듯했다.

"괜찮아요." 내가 말했고, 진심이었다. 나는 자신 있게 성큼성큼 호텔 쪽으로 돌아갔다. 도어맨이 모자에 살짝 손을 대고 문을 열어주었다.

여성 고객들 구미에 맞게 꾸민 소규모 호텔에 예상했던 것과 거의 다르지 않은 로비였다. 타일 바닥에 붉은 동양풍 러그가 깔려 있었다. 벽면 하단부는 나무 패널을 둘렀고, 상단부는 초록색과 황금색 양치류 무늬 벽지를 발랐다. 바깥에 있는 것과 세트인 듯한 낡은 가스등이 벽에 달렸고, 포터 한 명과 앞섶에 황동 단추가 달린 세련된 파란색 벨벳 드레스를 입은 단정하고 나이 지긋한 여자가 마호가니 데스크를 지키고 있었다. 오른쪽은 숙박객들이 남성 방문객을 만날 수 있는 응접실이었다.

나는 데스크로 가서 라모트 씨의 요청을 행동에 옮겼다. 라모트 씨의 말이 맞았다. 방을 예약하기 전에 미리 둘러보겠다고 열쇠를 받아내는 데 별 어려움이 없었다. 6층에 건물 후면으로 창이 난 방이 하나 있고, 5층에는 피프스 애비뉴를 내려다볼 수 있는 방이 있다고 직원이 알려주었다. 후자는 딱히 필요하지 않았지만, 그 방도 고려해보길 원하는 듯해 나는 두 방의 열쇠를 모두 받았다.

포터가 위층까지 동행하려고 데스크를 돌아나왔다. 내가 혼자 가는 편이 좋겠다는 핑계를 꾸며내려는 찰나, 엘리베이터에서 내린 네 모녀가 포터에게 짐을 들어달라고 요구했고 덕분에 나는 살았다. 나는 세상에서 가장 은혜로운 이 숙박객들을 향해 미소 지었다.

"제 걱정은 안 하셔도 됩니다." 내가 말했다. "잠깐이면 되니까요." 포터가 입을 떼기 전에 나는 얼른 계단으로 올라가 그들의 시야에서 벗어났다.

올라가면서 힐끔 구경한 층들은 모두 한결같았다—붉은 카펫, 오크 패널, 황금색 줄무늬 벽지. 깔끔하고 괜찮은 호텔로 보였다. 6층에서 문제의 방을 찾아 들어갔다. 별로 특별한 건 없고, 하얀 침대보를 씌운 황동 침대, 거울이 달린 세면대, 잉크 압지와 편지지가 놓인 조그만 책상뿐이었다. 한쪽 귀퉁이에 짐을 올려두는 받침대와 코트걸이가 있었다.

방의 배치는 내 눈엔 전혀 특이할 게 없었지만, 그래도 한쪽 구석에 서서 사진을 찍었다. 그다음에 렌즈를 창문으로 향하여, 골목 건너 수십 년분의 석탄가루로 더께가 앉은 시커먼 벽돌을 바라보며 또 한 컷 찍었다. 호텔과 맞은편 건물 사이의 간격은 매우 좁았고, 사람들이 쓰레기나 요강 내용물을 내버릴 정도의 공간밖에 없었다. 수수께끼의 목격자가 무엇을 보았는지, 저 어두운 공간으로 무엇이 던져졌는지 궁금했다.

맞은편 건물에는 창문이 몇 개 없었는데, 그나마 계단을 밝힐 정도로만 작게 낸 실용적인 창문이었다. 이런 풍경이 무엇 때문에 라모트 씨의 관심을 끌었는지 모르겠다. 필름이 여섯 장 남아서 두 장은 아래를 보고, 하나는 왼쪽을, 또하나는 오른쪽을 보며 찍었다. 그다음엔 눈높이로 고정하여 팔을 뻗고 찍은 후, 렌즈를 지붕 쪽으로 향해 다시 한번 찍었다.

특별한 이유는 없었지만 나는 5층 방도 둘러보러 갔다. 프런트의 직원이 왜 내게 이 방을 추천했는지 알 수 있었다. 훨씬 더 넓은 방은 스위트룸에 가까웠고, 분명 더 높은 요금이 붙어 있을 것이었다. 책상도 더 컸고, 조그만 타일 벽난로 주위로 푹신한 의자 두 개가 놓여 있었다. 한 쌍의 넓은 통창이 건너편 피프스 애비뉴를 굽어보고 있었다. 창가로 다가간 나는 위에서 내려다보는 애비뉴 풍경에 왠지 목이 멨다. 저 아래가 세상에서 가장 바쁜 장소는 아닐지 몰라도, 나는 그런 곳에서 몇 블록 떨어진 곳에 있었다. 사람들의 물결이 내 밑으로 흘러갔고, 모자와 스카프만 겨우 알아볼 수 있었다. 위로는 센트럴파크, 아래로는 월 스트리트까지 끝없이 이어진 건물의 퍼레이드. 사방에서 건물이 새로 올라가고 있었고, 저마다 구름에 더 가까이 닿으려 경주하는 가운데 건물을 둘러싼 비계가 벌거벗은 나무의 사지처럼 시월의 하늘에 검은 윤곽을 드리우고 있었다.

그곳에서, 그 방안에서, 나는 무언가의 중심에 선 기분이었다. 나는 중요한 위치에 있었다. 그리하여 나는 중요한 사람이 된 기분이 들었다.

나는 그 방이 무척 마음에 들었다. 그 즉시 방을 빌리고 싶을 만큼.

나는 열쇠를 돌려주고 5층에 있는 방의 숙박료를 문의했다. 데스크 뒤의 여자는 미소를 띠며 내게 요금표를 건넸다. "그 방이 잘 맞으실 거라고 생각했습니다." 여자가 말했다.

호퍼 씨는 기다리겠다고 말한 장소에서 대기하고 있었다. 나는 사진을 찍는 데 아무런 문제가 없었음을 확인해주었고, 우리는 묵묵히 스튜디오 쪽으로 발걸음을 옮겼다. 스튜디오에 도착해 그는 내게 문을 열어주었지만 안으로 들어오진 않았다.

"안녕히 가십시오, 미스 콥. 저는 다음 일이 있어서 이만. 당신은 당신 일을 보십시오."

그러고는 거리로 스며들어 사라졌다.

라모트 씨는 내게서 사진기를 받아 암실에 갖다놓았다. 뒤이어 두툼한 봉투를 손에 들고 돌아왔다. "보수 대신입니다, 미스 콥. 가져가세요. 저는 가게 문을 닫고 제 일을 좀 해야겠군요." 그러곤 뒤로 돌아 책상 서랍을 뒤지기 시작했다.

나는 그에게 감사를 표하고 사진 봉투를 코트 속에 넣었다. 문을 나서려다 도저히 참을 수가 없어 물었다. "라모트 씨?"

그는 내가 여태 안 가고 있다는 사실에 놀란 듯 고개를 들었다.

"네?"

"그 여자분은 무엇을 봤나요?"

"여자? 어떤 여자요?"

"호텔에 있던 사람이요."

라모트 씨는 고개를 절레절레 젓고 책상을 돌아나와 상냥한 눈으로 나를 응시했다. "미스 콥, 당신이 이쪽 업계 일을 쭉 하게 된다면 도움이 될 만한 충고 하나만 하겠습니다."

"이쪽 업계 일이요?"

"이번에 도와주신 그 소소한 조사 활동을 뭐라 부르든 말이죠."
나는 얼굴을 붉혔다. "네."
"모르면 모를수록 좋습니다. 얘기할 게 없으면 질문을 받아도 걱정할 필요가 없지요."
"그렇군요."
"말 그대로입니다. 목격자와, 희생자와, 수사관과, 검사와, 변호사와, 신문사에 있는 친구와 적 사이에 촘촘하게 벽을 치는 겁니다. 그들이 알 필요가 없는 건 단 한 가지도 알리지 않는 거지요. 그들이 서로 말을 섞지 않도록 최선을 다하는 겁니다." 라모트 씨는 몇 번에 걸쳐 손으로 자르는 시늉을 했다. "아시겠죠? 벽을 친다. 저는 지금 당신과 그 호텔에 있던 여자분 사이에 벽을 치고 있습니다. 당신이 그 여자분에 관해 아무것도 모르면, 질문을 받아도 아무 말도 해줄 수가 없지요."
그는 자기 책상 쪽으로 돌아가서 나를 쳐다보지도 않고 말을 이었다. "그 여자분이 본 것을 아는 사람이 적을수록 좋습니다. 특히 내 여성 사진사는 알 필요가 없어요."
나는 당신의 여성 사진사가 아닌데요, 라고 생각했다. 하지만 말하지는 않았다. 나는 사진을 가지고 기차역으로 향했다. 라모트 씨는 뒤따라 나와 문을 잠그고 옆구리에 훨씬 더 많은 봉투를 낀 채 반대편으로 서둘러 떠났다.

26

기차에서 사진을 볼 수는 없었다. 사람이 너무 많았고, 다들 자리를 찾아 사납게 밀쳐대며 저녁식사에 늦지 않게 집에 가려고 서둘렀다. 바로 나처럼. 기차가 포효하며 뉴욕을 출발해 패터슨으로 돌아가는 내내 나는 봉투를 꼭 움켜쥐고 있었다. 선로 위의 기차는 덜컹덜컹 흔들흔들 마치 고삐 풀린 말처럼 역을 향해 돌진했다.

승객들은 패터슨에서 모두 내려 다른 열차로 갈아타야 했다. 나도 인파에 휩쓸려 내린 후 사람들이 흩어지길 기다렸다. 플랫폼이 텅 비자 벤치에 자리를 잡고 봉투를 열었다. 안에는 백 장이 넘는 인화지가 뭉텅이로 들어 있었다. 라모트 씨의 이름은 봉투나 인화지 어디에도 없었다. 유일한 표시는 연한 연필로 봉투 위에 적힌 '워드'라는 이름뿐이었다.

사진은 여름 몇 주에 걸쳐 찍은 것으로, 문제의 주소지 바로 맞은편의 지켜보기 좋은 위치에서 촬영됐다. 건물 전면부에서 흐르는 시간이 드러났다. 한 주 한 주 흘러가며 3층 창문 밖 화분의 제라늄에 봉오리가 맺히고 꽃이 피었다. 이어서 창문이 열리고 침대보가 밖에 널렸다.

사진 뭉텅이를 거의 다 넘겼을 때 뒤에서 숨죽인 헛기침 소리가 나는 바람에 나는 깜짝 놀라 펄쩍 뛰었다. 히스 보안관이 내 어깨 너머로 들여다보고 있었다.

"여기서 뭘 하고 계신 거예요?" 나는 나쁜 짓을 하다 들킨 기분이었다.

"저는 법을 집행하는 공무원입니다, 미스 콥." 보안관이 말했다. "제가 어디서 뭘 하는지 설명해야 할 의무는 없지요. 하지만 당신은 있습니다. 집에서 동생들을 돌보고 계실 거라고 생각했는데요. 플러렛이 당신이 어디 갔는지 말해주더군요. 집에 혼자 남아서 무섭다고요."

나는 사진을 도로 봉투에 집어넣고 옆구리에 꼈다. "무섭기는요, 따라오고 싶었던 것뿐이죠. 오후 한나절 정도는 노마가 플러렛을 완벽히 지켜볼 수 있어요. 저는 뉴욕에 볼일이 있었고요."

"어떤 볼일입니까?"

"당신이 상관할 바는 아닌데요."

그는 얼굴을 찌푸렸지만, 그저 마음 상한 척하는 시늉이었다. "드릴 게 있습니다." 보안관이 조끼 주머니로 손을 넣으며 말했다. "코프먼 씨가 벌금을 냈어요."

보안관은 내게 돌돌 만 지폐 뭉치를 내밀었다. 나는 돈을 가방에 넣었고, 돌연 온몸에 기운이 쏙 빠져 벤치에 도로 주저앉았다. "뭐. 그 남자가 갚아야 할 빚은 청산됐군요. 이걸로 해결된 거네요."

보안관이 내 옆에 앉았다. 기차가 역을 출발했고, 우리만 덩그러니 플랫폼에 남았다. "저도 그렇기를 바랍니다. 코프먼 씨는 벌금을 내는 게 즐겁지 않았겠지만, 다른 수가 없었지요. 기한이 다 됐고, 제가 그를 체포할 수도 있었으니까요."

"통쾌한 방문이었겠는걸요."

"그렇지도 않았습니다. 이번엔 코프먼 씨의 누님도 계셨거든요."

"그럼 미시즈 가핑클을 만난 건가요?"

보안관은 고개를 끄덕였다. "저를 보고 전혀 달가워하지 않더군요. 자기 집안의 이름이 신문지상에 오르내리지 않기를 바랐어요. 제게 이백 달러를 내밀더니 그걸로 헨리의 법적 문제에 종지부를 찍었으면 좋겠다고 했습니다."

"이백 달러! 하지만 벌금은 고작 오십 달러였잖아요. 설마……"

그는 고개를 끄덕였다. 나는 그를 빤히 응시하다 가방 속 지폐 뭉치로 손을 뻗었다.

"미스 콥! 저는 받지 않았습니다."

"당연히 그러셨겠죠."

보안관은 싱긋 웃고 고개를 숙이더니 모자챙 아래에서 나를 넌지시 보았다. "보안관이 자기 호주머니에 가욋돈을 챙길 방법은 무궁무진하죠. 하지만 저는 그런 유의 보안관이 아닙니다. 자 그럼, 그 사진들이나 볼까요."

사건 수사 당사자들 사이에 벽을 치라는 라모트 씨의 말이 생각났다. 하지만 이러쿵저러쿵 논쟁하기도 싫었고, 어쨌든 이 사진들에는 실마리가 없으리라는 확신이 제법 강하게 들었다. 나는 히스 보안관에게 봉투를 넘기고 그것을 손에 넣게 된 경위를 설명했다.

보안관은 사진을 휙휙 넘기며 보았다. 건물 안으로 들어가지 않고 입구에 지팡이를 짚고 서 있는 노파의 사진, 소년 둘이 저녁을 먹으러 위층으로 뛰어올라가는 사진, 그리고 일터에서 귀가하는 사환 제복을 입은 남자를 찍은 사진 여러 장.

"아는 얼굴이 하나도 없군요." 그가 말했다. "이건 당신이 모리스에게 물어봤던 그 하숙집 화재 건과는 관계없는 거지요?"

"없다고 해야겠지요."

보안관은 잠시 가만히 앉아 텅 빈 선로를 바라보았다. 기차역 옆 델리*의 포장지가 선로에서 굴러다녔고, 회색 쥐 한 마리가 플랫폼 밑에서 뛰쳐나와 포장지를 살폈다.

이윽고 보안관이 내게 봉투를 건넸다. "그럼, 댁까지 모셔다드릴까요, 미스 콥?"

패터슨의 가게들은 막 문을 닫으려 하고 있었다. 사람들은 겨드랑이 밑에 꾸러미를 낀 채, 덜덜거리고 쉭쉭거리며 초조하게 늘어선 자동차 행렬은 안중에도 없이 마구 길을 건넜다. 지나가며 보니 은행은 초록색 블라인드를 내리는 중이었고, 식료품점 주인은 길가에 내놓은 양파 수레를 안으로 들이고 있었다. 집으로 가는 전차를 잡으려 사무실에서 나와 내달리는 사람들 손에 신문팔이 소년이 마지막 남은 석간신문을 들이밀었다. 도서관 창문이 어둑해졌다. 어둠이 도시 바깥까지 우리를 쫓아왔다.

보안관은 말없이 운전했고, 입술을 달싹였지만 소리가 되어 나

* 가공된 육류, 치즈, 수입 식품 등을 파는 상점.

오지는 않았다. 뭔가 골똘히 생각하는 것 같아서 나도 조용히 있었다. 이제 사위가 완전히 캄캄해졌다. 보안관은 잠깐 차를 세우고 시골길로 들어서기 전에 전조등을 점검하고 싶다고 했다.

그가 전조등을 확인할 때 나도 차에서 내렸다. 알싸하게 차가운 밤공기를 마시며 풀을 밟고 길가에 서 있자니 기분이 상쾌했다. 하루종일 타인의 삶을 살다가 이제야 나 자신의 삶으로 돌아온 느낌이었다.

히스 보안관은 허리를 숙이고 가늘게 뜬 눈으로 전조등을 노려보더니, 빙 돌아 내 쪽으로 걸어와 두 손을 주머니에 넣고 차에 기대어 섰다.

"경찰을 무서워한다는 그 아가씨는 당신에겐 입을 연단 말이죠," 그가 말했다. "모르는 사람인데."

"모르는 사람이기는 당신도 마찬가지죠." 내가 말했다.

보안관은 나무 우듬지를 따라 먼 곳을 응시했다. "우리는 늘 여성분들이 우리한테 입을 열지 않아서 어려움을 겪고 있습니다."

"저한테는 쉽게 입을 열던데요."

"하지만 당신이 제게 얘기해주지 않으면 우리한테는 아무 소용이 없어요." 보안관이 말했다.

검은색 자동차 한 대가 약간 빠른 속도로 길을 꺾으며 자갈과 먼지를 우리 쪽으로 날려보냈다. 나는 겁을 집어먹고 비틀비틀 수풀 속으로 뒷걸음질쳤다. 보안관이 내 팔꿈치를 잡았다.

"그냥 좀 놀랐을 뿐이에요." 나는 드레스 자락을 털어내며 말했다. "그러고 보니 생각났는데. 이제 곧 플러렛의 생일이거든요. 하루쯤 시내에 데리고 가도 될까요?"

보안관은 잠시 생각하더니 말했다. "항상 플러렛을 눈여겨보고, 권총을 가져가십시오. 패터슨에는 가지 마세요. 그 남자와 마주치는 건 바람직하지 않으니까."

그 말엔 나도 동의했다.

"그렇다면 가도 좋습니다. 집이 비어 있는 동안 우리가 순찰을 돌겠습니다."

"아니, 보안관이 시골의 빈집 망보기 말고 더 나은 할 일이 그렇게 없나요?"

보안관은 깜짝 놀란 얼굴로 나를 쳐다보았다. "우리 어머니가 노상 그런 식으로 말씀하셨는데."

"제가 당신 어머니를 아는 것 같진 않은데요."

"작년에 돌아가셨습니다."

보안관이 조수석 문을 열어주었고 나는 차에 탔다. "미안합니다." 내가 말했다. "우리 어머니도 작년에 돌아가셨어요. 우리가 그런 공통점이 있는 줄 몰랐네요."

보안관은 다시 시동을 걸었고 도로를 따라 잠시 달리다가 말했다. "어머니는 보안관의 직무에 관해 매우 확고한 생각을 가진 분이었죠. 아버지도 마찬가지였습니다만, 제가 보안국에 들어가는 걸 보시기 전에 세상을 뜨셨어요."

"어떤 분이셨는데요?"

"아, 아무 노인이나 붙잡고 닥터 히스에 대해 물어보세요. 이삼십 년 전 해컨색을 주름잡았죠. 아버지는 소방서장이자 동네 약사이자 치과의사였습니다."

"그걸 혼자서 다요?"

"어머니는 늘 하나만 골라서 하라고, 나머지는 그만두라고 했지만 아버지는 귓등으로도 듣지 않았어요. 어머니는 게임웰 집안 사람입니다. 게임웰 화재경보기요."

"그게 외가댁의 가업인가요?"

"네, 맞아요. 그리고 게임웰 집안의 딸과 결혼하는 모든 남자는 화재경보기를 설치하러 돌아다닐 수 있게 어느 도시의 소방서장이 되는 거죠. 하지만 아버지는 남북전쟁 때 치의학을 좀 배웠기에 그 일도 병행할 수밖에 없었어요. 그다음엔 치안판사가 되어……"

"네번째 직업까지!"

보안관은 고개를 끄덕였다. "아버지는 당신이 어떻게 뉴저지의 어떤 남자보다 더 많은 사람을 감옥에 보내고, 더 많은 커플을 결혼시키고, 더 많은 치아를 뽑았는지 떠벌리고 다녔습니다."

"그렇다면 부친의 뒤를 이은 거네요." 내가 말했다. "집안에 보안관이나 소방서장이 또 있나요?"

"아, 그건 아네요. 형제들은 회사에 다닙니다."

"누이도 있을 것 같은데."

그가 고개를 끄덕였다. "십 남매예요."

"십 남매!"

"다섯만 살아 있죠. 저는 살아 있는 형제들 중 맏이입니다."

나는 창문으로 고개를 돌려 나무 둥치와 울타리 말뚝이 차례로 우릴 지나쳐 시야에서 사라지는 풍경을 바라보았다. "모친께서 힘드셨겠어요."

"어머니는……" 보안관의 목소리가 흔들렸고, 이내 다시 말을 이었다. "네, 힘든 시기가 있었습니다."

"음, 부친께서 아드님이 보안국에 있는 모습을 보셨다면 좋아하셨겠어요."

그는 고개를 젓고 말했다. "아버지가 어떻게 생각할는지 모르겠군요. 아버지는 '놈들을 다 처넣고 열쇠를 던져버려' 하는 식의 사람이었거든요. 교도소 개선에 관한 제 생각들을 전혀 마음에 들어하지 않으실걸요. 만약 아버지가 살아 계셨다면 매주 화요일 저녁 자유보유권자위원회에 참석해 딴사람들처럼 우리 보안국의 지출에 대해 불평을 늘어놓았을 겁니다."

"그럼 아직까지도 아버지와 싸우고 있는 셈이네요?" 내가 말했다.

"아직까지도 아버지의 생각과 싸우고 있다고 봐야겠죠." 잠깐 말을 끊었다가 그는 이렇게 덧붙였다. "아버지가 마음에 들어할 만한 것 한 가지는 압니다."

"뭔데요?"

"헨리 코프먼이 체포되는 모습을 보는 거요. 닥터 히스는 취태와 나태를 경멸했고, 여자를 괴롭히는 인간은 누구라도 참지 못했어요."

"흠. 나도 그래요."

27

플러렛한테 생일날 어디든 데려가겠다고 약속한 건, 가까운 도시의 원하는 가게에 데리고 가겠다는 뜻이었다. 그러나 플러렛은 바닷가에 가고 싶어했다. "이번 여름에는 한 번도 안 갔잖아." 플러렛이 말했다. "다들 몇 년 만에 가장 추운 겨울이 될 거라고 그러던데. 날씨가 고약해지기 전에 한 번이라도 가봐야 한다고."

플러렛의 생일날 아침, 햇살이 창문으로 쏟아져들어와 우리 모두 일찍 일어났다. 공기에 쌀쌀한 기운이 없지 않았지만 야외에서 놀면 딱 좋을 그런 날이었다. 노마가 서둘러 나가 마차를 준비했다. 플러렛은 담요와 중화풍 양산 세 개, 그리고 당최 무슨 용도인지 알 수 없는 비단 스카프 한 꾸러미를 챙겼다. 나는 잘게 다진 간肝 샌드위치와 감자 샐러드를 만들고, 각자 먹을 사과 하나씩과 같이 먹을 삶은 달걀 여섯 개를 쌌다. 우리는 부엌 식탁에 둘러선 채 커피를 마시고 토스트를 먹었다. 곧 나가야 하는데 앉아서 먹는 건 시간 낭비 같았다.

우리는 돌리를 기차역 옆 마구간에 맡기고, 프레더릭 삼촌이 한때 여름 노천 맥줏집을 운영하던 뉴로셸의 해수욕장에 가기로 했다. 자갈이 깔린 공터에 천막을 친 간이 점포에 불과했지만, 어쨌든 해변에 놀러오는 사람들은 모두 그걸로 만족해했다. 외삼촌은 벤치와 접의자를 내놓고 오스트리아 맥주와 소시지를 팔았다. 맥주는 외삼촌만의 비법으로 담갔다. "나는 한 종류만 만듭니다." 외삼촌은 손님들에게 말하곤 했다. "차가운 거."

프랜시스와 노마와 내가 어렸을 때는 맥줏집 안에 들어가지 못했다. 어머니는 뜨개질 가방과 수놓을 거리를 들고 바다와 가장 가까운 테이블에 앉아 외숙모나 몇몇 여자 친척들과 담소를 나누곤 했다. 그러면 우리는 모래사장에서 뛰놀거나 깨진 조개껍데기와 유목을 주워다가 무슨 공물처럼 어머니 발치에 늘어놓았다.

플러렛이 어느 정도 컸을 땐 노마와 나는 해변에서 놀기엔 너무 나이가 들었지만, 그래도 막내를 위해 가끔 바다에 갔다. 그걸 갖고 플러렛은 마치 우리가 해마다 여름만 되면 바다에 가는 전통이 있는 것처럼 말하지만, 사실 마지막으로 거기 간 게 언제였는지 기억도 나지 않는다. 외삼촌은 가게를 혼자 운영하기엔 너무 늙었고 그렇다고 도와줄 아들이 있는 것도 아니어서 오래전에 맥줏집을 접었다.

뉴로셸행 기차에는 사람이 거의 없었다. 기차역에서 해변까지는 조금만 걸으면 된다. 플러렛은 앞장서 뛰어갔고, 노마와 나는 뒤처져 양산과 스카프가 든 가방과 점심 도시락을 들고 어슬렁어슬렁 걸었다.

“어머니 없이 여기 오니까 이상하다.” 노마가 혼잣말처럼 중얼거렸다.

물가에 닿자 플러렛은 신발을 벗어던졌고, 노마와 내가 말릴 새도 없이 치마 속에 손을 넣어 스타킹을 돌돌 말아내렸다. 플러렛은 스타킹을 신발 속에 넣어두고 파도 속으로 뛰어들어갔다. 우리는 판자 산책로 끝에 서서 막내를 바라보며 같이 따라 뛰어들까 아니면 좀더 품위 있는 본을 보여야 할까 고민했다.

멀리서 보니 플러렛은 아직도 어린애 같았다. 치맛자락을 무릎까지 들고 물속으로 돌진했다가, 파도가 솟구쳐오르면 꺅 소리를 질렀다.

“저 비단옷 망가지겠다.” 내가 말했다.

“저거 비단 아니야.” 노마가 말했다. “물속에서 입을 수 있게 새로 나온 원단이야. 플러렛이 지난주 내내 저거 만들었잖아.”

“그랬어? 난 몰랐네.”

“쟤 손이 꽤 빨라.” 노마가 말했다. “타고난 거지.”

플러렛이 재봉에 남다른 관심이 있다는 생각은 우리 중 누구도 하지 못했다. 아이가 여덟 살쯤 되었을 때 내 벽장에서 찾아낸 싱어맨의 견본 재봉틀을 가지고 내려와 계단에 앉아 무릎 위에 끌어안고 있던 그날까지는.

“이거 내가 쓰면 안 돼요, 마망?” 플러렛은 이렇게 물으며, 입양하고 싶은 강아지를 끌고 오는 것처럼 재봉틀을 마룻바닥에 질질 끌며 다가왔다.

어머니는 점퍼스커트에 레이스 칼라를 달고 있다가 고개를 들었다. "그건 또 어디서 찾았……" 하던 어머니의 낯빛이 멍해졌다.

노마는 신문을 내려놓고 그 기계를 빤히 쳐다보았다. 둘 다 작심하고 내 쪽은 일부러 쳐다보지 않았다.

플러렛이 달려가 어머니의 무릎에 매달렸다. "큰언니한테 있더라고요." 플러렛이 말했다. "하지만 언니는 바느질을 싫어하잖아. 어머니한테 앞치마를 만들어주고 싶어요. 실 트 플레, 레스무아 에세예.*"

어머니는 멍하니 플러렛의 머리를 쓰다듬고 재봉틀을 쳐다보았다.

"그건 어린애가 쓰기엔 별로야." 어머니의 목소리는 차분하고 엄격하게 평정을 유지했다. "패터슨에 가지고 가서 너한테 맞는 걸로 바꿔 오자. 프랭클린이 좋겠구나. 싱어는 아니야."

어머니는 내게 눈길 한번 주지 않고 플러렛을 무릎에서 밀어낸 뒤, 싱어맨의 기계를 집어들고 밖으로 나갔다. 다음날, 어머니와 플러렛은 시내에 나가 검은색 프랭클린 재봉틀을 가지고 돌아왔다. 이집트의 불사조와 풍뎅이 문양으로 장식되고 오크 캐비닛 속에 든 새 기계였다. 프랜시스가 막 결혼해서 호손으로 분가한 터라 오빠 방이 플러렛의 재봉실이 되었다.

일 년도 안 되어 플러렛은 신문의 여성면에 나오는 스타일을 흉내내어 자신의 놀이옷을 만들었다. 열두 살이 되자 복잡한 장식의 드레스와 잠옷으로까지 영역을 넓혔다. 그리고 이제는, 보다시피, 해변에 가야겠다는 생각이 들자마자 수영복을 뚝딱 만들어내는 경지에 이른 것이다.

* '제발, 한번 해보게 해주세요'라는 뜻의 프랑스어.

노마가 산책로와 백사장 사이 낮은 담 곁에 담요를 펼쳤고, 우리 둘은 그 위에 앉았다. 플러렛이 같이 놀자고 소리쳤지만, 우리는 손만 흔들어주고 광활하게 펼쳐진 청회색 바다를 감상했다. 파도가 잠잠해지자 플러렛은 대양에 대고 발길질을 하며 얼른 다시 움직이라고 닦달하기 시작했다. 갈매기 세 마리가 하늘에서 맴돌다 플러렛 옆에 내려앉았다. 관객이 있음을 깨달은 플러렛은 더욱 야단스럽게 물을 튀겼고, 그 바람에 신난 갈매기들은 춤바람이 났는지 플러렛이 빗방울처럼 흩뿌린 물방울 속에서 날개를 휘저어댔다.

태양이 아담한 돌담을 따스하게 덥혔고, 우리는 담벼락에 등을 기댔다. 노마는 눈을 감고 하늘을 향해 고개를 젖혔다. "우리끼리 있으니 좋지 않아? 우릴 지켜보는 무장한 보안관보들 없이." 그러곤 허리를 세우고 앉아 주위를 돌아보았다. "아니면 히스 보안관이 여기까지 우릴 따라와 어디 해변 천막에 몸을 숨기고 있나? 좀 전에 그들 중 한 명이 움직이는 걸 본 것도 같은데."

"우린 완벽하게 안전해." 내가 말했다. "그리고 최근엔 헨리 코프먼의 코빼기도 못 봤으니 좋은 조짐으로 받아들이자."

노마가 인상을 썼다. 얘는 뭐든 좋은 조짐으로 받아들이는 일이 극히 드물다. 노마는 결정적인 선언을 할 때마다 으레 써먹는 노래하듯 경쾌한 어조로 말했다. "우리 셋이 그 여공 관련 건에서 완전히 손을 떼고 딴사람들에게 말 못할 비밀스러운 뉴욕행 같은 건 그만두는 게 최선이라는 내 의견에 동의하지 않아? 내 말은, 물론, 특히 언니가……"

"그래, 네가 특별히 나를 지칭하고 있다는 거 알겠어. 플러렛이

다 얘기한 모양이니, 내가 반복할 필요는 없겠네." 모래알 몇 개가 목깃으로 들어와 나는 상체를 일으켜 모래를 털어냈다.

"플러렛이 비밀을 좋아하는 건, 그걸 알면 안 되는 사람들한테 얘기해주는 게 재밌어서지. 나는 사람들이 알아야 하는 것들을 얘기해주는 편을 선호해." 노마가 말했다.

"아주 잘하고 있네." 내가 대꾸했다.

"난 원래 그렇게 생각한다고."

목덜미에서 또 뭔가 스멀거리는 느낌이 들어 허리를 펴고 쓸어냈다. 그러면서 보니 돌담 틈에 개미집이 있었고, 조그만 검은 개미들이 이미 부대를 편성하여 우리의 저녁 바구니를 목표로 진군중이었다. 노마와 나는 일어나서 바구니를 흔들어 개미를 털어내고 몇 미터 떨어진 곳에서 더 나은 자리를 찾았다.

"이건 플러렛한테 좋지 않아." 다시 자리를 잡고 나자 노마가 말을 계속했다. "재는 맨날 그 얘기밖에 안 해. 의문의 나들이와 비밀편지 같은 것에 푹 빠졌다고. 애가 이런 일에 너무 흥분해."

"플러렛이 시간을 쏟을 만한 좀더 건실한 일을 찾아봐야지." 내가 말했다. "그럼 그 생각은 많이 안 하게 될 거야. 애가 평범한 재봉사가 되는 건 싫은데. 속기사 과정을 알아볼 수도 있고, 아니면……" 내가 여태껏 플러렛의 직업에 관해 아무 생각이 없었음을 새삼 깨달았다.

"재는 수업은 절대 안 들을걸." 노마가 말했다. "만에 하나 듣는다 치자, 그다음엔 어쩌려고? 애를 매일 사무실 같은 데 다니게 할 순 없어. 애가 얼마나 막 나갈지 훤히 보인다."

나는 고개를 돌려 노마의 얼굴을 똑바로 쳐다보았다. 둘 다 온통 모래를 뒤집어썼고, 노마의 속눈썹과 입술 위 솜털에도 모래가 몇 알 내려앉아 있었다. "언젠가는 제 길을 가야 할 거야." 내가 말했다. "안 그래?"

노마는 고개를 저었다. "거기에 대해선 생각하지 않을래."

"하지만 플러렛은 분명 생각하고 있을 거야. 이제 열일곱 살이라고. 그 나이면 거의 내가……"

"그러니까 더욱 애를 집에 둬야지." 노마가 딱 잘라 말했다. "차를 몰고 집 앞을 지나가며 애 이름을 소리쳐 부르는 낯선 남자들을 막을 수만 있다면. 우리가 막을 수 있을까?"

헨리 코프먼에 관해 잔소리를 듣는 데 신물이 났다. 나는 바다를 더 잘 보기 위해 일어났다. 해변 끄트머리에 플러렛 또래 여자애들이 줄무늬 담요를 넓게 펼치고 앉아 있었다. 그애들은 우리가 플러렛에게 허락하지 않았던 스타일의 수영복을 입고 있었다. 치마바지 끝단에 졸라매는 끈이 있어 수영할 때 짧은 바지처럼 올려 맬 수 있는 종류였다. 원래는 물속에 들어간 다음에 밑단을 올려 매게 되어 있지만, 이 여자애들은 그러지 않았고 플러렛도 그러지 않을 게 뻔했다. 아이들은 치마를 가능한 한 짧게 끌어올리고 햇볕을 받으며 다리를 길게 뻗었다. 담요는 불가사리 모양으로 배치해서 한가운데서 머리를 맞댔다. 그들은 서로 가까이 기대어 귓속말을 주고받았고, 그들의 다리는 해변에 쓸려 올라온 희끄무레한 다족 바다 생물처럼 꿈틀거렸다.

"먼길 왔는데 발가락이라도 물에 적셔야지." 내가 말했다.

해변은 햇살을 받아 거울처럼 거의 은빛으로 일렁였다. 우리가 도착한 뒤부터 날이 예상 밖으로 점점 따뜻해져 별안간 시월이 아닌 팔월처럼 느껴졌다. 나는 신발끈을 풀고—보는 사람은 없는지 주위를 둘러본 다음—스타킹을 돌돌 말아내렸다. 맨발로 따스한 모래를 푹푹 딛는 쾌감에 몸이 떨렸다. 노마도 항복의 반쪽 미소를 짓고 이내 맨발이 되었다. 플러렛이 우릴 보고는 달려와서 양손으로 우리 손을 하나씩 잡고 바다로 끌어당겼다. 한 시간 동안 우리는 해변에 놀러온 여느 가족들처럼 물장구를 치고 모래를 차고 갈매기를 쫓았다.

우리가 피크닉 바구니를 펼쳤을 때, 남자애 둘이 레모네이드와 프레츨을 팔러 다가왔다. 플러렛이 자기 생일을 기념해 뭔가 사달라고 조르기에 사줬다. 우리는 모래밭에서 프레츨을 먹은 후 팔다리를 뻗고 벌렁 드러누워 하늘을 바라보았다. 얌전한 파도는 해변을 어루만질 때도 거의 아무런 소리를 내지 않았다. 갈매기들이 쉭 내려와 우리 옆에 나뒹구는 빈 레모네이드 병을 검사하더니 다시 휙 날아가버렸다. 깜박 잠이 들었는지, 나중에 눈을 뜨고 주위를 둘러보니 플러렛이 저만치에 혼자 서서 롱아일랜드 해협 너머 끝없이 아득한 대서양을 바라보고 있었다.

28

처음엔 내 아기가 아닌 척하는 게 별 의미가 없었다. 돌 전까지는 한밤중에 일어나 젖을 먹일 수 있도록 아기 침대를 내 방에 두었다. 하지만 낮에는 어머니가 플러렛을 데려갔다.

"애가 나한테 오는 법을 배워야지." 어머니가 말했다.

어머니 말이 옳다는 건 알고 있었다. 알고는 있었다. 몇 년 뒤에 플러렛이 자매 중 유독 한 명하고만 설명할 수 없는 유대감을 느껴서는 안 되니까. 딸은 한 명의 엄마 밑에서 자라야 하고, 그 엄마가 누구인지는 이미 결정난 사항이었다. 따라서 플러렛을 품에 안고, 아이 때문에 호들갑을 떨고, 옷은 어떻게 입힐지 목욕은 언제 시킬지 정하는 사람은 내 어머니였다.

어머니는 수유 시간에만 아기를 내게 넘겼다. 나는 아기를 식료품 저장실로 데려가 수유용으로 놓아둔 작은 스툴에 웅크리고 앉았다. 어둠 속에서 우리 단둘이, 베이킹 소다와 브렉퍼스트 티 깡통에 둘러싸여 있었다. 플러렛은 젖을 먹으며 아무것도 모르는 커다랗고 새카만 눈동자로 나를 올려다보곤 했다. 세상 모든 아기가 젖을 먹을 때 엄마를 바라보는 식으로, 플러렛은 제 엄마를 보고 있었던 것이다. 눈은 뜨고 있지만 머리는 아직 여물지 않은 상태에서, 자기 생의 가장 커다란 비밀—잊어야 하고 결국 잊어버릴 비밀—을 목격했던 것이다.

그럴 때면 내가 아이를 훔쳐온 듯한 기분이 들었다. 아이가 잠이 들면 그대로 품에 안은 채, 절인 콩과 저장식품 틈바구니에서 내 숨을 아이의 숨결에 맞추고, 어머니의 발소리가 마루를 건너와 문이 열릴 때까지 분초를 헤아리곤 했다.

"이러면 안 된다는 거 알면서" 하고 어머니는 아이를 내 품에서 데려갔다.

노마는 아기에게 딱히 관심을 보이지 않았다. 아직 학생이었던 노마는 리지우드에서 마지막 학기를 다니며 남는 시간에는 소소한 농장 일을 즐겁게 도맡았다. 노마와 프랜시스는 염소 한 쌍을 샀고, 닭장을 만들고 닭 무리를 키우는 법을 알아냈고, 텃밭에 사슴이 들어오지 못하도록 울타리를 쳤다. 그 둘이 워낙 바쁘게 돌아다녔던 탓에 두 사람이 비둘기장까지 지었다는 걸 아무도 눈치채지 못했다. 부엌에 부화기가 등장하고 나서야 우리는 노마의 머릿속 구상을 알게 되었다.

노마는 인간 아기보다 비둘기 새끼를 훨씬 더 흥미로워했지만, 어쨌든 순번을 지켜 플러렛을 돌봤고 부엌 바닥에 둘이 같이 앉아 나무와 지푸라기로 만든 상자 속에서 잿빛 어린 새가 통통 뛰어다니는 모습을 관찰했다. 이따금 노마는 아기 새를 손안에 단단히 쥐

마주쳤다. 보안관이 공이치기를 잡아당기려 손을 들어올렸는데, 그전에 먼저 노마가 엄지로 공이치기를 내리고 다시 한번 바위를 본 뒤 총을 발사했다.

폭발음이 개울을 따라 위아래로 메아리쳤다. 그 소리가 내 심장 박동에 잇따르는 또하나의 심장박동처럼 내 가슴을 때렸다. 뭔가 타는 냄새가 났고 귓속이 웅웅거렸다. 노마가 바위를 맞혔는지는 알 수 없었지만, 보안관은 노마의 사격에 만족했다.

노마는 여전히 개울 위로 똑바로 총을 겨누고 있었고, 보안관이 뒤에서 손을 뻗어 노마의 손에서 총을 거뒀다. "잘하셨어요. 수고하셨습니다." 그는 이렇게 말하고 나를 향해 돌아섰다. "미스 콥?"

노마는 몇 발짝 물러나 팔짱을 끼고 섰다. 노마가 권총을 쏘는 건 생전 처음 봤는데, 제대로 해냈다는 데 스스로 대단히 뿌듯해하는 것 같았다.

다음은 내 차례였다. 보안관은 내 오른 손목을 잡고 들어올렸다. 나는 본능적으로 그의 손을 쥐었다. 그가 빙그레 웃으며 말했다. "나 말고 총을 꽉 잡으십시오."

보안관이 내 손바닥에 권총을 쥐여주는데, 생각보다 무거웠고 직전의 발포로 따뜻했다. 나는 손을 떨지 않으려고 무던 애를 썼다.

보안관이 뒤에 서서 아까 노마에게 했던 것과 똑같이 지시했다. "흰 바위를 똑바로 겨누십시오. 먼저 발을 단단히 디뎌요. 팔에 힘주고. 손을 고정하고. 준비가 되면……"

그가 다른 지시를 하기 전에 나는 공이치기를 젖히고 방아쇠를 당겼다. 바위가 아니라 나무 우듬지를 맞힌 게 분명했다. 찌르레기 한 무리가 날카롭게 울며 하늘을 맴돌다 저 먼 곳에 내려앉았다.

고 플러렛한테 내밀었는데, 새는 다리를 쫙 벌리고 날개를 등뒤에 꼭 붙이고 있었다. 플러렛은 손가락 하나를 내밀었고, 솜털에 감싸인 새의 이착륙 장치에 손끝이 닿으면 자지러지게 웃었다.

세상 모든 것이 플러렛을 웃게 만들었다. 아이는 자기만을 위해 창조된 세상의 중심에 있었고, 스스로도 그 사실을 잘 알았다.

29

밤 구름이 우리집 위에 뜬 달을 가렸다. 우리는 칠흑 같은 어둠 속에서 겨우 진입로를 따라 마차를 몰았다. 플러렛은 집으로 오는 길에 따뜻하고 무거운 제 몸을 내게 기대며 푹 쓰러져 잠들었다. 노마가 돌리를 세우고 비둘기를 확인하려 마차에서 뛰어내리려는 찰나, 나는 보았다.

현관문이 열려 있었다.

우리는 동시에 손을 뻗어 플러렛을 잡았고, 그 바람에 플러렛이 꽥 소리를 질렀다.

"쉬잇." 나는 플러렛의 발밑을 더듬어 리볼버를 숨겨둔 피크닉 바구니를 열었다. 얼핏 드러난 권총 두 자루에 플러렛이 숨을 헉하고 집어삼켰다.

"이게 다 뭐야?"

나는 밖을 등지고 마차에서 내려 플러렛의 턱을 잡았다. 이제 플러렛은 눈이 휘둥그레져서는 혼이 나가 있었다. "아주 조용히 있어야 해." 나는 속삭였다. "만약 무슨 일이 생기면 곧장 낙농장으로 가서 들여보내줄 때까지 문을 두들겨." 플러렛은 고개를 끄덕였다. 나는 돌리의 고삐를 플러렛의 두 손에 쥐여주었다.

노마가 마차 반대편으로 내렸다. 나는 고갯짓으로 열린 현관문을 가리켰다. 우리는 문으로 다가갔고 노마가 내게서 총 한 자루를 넘겨받았다. 포치에 거의 다다랐을 때, 집 반대편 부엌문이 쾅 열리며 대여섯 명의 사내가 앞다퉈 캄캄한 어둠 속으로 뛰쳐나왔다.

나는 놈들을 쫓다가 시야에서 놓치지 않을 거리에서 발을 멈추고 발포했다.

탄환은 목초지를 넘어가 터졌고, 까마귀떼가 까악거리며 하늘로 날아올랐다. 이제 놈들은 가로수 아래로 들어가 잘 보이지 않았다. 나는 치맛자락을 잡고 뛰었지만, 그때 자동차 시동음이 부릉 울렸고 이어서 흙길을 긁는 타이어 소리가 났다.

내가 도로에 도착했을 때 검고 육중한 물체가 털털거리며 속도를 올려 멀어져갔다. 나는 그것이 남긴 어둠을 향해 한 발 또 한 발 쏘았다.

주변이 화약 연기와 흙먼지로 자욱했다. 가라앉기까지 약간 시간이 걸렸고, 일단 주위가 맑아지자 나는 심호흡을 하고 덜덜 떨리는 두 손을 애써 진정했다. 그제야 나는 뒤로 돌아 어둠에 잠긴 우리집과 그 앞에 있는 돌리의 어슴푸레한 형체를 보았다. 노마와 플러렛이 보이지 않았다.

동생들만 덜렁 내버려둔 것이다.

나는 진입로를 한달음에 달려갔고, 노마가 마차에서 나를 맞았다. 우리는 동시에 플러렛을 향해 손을 뻗었다. 마치 그애의 맥박을 느껴야 한다는 듯.

"언니가 뛰기 시작하니까 총을 쏠 수가 없더라고." 노마가 말했다.

"괜찮아." 내가 말했다. "놈들은 가버린 것 같아."

우리는 플러렛을 들어 마차에서 내리려 했지만, 아이는 고개를 흔들며 자리에 붙박여 있었다.

"집에 들어가면 안 돼." 플러렛이 속삭였다. "그 사람이 우릴 기다리고 있으면 어떡해?"

"누가?" 내가 물었다.

"헤, 헨리 코프먼."

노마와 나는 동시에 웃음을 터뜨렸다. 그러나 얼마간 신경질적인, 떨리는 웃음이었다. "그자는 자기 패거리들 없이 혼자서는 어딜 가는 법이 없어." 내가 말했다. "여기 왔었다 해도, 딴 녀석들하고 같이 달아났을 거야."

나는 열려 있는 현관문 쪽을 보고 소리쳤다. "내 말 들었어, 헨리 코프먼? 여기 왔었는진 몰라도 지금은 없잖아!" 그러곤 내 말에 방점을 찍기 위해 지붕 위쪽 허공에 대고 총을 쐈다. 노마가 움찔했고 플러렛이 귀를 막았지만, 알 게 뭐람. 헨리 코프먼 따위 아주 지긋지긋했고, 내가 내 집에 들어가기가 무섭다니 그런 건 사절이었다.

"가자." 아직도 귓가에 쟁쟁한 총소리에 용기백배해서 나는 집 안으로 들어갔다. 노마가 포치 램프를 집어들고 안으로 들어가면서 불을 붙였다.

외할아버지의 벽시계가 현관 안쪽에 엎어져 있었고, 그 주위로 깨진 유리가 엉망진창으로 널브러져 있었다. 벽시계를 넘어 조심스럽게 발을 디디다가, 마구 펼쳐진 잡지들과 현관 옷걸이에 걸려 있어야 할 모자와 스카프에 발이 걸려 비틀거렸다. 노마가 램프를 쳐들었고, 그제야 우리는 사태를 파악했다. 놈들이 온 집안을 쑤석여 난장판으로 만든 것이다. 거실의 가구를 남김없이 끌어다가 한가운데에 쌓아놨다. 거꾸로 박힌 의자, 뒤집힌 테이블, 서랍을 몽땅 빼서 팽개친 책상, 이상하게 모로 서 있는 소파. 액자도 다 벽에서 떼어내 가구 더미 위에 던져놨는데, 유리가 깨져 틀에서 빠져 있었다. 꽃병도 램프도 심지어 뜨개질 바구니에 든 것까지 죄 흩뿌려놓았다.

현관문 근처 우편물을 놓아두던 보조 테이블은 응접실 안으로 던져져 또다른 가구 더미 맨 위에 얹혀 있었다. 서가의 책들은 다 뽑혀서 나뒹굴었고, 너무 무거워 못 움직일 거라 생각했던 고무나무 화분은 흙과 깨진 도자기에 둘러싸여 옆으로 누워 있었다. 양탄자조차 돌돌 말아놔서 우리 살림으로 이루어진 울퉁불퉁한 피라미드가 건설됐다.

"뭐 훔쳐간 거 있나?" 마침내 플러렛이 물었다.

나는 고개를 흔들었다. "없을 것 같은데. 놈들은 그저……"

그때 우리는 거실에 다다랐고, 셋이 동시에 그 냄새를 맡았다. 연기 냄새.

이번엔 노마가 먼저 뛰어가 부엌에 도착해 담요를 가져오라고 외쳤다. 이 아수라장에서 쉽게 꺼낼 만한 마땅한 것이 안 보여 우리도 노마를 따라 부엌에 들어갔다. 놈들이 식탁 위에 불을 놨다. 우리가 그날 아침 식탁 위에 놓아둔 신문에 불을 지른 것이다. 신문지는 거의 다 타서 푸석한 재가 날릴 뿐이었지만, 귀퉁이 부분은 아직 깜부기불이 남아 오그라들고 있었다. 이제는 레이스 식탁보가 타들어가는 중이었고, 가느다란 섬유가 저마다 오렌지색으로 빛나다 검게 바스라졌다. 불꽃이 부엌 주위로 기이한 빛을 드리웠고, 연기가 미니어처 먹구름처럼 피어올라 천장 위를 떠다녔다.

나는 코트를 벗어 노마와 함께 식탁 위로 내리쳐 불꽃을 두드려 껐고, 그사이에 플러렛이 양동이로 물을 퍼왔다. 금세 식탁 위에는 아침에 우리가 두고 간 빵 부스러기 가득한 접시가 깨진 잔해와 함께 질척한 모직 뭉텅이와 재밖에 남지 않았다.

우리 셋은 식탁 의자에 털썩 주저앉아 숨을 헐떡이고 간간이 기침도 하며 눈앞의 난장판을 물끄러미 쳐다보았다. 침입자들이 도망치며 부엌문을 열어놨다. 가만 놔두면 저절로 닫히는 문이었지만, 아직 약간 열린 채여서 한 줄기 찬바람이 들어왔다. 우리 시선이 그쪽으로 흘러갔다.

부엌문 바로 밖에 양철통이 하나 놓여 있었다. 플러렛이 저게 뭐냐고 막 물으려는 순간, 나는 이미 알았다.

"등유야. 불을 지르려고 땔감을 쌓는 중이었군."

위층의 침실을 확인하러 가야 했다. 누가 가야 할지 잠시 갈팡질팡하다—너무 당황하고 기진맥진해서 머리가 잘 돌아가지 않았다—다 함께 아래층 방들부터 돌아다니며 창문과 문을 잠갔다. 노마와 나는 리볼버 총구를 각자 다른 방향으로 겨눈 채 움직였다.

"그건 어디서 났어?" 플러렛이 물었다.

"히스 보안관." 나는 한쪽 입꼬리로 나직이 내뱉었다.

"보안관이 왜 언니한테……" 플러렛은 혼자 답을 떠올렸는지 말끝을 흐렸다.

“이러니까지.” 노마가 야멸차게 말했다. “이런 일이 생길 줄 알았으니까.”

일단 아래층에 숨어 있는 사람이 없음을 확인한 후, 나는 동생들을 현관문 옆에 세워놓고 위층으로 뛰어올라갔다. 내가 간다는 걸 알리기 위해 최대한 쿵쾅거리며 계단을 올랐고, 방마다 들어가기 전에 총으로 문을 두들겼다. 그러나 침실은 전혀 손대지 않은 채였다. 플러렛의 슈미즈가 애가 놔둔 그대로 침대 모서리에 걸려 있었다. 노마가 읽던 비둘기에 관한 논문은 침대 옆 협탁에 펼쳐져 있었다. 그놈들이 우리 방을 돌아다니며 우리 물건을 만지는 상상을 하니 또 한번 가슴이 철렁하면서 다리가 풀릴 뻔했다.

아래층에서 노마와 플러렛은 벌써부터 그 난장판을 헤집으며 무슨 일이 있었는지 조사하기 시작했다. “작은언니가 부엌문 밖에서 성냥갑을 발견했어.” 플러렛이 내게 소리쳤다. “우리가 쓰던 성냥이 아니야. 작은언니 생각에 저 사람들이 우리가 오는 소리를 듣고 등유를 쓸 시간이 없어서 그냥 나가면서 식탁 위에 성냥을 던진 것 같대.”

나는 팔짱을 끼고 고개를 끄덕였다. “그런 식이었겠지.”

노마가 손가락 하나에 남성용 오버코트를 걸고 거실에서 건너왔다. 노마는 팔을 쭉 펴고 코트를 들어 보였다. “이걸 놓고 갔네.”

플러렛이 코트를 잡으려 손을 내밀었다. “코트에도 지문이 있을까?”

“아닐걸.” 내가 말했다. “단추에는 있을지도. 그래도 조심하자.”

플러렛이 노마한테서 코트를 받아들고 포치 램프의 어둑한 불빛에 비춰보았다. 감청색의 두툼한 모직 코트로, 안감은 루바브색 비단이었다. 소매와 옷깃에는 가죽 탭이 달렸고, 단추는 황동으로 만들어졌겠지만 금처럼 보였다. 수제 맞춤 코트일지도 모른다. 내피를 들여다봤는데 백화점 라벨도 없고 심지어 제조된 도시 이름도 적혀 있지 않았다.

한 벌의 근사한 작품이었고, 고급 재단에 대한 감식안을 지닌 남자가 입는 옷이었다. 그러나 한편으론 우리집에 침입했던 남자의 형태가 플러렛의 팔에 걸쳐 있단 생각에 은근히 오싹했다. 나는 플러렛한테서 코트를 받아 우리집 옷걸이 한 자리에 걸었다. 그게 우리한테 달려들기라도 할 듯 다들 몇 발짝 물러나 주시했다.

코트에서 뭔가 어슴푸레하게 반짝이며 불빛을 반사했다. 다이아몬드가 박힌 황금 넥타이핀이었다.

"딱 허영심 많은 남자가 쓸 만한 종류의 물건이군." 노마가 말했다.

우리는 램프를 들고 다시 한번 잔해 주위를 맴돌며 살폈다. 우리 것이 아닌 손수건이 하나 나왔고, 남성용 금반지도 찾았다. 보석상 표시는 보이지 않았지만, 지문이 묻어 있기를 바라며 가장자리를 조심스럽게 잡았다.

"내일 이걸 보안관한테 가져가야겠다." 내가 말했다. "오늘밤 우리가 할 수 있는 건 여기까지야."

"이런 곳에 있을 순 없어!" 노마가 말했다.

"그럼 어디로 가게? 이 시간에 프랜시스를 깨우진 않을 거야. 오빠가 이 일을 알면 절대 우릴 집으로 돌려보내지 않을걸."

플러렛은 발을 끌며 마루를 건너가다 다홍색 컷글라스 그릇 조각을 걷어찼다. 우린 늘 저게 절대 깨지지 않을 물건이라 믿었는데. 계단까지 가서 플러렛이 어깨 너머로 소리쳤다. "저 난장판은 더이상 못 보겠어. 만약 놈들이 돌아오면 언니 둘이 그냥 쏴버려. 그리고 내일 다 같이 치우자."

"내 침대에서 자." 내가 말했다.

플러렛이 올라가자 노마가 속삭였다. "난 이 집에서 못 자."

"나도 잘 생각은 없어. 하지만 갈 데가 없잖아. 마차를 타고 해컨색에 가서 보안관한테 감옥에서 하룻밤 재워달라고 하면 모를까."

노마는 잠시 내 말을 숙고했다. "프랜시스와 해컨색 감옥 둘 중에 하나를 골라야 하는 거라면, 하룻밤 정도는 우리끼리 어떻게든 할 수 있겠지."

우리는 함께 문과 창문을 다시 한번 점검하고, 계단을 올라가 지난번과 똑같이 자리를 잡았다. 나는 몸으로 플러렛을 감쌌고, 노마는 창문 밑에 이불을 깔았다. 또다시 엽총을 벽에 세워두었는데, 단 이번에는 노마가 리볼버를 머리맡에 갖다놨고 나도 그렇게 했다. 플러렛은 몸을 동그랗게 단단히 말고 누워 벽을 노려보았다. 새벽 어느 틈엔가 플러렛의 눈이 감겼다. 나는 몇 시간이고 아이의 숨소리에 귀를 기울였다.

30

이번에 내가 시내에 나갈 땐 아무도 집에 남지 않았다. 우리는 동이 트자마자 일어났고, 집을 비운 사이에 놈들이 돌아올까봐 귀중품과 유품 몇 가지를 챙겨 마차에 실었다. 나는 침입자의 코트를 둘둘 말아 반지와 넥타이핀과 우리가 발견한 성냥과 함께 베갯잇 속에 넣었다. 그것들을 하나하나 집을 때마다 속이 메스꺼웠지만 나 말고는 달리 할 사람이 없었다.

플러렛이 고삐를 잡으려 했지만, 도로에서 누구와 마주칠지 모른다는 이유로 내가 허락하지 않았다. 그래서 노마가 마차를 몰았고, 나는 앉아서 한 팔로 플러렛을 감싸안고 다른 손은 권총을 넣은 손가방 위에 얹었다. 가는 내내 검은색 자동차란 자동차는 죄다 수상쩍게 보였다. 어디서 엔진이 제대로 점화되지 않을 때 나는 펑 소리가 들리자 나는 플러렛을 마차 바닥으로 확 밀쳤고, 항의의 비명이 이어졌다.

“그만해!” 플러렛이 말했다. “사람들 다 보는 길거리에서 우릴 쫓아오진 않을 거라고.”

“그런 전력이 있잖아.” 내가 말했다.

“어쨌든 그쯤 해둬.” 노마가 어깨 너머로 말했다. “언니가 자꾸 그렇게 펄쩍 뛰다간 내가 신경 발작을 일으키겠어.”

이후 길을 가는 동안 나는 한마디도 하지 않았지만 한 손을 슬그머니 가방 속에 밀어넣었다. 리볼버의 차가운 무게감에 마음이 차분해졌다.

우리는 아홉시가 되기 전에 해컨색 교도소에 도착했다. 교도소는 새 건물인데 누가 봐도 묘하게 생겼다. 자유보유권자위원회의 바람대로 중세 요새처럼 설계되어 꼭대기에 포탑이 있고, 성을 공격해오는 적을 향해 포를 조준하는 작은 창도 나 있다. 해컨색 강이 교도소 옆을 따라 해자처럼 흘렀다. 신문들은 이 인상적인 건물이 세금 낭비이며, 공공 목적의 엄숙한 건물이라기보다 어린애들 장난감 집 같다고 조롱했다.

그리고 중세 요새들이 대개 그렇듯(다른 데 가본 적은 없고 그냥 내 추측이다) 특별히 넓고 우호적인 입구가 뚫려 있지는 않았다. 단단히 잠긴, 창문 없는 문들 가운데 어느 것이 우리더러 쓰라고 있는 건지 몰라서, 일단 건물을 한 바퀴 돌아보았다. 결국 나는 어깨를 으쓱하고 계단을 올라가 가장 유력해 보이는 문을 두드렸다.

노란색 앞치마를 두르고 뺨이 붉은 여자가 피곤한 얼굴로 문을 열었다. 곱슬곱슬한 금발이 얼굴을 감싼, 완벽한 천사 모습을 한 아기를 안고 있었다. 나는 놀라서 한 발짝 뒤로 물러났다.

“아,” 내가 말했다. “저희는 교도소에 가려고 했는데요. 히스 보안관님을 뵈러 왔습니다. 제가 혹시……" 나는 말꼬리를 흐리며 어디서부터 잘못된 건지 무슨 실마리가 있지 않을까 하여 고개를 들어 건물을 쳐다보았다.

"여기가 교도소예요." 여자가 무뚝뚝하게 말했다. "그리고 공교롭게도 우리집이기도 하고."

여자가 몹시 분개하는 것 같길래 나한테 사과를 바라는 건가 싶었지만, 내가 무슨 잘못을 한 건지 알 수 없었다.

플러렛이 뭔가 말하려 입을 열었다. 플러렛이 끼어들어 일이 더 커지기 전에 내가 말했다. "성가시게 해서 정말 죄송합니다. 보안관님께 말씀드릴 긴급한 문제가 있어서 왔습니다."

찬바람에 아기가 꼼지락거리기 시작했다. 여자는 아기가 문 안쪽에서 바람을 피하도록 문을 살짝 닫았다. "알아요." 여자가 말했다. "그 사람이 3층에서 당신들이 오는 걸 보고 아래쪽으로 소리치더군요. 금방 내려올 거예요."

여자는 다시 우리를 뚫어져라 쳐다보았다. 여자의 입은 일자로 꾹 닫혀 있었다.

아무래도 안으로 안내받지는 못할 것 같아 내가 물었다. "저희가 어디서 기다리면 될까요?"

여자는 내 말에 짜증 섞이고 지친 한숨을 내쉬었고, 감옥을 둘러싼 텅 빈 진입로를 내다보더니 문을 밀어 활짝 열었다. "안으로 들어오셔야겠죠. 이 건물을 설계한 위대한 장인이 공용 출입구나 대기실을 깜박한 것 같으니."

우리는 여자를 따라 안으로 들어섰다. 뜻밖에도 안쪽에는 보통 가정집 거실처럼 쿠션이 두툼한 의자와 벽난로가 있고 아이들 장난감이 흩어져 있었다.

"누가 여기 살고 있는 것 같아!" 플러렛이 말했다.

고개를 돌려 플러렛한테 조용히 하라고 말하려는데 여자가 뼈 있는 말투로 대꾸했다. "수많은 사람이 여기 삽니다, 거의 도둑과 살인자들이죠. 하지만 당신들은 지금 보안관의 사택에 들어온 겁니다. 나는 미시즈 히스예요."

미시즈 히스? 여태껏 보안관의 아내에 대해 단 한 번도 생각해 보지 않았지만, 생각했다 하더라도 이렇게 불쾌하고 무뚝뚝한 여자이리라곤 상상도 못했을 것이다. 세상에 어떤 여자가 이렇게 차가운 석조 건축물 1층에서 아이를 키우고 살림을 하고 싶을지 또한 도무지 그려지지 않기는 마찬가지였지만.

"만나 뵙게 되어 반갑습니다." 나는 애써 웃으며 말했지만 화답을 받지는 못했다. "콘스턴스 콥이에요. 이쪽은 제 동생인 노마와 플러렛입니다."

아기가 엄마의 손에서 빠져나오려 몸부림쳤다. 미시즈 히스는 아기를 내려놓고 다시 몸을 세우며 나를 한참 동안 응시했다. 그러곤 노마를 힐끔 본 뒤 플러렛을 면밀히 살폈다. 옷단에 토끼털을 댄 검은색 벨벳 승마용 코트를 입은 플러렛은 유달리 예뻤다. 좀더 수수한 옷을 입으라고 얘기할걸. 우리는 오페라하우스가 아니라 감옥에 가는 길이라고.

"밥은 나한테 무슨 자매들 얘긴 입도 벙긋한 적 없는데." 미시즈 히스가 말했다.

바로 그때 발소리가 들렸다. 거실로 황급히 들어오는 보안관을 보고 나는 안도했다. "미안, 코딜리어." 보안관이 아내에게 말했다. 부인은 아무 대꾸가 없었다.

“미스 콥,” 보안관이 내게 고개를 끄덕였다. “이쪽으로 오시죠.”

머뭇거리며 노마를 쳐다봤더니, 노마는 억지로 불편한 미소를 지어내며 플러렛의 소매에 찰싹 붙어 있었다.

“미시즈 히스는 오늘 아침 집에 손님이 와서 기뻤을 겁니다.” 보안관이 말했다. 그러나 이건 초대라기보다 명령에 가까웠다. 우리는 보안관이 자신의 아내에게 짐 지운 또하나의 불쾌한 의무에 불과한 것 같았다. 부인에게도 쉽지 않은 일일 것이다.

나는 보안관 뒤를 따라 음산한 복도로 나왔다. 우리가 다 나온 후 그는 뒤로 돌아 철문을 제자리에 밀어놓고 허리띠에 찬 커다란 고리에 있는 열쇠로 문을 잠갔다. 복도 끝에 또 문이 있었다.

“데이비드.” 반대편에서 보안관보가 나타나 우리를 들였다.

우리는 창문 없는 비좁은 공간에 섰다. 맞은편에 철문이 있었다. 녹내와 테레빈유 왁스 냄새가 났다. 보안관보가 우리 뒤쪽 문을 잠근 후 앞쪽 문을 열었다. 그렇게 우리는 히스 보안관의 사무실에 들어섰다.

유리문 달린 책장이 늘어서 있고 작은 벽난로가 온기를 더하는 기분좋은 공간이었다. 나는 보안관 책상 맞은편 의자에 주저앉자마자 크게 숨을 내쉬었다. 나도 모르게 숨을 참고 있었던 모양이다.

보안관은 책상 앞에 앉는 대신 내 옆의 의자에 앉았다.

“다들 괜찮으십니까? 무슨 일입니까?”

나는 최대한 간략하게 설명하고 코트와 장신구를 전달했다. 보안관은 베갯잇에서 물건을 꺼내 찬찬히 검토했다. “무엇 때문에 놈들이 중간에 철수했는지 궁금하군요.”

"우리가 오는 소릴 들었을 겁니다. 몇 분만 늦게 집에 도착했어도 놈들이 사방에 등유를 뿌리고 제대로 불을 지를 시간이 있었겠죠."

"저희 보안관보가 어제 그쪽을 지났는데, 아무것도 못 봤다고 했습니다. 놈들은 보안관보가 떠난 후에 왔겠군요." 그는 의자 깊숙이 앉아서 천장을 올려다보았다. "현장에서 잡았으면 좋았을 텐데." 그가 혼잣말하듯 말했다. "절호의 기회였는데. 흠, 그냥 확실히……"

"잠깐만요." 내가 말했다. "그자가 불을 지른 건 이번이 처음이 아닙니다." 루시네 집의 화재가 우리집에서 일어났던 일과 연관되어 있음을 깨닫자 따끔따끔한 공포가 덮쳤다. "제가 전에 얘기했던 아가씨 기억하세요?"

보안관이 한숨을 내쉬었다. "미스 콥, 그냥 누군지 말해……"

"들어봐요! 패터슨에 있는 하숙집이었어요. 그자가 불을 지른 겁니다. 처음엔 그 아가씨를 노렸고, 이번엔 우릴 노린 거죠."

"무슨 근거로 놈이 그 하숙집에 불을 질렀다고 생각하죠?"

"그 남자가 불을 지르겠다고 협박했으니까요. 그 아가씨한테 직접 들은 얘기예요. 그자 때문에 겁에 질려 있었어요."

"하지만 그 건물은 코프먼가의 소유입니다. 지금 코프먼이 단순히 여자 하나 겁주기 위해 자기 건물을 태워버렸다는 말입니까?"

"그러고도 남을 사람이죠." 보안관의 설명을 들으면 내 말이 도무지 터무니없는 소리 같았지만, 그게 사실이었다.

"그런데도 여전히 그 아가씨 이름을 말해주지 않는군요."

"그럴 순 없어요. 약속했는걸요."

히스 보안관은 자리에서 일어나 방안을 이리저리 거닐었다. 두 손을 주머니에 찔러넣고 장화 윗부리 가죽에 해답이 써 있기라도 한 듯 고개를 푹 숙이고 걸었다. "소방서장하고 얘기를 해보겠습니다. 우리가 확보한 증거에 대해서도 알아보지요. 부하들을 시내 보석상에 보내고요. 코트에 관해 도움을 줄 만한 재단사도 한 명 알고 있습니다. 성냥갑에 지문이 있을지도 모르죠. 그러고 나서 이 사건을 검찰에 가져가는 겁니다."

"그런데 당신이 시내에 나가 재단사들을 상대로 탐문하는 동안 우린 어떻게 하죠? 우리집을 벙커로 만들까요? 교대로 보초를 설까요? 권총을 들고 이십사 시간 길을 겨누고 있을까요?"

그는 눈을 꽉 감고 손으로 머리를 쓸었다. "아뇨. 그건 제가 할 일입니다. 동생들을 집에 데려가시면 저도 최대한 빨리 그쪽으로 가겠습니다."

바로 그때 문이 열리더니 교도관 한 명이 고개를 내밀었다. "준비됐습니다."

히스 보안관은 고개를 끄덕였고 교도관은 조용히 물러났다.

"뭐가 준비됐어요?" 내가 물었다.

"죄송합니다, 미스 콥. 오늘은 날이 좀 안 좋군요. 죄수 한 명이 일요 예배 후에 자기 감방에서 숨진 채 발견됐습니다. 재소자들과 면담을 좀 해야 합니다."

"저런! 저는……"

"거기에 관해선 할 얘기가 없습니다. 집에 가서 동생들을 돌보세요."

보안관의 얼굴에 얼핏 망연자실한 기색이 어렸다. 그가 문을 열자 교도관이 우리를 밖으로 안내했다.

31

우리는 시간을 들여 천천히 아래층 방들을 복구했다. 먼저 바닥을 닦고 벽면을 씻어내기로 했다. 플러렛이 가구에 난 상처를 감쪽같이 메우는 법을 어디서 읽었는데, 축축한 갈색 종이를 덮은 후 움푹 파인 면이 매끈해질 때까지 뜨거운 다리미를 대고 있으면 된단다. 그래봤자 소용없을 것 같았지만—테이블이며 의자며 장식장이며 모조리 파이고 긁혔다—플러렛은 새로 산 다리미를 써보고 싶어 안달이었다. 노마와 내가 가장 무거운 가구부터 제자리에 밀어넣으면, 플러렛이 덮개와 나무 상태를 살폈다. 책에서 먼지를 떨고 액자가 깨진 그림들을 치웠다. 어차피 그 그림들을 쳐다보기도 질리던 참이었다고 생각하기로 했다. 램프란 램프는 죄다 유리 덮개가 박살났지만, 어차피 연기 그을음이 닦아낼 수 없을 정도로 심했으므로 기꺼이 갈아끼웠다. 청소를 끝내고 보니 집안이 전보다 더 밝고 산뜻해졌다.

그 주에 해링턴파크의 어느 가정집이 전소됐고 얼마 남지 않은 잔해 속에서 한 잡지 삽화가가 새까맣게 탄 시체로 발견됐다. 처음엔 빈집 털이범의 소행으로 의심됐으나, 죽은 남자의 아내가 히스 보안관에게 진실을 털어놓았다. 자신이 뉴욕으로 도망치자 남편이 당장 돌아오지 않으면 집에 불을 질러버리겠다고 협박했다는 것이다. 그로부터 며칠 후에는 법원 청사 계단에서 한 여자가 독극물을 마셨다. 여자의 고용주가 아이들을 돌볼 시간을 주지 않았다는 이유였다. 교도소의 재소자들이 여자가 쓰러지는 모습을 창문으로 목격하고 히스 보안관에게 여자를 구하라고 고래고래 고함쳤다. 보안관이 여자를 자신의 사무실로 옮겼으나, 여자는 보안관에게 자신이 세상을 떠나면 아이들을 돌봐달라는 부탁을 남기고 결국 숨을 거뒀다. 다음날 보안관은 좀더 일상적인 업무로 돌아와 불법 동거 혐의로 한 여자를 체포하고, 어느 과부에게 압류 통지서를 보냈다.

이 모든 일이 부지런히 신문에 게재됐다. 기자들은 보안관이 어딜 가든 따라다니는 게 분명했다. 그렇다면 왜 그를 따라 우리집까지 쫓아오지는 않는지 궁금했다. 이런 구석진 시골에는 흥미로운 사건 따윈 안 생길 거라고 생각했나.

보안관은 하루 두 번씩 시코맥 로드까지 차를 몰고 와서 부하를 태워가고 다른 부하를 배치했다. 가끔은 자동차를 진입로에 세우고 나를 기다렸다가 함께 걸으며 농장을 천천히 둘러보았다. 헛간을 한 바퀴 돌고 나서 좀더 넓은 원을 그리며 집 주위를 돌았고, 발자국과 타이어 자국을 찾아내는 법을 알려주기도 했다. 우리는 진입로 끝까지 걸어나가 도로를 좌우로 살폈다. 새로운 소식이 있으면 보안관이 전해주었다.

“당신 말이 맞았어요.” 그렇게 일주일쯤 지난 어느 날 보안관이 말했다.

“뭐가요?” 집과 헛간 주변 순찰을 마친 직후였다.

“그 하숙집 말입니다. 패터슨의 소방서장은 방화로 생각하더군요. 전에 코프먼 씨의 누이를 만났다고 하지 않았습니까?”

“네, 매리언 가핑클. 그 사람이 거의 공장을 운영하는 것 같던데요.”

“그렇다면 저와 같이 가주시죠.”

히스 보안관은 미리 전화로 미시즈 가핑클을 설득해 셋이 함께 만나는 자리를 마련했다. 그녀가 나를 만난 적이 있는데다 헨리 코프먼의 피해자가 맞은편에 앉아 있으면 조사에 좀더 협조적으로 나올 수도 있다며 보안관은 나와 함께 가길 원했다. 미시즈 가핑클은 내키지 않아했지만, 보안관이 이번 한 번은 사적이고 조용한 만남을 보장하나 다음엔 별도 고지 없이 부하들을 전부 대동하고 들이닥칠 텐데 기자들이 몇 명 따라붙어도 어쩔 수 없다고 말하자 곧장 합의했다.

“아침 일찍 들르세요.” 미시즈 가핑클이 말했다. “이제 헨리는 정오 전에는 절대 나오지 않으니까.”

모리스 보안관보가 우리를 공장까지 태워다주었으나 정문이 아니라 모퉁이에 내려주었다. “우호적인 방문이니까요.” 히스 보안관이 말했다. “미시즈 가핑클에게 공장 앞에 선 보안관 차량을 보이고 싶지 않아서요.” 그러곤 배지도 주머니에 넣었다.

공장은 벌써 하루의 작업을 시작했다. 바닥은 아직 마른 상태였지만 첫 타래가 염료통으로 들어가는 중이었다. 우리가 떠날 때쯤엔 배수구로 철벅거리며 흘러가는 색소 호수가 생겨나 있을 것이다. 이번에는 코를 막을 손수건을 미리 준비해 왔는데, 이렇게 이른 아침엔 냄새가 그리 심하지 않았다.

매리언 가핑클은 사무실 문 앞에서 우리를 기다리고 있었다. "헨리의 사무실을 쓰죠." 그러고는 타자기 앞에 앉은 여직원들을 지나쳐 우리를 그리로 안내했다. 직원들 시선이 우리에게 향하자, 그녀는 큰 소리로 말했다. "여러분, 나는 영업 회의에 들어갑니다."

퀴퀴한 담배 연기와 엎지른 위스키 냄새는 염료통 악취보다 더 고약했다. 매리언은 불만에 찬 신음을 뱉으며 보안관에게 빽빽한 레버를 돌려 키 큰 창문을 좀 열어달라고 부탁했다.

"헨리는 누가 자기 얘길 엿듣고 있다면서 이 창문들을 계속 닫아둬요." 매리언이 말했다. "헨리가 제 친구들하고 계략을 꾸미는 시간의 절반만이라도 공장 운영에 관해 생각해준다면 내가 여기 있지도 않을 텐데."

그녀는 책상 뒤의 넓은 가죽의자에 털썩 주저앉더니 우리에게 앉으라고 손짓했다. 사무실 한가운데에 놓인 테이블 위에는 온통 트럼프 카드와 재떨이가 널렸고 놋쇠 탄피들이 흩어져 있었는데, 히스 보안관은 흥미롭게 눈여겨봤지만 손을 대지는 않았다. 보안관은 테이블에서 의자 두 개를 끌어내 책상과 마주하도록 놓았다.

"자," 우리가 자리에 앉자 매리언이 말했다. "원하시던 회의 자리가 마련됐군요. 얼른 하고 끝내죠."

"남편분도 동석합니까?" 보안관이 물었다.

"그이는 피츠버그에 있는 우리 공장 일로 바빠요. 솔직히 남편은 이곳을 저한테 떠맡기고 싶어하죠. 그이는 염색 사업을 싫어하고, 헨리도 별로 좋아하지 않거든요."

"앞으로 부인께서 남동생의 일을 맡게 되시는 겁니까?" 보안관이 물었다.

매리언은 일축하듯 작게 어깨를 으쓱하고 말했다. "안 하고 싶은데. 아버지는 헨리에게 공장을 책임지게 하고 재정에 관한 전권을 주면 그애가 더 열심히 일할 거라고 생각하셨어요. 터놓고 말해서 코프먼 회장님의 건강이 상당히 안 좋은 상태라 가족들이 집안의 사업체를 인계받는 중이에요. 재수없게 내가 여기로 차출되어서 헨리에 관한 일을 떠맡게 된 거죠."

"어떻게 하실 계획입니까?"

"글쎄요, 헨리가 나가야 하는데, 걔를 내보내려면 돈줄을 끊는 수밖에 없어요. 하지만 그러자면 아버지의 서명이 필요하죠. 우린 아직 그 작업을 진행중입니다." 매리언은 일그러진 미소를 지으며 말했다. "여기 오신 이유가 그건가요? 우리 집안의 애로 사항을 듣자고?"

히스 보안관은 무릎에 놓은 모자의 챙을 만지작거렸다. "캐물을 생각은 아니었습니다, 미시즈 가핑클. 이건 범죄와 관련된 문제입니다. 협조해주시면 감사하겠습니다."

매리언은 안경테 너머로 나를 힐긋 쳐다보았다. "헨리는 벌금을 냈습니다. 그걸로 다 처리된 것 아닌가요?"

"그가 멈추지 않고 미스 콥과 자매들을 계속 괴롭히고 있습니다. 하지만 오늘 우리가……"

"죄송합니다만, 보안관님, 저는 이 사방 벽 바깥에서 동생이 저지르는 일은 책임질 수 없습니다. 남편과 저의 관심사는 오직 이 공장을 다시 수익성 있는 기반 위에서 돌아가게 하는 것뿐이고, 헨리는…… 뭐, 헨리 문제에 대한 해결 방안을 찾긴 찾아야겠지만, 솔직히 말해서, 헨리가 우리 집안의 가장 절박한 문제가 된 지는 기억하고 싶지도 않을 만큼 오래됐어요." 매리언은 고개를 들어 열린 창문으로 보이는 한 뼘의 하늘을 바라보았다. "지금 생각해보니, 그애의 다섯 살 생일부터였군요." 매리언은 혼잣말하듯 말했다.

끼어들 기회를 엿보고 있던 나는 상체를 내밀고 말했다. "다섯 살 생일에 꼬마가 말썽을 피워봐야 뭘 얼마나 피울 수 있겠어요?"

매리언은 시선을 내게 획 돌렸다. "지하 저장고에 불을 지를 수 있고, 자기 동생을 통풍구로 밀어 떨어뜨리려고 할 수 있지요."

"그걸 단 하루에." 보안관이 조용히 말했다.

"그걸 단 하루에요. 소년원에 들어가야 마땅했지만, 아뇨, 우리는 코프먼의 이름이 문제아를 수용하는 시설과 엮이게 놔둘 수는 없었어요. 아니, 차라리……"

매리언은 자기가 누구에게 얘기하고 있는지 퍼뜩 깨달은 듯 말을 뚝 그쳤다. "그래서 무슨 용건인가요, 보안관님? 다들 각자 오늘 아침에 해야 할 일이 있을 텐데요."

보안관은 여전히 무릎에 놓인 모자를 뚫어져라 바라보고 있었다. "제가 조사하고 있는 사건은," 그가 입을 열었다. "화재와 관련된 건입니다."

매리언이 신음을 흘리며 의자에 등을 기댔다. "하숙집 말이죠. 알아요. 우리 집안은 그 일대 건물들을 수십 년간 소유해왔는데,

말 그대로 처치 곤란이에요. 이전까지 윤활유로 인한 화재가 한 번도 나지 않았다는 게 오히려 더 신기하죠. 남편은 그 건물들을 다 팔아버릴 계획이에요."

"그게 윤활유 때문에 일어난 화재라고 누가 그러던가요?" 히스 보안관이 물었다.

"뭐, 헨리가 소방서장하고 얘기했다면서……" 매리언은 말을 하다 멈추고는 그대로 입을 다물지 못했다. "헨리."

보안관의 매서운 눈초리에 나는 잠자코 있었다. 잠시 후 매리언은 책상 위의 서류들을 가지런히 정리하기 시작했다. "하지만 증거가 없잖아요, 안 그래요? 그리고 자기 소유 부동산에 불을 지르는 사람이 어디 있겠어요?" 매리언은 법률적 방어를 고려하는 변호사처럼 신중한 투로 말했다.

"부인의 남동생이 그 건물에 살던 아가씨와 어떤 문제가 있었다고 알고 있습니다. 미스 콥이 말하길 그 아가씨가 이 공장에서 일한다던데요. 오늘도 여기 있습니까?"

나는 얼어붙었다. 이 사람이 지금 뭘 하는 거야?

매리언은 우리 두 사람을 번갈아 쳐다보았고, 그녀가 입을 열기도 전에 나는 이 회담이 끝났음을 알았다.

"미스 콥이 무엇을 안다고 생각하는지도 모르겠고, 이 일이 미스 콥과 무슨 상관인지도 모르겠지만," 매리언이 딱딱하게 말했다. "루시 블레이크는 더이상 우리 직원이 아닙니다. 아무런 말도 없이 떠났고, 추천서도 받지 못할 겁니다. 그 여자는 쭉 내 동생을 괴롭혀왔어요. 솔직히, 그녀가 떠나서 잘됐다고 생각해요."

나는 움찔했다. 약속을 지키려고 절대 루시의 이름을 보안관에게 말하지 않았지만, 그 밖의 다른 정보를 너무 많이 알려주었다. 이제 보안관도 알게 되었다.

"행방불명된 아이에 대해서 들었습니다만." 보안관이 말을 이었다.

그 말에 매리언은 자리에서 일어났고, 우리도 마지못해 따라 일어섰다. "그 여자는 우리 집안의 돈만 노렸어요. 금품 갈취 시도였고, 그게 답니다. 아이가 있다고 해도—나는 본 적도 없지만—지금 어디에 있든 더 잘 지내고 있겠죠."

매리언은 문 쪽으로 뚜벅뚜벅 걸어가 문을 열고 섰다. 히스 보안관이 그 뒤를 따라가 문을 가만히 잡고서 다시 닫았다. 보안관의 말소리는 몹시 나직하고 부드러워 나도 고개를 기울여야만 들렸다.

"지난주에 누가 콥 자매의 집에 불을 지르려 했습니다. 저는 남동생분이 그날 저녁에 어디 있었는지, 또 하숙집에 불이 났던 날 저녁에 어디 있었는지 물어보러 왔을 뿐입니다. 협조해주신다면 문제를 좀더 조용히 처리할 수 있을 텐데요."

매리언의 입꼬리에 경련이 일었고, 나는 그녀가 이 제안을 고려해보는 중이라고 생각했다. 그러나 이내 그녀는 다시 문을 열었다.

"여기까지 걸음해주셔서 감사합니다만," 매리언은 타자기 앞의 직원들더러 들으라는 듯 큰 소리로 말했다. "저희에겐 전혀 필요가 없습니다."

32

"루시 블레이크는 끌어들이지 않았으면 했는데." 모리스 보안관보가 운전해 와이코프로 돌아가는 차 안에서 나는 말했다.

"그 아가씨의 이름이 필요했습니다." 보안관이 차분히 말했다. "그 사람도 이 사건의 한 부분입니다. 뭐가 어떻게 돌아가는지 모르는 상태에서는 당신들을 도울 수가 없어요."

"루시한테 맹세했어요, 경찰에 가지 않겠다고."

"하지만 그녀가 우리 도움을 받지 않겠다면 도와줄 방법이 없습니다." 보안관이 말했다. "아기가 태어났을 때 곧장 우리한테 오기만 했어도, 코프먼이 아이 아버지임을 분명히 밝히도록 법원에 신청서를 냈을 겁니다. 양육비를 지불하게 만들 수 있었어요. 전에도 그렇게 처리한 적이 있습니다."

"겁에 질린 나이 어린 여공이 파업이 한창일 때 보안관한테 달려갔을 것 같진 않은데요. 그걸 다 알았다 하더라도." 내가 대꾸했다.

"글쎄요. 우릴 그렇게까지 무서워하지 않아도 되는데." 보안관이 말했다. "그리고 당신은 제가 그 아가씨의 이름을 알기를 바랐잖습니까. 처음부터."

그의 말이 맞지만, 굳이 맞장구치지는 않기로 했다.

"이젠 루시도 행방불명이군요." 보안관이 말을 이었다. "그러면 상황이 변한 거 아닌가요? 자신이 실종되면 당신이 나서서 뭔가 해주길 바라지 않을까요?"

"어떻게 하려고요?" 내가 물었다.

"당신이 인상착의를 상세히 말해주면 실종자 수색에 나설 겁니다. 그리고 몇 가지 혐의에 대해 검찰의 승인을 받아내는 대로 헨리 코프먼을 연행해야죠."

"방화범이자 유괴범을 연행해서 수사하는 데 그 사람의 허가를 요청해야 한다는 뜻인가요? 그 사람 이름이 뭐더라? 코터?"

"아뇨," 보안관이 말했다. "그보다 더 안 좋지요. 코터 수사관의 상관에게 요청해야 합니다."

우리가 진입로에 들어섰을 때 노마와 플러렛은 보안관보 한 명과 함께 집밖에 서 있었다. "편지가 왔어." 우리가 차에서 내리기도 전에 플러렛이 큰 소리로 외쳤다. 플러렛은 들뜰 때면 늘 그러듯 까치발로 펄쩍펄쩍 뛰고 있었다. 슬슬 노마의 말이 맞다는 생각이 들려고 했다. 플러렛은 이 상황을 한 편의 주말 드라마로 인식하고 있었다.

히스 보안관이 성큼성큼 다가가 보안관보에게서 편지 봉투를 건네받았다. "우편으로 보냈나?" 보안관은 봉투 가장자리를 살짝 잡고 말했다.

편지는 우편으로 왔고, 보안관은 이를 좋은 소식으로 여겼는데, 블랙핸드의 편지를 비롯해 우편망을 이용한 협박장을 총괄 수사하는 우체국 담당자에게 이 편지를 가져갈 수 있기 때문이었다.

나는 보안관의 어깨 너머로 편지를 읽었다.

마담

경찰을 끌어들이다니 당신 실수한 거야. 우리는 우리 손으로 직접 처리한다. 헨리 코프먼을 고소하려고 고집 부리면 후회하게 될걸, 우리가 당신 집을 날려버릴 테니까.

이번엔 우리가 당신을 잡는다, 도망쳐봤자야, 들판이나 거리에서 우리 앞을 지나기 전에 우리 총에 맞는다.

H. K.와 친구들

히스 보안관은 도로를 내다봤고, 내 시선도 그를 좇았다. 저 도로에서 우리 쪽으로 뭐든 날아올 수 있었다. 나는 늘 이 시골구석에 격리되고 고립된 기분이었다. 이곳으로 우리는 숨어든 것이었다. 그러나 이젠 더이상 숨은 게 아니었다.

플러렛이 팔짱을 끼고 몸을 덥히려 콩콩 뛰었다. 날이 잿빛으로 어두워지며 축축해졌고, 냉기가 뼛속까지 스며들었다. 노마가 한 팔로 플러렛을 감싸안고 아이의 어깨를 문질러주었다.

"이곳에 이십사 시간 보초를 두겠습니다." 보안관은 여전히 텅 빈 도로를 응시한 채 말했다. "놈들이 오면 바로 알 수 있어요. 걱정하지 마세요. 다음에 놈들이 이곳에 나타날 때는 그 자리에서 몽땅 체포될 겁니다."

그래도 보안관은 우리에게 창문 앞을 피하고, 화재에 대비해 집 주변에 물 양동이를 갖다두고, 대낮에도 리볼버를 손닿는 곳에 두라고 일렀다.

요컨대 일이 그렇게 되어간 것이다. 우리의 요새는 포위당했다.

겨울이 성큼 들이닥쳤다. 십일월 첫 주에 벌써 눈발이 날리기 시작했다. 아침이면 미끄러지지 않도록 현관 앞 계단에 소금을 뿌려야 했고, 매일 돌리의 물통에서 얼음을 깼다. 닭들이 털갈이를 일찍 시작해 털을 엄청나게 뿜어대는 바람에, 아침에 일어나 닭장 바닥을 뒤덮은 깃털을 보고 밤중에 여우가 습격해 한 놈 물어간 줄 알았다. 프랜시스는 계속 이렇게 추우면 우리가 크리스마스 때까지 버티지 못할 걸 알고 미리 사람을 구해 땔감을 한 묶음 보내주었다.

개울가에 늘어선 버드나무는 동이 틀 때까지 얼음 옷을 입었다. 목초지로 걸어나가면 그 채찍 같은 가느다란 나뭇가지가 샹들리에에 달린 유리처럼 서로 부딪치며 쨍그랑 소리를 냈다. 이 추위에 한데서 진을 치고 있는 보안관보들이 걱정되어, 기어이 우겨서 부족하나마 열기를 좀 쬐라고 휴대용 난로를 켜주었다.

몇 주가 지나고 헨리 코프먼은 자신의 협박을 실행에 옮겼다. 나는 얼음이 발밑에서 갈라지는 소리에 잠에서 깼다. 아주 깊이 잠들어 있었기 때문에 처음엔 무슨 일인지 이해하지 못했다. 하지만 그때 잔가지가 뚝 부러졌고, 작게 욕설을 내뱉는 남자 목소리가 들렸다. 나는 번개같이 침대에서 내려와 창문 밑에 웅크려 앉았다. 총이 몹시 차가워 손잡이를 그러쥐는데 정신이 번쩍 들었다.

나는 창문턱 너머를 살짝 내다보았다. 창유리가 레이스처럼 고운 얼음 결정으로 뒤덮여 있었다. 밖이 보이는 투명한 곳을 찾아서 약간 더 허리를 세워야 했다. 내 방 창문으로는 목초지와 말라 죽은 텃밭이 보였다. 헛간은 한쪽 귀퉁이밖에 보이지 않았고, 창가에 불빛은 없었다. 보안관보가 보고 있는지 아닌지 알 도리가 없었다.

마당에 아무도 없음을 확인한 나는 다시 바닥에 엎드려 노마와 플러렛을 깨워야 하나 고민했다. 다시 각자의 방에서 자기 시작한 게 겨우 며칠 전이었다. 서로 신호를 주고받을 수 있게 임시 벨이라도 설치할 걸 싶었다.

내가 창문을 몇 인치 열었을 때 다시 누가 얼음을 밟는 소리가 들렸다. 위험을 무릅쓰고 재차 창밖을 내다보았다. 내가 놈을 본 순간 놈도 나를 봤다. 벌써 총을 빼들고 있었다. 나는 좁은 창틈에 총구를 밀어넣고 쐈다.

탄환은 나무에 맞았고, 놈이 나를 향해 총을 쐈다. 총알이 집에 맞았을 때 살짝 진동이 느껴졌다. 곧이어 헛간 문이 활짝 열리는 소리가 들렸다. 자칫 보안관보가 맞을까봐 다시 총을 쏠 수가 없었다. 나는 창문 아래 몸을 숙이고 기다렸다.

놈이 더이상 응사하지 않길래 나는 창가에 서서 밖을 살짝 내다보았다. 놈은 진입로를 달려내려가고 있었는데, 땅딸막하고 다부진 체형에 코트를 입고 모자를 썼다. 헨리 코프먼이라고 단정할 수는 없었지만, 외양을 보면 그가 아니라고 여길 만한 이유는 하나도 없었다.

진입로 끄트머리에서 차가 한 대 나타나 그를 태웠고 곧 부릉거리며 달아났다. 도로가 텅 빈 직후 보안관보가 놈을 쫓아가는 모습이 보였다. 재빨랐지만 충분히 빠르지는 못했다.

히스 보안관은 놈을 잡지 못했다고 보안관보에게 화를 냈지만, 나는 이해했다. 우리는 얼음에 난 발자국을 보고 침입자가 집 반대편에서 접근했음을, 헛간에 진치고 있는 보안관보가 알아차리지 못하게 헛간을 빙 둘러 다가왔음을 알았다. 보안관보가 아주 잠깐 졸았다 해도(히스 보안관이 질책했고 그는 부인했다), 때맞춰 헛간에서 나와 대응하기는 어려웠을 것이다. 대치 상황은 다 해야 고작 일 분 정도였다.

"놈을 체포해서 이 모든 사태에 종지부를 찍을 적기 아닌가요?" 이튿날 아침 보안관이 들렀을 때 노마가 말했다.

"검찰에 사건을 송치하기 위해 아직 노력하는 중입니다." 보안관이 말했다.

"하지만 큰언니가 그 사람을 봤잖아요!" 플러렛이 말했다. 플러렛은 식탁에 앉아 토스트에 설탕을 듬뿍 끼얹고 있었다. 보안관과 노마와 나는 어정쩡한 반원을 그리며 플러렛을 둘러싸고 서 있었다.

"미스 콥은 그를 봤다고 생각하는 거죠." 히스 보안관이 말했다. "내 생각도 마찬가지지만, 증거가 없습니다."

"언니가 놈을 제대로 맞히기만 했다면," 노마가 말했다. "동태가 된 시체라는 형태로 아주 훌륭한 증거가 진입로에 남았을 텐데."

"코트와 넥타이핀과 반지는 어떻게 됐나요? 놈들이 두고 간 것들은?" 내가 물었다.

보안관이 고개를 저었다. "부하들을 시켜 시내 양복점과 보석상을 죄다 돌았지만, 알아보는 사람이 없더군요. 그 코트는 매우 솜

씨 좋은 개인 재단사가 만든 것으로 보입니다. 보석에도 아무런 표시가 없고요. 성냥갑에서 지문도 나오지 않았습니다."

"협박장은요?" 내가 말했다.

"우체국에서 그 건을 수사할 사람을 구했습니다. 별 위로가 되지는 않겠습니다만, 우리는 역량을 총동원하고 있습니다."

"그건 헨리 코프먼도 마찬가지죠." 노마가 말했다.

그후로 보안관보 두 명이 경비를 섰고, 우리 셋은 다시 한방에서 잤다. 누가 몰래 숨어들기 좀더 어렵도록 우리는 헛간과 도로를 정면으로 마주보는 어머니 방에서 자기로 했다. 놈이 집을 향해 쏜 총알은 아직 그대로 외벽에 박혀 있었다. 목재는 우리를 너끈히 보호할 수 있을 정도로 견고했으므로, 총알이 벽을 뚫고 들어올 걱정은 하지 않아도 되었다. 우리집은 폭이 넓고 두꺼운 목재로 아주 튼튼하게 지어졌다. 갱단의 총포를 견딜 목적으로 지은 건 아니지만, 그 용도에도 곧잘 부합하는 것 같았다.

그럼에도 불구하고 우리는 어머니 방에 있는 가구를 몽땅 외벽 쪽으로 배치했다. 우리를 겨냥한 총알이 목표에 도달하려면 지붕널과 대들보와 어머니의 오크 서랍장을 통과해야 할 터였다.

33

우리는 진정한 의미에서 다시 종적을 감췄다. 맨 처음 와이코프로 이사 왔을 때 집안을 맴돌던 바깥세상에 대한 두려움, 늘 상존하던 위험, 우리를 짓누르던 공포가 똑같이 엄습했다. 그때의 그 중압감, 내가 모두를 이 상황에 몰아넣었다는 자책감이 떠올랐다.

다만 그때는 우리의 신경을 분산시켜줄 아기가 있었다. 지금은 따분해 죽을 지경인 열일곱 살짜리와, 열두 시간 교대로 헛간에 진을 치고 있는 보안관보 한 부대가 있다.

노마는 날마다 신문을 샅샅이 뒤지며 헨리 코프먼 패거리가 무엇에 매진하고 있을지 실마리를 찾았다. "어젯밤에 경찰이 도박판을 급습했대." 노마는 이렇게 말하곤 했다. "어쩌면 거기서 소탕됐을지도 몰라." 코프먼이 위험천만한 운전자라는 사실을 알기에, 자동차가 사람을 쳤다는 기사만 보이면 눈에 불을 켰다. 또 어디서 화재가 발생하면—종류 불문하고, 하녀의 실수로 일어난 부엌 화재라도—노마는 그 기사를 오려 보안관더러 보라고 놓아두었다.

"그자의 행방을 모른다는 게 가장 큰 문제야." 어느 날 아침에 노마가 말했다. "그 남잔 지금 뭘 하고 있을까? 우릴 쫓아다니지 않을 때는 누구를 성가시게 굴고 있을 거라 생각해?" 노마는 코프먼이 우리와 유사한 상황의 여자들, 즉 괴롭히고 협박할 대상을 적은 긴 명단을 갖고 있을지도 모른다고 생각했다. 나는 헨리 코프먼에게 목록 작성 같은 체계적인 방법을 도입할 능력은 없을 거라고 대꾸했다.

"그러네, 아무렴 명단을 작성할 위인은 못 되지." 노마가 말했다. "하지만 그 남자가 돌아다니면서 못살게 구는 우리 같은 사람들이 진짜로 잔뜩 있지 않을까? 신문에 광고를 내서 일종의 동맹을 형성하면 어떨까 하는 생각도 잠깐 들었다니까."

"헨리 코프먼 방어 연맹." 플러렛이 말했고, 노마가 받아 적었다.

"난 그 사람이 루시 블레이크를 어떻게 했는지 알고 싶어." 플러렛이 말했다. "루시를 가두고 아기를 지하실에 숨겨놨을지도 몰라. 가서 찾아본 사람이 있을까?"

노마는 신문을 펄럭이는 것으로 루시 블레이크가 화제에 오른 데 대한 불쾌감을 표했다. 그러나 그 아가씨의 이야기는 플러렛의 머릿속에서 영화처럼 상영됐고, 그에 관해 떠드는 입을 막기란 불가능했다.

"보안관은 왜 루시를 못 찾는 거지?" 플러렛은 계속했다. "누가 루시를 보지 않았을까? 기차역에서 탐문 수사를 해야 해. 아니면 신문에 사람을 찾는 공고를 내든가. 이중 하나라도 해본 적 있대? 사람이 그냥 연기처럼 사라질 수는 없잖아."

"아, 여자들은 감쪽같이 사라질 수 있지." 노마는 우릴 쳐다보지도 않고 말했다.

다음 편지가 온 건 일주일 후였다. 대체 무슨 심사로 이런 걸 보내는지 짐작도 가지 않았다. 우리는 코프먼이나 그의 공장 근처에 가기는커녕 바깥출입 자체를 거의 하지 않았다. 헨리 코프먼의 정신은 퍼세이크 폭포 바닥에서 느닷없이 형성되어 주변 사물을 빨아들이는 소용돌이처럼 작동하는 게 아닐까 싶었다. 난데없이 생겨나서 뭐든—유목이든 고무공이든 낡은 신발이든—뱉어낼 때까지 빙글빙글 도는 소용돌이. 바로 그게 헨리 코프먼이었다, 정신 나간 또다른 편지를 우리한테 날릴 때까지 데르비시* 춤을 추듯 빙빙 돌아가는.

이번 것도 우편으로 왔다. 오후에 히스 보안관이 부하를 데려가려 우리집에 들르기 직전에 배달되었다.

마담

이번이 마지막 경고다. 이번엔 당신들 전부 죽었어. 우린 매복해서 기다린다. 우린 당신을 알고, 당신은 잡히면 후회할걸, 우리가 당신을 끝장낼 테니까.

잘 가라.

당신의 최후가 얼마 남지 않았다.

H. K.와 친구들

---

* 이슬람의 한 종파인 수피즘 수도승의 접신 의식으로 빙글빙글 회전하는 춤.

"마지막 경고?" 내가 말했다. "우리한테 뭘 바라는 거야? 뭐에 대한 마지막 경고라는 거야?"

히스 보안관은 소파에 앉아 잠시 눈을 감고 있었다. 얼굴이 무척 좋지 않았다. 눈은 충혈됐고, 멍든 것처럼 검붉은 혈관이 눈 주위로 불거졌다. 편지를 집어드는 두 손이 떨렸다. 코트 속에서 몸집이 줄어들기라도 한 것처럼 왠지 작아 보였다.

"히스 보안관님," 나는 돌연 걱정되어 말을 건넸다. "얼굴색이 별로 안 좋아요." 전에는 왜 눈치채지 못했을까?

보안관은 기관지가 안 좋은 듯 컥컥거리며 웃다가 결국 기침 발작을 했다.

"수상한 남자들이 당신 집에 대고 총질을 하는데 지금 내 안부를 묻는 겁니까?"

막 커피를 권하려는 찰나, 목초지에서 탕 소리와 함께 비명이 들렸다. 이게 무슨 소린가 감도 못 잡고 있는데, 보안관은 이미 편지를 떨어뜨리고 문밖으로 뛰쳐나갔다.

노마는 비둘기장에 있었다. 노마가 개울 쪽으로 달려가고 플러렛이 필사적으로 목초지를 건너오는 모습이 보였다. 거기 혼자 있는 건 금지 사항이었는데.

노마가 제일 먼저 플러렛한테 닿았다. 플러렛은 울면서 노마를 밀쳐냈다. 노마는 플러렛을 붙잡으려다 애가 원하는 건 오로지 집에 가는 것뿐이라는 걸 깨달았다. 둘은 뒤돌아 함께 달렸고, 진흙과 반쯤 녹은 눈에 자꾸 미끄러졌다. 히스 보안관이 나보다 먼저 두 사람에게 다다랐다. 그는 부하 두 명에게 개울 바닥 쪽을 가리켰고, 우리를 집안으로 몰아넣었다.

플러렛이 입은 검정 모직 치마는 흙더버기투성이에 흠뻑 젖어 있었다. 나갈 때 모자를 쓰고 있었는진 모르겠지만 하여간 모자도 없었다. 플러렛은 우리한테 등을 돌리고 얼굴을 감싸고 있었다. 아이한테서 무슨 말을 듣는다는 건 불가능했다.

히스 보안관은 이런 상태의 여자애한테는 아무것도 해줄 수 없음을 알았다. 보안관은 우리에게 플러렛을 위층으로 데려가서 잘 진정시키라고 했다. 자기는 집 주변을 감시하고 부하들의 보고를 기다리겠다면서.

우리는 플러렛을 요새 같은 어머니 방으로 데려갔고, 거기서 플러렛은 마침내 흥분을 가라앉혔다. 우리가 젖은 옷을 벗기고 얼굴을 씻기고 잠옷과 어머니의 플란넬 가운을 입힐 때까지 가만히 있었다. 그저 진흙과 풀만 묻었을 뿐 긁힌 상처 하나 없었다. 일단 아이를 침대에 앉히고 우리가 그 양옆에 자리잡자, 드디어 플러렛은 말을 할 수 있게 되었다.

"두 사람이었어." 플러렛이 말했다. "나무 사이로 겨우 보였어. 개울 바닥에 서 있었는데, 나를 기다리고 있었던 것 같았어."

"놈들이 너한테 무슨 짓을 했어?" 내가 물었다.

플러렛은 두 팔로 제 몸을 부둥켜안았다. "나한테 총을 쏴서 난 뛰었어."

"다친 데 없는 것 맞지?" 나는 아이의 잠옷을 들추고 무릎과 팔꿈치와 어깨뼈 사이의 조그만 홈까지 일일이 전부 살피고 싶었지만, 플러렛은 이불을 단단히 끌어안고 거부했다.

"개울에서 뭘 하고 있었던 거야?" 노마가 물었다.

플러렛은 노마와 나를 번갈아 쳐다봤다. 아이의 턱이 부들부들 떨리고 있었다. "펌프가 막혔어. 빨래할 물을 길으러 간 것뿐이야. 다들 날 보고 있는 줄 알았다고."

겨울이면 펌프가 자꾸 막혔다. 펌프를 움직일 수 없으면 개울물을 길어오거나 양동이에 눈을 녹여 쓰는 수밖에 없었다.

"하지만 남자 셋이 하는 일도 없이 얼쩡거리고 있었잖아." 노마가 말했다. "그리고 언니나 내가 펌프를 고칠 수도 있었어. 너도 보통은 언니들이 다시 작동시킬 수 있다는 거 알잖아. 왜 아무나 붙잡고 도와달라고 하지 않은 거야?"

"그만하면 됐어." 내가 말했다. "히스 보안관님이 네 얘기를 들으려고 아래층에서 기다리고 있는데. 그 남자들 생김새를 묘사할 수 있겠어?"

플러렛은 고개를 절레절레 흔들고 이불 속으로 더 깊숙이 파고들었다. "롱코트를 입고 모자를 푹 눌러쓰고 있었어. 키가 컸어, 둘 다 코프먼 씨보다 컸던 것 같아."

"그 사람들이 개울에 서 있었어? 물속에?"

"내가 징검다리처럼 밟고 다니던 넓적한 바위 위에 있었어."

나는 아이의 이마를 쓸었고 아이는 눈을 감았다. 베개 위에서 아이의 잉크처럼 새카맣고 반짝이는 머리칼이 완벽한 반원을 그렸다. "여기서 쉬어. 우린 내려가서 보안관님하고 얘기할게."

히스 보안관과 그의 부하들은 밖에서 좁은 원으로 모여서 발을 구르며 나직이 얘기하는 중이었다. 놈들은 개울 건너편의 이웃집 밭에 차를 세워뒀다가 그걸 타고 달아났다. 보안관보들이 도착했을 때는 흙바닥에 난 바퀴자국밖에 없었다.

우리는 플러렛한테 얻어낸 얼마 안 되는 정보를 얘기했다. 놈들이 우리집에 접근하려고 개울을 건너다 플러렛을 보고 놀랐을 가능성이 높은 듯했다.

그날 오후 하늘이 약간 맑아져서 얼어붙은 땅에 햇볕이 내리쬐었다. 히스 보안관은 손갓을 만들어 이마에 대고 실눈으로 나를 응시했다. "놈들이 점점 대담해지고 있군요. 조만간 섣불리 덤비다 실수할 겁니다. 거의 막판입니다. 하지만 세 분이 숲속을 돌아다니고 개울에서 철벅거리면 나도 방법이 없어요. 우리가 부탁드린 대로 해주시고, 우리가 여러분을 보호할 수 있게 자리를 지켜주셔야 합니다."

노마와 나는 잠자코 고개를 끄덕였다. 우리는 교대로 플러렛을 감시해야 할 것이다.

"동생분은 잠들었습니까?" 히스 보안관이 물었다.

우리는 그렇다고 대답했다.

그는 코트 속으로 손을 넣더니 시계를 확인했다. "잘됐군요. 푹 자게 두고, 저녁도 잘 먹이십시오. 여섯시에 다시 오겠습니다."

"굳이 다시 오실 필요까진 없을 것 같은데요." 내가 말했다. "애가 할 얘기가 더 있을 것 같지 않아서요."

보안관은 눈을 가늘게 뜨고 집을 올려다본 후 다시 아래쪽 도로를 응시하더니 이렇게 말했다. "사격 연습을 시키러 오는 겁니다. 세 분 모두 이 사태가 종결될 때까지 총을 지니고 다녀야 합니다."

그리하여 우리는 기분좋게 쌀쌀한 십일월 저녁에 목초지 한가운데에 서서 짙어지는 어둠 속에서 울타리 말뚝 표적을 알아보기 위해 눈을 부릅뜨게 됐고, 우리의 어깨를 꽉 붙들어 고정하고 귀에 대고 침착하게 지시를 내리는 보안관이 허옇게 얼어붙은 우리 손에서 리볼버를 빼내 끊임없이 재장전해준 덕분에 개울 바닥 저 너머 어딘가에서 매복중인 위협을 향해 한 발 또 한 발 몇 번이고 연거푸 사격을 가할 수 있었다.

34

헨리 코프먼과 그의 친구들은 농가에서 기르는 고양이가 둥지에서 떨어진 아기 새를 가지고 장난치듯 우릴 갖고 놀고 있었다. 잔인하게, 서두르지 않고 천천히. 그래서 십일월 중순에 그가 매우 진지하게 상세한 협박을 해왔을 땐 안도감마저 들었다.

이제, 마침내, 우리는 날짜와 장소를 받았다.

마담

천 달러를 내놓지 않으면 당신을 죽이겠다. 토요일 저녁 여덟시, 패터슨의 브로드웨이와 캐럴 스트리트가 만나는 길목에서 검은색 옷을 입은 여자한테 돈을 줘. 돈을 주지 않으면 당신 집을 불지르겠다. 당신의 귀여운 막내도 데려가겠다. 우리는 당신의 말과 마차도 알고 있다. 우린 패터슨에 살거든. 하하!

H. K.와 친구들

나는 편지를 읽고 테이블 한가운데에 내려놓았다. 우리는 일제히 모리스 보안관보를 쳐다보았다. 편지가 도착한 날 오후에 마침 그가 우리집 경계를 맡고 있었다. 그가 아무 말이 없자 우리는 동시에 저마다 말을 쏟아냈다.

"음," 내가 말했다. "이번에야말로 코프먼을 잡겠군."

"천 달러!" 플러렛이 말했다. "내가 그 정도 값어치야?"

"그만해라." 노마가 말했다. "우린 돈을 내지 않을 거야."

보안관보는 우리의 합창에 대한 반응으로 자리에서 일어나 이렇게 선언했다. "이 문제는 히스 보안관님이 판단하실 사안입니다. 여러분은 각자 하던 일을 하세요. 보안관님이 금방 오실 겁니다."

하지만 그날 저녁 폭풍이 불어닥쳐 들판을 가로지르며 우박과 얼음장 같은 비를 파도처럼 퍼부었다. 이제 좀 잠잠해졌나 싶을 때마다 또 차디찬 바람이 휘몰아쳤다. 날씨 때문에 보안관은 늦게 오는 게 분명했고, 우린 그저 기다리는 수밖에 없었다. 보안관보들은 열두 시간 넘게 경계를 서고 있는 상황이었다. 나는 한사코 거절하는 그들을 기어이 설득해 집안에 들여 수프 한 접시와 갓 구운 빵을 먹였다. 평소에는 우리와 같이 저녁을 먹는 게 금지되어 있었지만, 이 사람들은 예정대로 저녁을 먹으러 집에 돌아가지 못했다. 뭔가 먹어야 했다.

열시 무렵 노마와 플러렛은 포기하고 잠자리에 들었고, 나는 한 시간을 더 어두운 집안을 서성이다 마침내 자갈이 깔린 진입로로 들어서는 히스 보안관의 자동차 소리를 들었다.

보안관보들이 달려나가 편지에 관해 보고했고, 이내 보안관은 네 명의 부하들에게 둘러싸여 거실에 서 있었다. 근무를 끝내고 돌아가는 보안관보 둘, 야간 근무를 시작하는 보안관보 둘이었다. 방 안은 축축한 모직 냄새와 헛간의 휴대용 난로에서 나는 연기 냄새로 가득찼다. 히스 보안관은 소파에 자리를 잡고 모자를 무릎에 내려놓은 채 혼잣말로 편지를 읽었다. 다 읽고 나서는 나를 올려다보며 뭔가 탐색하듯 내 얼굴을 들여다보다가, 다시 협박장을 읽었다.

"집 뒤쪽을 돌아봐." 보안관이 부하들에게 말했다. "램프를 가져가서 수풀과 바깥채들도 점검해. 그러고 나서 헛간에서 대기하도록."

부하들이 나가자 보안관이 말했다. "앉으십시오. 부탁드릴 게 있습니다."

"뭔데요?"

"일단…… 앉으세요."

나는 그 옆에 나란히 털썩 앉아서 기다렸다. 보안관은 눈을 비비고 양손으로 이마를 괴었다. 숨소리가 하도 조용해서 나를 옆에 두고 잠이 들었나 싶은 정도였다. 이윽고 그가 손을 내리고 고개를 돌려 나를 쳐다봤다. 물기 어린 눈이 새빨갰다.

그는 힘겹게 침을 삼켰다. "미스 콥, 저는 그 남자를 막기 위해 제 권한을 총동원해 백방으로 노력했습니다. 시내에서 미행하고, 집을 감시하고, 그의 누이와 사업상 동료들과 얘기를 나눴고, 거기에 관해서라면, 본인하고도 얘기를 했죠. 검찰에서 기소하도록 무던 애를 썼지만 도무지 먹히지가 않아요. 지금까지 검찰은 어떤 혐의로든 절대 공장주를 기소하는 법이 없었고, 이제라도 그럴 기미는 보이지 않는군요. 코프먼 일가는 막강해요. 세 개 주에 걸쳐 공장을 소유하고 있죠. 그들은 비단업자 전부를 자기 편으로 끌어들일 수 있습니다."

보안관은 내가 자신의 말을 다 소화할 때까지 기다렸다. 나는 고개를 끄덕였고, 그는 다시 말을 이었다.

"나는 또 당신들을 보호하기 위해 보안국의 여력보다 과한 인원을 이쪽에 쏟아부었습니다. 자유보유권자들은 내가 제출하는 청구서마다 일일이 딴지를 걸고요. 부하들 월급조차 제대로 줄 수 없을 정도예요. 지금까지는 비용을 숨길 수 있었지만, 만약 위원회에서 이 한 사건에 지출된 비용을 알면 저는 책임을 추궁당할 겁니다."

"정말 유감이네요." 내가 말했다. "전 전혀 몰랐……"

그는 손을 들어 내 말을 막았다. "당신이 상관하실 일은 아니죠. 당신이 우려해야 하는 건, 우리가 이 문제를 하루빨리 해결해야 한다는 사실입니다. 가만히 앉아 기다리며 이 겨울을 다 보낼 수는 없어요."

또다시 보안관은 말을 멈추고 내 동의를 기다렸다. 내가 고개를 끄덕이자 그가 계속했다.

"이 편지는 우리에게 기회입니다. 편지에서 지시하는 대로 토요일 저녁에 패터슨에 가주셨으면 합니다. 리볼버를 가져가세요. 전 주변에 부하들을 심어놓겠습니다. 당신이 무사하도록 만전을 기할 겁니다. 우리는 이 검은 옷을 입은 여자 또는 그 여자와 같이 있을 사람을 잡아야 합니다."

"당연하죠." 나는 불쑥 말했다. "당연히 그래야죠. 전 할 수 있어요. 사격 연습도 꽤 했는걸요." 헨리 코프먼을 쏘고 싶어 안달난 것처럼 들렸을 수도 있었다. 보안관은 근심스러운 눈빛으로 나를 쳐다보았고, 마음을 정하기까지 약간 시간이 걸리는 듯했다.

"알았어요. 좋습니다." 마침내 보안관이 말했다. "하지만 제가 요청하는 건 그게 다가 아닙니다."

뭐가 또 있을까? 나는 어깨를 똑바로 펴고 기다렸다.

"나는 우리가 신문사에 가야 한다고 생각합니다." 그가 말했다.

"신문사요? 그 사람들한테 우리에 관한 기사를 쓰게 해야 한다는 말인가요?" 노마가 좋아할 리 만무했다. 세상 사람들이 읽는 신문지상의 말썽과 사달은 딴사람들 일이지 우리 일이 아니었다.

"네. 기자들한테 밤중에 길모퉁이에서 검은 옷의 여자를 기다리는 당신에 관해 기사를 쓰게 하고 싶습니다. 지난 칠월로 거슬러올라가 그동안 무슨 일이 있었는지 기자들한테 전부 상세히 얘기하십시오. 토요일 저녁에 일어날 사건에 관해, 어떤 일이 벌어지든, 기사를 쓰게 하고 월요일자 신문에 게재되게 하는 겁니다."

"왜 이 사건에 기자들을 끌어들이고 싶어하는 거죠?"

보안관은 등을 펴고 소파 등받이에 머리를 기댔다. "그러면 검찰이 사건에 주목할 수밖에 없으니까요." 그의 목소리가 약간 갈라졌다. "자유보유권자들은 신문에서 미해결 범죄 사건을 보는 걸 좋아하지 않아요. 저한테 불평하는 것 못잖게 검찰에서 제출한 청구서에도 불만을 늘어놓지요. 그들은 자신들의 돈이 값어치 있게 쓰이는 모습을 보고 싶어해요. 신문에 기사가 나면, 검찰은 조치가 부족했던 데 대한 답변을 해야 할 겁니다." 보안관은 내 얼굴을 살폈다. "어떻겠습니까, 미스 콥?"

내 얼굴이 붉어지는 게 느껴졌다. "우리 가족은 늘 매우 조용한 생활을 해왔습니다."

"저도 압니다. 가장 가까운 이웃과도 몇 에이커씩 떨어진 이 외딴 시골에 살고 계시죠. 어떤 사교 모임도 일절 안 하고요. 친구나 동창이나 남자들과 어울리는 모습은 한 번도 못 봤습니다. 이유야 어찌됐든 세 분은 세상 사람들의 시야에서 벗어나기로 단단히 작정했더군요. 당신에게 쉽지 않은 일이라는 건 잘 압니다. 하지만 제 생각에 놈들을 법정에 세울 유일한 방법은 여론 재판부터 시작하는 겁니다. 그 역시 썩 내키지 않긴 해도."

결정은 나의 몫이었다. 말 그대로. 노마는 절대 반대할 테고, 플러넷은 기자회견 자리에 자기도 앉혀달라고 애걸복걸하겠지. 그러니 결정적인 표는 내가 쥐고 있는 셈이었다.

"언론에서 그자를 주목하게 되면 오히려 더 도발하는 꼴이 되지 않을까요?"

"헨리 코프먼이 지금보다 더 발끈할 수는 없을 것 같은데요." 히스 보안관이 시계를 꺼냈다. "자정이 다 됐군요. 가서 좀 주무시죠. 내일 아침에 결정을 얘기해주시면 됩니다."

나는 고개를 끄덕였고 보안관은 자리에서 일어났다. 극심한 피로에도 불구하고 보안관은 언제나 허리를 곧게 펴고 섰다. 그는 뻣뻣하게 문으로 걸어가 떠났고, 나는 내 몫의 결정과 함께 어둠 속에 덩그러니 남겨졌다.

35

플러렛은 왜 홈스쿨링을 하는지 한 번도 묻지 않았다. 시코맥 로드에는 아이 있는 집이 없었고, 시내에 자신이 다닐 수 있는 학교가 있다고는 꿈에도 생각지 못했을 것이다. 플러렛은 여자애라면 모름지기 식구들 감독하에 교육을 받아야 한다는 생각을 자연스럽게 받아들였다. 어머니가 자신을 계속 감춰두려 한다는 사실, 스캔들을 겁내고 언론과 정부와 모든 종류의 조직을 믿지 못하는 어머니로서는 플러렛을 집밖에 내보낸다는 건 상상도 못할 일이라는 사실을 플러렛은 알지 못했다.

사십대 후반의 여성한테 어린 딸이 있다고 해서 학교에서 문제 삼을 리는 없다고 우리는 항변했지만, 어머니는 퍼즐 조각을 맞추는 사람이 분명 있으리라고 확신했다. 입양 서류가 있으니 그런 문제들을 좀더 수월하게 처리할 수 있었지만, 우리는 플러렛한테 넌 입양되었다고 한 번도 얘기한 적이 없었으므로 서류도 소용이 없었다. 그래서 우리는 진퇴양난에 빠졌다. 최소한 어머니의 생각에는, 그 건에 관해 일절 입을 다물고 애를 그냥 농장에서만 키우는 게 더 간단해 보였다.

플러렛의 출생을 친척들한테 설명하기 위해, 외삼촌들에게는 우리 아버지가 잠깐 집에 왔다 금방 도로 떠났다는 낌새를 풍겼다. 플러렛도 대체로 비슷한 생각을 하고 있었던 것 같다. 비록 우리가 아버지 얘기를 꺼낸 적은 거의 없지만.

이런 상황이 플러렛에게는 하등 이상할 게 없었넌 모양이다. 애가 아홉 살쯤이던 어느 날 어린이용 서부 개척 시대 이야기책을 읽기 전까지는. 플러렛은 대니얼 분*에 관한 이야기를 읽고 있었다. 플러렛이 수업용 책을 큰 소리로 낭독하는 것은 우리에게 익숙한 일과 중 하나였으므로 다들 각자 할 일을 하면서 건성으로 듣는 척만 하고 별로 신경쓰지 않았다.

플러렛이 내 등뒤에서 책을 읽고 있을 때 나는 가계부의 수입과 지출을 맞추고 있었다. "마침내 집으로 가려고 하는데, 갑자기 사납게 생긴 인디언 두 명이 숲에서 달려나와 배를 덮쳤습니다." 나는 깜짝 놀라 어머니를 쳐다봤지만, 어머니는 자수에 집중한 나머지 듣지 못한 것 같았다. 어머니는 끔찍하기 짝이 없는 식인 거인이나 마녀 이야기, 처참한 실패로 끝난 탐험 이야기를 아이들한테 읽히는 것을 아무렇지 않게 여겼다. 플러렛의 양육을 둘러싸고 우리의 의견이 충돌하는 지점 중 하나였다.

---

* 미국의 유명한 서부 개척자이자 탐험가. 신화적으로 채색되어 민중 영웅으로 추앙받는다.

"벳시는 노를 들고 싸웠습니다." 플러렛이 소리 내어 읽었다. "하지만 소용없었어요. 인디언들은 그들을 둘러메고 숲으로 들어갔습니다."

나는 연필을 놓고 끼어들 준비를 했다. 플러렛은 감수성이 예민하고 상상력이 풍부한 아이였다. 이런 이야기를 읽은 후에는 밤잠을 설칠 터였다.

"벳시는 손을 위로 뻗어 지나가는 길을 따라 나뭇가지를 꺾었습니다. 벳시는 아버지가 자신을 찾으러 나서리란 것을 알고 있었고, 부러진 나뭇가지를 보고 뒤따라오길 바랐습니다."

그만하면 됐다. "어머니, 아무래도……"

어머니가 고개를 들었지만, 내가 말을 채 끝맺기도 전에 플러렛은 책을 덮고 어머니 앞에 서 있었다. "우리 아버지는 어디 있나요, 마망?"

"뭘 읽고 있었니?" 어머니는 자수를 더듬거리며 물었다.

"개척자들 이야기요." 내가 말했다. "어린 여자애가 읽기엔 너무 적나라하다고 말하려던 참이었는데."

"우린 아버지가 없어요?" 플러렛이 어머니의 무릎 위로 기어오르며 물었다. "프랜시스 오빠는 아버지가 없나요?"

어머니는 아이를 바닥에 내려놓고 치맛자락을 쓸었다. "당연히 있지." 어머니가 말했다. "누구한테나 아버지는 있단다."

"어디 있는데요?"

어머니는 도움을 청하는 눈길로 나를 쳐다봤다. 그러나 아버지에 관해 언급하길 거부한 건 어머니였고, 플러렛에 대해서도 우리가 어디 사는지에 대해서도 아버지에게 결코 알려주지 않겠다고 작정한 사람도 어머니였다.

"안타깝게도 너희 아버지는……"

나는 고개를 저었다. 죽었다고 얘기하는 건 프랭크 콥에게 불공평해 보였다. 전에는 어머니가 스스로를 과부라고 칭하기도 했지만, 플러렛 앞에서는 그런 적이 없었다. 게다가 죽었다던 사람이 언젠가 우리집 현관 앞에 나타날 수도 있는데, 그 충격은 또 얼마나 크겠는가!

"떠났어요?" 플러렛이 물었다. "인디언과 싸우러 갔어요?"

어머니는 싱긋 웃으며 아이의 손을 가볍게 토닥였다. "그렇단다, 셰리*. 네 아버지는 무척 용감하거든."

어머니가 아이한테 얼마나 쉽게 거짓말을 하는지 나는 보고도 믿기지 않았다. 하기야, 달리 뭐라 하겠는가?

"아버지가 돌아오실까요?"

"안타깝게도 그건 아니란다. 아주 멀리 가셨거든."

어떻게 보면 우린 다 같이 플러렛을 키운 셈이었다. 플러렛은 제멋대로에 변덕스러운 아이였고, 상상의 무대에서 무도 드레스를 입고 춤을 추는 것만큼이나 개구리를 찾아 개울을 찰박이며 돌아다니는 것도 좋아했다. 아이가 공부와 집안일을 게을리하지 않도록 감시하는 데만도 우리 셋—결혼하기 전에는 프랜시스까지—모두의 주의를 요했다. 플러렛이 커가면서 아이의 에너지를 감당하지 못한 어머니는 양육의 책임을 점점 더 노마와 내게 넘겼다.

* 프랑스어로 사랑하는 사람을 부르는 호칭.

하지만 아이가 열두어 살이 될 때까지 나는 어머니가 아이를 키우는 것을 옆에서 지켜보기만 했다. 열이 나면 어머니가 아이를 돌봤다. 생일 때면 어머니가 파티를 계획했다. 아이가 무릎이 까지거나 수탉에 쫓기면, 눈물이 그렁그렁해서 달려가는 것도 어머니였다.

나인 적은 한 번도 없었다. 한 번도 플러렛은 내게서 무얼 필요로 한 적이 없었다—지금까지는. 놈들에게서 아이를 지키기 위해, 필요하다면 나는 총을 들고 밤새라도 길목에 서 있을 것이다.

36

"미스 콥, 당신 주장은 그러니까 전적으로 정당한 이유 없는 공격이었다는 겁니까?"

나는 히스 보안관이 자기 사무실에 내준 테이블 앞에 앉아 있었다. 보안관은 기자들이 검사 사무실 앞으로 보란듯이 지나갈 수 있도록 법원 청사에서 기자회견을 열고 싶어했다. 하지만 법원은 모든 방이 만실이었다. 보안관은 충분히 이목을 끌었다고 판단될 때까지 기자들을 로비에서 서성거리게 두었고, 그다음에 잔디밭을 건너 교도소로 데려왔다.

히스 보안관에게 간단히 소개를 받은 후, 나는 가급적 솔직하고 간결하게 그간의 사정을 이야기했다. 퍼세이크와 버건 카운티의 모든 소규모 신문사에서 기자를 보냈다. 더 큰 규모의 신문사들도 대부분 근처에 보도국을 두고 있었으므로 뉴욕, 필라델피아, 뉴어크, 트렌턴 신문사의 기자들도 참석했다.

공들여 예행연습한 대로 내가 일련의 사건을 간략하게 설명하는 동안 기자들은 조용히 앉아 메모를 휘갈겼다. 그러나 내가 이야기를 마치자마자 일제히 질문 공세를 펼쳤고, 나는 거기에 대답할 준비가 전혀 되어 있지 않았다.

"히스 보안관한테서 사격을 배우기 전에 총을 쏴본 적이 있습니까?"

"어떻게 여자 셋이서만 한 집안을 꾸려나갑니까? 당신들을 받아줄 삼촌이나 다른 남자 친척은 없습니까?"

"그동안 셋 중 아무도 청혼을 받은 적이 없나요?"

나는 히스 보안관을 쳐다보며 도움을 청했다. 보안관은 자기 책상 앞 의자에 느긋이 등을 기대고 앉아 있었는데, 마치 오후마다 기자 스무 명의 질문을 받는 게 일상인 듯 무척이나 편안해 보였다. 그러나 내 눈길과 마주치자 벌떡 일어나 바통을 넘겨받았다.

"콥 자매는 본인들끼리 알아서 잘 지내고 있습니다." 보안관이 말했다. "이들은 시골에 살면서 이미 엽총 다루는 법을 알고 있었고, 권총 사격에도 상당히 능숙함을 증명했습니다. 그리고 당연히 그 공격은 정당한 이유가 없었어요, 사이먼. 마차를 탄 세 여성이 어떻게 해야 다가오는 자동차에 대고 곧장 자신들을 들이받으라고 시비를 걸 수 있을까요?"

웃음이 한바탕 방안을 휩쓸었고, 이내 기자들이 수첩에 뭔가를 휘갈기면서 잠잠해졌다.

"질문에 대한 답이 되었으리라 믿습니다." 히스 보안관은 자리로 돌아갔다.

뒤쪽에 있던 건장한 이탈리아인이 말했다. "아뇨, 보안관님, 청혼에 대한 제 질문에는 답을 못 받았는데요."

나는 히스 보안관이 나서기 전에 벌떡 일어났다. 이 사람들은 내가 스스로 얘기할 능력이 되는지 두 눈으로 확인하려는 거였다. "콥 자매 인생에 구혼자가 있었는지 없었는지는 이번 사건과 아무런 관련이 없습니다." 나는 기자들에게 말했다. "그리고 우리 자매 중 누군가와 함께할 가능성이 있어 보이는 남자분은 오늘 이 자리엔 안 계시는 듯하네요."

이 말은 기자들로부터는 감탄의 박장대소를, 보안관에게서는 부드러운 미소를 이끌어냈다.

질문은 겨우 몇 분 더 이어졌을 뿐이고, 그다음에 히스 보안관이 기자들에게 이번 수사에서 자신의 역할과 검찰의 비협조적인 태도에 관해 간단히 설명했다. 그는 다음날 저녁에 예정된 검은 옷을 입은 여자와의 만남에 관해 세부 사항을 알리고, 협박장 필사본을 배부하여 신문에 전문 그대로 실을 수 있게 했다. 보안관은 토요일 저녁 현장에 동행하고 싶어하는 기자들을 위해 그곳에서 몇 블록 떨어진 브로드웨이의 한 주차장을 미리 확보해놓았다. 기자들은 모임 장소에 일찍 도착해야 하고, 보안관이나 보안관보의 지시가 있을 때까지 숨어 있어야 한다고 주의를 받았다.

방안의 사람들은 전부 동행하고 싶어 몸이 단 것 같았다. 흥분의 기류가 감돌았다. 사냥감을 향해 풀어줄 때까지 기다리는 사냥개떼의 기대감, 혹은 한밤중에 말 도둑을 쫓기 위해 모인 치안대의 초조한 흥분과 설렘. 그 느낌이 내게까지 전해졌다.

그러나 기자들이 나가자마자 히스 보안관은 다시 안색이 어두워졌다. "기자들에게 이건 게임에 지나지 않아요. 저들이 우르르 뛰쳐나와 작전을 망치지 않도록 보안관보 한 명을 주차장에 배치해야 할 겁니다." 그러곤 일어나서 내게 문을 열어주었다. "하지만 당신이 걱정할 일은 아닙니다. 푹 쉬고 내일에 대비하세요. 따뜻하게 입고 오고 신발은 튼튼한 걸로 신어요. 무기를 넣으려면 손가방도 가져오고. 일곱시에 모시러 가겠습니다."

이제 보니 보안관은 배지를 윤이 나게 닦았고 칼라도 새로 달았다. 문가에 다가서니 그의 아내가 칼라에 먹인 백악질 세탁용 풀의 마른 냄새가 났다. "도와주셔서 감사합니다. 그러니까, 기자들이 질문했을 때요. 그런 식으로 심문당하는 데는 익숙지 않아서."

보안관의 입가에 미소가 스쳤다. "잘하시던데요. 제대로 맞받아쳤어요, 미스 콥. 기자들은 당신이 침착하게 대응할 수 있는지 알고 싶었을 뿐이고, 당신은 그럴 수 있죠."

37

"그 여자 만나서 돈 주는 거 내가 하면 안 돼?" 플러렛이 물었다.

"누가 무슨 돈을 준다 그래." 내가 대꾸했다. "우린 놈들의 요구를 진짜로 받아들이는 게 아니야. 내가 가지고 갈 소지품 중 유일하게 값나가는 건 리볼버야."

나는 플러렛의 침대에 앉아서, 협박범과의 랑데부에 입고 나갈 적절한 의상을 찾기 위해 제 옷장을 뒤지는 아이를 지켜보는 중이었다. 플러렛은 모피 칼라에 붉은 벨벳 안감을 댄 케이프와 안쪽 띠에 비밀 주머니가 달린 모자를 꺼내놓았다.

"그 케이프는 내가 입으면 우스꽝스러워 보일걸." 내가 말했다. "게다가, 보안관님이 어두운 색의 실용적인 옷을 입으라고 했어. 오늘 저녁은 엄청 추울 테고 거기서 얼마나 오래 기다리게 될지 모르니까."

플러렛은 제 어깨에 케이프를 둘렀다. 정말 잘 어울린다는 건 인정해야겠다. 수수께끼의 여인 같았다. 검은 옷을 입은 여자에게 천 달러를 전할 만한, 그리고 살아남아 그 이야기를 들려줄 만한 여인. 플러렛은 예의 생기발랄하고 또랑또랑한 눈동자를 내게 고정했다.

"그 여자를 쏠 거야?" 플러렛이 물었다.

"누구?"

"검은 옷의 여자. 돈을 받으러 오는 사람. 그 여자한테 총을 쏠 거야?"

"아냐! 이 사건에 얽혀든 여자를 쏘려는 게 아냐. 게다가 보안관과 부하들이 사방에서 날 둘러싸고 있을걸. 난 그냥 수상쩍은 장소에 서서 기다리기만 하면 돼."

플러렛이 한 바퀴 빙 돌았고, 케이프는 아이의 어깨에 내려앉으려는 들새처럼 펄럭였다. "수상쩍은 장소에 서 있는 건 내가 훨씬 더 잘할 수 있는데."

나는 빙긋 웃었다. "나도 알아."

노마가 방안에 들어오더니 플러렛이 침대 위에 펼쳐놓은 경박한 의상들을 의심스럽게 쳐다보았다.

"저런 걸 입으려는 건 아니겠지." 노마가 말했다.

"당연하지." 내가 말했다.

"이 동네 여자들이 직접 나가 범죄자를 잡아야 한다면 굳이 보안관보를 고용할 필요가 뭐 있어."

"이 작전엔 내가 꼭 있어야 해. 너도 알잖아."

노마는 인상을 쓰고 방 안쪽으로 가 플러렛이 의자에 던져놓은 손가방 더미를 이리저리 뒤졌다. 노란 비단으로 만든 물방울 모양의 술 장식 가방은 제쳐두고, 나비처럼 생긴 비즈 손가방과 극장에서 쌍안경을 넣는 용도의 벨벳 파우치도 제외했다. "리볼버를 넣고 다니기엔 적당하지 않아." 노마가 말했다. "총을 쏴야 할 때 이 프릴에 걸려 엉킬걸."

"총을 쏠 일은 없을 거야. 왜 그렇게 너희들은 오늘 저녁에 내가 무고한 여자를 총으로 쏴서 쓰러뜨릴 거라고 확신하는데?"

노마는 언닌 참 상황을 몰라도 한참 모르는구나, 하고 마음이 아프다는 듯 애처로운 눈빛으로 나를 쳐다보았다.

"그걸 쓸 일이 없을 거라고 생각했다면 보안관이 언니한테 총을 가지고 나오라고도 안 했겠지."

진입로에서 보안관의 자동차 소리가 났을 때 나는 이미 한 시간째 집안을 왔다갔다하고 있었다. 우리와 동행할 보안관보 두 명과, 노마와 플러렛과 함께 집에 머물 보안관보 두 명이 같이 왔다. 차에 타기 전에 보안관은 내가 뛸 수 있는 신발을 신고 있는지 보여달라고 했다. 나는 치맛자락을 들어올렸고, 보안관이 내려다보더니 예의 반쪽짜리 미소를 지었다. 나는 헛간을 청소할 때 신는 부츠를 신고 있었다.

"잘했어요." 보안관이 나직이 말했다.

그는 내 손가방을 들고—어머니의 옷장에서 찾아낸 실용적인 외출용 가죽가방이었다—안에 든 내용물을 검사했다. 리볼버 말고는 아무것도 들어 있지 않았고, 보안관은 총을 꺼내 탄약을 확인했다.

"다른 값나가는 건 없지요? 목걸이라든가 머리핀이라든가? 따로 넣어둔 돈도 없지요?"

무척 가까이 서 있었기 때문에 그가 내 코트 주머니를 뒤질지도 모른다는 생각이 들었다.

"전혀 없습니다."

우리는 동일한 눈높이에서 마주보았다. 보안관이 마지막으로 한 번 더 나를 평가하고 있다는 느낌이었다.

"좋습니다." 그가 말했다. "그럼 가시지요."

패터슨까지 가는 동안 아무도 입을 열지 않았다. 우리는 약속 장소에서 몇 블록 떨어진 시청 주차장에 차를 세웠다. 나는 차에서 내려 추위에 가볍게 떨며 서 있었다. 유령이 나올 것처럼 오래 묵은 들보를 둘러보고 있자니 지난 세월 동안 이 벽들이 무엇을 봐왔을까 궁금해졌다. 나 같은 일을 하려는 사람을 본 적이 있을까?

"우리가 너무 가까이 가면 이목을 끌 겁니다." 히스 보안관이 설명했다. "당신은 여기서부터 걸어갈 겁니다."

"여기서부터요!" 밤에 동행도 없이 시내를 걸어본 적은 내 인생에 단 한 번도 없었다. 하지만 그 말을 내뱉고 후회했다. 갑자기 히스 보안관의 안색이 어두워지더니 내게 이런 일을 맡긴 것이 실수였음을 깨달은 듯한 표정이 되었기 때문이다.

"괜찮겠죠." 내가 얼른 말했다.

보안관은 고개를 흔들었다. "아뇨. 당신 말이 맞아요. 누가 당신 옆에 있어야겠어요. 이렇게 하죠. 부하들을 당신과 함께 보내겠습니다. 하지만 각자 한 블록씩 떨어져 걸어갈 겁니다. 모리스가 동쪽으로 한 블록 떨어져 페어 스트리트로, 잉글리시가 서쪽으로 한 블록 떨어져 밴호턴 스트리트로 갈 겁니다. 기자들이 모여 있는 오번 스트리트의 주차장 앞에도 보안관보를 한 사람 배치해두었습니다. 그도 당신을 지켜볼 겁니다. 가는 도중에 그 앞을 지나치겠지만 당신은 길 건너편으로 걸어가고, 문제가 생긴 게 아니라면 그를 쳐다보지도 말고 어떠한 신호도 하지 마세요."

나는 알겠다고 했고, 우리 셋은 브로드웨이 쪽으로 출발했다. 모리스 보안관보가 먼저 가서 왼쪽으로 돌았다. 그는 몇 시간 전에 문을 닫은 양복점과 구두점과 그 비슷한 상점들이 몰려 있는 좁은 골목길을 걸어가게 될 것이었다. 잠시 후 잉글리시 보안관보도 그 뒤를 따랐고, 오른쪽으로 접어들어 작은 예배당들과 여학교가 있는 길로 걸어갔다. 히스 보안관이 내게 고갯짓을 했고, 내가 막 출발하려는데 그가 숨죽인 목소리로 불렀다.

"미스 쿱!"

나는 돌아보았다. 그는 두 손을 주머니에 꽂아넣고 주차장 입구에 홀로 서 있었다.

"오늘밤 당신은 제가 어디 있는지 모를 겁니다. 저를 볼 수 없을 거예요. 하지만 저는 일분일초도 놓치지 않고 지켜보고 있을 겁니다. 당신에게서 눈을 떼지 않겠습니다."

나는 목구멍으로 치미는 공포와 불안의 혼합물을 삼킨 후 고개를 끄덕이고 브로드웨이를 향해 걸음을 옮겼다.

거리는 어두웠지만 인적이 아예 없는 건 아니었다. 젊은 연인 네 쌍이 서로 소리치며 떠들고 웃으면서 나를 지나쳐 달려갔는데, 아마 댄스파티에라도 가는 모양이었다. 노동자들 몇이 묵묵히 길을 걸어갔고, 그들의 담배 끝에서 불빛이 반딧불처럼 깐닥이며 슬며시 타들어갔다.

패터슨의 번화가는 스트레이트 스트리트를 지나자마자 끝났고, 그 너머로 상점가에서 일하는 사람들이 주로 거주하는 3층짜리 아파트 건물이 이어졌다. 건물마다 똑같이 앞쪽에 작은 잔디밭과, 여름에는 제라늄이 피고 겨울에는 지저분한 눈더미가 쌓이는 아담한 꽃밭이 있었다. 굴뚝에서 연기가 피어올랐고, 어떤 집에서 저녁식사 냄새가 흘러나오기도 했다. 팬에서 익어가는 포크촙, 화로에서 끓는 양파와 소시지 스튜.

히스 보안관의 부하들은 내 바로 앞에서 계속 거리를 유지했다. 교차로에 당도할 때마다 한 블록 건너편에서 똑같이 길을 건너는 그들 모습이 언뜻언뜻 보였다. 오번 스트리트에 다가가니 한 보안관보가 어느 문간의 그늘에 숨어 있었다. 나는 그를 똑바로 쳐다보지 않도록 주의했고, 기자들이 나를 주시하고 있지 않은지 고개를 들어 주변 창문을 두리번거리지 않도록 마음을 다잡았다.

나는 예상보다 일찍 브로드웨이와 캐럴 스트리트 교차로에 도착했고, 각 모퉁이마다 잠깐씩 서서 큰길과 골목의 배치를 살피며 혹시 필요할 때를 대비해 탈출 경로나 몸을 숨길 곳을 찾아보았다.

한쪽 모퉁이에, 소규모 사무실들이 입주해 있을 법한 별 특징 없는 벽돌 건물이 있었다. 큰길에 면한 쪽으로는 창문이 거의 없었고, 불빛도 보이지 않았다. 길 건너편 꽃집도 불이 꺼지고 덧문이 내려져 있었다. 반대편 모퉁이는 깨끗이 풀을 베어낸 공터였지만, 그 텅 빈 느낌이 묘하게 무섭게 다가왔다. 검은 옷을 입은 여자가 공터 한가운데에 서 있는 모습이 머리에 떠올랐다. 여자는 약속했던 돈을 달라고 두 팔을 내밀고, 여자 주위로 지난여름에 자란 풀의 마른 그루터기와 잔설이 깔려 있다. 상상하고 있자니 오싹해졌다.

나는 길을 건너 다 쓰러져가는 목조 건물 앞에 섰다. 전에는 가구장이나 대장장이의 공방으로 쓰였을 법한 건물이었다. 히스 보안관이 분명 어딘가 숨어 있을 거라는 생각이 문득 들었다. 저기 창문에 널빤지를 댄 건물들 중 한 곳이겠지.

이제 여덟시가 다 됐을 텐데. 검은 옷의 여자는 코빼기도 보이지 않았다. 사실, 이 길에서 내 앞을 지나친 사람은 한 명도 없었고, 자동차만 두 대 지나갔을 뿐이었다. 노마와 플러렛은 집에서 뭘 하고 있을까? 지금 이 순간 내 생각을 하고 있을까? 이 창문 저 창문 옮겨다니며 말썽의 기미를 경계하고 있을 동생들 모습을 그려보았다.

너무 오랫동안 손가방을 옆구리에 끼고 있던 탓에 그게 거기 있다는 사실을 잊고 있었다. 나는 가방 속에 손을 넣어 리볼버가 잡기 쉽게 제대로 들었는지 확인했다. 바로 그때 요란하게 쾅 소리가 났고, 깜짝 놀라 하마터면 가방을 떨어뜨릴 뻔했다. 길 아래쪽에서 보안관보가 교차로로 뛰쳐나와 나를 확인하는 모습이 보였다.

분명 자동차엔진이 역화하는 소리였을 것이다. 나는 지켜보는 사람들에게 잘 보이도록 달빛이 어린 빛 우물로 걸어들어갔다.

캐럴 스트리트에서 한 사람이 성큼성큼 걸어왔다. 어둠이 짙어 남자인지 여자인지 분간이 가지 않았다. 가까스로 긴 치마와 챙 넓은 모자를 알아보았다.

저 여자인가? 검은 옷을 입고 있는지 확실히 알아볼 수 없었다. 모든 게 다 검었다.

나는 손가방을 들어 가죽 안쪽의 권총 손잡이를 더듬었다. 추위에도 불구하고 목깃 안쪽으로 열이 났다. 가슴팍으로 땀방울이 흘러내렸고, 또 한 방울이 등줄기를 타고 흘러내렸다.

여자는 가까이 오면서 걸음을 늦추었다. 나를 봤을까?

이 여자 말고 또 다가오는 사람은 없는지 얼른 주위를 둘러보았다. 몇 블록 떨어진 곳에서 길을 건너는 두 남자가 보였다. 어딘가에서 자동차가 부릉거리더니 시동이 꺼졌다. 전에는 들어본 적 없는 온갖 소리가 귀에 들어왔다. 강 하구의 공장 뒤에서 짖는 경비견들, 보일러에서 나온 증기를 쉭쉭거리며 내뿜는 지하 통풍구, 어르고 달래도 소용없이 울부짖는 아기의 어렴풋한 울음소리.

여자는 한 블록 이내까지 다가오더니 밴호턴 스트리트 쪽으로 길을 틀었다. 잉글리시 보안관보 바로 앞을 지나갔을 것이다. 저 여자를 따라가야 하나? 여자는 내게 따라오라는 어떤 신호도 주지 않았고, 그래서 나는 자리를 지켰다. 몇 블록 밖에서 자동차가 또 지나갔다. 기차 경적 소리가 났고, 노인의 거칠고 가래 낀 기침 소리가 이어졌다.

마침내 오번 스트리트의 주차장에서 세 남자가 걸어나왔다. 나는 오버코트와 모자의 윤곽으로 히스 보안관을 알아보았다. 모리스 보안관보와 어제 만났던 기자 중 한 사람의 모습도 알아볼 수 있었다.

셋이 내게 다가왔을 때 히스 보안관이 나직이 말했다. "아홉시입니다. 충분히 오래 기다렸어요. 놈들은 오지 않기로 했거나, 우릴 보고 튀었을 겁니다."

"캐럴 스트리트에서 오던 그 여자는요?" 내가 물었다.

보안관은 고개를 저었다. "그 여자는 아니었습니다. 잉글리시가 집까지 따라가서 얘기를 나눴어요. 아무것도 모르더군요."

그때까지 내가 숨을 참고 있었다는 것도 몰랐다. 마침내 나는 숨을 내쉬었다. 히스 보안관이 손을 뻗어 내 가방에서 리볼버를 꺼내 갔다. "이건 제가 들고 가지요. 당신의 임무는 이제 끝났습니다."

주차장으로 돌아가는 길에 히스 보안관은 내게 기자를 소개했다. 패터슨 신문사에서 일하는 조지 피터스 기자였다. "조지는 괜찮은 친구예요." 히스 보안관이 말했다. "기사가 제대로 나올 거라 믿어도 됩니다. 우리와 함께 차를 타고 가는 길에 질문을 해도 좋다고 얘기했습니다. 조지가 알고 싶어하는 건 뭐든 말씀해주세요. 내일은 기자들이 그 집에 떼로 몰려가 인터뷰를 하려 들 겁니다. 다들 오늘밤에 당신과 얘기하고 싶어했지만, 제가 좀 쉬게 하자고 말해두었습니다. 어쨌든 내일 저녁때까지는 아무도 기사를 송고하지 않을 거예요."

집으로 가는 길에 피터스 기자는 나 자신의 언어로 다시 설명해 달라고 요청했다. 이 사태가 어디서 어떻게 비롯됐는지, 그것을 해결하기 위해 우리가 어떤 노력을 기울였는지. 또한 해변에서 돌아와 집이 화톳불이 되기 일보 직전임을 알았을 때 우리집이 어떤 상태였는지, 총 다루는 법은 어떻게 배웠는지, 어떻게 여성이 동생들을 지키기 위해 리볼버로 무장하는 범상치 않은 행보를 택하게 되었는지 알고 싶어했다.

나는 창밖의 새카만 밤과 낙농장 외양간의 어둑한 윤곽과 저멀리 숲을 바라보았다.

"동생들에게는 나밖에, 내게는 동생들밖에 없습니다." 이윽고 내가 말했다. "그리고 동생들을 지키기 위해 누군가가 총을 들어야 한다면, 그건 내가 될 거예요."

38

월요일 아침에 일어났을 때, 신문이 식탁 위에 접힌 채 놓여 있었다. 신문을 집어들자 헤드라인이 있어야 할 자리에 뻥 뚫린 네모 칸이 보였다. 사라진 헤드라인은 몇 시간 후 비둘기 우편으로 돌아왔고, 나는 그것을 원래 자리에 붙였다.

여자는 총을 들고 기다린다

몇 달 동안 시달리던 미스 콥, 협박장에 언급된 장소에 나가……

자택은 밤마다 경비하에

천 달러를 요구한 블랙핸드 협박범이 지정한 장소에서 토요일 저녁 내내 경찰의 보호를 받으며 기다렸던 미스 콘스턴스 콥은 오늘, 협박 편지는 본인과 여동생들이 사는 집을 사실상 포위 상태로 몰아넣었던 말썽의 일부에 불과하다고 말했다.

몇 주 동안 무장한 보안관들이 미스 콥의 자택을 밤낮으로 지켰음에도 불구하고 콥가의 여성들은 괴한의 총격을 받았는데, 미스 콥에 의하면 괴한들은 자동차로 집에 접근했다고 한다.

"어느 날 저녁, 해가 진 직후 무심코 제 방 창문 밖을 내다봤는데 집에서 50피트도 채 떨어지지 않은 나무 근처에 한 남자가 서 있었어요." 콘스턴스 콥은 말했다. "남자가 우리 땅 안에 들어왔길래 제가 원하는 게 뭐냐고 물었습니다. 대답이 없자 저는 방충망을 통해 한 발을 쐈고, 즉각 그 남자가 몇 발을 응사해서 저는 겁에 질려 기절했어요.

또 한번은 플로렌이 물 한 동이를 길으러 우리 땅에 흐르는 냇물에 갔는데, 한 남자가 근처 수풀에 숨어 있다가 플로렌을 향해 두 발을 쐈어요.

그런데도 카운티 공무원 중에서 적어도 한 사람은 우리 얘기에 콧방귀를 뀌며 믿으려 들지 않았습니다.

아니, 저 발악하는 비열한 자들은 심지어 어느 날 오후 우리가 집을 비웠을 때 쳐들어와 제일 좋은 가구들을 한 무더기로 쌓아놨어요.

우리는 해가 지면 리볼버 없이는 집에서 멀리 나갈 엄두도 못 냅니다. 밤에 몰래 숨어드는 수상한 놈들한테, 꼭 해야 그런 놈들이죠, 발포하기 딱 좋은 근사한 연발총을 우린 갖고 있거든요."

미스 콥은 자택으로 배달된 블랙핸드 협박장에 응하여 토요일 저녁 아홉시까지 패터슨의 한 길목에서 기다렸으나, 천 달러를 요구하는 검은 옷을 입은 여자는 나타나지 않았다. 그후에 미스 콥은 자택으로 돌아갔다. 미스 콥은 방한용 토시 속에 리볼버를 감추고 있었고, 그것을 사용할 준비가 되어 있었다.

> 히스 보안관과 몇몇 보안관보들은 한 시간 동안 차로 브로드웨이와 캐럴 스트리트 근방을 순찰하며 미스 콥을 주시하고 해당 길목을 지나가는 검은 옷을 입은 모든 여자를 면밀히 감시했다.
>
> 콥가의 세 자매는 부유한 집안의 매력적인 젊은 여성들이다. 보안 당국은 이 젊은 여성들이 총을 지니고 다닐 수 있도록 허가했다.
>
> "해가 진 후 우리집 주위를 몰래 돌아다니는 수상한 남자를 보면 우린 리볼버를 쏠 겁니다"라고 미스 콥은 말했다.

"언니는 평생 한 번도 기절한 적 없잖아." 플러렛은 자신의 재봉 작업대에 신문을 패대기치며 말했다. "그리고 신문사에 편지를 보내 내 이름 철자를 어떻게 쓰는지 알려줘야겠어."

우리의 시련에 관한 이야기는 〈뉴욕 트리뷴〉과 〈더 선〉 〈뉴욕 헤럴드〉 〈필라델피아 이브닝 레저〉 그리고 뉴저지의 모든 신문에 실렸다. 어지간히 부정확한 기사들이었다. 한 신문은 내가 뉴어크의 도로 한 구석에서 기다렸다고 썼고, 여러 매체가 플러렛의 이름 철자를 틀렸으며, 신문이란 신문마다 내가 한 말을 인용하면서 훨씬 현란한 수식어를 덧붙였다. 한 신문의 헤드라인은 '아, 저 더러운 밤도둑들을 쏴버릴 기회만 있다면!'이었고, 그걸 읽은 플러렛은 한바탕 낄낄거렸다.

"언론에서 우리 상황을 웃음거리로 만들었어, 내 이럴 줄 알았지." 노마가 말했다. "언니가 언론에 알릴 생각이라고 나한테 말해줬으면 좋았을걸, 그럼 내가 말렸을 텐데."

"큰언니가 일부러 작은언니한테 숨겼을 거라는 생각은 안 해?" 플러렛은 일부러 눈을 크게 뜨고 놀란 척하며 물었다.

노마는 커피를 휘저어 식히며 다시 신문을 들고, 얼마 있지도 않은 목 아래쪽 살이 접히도록 턱을 당겼다. 나이든 여자들이 못마땅한 기색을 극대화하기 위해 구사하는 이중턱의 몸짓이었다. 이따금 나는 노마가 지긋한 나이에 도달해 인생 느지막이 얻게 되는 중력을 실컷 활용할 때까지 기다리지 못할 거라는 생각이 든다.

"이런 식으로 우리 가족을 노출하면, 당연히, 지독한 결과가 따라올걸." 노마가 말했다. "오빠가 뭐라고 할지 감도 안 오는데다, 우리한테 한없이 친절만 베푼 불쌍한 베시는 오늘 신문을 읽고 엄청 충격받았을 거라고."

"난 오빠가 오늘 아침 당장 달려올 줄 알았는데, 의외로 안 나타나네." 플러렛이 말했다. "추수감사절 때를 벼르고 있을 거야."

토요일 저녁에 감기에 걸린 나는 아프간 숄을 둘러쓰고 코를 훌쩍이며 다른 신문을 읽었고, 플러렛은 작아져 못 입게 된 드레스의 밑단을 뜯어서 늘렸다. 노마는 커피잔을 비우고 부츠 끈을 매더니 비둘기 한 무리를 데리고 말을 타고 나갔다. 살을 엘 듯 추웠지만 해가 나서 도로는 말끔했다. 돌리는 지난 몇 주간 거의 헛간 밖으로 나오지 못했고, 노마는 말도 비둘기도 신선한 공기를 쐴 필요가 있다고 판단했다.

"목요일에는 외출할 수 있을 만큼 나아지겠지?" 플러렛이 드레스에서 실을 자르며 물었다. "만약 언니가 안 나으면 언니 혼자 집 보라고 놔두고 우린 갈 거야. 난 추수감사절을 놓치지 않을 거거든."

"나아지겠지." 내가 말했다. "그리고 보안관보들도 하루 쉬어야지."

"앗, 안 돼, 한 팀을 저녁식사에 데려가고 싶은데. 우리가 경찰에스코트를 받으며 들어서면 오빠가 어떤 표정을 지을지 그려져?"

사실 히스 보안관은 추수감사절에 우리가 보호막 없이 돌아다니는 걸 달가워하지 않았다. "코프먼과 그 일당이 명절이라고 쉴 리 없습니다." 보안관은 화요일에 교대할 보안관보를 헛간에 데려다주러 들러서는 툴툴거렸다. 우리는 늘 하던 대로 농장을 한 바퀴 돌아보던 중이었다. "놈들이 하루종일 위스키를 마시고 밤새 차를 타고 돌아다니며 소란을 피우면 내 부하들이 뒤치다꺼리를 해야겠죠. 명절은 우리에게 일 년 중 최악의 날입니다."

바람이 불어 내 모자를 들어올렸다. 나는 귀밑까지 모자를 푹 눌러썼다.

"이 추위에 밖에 나오면 안 되는데." 보안관이 말했다.

"괜찮아요. 감기 좀 걸렸을 뿐이에요. 하지만 보안관님 부하분들도 분명 하루쯤은 가족들과 보내고 싶어할 텐데요."

우리는 헛간 앞을 지났다. 헛간에서 얼어붙은 풀 밑동을 쪼아대는 닭들을 보고 있던 잉글리시 보안관보가 모자에 살짝 손을 대며 묵례했다.

"아, 추수감사절에는 휴가를 줘야죠." 보안관이 말했다. "하지만 총격이나 강도 사건이라도 생기면, 해 떨어지기 전에 발생할 거라고 장담합니다만, 호출될 겁니다. 목요일 순찰은 제가 돌 거고요."

"아내분이 뭐라고 하시지 않을까요?"

"아내는……" 그는 걸음을 멈추고 나를 쳐다봤다. 예의 탐색하는 듯한 호기심 어린 표정이 무엇을 의미하는지 나는 읽어낼 수 없었다. 별안간 그의 얼굴에 서글픈 기운이 서렸다가 언제 그랬냐는 듯 금세 사라졌다.

"미시즈 히스는 버건 카운티의 보안관과 결혼했습니다." 그는 사무적으로 딱딱하게 말했다. "따라서 희생이 요구된다는 걸 잘 알고 있죠."

39

추수감사절 아침에 일어나보니 온 세상이 얼어붙어 있었다. 전날부터 휘몰아치던 북풍이 유난히 춥고 맑은 하늘을 남기고 떠났다. 창문이란 창문은 몽땅 꽝꽝 언 얼음장에 갇혔다. 처마에 고드름이 단검처럼 매달렸다. 펌프가 움직이리라는 희망은 일찌감치 접었고, 얼어붙은 목초지를 용감하게 가로질러 개울물이 아직 흐르는지 알아보고 싶어하는 사람은 우리 중에 없었다. 우리는 포치에 달린 고드름을 부숴 부엌에서 녹인 뒤 오빠네 집으로 출발하기 전에 세수를 마쳤다. 식품 저장고에는 자두 절임이 두 병 남아 있었고 옆집에서 준 괜찮은 염장 돼지고기도 한 꾸러미 있길래 같이 가져가려고 마른 행주에 싸서 챙겼다.

우리가 막 떠날 채비를 하는 와중에 히스 보안관이 도착했다. "제 차로 모셔다드리면 좋겠습니다." 보안관의 말에 노마는 툴툴거리며 그를 밀치고 돌리에게 마구를 채우러 갔다.

"오빠가 어떻게 생각할지 걱정돼서요." 플러렛이 말했다.
"오빠가 무서워서가 아냐." 내가 말했다. "우린 괜찮아요. 그 사기꾼들이 저녁이 되기 전에는 나돌아다니지 않겠죠?"
보안관은 노마를 따라 헛간으로 가는 플러렛을 유심히 지켜보았다. 플러렛은 허리가 꽉 조이는 멋스러운 담녹색 비단 드레스를 입고 있었다. 애가 뭘 만들고 있는지 미리 알았더라면 저렇게 허리를 줄이게 놔두지 않았을 텐데.
"저 아이는 제가 알고 지낸 동안에만도 꽤 자랐군요." 보안관이 말했다.
나는 한숨을 내쉬고 고개를 절레절레 저었다. "머릿속에 온통 납치 협박 생각뿐이라 걱정이에요. 플러렛은 자기가 무슨 탐나는 경품이라도 된 줄 알아요. 저앨 어떻게 해야 할지 모르겠어요."
"가급적 오래 농장에 붙잡아두세요." 보안관이 말했다.
"그게 언제까지가 될지 모르니까요. 그래도 오늘만큼은……"
"오늘은 플러렛 옆에 앉아 가시면서 계속 도로를 주시하십시오. 우천용 천막을 내려 바깥의 시선을 차단하고요. 리볼버는 챙겼죠?"
"네. 하지만 그걸 쓸 일이 생기진 않겠죠?"
"없기를 바랍니다."
노마와 플러렛은 마차를 타고 집앞으로 돌아나왔다. 돌리가 얼음 위에서 발을 쿵쿵 굴렀고, 코에서 엄청난 콧김을 구름처럼 뿜어냈다. 나는 마차에 올라 플러렛 옆에 끼어 앉았다.
"이따 몇 번 시내의 오빠 댁 앞으로 순찰을 돌겠습니다." 길을 향해 말머리를 돌리는 우리에게 보안관이 외쳤다.
나는 고개를 끄덕였고 이어 헛간으로 성큼성큼 걸어가는 보안관을, 황량한 잿빛 풍경 속의 작고 흐릿한 형체를 지켜보았다.

프랜시스와 베시는 호손에 위치한 단독주택지의 아담하지만 최신식인 단층집에 살고 있었다. 이곳 집들은 아늑하게 지어졌고 수도와 가스 시설이 훌륭하게 완비됐으며 새로 전기도 들어왔다. 집집마다 진입로 옆에 차고가 딸려 있는데 마차보다는 자동차에 알맞게 지어졌으나, 길을 따라가며 보니 몇몇 사람들은 여전히 말을 키우고 있었다.

오빠네는 그 집의 첫 입주자였다. 오빠네가 이사한 후 톱밥과 니스 냄새가 몇 달 동안 그들 주위를 맴돌았다. 올케의 성화에 오빠는 화사한 수레국화 청보라색으로 집을 칠했고, 창가에 화단도 설치해 철따라 풍성한 프림로즈나 제라늄을 뽐냈다. 각 방은, 심지어 아이들 방마저 전기등으로 눈부시게 환했고, 가구는 모두 그랜드 스트리트의 래프너 가구점에서 사들였다. 어머니는 맨 처음 오빠네 신혼집에 들어서서 신문광고에 나온 것과 똑같은 거실 세트가 놓인 모습을 보고 충격을 받았다. 노마가 그게 광고에 백구십오 달러라고 적혀 있었고, 그것도 일 년 할부 가격이었다고 지적하자 어머니는 더욱 경악했다.

두 사람은 월넛 식탁 세트도 같이 구입했는데, 거기에 찬장과 이음매 없는 벨벳 러그와 장식장용 거울도 딸려 왔다. "침실 세트도 샀는지는 보러 갈 필요도 없겠구나." 어머니는 콧방귀를 뀌었다. "우리 농장에 네가 가져가도 되는 가구가 한가득인데."

하지만 프랜시스와 베시는 농가의 가구를 원하지 않았고, 그렇다고 두 사람을 탓할 순 없는 노릇이었다. 그들 집은 완전히 새집이었고, 프랜시스가 입버릇처럼 말했듯 '결점 없는' 집이었다. 요컨대 가스 누출과 웃풍, 어머니의 오스트리아 소녀 시대를 상징하는 덩치 크고 우중충한 서랍장과 흉물스러운 돋을새김 의자에서 벗어났다는 뜻이었다. 그들 집은 미국식 집이자 20세기의 집이었고, 어머니의 낡은 물건들이 있을 자리는 없었다.

프랜시스는 집밖까지 나와 우릴 마중했고, 돌리의 마구를 벗기고 물을 먹이러 집 뒤로 데려갔다. 우리 셋은 집안에 들어가기엔 너무 미개하다는 기분이 들어 잔디 앞마당에 서 있었다. 우리가 정말 머리맡에 리볼버를 두고 자고 어둠 속에서 낯선 남자들한테 총을 쏴대며 살았던가? 우리가 정말 보안관의 호위를 받으며 돌아다녀야 할 정도로 위험에 처해 있던가? 프랜시스의 화사하고 아늑한 집에, 온기와 빛을 발하며 추수감사절 음식 냄새를 진하게 풍기는 이 정갈한 장소에 우리는 어울리지 않는 것 같았다.

조카들이 우릴 발견하고 밖으로 뛰쳐나왔다. 남자애—아이 아버지 프랜시스, 할아버지 프랭크와 구분하기 위해 프랭키라고 불렀다—가 노마한테 곧장 달려들어 노마는 거의 자빠질 뻔했다. 저 두 사람은 다른 식구들은 아무도 이해하지 못하는 동물을 향한 애정을 공유했다. 프랭키는 노마를 집안으로 끌고 들어가며 자신이 마당에서 발견한 새끼 쥐들의 보금자리에 관해 노마의 의견을 구했다. 두 아이 중 맏이인 로레인은 제가 거들며 엄마가 만들어준 드레스를 입고 있었고, 로레인과 플러렛은 목깃과 치맛단에 관한 수다에 푹 빠졌다.

그리하여 홀로 현관 앞에 남겨진 나는 그들 뒤를 따라 안으로 들어가기 전에 심호흡을 하고 오빠의 장광설을 들을 각오를 했다.

다행히도, 먼저 나와준 사람은 베시였다. 내가 현관문을 닫기도 전에 베시가 달려나와 내 목을 끌어안았다. 우린 늘 뜻밖의 올케를 얻었다고 생각했다. 베시는 다정다감하고 오빠에게 무한한 인내심을 보였으며 집안 살림을 훌륭히 꾸리고 두 아이도 예의바르게 잘 키웠다. 그래서 나는 비록 베시와 같은 삶을 영위하고 싶은 건 아니었지만 그녀를 존경했다. 그리고 반대로 베시는, 도무지 이해할 수 없는 이유로, 내가 와이코프에서 모험으로 가득한 신나는 삶을, 부럽고 찬양할 만한 삶을 살고 있는 것처럼 나를 대했다.

"머리와 몸이 붙어 있는 모습을 봐서 다행이네." 베시는 속삭이다시피 얘기했다. "너희들 때문에 우리 둘 다 진짜 식겁했어. 애들한테는 말 안 했어."

"당연하지. 잘했어." 내가 말했다. "우리 소식을 신문에서 읽게 해서 미안해. 우리가 생각이 짧았어."

베시는 한 발짝 물러서 빙그레 웃으며 나를 올려다보고 양손으로 내 어깨를 꾹 잡더니, 다시 내 쪽으로 기대며 말했다. "저녁식사가 끝날 때까지 이 집에서 신문 얘기는 일절 금지야."

베시는 돌아서 나를 부엌으로 이끌며 나직이 덧붙였다. "그 토요일 저녁에 나도 리볼버를 들고 너랑 같이 거기 서 있었으면 좋았을 텐데."

한 손에는 핸드믹서를, 다른 손에는 리볼버를 든 베시를 상상하고 나는 웃음을 터뜨렸다. "다음번엔 같이 가."

프랜시스가 '걸작 파이'라 부르는 요리를 만들기 위해 베시는 그릇 건조대 매트에 반죽을 펴서 밀던 중이었다. 그후로 한 시간 동안 우리는 나란히 서서 일하며 아이들과 날씨와 베시의 도서관 자원봉사에 관한 얘기 외에는 입도 벙긋하지 않았다. 설비가 잘된 따뜻한 부엌에서 이렇게 맘 편한 친구와 어울리는 게 얼마나 기분좋은지 경이로울 정도였다. 아마도 요즘 내 삶이 너무 팍팍했나보다. 나는 이 부엌에서 몇 개월 만에 긴장이 풀리며 느긋해졌다.

"이게 그렇게 재미있다면, 콘스턴스, 크리스마스 요리는 네가 준비해도 좋아." 베시는 나를 보고 씨익 웃으며 말했다. "하지만 내년까지 기다려야 해. 올해는 보스턴에 계신 우리 이모네에 갈 거거든. 우리랑 다 같이 가자, 응?"

"겨울엔 농장을 비우기가 곤란해서." 내가 말했다. "우리끼리 잘 보낼게."

우리는 사이좋게 저녁을 먹었다. 프랜시스가 오리와 닭을 먹기 좋게 해체하고 내가 음식 그릇을 돌리는 동안 베시와 플러렛과 아이들이 대부분의 대화를 이어갔다. 이것이 전통적인 콥가의 만찬이었다. 어머니는 칠면조 요리에 전혀 흥미를 보이지 않았고, 명절 때면 거위나 오리 구이를 선호했다. 어머니의 전통에 부응하여 베시는 통통하고 맛있는 오리를 구해왔고 닭도 같이 구웠다. 여름에 베시가 병조림으로 만든 그린빈과 콘에 양파 피클도 곁들였고, 식전에 먹는 롤빵은 자르면 김이 모락모락 났다. 이 롤빵은 베시 외엔 아무도 터득하지 못한 어머니만의 레시피로 만들어졌다. 얼음처럼 차가운 버터를 잘게 잘라 최후의 순간에 반죽 속에 넣어야 하는데, 딴사람들은 도무지 그 요령을 알 수가 없었다.

저녁식사 후 노마와 플러렛이 일어나 식탁을 치웠고, 프랜시스와 나는 뒤편 포치로 나왔다. 거기서는 돌리가 잔디밭에서 얼었다 녹은 풀을 오물거리는 모습이 보였다. 돌리는 땅바닥을 긁으며 마치 사람이 추위를 이기려 제자리 뛰기를 하듯 꼬리로 엉덩이를 찰싹찰싹 때렸다.

프랜시스가 문을 닫고 말했다. "신문에서 여동생들 얘기를 읽을 줄은 상상도 못했다."

"어느 신문?"

"한 군데가 아니었냐?" 프랜시스가 끙 신음 소리를 냈고, 담배 연기 같은 입김이 새어나왔다.

"뉴욕과 필라델피아에서도 기사화됐거든."

"저런," 오빠는 가시 돋친 투로 말했다. "그건 몰랐네."

우리는 잠시 아무 말 없이 나란히 서 있었고, 집안에서 나는 소리가 우리 주위에 내려앉았다—은식기와 자기 그릇들이 부딪는 소리, 냄비에 물 붓는 소리, 방마다 뛰어다니는 아이들 발소리. 프랜시스는 파이프에 불을 붙였고, 달짝지근한 담배 연기가 내 쪽으로 흘러왔다.

나는 이해를 구할 생각도, 어떤 종류의 해명을 할 생각도 없었다. 오빠가 자기 의견을 꺼낼 때까지 기다렸다.

"무장한 사람들이 그 집을 지키는 줄 몰랐어. 신문에 다 나왔더라. 넌 그 일에 대해 나한테 한마디도 안 했지."

"나도 알아. 얘기했어야 했는데. 하지만 오빠라고 뭘 어쨌겠어? 우릴 다 여기 데려와 살아? 코프먼과 그 일당이 우릴 따라 여기까지 오면?"

프랜시스는 포치 난간에 기댔다. "뭐, 어떻게든 했겠지. 너흰 내가 책임져야 하니까."

"우린 우리 스스로 책임져."

"그럼 네가 저지른 이 멋진 일 좀 봐라. 개울가에 있던 놈들한테 플러렛이 총을 맞았다면 어쩔 뻔했어?"

"안 맞았잖아."

우리 뒤에서 문이 열렸다. 꼬마 로레인이 엄마가 물어보랬다며 커피를 마실 건지 물었다. 우리는 마시겠다고 대답했다.

로레인이 도로 들어가자 오빠가 입을 열었다. "너희 여자들끼리만 그 시골에 놔두는 게 좋은 생각이 아니라는 건 진작 알고 있었는데. 농장을 팔 때가 됐어."

나는 프랜시스를 노려보았다. "그게 무슨 소리야? 어머니가 농장은 우리 몫이랬어!"

"하지만 너희들 거기서 그리 오래 버티진 못할걸." 프랜시스가 말했다. "은행에 가서 네 계좌를 확인해봤어."

"뭘 했다고?" 나는 꽥 소리를 질렀다.

"쉬이이." 프랜시스가 말했다. "내 말 좀 들어봐. 대금을 지불하기 위해 계속 땅을 잘라 팔 수는 없잖아. 이제 어떡할 건데? 어머니는 너희 셋이 평생토록 먹고살 만큼 많은 유산을 남기지 않았어. 일 년 안에 너횐 다른 수입이 필요하게 될걸. 너희 중 하나에게 내가 모르는 미래의 남편이 있는 게 아니라면……"

"남펴언? 이젠 우릴 남편한테 떠넘기려는 거야?"

프랜시스는 웃음을 터뜨렸다. "결혼을 그런 식으로 묘사하는 건 난생처음 들었다."

나는 의자 등받이에 기대어 다가오는 어둠을 바라보았다. "좀 기다리면 안 될까? 이제 곧 코프먼이 체포될 거고, 그러면 이 문제를 매듭지을 수 있어. 그다음엔 앉아서 무슨 수든 생각해낼 거야."

프랜시스는 고개를 살짝 기울이고 나를 쳐다보며 내 말을 곰곰 생각했다. "좋아. 크리스마스 후까지. 하지만 봄을 넘기면 안 돼. 그때가 농장을 팔기에 적기니까. 그게 너희한테도 최선의 선택이 될 거야. 두고봐."

우리는 불편한 침묵 속에 함께 앉아 있었다. 도로에서 자동차엔진음이 들렸고, 나는 혹시 보안관이 아닌지 궁금했다. 그러나 포치에서 몸을 내밀고 내다볼 엄두는 나지 않았다.

40

블랙핸드 협박장 사건 용의자 체포

연방 대배심, 미스 콘스턴스 및 플로렛 콥(와이코프) 협박 혐의로
해리 코프먼(패터슨, 비단염색업) 기소

12월 3일—패터슨에서 비단염색 사업체를 운영중인 해리 코프먼이 뉴어크 연방 대배심에서 우편제도 불법 활용 혐의로 공소 제기를 결정하여 체포됐다. 코프먼은 누이인 미시즈 매리언 가핑클(피츠버그)이 우편환으로 보석금을 지불하여 석방됐다.

미스 콘스턴스 콥(와이코프)의 충격적인 기사를 접하고 사건 수사에 나선 프랜시스 A. 버틀러 수사관이 코프먼을 체포했고, 기소는 그의 요청으로 이루어졌다.

지난주 〈이브닝 레코드〉에서는 약 육 개월 전 패터슨에서 코프먼의 자동차가 콥 자매의 마차를 들이받았던 조우 이후 뒤따른 세 자

매의 온갖 생생한 경험담을 다뤘다. 코프먼이 피해 보상액 오십 달러를 지불하기를 거부하여 소송이 제기된 바 있다.

콘스턴스 콥은 그뒤로 익명의 편지가 도착하기 시작했으며, 만약 그들이 코프먼에 대한 소송을 지속할 경우 갖가지 참사가 벌어지리라 위협하는 내용이었다고 말했다. 해가 진 후 무장한 남자들이 집 근처를 어슬렁거리기 시작했고, 가족을 겁주기 위해 또는 심지어 가족의 일원을 노리고 총탄이 날아왔다.

카운티 수사관 블로벨트와 코터, 라이트 검사와 재브리스키 검사보, 수퍼트 법관, 그리고 프랭클린 타운십 의회는 모두 이 흔치 않은 사건에 최선을 다했으며, 재판은 의심의 여지 없이 몹시 흥미진진할 것으로 예상된다.

히스 보안관은 얼마 전부터 콥가에 무장 경비 요원을 배치했다.

"이 사람들은 다 누굽니까?" 나는 신문을 내려놓고 히스 보안관을 쳐다보며 물었다. 보안관은 모리스, 잉글리시 보안관보와 함께 싱글벙글한 얼굴로 서 있었다. 플러렛과 노마는 소파에서 내 옆에 나란히 앉아 내 어깨 너머로 신문을 읽었다. 노마가 제목을 오리려고 가위를 내밀었지만, 나는 노마의 손을 찰싹 때려 치웠다. "블로벨트 수사관과 재브리스키 검사와 버틀러 수사관? 내 평생 이런 사람들은 본 적이 없는데요. 그리고 언제부터 프랭클린 타운십 의회가 관여했다고? 난 그 사람들이 말 도둑이나 쫓는 줄 알았는데."

히스 보안관이 활짝 웃으며 의자를 끌어내 앉았다. "방금 당신은 버건 카운티의 법률 집행에 관해 중요한 깨달음을 얻은 겁니다. 제 부하들은 한밤중에 침입자들과 총격전을 벌이고 도둑을 추격하며 힘들게 일합니다. 이어서 기자들이 연필과 수첩을 들고 나타나자마자, 수사관들과 검사들이 책상에서 잠깐 일어나 체포와 기소를 하고 자기 이름 철자가 신문에 맞게 나왔는지 확인하죠. 그게 그 사람들이 생각하는 자기 업무예요. 우린 그런 데 신경쓰지 않고 우리 할 일을 하는 거죠."

"도무지 재선에 성공할 방법이 없네." 노마가 말했다. "신문을 보면 보안관님이 인기 없는 것도 다 이유가 있네요. 사람들 귀에 들리는 얘기라곤 교도소 환경에 대한 당신의 불평불만뿐이니."

히스 보안관은 워낙 기분이 좋은 상태라 노마의 의견에도 전혀 개의치 않았다. "저는 제 보호하에 있는 사람들을 대신해 발언합니다." 보안관이 말했다. "그게 제 의무죠. 버건 카운티의 유권자들은 범죄자 이름도 피해자 이름도 제대로 쓸 줄 모르는 기자들 말이 아니라 제 행동에 기초하여 판단을 내릴 수 있습니다."

"나라면 보안관님한테 투표할 텐데." 플러렛이 말했다.

보안관은 고개를 끄덕이고 자리에서 일어났다. "숙녀 여러분께도 조만간 기회가 오겠지요."

보안관은 우리에게 재판이 열릴 때까지 코프먼 씨가 자유의 몸임을 상기시켰다. "코프먼은 만약 여러분 집 근처에 얼씬거리거나 편지를 보내거나 어떤 식으로든 여러분께 위협을 가하면 다시 체포되어 이번에는 구속될 거라는 경고를 받았습니다. 그의 변호사가 우리가 말한 대로 하라고 조언했고, 그의 누이도 충고했어요. 이젠 더이상 우리가 야간 순찰을 돌 필요는 없을 거라고 생각합니다. 그래도 가능한 한 자주 들르겠습니다."

우리는 그들을 따라 문까지 나갔고, 내가 문을 열자 얼어붙은 찬

바람이 불어닥쳤다. "고맙습니다, 보안관님. 별 탈 없겠죠. 그런데 루시 블레이크는 어떻게 됐어요? 뭔가 찾았나요? 루시의 실종을 보도한 기자는 없습니까?"

"탐문 수사를 하긴 했는데, 그냥 도망친 것 같더군요. 그 경우라면 우리가 할 수 있는 일이 별로 없습니다."

플러렛이 내 팔에 매달려 까치발을 하고 깐닥거렸다. "하지만 아이는 어떻게 해요?" 플러렛이 말했다. "코프먼 씨가 연루됐을 거라고 상당히 의심이 가는데."

"그건 모르는 거지." 노마가 말했다.

히스 보안관이 목깃을 세웠다. "코프먼은 그에 관해선 전혀 아는 바가 없다고 주장합니다. 안타깝지만, 여러분, 더이상 수사를 계속할 여지가 없어요."

노마가 물었다. "재판은 크리스마스 이후로 연기되겠지요?"

"크리스마스요? 아, 이런. 재판은 몇 달간은 열리지 않을 겁니다. 법원은 일이 심각하게 밀려 있고, 코프먼 씨의 변호사는 재판을 연기하기 위해 백방으로 손을 쓸 겁니다. 이길 가능성이 전무하니까요. 그러니 변호사의 유일한 희망은 재판을 연기해서 의뢰인에게 다달이 아주 비싼 청구서를 보내는 거겠죠."

"그러니까 코프먼이 교도소에 들어가기 전에 몇 달 동안 자유롭게 나다닐 거라는 말씀인가요?" 내가 물었다. 그렇게 오래 불확실한 상태에서 살게 될 줄은 상상도 못했던 것이다.

히스 보안관은 부하들을 쳐다보더니 뒤로 돌아 다시 문을 닫았다. 그리고 엄숙한 어조로 신중하게 입을 열었다. "만약 제가 여러분께 섣부른 오해를 불러일으켰다면 용서를 구합니다. 코프먼은 단 일 초도 징역형을 선고받지 않으리라 예상합니다. 상당히 높은 금액의 벌금형을 받겠지만, 그의 누이가 지불하겠지요. 미시즈 가핑클이 벌금을 내면, 코프먼은 다시 여러분을 성가시게 굴지 않는 한 감옥에 들어갈 일이 없을 겁니다. 이런 유의 사건은 대체로 그렇습니다."

노마는 두 손을 허리에 얹으면서 팔꿈치로 나를 찔렀다. "도대체 왜 그 남자가 감옥에 가질 않는데요? 이 나라 남자들은 처벌받을 걱정도 없이 창문에 총질을 하고 이 집 저 집 어슬렁거리며 불을 지르고 다녀도 되는 겁니까?"

보안관이 대답하려 말문을 열었다. "미스 콥, 저는……"

그러나 내가 말허리를 끊었다. "앞으로도 코프먼을 절대 가두지 않을 거라는 얘기인가요? 그 남자는 저 하고 싶은 대로 하면서 그냥 밖에 나다닐 거라고요? 영원히? 그럼 우린 어떡하고요?" 나는 플러렛을 내려다보며 헨리 코프먼이 활개치는 동안 플러렛 혼자 시내에 가는 장면을 그려보았다. 내가 어떻게 저 아이를 안전하게 지킬 수 있겠는가?

"당신은 우리가 어떤 종류의 보호막도 없이 돌아다닐 수 있다고 여길지 모르지만," 내가 말했다. "나로서는 방법이 안 보이네요. 나는 리볼버를 계속 지니고 다닐 생각이고, 이걸 사용할 이유가 생긴다 해도 놀라지 마세요."

보안관은 한참 동안 나를 물끄러미 응시했다. "좋습니다. 총은 갖고 계십시오."

진심으로 이걸 내게 넘길 생각인가? "헨리 코프먼을 감옥에 집어넣고 밤잠 설치지 않고 다시 푹 자봤으면 좋겠어요."

"미스 콥, 당신은 제 능력 밖의 일을 요구하고 있습니다. 할 수만 있다면 저도 그를 남은 평생 동안 제 지붕 밑에 잡아두고 싶죠. 하지만 사실상 제가 입증할 수 있는 건 공갈과 협박, 우편제도 악용 그리고 창문 하나를 깨고 사람들을 겁준 것 외엔 아무것도 아닌 몇 건의 발포뿐입니다."

"그것만으로는 그 남자를 감옥에 넣기에 부족한가요?"

"코프먼은 자기가 한 일에 대한 대가를 치를 겁니다. 신문지상에 이름이 오르내리겠죠. 벌금과 변호사 비용까지 하면 그의 집안 재정에 타격이 클 거예요. 그리고 한 번이라도 다시 여러분 세 명 앞에 얼굴을 내미는 즉시 감옥행입니다. 그게 제가 할 수 있는 최선입니다."

달리 할말이 없었다. 우리는 보안관과 보안관보들에게 감사 인사를 웅얼거렸고, 그들은 문을 열고 나가 차 있는 데까지 맞바람을 뚫고 달렸다.

41

이후 몇 주간 뉴저지 역사상 최악의 눈폭풍이 불어닥쳤다. 자동차 한 대가 빙판길 다리에서 미끄러져 해컨색 강으로 굴러떨어지는 바람에 신혼부부가 변을 당했다. 마차를 타고 교회 연주회에 가던 아이들이 눈더미에 갇혀 오도 가도 못하게 되자 남자애 둘이 5마일을 걸어가 도움을 청했다. 가는 길에 동상에 걸려 한 아이는 발가락 두 개를 잃었고 다른 아이는 세 개를 잃었다. 패터슨의 학교는 휴교에 들어갔고, 법원도 출근할 수 있는 인원이 거의 없어 문을 닫았다.

거대한 보일러와 크리스마스 때까지 단 하루의 임금도 놓칠 여유가 없는 노동자들의 땀으로 돌아가는 공장들만 유일하게 쉬지 않았다. 끊임없이 내뿜는 연기와 증기 때문에 공장 위 하늘은 항구적인 잿빛이었다. 일 년 중 지금이 가장 바쁜 시기였다. 뉴욕은 공장에서 생산할 수 있는 모든 리본과 술 장식과 밝고 화려한 색상의 파티 드레스용 원단을 요구했다. 패터슨의 모든 도로가 통행 불가능 상태여도, 공장에서 기차역으로 가는 길만은 늘 뚫려 있었다. 그들은 단 한 차례의 선적도 놓치지 않았다.

겨울이면 염색공과 조수는 어느 비단 노동자들보다도 고생이 막심했다. 방직공은 최소한 젖지는 않을 수 있었다. 난방도 되지 않는 염색공장에서, 통에서 뚝뚝 떨어지는 물과 증기로 얼어붙은 바닥은 빙판이 됐다. 심지어 노동자들의 옷에까지 염료가 스며들어 푹 젖었고 집에 가는 길에 얼어버리기 일쑤였다. 해가 진 후 그들은 살갗에 달라붙는 축축한 앞치마를 두른 채 빙판길을 뛰었는데, 예전에 루시도 그랬을 것이다.

우리가 그녀를 찾아내지 못하면, 루시와 그녀의 아이는 어떻게 되는 걸까? 밤이면 이따금 창가에 서서 목초지와 헛간 지붕을 뒤덮은 빙설을 내다보며 나는 헨리 코프먼이 우리와 루시, 그리고 또 몇 명인지 알 수 없는 많은 사람에게 초래한 고통, 그리고 바퀴자국 깊이 팬 집 앞 도로 너머 바깥세상에서 벌어지는 온갖 광기와 배임 행위에 관해 생각했다. 히스 보안관의 얼굴에 종종 떠오르던 그 넋 나간 표정이 이해됐다. 학대받는 아가씨 한 명을 구하자고, 도둑 한 명이나 살인범 한 명을 감옥에 잡아넣자고 저 불법 연합체에 맞서는 일은 에나멜 가죽 굴레 하나 들고 기관차를 세우려는 것과 다름없었을 것이다. 보안관이 왜 노력이라도 해보겠다고 생각하게 된 건지 궁금했다. 대부분의 사람들은 그런 일은 딴사람한테 넘기고 좀더 편안한 직업을 추구한다. 그러나 히스 보안관은 자신의 직무를 강구했다. 그것을 위해 캠페인을 벌였다. 미시즈 히스가 왜 그렇게 불행해 보였는지 이해됐다. 쉽지 않은 삶이었을 것이다.

연말이 다가오면서 우리는 보안관이나 그의 부하들을 거의 보지 못했다. 우리 동네까지 나오기가 그들로서도 무리였다. 우리는 그 사실에 위안을 얻었다. 만약 보안관이 우리집까지 올 수 없다면 그 어떤 다른 차량도 오지 못한다는 의미일 테니까. 우유 배달차조차 일주일에 두 번만 왔다. 배달차를 모는 청년도 외로워 보였다. 청년은 지날 때마다 우리에게 들러 말을 걸었고, 들어와서 불 좀 쬐다 가라는 우리의 초대를 어김없이 받아들였다.

노마와 나는 우리 나름대로 순찰을 계속했다. 몇 시간마다 한 번씩 리볼버를 보란듯이 뽑아들고 집과 마당 주위를 돌았다. 눈보라와 우박이 쏟아지는 와중에도 나갔다. 아마도 불필요한 운동이었겠지만, 우리 둘 다 할 일이 필요했다. 주변에 보안관보들이 없으니 사는 게 참 단조로웠다. 신통찮은 해법이라도 우리 사건은 일단락되었지만, 헨리 코프먼을 현행범으로 잡는 만족감에 비할 바는 못 되었다. 나는 진심으로 그가 한번 더 나타나, 총으로 쏴버릴 수 있기를 바랐다.

그렇긴 해도, 우리는 몇 달 만에 좀더 자유로운 기분을 맛봤다. 나는 침대에서 책을 읽고 밤늦게 잠들었다. 우리는 카드놀이를 하고 집 안팎으로 소소한 일거리를 해치우기 시작했다. 플러렛은 부엌에 새로 달 커튼을 한 쌍 만들었고, 나는 어머니 방의 벽지를 뜯어내기 시작했다.

그때 또 편지가 도착했다. 이번엔 겉봉의 주소가 손글씨가 아니라 타자기로 친 것이어서 청구서인 줄 알았다. 나는 그날 저녁 책상 앞에 앉을 때까지 봉투를 열어보지도 않았다. 그러나 편지의 첫 줄을 읽고 숨이 턱 막혔다. 노마와 플러렛이 방을 가로질러 달려와 내 어깨 너머로 편지를 읽었다.

1914년 12월 21일

뉴저지 패터슨 앨비언 스트리트 78
조지 유잉

친애하는 미스 콥
플로렛을 납치하려고 용의주도하게 계획된 음모에 대해 우연히 엿들었습니다. 어쩐지 당신은 능력 좋게도 이탈리아계 불법 갱단의 혐오감을 샀더군요. 지금 당장은 별일 없을 겁니다. 동생에게 전하십시오, 병원이나 기타 장소로 오라는 가짜 전보나 전화에 응하지 말라고요. 이건 해결할 수 있는 문제고, 이걸 아는 사람은 당신과 나와 갱단밖에 없습니다. 침착하세요. 신문사에 알려 공개하지 마십시오, 그럼 우리 계획이 망가지니까.
내 말에 동의한다면 이 주소로 답신을 보내십시오. 당국에는 알리지 마세요, 그들은 나를 찾지 못할 겁니다. 당신이 연락을 주면 만날 장소를 정하지요.
명심하세요! 이 문제는 우리끼리 해결할 겁니다.

조지 유잉 드림

"조지 유잉이 누구야?" 노마가 물었다.
나는 고개를 저었다. "처음 들어. 그리고 타자기로 쓴 편지를 받은 것도 처음이네. 새로운 범죄자를 상대하게 된 것 같은데."

플러렛은 편지를 가져가 다시 읽었다. "이 사기꾼들은 하나같이 내 이름을 똑바로 못 쓰네."

"놈들이 너에 관해 아는 게 적을수록 좋은 거지." 내가 말했다. "그리고 이건 무도회 초대장이 아니니까 그만 좀 툴툴거려."

"그럼 뭐야?"

"나도 몰라. 내일 히스 보안관한테 가서 얘기해봐야지."

"일 년 더 우리 헛간에 보안관보들이 상주하게 되는 거야?"

그날 밤엔 눈만 감으면 어릴 적 플러렛이 꿈에 나왔다. 플러렛은 혼자 거실 바닥에 앉아 단추 상자를 갖고 놀고 있다. 아이의 맞은편에서 빛 우물을 드리우는 램프 하나를 제외하면 방안은 어두컴컴하다. 누가 현관문을 두드리고, 꿈에서는 흔히 알 리가 없는 일들을 알고 있듯, 나는 아이가 병원으로 불려가리라는 것을 안다. 플러렛이 벌떡 일어나자 단추들이 바닥에 쏟아진다. 나는 소리쳐 아이를 부르지만, 입이 솜으로 틀어막힌 것 같고 목이 메어 소리가 나오지 않는다. 손을 뻗어 아이를 잡으려 하지만 팔이 너무 무거워 움직이지 않는다. 플러렛은 문을 열고 폭발하는 빛 속으로, 불타는 집처럼 눈부시게 밝은 빛 속으로 사라진다.

나는 캄캄한 방안에서 목이 막혀 콜록거리며 잠에서 깼고, 한줄기 땀이 가슴팍을 따라 또르르 흘러내렸다. 나는 시트로 땀을 닦고 다리에 엉킨 이불을 풀었다. 달아오른 피부에서 뜨거운 열기가 맥동하며 냉랭한 밤공기 속으로 퍼져나갔다. 플러렛과 노마가 잘 자고 있는지 확인하고 싶었지만, 악몽이 다시 슬금슬금 기어올라와 나를 끌어당겨 눕히는 바람에 일어날 수가 없었다.

이후 며칠간은 기억이 거의 없다. 나를 덮친 고열은 내 머리 꼭대기에 올라타 수면을 취하는 거대한 짐승 같았다. 사납고 위험한 부동不動의 존재. 나는 의식이 혼미한 와중에도 이 짐승을 깨우지만 않으면 나를 해코지할 리는 없음을 알았다. 한 번인가 두 번 노마가 내 방에 들어와 이불을 치워 열나는 피부를 식혀주려 했다. 노마가 나중에 말해주길 내가 이불을 꽉 붙들고 그걸 건드리지 말라고 애걸복걸했고, 그것이란 나 혼자 상상으로 만들어낸 괴물이었다. 노마 본인도 몸 상태가 별로 좋지 않아 나와 실랑이할 기운이 없었다.

맨 나중에 쓰러진 사람은 플러렛이었다. 그때까지 플러렛이 우리 둘을 병구완하고 있었다. 플러렛은 뜨거운 물에 소금과 닭뼈만 넣고 최대한 묽은 죽을 끓였다. 플러렛이 내 입술 사이로 숟가락을 들이밀었지만 되레 기침만 나와 사방에 죽이 튀었고, 내가 아이를 밀어냈던 게 기억난다.

둘 중 한 명이 회복하기 전에 플러렛이 몸져누웠다. 내가 설명할 수 없는 날이 하루인가 이틀 있었다. 온 집안이 어둡고 적막했고, 우리 셋 다 저마다의 열병 괴물과 사투를 벌였다.

내 괴물이 제일 먼저 한풀 꺾였다. 어느 날 아침 일어나니 맹렬한 식욕이 느껴졌다. 도무지 터무니없는 메뉴에 색다른 조합의 아침식사가 너무너무 먹고 싶었다. 암탉이 알을 낳지 않게 된 십일월 이후로 구경도 못한 신선한 노란 달걀 한 접시, 버터 맛 진한 어머니의 부드러운 롤빵, 여름에 만들지도 못한 체리 절임, 텃밭의 달콤하고 뜨뜻한 멜론. 목구멍이 쓰라려 뭘 삼키기도 힘들었고, 기침을 하면 리넨에 각혈을 했다. 하지만 통증에도 불구하고, 그런 식사라면 주저 없이 아귀아귀 먹었을 것이다.

나는 이불을 어깨에 둘러쓰고 떨리는 손으로 벽을 짚고 계단을 힘겹게 내려왔다. 플러렛이 앓아누운 뒤로는 한 번도 집안에 난방을 하지 않은 게 틀림없었다. 계단 난간까지 너무 차가워 손을 댈 수가 없었다. 부엌에 다다라서 보니 땔감 바구니에 잔가지와 나무껍질밖에 남지 않았지만, 그래도 어찌어찌 스토브에 불을 피웠다.

홍차와 토스트와 하나 남은 사과소스 단지 외엔 먹을 것을 찾을 수 없었다. 토스트가 이렇게 맛있을 줄이야. 전에는 미처 몰랐다. 이 냄새에 낚여 분명 노마와 플러렛이 일어나 아래층으로 내려올 거라 확신했지만, 그애들의 식욕은 아직 돌아오지 않은 모양이었다. 나는 동생들에게 홍차를 한 잔씩 갖다주었다. 노마는 일어나 앉아 약간이라도 마셨다. 하지만 플러렛은 미친듯이 열이 끓어오르는 중이었다. 그렇게 뜨거운 얼굴은 난생처음이었다. 나는 억지로 이불을 내렸지만, 플러렛은 내가 그랬듯 이불을 놓지 않으려 발버둥쳤다.

다시 아래층으로 내려오는데 현기증이 덮쳤다. 나는 계단에 앉아 몸을 가누고 진정했다. 아직 일어나선 안 되는 상태였지만, 밖에 나가 헛간의 가축들을 점검하고 지하 저장고에 먹을 게 남아 있나 찾아봐야 했다. 나는 잠옷 위에 코트를 두르고, 세탁실에 세워둔 고무장화에 맨발을 쑤셔넣었다.

하지만 부엌문을 열려고 하니 이게 꿈쩍도 하지 않았다. 집 쪽으로 바람에 날려온 눈더미가 그대로 얼어붙어 얼음 쐐기를 형성한 것이었다.

정문도 시도해봤지만 마찬가지로 말을 듣지 않았다. 후문만 유일하게 눈이 쌓이지 않았지만, 역시나 꽝꽝 얼어 열리지 않았다. 나는 밤하늘의 별이 눈앞에서 오락가락할 때까지 문을 어깨로 들이받고 손으로 밀치고 발로 찼다. 문은 엄청난 굉음과 함께 열렸고, 나는 희박하고 차디찬 공기 속에 서서 헐떡였다.

맥이 빠지기 전에 집을 빙 돌아 헛간 쪽으로 쿵쾅쿵쾅 걸어갔다. 걱정했던 대로 돌리와 닭들은 물도 없이 지내고 있었고, 노마의 비둘기들도 마실 물이 없었다. 나는 온 체중을 다 실어 물탱크 펌프 손잡이를 내렸고, 무슨 기적이 일어난 건지 펌프가 작동했다. 내가 물통을 채워주자 돌리는 그 커다란 머리를 물통에 처박고 나를 보며 석탄빛 눈을 껌벅였다. 닭들은 꼬꼬댁 툴툴거리며 자기들도 물을 받을 때까지 날개를 퍼덕였다. 비둘기들은 구구 지껄이며 감사의 표시라곤 하지 않았다.

그쯤 되니 열병을 앓고 남아 있던 열기도 다 식고, 둥둥 떠가거나 눈속으로 녹아들까 걱정될 만큼 몸이 가벼웠다. 나는 저장고 문 손잡이를 잡았지만 그걸 당길 기운을 짜낼 수가 없었다. 어떻게 집으로 돌아왔는지 기억나지 않지만, 낙농장 청년이 두고 간 게 분명한 크림 두 병이 눈 속에 파묻혀 빨간 종이 뚜껑만 겨우 보이던 장면은 머릿속에 남아 있다.

나는 코트와 장화 차림 그대로 소파에 누워 오후 내내 잤다. 억지로 몸을 일으켜 침대로 가면서 그제야 우리가 크리스마스를 통째로 날렸음을 깨달았다.

42

크리스마스 이튿날, 제지공장에 다니는 한 노동자가 야간 경비원을 두들겨패고 주급 봉투를 훔쳐갔다. 히스 보안관은 다섯 명을 체포하여 수감했는데 그중 한 명은 팔 개월짜리 아기와 함께 수감되었다. 플러렛이 앉아서 얘기할 수 있게 된 첫날 나는 이런 기사를 읽어주었다.

"아기를 감옥에 데려온 걸 미시즈 히스가 어떻게 생각할지 궁금하다." 플러렛이 말했다.

"좋아할 리 없지. 자기 애 돌보기도 바쁜데."

"아기를 좋아하는 사람들도 있잖아."

"나도 알아. 난 애 엄마가 어디 있는지 궁금할 뿐이야."

별안간 루시의 모습이 눈앞에 떠올라 나는 움찔했다. 열병을 앓고 나서 귀신에 홀렸다는 느낌이 뚜렷이 남았다. 루시는 귀신들 중 하나였고, 헨리 코프먼도 그랬고, 새로 등장한 조지 유잉도 마찬가지였다. 나는 아직 맑은 정신이 아니었다.

게다가 이젠 주급 때문에 맞아 죽은 저 가엾은 제지공장 야간 경비원이라니. 신문에 난 기사들은 어머니가 밤이면 우리에게 속삭이던 오스트리아의 옛 동화 같았다. 오거와 트롤*이 득실대고, 연약한 팔다리를 가진 인간들은 괴물을 물리칠 힘이 없다.

처음에는 몰랐지만, 우리 중 병세가 가장 심각했던 사람은 노마였다. 심한 기침이 끈질기게 남아 떨어지질 않았다. 플러렛은 스토브 위에 계속 냄비를 올려두고 물을 끓이면서 몇 시간마다 노마에게 날라 증기를 들이마시게 했다. 노마를 혼자 둘 수가 없었다. 플러렛이 하루종일 노마를 돌볼 수 있을 만큼 충분히 회복됐음을 확인하기 전까지 나는 히스 보안관을 만나러 갈 엄두가 나지 않았다.

새해 전날이 되자 마침내 둘이 자기들끼리만 있어도 괜찮겠다는 생각이 들었다. 그 무렵에는 길도 돌리가 곤란을 겪지 않을 만큼 깨끗해졌다. 나 못지않게 돌리도 밖에 나가 맑은 공기를 쐬고 싶어 했던 것 같다. 우리 시골길에 맞닿은 목초지는 하얀 눈으로 뒤덮였고, 몇몇 벌거벗은 나무 둥치만이 어푸어푸 숨을 내쉬듯 듬성듬성 눈 밖으로 고개를 내밀었다. 그 사이사이로 검은 소들이 바위처럼 미동도 하지 않고 쭈그리고 앉아 있었다.

교도소에 도착한 나는 곧장 보안관의 사택으로 가서 초인종을 눌렀다. 대답이 없었다. 나는 다시 벨을 누르고 문을 세게 두들겼

---

* 서양 신화와 전설 속 괴물. 오거는 사람을 잡아먹는 거인으로, 트롤은 심술궂은 거인부터 친근한 난쟁이까지 다양한 형태로 그려진다.

다. 안에서 아무 소리도 들리지 않았다. 이윽고 문이 활짝 열리더니, 평상복 바지에 셔츠는 바지 속에 집어넣지도 않고 담요를 어깨에 두른 히스 보안관이 맨발로 나타났다. 턱에는 수염이 덥수룩하고 앞머리가 여러 가닥으로 뻗쳐 내려왔다. 멀건 눈에는 표정이 없었다.

"편찮으시군요." 내가 말했다.

보안관은 콜록거리며 옆으로 비켜서 나를 안으로 들였다. 인형과 장난감이 흩어져 있고, 엊저녁에 먹은 듯한 빈 그릇도 있었다. 손님에게 보여주고 싶을 만한 광경은 아니었다. 나는 시선을 어디에 둬야 할지 몰라 발치만 내려다보았다.

"우리도 앓았어요."

히스 보안관은 기침을 하고 고개를 끄덕였다. "다들 그랬습니다."

"편지가 또 왔어요." 나는 그에게 편지 봉투를 내밀었다.

보안관은 눈썹을 치켜세우고 편지를 가져가 의자에 쓰러지듯 털썩 주저앉았다. 나는 맞은편에 앉아 보안관이 편지를 연이어 두 번 읽는 모습을 지켜보았다. 그는 손수건으로 코를 문질렀다.

이윽고 보안관이 편지를 도로 봉투에 넣고 내게 건넸다. 그가 말을 꺼내려는데 다시 발작적으로 기침이 터졌다. 그가 의자를 뒤로 밀고 일어나 부엌에 갔다 오는 동안 나는 기다렸다. 물 따르는 소리가 났다. 보안관은 물 한 컵을 들고 돌아와 힘겹게 목으로 넘겼다. 미시즈 히스는 왜 남편을 간호하지 않는 걸까?

"도와줄 사람이 있나요? 애들도 상태가 안 좋은가요? 부인은요?"

"다들 아파요."

"제가 잠깐 들여다봐도 될까요?"

보안관은 내 질문에 손사래를 치고 편지를 가리켰다. "약속을 잡으세요."

"정말요? 지난번에 그랬는데도요?"

"다른 사람이에요." 그가 쉰 목소리로 말했다. "이자는 잡을 수 있습니다."

나는 조지 유잉에게 편지를 썼고, 일주일 후 답신이 왔다. 그는 서머빌의 기차역에서 만나자고 했다. 히스 보안관은 마음에 들어하지 않았다. "기차역이라." 보안관은 편지를 보러 우리집에 와서 중얼거렸다. "탈출 경로가 너무 많은데. 전에도 해본 놈이군."

"다른 장소에서 만나자고 할까요?"

"아뇨, 괜찮습니다." 보안관이 말했다. "플랫폼 양쪽에 사람을 배치하죠. 전과 마찬가지로 준비하고 오십시오. 값나가는 물건은 소지하지 말고, 유사시에 달릴 수 있는 신발을 신으세요. 아, 그리고 인파 속에서 당신을 알아볼 수 있어야 하는데. 그 베일 달린 모자를 쓰십시오. 당신은 충분히 키가 크니까, 남자들 모자 사이에서도 눈에 잘 띌 겁니다."

나는 의자에 앉은 채 거북하게 몸을 뒤틀었다.

"용서하십시오." 보안관은 터지는 기침을 억누르며 말했다. "미시즈 히스가 항상 여성의 외모에 대한 언급은 절대 하지 말라고 주의를 주는데. 직업병이에요. 세부 사항을 인지하도록 훈련이 되어 있어서."

"여성의 키와 모자에 대해서요?" 내가 물었다. 어느 쪽이든 그가 인지하고 있다는 사실이 탐탁지 않았다.

"그날 저녁 브로드웨이에 그 모자를 쓰고 오셨죠." 그가 말했다. "생각 안 납니까? 저는 당신에게서 눈을 떼지 않겠다고 약속했잖아요. 그러니 당신 모자를 관찰하는 것 외에 할 일이 뭐가 있었겠습니까?"

나는 빙그레 웃었다. "틀림없이 몹시 따분한 일이었겠군요."

보안관은 오버코트를 걸치고 현관문을 열었다. 한줄기 북풍이 휘몰아쳐 들어왔다. 그는 모자챙을 잡아당겨 눈높이까지 끌어내렸다.

"콥가의 자매들과 일하면서 따분한 적은 단 한 번도 없었습니다."

43

조지 유잉과 약속한 장소에 나가기로 한 날 아침, 나는 안절부절 못하고 집안을 왔다갔다하며 시계를 쳐다봤다. 전에 입고 나갔던 것과 똑같은 복장이었다, 부츠만 빼고. 어두운 브로드웨이에선 아무도 내 신발을 눈여겨보지 않았지만, 기차역에서는 눈에 띌 것이다. 그래서 발등을 따라 단추가 달린, 오래되고 실용적인 가죽구두를 신었다. 전과 같은 손가방을 챙겼는데, 가방에는 히스 보안관이 제공한, 특별히 표시가 된 지폐 오십 달러가 들어 있었다. 보안관이 설명하길 기차역은 총싸움에 적합한 장소가 아니므로 이번에는 리볼버가 없어도 될 거라고 했다.

플러렛이 자기도 가겠다고 워낙 단단히 벼르고 있던 터라, 나는 노마에게 내가 나간 후 애한테서 한시도 눈을 떼지 않고 감시하겠다는 다짐을 받았다. "필요하다면 애를 깔고 앉아 있어." 나는 노마에게 말했다. "몰래 빠져나와 기차역에 있는 플러렛은 보고 싶지 않아."
"이 날씨에? 언니는 재가 시내까지 걸어갈 거라고 생각해?" 노마의 목은 이제 겨우 원상태로 돌아왔지만, 아직은 쉰 소리로 꺽꺽대며 말했다.
"그냥 잘 감시하라고."
마침내 보안관의 차가 도착했다. 그는 모리스 보안관보와—우리 모두 오후마다 우리집 현관에 있던 모리스를 그리워했다—잉글리시 보안관보—그날 밤 브로드웨이에서 나를 그림자처럼 따라다녔던 잉글리시—그리고 리처즈라는 보안관보도 데려왔다. 그들은 나를 기차역까지 바래다준 뒤 거기서 계속 차를 몰고 갈 예정이었다. 나는 기차를 좀 기다려야 하겠지만, 그들은 일찌감치 서머빌에 가서 내가 도착하기 전에 자리를 잡아야 했다. 모든 게 예상대로 된다면 보안관들은 조지 유잉을 체포해 차에 태워 데려가고, 나는 기차를 타고 리지우드로 돌아간다. 히스 보안관은 나를 협박했던 남자와 내가 나란히 차에 타는 것을 마뜩잖아했다. 비록 체포된 상태라도 말이다. 나는 혼자서 집에 돌아갈 수 있다고 보안관을 안심시켰다.
그날 오후 기차역은 깜짝 놀랄 만큼 붐볐다. 간만에 화창한 날이었다. 집에만 갇혀 있던 사람들이 드디어 밖으로 나왔다. 아이들은 여름날처럼 플랫폼을 이리저리 뛰어다녔고, 엄마들은 그 옆에 서서 맑은 공기 속에서 지칠 때까지 뛰노는 아이들을 너그럽게 봐주었다. 검정 롱코트를 입은 남자들이 추위에 발을 구르며 입김과 담배 연기가 섞인 숨을 내뿜었다.
그 인파를 본 히스 보안관은 샛길로 차를 돌려 두 블록을 더 갔다. 그러곤 신문 가판대 앞에 차를 세웠다.

"당신이 우리와 함께 있는 모습을 누가 보면 안 됩니다." 그가 말했다. "신문을 사서 근처를 몇 바퀴 도세요. 우린 서머빌에서 기다리겠습니다."

나는 차에서 내려 보안관이 시킨 대로 했다. 신문을 옆구리에 끼고, 기차역 근방의 길거리를 오락가락하며 상점 진열창을 구경하는 척했다. 어느 미용실에서는 고객의 머리카락으로 만든 가발들을 진열해놨고, 자물쇠 가게의 유리창 안에는 황동과 철제 자물쇠들이 보석처럼 반짝거렸다. 약국에선 둥글게 만 흰 붕대로 눈사람을 만들어놨다.

가게 안을 힐긋 봤는데, 거기에 루시 블레이크가, 문간에 서서 나를 빤히 바라보고 있었다. 루시는 가정부들이 입는 헐렁한 덧옷을 걸치고, 나이 지긋한 이모가 크리스마스 선물로 떠준 듯한 오돌토돌 마디진 붉은 목도리를 두르고 있었다. 나를 본 루시는 문밖으로 휙 뛰쳐나가려 했지만, 나는 그녀의 팔꿈치를 잡고 끌어당겼다.

"루시? 어떻게 된 거예요?"

루시는 목소리를 낮췄다. "여기서 얘기할 수는 없어요. 당신과 같이 있는 모습을 들키면 안 되거든요."

"멀쩡하네요." 내가 말했다. "당신을 찾고 있었어요. 화재 이후로 당신 행방을 도통 알 수 없었는데."

"나는 잘 있어요."

"하지만 불이 났잖아요. 당신을 노린 것 아니었나요?"

루시는 입술을 깨물고 두 눈을 껌벅였다. 잔머리가 몇 가닥 내려와 휘날리자 루시는 모자 속으로 머리칼을 쑤셔넣었다. "그랬던 것 같아요." 루시가 말했다. "그 사람이 나한테 왜 당신과 얘기했느냐고 자꾸 캐물었거든요. 그리고 어느 날 저녁에 내 방에 몰래 들어오다, 아주 늦은 시간이었는데, 어머니의 침대에 걸려 고꾸라졌어요. 나는 접시로 그 사람 머리를 내리쳤고, 그는 달아났어요. 그날 밤 늦게 불이 났죠. 분명 그 사람이었을 거예요."

"다들 무사히 빠져나왔나요?"

"그럴 거예요. 난 잘 있어요, 정말로. 지금은 부인들 시중을 들고 있어요."

"어떤 부인?"

"자매예요. 두 분 다 연세가 있어서 바깥출입을 못하세요. 두 분이 한집에 살고 제가 아래층에 살면서 두 분을 도와드려요. 집은 요 위 도버 스트리트에 있어요." 루시는 자기 뒤에 있는 언덕을 가리켰다. 그 일대 집들은 왕년엔 제법 위풍당당했다. 지붕널은 물고기 비늘 모양이고, 지붕 위 망대에서는 맑은 날이면 뉴욕까지 한눈에 내려다보일 것이다. 지금은 대부분 하숙집으로 운영되고 있었다.

"당신 어머니는요?"

"이 근처에 자리를 잡았어요. 주로 빨래와 수선 일을 하세요."

멀리서 덜컹거리는 기차 소리가 들렸다. "가봐야겠네요." 나는 급히 말했다. "나중에 다시 올게요, 얘기 좀 해요. 리자이나 도일이 살던 건물을 찍은 사진을 찾았는데, 당신한테 보여주고 싶어요. 사진을 갖고 와도 될까요?"

루시가 내 팔을 잡았다. "보비 사진요?"

"그건 아닌 것 같아요." 내가 말했다. "하지만 관련된 사람이 나와 있을지도 몰라요."

이젠 루시가 나를 보고 싶어 안달했다. "언제 올 수 있어요?"

"금방 올게요. 그리고 보안관과 동행해도 될까요? 보안관은 코프먼 씨를 체포했어요. 내 생각엔 도움이 될 거예요."

루시는 고개를 저었다. "모르겠어요."

기차가 거의 역에 닿았다. "생각 좀 해봐요. 그리고 어느 집이에요? 알려줘요."

루시는 내게 번지수를 알려주었다. 기차가 경적을 울리고 역에 들어오며 끼익 소리를 냈다.

"가능한 한 빨리 당신을 만나러 갈게요." 루시가 고개를 끄덕이고 잰걸음으로 거리를 걸어갔다.

서머빌로 가는 기차는 북새통이었지만 다행히도 거리가 짧았다. 나는 사람들을 비집고 들어가 좌석에 앉아 딴생각할 거리가 있음에 감사하며 신문을 펼쳤다. 기차가 덜컹 출발하여 선로를 따라 흔들리자 나는 신문 1면을 읽는 척했지만, 생각은 루시에 집중됐다. 그녀는 내내 가까운 데 있었던 것이다. 어쩌면 그녀를 위해 뭔가 하기에 아직 늦지 않았을지도 모른다.

나는 신문을 내려놓고 창밖으로 눈을 돌려 선로를 따라 쌓인 잿빛 눈을 바라보았다. 기차가 빠르게 지나자 전신선이 휘청휘청 흔들렸다. 전선 너머 풍경이 극장의 파노라마처럼 펼쳐졌다. 늘어선 집들이 선로에서 멀어지며 빨랫줄과 소각통만 보이더니, 녹슨 양철 옷을 입은 창고들이 몰려 있는 지대가 나오고, 이내 눈 속에 갈색 그루터기가 묻힌 너른 들판이 이어졌다.

정신을 차려보니 다음 역이 서머빌이었는데, 그사이에 조지 유잉에 대해선 단 한 번도 생각하지 않았음을 깨닫고 흠칫했다. 쇄골

위로 정맥이 툭 불거져 지끈거리는 바람에 그 위에 한 손을 얹고 진정시켜야 했다. 히스 보안관과 그의 부하들이 주시하며 기다리고 있을 거라고 스스로를 타일렀다. 기차역은 사람들로 가득할 것이다. 어떤 남자를 찾아야 할지 감도 오지 않았지만, 내가 놈보다 더 빨리 달릴 수 있기를, 혹은 필요하다면 맞서 싸울 수 있기를 바랄 뿐이었다.

곧 브레이크가 끼익하는 소리와 함께 엔진이 증기를 내뿜었고, 차장은 서머빌 역의 이름을 크게 외쳤다. 나는 승객 무리에 섞여 기차에서 내린 후, 처리해야 할 용무가 있는 것처럼 매표구로 걸어가서는 사람들이 흩어지길 기다리며 우두커니 서 있었다.

플랫폼은 북쪽으로 완전히 개방되어 있었다. 바람이 기둥을 지나 내 머리 위 양철 지붕을 때리며 휘잉 울었다. 날이 거의 저물어 한 남자가 낡은 가스등에 불을 붙이며 돌아다니고 있었다. 몇 사람이 온기를 바라듯 가스등 주위에 모여들었지만, 불꽃은 유리 안쪽에서만 깜박이며 아주 옅은 빛 우물을 뿌릴 뿐이었다.

나는 벤치에 앉아 가방을 무릎 위에 놓고 발목을 꼬았다. 혼자인 남자 몇 명이 벤치로 다가왔지만 다들 내 앞을 지나쳐 걸어갔다. 기차역의 시계가 막 다섯시를 알렸다. 초조하게 보이고 싶지 않아 시계는 쳐다보지 않으려 애썼다. 발을 흔들다 벽돌에 부딪혔고, 나는 의지의 힘으로 두 발을 얌전히 두었다.

선로의 침목을 물끄러미 바라보고 있는데, 누가 뒤에서 내 어깨를 거칠게 잡았다.

"여기 말고요, 미스 콥." 남자가 내 귀에 대고 속삭였다. 담배 악취가 밴 숨결이 내 목에 닿았다. 나는 어깨를 홱 젖히고 남자를 마주하려 일어섰지만, 그와 동시에 역무원이 호각을 불며 소리쳤다.

"숙녀분께 손대지 마시오!"

남자가 플랫폼을 뛰쳐나가 역을 빠져나가기 직전에 간신히 뒷모습만 언뜻 보았다. 헐렁한 쥐색 오버코트 차림에 키가 크고 삐쩍 마른 사람이 허둥지둥 달리는데 걸음걸이가 확연히 기우뚱했다. 코프먼의 친구, 그 나무 의족을 한 사내였다.

히스 보안관과 보안관보들이 기차역 안에서, 모퉁이를 돌아, 반대편 플랫폼에서 홀연 모습을 드러냈다. 다들 유잉을 뒤쫓아가는 바람에 기차역은 쥐죽은듯 정적이 흘렀다. 홀로 남겨진 나는 깜짝 놀란 여성 피해자 역을 연기해야 했다.

샌드위치 매점을 하는 아가씨가 차 한 잔과 뜨거운 빵을 들고 달려왔고, 나로서는 거절할 이유가 없었다. 노령의 신사가 내 옆으로 와서 앉았고 필요하면 의사를 불러주겠다고 했다. 나는 곧 리지우드행 기차를 타야 하고 식구들이 그쪽에서 기다리고 있다고 얘기하며 사양했다.

나는 차를 다 마신 후 기차를 타고 돌아와 택시를 불러 집에 왔다. 내가 우리집 진입로에 다시 선 시간은 여덟시였다. 부엌에만 불이 켜져 있었다. 노마와 플러렛은 내 몫의 저녁식사를 따로 남겨 놓고 불안하게 서성이고 있겠지. 유잉이 체포됐다고 확실히 얘기해줄 수 있으면 좋으련만. 노마가 뭐라고 할지 벌써 귀에 선했다. 히스 보안관이 외다리 남자도 못 잡는다면, 우린 생각보다 훨씬 곤란한 상황에 처해 있는 거야.

44

다음날 아침 닭들에 붙은 진드기를 털어내는 노마를 거들며 경계의 눈초리로 도로를 주시하고 있는데, 보안관 차가 우리 진입로로 들어왔다. 모리스 보안관보였다.

"엊저녁에 미스 콥을 두고 가버려 죄송합니다." 그가 말했다.

"제 걱정은 안 하셔도 됩니다. 그 남자는 잡았나요?"

모리스의 수염 아래서 빙그레 미소가 떠올랐다. "잡았다마다요. 놈이 의족을 달고도 굉장히 잽싸긴 했지만요. 하여간, 보안관님이 증거물을 살펴봐야 하니 미스 콥을 모셔오라고 했습니다."

우리가 도착했을 때 히스 보안관은 테이블 앞에 허리를 굽히고 서서 종이 몇 장을 들여다보고 있었다. 내가 약속을 잡기 위해 조지 유잉에게 보낸 편지와 더불어 내가 모르는, 유잉 앞으로 온 다른 편지들이 있었다. 또 한 페이지를 휘갈겨 쓴 수첩과 손수건, 그리고 약국에서 가져온 것처럼 생긴 병도 하나 있었다.

"이건 뭐죠?" 나는 병을 가리키며 물었다.

"클로로포름입니다."

잠시 사위가 물을 끼얹은 듯 조용해졌다. 나는 그 병에서 무언가가 흘러나와 나를 독살하기라도 할 것처럼 반 발자국 물러났다. 히스 보안관은 의자를 하나 당겨 나를 앉히고, 자기도 그 옆에 앉았다. 그는 나직이 신중한 어투로 말을 꺼냈다. "우리는 이 남자가 당신을 호텔로 데려가 약으로 마취할 계획이었다고 생각합니다."

"호텔? 아니 그 사람이 무슨 수로 자기랑 호텔에 가자고 나를 꾈 수 있다는 거죠?"

보안관은 씩 웃었다. "유잉 씨가 상대를 몰라본 것 같군요. 하지만 이건 그런 자들이 흔히 쓰는 수법입니다. 여성을 제압하는 덴 클로로포름을 약간 묻힌 손수건만 있으면 되거든요. 실제로 그런 예를 본 적이 있습니다."

나는 고개를 절레절레 흔들었다. "흠, 그런 수법이 나한테도 통할 거라고 생각했다면 그 사람도 그리 똑똑한 편은 못 되는군요."

"이걸 좀 보십시오." 히스 보안관은 연필 끝을 사용해 수첩을 내 쪽으로 밀었다. 뭐라고 쓴 건지 알아보기가 힘들었다.

"이게 뭔데요?"

"플러렛을 납치해 포주한테 팔겠다는 계획서로 보입니다."

"이게 그자의 계획이라고요? 아무나 보라고 수첩에 떡하니 다 적어놨다고요?"

"유잉은 우리 일을 참 쉽게 만들어주고 있습니다. 이제 그를 심문하러 갑니다만, 그게 또 문제예요. 유잉은 콥가의 세 자매에 가한 협박과 위협이 전부 다 자기 짓이라고 주장하고 있습니다."

"작년의 그 모든 협박장이요? 헨리 코프먼이 저지른 모든 일이?"

보안관은 고개를 끄덕였다. "유감이지만 그렇습니다. 유잉은 자기 혼자 한 일이라고 말하고 있어요. 헨리 코프먼이란 이름은 들어본 적도 없다고 합니다."

"하지만 그 사람이잖아요!" 나는 반발했다. "나무 의족을 한! 그 자가 코프먼 씨와 같이 있는 걸 봤다고 제가 말씀드렸잖아요!"

"확신합니까? 동일 인물이라고?"

"물론이죠. 그자의 앞니에 대해서 제가 말하지 않았나요? 그리고 다리에 대해서도. 이 도시에 나무 의족을 하고 돌아다니는 남자가 몇 명이나 있는데요?"

"그냥 확실히 해두고 싶었습니다." 보안관이 말했다. "유잉은 서머싯 카운티에서 절도범 일당과 함께 가로등 조명 전선을 벗겨낸 혐의로 체포됐었습니다. 나머지 놈들을 다 달아났고요. 코프먼의 친구들과 같은 일당인지 아닌지는 모릅니다. 하지만 유잉은 주립 형무소에서 복역했고, 작년 여름 당신과 헨리 코프먼이 충돌하는 사건이 있기 직전에 풀려났습니다."

그때 교도관이 문을 열고 용의자를 심문할 준비가 됐다고 말했다. 히스 보안관은 자리에서 일어났다. "방심하지 마십시오. 집에 머물며 당분간 조용히 지내세요. 총을 항상 소지하고. 시간 날 때마다 그쪽으로 순찰을 돌겠습니다."

나는 루시를 찾았다는 말은 하지 않았다. 만약 그녀 말이 맞다면—루시가 경찰한테 갈 경우 정말로 헨리 코프먼이 그녀의 뒤를 쫓는다면—그녀를 그런 곤경에 빠뜨리는 사람이 내가 되고 싶진 않았다. 루시는 잘 빠져나갔다, 비록 그리 멀리 가진 못했지만. 그녀는 좀더 오래 숨어 지낼 수 있을 것이다.

콥 블랙핸드 '일당'이 본인이라 주장

전과자의 자백으로 뉴저지 협박장 미스터리 풀려

뉴저지 해컨색, 1월 23일—"와이코프의 미스 콘스턴스 콥에게 블랙핸드 편지를 써서 그녀의 예쁜 여동생 플로렛을 납치하겠다고 협박한 건 저 혼자 벌인 짓입니다. 콥가가 부유하다는 사실을 알고 한탕 벌 수 있는 쉬운 길이라고 생각했습니다."

이상은 며칠 전 히스 보안관이 네샤닉산맥에서 체포한 전과자 조지 유잉이 오늘 자백한 내용이다. 그의 주머니에서 찾아낸 클로로포름 병 덕분에, 플로렛 콥을 납치해 시카고의 '인신매매단'에 넘기려던 또다른 음모가 발각되었다.

이 자백으로 인해 지난해 칠월 미스 콘스턴스 콥이 패터슨의 비단 염색 사업체 대표 헨리 코프먼을 상대로 코프먼의 자동차에 들이받혀 발생한 피해를 보상하라며 소송을 제기한 이후 콥가를 휩쓸었던 공포시대가 막을 내렸다. 사고 이후 블랙핸드 협박장이 콥가에 배달되기 시작했고, 해가 진 후 근처를 배회하는 남자들이 집을 향해 총을 쏘기도 했다.

"이게 다 자기 짓이라고 주장하는 거야?" 플러렛은 내가 기사를 다 읽기도 전에 내 손에서 신문을 빼앗아가며 말했다. "왜 이런 짓을 하는 거지?"

"헨리 코프먼을 궁지에서 구하기 위해서겠지." 내가 말했다. "신문 좀 돌려줄래?"

플러렛은 신문을 놓지 않고 큰 소리로 몇 마디씩 읽었다. 그러나 거의 저 혼자 중얼거리는 투였다. "여기 보면 유잉이 언니를 호텔로 유인해서 클로로포름을 쓸 계획이었다잖아." 플러렛이 말했다. "납치하려고 노리는 사람은 난 줄 알았는데. 이 사람이 언니한테 뭘 바란 거지?"

"그런 식으로 말하지 마." 노마가 말했다. "대부분의 납치 협박을 네가 받았다고 해서 네가 가장 인기 있는 사람이 되는 건 아니야."

"그럼 뭐가 되는데?"

"가장 작은 사람. 놈들은 네가 가장 작고 어리기 때문에 너를 노리는 거고, 왠지 몰라도 놈들은 우리가, 같은 이유로, 너를 가장 소중히 여기고 널 돌려받기 위해 돈을 더 낼 거라고 생각해."

"뭐, 언니들이야 당연히 그러겠지."

"너무 그렇게 자신하지 마라."

"그리고 세상에 자기 범죄 계획을 수첩에 적어서 주머니에 넣고 다니는 사람이 어딨어?"

"큰언니가 하는 말 들었지. 이 사람은 우리가 만나본 중 제일 똑똑한 범죄자는 못 돼."

"우리가 뭐 그리 많은 범죄자를 만나봤다고. 계속 이런 식이라면 우린 금세 뉴저지의 모든 사기꾼과 블랙핸드 단원하고 안면을 트겠는걸."

"둘 다 그만." 나는 신문을 되찾아 기사를 끝까지 읽은 후 말했다. "지금 가장 중요한 건 우리가 범인을 잡았다는 사실이야."

"그럼 헨리 코프먼은 모든 혐의를 벗는다는 얘긴가?" 노마가 물었다.

"나도 모르겠다."

"그럼 세상 모든 범죄자가 우리에 관해 시시콜콜 알 수 있도록 신문사에 갔던 건 참 잘한 짓이었군." 노마가 딱 잘라 말했다. "난 언니가 왜 그 사람의 조언을 받아들였는지 도무지 모르겠어."

"히스 보안관? 보안관이 너한테 리볼버를 지급할 때는 사양하지 않았으면서. 그리고 그의 계획을 거부하지도 않았고."

"나도 내가 무슨 선택을 한 건지 모르겠어. 이제 유잉 씨는 어떻게 되는 거야?"

"납치 미수 혐의로 형무소에 가겠지." 내가 말했다. "난 내일 검찰에 가서 진술해야 하고, 그다음에 시내에서 몇 가지 일을 처리할 거야." 루시를 보러 가는 거지만, 그 얘기는 하고 싶지 않았다.

"나도 같이 갈래!" 플러렛이 허둥지둥 일어나며 말했다. "까만 크레이프 드레스를 입을 거야. 굉장히 무게 있어 보이는 모자도 있는데 그걸 쓰면 사람들이……"

나는 일어나서 두 손으로 플러렛의 얼굴을 잡고 억지로 내 눈을 똑바로 보게 했다. 아이의 뺨은 흥분으로 발갰고, 눈동자는 반짝였다. 플러렛은 작고 날렵한 짐승, 이를테면 밍크나 여우의 얼굴을 하고 있었다.

"내 말 잘 들어. 어떤 경우에도 네가 조지 유잉이나 그의 일당과 같은 공간에 있는 일은 결코 없을 거야. 하늘이 두 쪽이 나도."

플러렛은 꼼지락꼼지락 내 손에서 빠져나갔다. "언니 둘 빼고 내가 누구와 같은 공간에 있을 것 같지가 않네." 플러렛은 그 나이 또래 여자애들만의 특기인 입술 뾰로통하게 내밀기를 선보이며 말했다.

"뭐 그것도 나쁘지 않네."

45

그 집은 같은 블록에 있는 대다수 집보다 관리 상태가 좋았다. 최근에 하얗게 페인트를 새로 칠했고, 주철 울타리를 두른 앞마당은 깨끗이 정돈되어 있었다. 마당은 회색 진창에 덮이긴 했지만, 눈밭에 솟아 있는 나뭇가지와 줄기는 계절이 바뀌면 창문 아래에 수국이, 산책로 경계를 따라 백합이 피리라는 걸 암시했다.

나는 초인종을 세게 비틀어 당겼다. 근처의 어느 굴뚝에서 나온 연기가 흘러갔다. 나무 타는 냄새에 배가 고파졌고, 아침을 먹은 지 한참 됐음을 깨달았다.

잠시 후 기침 소리와 함께 발을 끄는 소리가 들렸다. 문이 열리자 내가 본 중 가장 왜소한 여자가 내 앞에 서 있었다. 노부인은 새처럼 연약했고, 조그만 머리 둘레에는 하얀 면사 같은 머리카락이 자리했다. 턱 바로 밑까지 칼라 단추를 채운 회색 드레스를 입었고, 치마 밑에 삐죽 나온 자그마한 에나멜 구두는 초등학생 것일 수도 있었다.

노부인은 연한 회청색 눈동자로 나를 위아래로 훑어보더니, 마침내 "안녕하세요?" 하고 인사했다.

"루시 블레이크를 만나러 왔습니다." 내가 말했다. "친구입니다. 얼마 전에 시장에서 만났는데 잠깐 들르라고 했거든요."

노부인은 또다시 나를 슥 훑었는데, 내가 한 말이 사실인지 아닌지 재는 눈치였다. "루시는 지금 일하는 중인데. 언니 일을 거들고 있어요."

"방해해서 정말 죄송합니다, 미시즈……"

"미스 엘드리지예요." 그녀가 말했다. "동생 엘드리지예요, 십 분 차이로."

나는 배시시 웃었다. "아주 잠깐만 있을 거예요, 미스 엘드리지. 중요한 문제로 루시에게 꼭 물어볼 게 있어서요. 안에 들어가서 기다려도 될까요?"

계단을 내려오는 발소리에 미스 엘드리지가 뒤로 돌았다. 금세 루시가 미스 엘드리지 뒤에서 나타났다. 루시는 나를 보고 눈이 휘둥그레졌다.

"죄송해요, 미스 엘드리지." 루시가 말했다. "개인적인 일로 친구가 와서 잠깐 실례하겠습니다."

고용주가 뭐라 반박할 새도 없이 루시는 포치로 나와 내 손목을 잡아끌고 지하층 입구까지 계단을 내려갔다.

"여기서 얘기해요." 루시는 문을 열고 엘드리지 자매가 더이상 쓰지 않는 가구들을 넣어놓은 듯한 작은 방으로 안내하며 목소리를 낮췄다. 붉은 벨벳 소파는 너무 해져 씨실과 날실이 다 드러났고, 네 개의 마호가니 식탁 의자 쿠션에 놓인 자수는 엘드리지 자매가 맨 처음 바느질을 배웠을 때 완성한 것 같았다. 우그러든 옷장과 트렁크에는 루시의 옷이 들었을 테고, 작은 싱크대 위쪽 선반에는 세탁 세제와 세면도구가 놓여 있었다. 방 안쪽 문간에는 침대 겸 소파 하나가 겨우 들어갈 만한 벽감이 보였다.

한쪽 귀퉁이에는 화목난로가 있었는데, 루시는 난로에 불을 땔 기미를 보이지 않았다. 아마 겨울철 땔감을 조금밖에 받지 못했겠지. 우리 둘만으로도 공간이 꽉 찼으니 금방 온기가 돌긴 할 것이었다.

루시는 문을 닫자마자 내 손을 잡았다. "기다리고 있었어요. 사진을 가져왔나요?"

"네, 찬찬히 꼼꼼하게 봐줘요." 나는 가방에서 사진 봉투를 꺼냈다. "알아볼 수 있는 사람이 나왔으면 좋겠네요."

루시는 데기라도 할 듯 끝을 살짝 잡고 봉투를 뒤집었다. "뭐라고 쓰여 있는 거죠?" 루시는 눈을 가늘게 뜨고 겉봉에 적힌 희미한 글씨를 노려보았다. "워드?"

"사진을 찍어오라고 의뢰한 사람일 거예요. 그런데 연락도 없고 돈도 안 내서, 라모트 씨—사진사예요—가 나한테 준 거죠."

루시는 사진을 꺼내 한 장 한 장 넘기며 거기 나온 얼굴들을 유심히 살폈다. 정장을 입은 회사원들, 배달하는 소년들, 현관 앞 계단에서 노는 꼬마 여자애들. 루시는 어깨에 보퉁이를 멘 여자의 사진을 유독 한참 들여다봤다. 그 보퉁이가 아기였다 해도, 그녀의 아기인지 아닌지 알 길은 없었다.

사진을 모두 두 번씩 들여다본 후, 루시는 도로 내게 돌려주었다. "미안해요. 아무도 못 알아보겠어요."

"정말요? 여기 있는 사람들 중 한 명이 공장에 왔다가 당신 눈에 띄었을지도 모른다고 생각했는데. 헨리 코프먼의 친구라든가." 나는 이 다음에 어떻게 해야 할지 아무 생각이 없었음을 새삼 깨달았다. 이 사진들이 소용없다면, 나는 루시에게 달리 해줄 일이 없었다.

루시는 소파에서 늘어진 실오라기를 잡아당겼다. "아뇨, 없어요. 하지만 사진을 가져와주셔서 고마워요, 미스 콥."

"루시가 히스 보안관한테 가서 얘기해봤으면 정말 좋겠어요. 오늘 보안관을 여기로 데려오고 싶었지만, 지금 상황을 보니 당신 고용주들한테 괜한 의심을 사면 안 되겠네요."

루시는 도전적으로 턱을 치켜들었다. "그분들은 이미 다 아세요. 엘드리지 자매분은 아주 오래 사셨고, 살면서 온갖 꼴을 다 보셨죠. 애 딸린 처자라고 딱히 충격적으로 받아들이진 않아요."

방문 위에 달린 조그만 은제 종이 울리자 루시는 벌떡 일어났다.

"잠깐만요," 나는 그녀를 따라 방을 나서며 말했다. "보안관을 만나보는 문제에 대해 생각 좀 해보지 않을래요? 분명 도움이 될 거예요. 보안관이 코프먼 씨의 친구들 중 한 사람을 체포했으니까, 이제……"

루시가 뒤돌아보며 말했다. "보안관이 헨리 코프먼을 감옥에 집어넣으면 가서 얘기해보지요. 그전엔 안 돼요."

"하지만……"

그녀의 얼굴에 냉랭한 패배감이 어렸다. "그는 자기 소유의 하숙집에 불을 지르는 사람이에요. 그런 사람이 이곳엔 무슨 짓을 할까요?"

두번째 종이 울리자 루시는 뒤돌아 계단을 뛰어올라갔고, 혼자 남겨진 나는 문을 닫아걸었다. 왜소한 미스 엘드리지가 포치에 서서 내가 돌아가는 모습을 지켜보았다.

46

"뭐 다른 할 일 없어?" 내가 세번째로 각대를 놓쳐 잇따라 비둘기를 괴롭히자 노마가 성을 내며 말했다. "언니가 안 도와줘도 돼. 괜히 언니 때문에 얘네들이 불안해하잖아."

나는 노마와 같이 비둘기장에 들어와 그 안을 북새통으로 만드는 중이었다. 위쪽 철망에 머리카락이 엉킬까봐 허리를 숙여야 했다. 스무 마리 비둘기가 몽땅 나한테서 최대한 멀리 떨어진, 구석에 한 줄로 놓인 둥지 상자까지 후퇴했다. 자기들끼리 엎치고 덮쳐 서로 쪼아대며 흥분해 야단법석이었다. 노마는 어린 새들한테 생애 첫 각대를 채우고 메모를 묶는 중이었다. '절대 이혼하지 않는 기러기'가 곧 새장으로 돌아올 예정이었고, '독주로 병사들을 유혹하지 말 것, 시민들에게 자제 요청'도 오고 있었다.

노마는 나를 빙 둘러 손을 뻗어 새장 문을 열었다. "나가. 나가서 플러렛이 뭐하는지나 봐. 걔가 뭘 도와달라고 할지도 모르잖아."

"발레 연습하고 있던데." 나는 순순히 새장을 나서며 말했다.

"그럼 문손잡이라도 닦아서 반짝반짝하게 광을 내. 아님 저녁거리라도 준비하든가. 그건 할 수 있잖아?"

응. 할 수 있지.

지하 저장고의 모래 상자 속에 묻어둔 당근을 몇 개 꺼내 안으로 갖고 들어왔다. 부엌 싱크대 앞에 서서 당근을 박박 닦으며 창문 너머로 곧 다시 파종을 해야 하는 황량한 채마밭과 헛간을 바라보고 있는데, 자갈길에 바퀴 긁히는 소리가 우리집 진입로로 누가 들어왔음을 알렸다. 나는 상체를 틀어 프랜시스의 마차가 문 앞에 멈춰 서는 모습을 보았다. 마차 뒤쪽의 방수포 밑에는 바구니가 한 짐 실려 있었다.

마차에서 뛰어내린 프랜시스는 노마에게 다가가 말을 걸었다. 나는 필요 이상으로 오래 당근을 씻었다. 당근 껍질이 다 벗겨지고 환한 주황색이 드러나자, 당근을 싱크대에 떨구고 부엌을 둘러보았다. 닳고 닳은 식탁은 몇십 년을 그 위에서 반죽을 치대고, 면을 밀어 자르고, 커피를 쏟고, 잼과 절임을 흘려도 끄떡없이, 어떤 사안에도 의견 일치를 본 적이 없지만 그럼에도 불구하고 머리를 맞대고 앉는 세 여자의 다툼 속에서도 살아남았다. 시커먼 철제 화목난로는 현대적인 주방에선 설 자리가 없지만, 우리가 이사 왔을 때는 가스도 전기도 들어오지 않았고 우린 가스와 전기 없이 사는 법을 배웠다. 찬장에 있는 어머니의 오래된 모스로즈 무늬 스캘럽 접시*는 우리 손등만큼이나 친숙하다. 이 부엌에 새것이라곤 하나도

* 가장자리에 물결이나 부채꼴 모양 장식이 있는 접시.

없다. 플러렛이 노란색으로 테두리를 둘러 만든 하늘색 커튼을 빼고는.

부엌에 딱히 애정이 있는 건 아니지만, 두 손 놓고 멀거니 이 부엌을 포기할 순 없다.

프랜시스가 현관문으로 올라오면서 창문 너머 내게 손을 흔들었다. 손에는 신문이 들려 있었다. 오빠는 겨울 동안 수염을 길렀는데 간간이 흰 털도 섞여 있었다. 아버지도 저렇게 수염을 기르곤 했는데. 내가 마지막으로 본 아버지가 지금의 오빠와 거의 비슷한 나이였음을 깨닫고 나는 움찔했다.

오빠는 문으로 들어오면서 문지방을 쿵쿵 굴러 발을 털었다. "콥 블랙핸드 일당?" 프랜시스는 신문을 식탁 위에 던지며 말했다. "어떻게 된 거야?"

오빠는 식탁 위에 모자를 놓고 의자에 털썩 주저앉았다. "문제가 다 처리된 줄 알았는데. 여기서 무슨 일이 벌어지고 있었던 거야?"

나는 손을 말리고 맞은편 의자에 앉았다. "헨리 코프먼을 체포할 준비를 하고 있다고 말했잖아, 그리고 체포한 거지."

"아, 그건 나도 알아. 신문에서 읽었어. 이게 요즘 내가 여동생들 소식을 듣는 방법이네. 너희를 협박하는 사람이 또 있단 소리는 왜 안 했어?"

나는 의자에 등을 기대고 창밖을 내다봤다. 노마는 비둘기들이랑 여전히 무척 바빴다. 노마의 도움을 바라긴 글렀군. 플러렛은 파리의 발레 음반을 틀어놨고, 피루엣을 돌 때마다 뒤꿈치가 바닥을 때리는 소리가 났다.

"오빠라고 뭘 어떻게 했겠어? 이번엔 진짜로 끝났다고 생각해.

이 조지 유잉이라는 남자는 코프먼 씨 밑에서 일하고 있었어. 유잉은 다시 수감됐고……"

"하지만 생각 좀 해봐, 콘스턴스." 프랜시스가 말했다. "놈이 유죄를 받든 말든 그건 중요하지 않아. 다음에 또 이런 사건이 생길 테고, 그다음에 또 생기겠지. 모르겠니? 너흰 여기서 아주 손쉬운 표적이야. 여자 셋이, 자기들끼리만 사는데, 겉보기엔 부유하고."

외딴 시골에 사는 돈 많은 여자들. 그 남자들한테 우리가 그렇게 보인단 말이야? 그들의 눈으로 우리를 바라보려니 속이 약간 메스꺼웠다. "그럼 오빠는 우리가 오빠와 같이 있어야 더 안전하다고 생각하겠네."

"당연하지! 여태껏 내가 너한테 한 얘기가 그거잖아. 우리 쪽으로 이사 와서 한동네에 살아, 어디 어둑한 외진 곳 말고. 우리집에서 쭉 내려가면 경찰관도 살고, 소방관도 있어. 게다가, 나도 있고."

"아, 오빠가 우릴 보호할 거라고? 헨리 코프먼과 그 일당이 오빠를 무서워할 것 같진 않은데."

"그자들은 자기네 성질을 건드리는 사람만 노리지. 그리고 나는 그자들을 건드리지 않을 거고."

창밖으로 노마가 비둘기 바구니를 돌리의 옆구리에 매는 게 보였다. 나 혼자 이 상황을 해결하라고 남겨둔 채 자기는 말을 타고 훌쩍 나가려 하다니. 발레 음반이 튀었고, 플러렛은 처음부터 다시 틀었다.

프랜시스가 의자를 뒤로 밀고 일어났다. "수입이 없으면 여기서 계속 살 형편도 안 되잖아. 그 점에서는 내 말이 맞는다는 거 너도 알고."

그렇다. 올겨울에 우리는 거의 돈을 쓰지 않았지만, 저금은 계속 줄어들고 있었다.

"최소한 플러렛이라도 우리한테 보내." 프랜시스가 말했다. "그 자들이 노리는 건 플러렛이니까."

"플러렛은 나랑 있을 거야."

오빠는 허리를 숙이고 속삭였다. "모름지기 엄마라면 애들 안전에 더욱 신경써야 하는 거 아냐?"

나도 똑같이 맞서 오빠를 노려봤다. "내가 여태 해온 일이 바로 그거라면?"

프랜시스는 문을 향해 걸어갔고, 나는 오빠의 코트 등판에 길게 자리잡은, 베시의 손길로 새로 박은 솔기를 바라봤다. 오빠는 벌써 너무 많은 짐을 짊어진 남자의 약간 구부정한 자세가 몸에 뱄다. "길에서 무슨 일이 생겼을 때 어머니가 어떤 식이었는지 기억나?"

오빠는 걸음을 멈추고 여전히 화난 얼굴로 돌아보았다.

"한번은 오빠랑 내가 어머니하고 같이 외출했을 때," 내가 말을 이었다. "어떤 남자애가 우리 앞을 뛰어갔어. 그애가 발을 헛디뎌 길에 양파 한 자루를 다 쏟았지. 그때 기억나?"

프랜시스는 고개를 저었다.

"나는 가다 말고 양파를 주워주려고 했는데, 어머니가 내 팔을 잡아당기며 손대지 말랬어. 마치 무슨 함정일지도 모른다는 투로."

"어머니는 그런 식이셨지." 프랜시스는 문에 기대며 말했다. "아무도 믿지 않았어."

"맞아." 나는 말했다. "그리고 십수 년 동안 나는, 물건을 흘리면 사람들이 발을 멈추고 그걸 주워 돌려줄 거라는 생각을 단 한 번도 해본 적이 없어. 어떤 사람들은—플러렛이 부서진 마차에 깔렸을 때 그걸 치워준 사람들처럼—재난을 보면 곧장 달려가. 그 사람들이 위험에 부주의해서가 아니라, 뭐라도 도움을 줄 각오가 되어 있기 때문에."

프랜시스는 어깨를 으쓱했다. "어머니도 나름대로 이유는 있었어. 시대가 달랐으니까."

"바로 그거야." 내가 말했다. "시대가 달랐지. 우린 더이상 숨어 지내지 않아도 되고, 도망치지 않아도 돼."

프랜시스는 항복한다는 듯 두 손을 들었다. "그럼 관둬. 하지만 알아줬으면 좋겠다, 언제라도……"

"언제라도 오빠네 문간에 나타나도 된다는 거 알아." 내가 말했다. "오빠와 베시한테는 늘 고마워. 하지만 우린 자립해서 지금까지 잘 지내왔고, 그 사실이 나는 기뻐."

오빠는 고개를 끄덕이고 문을 나섰다. 나는 눈을 감고 부엌에 앉아 빅터 축음기에서 희미하게 들려오는 프랑스 오케스트라의 지글거리는 음악과 고르지 않은 거실 바닥에 스치는 플러렛의 구두 소리에 귀를 기울였다.

프랜시스에게 말하지 않은 것은, 그날 루시가 패터슨 길거리에서 나를 붙잡았을 때, 어떻게 모르는 사람을 부여잡고 자신의 문제를 쏟아낼 수 있는지 내가 이해하지 못했다는 사실이다. 하지만 지금은 사람들은 원래 늘 그래왔다는 것을 깨달았다. 사람들은 도움을 요청한다. 그리고 어떤 이들은 의무감으로, 자신을 둘러싼 세상에 대한 소속감으로 그 부름에 응한다. 그게 바로 히스 보안관과 그의 부하들이 한 일이었다. 우리를 노리는 자들을 잡기 위해 총을 뽑아들고, 얼어죽을 듯 추운 우리집 헛간에 엎드려 대기하는 것.

내가 플러렛에게 무언가를 줄 수 있다면—존재하는 줄도 모르는 엄마로서 내가 그애한테 무언의 선물을 줄 수 있다면—그 선물은 이런 것이 될 것이다. 우리는 우리가 사는 세상의 일부가 되어야 한다는 자각. 우리는 우리한테 혹은 다른 누군가한테 말썽이 생겼을 때 종종걸음으로 피하지 않는다. 우리는 달아나서 숨지 않는다.

플러렛은 어머니를 보아왔고, 내가 그랬던 것처럼 어머니의 방식을 배웠다. 나는 플러렛이 나 또한 봐주기를, 나를 통해 뭔가 다른 것을 배우기를 소망한다.

47

일주일 후, 저녁식사를 막 끝냈을 때 누가 현관문을 두드렸다. 문을 열고 보니 히스 보안관과 모리스 보안관보가 우리집 포치에 물을 뚝뚝 흘리고 서 있었다. 두 사람은 코트를 벗어든 채 조끼와 셔츠 바람으로 덜덜 떨고 있었고, 옷은 몸에 페인트로 칠한 것처럼 살갗에 들러붙어 있었다.

두 사람은 동시에 입을 열었다. "방해해서 대단히 죄송합니다, 미스 콥." 모리스 보안관보의 말이 먼저 나왔다.

"부디 양해 바랍니다, 혹시 저희가……" 히스 보안관의 말에 나는 문을 활짝 열고 어서 들어오라고 재촉했다.

"너무 늦은 시각에 불쑥 찾아와서요." 모리스 보안관보가 다시 말문을 열었다.

"괜찮아요." 내가 말했다. "무슨 일이에요?"

노마와 플러렛이 부엌에서 나왔고, 노마는 설명을 기다리지도 않고 바로 두 사람을 위해 수건과 담요를 가지러 갔다. 플러렛은 두 사람 다 얼른 젖은 신발을 벗으라고, 불 옆으로 가라고 수선을 피웠다. 난롯가가 북적였다. 온기를 쬐자 그들의 옷에서 이끼와 강바닥 진흙 냄새가 피어올랐다.

노마가 수건을 잔뜩 쌓아 가져왔고, 커피를 끓이기 위해 다시 사라졌다. 플러렛은 난로에 통나무를 더 넣고 뭔가 극적인 설명을 기대하듯 그들 맞은편에 자리잡고 앉았다. "몽땅 얘기해주세요." 플러렛이 말했다. "냇가에서 우리의 코프먼 씨를 뒤쫓는 중이었나요? 우리 총을 가져올까요?"

모리스 보안관보가 고개를 저었다. "아뇨, 오늘 저녁 우린 다른 놈을 쫓고 있었습니다. 절도범이요. 놈은 보석과 돈을 훔치고 그 집 아주머니를 겁에 질리게 했어요. 동네에서 남자 몇 명을 모아서 오후 내내 놈을 쫓다가 날이 어두워져 놓쳤습니다."

"그러고 나서 수영하러 가신 거예요?" 플러렛이 물었다.

"별로 수영하기 좋은 밤은 아니죠. 우리가 쫓던 놈이 여기 보안관님한테 총을 쏘는 바람에 둘이 같이 개울로 자빠졌어요. 곧장 집으로 가려고 했습니다만, 길이……"

"총에 맞았어요?" 나는 뭔가 단단한 것이 목구멍에 쑤셔박힌 느낌이었지만 그 사이로 간신히 물었다.

히스 보안관은 모리스가 얘기하는 동안 화롯불을 바라보고 있었다. 보안관은 나를 돌아보며 말했다. "아뇨. 그냥 코트에 구멍이 났을 뿐입니다. 덕분에 기겁했죠. 그게 다예요."

플러렛이 나를 쳐다보며 인상을 썼다. "조끼에도 구멍이 났는데."

"좀 봐요." 나는 보안관에게 다가갔지만, 보안관은 뒤로 물러났다. 나는 보안관의 팔을 거칠게 잡아 내 얼굴을 보도록 몸을 돌려 세웠다. 그는 깜짝 놀라 눈을 껌벅였다. "미스 콥, 저는……"

"그만." 내가 말했다. "제가 보기에 지금 보안관님은 쇼크 상태예요." 조끼에 난 구멍을 들춰 잡았더니 손에 피가 묻어났다.

"총에 맞았네." 나는 나직이 말하고 상처를 살펴보기 위해 그를 가까이 끌어당겼다. "여긴 너무 어두워. 플러렛, 붕대랑 비누랑 필요한 것 좀 가져와. 남자한테 맞을 만한 옷이 있는지도 찾아보고. 보안관님한테 셔츠가 필요할 거야."

보안관은 저항하려 했다. "아뇨, 우린 그저 길 상태가 안 좋아서 잠깐……"

"그건 신경 꺼요. 지금 당장 당신의 어깨를 좀 살펴보겠습니다."

내가 두 남자를 부엌으로 데려갈 때 노마는 커피를 들고 나오는 중이었다. 램프가 비추는 빛 우물 안에 들어서자 노마도 보안관의 조끼에서 스며나오는 피를 보았다.

"두 분에게 마실 것을 드려." 내가 말했다. "그리고 물을 좀더 올려놔. 저쪽 난로도 불을 지피자. 모리스 보안관보님이 몸을 녹일 수 있게."

노마는 내가 요청한 대로 처리했고, 나는 저항하는 히스 보안관을 의자에 밀어 앉혔다. 플러렛이 붕대와 프랜시스의 옛날 옷들을 한 뭉텅이 들고 왔다. 그러곤 내가 보안관의 어깨를 조끼에서 빼내는 것을 거들었다. 보안관은 우리가 조끼를 벗기려 그의 팔을 들어 올리자 신음을 흘렸다.

"밝은 데서 볼 수 있게 식탁 위로 허리를 숙여요." 내가 말했다. "손대지 않을게요. 그냥 보기만 할 겁니다."

보안관의 셔츠는 어깨를 지나 등허리까지 피에 푹 젖어 있었다. 나는 셔츠를 조심스럽게 들춰 피부에서 떼어냈고, 플러렛이 가위로 잘라냈다. 셔츠 밑에서 드러난 넓고 얕은 상처는 반쯤 응고된 피 때문에 잘 보이지 않았다.

"괜찮은 것 같네요." 나는 숨죽여 말했다. "총알은 가볍게 스쳐 지나간 듯해요. 더 잘 볼 수 있게 상처 부위를 닦아내겠습니다."

보안관은 고개를 끄덕였지만 우리를 쳐다보지는 않았다. 그는 양손으로 식탁 끝부분을 꽉 잡고 있었고, 그러느라 손등에서 핏기가 가셨다.

노마가 수건과 뜨거운 물을 가져왔고, 플러렛이 비누를 건넸다. 나는 상처에는 손대지 않고 가장자리만 최대한 조심스럽게 씻어냈다. 총알은 살갗을 벗겨낼 정도로 가깝게 지나갔지만, 뼈는 드러나지 않은 것 같았다. 엉겨붙은 피를 닦아내자 본래 피부색이 돌아왔고, 뜨거운 물 때문에 살이 약간 벌겋게 익었다. 어깨에는 갈색 주근깨가 일렬로 박혀 있는데, 모두 다섯 개였다.

보안관은 사로잡힌 짐승처럼 길고 거칠게 숨을 쉬고 있었다.

"이제 상처를 씻어야겠어요." 내가 말했다. "뒤로 기대요, 어지르지 않게."

보안관은 식탁을 잡은 손의 힘을 풀지 않고 플러렛과 내가 있는 쪽으로 조심스럽게 허리를 폈다. 나는 보안관을 쳐다봤지만 그는 나와 시선을 마주치지 않았다. 머리가 정수리부터 막 말라가는 참이었다. 젖어서 착 가라앉았던 머리카락 중 두 줌이 위로 들렸다.

나는 보안관의 어깨 위로 물을 짜서 흘려보냈고, 플러렛이 수건을 대고 있다가 닦아냈다. 물은 밝은 선홍색으로 흘렀지만 상처는 깨끗해 보였다. 나는 상처를 가까이서 자세히 들여다봤고, 신선한 피의 쇳내를 맡았다.

"상처는 꿰매야 할 거예요. 저절로 아물진 않겠는걸요."

보안관은 몸을 빼내고 찢어진 셔츠를 도로 입으려 했다. "의사는 필요 없습니다." 그가 말했다.

"대장님, 이분들 말씀이 맞다고 생각합니다." 모리스 보안관보가 말했다. "오늘밤에 누가 상처를 좀 봐야 하지 않겠습니까?"

보안관은 고개를 흔들고 일어나려 했다. "이깟 상처 때문에 의사를 깨우진 않을 거야."

"그럼 앉아요." 내 말에 깃든 권위적 어조에 그는 놀랐다. "붕대를 감고 깨끗한 셔츠로 갈아입지 않는 한 여기서 못 나갑니다." 보안관은 지친 듯 자리에 도로 앉았고, 플러렛과 나는 그의 어깨를 붕대로 감는 일에 착수했다. 제대로 감싸기 애매한 위치였고, 핀으로 고정하기가 불가능했다. 플러렛이 붕대를 몇 번 꿰매서 제 위치에 고정했다. 그러고 나서 프랜시스가 예전에 입던 잠옷 윗도리를 꺼내 보였다. 히스 보안관은 혼자 세면실로 가서 엉망이 된 셔츠를 벗고 프랜시스의 셔츠로 갈아입었다. 그는 돌아와서 내게 고개를 끄떡했다.

"미스 콥과 잠시 할 얘기가 있습니다."

나는 부엌문을 열었고, 그는 나를 따라 복도로 나와 함께 거실로 갔다. 몇 분 전에 지펴놓은 불이 이젠 활활 타오르고 있었다. 나는 히스 보안관에게 앉으라고 권했지만 그는 벽난로 앞에 섰다.

"아직 축축해서요." 그는 벽난로 쪽으로 윗몸을 기울였다. 나는 자리에 앉아서 그가 말을 꺼내길 기다렸다. 난롯불 외에는 방안이 어두웠지만, 굳이 번거롭게 일어나 등잔불을 켜긴 싫었다.

"유잉이 의견을 굽히지 않습니다." 그가 말했다. "여전히 협박장이며 발포며 죄다 자기가 한 짓이라고 주장하고 있어요."

"모조리 다요?"

보안관은 고개를 끄덕이려다 얼굴을 찡그리고 한 손을 붕대에 갖다댔다. 그의 뒤에서 불꽃이 쉭쉭거리며 벽난로 바닥에 불똥을 튀겼다. 보안관은 옆으로 물러났고, 오렌지색 불빛이 아래서 그를 비추었다. 일렁이는 불빛에 비친 그는 유령처럼 보였다.

"유감스럽게도 그렇습니다. 그가 말을 바꾸도록 설득하지 못하면, 검찰에서는 헨리 코프먼에 대한 모든 공소를 철회할 겁니다."

"하지만 유잉 씨는 왜 자기가 저지르지도 않은 범죄를 다 뒤집어쓰겠다고 하는 걸까요? 그도 코프먼 패거리에 속해 있긴 하겠지만, 그걸 다 자기 혼자 하진 않았잖아요. 할 수도 없었을 테고."

히스 보안관은 어깨를 으쓱하고는 곧이어 어깨를 움직인 탓에 생겨난 통증으로 움찔했다. "돈이죠. 제 생각엔 코프먼이 유잉에게 저지르지 않은 범죄를 자백하는 대가로 금전을 제시했을 겁니다. 코프먼에겐 적어도 천 달러의 가치는 있죠, 언론 노출은 말할 것도 없고."

"아니면 협박했든가요."

"어쩌면 둘 다일지도. 코프먼은 유잉이 잡힐 줄 알고 있었겠죠. 유잉은 무리 중에서 가장 약한 개체입니다. 희생시키기 만만한."

나는 의자에 등을 기대고 눈을 감았다. 도저히 믿을 수가 없었다. 그 난리통을 다 치렀는데, 정작 헨리 코프먼은 돈을 써서 손쉽게 딴사람에게 죄를 뒤집어씌우고 법정에서 질책받는 일조차 없이 빠져나가게 생겼다.

"하지만 좋은 소식도 하나 있습니다." 보안관이 말했다. "보안국에서 뉴욕의 필적 감정 전문가를 초빙할 거예요. 윌리엄 킹즐리라고, 필적을 과학적으로 감정하는 분야의 권위자입니다. 킹즐리가 편지를 살펴보고 코프먼이 연관되었음을 밝혀낼 겁니다."

"그게 어떻게 우리한테 도움이 된다는 건지 모르겠네요." 내가 말했다. "편지는 몽땅 인쇄체로 네모반듯하게 쓰였는데."

"아, 그건 그만의 방법이 있습니다. 애써 글씨체를 숨기려 해도 소용없죠. 킹즐리는 계속 승소하고 있어요. 다만 한 가지, 손글씨 견본을 모아달라는데 유잉과 코프먼뿐만 아니라 이 사건에 관련된 다른 당사자들 것도 필요하답니다. 그래서 세 분 모두 나오셔서 견본을 작성해주셨으면 합니다."

"우리가 왜 그 협박장을 써야 하는데요?"

"세간의 관심을 끌기 위해 스스로 협박장을 썼다는 혐의를 배제하기 위해서일 뿐입니다."

"우리집 창문에 우리가 벽돌을 던졌다는 혐의는 없고요? 우리가 마차를 일부러 들이받았다는 혐의는요?"

"형식상 절차일 따름입니다."

부엌문이 열렸고, 노마와 플러렛과 모리스 보안관보가 비틀비틀 복도로 걸어나왔다. 셋 다 비몽사몽간이었다.

"우리가 붙잡아뒀군요, 미안합니다." 나는 자리에서 일어나며 말했다. "집에 가고 싶으실 텐데."

"난 도로에 무슨 문제가 있다고 생각했는데." 플러렛이 말했다. "우리집에서 하룻밤 묵으면 안 되나?"

두 남자 모두 플러렛의 제안에 깜짝 놀라 뻣뻣이 굳었고, 그건 노마도 마찬가지였다.

"감사합니다, 미스 플러렛." 모리스 보안관보가 말했다. "하지만 그럴 필요까진 없어요. 초승달이 떠 있고 도로에 구덩이가 잔뜩 파여 속도는 안 나겠지만, 몸도 많이 따뜻해졌고 옷도 말랐으니 가는 길이 훨씬 견딜 만할 겁니다."

문으로 향하며 히스 보안관은 플러렛에게는 간호에 대해, 노마에게는 커피에 대해 고맙다고 인사했다. 그리고 내게는 이렇게 말했다. "내일 뵙죠, 미스 콥."

48

이튿날 아침 히스 보안관이 왔을 때 우리는 포치에서 대기중이었다. 해가 났고, 공기가 여전히 차갑긴 했지만 촉촉한 풀냄새가 났다.

"자동차를 타고 돌아다니는 거 난 반대야." 노마가 말했다.

"나는 운전하는 법을 배우고 싶은데, 보안관님이 가르쳐주시려나." 플러렛이 말했다. "방금 잡지에서 운전할 때 쓰는 근사한 모자를 봤는데, 나한테 딱 어울릴 것 같아."

"보안관님을 귀찮게 하지 마." 내가 말했다. "우릴 직접 법원까지 데려다주는 호의를 베풀고 계신 거야. 분명 무척 바쁘실 텐데."

히스 보안관은 차를 몰고 와 우리집 진입로에 세우고 활짝 웃으며 뛰어내린 후 나를 위해 문을 열어주었다. 노마와 플러렛은 뒷좌석에 탔다.

"엊저녁에 총 맞은 사람치곤 꽤 활기 넘치는데요." 내가 말했다.

"범인을 잡았거든요. 놈은 이제 경찰관에게 총을 쏜 혐의로 폭행죄까지 더하게 생겼죠."

"어젯밤에 우리집에서 나간 후에 도둑을 잡았어요? 그 몸 상태로?"

"아, 모리스와 제가 잡은 게 아닙니다. 우린 곧장 집에 가서 잤어요. 하지만 추적대 중 한 사람이 놈을 밤새 뒤쫓아 동트기 직전에 잡아서 끌고 왔더라고요. 그 자리에서 그 친구를 보안관보로 임명했죠. 우리가 그런 사람을 좀더 활용할 수만 있다면."

"아무렴, 하실 수 있겠죠."

낙농장 인부들이 날이 좋을 때를 틈타 쇄석을 새로 한 겹 뿌리고 그 위를 롤러로 눌러 도로 정비를 마무리하는 중이었다. 그들은 우리가 지나갈 수 있도록 옆으로 비켜섰지만, 자동차 타이어가 밟고 지나가면 길이 더 패고 울퉁불퉁해질 뿐이었다. "카운티에서 이 길을 아스팔트로 포장해야 할 텐데." 히스 보안관은 혼잣말하듯 중얼거렸다. "이런 쇄석 도로는 마차와 자전거에만 적합하니."

"자유보유권자위원회에서 그 비용을 대는 방법을 알고 계신다면 저도 좀 듣고 싶군요."

"저도 알았으면 좋겠습니다. 지금 당장만 해도 동전 한푼까지 놓고 그들과 싸우고 있어요. 위원회에서 교도소를 육십만 달러를 들여 지었는데, 아직도 완성되려면 멀었어요. 오수관을 설치하고 일반적인 공구로는 못 여는 창문을 달기 위해 청원을 해야 했죠. 세탁 시설도 없고, 재소자들한테 죄수복을 지급할 돈도 없습니다. 얼마나 가관인지 당신은 상상도 못할걸요."

"자유보유권자들이 그 가관을 본 적이 없어요? 의원들 중 보안관님 편은 한 명도 없나요?"

"제가 교도소 견학을 제안한 적은 없습니다." 보안관이 씩 웃으며 말했다.

"음, 제안해보시죠. 아니면 사진을 몇 장 보여주든가. 주변에 사진기 가진 사람 없어요?"

"저한테 아마 있을 겁니다."

우리는 잠시 묵묵히 길을 달렸다. 도로의 커다란 구덩이에 걸려 차가 덜컹거리자 보안관의 얼굴이 고통으로 일그러졌다.

"어깨를 보고 의사가 뭐라 그러던가요?"

보안관은 길에서 눈을 떼지 않았다. 엊저녁 콥가의 아마추어 간호 활동의 실습 대상이 되었다는 사실을 잊고 싶었나보다. 마침내 그가 입을 열었다. "미시즈 히스가 상처를 면밀히 살펴보고 붕대를 새로 갈아주었습니다."

"그리고 오늘 당신이 곧장 일터로 복귀하는 데 찬성했고요?"

"안 했죠."

한밤중에 깨어 남편이 어깨에 총을 맞고 온 걸 알게 된 미시즈 히스의 심정이 어땠을지 궁금했다.

"나도 부인 말이 맞다고 생각해요. 오늘은 집에서 쉬셨어야 해요."

보안관은 어깨를 으쓱하고 씨익 웃었다. "범죄자들은 집에서 쉬지 않습니다, 미스 콥. 아시잖습니까. 미시즈 히스도 마찬가지로 잘 알고 있죠." 무엇도 그의 좋은 기분을 망칠 수 없었다. 도망자를 잡았다는 사실이 보안관의 기분에 미치는 영향은 지대했다. 그 소식에 나도 덩달아 유쾌해졌다.

보안관은 고개를 돌려 노마와 플러렛에게 말했다. "이건 단순히 킹즐리 씨의 엄격하고 철저한 방법론에 부응하기 위한 일에 지나지 않습니다. 아무도 콥가 사람들이 협박장을 썼다고 의심하지 않아요."

"그렇게 생각하는 편이 좋겠죠." 노마가 대꾸했다.

"킹즐리 씨의 방법론, 그러니까 그가 각각의 편지를 살펴보고 그게 어떻게 쓰였는지 연구하는 방식은 매우 과학적입니다. 그는 사람마다 펜촉을 종이에 대고 누르는 필압이 어느 정도인지, 단어를 쓸 때 시작 부분과 중간 부분이 어떻게 다른지 알아요. 뉴욕에서 온갖 소송을 다 승리로 이끌고 있죠. 이 증거만 있으면 우리의 코프먼 씨에게 유죄판결을 내릴 수 있어요."

"그자는 우리의 코프먼 씨가 아닙니다." 노마가 말했다.

"그러고 보면 우리의 코프먼 씨 맞는 것 같은데." 플러렛이 말했다. "그 사람은 우리만의 블랙핸드 갱이잖아. 그런 걸 거느린 여자는 거의 없다고."

히스 보안관은 근엄한 눈으로 플러렛을 쳐다보았다. "이 일을 농담거리로 삼아선 안 됩니다."

"여태껏 우리가 입이 닳도록 한 말이 그건데." 내가 말했다. 나는 몸을 돌려 재차 플러렛을 야단쳤다. "히스 보안관님과 보안관보님들은 자신의 안전을 희생해서 우리집을 지켜주셨어. 그걸 가볍게 여기는 언사는 두 번 다시 내 귀에 들리지 않게 해, 특히 법원에서는."

플러렛은 어깨를 으쓱하고 차창 밖으로 시선을 돌렸다. 우리가 아이를 과보호한 게 아닌가 싶었다. 철통처럼 안전하다고 느낀 나머지 자신은 어떠한 해코지도 당할 리 없다고 믿는 것 같았다.

차가 해컨색에 들어서니 햇살이 온 도시의 기운을 북돋아놓은 듯했다. 아이들이 놀이터에서 줄넘기를 하고, 엄마들은 아기를 데리고 산책을 하고, 상점 주인들은 담배를 피우며 가게 앞에 나와 어슬렁거리고 있었다. 벚나무에 꽃봉오리가 맺힌 것도 보이겠다 싶었지만, 그건 나의 희망찬 상상이었을 것이다.

법원에서 우리는 모리스 보안관보의 인솔하에 빈방으로 안내됐고, 그곳에서 차례가 돌아오길 기다렸다. “일 처리가 좀 지연되고 있어서 걱정하던 차였습니다.” 모리스가 말했다. “하지만 이제 보안관님이 돌아오셨으니 분명 곧 순서가 돌아올 겁니다.”

그래도 우리는 족히 한 시간을 기다렸다. 나는 책을 가져왔고 노마는 신문을 가져왔는데, 플러렛만 꼼지락거리며 아무도 자기한테 소일거리를 챙기란 말을 안 해줬다고 불평을 늘어놓았다.

“지금 말할 테니까 들어.” 기어이 노마가 쏘아붙였다. “어딜 갈 땐 항상 소일거리를 가지고 다녀. 됐지.”

한없는 기다림 끝에, 모리스 보안관보가 돌아와 우리를 어느 법정 입구 앞, 길게 패널을 덧댄 복도로 데려갔다. 법정 문은 닫혀 있었고, 히스 보안관의 부하 몇 사람이 경비를 서고 있었다. 그들은 우리를 불안한 눈으로 쳐다봤다.

“이분들이 저치를 보면 안 되는데.” 경비 중 하나가 모리스에게 말했다.

“저쪽은 끝난 줄 알았어.” 모리스의 말이었다.

경비가 고개를 저었다. “아직 저 안에서 괴성을 지르고 책상을 두들기고 아주 난리도 아니야. 저렇게 처치 곤란한 녀석은 처음

봐. 우리 형무소에 오진 않겠지?"

모리스 보안관보는 인상을 썼다. "나도 자네만큼이나 놈을 우리 지붕 아래 두고 싶지 않지만, 징역형을 받아 마땅하다면 놈이 갈 곳은 거기뿐이지."

"헨리 코프먼 이야기인가요?" 내가 물었다. "그자가 저 안에 있습니까?"

남자들은 우리가 있다는 사실을 까맣게 잊은 듯 화들짝 놀라서 우리를 쳐다봤다. 법정 안에서는 의자가 마룻바닥에 이리저리 긁히는 소리와 남자들이 낮은 목소리로 다투는 소리가 들렸다. 경비 중 한 명이 문에 기대어 섰다.

모리스 보안관보가 복도 쪽을 가리켰다. "숙녀분들, 방으로 돌아가서 기다리시지요."

바로 그때 문이 쾅 열리면서 경비가 나자빠졌다. 헨리 코프먼이 경비를 뒤젖히고 나오는데, 얼굴은 벌겋고 눈은 번들거리고 머리카락 몇 가닥이 땀에 젖어 이마에 들러붙어 있었다. 나는 플러렛 앞에 서 있었다. 누가 어쩌기도 전에 코프먼이 내게 달려들었다.

"너! 네가 꾸민 짓이지!" 코프먼이 고함쳤다. 그가 내게 덤벼들었지만 나는 밀쳐냈고, 작년 여름과 똑같이 그를 벽에 밀어붙였다. 다만 그때처럼 만족스러운 퍽 소리와 함께 그의 머리가 벽에 찍히지 않은 이유는, 경비 두 명이 이미 내게 달려와 내 어깨를 잡아당기는 바람에 가속도가 붙지 않아서였다.

"그 여자분한테서 손 떼." 모리스 보안관보가 이렇게 외치는 바람에 구경하던 사람들 사이에서 숨죽인 웃음이 터져나왔다. 공격한 사람은 헨리 코프먼이었지만 그를 꼼짝 못하게 붙잡은 사람은 나였고, 경비들은 나를 그에게서 떼놓지 못하고 있었다.

아주 잠깐 동안 헨리 코프먼과 나는 서로를 노려보았다. 나는 이 남자를 피해 일 년 가까이 도망쳐 다녔지만, 지금은 나를 똑바로 보게 하고 싶었다. 자신이 그동안 괴롭혀왔던 사람의 얼굴을 똑똑히 보게 하고 싶었다. 그러나 그의 시선을 억지로 내 쪽으로 돌렸음에도 불구하고, 그 두 눈은 막막하고 공허했다. 분명 인간의 눈인데도 두 개의 차가운 돌이라고 해도 위화감이 없었다. 한때는 심술궂고 버릇없는 아이였겠지만 이젠 주정뱅이에 심신미약자가 되어버렸고, 그의 얼굴에선 구제 가능성이 일말의 여지도 보이지 않았다. 그렇게 생각하니 그를 더욱 세차게 흔들고 싶어졌다. 그러면 그의 내부에 쐐기처럼 박힌, 그 끔찍하고 지독한 것을 털어낼 수 있을지도 모른다.

코프먼은 경비들이 내 팔을 놓았음을 깨닫고 미친듯이 주위를 둘러보았다. 경비들은 그를 내 수중에 놔준 것이다. 나는 한 손으로 그의 멱살을 쥐고 다른 손으로는 그의 어깨를 벽에 찍어눌렀다.

"한마디만 더 해봐." 나는 그에게만 들리도록 나직이 말했다. 그를 내 손아귀에 쥐고 있으니 짜릿했다. 물고기를 먹어치우려는 매가 된 기분이었다.

뒤에서 바스락거리는 소리가 나서 돌아보니 히스 보안관이 문간에 서 있었고, 나로서는 읽어낼 수 없는 표정을 하고 있었다. 그 순간의 보안관처럼 맹렬한 눈빛으로 나를 쳐다본 사람은 여태껏 없었다. 흡사 최면에 걸린 사람 같았다.

나는 끌어낼 수 있는 가장 침착한 어조로 말했다. "히스 보안관님, 이자가 필적 견본을 제출했습니까?"

보안관은 깜짝 놀라 눈을 껌벅이다 이내 느릿하게 미소 지었다. "제출하지 않았습니다, 미스 콥. 어지간히 비협조적이더군요."

나는 코프먼을 내려다보았고, 그는 내게 목깃을 잡힌 채 버둥거리고 있었다. "가서 보안관님이 시키는 대로 해." 내가 말했다. "난 여기서 기다릴 테니."

나는 한번 더 그를 벽에 짓찧은 다음 문 쪽으로 밀었다. 보안관이 그의 어깨를 움켜잡고 다시 법정 안으로 데려갔고, 문을 닫기 전에 마지막으로 묘하고 고요한 눈길로 나를 일별했다.

그들이 일단 안으로 들어가자, 코프먼이 악을 쓰는 소리가 들렸다. "방금 그건 어떻게 할 거야? 난 저 여자가 기소되는 꼴을 봐야 직성이 풀리겠어."

보안관보와 경비들이 문가로 모여들어 귀를 기울였다.

코프먼이 뭔가 영리하지 못한 발언을 하며 으르렁거렸고, 히스 보안관은 이렇게 대꾸했다. "자, 당신이 여성 한 분과 싸우느라 애를 먹었다고 하면 누가 믿겠습니까, 코프먼 씨?"

헨리 코프먼은 그날 결국 손글씨 견본을 작성했다. 법정 문이 열리고 히스 보안관이 다 잘됐다고 신호하자 모리스 보안관보는 우리를 멀찌감치 떨어진 곳으로 안내하여 재차 코프먼과 마주치지 않도록 했고, 나도 얌전히 따랐다. 마침내 우리 차례가 왔고, 우리 셋은 보안관과 함께 법정에 앉아 협박장 사본을 베껴썼다. 그 편지들은 내가 보안관에게 넘겨준 후로 지금까지 본 적이 없었다. 그걸 다시 읽으니 마음이 뒤숭숭했고, 우리를 협박하는 데 사용된 바로 그 문장을 쓰고 있자니 불안이 배가됐다.

돈을 주지 않으면 당신 집을 불지르겠다. 우리는 당신의 말과 마차도 알고 있다.

당신을 감금하거나 집에 불을 놓는다.

시카고에 가본 적 있습니까? 당신처럼 재능 있는 아가씨한테 어울리는 좋은 곳을 금방 찾을 수 있을 거라 생각합니다.

저 문장을 쓸 때 플러렛의 손이 약간 떨렸다. 종이 위로 고개를 숙이고 있는 플러렛의 얼굴을 물끄러미 바라보면서, 노마와 내가 저애한테 글쓰기를 가르치며 보냈던 수많은 시간을 떠올렸다. 플러렛은 시와 소설을 베꼈고, 브루클린에 사는 외삼촌들에게 편지를 썼고, 노마의 비둘기들이 전할 메시지를 작성했다. 어머니는 프랑스어 쓰는 법을 가르쳤다. 프랜시스는 기억에 얼마 남아 있지 않은 악보 쓰는 법을 알려줬다. 플러렛을 보노라니 공부에 열중하고 있는 예전의 어린 소녀가 나도 모르게 겹쳐졌다. 범죄 수사에 협조하고 있는 거의 다 큰 처자가 아니라.

모리스 보안관보와 함께 법원 청사 계단을 내려가다가, 한 죄수의 팔을 붙잡고 가는 교도관과 마주쳤다. 허름한 갈색 작업복을 입은 조지 유잉이었다. 절뚝거리며 계단을 올라오는데 팔다리가 더욱 앙상해 보였다.

나는 유잉과 플러렛 사이를 막아서면서, 플러렛을 반대편으로 돌려 그를 보지 않도록 했다. 그는 플러렛을 납치하겠다고 협박했다. 나는 그자가 플러렛을 보는 것조차 싫었다.

모리스 보안관보는 그 앞을 지나는 우리를 재촉했으나 이미 늦었다. 유잉은 우리를 향해 외쳤다. "당신이죠? 콘스턴스 콥? 그리고 동생?"

나는 플러렛이 움직이지 않게 꽉 붙들고 꼼짝도 하지 않았다.

교도관이 그를 법원 문 안으로 떠밀었지만, 유잉은 문을 잡고 버티며 나를 향해 계속 소리쳤다. "미스 콥! 나를 트렌턴으로 보내지 말라고 해주세요! 나를 거기로 돌려보내지 말아요!"

나는 계단 아래 서서 어안이 벙벙한 얼굴로 모리스 보안관보를 쳐다봤다.

"죄송합니다, 미스 콥. 원래 교도관들이 그를 이쪽 길로 데려오면 안 되는데. 저 남자는 여러분을 못 보게 되어 있습니다."

나는 최대한 차분한 어조로 말했다. "저 트렌턴에 간다는 얘기는 뭔가요?"

보안관보는 어깨를 으쓱했다. "저도 모르죠. 어제 저 남자에 대한 공판이 있었거든요. 주립 형무소로 돌아가기 싫은 모양이죠. 아마 이곳 교도소에서 복역할 거라고 생각했나봅니다."

"무슨 차이가 있는데요?" 내가 말했다.

"아, 주립 형무소는 끔찍해요. 더럽고 어둡고 춥고 쥐와 이가 들끓죠. 주립 형무소에 가고 싶어하는 사람은 아무도 없습니다."

"형무소에 가지 않는 쉬운 방법이 있지." 노마가 말했다. "법을 어기지 않으면 돼."

49

"제발 부탁인데 또다른 사람한테 협박장을 받았다는 얘기는 마시죠." 이튿날 내가 히스 보안관의 사무실을 방문하자 그가 한 말이었다. "범죄 조직으로부터 콥 자매를 보호할 인력이 없어요."

"조지 유잉에 대해서 좋은 생각이 났어요." 내가 말했다.

보안관은 의자에 등을 기대고 뒤통수에 깍지를 꼈다.

"아무렴요, 자그마치 다섯 명의 버건 카운티 최고의 법학자들이 이미 사건을 검토했고, 그보다 좀 못한 우리들 머리도 보태서 고민을 해봤습니다만. 뭔데요?"

나는 아무 말 없이 보안관이 자신의 매너를 기억해낼 때까지 기다렸다.

"용서하십시오, 미스 콥. 부디. 말씀해주십시오."

나는 보안관 맞은편에 앉았다. "어제 그 남자가 법원 청사 계단에서 우리를 보고 소리질렀을 때……"

"네, 그 일에 대해서는 대단히 죄송합니다. 원래 교도소에서 법원까지 죄수를 호송하는 통로가 따로 있는데, 하필 거기서 무슨 작업을 하고 있었어요. 여러분이 집에 돌아갔는지 확인하고 그를 데려갔어야 했습니다."

"그건 됐고요." 내가 말했다. "그런데 그 사람이 트렌턴에 있는 감옥으로 돌아가기 싫다고 하던데."

히스 보안관은 어깨를 으쓱했다. "당연히 트렌턴에는 가기 싫겠죠. 거긴 우리 주에서 가장 악명 높은 형무소입니다."

"그럼 여기 있는 걸 더 선호하나요?"

"뭐, 여긴 깨끗하고, 음식도 먹을 만하고, 가끔은 옷도 세탁해주니까요. 우린 재소자를 진흙탕의 돼지처럼 다루지 않습니다. 그리고 당신도 알다시피, 유잉은 트렌턴에서 두들겨맞았어요. 그 나무의족 때문에 표적이 되기 쉽죠."

"그럼 그 사람과 협상을 하는 게 어때요?" 내가 말했다.

보안관은 아무 말도 하지 않았지만, 내 아이디어를 곰곰 생각해보는 눈치였다.

"그가 사실대로 말하겠다고 하면, 해컨색에서 복역할 수 있게 해주겠다고 제안하는 거죠." 내가 말했다. "자신이 저지르지도 않은 죄를 몽땅 뒤집어쓰지 않겠다는 약속을 받아내세요."

보안관은 천장을 올려다보았다. "나쁘지 않군요. 지금껏 그에게 제안할 마땅한 조건이 전혀 떠오르지 않았는데. 유잉이 여기서 형을 사는 줄 알고 있었다고는 꿈에도 생각지 못했습니다. 이제 그도 트렌턴으로 재이송된다는 사실을 알았으니 협상에 좀더 전향적으로 나올지도 모르겠군요."

"보안관님의 재량에 속하는 일인가요? 그가 해컨색에서 복역할 수 있도록 조정이 가능해요?"

보안관이 자리에서 벌떡 일어났다. "가능할 겁니다. 아직 판결을 기다리는 중이긴 한데, 이번 사건의 재판장이 괜찮은 사람이거든요. 문제는 유잉이 따라오느냐죠. 당신이라면 그를 설득할 수 있을지도요, 미스 콥."

나는 의자 양쪽 팔걸이를 꽉 잡았다. "제가요? 제가 왜 그 사람하고 얘기를 해야 하죠?"

"유잉이 계속 당신의 안부를 물었습니다. 그는 진심으로 자기가 한 짓에 미안해하는 기색이었어요. 걱정하지 마십시오. 쇠창살이 가로막고 있을 테니까요. 당신은 백 퍼센트 안전합니다. 이번엔 진짜로 보장할 수 있어요."

"지금 당장요? 하지만 전……"

"배짱이 안 된다면 할 수 없지만." 보안관은 예의 보일 듯 말 듯한 미소를 띠며 말했다.

"배짱이야 있죠." 나는 조그맣게 투덜거렸다.

나는 보안관을 따라 사무실에서 나와 전에는 보지 못했던 복도를 지나 가구라곤 일렬로 놓인 흰색 의자뿐인 좁은 방으로 들어섰다. 한쪽 벽에 찬장만한 크기의 작은 철문이 여럿 달려 있었다.

"교도관이 지금 유잉 씨를 데려오는 중입니다." 보안관이 말했다. "이야기는 주로 제가 하겠습니다. 사적인 질문에는 일절 대답하지 마십시오."

나는 고개를 끄덕이고 자리에 앉았다. 보안관이 계속 설명했다. "그를 설득해서 사실대로 말하라고 격려해주시기만 하면 됩니다.

금방 풀려날 거라고, 다른 사람의 죄를 뒤집어쓸 필요는 없다고 유잉 씨에게 똑똑히 상기해주세요."

바로 그때 문이 열리면서 나는 쇠창살을 마주하게 됐고, 그 너머에 졸린 눈을 하고 깜짝 놀란 조지 유잉이 있었다.

그는 나를 보더니 돌출된 앞니를 드러내며 웃었다. "미스 콥! 당신일 줄 몰랐습니다!"

히스 보안관은 유잉이 볼 수 있게 허리를 숙이고 말했다. "조지, 미스 콥이 특별히 자넬 면회하려고 오셨어."

죄수는 눈을 동그랗게 뜨고 힘차게 고개를 끄덕였다. 단순하고 솔직한 분위기를 풍기는 사람이었다. 나쁜 길로 쉽게 꾈 수 있는 부류의 사람 같았다. 짧게 깎은 머리에 깨끗이 면도한 얼굴은 파리하게 말랐다. 미간은 변함없이 아주 약간 멀다 싶었고, 말을 할 때 입술이 떨려 조금 더듬거렸다.

그는 다시 나를 향해 쇠창살에 머리를 기대고 속삭이다시피 말했다. "미스 콥. 미스 콥. 저 사람들이 나를 돌려보내지 않게 해주세요. 판사한테 한마디만 해주시면 안 될까요? 미스 콥과 동생들한테 뭐 그리 끔찍한 일이 생기진 않았잖아요? 협박을 엄청 당하긴 했지만, 여러분 다 무사하잖아요, 안 그래요?"

히스 보안관이 손을 들어 그를 제지했다. "조지, 미스 콥이 오늘 아침 좋은 계획을 생각해 오셨어. 자네가 그걸 고려해볼 용의가 있는지 궁금한데."

유잉은 의심의 눈초리로 우리를 번갈아 쳐다보았다. "보안관이 계획이 있다고 하면 거개가 맘에 안 들던데."

"이건 마음에 들 거야." 히스 보안관이 말했다. "내가 판사한테 가서 자네를 이곳 해컨색에서 복역하게 해달라고 요청하겠다면 자넨 어떻게 할 텐가?"

유잉은 상체를 내밀고 쇠창살을 그러쥐었다. "그래주시겠습니까? 보안관님, 저를 여기 있게 해주시겠어요?"

"내 생각엔……"

그러나 유잉은 보안관에게 말할 틈을 주지 않았다. "아시잖아요, 제가 뉴저지의 감옥이란 감옥엔 다 가봤는데, 여기처럼 좋은 데는 없었어요, 보안관님. 다른 놈들한테도 그렇게 말해줬고요. 감옥에 생전 처음 온 녀석들도 있던데, 여기서 형을 사는 게 얼마나 행운인지 모르더라고요. 여긴 훌륭한 곳입니다, 보안관님, 진짜로요, 여기서 복역할 수 있다면 영광일 겁니다. 고맙습니다, 보안관님, 초대해주셔서요. 받아들이지요. 암요, 받아들이고말고요."

유잉은 창살을 놓고 다시 자리에 앉았다. "뭐가 더 있는 거죠, 보안관님? 방세를 내야 합니까? 함정이 뭐예요?"

히스 보안관은 비어져나오는 미소를 참았다. "자네들한테 방세를 받아낼 수 있다면 자유보유권자들과 훨씬 더 평화롭게 지낼 수 있을 텐데. 아냐, 조지, 내가 자네에게 바라는 건, 헨리 코프먼이 저지른 범죄를 자네 공인 양 가로채지 말라는 거야. 그냥 자네가 한 일에 대해 사실대로 말하게. 그 외 다른 일들까지 뒤집어쓰지 말고. 헨리 코프먼은 벌을 받아야 해. 자네가 우릴 도와줘야 하네."

유잉은 양볼을 잔뜩 부풀렸다가 공기를 빼낸 다음 영문을 모르겠다는 표시로 두 손을 들었다. "무슨 말씀이신지 모르겠군요, 보안관님. 세상에 어떤 놈이 자기가 저지르지도 않은 죄를 뒤집어쓴답니까?"

"그러라고 돈을 받았다든가." 나는 슬쩍 미끼를 던졌다.

"돈을 받아요?" 조지 유잉이 깜짝 놀라 상체를 수그렸다. "그런 걸로 돈을 받을 수 있어요?"

"아니면 협박을 당했다든가. 헨리 코프먼이 당신한테 범행 일체를 자백하지 않으면 가만두지 않겠다고 위협했나요?"

유잉은 자기 손을 내려다보며 중얼거렸다. "대충 그 비슷한 거죠."

나는 허리를 숙이고 보안관의 귀에 속삭였다. "저 사람이 형기를 끝내자마자 기차에 태워 보내줄 수 있어요?" 히스 보안관은 나를 힐긋 보고 고개를 끄덕였다.

"잘 들어봐, 조지, 자넨 자네 일만 하면 돼. 사건에 대해 질문을 받을 때마다 사실대로 말해. 헨리 코프먼의 재판 때 증인으로 소환될지도 몰라. 그냥 진짜로 일어났던 일 그대로만 얘기하면 돼. 그럼 내가 자넬 이곳 해컨색에 두고 어떤 해코지도 당하지 않게 해주지. 거기다 자네가 풀려날 때 기차에 태워 보내주겠네."

"정말요?"

히스 보안관은 고개를 끄덕였다. "내가 직접 기차역까지 차로 데려다주지. 자네가 기차에 안전하게 탈 수 있도록 조치하겠네. 어디로 가고 싶나, 조지?"

유잉은 의자 깊숙이 앉아 긴 숨을 토해냈다. "야, 이거야 원. 보안관님, 어디 갈지에 대해선 생각을 해봐야겠어요. 나중에 말씀드려도 될까요?"

히스 보안관은 씩 웃었다. "육 개월 내로만 알려주게, 조지."

교도관이 조지 유잉을 도로 데려간 후, 보안관이 일어나 다른 교도관을 불러 우리가 나갈 수 있게 문을 열어달라고 했다. "미스 콥, 이 말씀은 꼭 드려야겠는데, 방금과 같은 시원한 돌파구는 오래간만이었습니다. 존 워드와 얘기해보고 싶을 정도인데요. 이런 패를 쥐었으니 잘하면 코프먼의 자백을 받아낼 수 있을지도 모릅니다."

"존 워드가 누군데요?" 나는 보안관을 따라 복도를 걸어가며 물었다.

"코프먼의 변호사입니다. 그들이 함께 있는 모습을 보셨죠."

나는 걸음을 멈췄다. "워드? 정말 그 사람 이름이 워드예요?"

히스 보안관은 돌아서서 나를 보며 얼굴을 찡그렸다. "물론이죠, 워드 맞습니다. 제가 존을 알고 지낸 세월이 몇 년인데. 그에게 이혼 관련 서류와 퇴거 명령서를 발급해주는걸요. 워드가 왜 코프먼 같은 인간과 엮였는지는 모르겠지만……"

"그럼 딱 걸렸네요." 나는 불쑥 내뱉었다.

"뭐가요?"

"바로…… 그거예요. 제대로 걸려들었어."

50

히스 보안관은 나와 함께 차를 타고 우리집까지 와서, 내가 집안으로 달려가 사진 봉투를 가지고 나올 때까지 기다렸다. 봉투는 어머니 방 창문에 바리케이드를 치기 위해 내 방에서 옮겨놓은 서랍장 안에 숨겨두었다. 빈의 장인이 직접 손으로 채색한, 오묘한 갈색 서랍장을 바라보며 나는 이 가구의 가장 최근 용도가 총알받이라니 인생 참 알 수 없다는 생각을 했다.

나는 재봉틀 앞에 앉아 있는 플러렛에게도, 세탁실에서 소규모 목공 프로젝트를 완성중인 노마에게도 아무 말 없이 계단을 뛰어 내려갔다. 내가 다시 차에 타자마자 보안관은 가속페달을 밟았다.

"잠깐," 그가 말했다. "그것 좀 보여주십시오."

보안관은 길 한가운데에 차를 세우고 봉투를 가져갔다. 거기, 헨리 라모트의 희미한 손글씨로, 변호사의 이름이 적혀 있었다. 워드.

"어쩌다 내가 이걸 놓쳤지." 그가 말했다. "전에 보여주신 그 사진들 맞죠?"

나는 고개를 끄덕였다. "당신 말을 듣기 전까진 워드가 누군지 몰랐어요."

보안관은 묵묵히 봉투를 다시 내게 건네고 브레이크에서 발을 뗐다.

콜트 스트리트에 위치한 세컨드내셔널뱅크는 지난 세기의 석조 조각가들에게 알려진 각종 기둥과 지붕창, 탑, 코린트식 장식 기법을 총동원해 벽돌과 석회암으로 지은 거대한 건물이다. '워드 & 맥기니스 법률사무소'는 이곳에 사무실 두 칸을 차지하고 있었다. 플러렛이 어릴 때 일어난, 도시 전체가 송두리째 타버린 대화재에서도 살아남은 이 건물은 소용돌이 장식 틈마다 아직도 검댕의 흔적이 남아 있었고, 그래서 화가가 목탄으로 건물 외관을 그린 듯한 인상을 주었다.

워드 씨가 정확히 어떤 종류의 법률 서비스를 하는진 몰라도, 그의 사무실에 들어서자마자 그가 매우 세련된 서비스를 제공하고 있음은 알 수 있었다. 벽을 따라 덧댄 마호가니 패널이 은은하게 반짝이고 가구 광택제 냄새가 살짝 풍겼다. 다이아몬드 무늬로 짜인 붉은 카펫은 길거리의 소음을 흡수했고, 방안은 최신 전기 황동 샹들리에로 밝혔다. 창문 양 가장자리에 놓인 야자수 한 쌍은 조그만 갈고리 모양의 주물 발이 달리고 금색과 흑색으로 옻칠을 한 중국풍 화분에 심겨 있었다.

이렇게 멋부린 로비를 관장하는 사람은 물방울무늬 드레스를 입은 스무 살가량의 여자였다. 그녀는 타자기와 전화기가 구비된 우아한 비서 책상 앞에 앉아 있었다. 비서가 벌꿀색 머리칼의 후광 아래서 우리를 쳐다보는 순간, 나는 그녀가 패터슨의 사무실에서 흔히 볼 수 있는 평범한 직원이 아님을 알았다. 커다란 푸른 눈과 코 언저리에 박힌 세 개의 완벽한 주근깨, 빨간 보타이처럼 끝이 올라간 입술은 〈보그〉 표지에서 포즈를 취하는 부류의 여자에 가까운 외모였다. 분명 이런 아가씨를 찾기 위해 오디션을 열었음에 틀림없다. 이 아가씨가 우연히 변호사 사무실에 걸어들어오는 모습은 상상하기 힘들었다.

"안녕하세요"라고 인사하며 따사로운 미소를 짓는 그녀의 얼굴에 보조개가 팼다.

"워드 변호사를 만나러 왔습니다만," 히스 보안관이 말했다. "급한 용무인데요, 안에 있습니까?"

비서는 우아하게 그린 눈썹을 치켜세웠다. "하루 중 어느 때고 그 두 분이 어디 계신지 제가 파악할 수 있다면 이곳을 좀더 부끄럽지 않은 법률사무소로 운영할 수 있을 거예요."

나는 주위를 둘러보았다. "제게는 충분히 훌륭해 보이는데요."

"아, 보기에야 훌륭하죠, 하지만 그 두 분은……"

복도에서 들려온 발소리와 웃음소리에 젊은 비서는 화들짝 놀랐다. 문이 열리더니 두 남자가 활짝 웃으며 불쑥 들어왔다.

"거티, 아마 미쳤다고 할 테지만," 곱슬머리에 키가 크고 마른 남자가 파이프를 입에 물고 말했다. 그는 우리를 보고는 우뚝 섰다. 그와 함께 있던 남자—상대적으로 키가 작고 둥글둥글하며, 붉은 머리에 주근깨투성이 얼굴, 옅은 녹색 눈과 열정적인 미소를 가진 남자—는 바로 뒤에서 걸음을 멈췄다.

비서는 우리를 소개하려고 했지만, 우린 아직 이름도 말해주지 않았다. "워드 변호사님, 제가……"

남자는 입에서 파이프를 빼고 나를 건너다보았다. "괜찮아요, 거티." 그는 이내 호칭을 정정했다. "미스 놀런, 밥과 나는 오랜 친구예요. 만나서 반갑네, 보안관." 남자는 보안관의 손을 잡고 신나게 흔들어댔다. "오늘은 내가 무슨 말썽에 휘말린 거지?"

변호사는 나를 보고 빙긋 웃었고, 나는 무심코 마주 웃으려다가 참았다. 존 워드는 엄밀히 말해 잘생기진 않았지만 지적으로 보였고, 금방이라도 농담을 던지거나 토막극을 공연할 것처럼 장난기 가득한 인상이었다. 법정에서 잠깐 본 것만으로는 그가 판사 앞에 올릴 수 있는 종류의 무대만 떠올랐지만.

일단 나에 대한 평가를 끝내자 변호사는 잊어버렸던 예의를 기억해내고 자신을 소개했다. "존 워드입니다. 변호사죠. 이쪽은 제 파트너 피터 맥기니스고요. 그리고 미스 놀런은 이미 만나보셨죠."

"처음 뵙겠습니다. 콘스턴스 콥입니다. 찾아온 건 다름이 아니라……"

"어쩐지 낯익다 했어!" 워드 변호사가 팔꿈치로 파트너의 배를 찌르며 말했다. "코프먼 사건의 그 아가씨야. 좋아, 피티, 난 빼고 자네 먼저 가."

"이것 봐라! 또 나한테 미시즈 컴벌랜드를 떠맡기려는 건 아니지!" 맥기니스 변호사가 항의했다.

존 워드는 파이프를 물었다. "그럴 건데. 미스 콥과 할 얘기가 좀 있어서. 이쪽으로 오시죠. 자네도 오게, 밥."

그는 로비를 가로질러 자신의 명패가 붙은 방으로 우리를 안내했다. 히스 보안관이 내 뒤에서 조용히 따라왔다. "피티와 나는 사무실을 같이 씁니다." 그가 문을 열면서 해명조로 말했다. "항상 그래왔죠. 법대에서도 기숙사 한방을 썼고, 트렌턴에서 실습할 때도 같이 살았는데, 이젠 책상까지 같이 쓰네요. 우린 나이든 부부 같아요. 피티가 내 셔츠를 다려주지 않는다는 것만 빼면."

그는 문을 닫기 전 대기실 쪽으로 고개를 내밀고 말했다. "안 그래, 피티?"

맥기니스 변호사는 미스 놀런에게 귓속말로 뭔가 얘기하는 중이었다. 그는 황급히 몸을 일으키며 대꾸했다. "뭐가?"

"방금 미스 콥에게 자네가 내 셔츠를 다려주지 않는다고 말했어. 지금까지 내가 자네를 위해 해준 그 모든 일에도 불구하고 말이지."

"지난번에 한 번 다려줬잖아. 하지만 그건 극히 예외적인 상황이었다고."

존 워드는 킥킥거리며 문을 닫았다. "그러고 보니 한 번 다려준 적이 있군요." 그는 뜻밖이라는 투를 숨기지 않고 말했다. 그리고 나를 위해 의자를 당겨 빼주곤 이렇게 덧붙였다. "언젠가 그 얘기를 해드릴게요, 미스 콥. 저도 까맣게 잊고 있었네요."

나는 조심스럽게 의자에 앉아 손가방을 무릎 위에 올려놨고, 보안관이 내 옆자리에 앉았다. 워드 씨는 널따란 파트너의 책상 한쪽에 위치한 가죽 안락의자에 자리잡더니, 맞은편 끝에 있는 똑같이 생긴 의자를 손짓해 보였다. "저기가 피티가 낮잠을 자는 데죠." 그러곤 물고 있던 파이프를 빼내 재떨이에 재를 떨었다. "그런데 사무실이나 구경하자고 오신 건 아니겠지요? 당신이 법원에서 또 헨리 코프먼을 두들겨 팰 때 내가 가만있을지 알아보러 오셨겠죠."

히스 보안관이 헛기침을 했다. 그는 여기 도착한 후 한마디도 꺼내지 않았고, 이젠 우리 둘 중 누가 얘기를 해나가야 할지 알 수 없었다. 나는 이보다 훨씬 엄숙하고 진지한 만남을 각오하고 있었다.

"뭐, 그런 걱정은 붙들어매두셔도 됩니다." 우리 둘 중 누가 대답을 하기도 전에 변호사가 말했다. "전 이 건에서 손뗐습니다!"

"네?" 내가 말했다. "사건에서 손을 뗐다고요?"

"당신의 귀여운 남자 코프먼이 날 해고했거든요. 정신 나간 작자죠, 알고 계셨어요?"

이젠 터지는 웃음을 막을 수가 없었다. "내 귀여운 남자라니, 무슨 그런!"

"웃길 수 있을 줄 알았다니까요. 자, 미스 콥," 그쯤에서 워드 변호사는 상체를 내밀고 좀더 진지한 인상을 내비치려 노력했지만 그리 성공적이라고 보긴 어려웠다. "그 자식 덕분에 저는 지옥을 경험했고—표현이 험해서 죄송합니다만 그게 사실인걸요—당신의 한 해가 어땠을지 상상도 못하겠습니다. 그의 누이가 남동생을 어떻게 참고 있는지 짐작이 가시나요?"

"참고 있다고 생각하지 않는데요." 내가 대답했다.

변호사는 파이프를 다시 입에 물고 의자에 등을 기댄 채 천장을 바라보며 책상 위에 발을 얹었다. "네, 저도 그렇게 생각합니다. 대충 아시겠지만 그들은 점잖고 조용한 의뢰인이었어요. 다른 도시에 사는 집안, 매우 정례화된 사업, 뭐 들여다볼 게 없죠. 그러다 늙은 회장이 엇나간 아들을 바로잡는 유일한 방법은 아들한테 공장을 하나 맡기는 것밖에 없다고 판단했어요. 저는 말리려고 노력했습니다, 미스 콥. 정말로요. 하지만 노인은 은행 계좌에 서명해

버렸고, 아들에게 공장 열쇠를 비롯해 모든 걸 맡겼어요. 자신의 진심을 헨리가 알아주길 바란다면서요. 그러나 사실대로 말하면, 노인은 항상 헨리에 대해서라면 좀 무른 편이었죠. 이유를 모르겠다니까요. 이젠 미시즈 가핑클이 와서 회장 아버지가 간섭하기 이전 상태로 공장을 되돌리기 위해 기를 쓰고 있죠. 정말 난리도 아닙니다."

"미안합니다만," 내가 말했다. "코프먼 씨가 당신을 해고했다고 말씀하셨나요?"

"뭐, 각사 갈 길을 가자는 상호 협의였다고 말해도 좋습니다. 헨리의 친구들 아시죠? 세상에서 제일 법을 잘 지키는 패거리는 아니죠. 헨리는 자꾸 친구들을 이리 데려와서 그들이 저지른 자잘한 범죄의 변호를 맡아달라고 요청했습니다. 금세 그자들 형제며 사촌이며 이웃이며 줄줄이 끌고 나타나더군요. 미스 놀런을 괴롭히고, 사무실을 악취로 더럽히고…… 결국 헨리한테 더이상 형사사건은 맡지 않겠다고 말했습니다. 헨리 본인 건을 포함해서요. 헨리는 길길이 날뛰며 뛰쳐나갔고 그 이후론 코빼기도 보이지 않아요."

나는 자세를 고쳐 앉았다. "당신이 재판에서 그를 변호하지 않는다면, 누가 하게 되죠?"

변호사는 껄껄 웃고는 가볍게 발을 다시 바닥으로 내렸다. "어딘가의 멍청이가 하겠죠. 워드 & 맥기니스 법률사무소에서는 하지 않을 테고, 제가 아는 건 그게 답니다. 하지만 저라면 걱정하지 않겠어요, 미스 콥. 코프먼은 좋은 변호사를 찾을 시간이 없고, 나쁜 변호사는 당신한테 유리할 뿐이죠. 미시즈 가핑클이 마침내 아버지를 설득해서 은행 계좌 관리권을 넘겨받았으니, 헨리는 더이상 공장에 얼씬도 하지 않을 겁니다. 그가 다른 변호사한테 지불할 비용을 어디서 구할지 모르겠군요."

히스 보안관이 목청을 가다듬었다. "내가 한마디 끼어도 될까, 존."

"미안, 밥. 물론이지. 내가 가끔 정신줄을 놓는다니까."

보안관은 책상 위로 봉투를 내밀었다. "혹시라도 자네가, 뉴욕에 있는 어떤 건물 사진을 찍으라고 사진사를 고용했나?"

워드 씨의 입이 떡 벌어졌다 "이건 라모트의 작업물이잖아!"

"라모트 씨를 아세요?" 내가 물었다.

"알다마다요! 맨날 일을 맡기는데요. 이건 내가 돈을 내는 걸 잊었나? 아, 큰일났네. 어쩌다 거티가 이걸 빼먹었지?" 그는 봉투를 열고 사진을 휙휙 넘기며 보았다. "난 봐도 모르겠네." 그는 혼잣말하다시피 중얼거렸다. "코프먼이 뭘 노렸던 건지."

"역시 그 사람이군요!" 내가 말했다.

"아, 그럼요. 이건 헨리의 또다른 미친 짓거리였죠. 그때 끊었어야 했는데."

"그가 뭘 하라고 자네를 고용했는데?" 보안관이 물었다.

로비에서 전화가 울리자 워드 변호사는 고개를 외로 꼬고 귀를 기울였다. 문 두드리는 소리가 났고 미스 놀런이 고개를 살짝 들이밀었다. "미시즈 워드십니다."

그는 재떨이에 파이프를 털썩 내려놨다. "머잖아 미시즈 타이틀은 없어질 겁니다."

미스 놀런과 나는 작게 헉하고 숨을 삼켰다.

"용서하십시오, 아가씨들. 절대 결혼하지 마세요, 둘 다요. 미스 놀런, 내가 피티하고 같이 나갔다고 전해주면 안 될까?"

"방금 해밀턴 클럽으로 들어가는 맥기니스 씨를 보셨다고 합니다."

두 사람은 한목소리로 말했다. "그래서 전화를 하셨고."

워드 씨는 항복한다는 시늉으로 두 손을 들어올렸다. "알았어요. 잠깐만 기다리라고 해요."

미스 놀런은 물러가며 문을 닫았다. 워드 씨는 다시 사진을 휙휙 훑어본 뒤 히스 보안관을 쳐다보았다. "어디까지 얘기했더라?"

"존," 보안관이 말했다. "나는 심각해. 그 사진에 대해 뭔가 해줄 얘기 없어?"

변호사는 봉투를 다시 책상 너머로 밀었다. "모르겠네, 밥. 헨리는 밑도 끝도 없이 그 건물을 감시해달라고 했어. 난 코프먼이 자신의 미친 계획에 나를 끼워넣고 싶어하나보다 했지. 그냥 내가 어떻게 나오나 보려고 말이야. 거기다 애를 입양하려면 어떻게 해야 하는지 물어보더라고. 그게 상상이 돼? 헨리 코프먼이 애를 기르다니?"

나는 벌떡 일어났다. "입양?"

워드 씨도 같이 일어섰다. "아 뭐, 실현된 건 전혀 없어요. 일일이 얘기할 필요도 없었죠. 그냥 고아원과 서류 작업에 관해 물어보러 왔더라고요. 술에 취해 있었을 겁니다. 그게 평소 모습이죠."

밖에서 미스 놀런이 소리쳐 불렀다. "워드 변호사님, 부인께서 아직 기다리고 계세요!"

히스 보안관이 뭔가 얘기를 꺼내려 했지만 내가 그의 팔을 잡았다.

"가죠." 내가 말했다.

나는 보안관을 끌고 로비로 나왔다. 워드 씨가 우리를 뒤따라 나와 전화를 받았다. 사무실을 나서는데 그가 수화기에 대고 외치는 소리가 들렸다.

"자기야?"

51

히스 보안관의 차가 콜트 스트리트를 달리자 나는 말을 꺼냈다. "모르겠어요? 그는 아이를 고아원에 맡긴 거예요. 아기를 키우고 싶지 않은 아버지라면 누구나 아이를 버리는 곳이죠."

"어떻게 그렇게 잘 아십니까?"

나는 말문이 막혔다. 내가 어떻게 아는지 설명할 생각은 없었다.

"사람들이 항상 하는 짓이잖아요." 내가 말했다. "아이를 먹일 수 없거나, 아빠가 감옥에 갔거나, 엄마가 멀리 가서 일해야 된다는 이유로 아이를 버려요. 나중에 돌아올 거라고 하지만, 절대 올 리가 없죠. 워드 씨는 코프먼이 고아원에 관해 물었다고 했어요. 장담하는데 분명 아이가 태어나면 어떻게 할지 열심히 궁리하는 중이었을 거예요. 루시 말이 맞았어. 코프먼은 양육비를 내기도 싫고, 자꾸 신경쓰이는 것에도 질렸고, 루시가 집안 재산을 떼어달라고 협박하는 걸로 생각했어요. 그래서 아이를 데려가 고아원에 맡기고 다른 데로 입양 가길 바란 거죠. 심지어 그게 자신의 권리라고 믿었을지도요, 아이 아버지로서."

우리는 철도 건널목에서 멈춰 섰다. 우리가 탄 차는 검은색 자동차들이 늘어선 줄에서 다섯번째에 있었다. 우리 뒤에는 빈 나무통을 실은 수레를 끄는 말 두 마리가 있었는데, 기차가 지나가며 엔진이 내는 굉음에 말들은 콧소리를 내며 고개를 쳐들었다.

기차가 지나가자 보안관이 말했다. "아기가 코프먼의 수중에 있지는 않을 테고. 그럼 어떻게 하라는 겁니까? 뉴저지와 뉴욕의 모든 고아원에 편지를 쓸까요?"

"편지를 쓰진 않을 거예요." 나는 얼른 말했다. "코프먼이 고아원을 찾아서 차로 뉴욕을 돌아다니는 수고를 했을 리가 없어요. 귀찮아서 도시를 벗어나려고도 안 했을걸요. 곧장 패터슨으로 데려오지 않았을까요?"

보안관은 어리둥절한 표정으로 나를 돌아봤다. "지금 저한테 고아원마다 돌아다니며 문을 두드리고, 근방에서 들어온 남자애가 있는지 물어보라는 겁니까?"

"아뇨, 저도 같이 가요."

보안관은 선로를 건너 차들의 행렬을 따라가는 몇 분 동안 말이 없었다. 그리고 교차로에서 신호에 걸리자 모자를 젖히고 관자놀이를 긁으며 말했다. "알겠습니다. 이쪽 길로 조금만 가면 한 군데 나오니 지금부터 시작하는 게 좋겠군요. 맥브라이드 스트리트에 또하나 있고, 마켓 스트리트에도 물론 보육병원이 있습니다. 그 외엔 생각나지 않는군요."

시골 보호소에서 여성들이 숨어 지내던 시대는 이제 끝났다. 와이코프에 있던 미시즈 플로렌스의 집은 오래전에 문을 닫았다. 오늘날엔 어떤 종류의 고아원이든 모자원이든 시내 병원과 기차역 근처에서 찾을 수 있다.

"뭐, 그럼, 방문할 곳은 세 군데네요. 오후 한나절이면 다 돌아보고 집에 가서 저녁을 먹을 수 있겠어요."

보안관은 대답이 없었지만, 유니언 스트리트에서 모퉁이를 꺾어 이내 앨비언 스트리트로 접어들었고, 큰길에서 물러난 낡은 집들이 모여 있는 가로수길을 달렸다. 블록 끝에 이르자 초록색 덧창이 달리고 정면에 거대한 느릅나무가 서 있는, 큼직하고 소박한 농가가 나왔다. 갇혀 지내는 여성들과 아기들에게 편안하고 깨끗한 공간을 제공해줄 것처럼 보였지만, 현관문에 다다르자 집안에서 썩은 내와 흰곰팡이 냄새가 났다. 그 위에 양배추와 콩 냄새가 얹혔다.

문 옆에는 손으로 쓴 표지가 붙어 있었다. '의지할 데 없는 미혼 여성을 위한 미시즈 리빙스턴의 집. 점잖은 집안의 여성들로만 제한합니다. 입양 상담은 하지 않습니다.'

히스 보안관이 초인종을 누르자 아기가 응답하듯 목놓아 울었다. 또다른 아이가 동참했고, 이내 세 명이 울어댔다. 집 앞쪽의 방들을 오가는 발소리가 울렸지만, 아무도 문을 열지 않았다.

삐쩍 마른 고양이가 포치로 뛰어올랐다가 우릴 보고 놀라서 뒤쪽으로 굴러떨어지듯 내려갔다. 고양이는 숨어서 우릴 향해 하악거렸다.

보안관이 다시 벨을 누르자 이번에는 발소리가 좀더 가깝게 다가왔다. 홈드레스를 입은 여자가 문앞에 나타났다. 여자는 기껏해야 십대였고, 볼품없는 모양새로 보아하니 아이를 낳은 지 얼마 안

된 듯했다. 머리는 정수리에서 아무렇게나 묶었다. 나는 나 자신이 보호소에 갇혀 지내던 시절의 일들을, 누가 문을 두드릴 때마다 숨었던 기억을 꾹꾹 도로 눌러 담았다. 그때와 비교하면 이 여자애는 뻔뻔할 정도로 대담해 보였다.

보안관을 보고 여자애는 손에 들고 있던 걸레를 떨어뜨렸다.

"안녕하십니까, 아가씨." 그가 말했다. "나는 로버트 히스 보안관입니다. 이쪽은 미스 콥이고요. 우리는 어떤 아이에 관해 알아보러 왔습니다. 미시즈 리빙스턴과 얘기 좀 할 수 있을까요?"

여자애는 한마디 대꾸도 없이 우리를 그대로 세워놓은 채 문을 닫았고, 고양이가 우리 발목께에서 냄새를 맡았다. 히스 보안관은 부츠로 밀어 고양이를 포치에서 쫓아냈다. 그러곤 겸연쩍은 듯 나를 건너다보았다. "고양이를 안 좋아해서."

"나도 그래요."

다시 발소리가 들렸고, 문이 열리며 이번에는 주물 팬 같은 머리색에 성질도 그에 어울려 보이는 작고 다부진 체격의 아주머니가 나타났다. 그녀는 우리 외할머니가 돌아가신 후로는 보지 못한 하이넥 드레스를 입었고, 안경알은 이 오래된 주택의 창문과 마찬가지로 두껍고 뿌옇게 먼지가 끼어 있었다.

"당신과는 볼일 없어요." 히스 보안관이 첫마디를 꺼내기도 전에 부인이 말했다. "여기 아가씨들은 점잖은 집 출신들이고 아이들에겐 신중하게 가정을 찾아주고 있습니다."

그녀가 문을 닫으려 하자 보안관이 손을 뻗어 문을 잡았다. "얘기를 좀 해야 하는데," 그가 말했다. "범죄와 관련된 문제입니다. 당신의 집이 어떤 범법 행위와도 관련없이 결백하기를 바랍니다만, 오늘 그게 확인되지 않으면 내일쯤 수사관들을 파견할 겁니다. 미리 살핀 후 서류상에서 아예 배제하고 싶어서요."

부인의 얼굴에서 찡그린 주름이 깊어졌지만, 그녀는 우리가 들어갈 수 있게 옆으로 비켜섰다. 미시즈 리빙스턴은 우리 뒤에서 문을 닫았고, 우리는 어두운 현관에서 오래된 신문지 더미와 줄지은 빈 우유병들 옆에 서 있었다. 계단에는 담요와 나무 장난감이, 바닥에는 컵과 작은 접시가 널려 있고 카펫에선 우유 쉰내가 스멀스멀 올라왔다. 미시즈 플로렌스라면 이런 난장판을 결코 용인하지 않았을 것이다.

부인은 할말 있으면 하라는 듯 우리를 쳐다보았다. 나는 목청을 가다듬고 말문을 뗐다. "작년에 한 남자가 성당 수도원이나 고아원에 남자 아기를 맡긴 것으로 알고 있습니다."

부인은 고개를 저었다. "우리라면 그 남자를 돌려보냈을 거예요. 더이상 그런 사람들을 받지 않아요. 너무 처치 곤란한 일이 많아지고, 우린 현 상태로도 충분히 곤란을 겪고 있으니까요."

부인의 지적을 사례로 증명하기라도 하듯 나이 어린 소녀 두 명이 느릿느릿 계단을 내려왔고, 그들의 배는 산처럼 부풀어 어떤 드레스로도 가려지지 않았다. 히스 보안관은 황급히 눈길을 돌렸다. 소녀들은 보안관을 보고 아무 말 없이 뒤돌아 모습을 감췄다.

"방해해서 죄송합니다, 미시즈 리빙스턴." 내가 말했다. "그럼 그런 아이는 어디서 거두는지 말씀해주실 수 있을까요?"

"우리집 같은 곳은 아니에요." 부인이 말했다. "가톨릭 수도원도 아니고. 보육병원에서는 거두겠지만, 아이를 찾는 사람이 없으면 곧장 입양 보낼 겁니다."

마켓 스트리트의 무시무시하게 생긴 벽돌 건물에 자리한 보육병원은, 어린아이들에게 닥칠 수 있는 불운을 상기시키는 근엄한 상징처럼 서 있었다. 아이가 말을 안 들으면 이 보육원에 보내버리겠다고 위협하는 부모나 심술궂은 형 또는 누나가 어느 집에나 꼭 한 명은 있었다. 우리집에서는 그런 농담이 엄격히 금지됐는데도 어디서 들었는지 플러렛은 이곳에 대해 알고 있었고, 겨우 다섯 살 때부터 보육원에 들어가는 악몽을 꾸었다. 그런 밤이면 나는 아이에게 가고 싶은 욕구와 싸우며 밤을 지새웠고, 대신 어머니가 일어나 아이를 달래러 갔던 기억이 난다.

그러나 미시즈 리빙스턴의 집에 비하면 보육병원은 깜짝 놀랄 만큼 청결하고 정돈되어 있었다. 으리으리한 황동 대문을 통과해 들어가니, 바닥 세제 냄새와 타자기 소리가 우리를 맞았다. 책상 앞에 앉아 있던 나이 지긋하고 통통한 여인은 우리를 보고 타자 치던 손을 멈췄다.

"히스 보안관," 여인은 콧잔등에 걸쳐진 안경을 추켜올리며 말했다. "이거 기분좋은 깜짝 방문인데. 우리 코딜리어와 귀여운 조카들은 잘 있고?"

"잘 지내고 있습니다." 보안관이 말했다. "제 동료인 미스 콥을 소개해도 될까요. 사건과 관련해 제게 도움을 주고 있습니다." 내 쪽을 돌아보며 그가 말했다. "미시즈 그리그즈는 우리 가족이 지금 사는 사택으로 이사 오기 전에 옆집에 살던 분이에요."

"코딜리어는 분명 전에 쓰던 부엌을 그리워할걸." 미시즈 그리그즈가 말했다.

"제 생각엔 전에 옆집 살던 이웃을 훨씬 더 그리워할 겁니다." 그가 말했다. "재소자와 교도관은 여성에게 적절한 벗은 아니죠. 언제 한번 코딜리어를 보러 와주세요."

"아!" 부인은 몹시 당황했다. "감옥으로? 난 아무래도……"

"버건 카운티에서 가장 안전한 집이죠." 내가 말했다. 히스 보안관은 내게 고맙다는 표정을 지어 보였다. "제가 직접 가봤는데, 미시즈 히스께서 상당히 편안하고 아늑한 공간으로 꾸미셨더라고요."

"뭐, 그럼 나중에 한번." 부인은 열의 없이 말했다.

히스 보안관은 헛기침을 하고 내게 고개를 끄덕여 보였다. 나는 우리의 방문 목적을 설명했다.

미시즈 그리그즈는 눈을 가늘게 뜨고 우리 둘을 올려다보았다. "기억은 안 나는데, 여기서 방문자들을 맞는 사람이 나 혼자가 아니라서. 애가 어떻게 생겼지요?"

"아쉽지만 저희도 잘 모릅니다." 내가 말했다. "마지막으로 목격되었을 땐 그냥 아기여서, 아주 일반적인 생김새밖에 모릅니다."

부인은 고개를 들어 인적 없는 기다란 복도를 내다보았다. 복도 양편으로 창유리가 난 문이 있고, 금색 글씨로 된 명패가 붙어 있었다. "애가 여기 있다면 서류가 있을 텐데." 부인은 다시 주위를 둘러본 후 말했다. "다섯시가 다 됐네. 오늘은 더이상 누가 올 것 같진 않고. 여기 있어봐요, 사무실을 살짝 들여다보고 올 테니."

부인은 복도 안쪽 문으로 사라졌다. 간호사와 잡역부 몇이 코트와 점심 도시락을 팔에 걸치고 퇴근하는 길이었다. 그들은 지나가며 우리를 쳐다봤지만 말은 걸지 않았다.

마침내 미시즈 그리그즈가 파일 뭉치를 옆구리에 끼고 돌아왔다. "그즈음 들어온 아이들은 여기 다 있어요. 그래서 이름이 뭐라고요?" 부인이 물었다.

우리는 사건과 관련해 떠오르는 모든 이름을 다 댔다. 들춰봐야 할 파일이 수십 개였지만 부인은 건성으로 휙휙 넘기고 고개를 저었다.

"미안하지만, 그런 이름은 하나도 안 보이는데."

"이 아이들이 전부 입양됐습니까?" 내가 물었다.

"아, 지금쯤은 다 됐으리라고 생각하는데, 안 그래요? 어디 보자." 부인은 다시 서류를 휙휙 넘기면서 책상 위에 세 뭉치로 분류해 쌓았다.

"이쪽은 가족들에게 돌아간 아이들이고," 부인은 첫번째 뭉치를 가리키며 말했다. "이건 입양되어 새 가족을 찾은 아이들. 그리고 이쪽은 여태 이곳에 남아 있거나 파일이 불완전한 아이들이에요. 이 아이들이 어떻게 됐는지 알아내려면 몇 군데 문의를 넣어야 하는데."

나는 두번째와 세번째 더미를 가리키며 말했다. "남자아이들만 봐도 될까요?"

나는 가방에서 수첩을 꺼내 남은 아이들 서류에 있는 이름들을 적었다. 기록된 정보는 매우 빈약했다. 어떤 건 그냥 날짜와 나이와 성별, 그리고 진짠지 가짠지 하여간 사람들이 불러준 이름 한 줄이 다였다. 그중에 보비라든가 로버트 혹은 로비라는 이름은 보이지 않았고, 그즈음 들어온 남자애 중 나이대가 맞는 아이도 없었다.

"정말로 이게 단가요?" 내가 물었다.

"사적으로 맡겨진 몇몇 건만 빼면 그게 전부죠." 부인이 대답했다. “우리 기록 중 일부는 생모측 요구로 봉인됐어요.”

나는 고개를 흔들었다. “이번 사건에서 아이를 찾고 있는 쪽이 어머니예요.”

히스 보안관이 자리에서 일어나 옛 이웃에게 감사를 표했고, 이내 우리는 저물어가는 오후 햇살 아래로 나왔다. 공장들이 막 노동자들을 토해냈다. 직공과 염색공과 기계공의 물결이 마켓 스트리트에 넘실거렸고, 저마다 작업복을 입은 채 추위에 떨며 그래도 자기 집이라 여기는 장소를 향해 터덜터덜 걸어갔다. 히스 보안관이 와이코프까지 데려다주는 동안 나는 조수석에 말없이 앉아 조금 전에 베낀 이름들이 적힌 페이지 가장자리를 만지작거렸다. 부모를 잃거나 미아가 된 아이들의 이름, 그리고 아이의 안전을 위해 혹은, 보육원에 아이를 맡기면서 뭘 기대했는진 모르겠지만, 어떤 다른 이유로 아이를 맡긴 어른들의 이름.

“썩 마음에 들지 않는군요.” 보안관은 내가 차에서 내리기 전에 말했다. “코프먼과 그 일당이 아기를 훔쳐 고아원에 버리는 그림이 잘 그려지지 않습니다. 그들이 아기 다루는 법을 알기나 할까요?”

나는 동의했다. 나도 헨리 코프먼이 그런 일을 하는 장면은 상상이 가지 않았다. 그러나 어떤 식으로든 그가 연관되지 않았다는 것 또한 믿기지 않았다.

52

그날 밤 또 눈폭풍이 몰아쳐 시코맥 로드는 다시 통행 불가능한 지경에 이르렀다. 거대한 플라타너스 가로수 두 그루가 바람과 얼음의 힘에 못 이겨 두 동강 나면서, 날이 개어 사람들이 나와 나무를 도끼로 잘게 쪼개기 전까지 길을 가로막았다. 낮은 도로 몇 군데는 내린 비에 강이 됐다가 지금은 얼어붙었다. 얼음이 녹으며 땅은 뒤틀리고 갈라졌다.

이른 아침에 나는 날카로운 굉음에 침대에서 벌떡 일어났다. 총소리인 줄 알고 창가 옆 벽에 납작 붙었지만, 창문이 뿌옇게 얼어붙어 밖이 보이지 않았다. 억지로 창문을 열려고 낑낑거리는데, 벌써 옷을 갈아입고 겨울 코트로 꽁꽁 감싼 노마가 문간에 나타났다.

"나무 때문이야." 노마가 말했다. "나무가 부러져 헛간을 정통으로 때렸어. 옷 갈아입어."

나는 얌전히 그 말에 따랐고, 우리는 부엌에서 다시 만났다. 부엌은 어둡고 너무 추워 여기도 얼음에 뒤덮인 듯했다. 노마는 내게 작업용 장갑과 방한용 귀마개를 건넸다. "미끄러우니까 조심해." 그러고는 문을 열었다. "요 앞이 꽝꽝 얼었어."

얼음 같은 찬바람의 첫 일격에 나는 숨이 턱 막혔다. 노마는 고개를 숙여 턱을 코트 속에 집어넣고 앞서 터벅터벅 걸어나갔고, 힘겹게 숨을 쉬느라 작게 킁킁거리는 소리를 냈다. 진입로 맞은편에 폭풍과의 사투에서 패배한 늙은 느릅나무의 가지가 떨어져 있었다. 땅바닥에서 들린 나무뿌리만이 눈에 덮이지 않았다.

헛간 문은 쓰러진 나뭇가지에 완전히 막혔고 가축을 돌보러 들어가는 것 자체가 불가능했다. 설상가상, 부러진 나무가 덮쳤을 때 낮은 지붕 한 귀퉁이가 무너져내렸다. 닭들이 홰에서 불만에 차 성토하는 소리가 들렸다.

"어이쿠, 작년 여름에 지붕을 수리했어야 했는데." 나는 코트 목깃에 대고 말했다.

노마가 으르렁거렸다. "오늘 할 거야."

아침 내내 우리는 나뭇가지를 잘게 쳐 장작더미로 끌어다놓았다. 내가 낡고 시원찮은 톱으로 나무 몸통을 처치하는 동안 노마는 손도끼로 그보다 작은 나뭇가지들을 잘랐다. 발밑에서 얼음이 미끌거리며 녹아내리고 나뭇가지가 자꾸 손아귀에서 빠져나가 위험한 작업이었다. 한번은 노마가 빙판에 미끄러져 나자빠지며 손도끼를 놓쳤다. "비켜"라고 외치는 소리에 뭐에서 비키란 건지 확인하려고 내가 돌아봤을 때는 이미 손도끼가 표적을 맞힌 후였다. 손도끼는 텃밭 울타리의 말뚝 꼭대기에 박혔다. 어쨌든 나는 움직일 수 없었을 거다. 그 순간 톱을 나무에 박은 참이었고 내 장갑은 톱에 들러붙어 있었으니까.

플러렛은 자기 방 창문 아래서 우리가 일하는 소리를 분명 들었을 텐데도 한참을 꾸물거리다 일어났다. 마침내 막내가 문간에 몸을 내밀고 뭐 도울 일이 없는지 물었을 때 우리는 한목소리로 외쳤다. "커피!" 플러렛은 다시 집안으로 후퇴하여 커피를 끓이고 롤빵을 데우고 베이컨을 굽는 것으로 스스로를 유용하게 부렸다. 따뜻한 데 있다간 다시 나오기 싫어질 거라는 이유로 우리는 안에 들어가기를 거부했다. 대신 플러렛이 우리의 아침을 배달했고, 우리가 일하는 동안 수북한 롤빵과 뜨거운 음료를 꾸준히 공급했다.

가지를 다 치우고 헛간 문을 열었을 때는 정오가 지난 무렵이었을 것이다. 동물들이 한목소리로 불만을 토했다. 돌리는 제 집안에서 발을 쿵쿵 구르며 킁킁거렸고, 닭들은 낮게 꼬꼬댁거리는 것으로 대꾸했다. 노마는 손도끼로 물통 속 얼음을 부쉈고, 나는 귀리를 나눠주고 빻은 옥수수를 닭들한테 뿌려줬다. 한숨 돌리려 잠깐 엉덩이를 붙였는데, 앉자마자 눈이 감기면서 어둠이 몰려들었다.

"일어나!" 노마가 말했다. "지붕을 어떻게든 해야 해, 눈이 또 내려."

또 내린다고? 나는 끙하고 일어나 문가로 갔다. 아니나다를까, 바람결에 눈송이가 실려왔다. 문간에 기대어 있는데 노마가 사다리 끝으로 나를 쿡 찔러 밖으로 밀었다.

나는 일 분도 더 못 서 있을 것 같았다. "노마," 헛간 벽에 사다리를 기대 세우는 노마를 보며 내가 말했다. "좀더 편하게 살길 바란 적 없어?"

"뭐?"

"이런 거," 나는 눈과 얼음과 부러진 나뭇가지를 가리켰다. "이렇게 우리들끼리 여기 사는 거."

노마는 사다리를 발로 차 땅바닥에 단단히 박아 고정했다. "편한 삶을 추구하는 사람들은 게으르고 둔해진다는 게 나의 신념이야. 여기서 이미 잘살고 있는데 구태여 어디 딴데서 살아야 할 이유를 모르겠는데."

"하지만 옮겨야 할지도 몰라. 오빠 말이 맞아. 우리 저금이 동나고 있어."

"그 문제라면," 그 일은 일단락됐다는 투로 노마가 말했다. "언니가 열심히 궁리해서 해결할 차례지."

"그게 무슨 뜻이야?"

"무슨 뜻이냐면, 내가 이곳을 찾아냈어. 내가 언니를 찾아냈고, 내가 플러렛을 찾아냈지." 노마는 도로 쪽을 내다봤다—십칠 년 전 그녀 자신이 맨 처음 우리가 이곳에서 살 거라 선언하던 그날 노마가 서 있던 바로 그 자리였다. 그리고 고개를 돌려 나를 보는 두 눈엔 결의에 찬 뿌듯함 같은 것이 어려 있었다. "안 그래?"

잠깐 동안 나는 할말을 잃었다. 멀리서 허허로운 바람 소리와 눈폭풍이 몰려드는 소리만 들렸다.

"그랬지." 내가 말했다.

"맞아, 내가 했어. 이젠 언니 차례야. 어머니는 돌아가셨으니 이제 누가 언니 앞을 가로막겠어? 박차고 나가서 일자리를 찾아. 그냥 우리가 먹고살 수 있을 만큼만 벌면 돼. 언니가 신나할 만한 얘기로 들리지 않아?"

"내가 뭘 하면 신이 날지 모르겠다."

"난 아는데." 노마가 딱 잘라 말했다. "언닌 탐정놀이 하면서 신나게 쏘다니지 않았어? 왜 탐정이 될 생각은 안 해?"

노마는 사다리를 오르기 시작했다. 나는 동생을 붙잡아 내리려 했지만, 노마는 내 손을 떨쳐냈다. "무슨 소릴 하는 거야?"

"지난주에 워너메이커 백화점에서 여성 감시원을 구한다는 광고를 신문에서 봤어." 노마는 나를 내려다보며 말했다. "못 봤어? 언니가 자기소개서를 적어 보내면 분명 그 자리에서 채용될걸."

나는 노마를 빤히 올려다봤다. 노마는 몸을 돌려 계속 올라갔다. 진흙과 눈으로 더러워진 노마의 치마바짓단이 내 머리를 쓸었다.

"오빠와 살게 될 정도로 쪼그라들지 말자고."

"워너메이커?" 내가 말했다. "뉴욕에 있는?"

"기차를 타면 되지." 노마가 아래를 향해 소리쳤다. "기차 타는 법은 알잖아."

나는 눈앞에 있는 사다리의 맨 밑단 가로대와 그 너머에 있는 비바람에 낡은 헛간 판자벽을 똑바로 쳐다봤다. 방금 내 동생이 나더러 집을 나가라고—그것도 한 번이 아니라 매일—일부러 범죄자들이 도사리는 길목을 지키게끔 고안된 일자리를 얻으라고 한 게 정말 맞나? 우리한테 무슨 일이 일어난 거지?

"그리고 지금 당장 언니가 할 일이 있는데, 망상에서 깼다면," 노마가 말했다. "사다리를 꽉 붙들고 나한테 연장 좀 줘."

나는 노마에게 톱을 건네준 다음, 노마가 구멍 주위의 너덜너덜해진 가장자리를 잘라내면서 지붕널 조각이 그 밑의 닭장으로 떨어지는 광경을 구경했다. 일단 작업할 만하게 구멍의 테두리가 깔끔해지자, 나는 크기가 제멋대로인 목재 몇 개를 노마에게 전했고,

노마는 용케도 자리에 맞게 나무를 못으로 박았다. 위쪽에서 노마가 작업을 하며 숨을 몰아쉬고 헐떡이는 소리가 들렸다. 땅 위에서 있는 나는 점점 몸이 얼어붙어 뻣뻣해졌고, 부츠는 다시 눈에 파묻히고 손가락에 감각이 없어 사다리를 제대로 붙들고 있지 못할까봐 걱정스러웠다. 피프스 애비뉴의 그 깨끗하고 조용한 호텔방 풍경이, 내가 절대 보지 못할 손이 반짝반짝 광을 낸 황동 램프와 새하얀 시트가 눈앞에 펼쳐졌다. 그런 곳에 있으면 매일 딜갈을 갖다달라고 주문할 수도 있을 것이다. 한겨울에 닭장 지붕을 수리해야 하는 일 따윈 절대 없겠지.

오후 내내 도로는 텅 비었고 주변 목초지는 쥐죽은듯 고요했다. 어딘가 먼 이웃의 굴뚝에서 연기가 피어올랐지만, 이내 바람이 잦아들고 눈이 내리면서 그 연기마저 눈 이불에 덮여 사라졌다. 노마가 사다리를 내려왔을 때는 목깃에 새로 내린 눈이 소복이 쌓여 있었다.

그날 저녁 플러렛은 급탕기를 켜고 스토브에 물을 더 끓여 우리 둘 다 목욕할 수 있도록 준비했다. 그러나 노마는 굳이 목욕까지 할 생각이 없었고 나는 먼저 저녁부터 먹고 싶었다. 우리는 부엌에 앉아 그날 아침에 남긴 롤빵과 소금에 절인 소고기와 감자를 묵묵히 먹었다. 코트 없이는 도무지 몸이 따뜻해지지 않아서 나는 모직 숄을 겹겹이 두르고 앉았다. 의자 밑으로 눈 녹은 물이 뚝뚝 흘렀다. 노마의 손가락은 새빨갰고 지붕 위에서 일하느라 거칠게 텄다. 플러렛이 콜드크림을 발라주겠다고 했지만 노마는 거절했고, 그저 홍차와 따뜻한 물주머니를 갖고 위층에 올라가 곧장 자고 싶을 뿐이라고 했다. 나는 플러렛에게 설거지를 넘기고 뜨거운 물 한 주전자를 더 가지고 욕실로 갔다.

물속에 몸을 담글 때 욕실에 수증기가 피어올랐고, 감각이 없던 발가락에 다시 피가 돌았다. 바늘로 찌르는 것 같은 통증이 사라지고 감각이 되돌아올 때까지 발가락을 꼼지락거렸다. 욕조는 내게 너무 작아서 몸 전체를 푹 담글 수 없었다. 무릎까지 물속에 잠기게 하는 유일한 방법은 몸을 동그랗게 말아 옆으로 눕는 것뿐이었다. 나는 물이 차게 식기 시작할 때 잠에서 깼고, 욕실을 나와 침대로 기어들어갔다.

53

자정 무렵 어둠 속에 일어나 앉아 소쩍새가 짝을 부르는 울음소리에 귀를 기울이고 있다 난데없이 루시를 떠올렸다. 아이가 패터슨으로 돌아왔다는 생각을 포기하기엔 아직 일렀다. 목록에 나온 모든 고아원을 뒤지고, 그다음에 옆 카운티에 있는 고아원을 뒤지고, 또 그 옆을 뒤지는 방법 외에 달리 뾰족한 수가 보이지 않았다. 그러나 그런 식으로 뭐라도 건질 수 있기나 할는지 모르겠다.

아래층 벽시계가 한시 종을 쳤을 때도 나는 여전히 행동 방침을 정하지 못한 채였다. 그러다 까무룩 잠이 든 모양인데, 시계가 세시를 알렸을 때는 다시 깨어 히스 보안관이 했던 얘기를 되씹고 있었다. 헨리 코프먼은 애 보는 법을 알 만한 부류의 사람으로는 보이지 않았다. 한 시간은커녕 애를 잠깐 들었다 놓는 것도 감당하지 못할 것이다.

하지만 매리언 가핑클은 바로 그런 부류의 사람이다. 그녀라면 뭘 해야 하는지 알 것이다. 자기 애라고 주장하며 익명으로 아이를 맡긴다. 만약 필요하다면 돈으로 입을 막을 수도 있다.

루시의 아이에 관해 내가 물었을 때 매리언이 뭐라고 했더라? 지금 어디에 있든 더 잘 지내고 있겠죠.

그녀는 실제로 그렇게 믿었을 것이다.

마침내 잠기운이 나를 다시 덮쳤고, 나는 닭들이 새벽을 알릴 때까지 미동도 하지 않고 곯아떨어졌다. 진실은 등잔 밑에 있었다. 내가 그동안 쭉 알고 있었다는 듯이.

하늘이 맑게 개었고 밤사이 눈은 단단히 다져졌다. 돌리는 나 못지않게 눈길에 나가기 싫어했지만, 그러든 말든 나는 돌리를 쿡쿡 찔러 시코맥 로드를 따라 길을 나섰다. 자동차가 수없이 나를 추월했고, 하나같이 빵빵거리며 방향을 홱 틀어 우리를 거의 길 밖으로 내몰았다. 돌리는 절대 신경이 예민한 말이 아니었지만, 저 시커멓고 시끄러운 기계들이 돌리를 신경질적인 짐승으로 만들고 있었다. 나는 노마가 하던 대로 쯧쯧 혓소리를 내며 말을 달래려 했지만, 내 위로는 돌리의 마음을 진정시키는 데 도움이 안 되는 모양이었다.

나는 패터슨의 마구간에 돌리를 몇 시간 맡겨놓고, 넉가래로 길가에 밀어놓은 회색 진창 사이로 보육병원까지 걸어갔다. 눈 깜짝할 새 정문에 다다랐고, 미시즈 그리그즈가 자리에 앉아 있는 것을 보고 마음이 놓였다.

부인은 히스 보안관을 대할 때보다 친절도가 상당히 하락했다. 내 질문에 얼굴을 찡그리며 이렇게 말했다. "질문을 하는 사람은 히스 보안관이어야 하지 않을까?"

나는 좀더 허리를 곧게 펴고, 있는 힘껏 위엄을 실은 어조로 말했다.

"보안관님은 민감한 문제에 대해 제 도움을 요청했습니다. 한 여성이 곤경에 빠졌고, 보안관님은 좀더 미묘한 조사와 문의는 여자가 맡는 편이 좋겠다고 판단했어요. 그래서 지난번에 저와 동행했던 거죠. 그의 소개가 충분치 않았다고 느끼신다면 지금 곧장 해컨색으로 가서 재차 보안관님과 동행하겠습니다. 하지만 보안관님은 한 번 했던 일을 반복하기 위해 교도소와 버건 카운티의 시민을 지키는 중요한 임무에서 불려나오는 걸 그리 좋아하지 않을 겁니다."

미시즈 그리그즈는 떫은 표정으로 인상을 쓰고 입술을 꾹 맞물었다. "사적으로 맡겨진 건에 대해선 당신한테 한마디도 해줄 수 없다는 건 알고 있겠지요. 생모가 아이를 포기하면, 기록은 영원히 봉인돼요."

그건 너무나도 잘 알고 있다. 같은 약속을 나도 받았었으니까. "만약 아이를 데려온 여자가 친모라고 주장했지만 실제로는 아니라면요?"

"출생증명서를 확인했을걸. 신분증명서나 증인도 요구했을 테고."

"하지만 집에서 태어나는 아이들도 있잖아요. 모든 아기한테 출생증명서가 있지는 않은데."

"정확히 당신이 찾는 게 뭐죠?" 미시즈 그리그즈가 물었다.

내가 의심하는 점을 말해주지 않고 그 파일들에 접근하기는 보나마나 불가능했다. 나는 그녀에게 매리언 가핑클의 이름과 인상착의를 말해주고, 아이의 나이와 맡겨졌을 것으로 추정되는 시점을 다시 얘기했다.

부인은 내 설명을 전부 받아 적은 다음, 자기 앞에 놓인 종이의 내용을 면밀히 검토했다. "이 아이가 유괴됐다는 얘기군."

"그렇게 드문 일도 아니죠. 가문의 스캔들을 덮기 위해 이런 시도를 하는 게 불가능하지는 않잖아요?"

부인은 생각에 잠긴 채 내 얼굴을 잠시 탐색하더니, 책상 앞에서 일어나 사무실 안으로 사라졌다. 한참을 기다린 끝에 그녀가 돌아왔고, 내게 보여줄지 아직 마음을 정하지 못한 듯 파일 하나를 가슴에 꼭 끌어안고 있었다.

"파업중에 그 나이의 아이가 사적으로 맡겨진 건 딱 한 건이에요." 부인은 천천히 조심스럽게 다시 의자에 앉으며 말했다. "당신이 찾는 아이가 이애라면, 아직 우리가 데리고 있는 것 같군요."

나는 깊이 숨을 들이마시고 맞은편 의자에 털썩 주저앉았다. 내가 해냈을지도 모른다—아들을 찾는 루시에게 도움이 됐을지도 모른다—는 실감으로 피가 온통 두 뺨에 몰렸고 심장이 두방망이질쳤다.

마침내 나는 말문을 열었다. "지금 여기 있다고요? 아이를 볼 수 있을까요?"

"당치 않은 소리." 부인이 말했다. "이게 보안관 대신 맡은 사건이라면, 보안관이 와서 애를 봐야지."

그때쯤 나는 고른 호흡을 되찾았다. "당연히 오실 겁니다." 나는 차분히 말했다. "다만 보안관님께 근무중 한나절을 내어주십사 청하기 전에 상황을 확실히 해두고 싶을 뿐입니다. 아이가 여기 왔을 때 상황에 대해 좀더 말씀해주실 수 있나요?"

미시즈 그리그즈는 길게 떨리는 한숨을 내쉬고는 파일을 열고 나한테 보이지 않게 자기 쪽으로 세워 들었다. 몇 분 동안 서류를 넘겨 보더니 이렇게 말했다. "기억에는 없지만 이걸 보니 흔치 않은 경우였네. 한 여자가 아이를 우리한테 데려왔는데, 우리가 요구하는 서류는 하나도 갖고 있지 않았어요. 출생증명서도, 의사의 소견서도, 가족 구성원 이름도 없어. 여자는 심지어 아이의 이름과 마지막 주소지도 알려주지 않으려 했네요. 의심을 피하려고 아이를 외국에서 낳았다면서 귀국한 지 얼마 안 됐다고 했어요. 달리 부를 이름이 없어서 우리는 아이를 테디라고 불렀지."

"하지만 어머니 되는 사람은—생모라고 주장하던 여자는—매리언 가핑클 맞죠?"

미시즈 그리그즈는 파일을 덮었다. "그 사람은 아주 흔한 이름을 댔는데 지금 보니 가명일 수도 있겠군. 좀더 자세한 얘기를 나누기 전에 우리 병원장님이 보안관과 얘기를 해야 할 거예요. 재판정의 심리가 필요할지도 모르겠네요. 무척 보기 드문 사례라서."

"그래도 아이는 여기 있죠?"

처음으로 부인의 입가에 미소가 어렸다. "만약 그애가 맞다면—나는 단정하지 않았어요—확실히 우리가 데리고 있어요. 우리한테는 갓난아기가 아주 많이 오는데 대개 이쪽이 먼저 입양되지. 한두 살만 돼도 가족을 찾아주기 힘들어."

"미시즈 그리그즈, 오늘 부인은 한 아이와 그 아이의 엄마에게 엄청난 도움을 주신 겁니다." 나는 의자에서 벌떡 일어나며 말했다. "즉시 보안관님께 말씀드려야겠군요. 보안관 사무실로 전화를 걸어주실 수 있을까요?"

부인은 자기 책상 위의 황동 전화기를 내려다보며 손가락으로 책상을 두드렸다. "내가 걸면 안 되겠지만, 우리 병원장님은 가능하겠지."

부인은 계단을 뛰어올라갔고, 또 한번의 영원과도 같은 기다림 끝에, 그녀가 알기 힘든 표정으로 되돌아왔다. "역시, 친권을 요구하기 전에 먼저 판사한테 가봐야겠네. 하지만 그전에 아이 어머니가 아이를 확인해야지. 히스 보안관이 그 여자분을 데리고 즉시 오겠다네요. 애 어머니가 있는 곳은 당신이 알 거라던데."

나는 루시 블레이크의 주소를 알려줬고, 미시즈 그리그즈는 월계수 잎사귀가 조각된 난간을 손으로 짚으며 다시 넓은 계단을 올라 사라졌다. 부인이 뛰어내려와 히스 보안관이 지금 오고 있다는 얘기를 해준 후 간호사들에게 아이를 준비시키라고 이르기 위해 도로 황급히 올라갔고, 나는 족히 한 시간은 더 기다렸다. 부인의 들뜬 분위기로 보건대 그들은 원아 중 한 명이 엄마와 함께 집에 가게 됐다고 확신하는 것 같았다. 나는 그들이 아이한테까지 그런 인상을 심어주지 않았기를 빌었다. 루시가 고개를 흔들며 자기 아이가 아니라고 말하는 장면은 도저히 견딜 수 없었다.

나는 로비를 왔다갔다하며 매리언 가핑클이 아이를 안고 들어오는 장면을 상상했다. 그녀가 여기까지 오게 된 일련의 판단 착오와 불운이 같이 떠오를 수밖에 없었다. 먼저 헨리 코프먼의 아버지가 있다. 그는 사업을 운영할 능력이 없는 아들한테 공장을 맡겼다. 그리고 헨리 코프먼 본인이 있다. 그는 남부끄러운 의도를 가지고 루시의 방에 강제로 쳐들어갔다. 그리고 루시. 그녀는 순진하게도, 어쩌면 어리석게도, 코프먼이 도의적 의무를 직시하리라는 희망을 품었다.

그리고 마지막으로, 매리언이 있다. 편의주의적이고 유능한 매리언. 그녀는 문제를 재빨리 파악했고, 마찬가지로 금세 해결책을 찾아냈다. 매리언이 그 아이디어를 어디서 얻었는지 알아내기란 어렵지 않다. 패터슨 길거리에서 여자 백 명을 불러 세워 미혼 여공이 임신할 경우 어떻게 해야 하는지 물어보면, 모두의 대답은 한결같을 것이다.

그것은 십칠 년 전 나 스스로에게 했던 대답이기도 하다. 합리적인 해결책은 그것뿐이었고, 매리언 가핑클은, 인정할 수밖에 없는데, 대단히 합리적이었다.

나는 걸음을 멈추고 미시즈 그리그즈의 책상 맞은편 의자에 다시 앉았다. 그때 히스 보안관이 문을 열었고, 눈물을 흘리며 부들부들 떨고 있는 루시 블레이크를 패터슨 보육병원의 로비로 안내했다.

그녀는 앞치마도 벗지 못한 채였다. 나를 본 루시는 한달음에 로비를 가로질러 왔다. "보비가 아니면 어떡하죠." 루시가 말했다.

나는 "괜찮아요" 하고 말하면서도 정말 괜찮은지 자신할 수 없었다. "마음 굳게 먹고 용기를 내요. 그리고 혹시라도 아이가 속상해하지 않게 신경써주고."

미시즈 그리그즈가 간호사를 불렀고, 간호사는 우리를 이끌고 계단을 올라 잠긴 문을 열고 창문 없는 짧은 복도로 안내했다. 복도 끝에 '남아'라고 적힌 황동 명판이 달린 문이 있었다.

간호사는 열쇠를 돌려 문을 열었다. 우리는 창문이 높고 양편에 철제 침상이 일렬로 놓인 아주 넓은 방에 들어섰다. 신발과 재킷과 블록 장난감이 방안 여기저기 흩어져 있었다.

그리고 방 한가운데에 조그마한 남자애가 서 있었다.

우리 모두 미처 무슨 생각을 하기도 전에 루시가 달려나갔다. 아이가 너무 빨리 루시의 품에 안겨 얼굴을 묻는 바람에 나는 아이 얼굴을 제대로 보지도 못했다. 루시가 아이를 안고 빙빙 돌 때 내가 볼 수 있던 거라곤 단정히 가르마를 타서 물 묻혀 빗은, 제 아버지처럼 검은 머리칼과 내가 본 중 가장 작은 푸른색 정장의 뒷모습뿐이었다.

간호사는 빙그레 웃고 문간으로 물러나 제 동료들에게 신호를 보냈다. 우리가 올라오는 소리를 듣고 문밖에 모여든 게 틀림없었다. 히스 보안관은 묵례를 하고 몇 발짝 뒷걸음쳐 그들에게 공간을 양보했다.

루시는 쉬지 않고 빙빙 돌았고, 나는 그녀가 아이가 숨을 쉴 수 있게 놔주긴 하려나 궁금해졌다. 모자는 방 한가운데에서 그들만의 행성을 건설했고, 그들 눈에만 보이는 태양의 주위를 공전했다.

54

루시는 아이를 꼭 껴안고 있던 팔을 풀었다. 그리고 침대 가장자리에 앉더니 아이를 무릎 위에 올려놨다. 아이는 코프먼의 머리색과 둥글고 훤한 이마를 가졌지만, 루시의 눈과 아일랜드 미인형 옆얼굴도 물려받았다.

히스 보안관은 루시와 아이 앞에 무릎을 꿇고 한 손을 아이에게 내밀었다. 악수를 할 줄 모르는 아이는 그의 손가락을 쥐었다. 토실토실하게 잘생긴 남자아이였고, 혼자서 걸을 수 있을 정도로 크긴 했지만 지금 이 상황을 이해하기엔 너무 어렸다.

"만나서 반갑다, 꼬마야." 히스 보안관이 할 수 있는 말은 이것뿐이었다.

나는 문간에 서서 간호사들과 나직이 얘기를 나누었다. 그들은 루시가 하룻밤 묵을 수 있게 기꺼이 방을 마련해주겠다고 했다.

"그게 나을 거예요." 간호사 한 명이 내게 속삭였다. "아이를 놔두고 가라고 하면 엄마가 난리를 칠 수도 있고 그럼 다른 원아들까지 듣게 되거든요. 그런 소동을 치르고 나면 애들이 도무지 자질 않아요."

루시가 어깨 너머로 우리 얘기를 듣고, 마치 아이가 태어났을 때부터 매일 업어왔던 양 애를 들쳐업고 침대에서 일어났다. "보안관님이 미리 얘기해주셨어요, 보비는 여기 하루 더 있어야 한다고." 루시가 말했다. "괜찮아요. 저는 바깥출입이 힘든 두 노인을 모시고 있는데 저녁을 기다리고 계실 거예요. 두 분은 아주 너그럽게 대해주시지만, 그래도 돌아가봐야죠."

"내일 판사를 만날 수 있게 조율해놓고, 오늘 저녁에 간호사분들한테 진술을 받아 심리에 대비하겠습니다." 히스 보안관이 이렇게 말한 뒤 우리 둘은 먼저 계단을 내려와 루시가 아이에게 작별 인사를 할 시간을 주었다. 소식은 이미 미시즈 그리그즈에게 닿았고, 그녀는 계단 아래서 우리를 기다리고 있었다.

부인은 활짝 웃으며 말했다. "여기서 이런 일이 자주 일어나는 건 아니거든. 간호사들도 굉장히 기뻐하고 있어요."

"보안관으로 근무하는 동안 저도 잃어버린 아이를 부모 품에 돌려보낸 적은 없습니다. 이번에도 제가 한 일은 아니죠. 미스 콥에게 감사할 일이죠."

부인은 여전히 미소를 지으며 내게 묵례했다. 그리고 보안관을 돌아보며 이렇게 말했다. "내일 판사 앞에 서기도 전에 이야기가 새어나가 신문에 실릴 것 같은데."

"저희는 언론에 알려지지 않기를 바랍니다." 보안관이 황급히 말했다.

"그렇지. 안 그래도 내 보기에 애 아버지가……"

"아뇨. 애 아버지와는 아무 상관 없습니다. 대신 저 아가씨가 괜찮은 환경에서 가정부로 일하고 있고, 고용주인 두 독신녀께서 기꺼이 아이를 들여도 된다고 하십니다. 오늘 오후에 그분들과 얘기해봤는데, 법정에 제출할 탄원서에 서명을 해주겠다고 하시더군요. 우리 속기사가 오늘 저녁에 탄원서를 작성할 겁니다."

"흐음," 부인이 말했다. "판사가 만족한다면 우리도 할말 없지."

이윽고 루시가 계단 꼭대기에 모습을 드러냈고, 그녀 옆에는 히스테리에 대비해 병원측에서 딸려 보냈음이 분명한 간호사가 있었다. 그러나 루시는 고개를 높이 쳐들고 단단히 자신을 추스른 모습이었다. 그녀는 천천히 그러나 신중히 걸음을 내디뎠고, 씩씩하게 웃으며 이렇게 말했다. "가서 네 이부자리를 챙겨야 한다고 아이에게 말해줬어요. 우리 보비가 전에 비해 너무 철이 들었네요."

이튿날 아침, 히스 보안관과 나는 공장 앞에서 매리언 가핑클이 출근하기를 기다렸다. 그녀는 우리를 보고 이렇게 말했다. "재판에 관한 거라면 헨리한테 얘기하시죠. 나는 전혀 엮이고 싶지 않으니까. 워드 변호사가 청구하는 비용은 지불하겠지만 그 외 다른 변호사는 어림없다고 헨리한테 일러뒀어요. 이젠 걔 혼자 알아서 하겠죠."

매리언은 혼자 지날 수 있을 만큼만 옆문을 열고 들어간 후 닫으려 했지만, 그전에 히스 보안관이 문을 잡았다. "여기서 말씀하시든가, 아니면 법원으로 가실 수도 있습니다." 보안관이 조용히 말했다.

매리언은 그를 돌아보지도 않고 어깨를 으쓱했다. "원한다면 하루종일 얘기하세요. 난 더이상 동생을 책임지지 않아요. 심지어 몇 주 동안 보지도 못했는데."

우리는 그녀를 따라 빈 공장을 가로질렀다. "내가 헨리의 책상을 인수했어요." 그녀는 우리를 헨리의 사무실로 안내했다. 철저히 청소를 마친 사무실은 클럽하우스에서 다시 업무를 볼 수 있는 공간으로 개조되어 있었다.

히스 보안관이 마지막으로 들어와 문을 닫았다. "루시 블레이크와 관련된 건입니다."

매리언은 의자에 털썩 앉아 정교하게 계산된 어깻짓을 해 보였다. "루시도 한동안 못 봤는데요. 둘이 같이 달아났을지도 모르죠." 그러곤 봉투 칼을 집어들어 봉투를 열었다.

그 무심한 행동—종이 사이에 칼을 넣어 가볍게 휙 찢는—에 나는 분노가 치밀었다. 어떻게 그런 짓을 하고도 이 여자는 이렇게 태연히 앉아 있을 수가 있지? 여기 오기 전 보안관이 내게 가만있으라고 주의를 주었지만, 나는 가만있지 못했다.

"우리가 아이를 찾아냈습니다." 나는 말했다. "바로 여기 패터슨에서, 당신이 아이를 놓고 간 그곳에서."

칼이 책상 위에 떨어졌다. 매리언의 시선은 그대로 내리깔려 있었다. 보안관이 헛기침을 하고 상체를 내밀었다. "작년에 한 남자아이가 패터슨 보육병원에 맡겨졌지요. 루시 블레이크가 자신의 아이임을 확인했습니다. 병원의 간호사 한 명이 아이를 데려왔던 당신을 기억하고 있습니다. 엊저녁에 당신의 인상착의를 완벽히 묘사했어요. 그리고 서류에는 당신의 손글씨가 남아 있습니다. 당신 이름은 아니지만, 마침 우리가 필적 감정 전문가를 모셔왔거든요. 그는 당신 남동생에 대한 소송 건으로 우리를 돕고 있습니다."

매리언은 눈썹을 치켜세우고 입술을 달싹였지만 말은 나오지 않았다.

"당신의 변호사는 헨리가 아이를 입양하는 방법에 대해 물었던 걸 기억하고 있고요." 내가 말했다. "그건 헨리의 생각이었나요?"

매리언은 여전히 묵묵부답이었다.

"여기서 진술하셔도 되고, 아니면 법정으로 가시죠." 보안관이 말했다.

"난 진술할 게 없어요."

"솔직히 자백하면 법정까지 가는 스캔들은 피할 수도 있습니다. 못 믿겠으면 변호사에게 문의해보세요. 그러고 보니 워드 변호사가 더이상 형사사건은 맡지 않겠다고 하던데."

그녀는 떨리는 숨을 길게 들이마시고 책상 위에 놓인 서류를 반듯하게 폈다. "헨리의 생각이었을 거예요. 하지만 걔는 관련되지 않았어요. 걔가 비밀을 지킬 거라곤 믿을 수 없으니."

나는 무심결에 고개를 끄덕여 동의했다. 매리언은 명민하다. 둘 중에선 그녀가 더 까다로운 범죄자였다.

"아이한테도 그게 최선이라고 생각했어요." 매리언이 말을 이었다. 목소리가 너무 작아서 나는 상체를 기울이고 들어야 했다. "그 아가씨는 혼자 힘으로 아이를 키울 수 없었을 거예요. 자꾸 와서 손을 벌렸을 테고. 결국엔 우릴 법원으로 끌고 갔을 겁니다." 매리언은 도전적으로 우리를 쳐다보았다. "다들 내게 동생 뒤치다꺼리를 기대했고, 그래서 내가 처리했어요. 하지만 내가 아기에게 호의를 베풀었다는 건 당신들도 부인하지 않겠죠."

매리언이 그런 식으로 말하는 건 별로 놀랍지 않았다. 그러나 그녀가 건물에 몰래 침입해 아이를 데리고 나오는 장면은 상상할 수가 없었다.

"당신에겐 조력자가 있었어요." 내가 말했다. "누가 건물 안에서 소란을 피워 노동조합원들을 겁주어 쫓아냈습니다. 조합원들은 한밤중에 달아났고, 아이가 사라졌다는 사실을 알리지도 않았죠. 당신 혼자서 그들을 그렇게까지 겁주진 못했겠죠."

매리언은 고개를 한쪽으로 기울였다가 다시 반대편으로 기울였다. 마치 자신의 선택지를 저울질하는 것 같았다. 마침내 그녀가 입을 열었다. "내 동생한테 좀 고약한 친구들이 있죠. 하지만 쓸모는 있더군요."

매리언은 느릿느릿 비틀거리며 사무실을 나섰고, 나와 히스 보안관이 그녀를 사이에 두고 섰다. 그녀는 막 출근한 비서에게 뭐라고 몇 마디 중얼거렸다. 밖에는 두 대의 자동차가 대기하고 있었다. 하나는 그녀를 교도소로 이송할 차였고, 다른 하나는 우리를 태우고 루시 블레이크를 데리러 갈 차였다.

미시즈 가핑클을 체포하는 일은 루시에게 별로 중요하지 않았다. 루시는 우리에게 그녀를 고발하지 말아달라고, 그냥 보비만 돌려주고 최대한 코프먼 집안으로부터 떨어져 있게 해달라고 강력히 요청했다.

"유괴는 간과할 수 없는 범죄입니다, 미스 블레이크." 보안관이 말했다. "하지만 미시즈 가핑클이 전모를 자백한다면 재판은 피할 수 있을 겁니다. 신문지상에 오르내리지 않게 막아야겠고요. 코프먼이 당신을 내버려둘지 장담은 못하지만, 그는 당신이 어디 사는지 모르고, 앞으로도 찾아내지 못하게 우리가 단단히 조치하겠습니다."

히스 보안관이 장담했던 대로 심리는 그날 오전 늦게 열렸다. 판사는 비공개 법정에서 우릴 맞아 루시와 히스 보안관의 증언을 청취했다. (나는 루시의 친구로만 소개됐고, 거기에 아무런 이의가 없었다.) 루시의 고용주가 보낸 탄원서가 큰 소리로 낭독됐고, 적절한 것으로 받아들여졌다. 라이트 검사는 바쁜 시간을 쪼개 심리에 나와 매리언 가핑클이 이런저런 혐의로 기소됐으며 보석에 대한 협의가 이루어질 때까지 구속 수감될 거라고 말했다. 판사는 이야기를 전부 듣고, 아이를 생모에게 보내라고 보육병원에 명령하는 서류에 서명했다.

보육병원으로 가는 차 안에서 루시는 행복하게 재잘거렸다. 자매분들이 응접실을 아기 방으로 바꿔 자신이 일하는 낮 동안 꼬마 보비가 놀 수 있도록 해줬다며 아기 방이 어떻게 생겼는지 열심히 묘사했다. 또 두 분이 수년 전 교회 건축 모금 때 상당액을 기부했고, 이미 목사 부인에게 아이를 위한 신발과 옷가지를 챙겨달라는 편지를 썼다고 얘기했다. 히스 보안관은 자신의 아내가 몇 가지 물건을 보내줄 수 있을 것 같다고 했고, 나도 그 밖에 아이한테 필요한 게 있으면 플러렛한테 만들어달라고 하겠다고 제안했다.

보육병원에 도착했을 때 우리는 잔뜩 들떠 있었다. 루시가 아이를 데리러 계단을 뛰어올라가는 동안 히스 보안관과 나는 로비에 서 있었다.

보안관은 모자를 벗어 들고 챙을 만지작거렸다. "당신께 용서를 구해야겠군요, 미스 콥." 그가 말했다.

"그러실 거 없는데요." 내가 말했다.

"아뇨, 이 모든 걸 당신은 혼자 힘으로 해냈습니다. 뉴욕에 가서 그 사진사를 찾아냈죠. 나는 봉투에 쓰인 존 워드의 이름을 놓쳤지만 당신은 기억했어요. 그리고 고아원을 뒤져보자는 생각을 어떻게 했는지 모르겠지만…… 음, 그 모든 걸 아주 빠르게 조합해냈어요. 당신은 훌륭한 탐정이에요."

나는 웃음이 터져나왔다. "당신과 노마가 어느 면에서는 의견 일치를 본 것 같은데요. 여성 탐정을 구하는 자리가 있다면 잊지 말고 저한테 알려주세요."

"무슨 소립니까?"

"콥가의 자매들은 일자리 또는 남편이 필요하게 될 거예요, 그것도 조만간." 내가 말했다.

"누가 그럽니까?"

"우리 은행 잔고가 그렇게 말하네요." 계단 꼭대기에 루시의 발이 나타나자 나는 그녀에게 달려갔다. "다만 내 앞으로 구혼자는 보내지 마세요." 나는 보안관을 돌아보고 외쳤다. "다른 길을 먼저 뚫어볼 테니까." 루시가 아들을 품에 안고 계단참까지 내려왔고, 모자는 동시에 나를 얼싸안고 환한 웃음을 터뜨렸다.

55

"뉴욕에서 직장 얻을 거 아니지!" 플러렛은 버터를 바르다 말고 롤빵을 떨어뜨렸다.

"아직은 아니야." 내가 말했다. "편지를 써서 그 일자리에 대해 물어봤을 뿐이야."

"그랬더니 뭐래?"

"바로 답신이 왔는데, 올봄에 사람이 아주 간절히 필요하다고 즉시 면접 보러 올 수 있냐고 묻더라. 내일 가볼 거야."

플러렛은 경악한 표정으로 노마를 쳐다봤다. 우리는 플러렛에게 우리의 경제적 어려움이나 농장을 팔라는 프랜시스의 압력에 대해 얘기하지 않기로 결정했다. 플러렛이 오빠한테 화를 내는 사태는 피하고 싶었다.

"뭘 하려고?" 플러렛이 물었다. "카운터 뒤에서 선물을 포장하는 거야?"

"아, 천만에," 내가 말했다. "백화점 물품 도난 감시원을 뽑는대."

존 워너메이커가 뉴욕에 처음 자신의 상점을 열었을 때, 그는 고객들이 자유롭게 매장을 돌아다니며 직접 물건을 고른다는 사실을 힘주어 강조했고, 이는 1896년 당시에는 획기적인 발상이었다. 그의 상점은 벨벳 장갑과 가죽구두, 몇 마일의 리본과 레이스, 남성을 위한 맞춤 정장 그리고 도시민이라면 누구나 탐낼 만한 각종 문명의 이기를 완비한 호화찬란한 시장이었고, 브로드웨이의 두 블록에 걸친 거대한 건물에 수천 명의 점원과 창고 직원을 고용했다.

워너메이커는 가격표를 상품에 바로 부착해 고객들이 자신의 눈으로 개별 상품의 가격을 확인할 수 있어야 한다고 생각했다. "모든 사람이 신 앞에 평등하다면," 그는 백화점 매니저들에게 곧잘 이렇게 말했다. "모든 사람은 가격 앞에서도 평등해야 합니다."

그러나 워너메이커 씨와 그의 독실한 원칙에는 안타깝게도, 백화점의 개방성은 도둑을 불러들였다. 이 문제를 방지하기 위해 점원 중 몇몇이 감시원이 되어 평범한 옷을 입고 고객인 척 매장을 돌아다니며, 새로이 등장한 고상한 다운타운 도둑의 살짝 열린 가방과 가느다란 손가락을 감시했다. 여성들까지 워너메이커 백화점에서 물건을 훔쳤고, 그 말인즉슨 장갑과 레이스와 속옷을 감시하기 위해 여성을 고용해야 한다는 의미였다. 평범한 손님처럼 보이게 본인의 옷을 입고 되도록 튀지 않게 매장을 걸어다니는 간단한 일이었다. 그토록 쉬운 일에 내가 고용되지 못할 이유는 없었다.

나는 워너메이커 백화점의 여성 부문 판매 책임자인 미시즈 랭던과 면접을 보기로 한 시각보다 십오 분 일찍 도착했다. 플러렛이 갓 지어준 암녹색 모직 드레스 차림이었다. 상점 감시원에 어울리게 말쑥한 드레스였다—평범한 직물과 색깔로 그 자체로는 주의를 끌 리 없고 몸에 딱 맞으면서도 움직이기 편했다. 플러렛은 중요한 일을 하는 여성을 위한 드레스라고 딱 잘라 말했다.

나는 입구 근처의 스카프를 파는 매대 직원에게 다가가 미시즈 랭던을 만나려면 어디로 가야 하는지 물었다.

"아!" 그녀가 말했다. "애니는 괜찮은가요?"

"애니요?"

"매장 직원 애니 말예요. 걔가 사라졌는데 미시즈 랭던이 애니의 어머니가 얘기하러 오실 거라고 했거든요. 애니의 어머니 되시는 줄 알았어요."

나는 내 드레스와 굽 높은 가죽구두를 내려다보았다. 아닌 게 아니라 아줌마처럼 보였다.

"저는 일자리 면접을 보러 왔어요." 내가 말했다.

"그래요?" 직원은 얼떨떨한 얼굴로 나를 쳐다보았다. 부드러운 갈색 곱슬머리가 완벽히 동그란 얼굴을 감쌌고, 그 얼굴은 언제나 깜짝 놀란 표정을 띠고 있는 듯 보였다. 기껏해야 열여덟 살쯤 된 것 같았다.

"남편분이 괜찮다고 하세요?" 그녀가 물었다.

내 소개를 할 시간이 없었다. "아무래도 향수 매장에 가서 물어봐야겠네요."

"죄송합니다." 직원이 얼른 말했다. "미시즈 랭던의 사무실은 위층 맨 안쪽이에요. 아무런 표시 없는 하얀색 문입니다."

나는 스카프와 향수를 지나, 남은 겨울용 장갑과 봄철 레이스 컬렉션을 지나, 진주 단추가 쌓인 바느질 잡화 매대와 세트 판매용 가죽정장 도서 선반을 지나 성큼성큼 걸어갔다. 마침내 위층의 하얀색 문 앞에 도착했고, 문 안쪽에는 랭던 부인이 책상 앞에 앉아 있었다.

여기에, 드디어, 열여덟 살이 아닌 사람이 있었다. 미시즈 랭던은 백발을 단정히 틀어올렸고, 그에 어울리게 빳빳이 풀을 먹인 흰색 면직 블라우스를 입고 있었다. 실상 그녀의 사무실 내 모든 것이 새하얬다. 벽, 러그, 가구까지 몽땅 새로 내린 눈처럼 티끌 하나 없는 흰색이었다.

내가 들어가자, 무언가를 작성중이던 미시즈 랭던은 방해하지 말라는 뜻으로 작은 손을 들어올렸다. 부인이 서류에 뭔가를 휘갈기고 잉크를 압지로 말리는 동안 나는 기다렸고, 이윽고 그녀가 고개를 들어 나를 마주했다.

"미안합니다." 그녀가 말했다. "두시에 면접 심사가 있어서 이제 그 아가씨를 보러 가야 하는데. 누구 다른 사람한테 얘기하면 안 될까요?"

"저…… 제가 그 아가씨인데요." 말을 하면서도 이 무슨 한심한 소린가 하는 생각이 들었다. "그러니까, 저는 콘스턴스 콥입니다. 제게 답신을 주셨지요. 감시원 일과 관련해서."

작은 탄성이 그녀의 목구멍에 걸렸다. 미시즈 랭던은 내게서 눈을 떼지 않고 자리에서 일어나 걸어오더니 내 코앞에 섰다. 그녀는 키가 150센티미터를 간신히 넘을까 말까 한 작은 여자였고, 내 앞에 서니 눈높이가 딱 내 가슴께의 잠긴 단추에 왔다. 나는 한 걸음 물러나 똑바로 눈을 마주치려 했지만, 부인은 또 바싹 앞으로 다가왔다. 나는 이 사람이 근시인가 고민했다. 이어서 부인은 내 주위를 천천히 돌며 박물관의 조각상을 음미하듯 나를 바라보았다.

나는 숨을 참았다. 이게 면접인가?

미시즈 랭던은 한 바퀴 돌고 다시 책상 앞에 앉았다. 방안에 다른 의자가 없었으므로 나는 그대로 서 있었다. "미안하지만," 그녀는 안경 위로 마지막으로 한번 더 평가하는 눈초리를 던지고 사무적으로 말했다. "전혀 맞질 않군요. 우리는 눈에 띄지 않는 사람을 찾고 있거든요."

"눈에 띄지 않는?" 내가 말했다. "요청하신 대로 지극히 평범한 옷을 입고 왔습니다만."

그녀는 천천히 고개를 저었다. "옷이 문제가 아니죠. 문제는…… 음, 우리는 다른 고객들 위로 머리와 어깨가 쑥 올라오는 매장 감시원을 둘 수는 없어요. 당신은 눈에 띌 겁니다. 도둑들은 당신의 인상착의를 서로 공유하는 데 아무런 문제가 없을 테고. 끼리끼리 통하거든요, 알다시피."

나는 몰랐다. "하지만 제 체격은 장점이 될 수 있어요." 나는 애써 쾌활하게, 전혀 필사적으로 들리지 않도록 노력하며 말했다. "저는 다른 여성분들 머리 위로 볼 수 있죠. 그리고 소매치기를 잡으려면 어느 정도 힘센 감시원을 두는 게 분명 유리할 거예요. 누가 도망치려 할 때 저라면 그들을 제지하는 데 별 어려움이 없을 겁니다."

랭던 부인은 작게 예의바른 웃음을 터뜨렸다. "아가씨. 우린 경찰을 고용하려는 게 아닙니다. 매장에서 소란을 일으킬 사람을 찾는 게 아니라고요. 우리가 원하는 사람은 좀더……"—여기서 그녀는 말을 고르느라 멈칫했다—"온화한 인물입니다. 빈틈없지만 깍듯한. 신중한 사람."

모처럼 여기까지 왔는데 거절당했다는 사실이 도무지 믿기지 않았다. 내가 깍듯하고 신중하지 않았나?

내 침묵이 약간 길었나보다. 미시즈 랭던이 일어나 문을 열었다.

"이건 그쪽이 찾는 일이 아닌 것 같군요." 그녀는 옅은 푸른 눈으로 나를 올려다보며 말했다. "좀더 거칠게 구르는 일이 더 잘 맞을 것 같네요."

거칠게 구르는 일?

그녀는 내 팔을 가볍게 토닥이고 열린 문을 가리켜 보였다. "그런 일을 찾아봐요."

56

"온화한 인물?" 노마가 벌컥 화를 내며 말했다. "진짜로 그렇게 말했단 말이야?"

"내 모습이 도드라진다고 하던데." 내가 말했다. "너무 눈에 잘 띌 거래."

"그게 매장 감시원이 하는 일 아냐?" 플러렛이 물었다. "도둑들이 여긴 안 되겠구나 하고 알려면 그 수밖에 없잖아?"

"일이 그런 식으로 돌아가지 않더라고." 나는 아까부터 그 얘기에 질렸고, 쉽게 손에 넣었어야 할 일자리를 놓쳤다는 사실이 곤혹스러웠다.

화제를 바꾸려고 노마가 내게 신문을 던졌다. "히스 보안관이 친절과 호의로 또 한 명의 범죄자를 감화시켰나봐."

보안관, 징역형을 구제하다

버건 카운티에서 금품을 사취하기 위해 우편을 이용한 혐의로 기소된 전과자 조지 유잉(해컨색)이 카운티의 히스 보안관에 의해 주립 형무소로 이송되는 것을 면했다. 보안관은 이 기결수에게 교화의 여지가 있다고 생각한다고 말했다.

유잉은 과거에 절도죄로 주립 형무소에서 복역한 뒤 출소했다. 보안관은 그가 버건 카운티로 돌아와 한동안 건전하게 살았다고 말했으나, 그는 이내 다시 예전 방식에 빠졌고 체포되었다.

어제 열린 사건 공판에서 보안관은 유잉에게 친절한 관심을 보였고, 만약 죄수가 주립 형무소에 보내진다면 갱생의 여지가 없을 거라며 재판정에 호소했다. 이에 헤이트 판사는 유잉에게 버건 카운티 교도소에서 징역 오 개월을 선고했다.

"이건 우리한테 좋은 소식이야!" 내가 말했다. "이 사람이 코프먼의 범죄까지 덮어쓰지 않겠다는 데 동의했다는 얘기잖아. 우린 코프먼 소송을 제대로 밀고 나갈 수 있어."

"무슨 근거로 이 사람이 마음을 바꾸지 않을 거라고 생각해?" 노마가 말했다.

"그 사람은 해컨색에서 복역할 수 있게 해주면 사실대로 말하겠다고 했고, 우리가 그렇게 해줬으니까."

노마는 한쪽 눈썹을 치켜세웠다. "범죄자가 사실대로 말하겠다고 약속했고, 이제 난폭하고 변덕스러운 미친놈을 상대로 제기한 우리 소송의 향방은 그 범죄자 입에 달렸다는 거로군. 우리가 그걸 좋은 소식으로 받아들여야 한다고?"

"그건 내 생각이었어." 내가 말했다. "만약 유잉이 진짜로 해컨색 교도소에 머물고 싶어한다면, 그걸 협상에 이용해야 한다고 내가 보안관한테 제안한 거야."

"흠, 역시 그랬군." 노마가 말했다. "언니가 잘하는 게 하나 있네."

"뭔데?"

"히스 보안관한테 이래라저래라 하는 거."

그후 몇 주에 걸쳐 우리 소송에 대한 재판 절차가 차근차근 진행됐다. 라이트 검사는 몇 번씩이나 자신의 사무실로 나를 호출했다. 질문은 지루하게 반복됐고 불필요해 보였지만, 라이트 씨는 세부 사항까지 일일이 검토해야 한다고 주장했다. 뉴욕에서 온 필적 감정 전문가 킹즐리 씨는 코프먼이 협박문을 작성했다고 증언할 준비를 마쳤다. 또한 그는 보육병원 서류에 적힌 가짜 서명을 근거로 매리언 가핑클의 자백 일체를 받아냈다. 킹즐리 씨가 배심원 앞에 제출할 증거를 확보하는 방식을 이해한 순간, 매리언은 영리한 사람답게 싸움을 포기했다. 그녀는 스스로 보석금을 내고 판사의 판결을 기다리는 중이었다. 아이가 엄마에게 돌아갔으므로, 매리언 또한 그녀의 남동생과 마찬가지로 징역형보다는 벌금형을 받을 가능성이 높았다.

드디어 날이 푸근해지자 프랜시스와 베시는 아이들을 데리고 와이코프에 왔다. 그들은 이날을 가리켜 멋대로 '농장 체험일'이라 칭했다. 프랜시스는 아이들에게 고된 노동의 가치를 가르치기 위해 이러한 전통을 도입했고, 베시의 경우엔 신발을 집어던지고 그늘에 앉아 뒹굴뒹굴할 핑계로 삼고 애들을 실컷 뛰어놀게 해주려는 취지에서 뜻을 함께했다. 그래서 해마다 봄이 찾아와 암탉이 병아리를 키우고 들판에 아기 토끼들이 뛰어다닐 때면 우리는 하루 온종일 바깥에서 노닥거리며 아이들이 동물들을 쫓아다니고 놀이복을 엉망으로 만드는 모습을 지켜보았다.

조카들보다 우리가 더 농장 체험일을 고대한 이유는 요리를 하지 않아도 되기 때문이었다. 베시는 무조건 시골에서는 소풍이 더 즐겁다고 우겼지만, 우리 모두 올케의 진짜 속내를 모르지 않았다. 올케는 우리 못잖게 우리가 만든 요리를 먹고 싶어하지 않았다. 이 날의 주된 목표는 베시의 고리버들 바구니를 해치우는 것이었다. 먼저 달걀과 오이로 속을 가득 채운 샌드위치가 나오고, 이어서 감자 샐러드와 닭구이와 아스픽*이 나오고, 마지막으로 화려한 과일 타르트와 복숭아 절임이 나온다. 올해는 아이스크림을 가져왔고, 플러렛이 만든 진저에일 펀치를 아이들은 어머니의 세브르산 금도금 자기 찻잔에 얻어먹었다.

우리는 집에 있는 러그란 러그는 모조리 끌고 나와 잔디밭에 펼치고 눈에 보이는 베개와 쿠션을 몽땅 가져다 쌓은 다음, 그 위에 푹신하게 자리잡고 전심전력으로 베시의 바구니를 비웠다. 프랜시스는 간만에 기분이 제법 좋아 보였다. 여름에 대비해 턱수염을 깨끗이 깎았고, 덕분에 본인 성격에 전적으로 어울리는 건 아니지만 한층 젊고 쾌활한 분위기를 풍겼다.

"수염 없는 편이 더 낫네." 플러렛이 말했다. "훨씬 젊어 보이고, 오빠가 무슨 생각을 하는지 알기 더 쉬워."

---

* 고기, 생선, 야채 등 각종 재료를 젤리처럼 굳힌 요리.

"내가 지금 무슨 생각을 하고 있게?" 프랜시스가 물었다.

플러렛은 머리에 두르고 있던 붉은 스카프를 풀어 베개 위에 내려놨다. "오빠는 지금 자동차를 한 대 사서 나한테 운전을 가르쳐 줄 생각을 하고 있지."

노마가 신음을 흘리며 말했다. "보안관 차를 타고 좀 돌아다녔더니, 내가 우려한 대로 쟤가 생각이 너무 많아졌어."

꼬마 프랭키가 헛간 뒤에서 뭘 발견하고 꽥 소리를 질렀고, 프랜시스가 벌떡 일어나 아들이 괜찮은지 확인하러 달려갔다.

"저기서 또 헨리 코프먼이 매복하고 있는 건 아니길 빌겠어." 플러렛이 잠에 취해 중얼거렸다.

나는 실소를 감추지 못했지만, 노마는 성을 냈다. "그 남자를 농담거리로 삼지 마" 하며 노마는 베시를 돌아보았다. "쟤 말 듣지 마. 헨리 코프먼은 우리 삶에서 영원히 축출된 거나 마찬가지니까."

베시는 접시를 물리고 플러렛처럼 베개에 몸을 기대며 보라색 꽃무늬 드레스로 무릎을 잘 가렸다. "헨리 코프먼에 대해선 걱정 안 했어. 내 걱정은 오히려 여기 세 명에 관한 거였지. 난 누구 하나가 분명 그를 쏠 거라고, 그래서 감옥으로 면회를 가야 할 거라고 생각했거든."

"히스 보안관님은 절대 큰언니를 감옥에 넣지 않을 거야." 플러렛이 말했다. "보안관님이 언니를 엄청 좋아하거든."

"보안관님은 우리 셋 다 좋아해." 나는 정색을 하고 말했다. "그리고 우리는 그에게 큰 빚을 졌어. 보안관님은 분명 재판이 끝나서 우리를 몽땅 잊을 수 있게 되면 제일 다행으로 여길걸."

프랜시스는 꼬마 프랭키를 럭비공처럼 옆구리에 끼고 뛰어서 돌아왔다. 프랭키는 꺅꺅거리며 킥킥댔다. 로레인은 두 손을 펼쳐들고 아빠 뒤를 따라 깡충깡충 달려왔다. "조그만 눈먼 주머니쥐를 발견했거든요, 손을 씻어야겠어요"라고 했는데 이야기의 가장 흥미진진한 부분을 빼먹은 눈치였다. 작년에 로레인은 거의 30센티미터 가까이 키가 자랐고, 플러렛처럼 극적인 미모가 조금씩 드러나기 시작했다. 그러나 오늘은 흙먼지와 헛간의 지푸라기를 뒤집어썼고, 입 주위에 끈적끈적한 잼의 흔적도 보였다.

"수돗가에 가서 깨끗이 씻어." 베시가 말했다. "플러렛 고모한테 도와달라고 해."

플러렛은 로레인 쪽으로 한쪽 눈만 뜨고 겁에 질린 척 과장된 헉 소리를 냈다. 그러고는 벌떡 일어나 양손에 한 명씩 아이를 잡아끌고 갔고, 세 사람은 금세 다시 수돗가에서 괴성을 지르고 진흙탕 물을 튀기며 씻는 일 따윈 까맣게 잊었다.

"재판에 관해 얘기하던 중이었어." 베시는 남편에게 현 상태에 관해 알아보라는 지침을 받았음을 교묘히 드러내며 프랜시스에게 말했다.

프랜시스는 바구니에서 레몬 타르트를 꺼낸 후 "어떻게 됐는데?"라고 한마디 묻고는 타르트 반쪽을 입안에 밀어넣었다.

"다음달이면 다 끝날 거야." 내가 말했다. "짧은 공판과 신속한 판결을 기대하고 있어. 그다음엔 휘둘리지 않고 살 수 있겠지."

"그다음엔?" 프랜시스는 눈도 마주치지 않고 말했다.

나는 혼자 힘으로 일자리를 찾으려 했던 몇 번의 시도에 관해 오빠에게 설명해야 한다는 게 싫었다. 나는 라모트 씨가 또 나한테 사진 일을 맡기고 이번엔 그 대가를 돈으로 지불하지 않을까 하는 기대에서 몇 번 기차를 타고 뉴욕에 갔다. 그러나 내가 들를 때마다 그는 스튜디오에 없었다. 길에서 한 번 보기는 했는데, 의뢰인과 말다툼을 하는 중인 듯 내게 손만 흔들고 가버렸다.

심지어 워너메이커 백화점에도 다시 가서 매장을 돌아다니며 그들이 감시원으로 고용한 여자를 찾아보기도 했다. 세련된 봄 드레스를 입고 매대 주위를 돌며 상품을 만지작거리는 아담하고 예쁘장한 여자들은 숱하게 봤지만, 그들 중 소매치기와 도둑을 상대할 수 있어 보이는 사람은 없었다.

신문에 나오는 일자리도 거의 없었다. 몇 주에 한 번씩 경리와 점원을 구하는 광고가 나긴 했지만 어김없이 남자 구인란이었고 여자 쪽에는 하나도 없었다. 청소 도우미와 요리사 구인은 눈에 띄었고 공장에서는 노상 사람을 구하고 있었지만, 그런 일들은 내게 맞지 않을 터였다. 속기사 강의를 들을 수도 있었지만, 속기사 교육을 받았다며 매주 일자리를 구하는 공고를 내는 여자들이 이미 세 명이나 있었다.

이 모든 상황을 설명하기란 불가능해 보였다. "뭔가 적당한 걸 찾아보고 있어." 나는 말했다. "먹고살 만한 일자리를. 면접도 몇 번 봤고."

프랜시스는 또 한 차례 설교할 태세였지만 베시가 남편의 팔에 손을 얹었고, 그는 아내를 보고 빙긋 웃으며 아내의 매력에 항복하는 배부른 남편의 만족스러운 분위기로 다시 편하게 누웠다. 베시는 남편을 가볍게 토닥이며 말했다. "세 사람은 모험을 떠나려는 거지, 나도 그럴 줄 알았어. 콘스턴스는 혼자 힘으로 좋은 자리를 찾아낼 거고, 그럼 노마에게도 적당한 뭔가가 얻어걸릴지 모르지.

그리고 세상이 플러렛에게 어떤 가능성을 제공할지 누가 알겠어? 아니면 거꾸로 플러렛이 세상에 새로운 걸 제안할지도?"

우리 모두 동시에 고개를 돌려 수돗가를 쳐다봤다. 플러렛은 아이들과 어울려 누가 제일 많은 진흙을 상대방에게 튀길 수 있나 시합하는 중이었다. 여자애들은 둘 다 치마를 무릎께까지 걷어올린 채 꼬마 프랭키를 목표로 삼았고, 프랭키는 이보다 더 신날 수 없었다. 프랭키는 웅덩이에 나자빠져 뉴저지에서 가장 행복한 돼지처럼 활짝 웃었다.

"세상에 호의를 베풀어볼까." 노마가 말했다. "하지만 아직 플러렛을 세상에 풀어줄 순 없지."

오월이 되니 공판을 기다리는 것 외엔 일이 거의 손에 잡히지 않았다. 나는 드디어 사람을 불러 문에 새로 자물쇠를 달았고, 판자로 막았던 창문에 유리를 끼웠다. 노마의 비둘기 가족은 다시 오십 퍼센트가 늘었고, 그것을 핑계로 노마는 온종일 헛간에서 살며 부화기를 손본다는 둥 화목난로를 계속 땐다는 둥 법석을 떨었다. 플러렛은 꼬마 보비에게 줄 옷을 만드는 작업을 진지하게 받아들여, 놀이복 몇 벌과 세일러복, 교회 갈 때 입을 새 옷을 맞춤으로 뚝딱 지어주었다. 심지어 노마조차 보비한테 관심을 보였다. 주말이면 노마는 비둘기 바구니를 들고 루시에게 가서 보비가 지켜보는 동안 비둘기 다리에 하늘색 리본을 맨 후 날려보냈다. 비둘기들이 머리 위에서 맴돌다 날아가면 아이는 웃음을 터뜨리며 박수를 쳤다.

할 일은 산더미였다. 토마토와 강낭콩도 심어야 하고, 울타리도 손봐야 하고, 이불과 러그를 갖고 나가 두들겨 먼지도 떨어야 했다. 하지만 집안일은 우리가 당면한 진짜 문제를 회피하기 위한 핑계에 지나지 않았다. 우리 같은 처지의 여자들은 친척집 남는 방에 들어가 그 집 일을 도왔다. 내가 뭔가 그럴싸한 수를 생각해내지 못하면 우리도 그런 운명이 될 수밖에 없었다. 그것도 조만간.

그리고 그다음엔? 예전에는 미지의 영역으로 흐릿했고 크기도 형태도 가늠할 수 없었던 미래의 시간이, 어머니가 돌아가시고 나자, 눈앞에 벽돌처럼 차곡차곡 쌓인 몇십 년의 세월로 보이기 시작했다. 처음엔 삼십대가 왔고, 그것도 이미 반이 지났고, 그 너머엔 사십대와 오십대가 확고부동하게 자리하고 있었다. 그러나 그후에는 벽돌이 허물어지기 시작한다. 우리 외할머니는 예순둘을 일기로 돌아가셨고, 외할아버지는 일흔하나에 돌아가셨다. 그다음에 어머니가 세상을 떠났는데, 겨우 예순을 넘겨 폐렴으로 쓰러지셨다.

내 앞에 놓인 시간의 덧없음을 떠올릴 때면, 그 시간을 요리와 수선과 밭일에 쓰는 허망함을 생각하면, 나는 숨이 쉬어지지 않을 정도로 불안했다.

57

마침내 공판일이 유월 초로 잡혔다. 우리는 화요일 오전에 법원에 출석하기로 되어 있었고, 금요일까지는 마무리됐으면 하는 게 우리의 희망사항이었다. 뉴어크까지 먼길을 왔다갔다하면 너무 피곤할 거라면서 히스 보안관이 일주일 동안 콘티넨털 호텔을 잡아주었다. 월요일 저녁 우리는 거대한 옷 트렁크와 제 키보다 더 높게 쌓은 플러렛의 모자 박스 꾸러미를 들고 뉴어크행 기차를 탔다. 플러렛은 호텔에 머문다는 생각에 너무 기뻐 정신이 혼미해질 지경이었고, 호텔 숙박을 기념해 새로 만든 드레스는 본인 말에 따르면 '볼링핀 실루엣'으로 무릎에서 이상하게 축 늘어지는 살구색 물건이었다.

"내 보기엔 그냥 허리 아래쪽은 잘못 만든 것 같은데." 노마가 말했다.

"파리 스타일이야." 플러렛이 받아쳤다.

"파리에서 온 거 아니잖아."

"〈매캘즈〉*에 나왔어, 파리식이라고."

그 드레스를 입은 플러렛은 몹시 아름다웠고, 본인도 그걸 잘 알았다. 플러렛이 플랫폼에 모습을 드러낸 순간 포터가 달려와 우리 짐을 차량에 실었다. 포터는 길 건너 호텔까지 우리를 에스코트했고, 플러렛은 고개를 살짝 기울여 챙 넓은 밀짚모자(비단 장미와 염색 깃털을 꽂은 모양을 보고 노마는 '낯두꺼운' 장식이라 칭했다)를 과시하며 제일 먼저 로비로 사뿐히 들어섰다. 시선이 일제히 플러렛 쪽을 향했다는 말은 과장이 아니었다. 허둥지둥 플러렛의 뒤를 쫓는 노마와 나는, 여행에서 먼지를 뒤집어쓰고 열기에 지친 모습이 영락없이 어린 조카의 감독을 맡았으나 감당하기 벅차하는 두 노처녀 이모 꼴이었다.

프런트 데스크 직원이 플러렛을 보고 살짝 고개를 숙였다. "좋은 저녁입니다, 미스. 스파크스 분이신가요?"

"스파크스?"

"얜 우리집 아이인데요." 나는 부리나케 플러렛을 따라잡고 말했다. "콘스턴스 콥 외 두 명, 로버트 히스 씨가 예약했습니다."

노마가 내 옆구리를 찔렀다. 내가 형사재판을 언급할까봐 걱정하는 것이었다. 노마는 선정적인 기삿감을 찾는 기자들의 관심을 끌게 될까봐, 우리가 보안관이나 법원과 관련하여 이곳에 왔음을 호텔 사람들이 아는 것을 싫어했다.

"스파크스는 어떤 사람들인데요?" 플러렛이 물었다.

---

* 1873년 창간된 미국의 월간 여성지.

데스크 직원은 불안한 눈초리로 우리를 쳐다봤다. "제가 착각했습니다. 그게…… 어…… 공연예술계 분들이 일주일째 저희 호텔에 묵고 계셔서 제가 실수로……" 그는 곤혹스러운 듯 시선을 떨구고 숙박 명부를 뒤적이다 말했다. "여기 있군요! 콥가 분들."

바로 그때 내가 본 중 가장 키가 크고 삐쩍 마른 남자가 우리 옆에서 데스크 위로 상체를 내밀더니 활달하고 우렁찬 목소리로 단 한마디를 내뱉었다. "스파크스." 플러렛은 남자를 보기 위해 모자챙을 들어야 했고, 그러곤 입이 떡 벌어졌다. 남자가 입은 핀스트라이프 양복은 보통 체격의 사람 둘이 입기에도 넉넉한 양의 옷감이 들어갔고, 그가 허리를 숙이고 숙박부에 자기 이름을 적을 때는 그 길고 앙상한 손가락 사이에 낀 펜이 뚝 부러질 것 같았다.

그는 우리 셋을 내려다보고는 모자를 살짝 기울여 인사했다. "공연을 보러 시내에 오셨습니까?"

"무슨 공연요?" 내가 제지하기도 전에 플러렛이 물었다.

"스파크스 서커스 말입니다, 아가씨. 아름다고 환상적인 무대지요, 바로 당신처럼." 남자는 플러렛에게 윙크를 날리고 활짝 웃었는데 금니가 번쩍였다.

나는 플러렛의 어깨를 잡았지만, 바야흐로 열광의 기운이 넘치기 시작한 아이는 그 무엇으로도 막을 수 없었다.

"서커스단에 계신가요?"

남자는 플러렛을 돌아보며 허리를 숙여 깊숙이 절했다. "세상에서 가장 키 큰 사나이올시다." 그러곤 허리를 펴면서 윙크했다. "못 들어봤나요?"

플러렛은 온몸을 부들부들 떨었다. 플러렛이 이렇게 흥분한 건 난생처음 봤다. 노마가 우려의 눈빛을 보냈지만, 나는 어깨를 으쓱하고 말았다. 애를 들쳐업고 나르지 않는 한 저 남자에게서 떼어놓을 방법이 있을까?

"다들…… 서커스단 사람들이 다들 여기 묵고 있나요?" 플러렛이 물었다.

그는 데스크 직원을 향해 한쪽 눈썹을 치켜세웠고, 직원은 그런 일이 생길까봐 화들짝 놀란 모습이었다. "아뇨, 쿡 씨의 오랜 친구 몇 사람만요. 쿡 씨는 아시죠? 서커스 에이전트 일을 했던. 한때는 우리와 같이 일했는데, 지금은 호텔 경영자입니다."

플러렛은 우리의 숙박 카드를 만지작거리고 있는 직원을 돌아보며 믿지 못하겠다는 듯 물었다. "내가 서커스 단원이라고 생각했어요?"

직원이 뭐라 대답할 말을 찾기 전에 세상에서 가장 키 큰 남자가 끼어들었다. "당신처럼 조그만 아가씨가? 우리 공중그네 팀에 넣을 수 있겠군요. 높은 데 좋아하나요?"

더이상 참지 못한 노마는 플러렛의 팔을 잡고 로비 저쪽으로 끌고 갔고, 나 혼자 숙박부에 서명하고 직원에게서 키를 받았다. 서커스 단원은 내게 사과했지만 이내 "세상에서 가장 키 큰 여자는 무리겠지만, 그래도 뭔가 적당한 역을 찾아줄 수 있겠는데요"라고 말했다.

여전히 고개를 뺀고 우리 얘기를 듣던 플러렛이 소리쳤다. "우리 둘째 언니는 새를 조종해요!"

노마는 애를 거의 떠메다시피 들어올려 너른 석조 기둥 뒤로 사라졌다. 플러렛의 푸른 깃털 중 하나가 둥실둥실 따라갔다.

우리 방은 5층이었고, 조그만 방 두 개에 욕실이 딸린 스위트룸이었다. 나는 곧장 맨더린 호텔이 생각났다. 뉴어크의 이 방은 피프스 애비뉴가 내려다보이는 건 아니었지만 그래도 대로변에 접해 있어 아침에 우리 공판이 열릴 법원까지 가는 길이 훤히 보였고, 두 호텔 모두 똑같이 코즈모폴리턴 분위기가 풍겼다. 콘티넨털과 맨더린은 둘 다 바쁜 도시인을 염두에 두고 가구를 비치하여, 작지만 갖출 건 다 갖춘 필기용 테이블과 전기 샹들리에 아래서 책을 읽을 수 있도록 가죽 안락의자를 제공했다.

플러렛은 다른 사람의 침실을 염탐하듯 호텔방 탐색에 나서 서랍을 열고 벽장을 들여다보고 시트를 들추고 매트리스 아래를 살폈다. "이 정도면 괜찮네." 플러렛은 구석구석 점검을 마친 후 말했다.

노마는 방에 대한 의견은 한마디도 보태지 않았지만, 의자에 털썩 주저앉아 안도의 한숨을 내쉬며 신발을 벗어던졌다. "저녁은 룸서비스로 먹을 수 있을까." 노마가 지친 목소리로 말했다.

"룸서비스라니!" 플러렛이 말했다. "여기서? 아래 내려가서 서커스단하고 같이 먹는 거 아냐?" 플러렛은 벌써부터 트렁크를 열어젖히고 서커스 공연팀이 들어찬 식당에서 더할 나위 없이 적절한 인상을 심어줄 드레스를 찾아 휘젓고 있었다. 나는 그딴 옷 따윈 들어 있지 않기를 진심으로 빌었다.

노마는 내게 절박한 시선을 보냈고—노마는 낯선 사람들이 북적이는 공간에서 식사하는 것을 싫어했고, 원래부터 레스토랑과 간이식당이라면 질색했다—이번만은 나도 같은 의견이었다. 공판이 시작되기 전에 휴식을 취하고 각오를 다져야 했다.

"뭔가 방으로 올려줄 만한 게 있겠지." 내가 말했다. "노마 말이 맞아. 오늘 저녁엔 더이상의 흥분은 사양이야. 내일은 아주 중요한 일이 있어."

플러렛은 침대에 털썩 드러누워 천장을 향해 얼굴을 찡그렸다. "답답한 법정에 하루종일 앉아 있어야 하는데 그전에 하룻저녁 정도는 호사를 누려도 되잖아."

나는 플러렛 옆에 앉아 아이의 턱을 집고 내 쪽으로 돌렸다. "우린 그냥 앉아 있는 게 아니야." 내가 말했다. "우리의 증언 한마디 한마디에 모든 게 달라진다고. 우리는 가능한 한 최선을 다해야 해. 코프먼 씨가 자신이 저지른 짓에 응당한 벌을 받는 걸 보고 싶지 않아?"

"나는," 플러렛은 태평하게 말했다. "그냥…… 언니 진짜 그게 그렇게 맘에 걸렸어?"

"뭐가?"

"헨리 코프먼. 그니까 내 말은, 우리 생에서 가장 흥미진진한 한 해 아니었어? 총 쏘는 법을 배우고, 자동차를 타고, 언니는 보안관과 함께 돌아다니고, 안 그랬음 루시 블레이크도 만나지 못했을 테고, 또……"

"그런 식으로 말하지 마." 내가 말했다.

노마가 끙 신음 소리를 냈다. "재 증언하게 놔두면 안 되겠다. 너무 어리니까 빼달라고 하면 안 될까?"

"아니, 진짜로," 플러렛은 일어나 앉아 내 쪽으로 고개를 갸웃했다. "헨리 코프먼이 마켓 스트리트에서 우릴 차로 치지 않았으면 좋았을 거라고 진심으로 말할 수 있어? 과거로 돌아갈 수 있다면, 그날 패터슨에 못 나가게 우릴 집에 가둘 거야?"

노마는 자세를 고쳐 앉았고, 플러렛과 마찬가지로 나를 빤히 쳐다보고 있었다. 우리 모두 그 대답을 알고 있었지만, 나는 입 밖에 낼 생각이 없었다.

58

유명한 콥 사건, 오늘 뉴어크에서 공판 열려

1915년 6월 3일 뉴어크—잘 알려진 비단염색 사업가 헨리 코프먼(패터슨)이 미스 콘스턴스 콥(와이코프)에게 협박장을 보낸 혐의로 기소되어 오늘 뉴어크의 미합중국 지방법원에 출석해 재판을 받는다.

코프먼을 상대로 이번 사건의 전모를 밝혀낸 로버트 N. 히스 보안관이 검찰측 주요 증인이다.

이 사건은 작년 칠월 이후 계류중이었으며, 이번 재판에서 충격적인 증언이 나오리라 예상된다.

미스 콥에게 보낸 블랙핸드 협박장이 언론에 기사화되자, 주립 교도소에서 풀려난 한 전과자(서머빌)가 미스 콥에게 그들의 음모를 폭로하겠다는 편지를 직접 써보내 이러한 서면 테러에 합세하기도 했다. 히스 보안관은 영리한 작전을 펼쳐 범인을 체포했고, 범인은 현재 버건 카운티 교도소에서 복역중이다.

플러렛이 신문을 내게서 빼앗아 다시 읽으며 자신이 언급되지 않았는지 재차 확인한 후 신문으로 부채질을 했다. 재판정은 덥고 사람들로 북적였다. 길에서 재판 과정을 엿들을까봐 창문을 하나도 열지 못했다.

"난 세상에서 가장 충격적인 증언을 할 거야." 플러렛이 말했다. 우리 바로 앞줄에 보안관보들과 함께 앉아 있던 히스 보안관이 뒤돌아서 나를 보고 인상을 썼다. 플러렛을 바로잡을 기회였다.

"신문을 팔기 위해 그렇게 썼을 뿐이라는 거 너도 알잖아." 나는 조용히, 그러나 보안관의 귀에는 잘 들리게 말했다. "법정에서 요구하는 대로 솔직하고 진실된 증언만 해야 해. 너한테 직접 물어보는 질문에만 대답해. 그리고 누가……"

"나도 알아! 자꾸 잔소리하려 들지 마." 플러렛이 낮게 씩씩거렸다.

"너야말로 자꾸 무슨 파티 게임처럼 하려고 들지 마." 내가 말하자 기어이 노마가 내 발목을 걷어찼다.

"그만해," 노마가 속삭였다. "둘 다." 노마는 뒤쪽으로 과장된 시선을 보냈고, 돌아보니 기자들이 한 줄로 앉아 우리가 하는 말을 빠짐없이 받아 적으려 기다리고 있었다. 그들은 벌써 엊저녁 기사에서 플러렛을 "열여섯 살의 나이로 너무 매력적인 나머지 납치 협박을 받아왔다"고 묘사했다. 몇 주 동안 반복적으로 접하게 될 문장이었다. 나는 그들에게 이 이상 외설스러운 세부 사항을 제공하고 싶지 않았다.

법원 경비가 일어나 배심원단의 도착을 알렸다. 열두 명의 엄숙한 남자들이 줄지어 들어와 착석했다. 그들 자리는 중후한 오크 파티션으로 재판정의 다른 공간과 분리됐다. 나는 배심원단을 쳐다보고 그들의 성향을 추측하려 해봤지만, 그들 표정에서는 거의 아무것도 드러나지 않았다. 평범한 남자들, 상점 주인이나 점원으로 보였다. 그들의 시선은 금방 재판장이 앉게 될 빈 좌석을 주시했다.

일단 배심원단이 자리에 앉자, 경비가 헤이트 판사의 도착을 알렸다. 키가 크고 어깨가 떡 벌어진 판사는 강철빛 회색 머리에 비해 상당히 젊어 보였다. 그때 양측 검사와 변호사가 소개됐다. 우리측 대리인은 미 연방검사 린치 씨였고, 헨리 코프먼의 대리인은 조엘슨 변호사였다. 판사는 코프먼에게 일어나서 그에게 적용된 혐의 내용를 경청하라고 지시했다.

그때까지 우리는 그를 잘 보지 못했다. 코프먼은 통로 건너편에서 우리보다 몇 줄 앞에 앉아 있었다. 그가 일어나자, 나는 거의 일 년 전 그가 자동차로 우리 마차를 쳤을 때 입고 있던 것과 같은 종류의 정장을 입고 있음을 알아보았다. 허영심 많은 남자의 요구를 충족시키기 위한 고급 맞춤 정장이었다. 우아한 핀스트라이프와 주의깊게 신경쓴 다트는 코프먼처럼 비대한 남자도 날씬하고 강인해 보이게 했다. 그는 어두운 군청색 비단 조끼를 걸치고 그에 어울리는 장식 손수건을 꽂았다.

그러나 널찍하고 붐비는 재판정에서 코프먼은 아주 작아 보였고, 묘하게 시시해 보였다. 그는 작년 한 해 동안 우리 삶에서 가장 중요한 인물이었건만 지금은 저렇게 하찮은 남자였다.

"미스터 코프먼," 판사가 말했다. "당신은 미합중국 우편제도를 통해 미스 콘스턴스, 노마, 플러렛 콥에게 협박장을 보낸 혐의로 기소되었소. 할말 있습니까?"

"저는 죄가 없습니다, 재판장님." 그의 말에 기자들 사이에 웅성거림이 일었다. 판사는 날카로운 눈초리로 기자들을 힐긋 노려봤다.

"앉으시오, 미스터 코프먼. 린치 검사는 첫번째 증인을 불러도 좋습니다."

히스 보안관은 벤치 끝으로 나가 선서를 하러 증인석으로 걸어갔다. 평소 입던 것보다 좋은 양복을 입었다. 일요 예배용 검은색 서지 정장은 칼라가 너무 빳빳하고 높아서 고개를 돌리지도 못할 정도였다. 그날 아침 이발소에 가서 면도와 이발을 한 듯한데, 그의 취향보다 좀더 짧게 깎였음을 알 수 있었다. 콧수염도 평소보다 더 짧게 다듬어져 왠지 무방비해 보였다.

보안관은 자리에 앉아 증언을 시작했다. 검찰청에서 우리가 만났던 그날부터 시작해 작년에 일어난 일들을 이야기했다. 그의 답변은 최대한 간결하며 무색무취했고, 검사의 질문도 계속 그런 식으로 답변할 수 있도록 신중한 표현으로 이루어졌다.

나는 법정에 앉은 채 일 년 전까지만 해도 완전한 타인이었던 이 남자가 나의 삶에 관해 얘기하는 모습을 지켜보았다. 어쩔 수 없이 그가 생략한 부분들이 내게 밀려들었다. 침대 협탁에 리볼버를 놓고 플러렛 옆에서 아이의 숨소리에 귀를 기울이고, 창문가 마룻바닥에서 꼼짝도 하지 않지만 깨어 있는 노마의 형체를 바라보며 잠을 청하던 밤들. 보안관보들이 떠난 후 노마와 내가 리볼버를 꺼내 들고 눈밭을 걸으며 순찰을 돌던 날들. 루시 블레이크, 자신의 아이를 두 팔 벌려 얼싸안던 그녀, 그리고 아이를 찾는 데 관여하여 두 사람 옆에 서서 그 결과에 감격하고 즐거워했던 우리들.

배심원단은 이런 내용은 하나도 듣지 못했지만, 나는 히스 보안관의 답변 사이사이에 깔린 정적 속에서 이 모든 것을 들었다.

보안관이 자신에게 주어진 질문에 대한 답변을 전부 마친 후, 린치 검사는 그를 내보내고 나를 증인석으로 불렀다.

나는 선서를 했다. 린치 검사는 내게 1914년 7월 14일에 일어난 일을 설명해달라고 했다. 나는 코프먼 씨를 보지 않았다. 나는 플러렛을 쳐다봤다. 플러렛은 본인이 법정 의상으로 고른, 최신 유행을 따르되 기품 있는 치마와 짙은 크랜베리색 블라우스를 입고 놀라운 자제력을 보여주고 있었다. 검사는 분홍색 리본과 레이스 차림을 원했지만, 플러렛은 자신은 그런 걸 입을 나이가 지났다며 거부했다. 아닌 게 아니라 정말 나이들어 보였지만, 아까 말했다시피, 내 눈에는 그날 장밋빛 태피터 드레스를 입고 부서진 마차 아래 깔린 아이로 보였다. 그 옆에서는 돌리가 발길질을 하며 낑낑거렸다.

검사의 촉구에 따라 나는 마차가 입은 피해에 대한 배상을 받으려 했던 나의 노력과 그후 이어진 협박, 그리고 우리에게 쏟아진 모욕에 관해 자세히 얘기했다.

"그 협박에 당신은 어떻게 대응했습니까?" 린치 검사가 질문했다.

"우리 스스로를 지키기 위해 리볼버를 구했습니다." 배심원단에서 무슨 소리가 났다—숨을 헉 집어삼키는 듯한 그 소리는 바로 잠잠해졌다. 나는 고개를 돌려 배심원들을 똑바로 쳐다보았다. 검사가 하지 말라고 일러준 주의 사항에 속하는 행위였지만, 나는 개의치 않았다. 나는 그들의 이목을 최대한 집중시키고 싶었다.

"그리고 이내 그것을 쓸 일이 생겼습니다." 나는 그들에게 말했다. "며칠 후 밤에 2층 제 방 창문에서 보니 어떤 남자가 집 뒤에 있었습니다. 남자가 창문을 향해 총을 들었고, 저는 그 남자에게 발포했습니다. 그도 저를 쐈고요. 총탄은 제가 서 있던 창문 가까이, 집 외벽을 맞혔습니다."

배심원단은 나를 뚫어져라 쳐다보았다. 린치 검사가 목청을 가다듬어 내 주의를 다시 자신에게로 돌렸다.

"1914년 11월 19일 당신이 받은 협박장을 배심원 여러분께 읽어주십시오." 그는 검은 옷을 입은 여자에게 천 달러를 전달하라는 요구가 담긴 코프먼의 편지를 내게 건네주며 말했다. 나는 편지를 읽고 다시 검사에게 넘겨주었다.

"이 편지가 어떤 방식으로 전달되었습니까?"

"미합중국 우편제도를 통해서요. 보시면 우체국 소인을 직접 확인할 수 있습니다."

이어서 검사는 내게 검은 옷을 입은 여자를 기다리던 그날 저녁에 대해서, 그리고 사건과 관련된 그 밖의 상세한 사항을 얘기해달라고 청했다. 그 모든 것을 한꺼번에 얘기하는 것은 기진맥진한 일이었다. 더이상의 질문은 견딜 수 없다고 생각한 찰나, 검사가 내 증언에 감사를 표하고 조엘슨 변호사에게 차례를 넘겼다.

"미스 콥," 조엘슨 변호사가 말했다. "제 의뢰인은 당신의 마차와 그의 자동차가 충돌하여 생긴 불편에 대하여 유감스럽게 생각합니다."

불편? 변호사는 내 응답을 바라는 듯 잠시 말을 끊었지만, 나는 오직 질문에만 답변하라는 검사의 지시를 받았으므로 잠자코 있었다. 작년에 일어난 그 모든 일이 불편이라고?

내게서 아무런 대답을 듣지 못하자 그는 다시 말을 이었다. "그리고 의뢰인은 법정이 부과한 벌금을 지불한 것으로 그 문제가 일단락된 것으로 여깁니다."

린치 검사가 일어났다. "재판장님, 변호사는 미스 콥에게 할 질문이 있는 걸까요?"

판사가 뭐라 말하기 전에 조엘슨 변호사가 질문했다. "미스 콥, 당신은 헨리 코프먼의 서명이 적힌 협박장을 받은 적이 있습니까?"

"아니요, 없습니다."

"봉투에 코프먼 씨의 발신인 주소가 적혀 있거나, 편지지에 그의 회사 로고가 있거나, 혹은 그가 보낸 사실을 나타내는 어떠한 표시라도 있는 편지를 받은 적이 있습니까?"

"H. K.라는 이니셜만 있었습니다."

"그러면 코프먼 씨가 당신이나 당신 여동생들에게 총을 쏘는 모습을 본 적이 있습니까?"

"그의 대략적인 인상착의에 들어맞는 시커먼 형체를 보았습니다."

"자동차는요? 당신을 협박한 그 남자들이 타고 온 자동차가 코프먼 씨 소유라고 확신할 수 있습니까?"

"첫번째만 그렇습니다." 내가 말했다. "그후로 그들은 어두워질 때까지 기다렸습니다."

"첫번째라고요? 어느 때를 말씀하시는 거죠?" 변호사는 짐짓 혼동되는 척하며 물었다.

"그가 차를 타고 우리집 앞을 처음 지나갔을 때입니다." 나는 코프먼을 똑바로 쳐다보며 침착하게 말했고, 코프먼은 내 시선을 받자 황급히 시선을 테이블로 떨궜다. "코프먼 씨와 몇몇 남자들이 차를 타고 지나가며 플러렛을 향해 모욕적인 말을 외쳤습니다."

"아, 그렇군요." 조엘슨 변호사는 누가 봐도 과장스럽게 안도하며 말했다. "차를 타고 지나가며 외쳤을 때요. 저는 또 불법행위를 일컫는 줄 알았습니다."

내가 뭔가 말을 하려 입을 벌리자, 린치 검사가 테이블 위의 책을 마룻바닥에 떨어뜨리는 바람에 쾅 하고 큰 소리가 났다. 조용히 있으라는 신호였다.

"그 사건이 제 의뢰인에 대한 고소 내용에 포함되어 있습니까, 미스 콥?"

"아닌 것으로 알고 있습니다."

"그렇다면 당신은, 자신의 두 눈으로 직접, 이 사람이나 이 사람의 자동차가 당신의 고소 내용에 포함된 사건에 연루된 것을 본 적은 없습니다, 맞습니까?" 변호사는 극적으로 헨리 코프먼을 가리켰고, 코프먼은 테이블 위에 얌전히 두 손을 올려 맞잡고 있었다.

"정확히 본 것은 아닙니다." 내가 말했다.

"그리고 이른바 협박이라 주장한 이러한 사건들의 배후에 다른 사람이 있었다 하더라도 당신은 알 수가 없지요? 가령 조지 유잉이라든가, 그 유명한 콥 자매를 위협한 사람들 목록 중 다음 타자로 알고 있습니다만?"

"저는 다른 사람이 배후에 있다고 생각할 이유가 없습니다."

"이제 됐습니다, 미스 콥." 내가 막 몸을 일으키자 변호사가 말했다. "잠시만요. 또 한 가지 문제가 있군요. 자리에 다시 앉아주십시오, 불편을 끼쳐 죄송합니다."

나는 도로 증인석에 앉았고 시선은 줄곧 변호사에게 두었다. 린치 검사는 얼떨결에 자신을 쳐다보지 말라고 주의를 주었었다. 그랬다간 배심원단이 내가 무슨 신호를 받으려 한다고 생각할 수도 있다는 것이다.

"당신은 코프먼 씨의 회사를 방문한 적이 있습니다, 안 그런가요?" 변호사가 물었다.

나는 최선을 다해 침착한 표정을 유지하며 말했다. "저는 사교적인 목적으로 코프먼 씨를 방문한 적은 한 번도 없습니다."

기자들 사이에서 억누른 웃음소리가 났고, 판사가 재빨리 법봉을 두들겨 웃음을 잠재웠다.

조엘슨 씨가 다시 시도했다. 그는 낭랑한 목소리로 또박또박 말했다. "당신이 코프먼 씨의 공장을 방문한 목적은 무엇이었습니까?"

나는 지지 않게 큰 목소리로 대답했다. "우리 마차에 입힌 피해액을 받기 위해서입니다."

"그게 다였나요?"

"우리 가족을 위협하는 짓을 삼가해달라고도 정중히 요청하기 위해였습니다."

"그리고 그 결과는 무엇이었습니까?"

"이 재판이 그 결과죠."

법정에서 박장대소가 터져나왔다. 배심원석에 앉은 사람들까지 눈가를 훔치며 고개를 저었다. 재판장은 법봉을 두들기며 점심식사를 위한 휴정을 명했다.

나는 크게 안도하며 린치 검사의 사무실로 향했다. 그곳에는 미리 준비해놓은 커피와 샌드위치가 있어서 우리끼리 조용히 사건을 논의할 수 있었다. 린치 검사가 말을 하는 동안 젊고 예쁜 비서가 샌드위치 바구니를 돌렸다. "우리 예상대로 잘 풀렸어요. 조엘슨은 여러분을 증언대에 세워 코프먼이 뭘 하는지 목격한 적이 없다는 말을 계속 끌어낼 수 있는 한, 의뢰인 편에 서서 그를 옹호할 필요가 없다고 판단했어요. 전적으로 정황증거밖에 없다고 배심원단을 설득할 속셈이죠. 내가 그였어도 정확히 그렇게 했을 겁니다."

"하지만 그게 통할 리는 없겠죠?" 내가 물었다.

린치 검사는 햄 샌드위치 한쪽을 입안에 욱여넣으며 어깨를 으쓱했고, 생각에 잠긴 채 우물우물 씹었다. "저는 미래를 예측하지 않습니다, 미스 콥. 다만 정당성을 입증할 뿐이죠."

오후에는 노마가 증언대에 서서 내게 주어진 것과 똑같은 질문에 대답했는데, 나보다 훨씬 짧고 간결한 답변이었다.

"창문으로 벽돌을 던진 사람을 봤습니까?"

"아니요."

"그 사람을 본 사람이 있습니까?"

"아니요."

"아주 대략적인 인상착의조차 설명할 수 있는 사람이 아무도 없습니까?"

"네."

"당신들처럼 관찰력 좋은 세 사람한테 그건 좀 이상하지 않습니까?"

"우린 자고 있었습니다."

이게 노마의 답변 중 가장 긴 것이었다. 린치 검사는 증언대에서는 표정을 좀 부드럽게 해달라고 부탁했지만, 노마는 조엘슨 변호사에게 인상을 썼고 증언대를 나서며 나나 히스 보안관을 볼 때도 딱히 친절한 얼굴은 아니었다. 마치 자신이 농장에서 일주일이나 끌려나와 뉴어크에서 연방 재판에 출두하게 된 데 우리 모두 똑같이 책임이 있다는 투였다.

그날 오후 느지막이 플러렛이 증언대에 섰고, 덥고 붐비는 법정에서 긴 하루를 보냈음에도 유독 시원스럽고 침착해 보였다. 플러렛은 마치 무대에 데뷔하는 것처럼 자신의 역할을 준비했고, 나는 애가 즉흥연기를 할까봐 조마조마했다. 그러나 플러렛은 린치 검사의 질문에 차분하고 냉정하게 답했다. 일 년 전까지만 해도 나는 저애한테 이런 면이 있으리라고 생각지 못했다. 머리는 정성 들여 말아 조각처럼 깔끔한 컬을 넣었고, 코에는 파우더를 칠했고, 되도록 크게 보이려고 허리를 꼿꼿이 펴고 의자에 앉았다.

"당신이 납치 음모의 표적이 되었음을 처음 알게 된 것이 언제였습니까?"

"팔월에," 플러렛이 말했다. "우리가 벽돌 편으로 편지를 받았을 때였습니다."

법정 안에 있던 몇 사람이 플러렛의 어휘 선택에 킥킥거렸다.*

"그 편지가 벽돌에 묶여 와이코프의 세 분 댁 창문으로 날아들었다는 말씀이시죠?"

"네."

* 벽돌 편(brick mail)은 협박(blackmail)과 발음이 유사하다.

"감사합니다. 다른 협박도 있었습니까?"

"네, 몇 번 더 있었고, 일부는 우편으로 받았습니다."

"그러한 협박에 맞서 당신을 보호하기 위해 어떤 조치가 이루어졌습니까?"

플러렛은 말을 멈추고 사람들 속에서 나를 찾았다. 아이는 나를 한참 동안 들여다보았다.

"제 언니들은 총 쏘는 법을 배웠습니다." 이렇게 말하는 아이의 어조에는, 전에는 그런 생각을 전혀 못했다는 듯 놀라움이 배어 있었다. "그리고 두 번에 걸쳐 콘스턴스 언니가 저를 협박했던 남자들을 만나러 가서 그들을 막으려 했습니다."

나는 오싹했다. 플러렛은 마치 나를 처음 보는 것처럼 쳐다보고 있었다.

"그건 틀림없이 매우 위험한 일이었겠군요."

플러렛은 잠시 생각하고 나서, 조용한 목소리로 말했다. "그렇다고 생각합니다."

59

저녁이 되어 배심원단이 들어가고 우리도 법정을 떠나려 돌아섰을 때, 나는 매리언 가핑클이 방청석 뒷줄에 백발의 노인과 함께 앉아 있는 것을 보았다. 노인은 마디진 손으로 지팡이의 황동 손잡이를 꽉 붙들고 있었다. 우리가 지나가자 매리언이 일어나 자신의 아버지를 소개했다.

"코프먼 씨," 내가 인사했다. "처음 뵙겠습니다."

그는 내게 악수를 청하지 않았고, 나도 손을 내밀지 않았다. 내 바로 뒤에 서 있던 히스 보안관이 보안관보에게 고갯짓을 했고, 보안관보는 노마와 플러렛을 호위해 법정을 나갔다. 헨리 코프먼과 그의 변호사는 이미 옆문으로 빠져나갔다. 우리는 나머지 방청객들이 모두 떠나고 우리 넷만 남을 때까지 기다렸다.

"미시즈 가핑클," 히스 보안관이 말했다. "오실 줄 몰랐습니다. 내일은 두 분께 더 좋은 좌석이 배정되도록 하겠습니다."

"괜찮습니다, 보안관님." 매리언이 말했다. "이후 공판을 보게 될 것 같지는 않군요. 저는 단지 헨리가 이분들께 무슨 짓을 했는지 아버지가 당신 귀로 직접 들으셨으면 했어요."

매리언은 비난하듯 아버지를 돌아보았고, 노인은 떨리는 고개를 끄덕이며 탁하고 불안정한 목소리로 말했다. "안타깝게도 내가 아들의 성정을 잘못 판단했소. 내 아들은 내가 안다고 생각했는데. 자식이 자라서 내가 모르는 사람이 된다는 건 끔찍한 일이구려."

"그럴 것 같아요." 나는 상상하고 싶지 않았다.

"증언하고 싶으시다면 내일 일람표에 증인을 추가할 수도 있습니다." 히스 보안관이 미시즈 가핑클에게 조용히 말했지만, 그녀는 고개를 저었다.

"그럴 수는 없어요. 그래도 내 동생인걸요. 하지만 우린 항고할 변호사를 고용하지 않을 거고, 벌금을 내주지도 않을 겁니다. 동생이 선고를 받으면 감방 안을 본인 눈으로 봐야 할 거예요. 그렇게 하기로 이미 동의한 거죠?" 그녀는 아버지의 어깨에 한 손을 올렸고 노인은 고개를 푹 숙이고 끄덕였다. 노인은 고급 리넨 정장 차림이었지만—나는 헨리 코프먼의 좋은 재단에 대한 취향이 어디서 왔는지 알 수 있었다—어쩐지 초라하고 의기소침해 보였다. 나는 그의 얼굴을 정면으로 바라보지 못하고, 푸른 모세혈관이 그물처럼 얽힌 커다란 붉은 귀만 뚫어져라 쳐다봤다.

"그럼 이번주에는 정의 구현을 보게 될 희망이 좀 있군요." 히스 보안관이 말했다. "우리 쪽으로 생각을 돌려주셔서 다행입니다."

"네, 이번에 깨달은 건……" 매리언은 아버지를 쳐다보며 말끝을 흐렸다.

우리는 서로 할말을 찾지 못하고 잠시 어색하게 서 있었다. 마침내 보안관이 묵례를 한 뒤 내 팔을 잡고 법정을 나왔다. 복도 끝에서 노마와 플러렛과 합류했을 때, 발소리가 들려 돌아보니 매리언이 아버지를 법정 밖 의자에 앉혀두고 황급히 우리를 쫓아오고 있었다. 우리에게 다가온 매리언이 내 팔을 잡고 말했다. "그 아가씨. 루시 말예요. 그녀와 아기는…… 그들이 혹시……"

"잘 있어요." 내가 말했다. "쾌적하고 편안한 집에서 살아요. 루시는 좋은 어머니고요."

내 팔을 쥔 매리언의 손에 힘이 들어갔다. "물론 그렇죠." 그녀는 어울리지 않게 떨리는 목소리로 말했다. "혹시 루시한테 말을 좀 전해줄……"

"그건 안 될 것 같아요." 나는 곧장 대답했다. "루시는 더이상 과거에 얽매이지 않기를 바라고 있습니다."

매리언은 내 팔을 놓고 자신의 아버지를 돌아보았고, 노인은 이미 의자에서 꾸벅꾸벅 졸고 있었다. "그럼 당신한테 말하죠." 그녀는 내 쪽으로 눈길을 돌리지도 않고 말했다. "혹시 그 아이한테 가족이 필요하면……"

"아뇨," 나는 말했다. "아이에겐 이미 가족이 있습니다."

그날 저녁, 우리는 플러렛의 애원에 항복해 건물 이쪽 끝에서 저쪽 끝까지 펼쳐진 드넓은 식당에서 저녁을 먹었다. 웨이터들은 인도 위로 널따란 초록색 차양을 펴고, 조용한 고리버들 선풍기가 돌아가는 시원한 식당 안보다 길거리의 먼지와 소음을 선호하는 사람들을 위해 테이블을 내놓았다. 플러렛은 서커스 공연단이 신선한 공기를 쐬며 저녁 먹기를 좋아하지 않을까 생각했지만, 우리는 실내에 자리를 잡았다. 플러렛은 한 번이라도 공연단을 볼 수 있기를 바라며 저녁 내내 길거리에서 눈을 떼지 않았다. 실제로 똑같은 주홍색 드레스를 입은 작고 건장한 여자 다섯이 지나가는 것을 보았다. 무대 스타일로 땋은 머리와 컬은 반짝거리는 유리 빗을 꽂아 고정했다. 플러렛은 저들이 곡예 기수 또는 마술사의 조수가 아닐까 추측했다. "아니면 곡예사일 수도 있어." 플러렛이 말했다. "저 사람들 걸음걸이 봤어? 딱 줄 위에서 걷는 식이었어." 플러렛이 집에 돌아가자마자 목초지 위로 줄을 매놓고 줄타기 연습을 해야겠다며 자신의 계획을 종알거리는 동안, 노마와 나는 묵묵히 로스트 치킨을 먹었다. 우리 둘 다 이 색다른 화젯거리에 감사했던 것 같다. 법정에서 작년에 일어났던 사건을 재현하는 것은 무척 기운 빠지는 일이었고, 심지어 높이 매놓은 줄 위에서 춤을 추겠다는 플러렛의 엉뚱한 생각마저 그에 비하면 위로가 되었다.

호텔 2층에는 여성 휴게실, 그리고 범선이나 산꼭대기에서 말이 뛰노는 목가적인 풍경을 그린 액자가 여럿 걸린 스케치룸이 있었다. 젊은 아가씨들 몇이 스케치북을 가져와서 그림을 열심히 모사하고 있었지만, 그림에는 관심이 없는 우리는 방으로 돌아가기 전에 차를 마셔야 한다는 플러렛의 주장에 따라 휴게실에 앉았다.

"집에서는 여성 휴게실에 앉을 일이 절대 없지." 조그만 구슬 장식 램프가 놓인 테이블을 둘러싼 앙증맞은 안락의자에 자리를 잡자 플러렛이 말했다. 휴게실에는 우리 말고 다닥다닥 모여앉은 세 일행이 더 있었는데, 플러렛에게는 실망스럽게도 그중에 서커스 공연단으로 보이는 사람들은 없었다.

"매일 저녁 집에서 여성 휴게실에 앉아 있으면서." 노마가 말했다. "달리 그 방을 뭐라고 불러?"

"하지만 거긴 다른 여성들이 없잖아." 플러렛이 말했다. "집에는 우리들뿐이지."

다들 고상하게 소곤소곤 친구들과 대화를 나누는 다른 사람들을 둘러보며 노마가 말했다. "나는 무슨 차이가 있는지 모르겠다. 우리가 저 사람들하고 얘기하고 싶은 것도 아니고, 저들도 우리한테 아무 관심 없는 것 같은데."

우리 셋 중 호텔의 매력에 무감동한 사람은 노마뿐이었다. 플러렛은 성장을 하고 과시할 기회에 신이 났고, 나로 말하자면 두 배는 안락하고 집에서 직면하는 가사 노동에서 해방되어 깨끗하고 현대적인 건물에서 지내는 게 좋았다.

플러렛은 가능한 한 오래 시간을 끌며 차를 마셨지만, 몇 번 의심스러운 하품을 하자 노마가 자야 할 시간이라고 설득했다. 우리가 막 계단을 올라가려는데 복도 안쪽에 있는 방에서 히스 보안관의 목소리가 들렸다. 나는 동생들한테 먼저 가라고 한 후 보안관을 찾아 발걸음을 돌렸다.

그는 여성 휴게실이 있는 복도 반대편 끝에 위치한 끽연실에서 막 나오는 참이었다. 모자는 벗어 손에 들고, 어딜 가나 입고 다니는 갈색 코트도 팔에 걸치고 있었다. 우리 사이에는 긴 붉은 카펫이 깔렸고 작은 테이블과 소파가 쭉 놓여 있었다.

"보안관님도 여기 묵고 계신 줄은 몰랐네요." 내 쪽으로 걸어오는 그를 보고 말했다.

"아닙니다." 그가 말했다. "몇 시간 전에 집에 갔어야 하는데, 린치 씨가 너무 늦게까지 잡아두었어요."

"다들 저기서 내일 전략을 짜고 있었던 거예요?"

보안관은 고개를 흔들었다. "카드를 치고 있었죠. 미시즈 히스에게는 말하지 마세요."

"보안관의 카드룸 출입이 허용되는 줄 몰랐네요."

"뭐," 그는 고민하는 눈치였다. "그럭저럭 점잖은 카드룸입니다. 지금 저 안에는 법관과 검사, 변호사밖에 없거든요."

"우리 판사님도 저기 있어요?"

"아, 아뇨." 보안관이 말했다. "하지만 걱정하지 마십시오. 좋은 판사님이니까요. 재판은 잘 풀리고 있다고 다들 말합니다. 그리고 미시즈 가펑클이 동생의 벌금을 내지 않겠다고 하니 결국 코프먼은 주립 형무소에서 얼마간 지내야 할 겁니다."

"주립 형무소? 유잉 씨가 그렇게 싫어하던 곳 말인가요?"

웨이터가 하얀 보자기를 덮은 카트를 밀며 이쪽으로 급히 오는 바람에 보안관과 나는 길을 비켜주기 위해 복도 안쪽 벽감으로 물러났다. 보안관은 작은 벨벳 소파 중 하나를 가리켰다. 나는 소파에 앉았고, 그도 맞은편에 앉았다.

"그곳 맞습니다." 그가 말했다. "그건 그렇고, 저는 내일 유잉을 데려올 겁니다. 우리는 그가 코프먼에게 불리한 증언을 하리라 기대하고 있습니다. 코프먼이 트렌턴에서 복역할 거라고 말해주면, 유잉으로서는 더욱더 저와 해컨색에 있기 위해 온갖 수를 써야 할 이유가 생기죠."

나는 등을 기대고 어스름한 조명 속의 그를 바라보았다. 너무 오랫동안 헨리 코프먼을 잡아서 유죄판결을 받게 하는 얘기를 해온 탓에 바야흐로 모든 게 끝난다는 게 도무지 실감이 나지 않았다.

"인정하긴 싫지만," 나는 일단 적막을 몰아내기 위해 입을 열었다. "늙은 코프먼 씨가 안됐어요. 아들이 재판을 받는 모습을 보는 건 끔찍한 일일 거예요."

"딸도요." 보안관이 말했다. "미시즈 가핑클이 유괴 협의에 대해 아버지한테 어디까지 얘기했는지 모르겠지만."

"그렇군요. 그녀도 감옥에 가게 될까요?"

"몇 주는 지나봐야 알겠죠. 우린 아직 유괴에 가담한 남자들을 기소하기 위한 작업을 하는 중입니다. 미시즈 가핑클보다 그놈들을 더 집어넣고 싶군요."

"나도 그래요."

우리는 일이 분인가 더 말없이 앉아 있었지만, 벽감에서는 상대방 외에 눈을 둘 곳이 없었고, 나는 안절부절못하며 꼼지락거리다가 문득 노마와 플러렛이 내가 왜 이렇게 늦는지 궁금해할 거라는 생각이 들었다. 나는 벌떡 일어나다 벽감의 낮은 천장에 머리를 부딪히고 다시 복도로 나왔다. 히스 보안관도 따라 나왔다. 그는 나와 함께 넓은 중앙 계단까지 걸었다. 거기서 나는 계단을 올라 방으로 가고 그는 아래로 내려갈 것이다. 이 상황이 둘 다 무척 이상하게 느껴졌는지 우린 동시에 웃음을 터뜨리고 말았다. "그럼 내일 뵙겠습니다, 미스 쿱." 보안관은 한 번에 두 계단씩 뛰어내려갔다. 그는 샹들리에가 반짝이고 카펫이 깔린 로비를 가로지르며 어깨 너머로 손을 흔들고는 따스하고 푸른 밤 속으로 나아갔다.

60

그후 이틀에 걸쳐 재판은 우리가 바라던 대로 진행됐다. 판사는 킹즐리 씨의 필적 감정을 철저히 과학적이라고 받아들였다. 헨리 코프먼의 유일한 희망—조지 유잉에게 모종의 뇌물을 써서 협박장과 총격에 대해 전부 자백하게 하려 했던—은 유잉 씨가 증언대에 서서 우리를 향한 공격에서 자신이 맡았던 역할에 대해 간결하고 사실에 입각한 진술을 함으로써 산산조각 났다. 유잉은 우리 마차와 사고가 났던 그날 해당 차량에 타고 있었으며, 그 외 몇몇 경우에도 코프먼 씨 및 다른 남자들과 함께 있었음을 인정했다. 그러나 그 자신의 서명이 담긴 마지막 편지를 제외하곤 어떤 편지도 쓰지 않았으며, 우리집을 향해 총을 쏜 적도 우리집 창문에 벽돌을 날린 적도 없다고 말했다. 그는 코프먼 씨가 이 모든 사태에 대한 책임을 떠넘기려는 생각으로 자신에게 그 마지막 편지를 쓰라고 강요했다고 증언했다. 그리고 자신이 체포됐을 때 코프먼 씨가 모든 협의를 뒤집어쓰지 않으면 가만두지 않겠다고 위협했다고 덧붙였다.

헨리 코프먼은 자신을 변호하기 위해 증언대에 섰지만 혐의를 부인하는 것 외엔 할말이 거의 없었다.

"작년 7월 14일 당신의 자동차가 콥 자매가 모는 마차와 충돌을 일으켰음을 인정합니까?" 린치 검사가 물었다.

"인정합니다. 그리고 벌금을 냈습니다." 그는 마치 대답을 외워 온 듯 뻣뻣하게 대답했다. 코프먼은 내가 마지막으로 봤을 때보다 핏기가 없었고 살도 약간 빠졌다. 더이상 폭발 일보 직전의 사내로는 보이지 않았다. 그의 변호사가 재판 전에 술을 줄이라고 설득한 게 아닌가 싶었다.

"당신은 그 충돌 후에 와이코프의 콥가로 차를 몰고 가 그들을 괴롭히고 총을 쐈음을 인정합니까?"

"인정하지 않습니다."

"작년 팔월부터 십일월까지 콥 자매가 받은 협박장의 작성자가 본인 맞습니까?"

"아닙니다."

"코프먼 씨," 린치 검사는 종이 다발을 들고 증인석으로 다가갔다. "당신이 이 손글씨 견본을 보안관 사무실에 제출하지 않았습니까? 그리고 이것은 협박장 작성자의 손글씨와 분명히 일치했습니다."

코프먼은 허리를 숙여 눈을 가늘게 뜨고 종이를 쳐다봤다. "보안관의 제안에 따라 '콘스턴스 콥'이라는 이름을 쓴 것은 인정합니다만, 나머지는 강요에 의한 것이었습니다."

"강요라고요?" 린치 검사는 빙그레 웃으며 말했다. "어떻게 강요를 받았습니까?"

코프먼은 주위를 두리번거리다 나를 발견했다. "저기 있네!" 그는 일어나서 나를 지목했다. "저 여자가 나를 함정에 몰아넣고 내 의지에 반해 강제로 손글씨 견본을 쓰게 했습니다."

배심원들이 피식 웃었다.

"강제로?" 린치 검사는 놀라움에 한 발짝 물러섰다. "미스 콥 같은 여성분이 어떻게 성인 남자에게 원치 않는 일을 하도록 강제합니까?"

코프먼은 시선을 떨구고 뭐라고 중얼거렸다.

"배심원단을 위해 다시 말씀해주시겠습니까?" 린치 검사가 물었다.

코프먼은 고개를 들고 크고 분명한 목소리로 말했다. "저 여자는 보통 여자가 아닙니다."

코프먼이 증언을 마친 후 배심원단이 그에 대한 판결을 내리기까지는 두 시간 반밖에 걸리지 않았다. 천 달러의 벌금이 선고됐고, 그는 벌금을 낼 방법이 없었으므로 구속 수감됐다. 미시즈 가핑클과 그녀의 아버지는 판결일에 나오지 않았고, 코프먼의 동료들 역시 아무도 모습을 드러내지 않았다. 그가 끌려갈 때 작별 인사를 하는 사람은 한 명도 없었다.

배심원 평결은 오후 두시 반에 나왔다. 세시에 우리는 법원 청사 앞에 서서 보안관과 보안관보들, 검찰측 사람들에게 작별 인사를 하고 있었다. 기자들이 열심히 플러렛의 관심을 끌려 했지만 히스 보안관은 플러렛에게 모리스 보안관보를 붙여 기자들이 달라붙지 못하게 했다.

완벽한 여름 오후였다. 머리 위 하늘은 보석처럼 푸르렀고 구름은 그림을 그려놓은 듯했다. 산들바람이 불어 악취가 진동하는 뉴어크 길거리의 열기를 날려보냈고, 청사 옆에 심긴 버드나무가 축 늘어진 가지를 흔들며 졸졸 흐르는 시냇물처럼 속삭였다. 모든 게 공판이 시작될 때보다 더 깨끗하고 더 밝아졌다. 우리 뒤의 화강암 법원 건물, 길 건너에 죽 늘어선 벽돌 건물 사무실과 상점들, 선로를 따라 달리는 전차들, 이 모두가 사람들이 평화롭게 길을 걸어다닐 수 있는 상쾌하고 질서정연한 세상을 증명하는 것 같았다. 검사들과 보안관보들은 껄껄 웃으며 서로 농담을 건넸고, 그들 역시 만족스러운 평결과 유월의 맑은 날 덕분인지 더 젊고 더 환해 보였다.

우리는 생각해낼 수 있는 모든 감사의 말을 건넸고, 잠시 사람들 사이에 정적이 흘렀다. 노마와 플러렛이 몸을 돌려 기차역 쪽으로 발걸음을 옮겼다. 히스 보안관이 내 팔을 잡고 동생들에게서 약간 떨어졌다. 우리는 함께 계단을 내려갔고, 그가 걸음을 멈추더니 나를 향해 돌아섰다.

"당신이 이 사건에서 얼마나 큰 역할을 했는지는 저 재판정 안에 있던 그 누구도 다 알지 못할 겁니다." 보안관이 말했다.

"아……" 나는 놀라서 그를 쳐다보았다. "글쎄요. 우리 모두 각자 역할을 했죠."

햇살이 새하얀 계단에 반사됐고, 보안관은 반쯤 웃고 반쯤 찡그린, 아직도 무슨 표정인지 모르겠는 그 미소를 지으며 눈을 가늘게 뜨고 나를 바라보았다.

"당신이 한 일은 당신의 새 직장에서 큰 도움이 되겠죠."

나는 웃음을 터뜨렸다. "직장? 전 직장이 없는데요. 그게 바로 문제예요. 만약 우리가……"

보안관은 내 말허리를 잘랐다. "미스 콥, 저는 당신이 훌륭한 보안관보가 되리라 생각합니다."

"보안관보요?"

"보안관보요."

목이 메었다. 나는 말을 하기 전에 침을 삼켜야 했다. "무슨 말인지 모르겠어요."

보안관은 싱긋 웃으며 발치께로 시선을 떨궜다가, 고개를 들어 내 눈을 똑바로 마주보았다.

"나는 당신에게 일자리를 제안하고 있는 겁니다, 미스 콥."

역사적 출처와 참고 문헌, 감사의 말

이 작품은 실제 사건과 실존 인물에 기반한 역사소설이다. 작가로서 나의 작업은 공식 기록물, 즉 신문 기사, 가계 족보, 법원 공문과 그 외 자료를 취합하고 나머지 이야기를 지어내는 것이었다. 소설 속에 묘사된 굵직한 사건들은 전부 실제로 일어났던 일이며, 몇 가지 중요한 예외 사항은 다음과 같다. 루시 블레이크라는 인물은 존재하지 않으며, 따라서 본문 중 그녀와 관련된 모든 부분—실종된 아이, 콘스턴스가 뉴욕에 갔던 일, 보육병원 장면—은 허구다. (그러나 비단 노동자 파업 기간에 어린이들을 '파업 어머니들'에게 피난 보냈으며, 그중 일부는 돌아오지 않았음은 사실이다.) 헨리 코프먼에게 M. 가핑클이라는 이름의 비서가 있긴 했지만, 매리언 가핑클은 가상의 인물이다. 노마와 콘스턴스의 어머니인 미시즈 콥이 작품 속 사건 전개에서는 실제보다 몇 년 일찍 세상을 떴다는 것도 큰 차이점이다. 또한 내가 아는 한 노마 콥은 비둘기에 딱히 관심이 없었다.

그 밖의 모든 사건은 내가 책에서 묘사한 것과 대동소이하다. 나는 공식 문서에 기재된 사건들의 내막을 조각조각 맞춰가는 데 도움이 될 만한 대화문과 인물 성격, 뒷이야기, 장면 등을 꾸며냈다. 조연으로 등장하는 사람들 대부분—가령 베시 콥, 존 코터, 존 워드, 피터 맥기니스, 코딜리어 히스—은 내가 잘 알지는 못해도 나름의 삶을 영위했던 실존 인물이다. 그들의 성격적 특징과 야망, 행위 등은 그들에 대해 내가 아는 몇 안 되는 사실에 각색을 더한 것이다.

플러렛의 출생을 둘러싼 정황은 완전히 알려진 것은 아니지만, 기본적 사실—어머니와 아버지의 신원, 관련 날짜, 플러렛이 진실을 모른 채 자랐다는 사실—은 법원 기록 및 플러렛의 아들과 진행한 인터뷰를 통해 확인했다.

나는 이야기가 현실에 닻 내리는 것을 거들기 위해 책 속에 실제 편지와 신문 기사를 사용했다. 이하의 자료 출처에서 나는 텍스트를 토씨 하나 다르지 않게, 또는 아주 적은 수정을 가하여 인용했음을 알려두고자 한다.

62~63쪽에서 묘사된 사건은 모두 1890년대 〈뉴욕 타임스〉 기사에 근거한다.

전차와 차량의 충돌 장면(79쪽)은 콥 자매와 헨리 코프먼의 사고가 일어났던 무렵에 실제로 패터슨에서 촬영되었다.

106, 189, 274, 281, 287쪽의 헨리 코프먼이 쓴 협박장의 텍스트는 법원의 원 기소장과 여러 신문 기사를 토대로 아주 약간의 수

정만 거쳤다.

265쪽에 묘사된 히스 보안관이 다룬 여러 사건들은 모두 실제로 일어난 일이며, 해당일의 해컨색 신문에서 자료를 얻었다.

294쪽에서 플러렛이 낭독한 내용은 플로렌스 배스의 『어린이를 위한 개척자들 이야기』이며, 1900년에 출간되었다.

'여자는 총을 들고 기다린다'라는 헤드라인(311쪽)은 1914년 11월 23일자 〈필라델피아 선〉 기사에서 따왔지만, 텍스트는 다른 유사한 두 기사문에서 대부분 가져왔다. 둘 다 〈필라델피아 이브닝 레저〉에 실린 것으로, 하나는 '아, 저 더러운 밤도둑들을 쏴버릴 기회만 있다면!'(1914년 11월 21일자)이라는 제목의 기사이며, 또하나는 '무장한 여성, 길 어귀에서 블랙핸드 일당을 기다리다'(1914년 11월 23일자)이다.

'블랙핸드 협박장 사건 용의자 체포'(326쪽)는 1914년 12월 3일자 〈버건 이브닝 레코드〉에 게재됐는데, 가공의 매리언 가핑클이 보석금을 우편환으로 냈다는 한 줄이 추가됐다.

1914년 12월 21일(335쪽)에 작성된 조지 유잉의 협박장 문구는 1915년 1월 23일자 〈버건 이브닝 뉴스〉를 포함 여러 신문 기사에서 소개됐다.

맞아 죽은 야간 경비원에 관한 기사(340쪽)는 1914년 12월 27일 '살인사건 수사중 구속'이라는 제명하에 〈뉴욕 타임스〉에 실렸다.

'콥 블랙핸드 "일당"이 본인이라 주장'(355쪽)은 1915년 1월 23일자 〈뉴욕 트리뷴〉에 게재됐다.

'보안관, 징역형을 구제하다'(444~445쪽)는 1915년 3월 8일자 〈트렌턴 이브닝 타임스〉에 실렸다.

'유명한 쿱 사건, 오늘 뉴어크에서 공판 열려'(460쪽)는 1915년 6월 3일자 〈버건 이브닝 레코드〉에 실렸다.

1915년 6월 3일자 〈뉴욕 타임스〉의 '쿱가의 자매들, 살해 협박에 대해 말하다' 기사에서 책 첫머리에 인용된 콘스턴스의 말, 그리고 재판 도중 몇몇 심문(464~465쪽)을 따왔다.

노마가 신문에서 오려내 전서구 편에 부친 기사들의 헤드라인은 전부 해당일의 패터슨 지역 신문에 실제로 게재된 내용이다.

퍼세이크와 버건 카운티 역사광이라면 지형과 기차 시간표, 시내 전차 노선, 또 그와 유사한 종류의 세부 사항을 묘사하는 데 내가 약간의 자유를 누렸음을 알아챌 것이다. 하지만 어쩌랴? 이건 허구의 작업이고, 가끔은 이야기가 전개를 장악한다. 내 캐릭터들이 말을 타고 다리를 건너기로 했다면, 그냥 그렇게 놔둘 수밖에 없었다. 실제로 그 장소에 다리 같은 게 없더라도 말이다.

자료 조사에 도움을 주신 분들께 감사를 표한다. 탁월한 족보학자 마리아 호퍼, 조너선 래퍼포트, 그리고 리지우드 공공도서관, 패터슨 공공도서관, 해컨색 공공도서관, 호손 역사학회, 버건 카운티 역사학회, 램버트성의 퍼세이크 카운티 역사학회 직원 및 자원봉사자 여러분. 히스 보안관의 사진을 보존하고 기꺼이 공유해주었을 뿐 아니라, 즉석에서 옛 교도소와 히스 보안관의 사택까지 보여준 버건 카운티 보안국의 미키 브래들리 수사관에게 깊은 감사를 드린다.

무엇보다, 생전 처음 보는 타인에게 자신의 조상들에 관한 이야기를 기꺼이 들려준 데니스와 디앤 오델, 존 버젤(아버지와 아들),

그리고 히스가와 워드가의 식구들께 진심으로 고마움을 전한다.

콥가의 세 자매 이야기를 개작하는 이 작업은 나 못지않게 이 이야기를 신뢰해준 네 사람이 아니었으면 세상 빛을 보지 못했을 것이다. 나의 남편 스콧 브라운과 첫 독자 메이시 코크런, 에이전트 미셸 테슬러, 편집자 앤드리아 슐츠. 마지막으로, 콘스턴스와 노마, 플러렛에게 집을 제공해준 HMH의 모든 분들께 감사드린다.

옮긴이의 말

빅토리아시대가 저물면서 자동차와 전기가 보급되고 현대적 사고방식과 가치관이 태동하던 20세기 초 미국, 여성의 삶은 여전히 심한 제약을 받고 있었다. 여성은 투표권이 없었을뿐더러 직업 선택의 폭도 극히 좁았고 재산을 소유하는 데도 어려움이 많았다. 작가 에이미 스튜어트는 전작 『술 취한 식물학자』의 자료 조사중 우연히 콥 자매 사건을 다룬 〈뉴욕 타임스〉 기사를 읽었고, 재밌겠다 싶어 좀더 들쑤셔봤더니 몇 가지 기사가 더 나왔다. 그리하여 완전히 잊힌, 그러나 흥미로운 이야기를 하나 발굴한 것이다. 1914년, 불한당의 협박에 시달리던 한 여자가 리볼버로 무장하고 직접 범인 체포에 나섰고, 사건을 법정으로 끌고 가 기득권층이었던 가해자가 유죄 판결을 받게 만들었다. 콘스턴스 콥의 이 통쾌한 활약상과 재판 과정은 여러 신문 지면에 보도됐고, 사건 이후 그녀는 미국 뉴저지의 여성 보안관보 1호가 되었다. 아직 사법 경찰직에 여성이 거의 채용되지 않던 시절이었음을 감안하면 대단히 이례적인 경우였다. 이 매력적인 실존 인물을 모델로 에이미 스튜어트는 20세기 초 미국 여성들의 삶을 재조명하기로 마음먹는다. 작가는 치밀한 사료 조사를 바탕으로 콘스턴스와 그녀의 두 여동생 노마와 플러렛이 어떠한 싸움을 거쳐 세상을 향해 나아가는지 생생히 보여준다.

콘스턴스 아멜리에 콥은 1878년 브루클린에서 태어났다. 스물네댓만 넘으면 혼기 놓친 노처녀 취급을 받던 시절에 서른다섯 살이 되도록 결혼하지 않았고, 독신으로 나이들면 남자 형제의 집에 얹혀살며 가사일이나 돕는 게 당연시되던 시절에 외딴 농장에서 자매들끼리 독립적으로 살았다. 콘스턴스는 결혼에 관심이 없다며(당시 여자들에게 결혼은 집에 머무는 것을 의미했다) 기자에게 이런 말을 한 적도 있다. "집에서 살림하는 것을 좋아하는 여자들도 있겠지요. 하게 놔둬요. 그런 유의 일을 좋아하는 사람들이 할 일은 충분히 있으니까. 하지만 사건과 사람들 틈에서 부대끼는 일을 바라는 여자들도 있어요. 여자들도 능력만 있다면 자신이 원하는 일은 무엇이든 할 수 있는 권리가 있어야 합니다."

콘스턴스는 키 183센티미터에 몸무게 82킬로그램의 거구로 신체적으로 매우 강건한 편이었다. 바로 이 점, 기본 신체 조건이 좋아서 남자들과의 몸싸움에서 밀리지 않는 여자의 든든함을 작가는 본문 내에서 십분 활용한다.

노마 샬럿 콥은 1883년 브루클린에서 태어났고, 사건 당시 서른한 살이었다. 가족들의 이야기에 의하면 노마는 그리 어울리기 편한 사람은 아니었다고 한다. 고집 센 그녀는 자신의 의견을 굽히는 법이 없었고 강철 올가미 같은 성품의 소유자였다. 노마의 사망 기사에 따르면, 그녀는 '총을 아주 잘 다루는 사냥꾼'이자 '두려움을 모르는' 사람이었다.

플러렛 유지니 콥은 1897년에 태어났고, 본 이야기가 시작될 때는 열여섯 살이었다. 매우 뛰어난 재봉사여서 자신의 옷을 직접 만들어 입었다. 가족들은 그녀의 키가 150센티미터를 간신히 넘었고, 늘 옷을 매우 맵시 입게 차려입고 다녔다고 입을 모았다. 십대 때부터 무대 활동을 하며 패터슨 주위에서 열린 몇몇 노래경연대회에 나갔다. 가족들은 플러렛의 운전 솜씨가 매우 훌륭했다고 기억하지만, 신문 기사에 의하면 젊을 때 몇 번의 교통사고에 연루된 적이 있다. 나중에 플러렛은 〈보그〉 잡지사에서 패턴을 제작하기도 했고, 유복한 부인들의 개인 재단사로 일하기도 했다.

에이미 스튜어트는 이 소설을 쓰기 위해 이 년 넘게 자료 조사를 했다. 수백 건의 신문 기사를 수집했고, 재판 기록과 유언장, 출생증명서, 사망증명서, 땅문서 등을 끌어모았다. 온라인 족보 서비스 ancestory.com에서 인구조사 기록과 시민 명부, 이민 기록 등을 뒤졌고, 실존 인물들의 가족과 친척들을 찾아내 그들로부터 몇 가지 일화를 소개받기도 했다. 그러나 자료에 매몰되어 설명이 장황해지지 않도록 늘 주의를 기울였고, 작가 자신이 콘스턴스가 되어 그 시대의 일상을 호흡하기 위해 노력했다.

스튜어트는 콘스턴스 콥에게 첫눈에 반했다고 말한다. 당시의 평균적인 여자들에 비하면 콘스턴스는 굉장히 이질적인 존재였고, 이른바 부적응자였기 때문이다("우리 모두 스스로를 부적응자라고 생각하지 않나요?"). 나이 서른다섯에 남편도 없고, 남편 생각도 없고, 전문 교육도 받지 않았고, 직업도 없다. 도대체 어떻게 살아야 할지 막막하던 차에 헨리 코프먼이 그녀의 마차를 들이받았고, 동시에 그녀의 인생을 전혀 뜻밖의 방향으로 날려버렸다. 그러나 사건이 있기 전부터 이미 그녀는 어디로든 튈 준비가 되어 있었다. 자아를 온전히 펼칠 기회를 기다리고 있었다.

『여자는 총을 들고 기다린다』는 '콥 자매 시리즈'의 첫번째 책이며, 『지렁이, 소리 없이 땅을 일구는 일꾼』『술 취한 식물학자』 등을 통해 이미 논픽션 작가로 자리를 굳힌 에이미 스튜어트의 첫번째 장편소설이다. 백여 년 전 미국 최초의 여성 보안관보 중 하나였던 콘스턴스 콥과 그녀의 두 여동생의 일생을 다룬 콥 자매 시리즈는 총 8부작으로 마무리될 예정이다. 2017년 여름 현재 미국에서 이 시리즈의 두번째 책 『레이디 캅 소동을 일으키다*Lady Cop Makes Trouble*』까지 출간되었고, 2017년 가을 세번째 책 『미스 콥 한밤중에 고백하다*Miss Kopp's Midnight Confessions*』가 출간될 예정이다.

엄일녀

옮긴이 **엄일녀**
을묘년 화곡동에서 태어났다. 서울대학교 언론정보학과를 졸업하고 출판 기획과 잡지 편집을 겸하다가 지금은 전업 번역가로 일하고 있다. 『비극 숙제』 『샬럿 스트리트』 『너를 다시 만나면』 『미스터 세바스찬과 검둥이 마술사』 『안 그러면 아비규환』 『거짓말 규칙』 『여름, 비지테이션 거리에서』 『함정』 『사라진 수녀』 등을 번역했다. 『리틀 스트레인저』로 제10회 유영번역상을 수상했다.

문학동네 세계문학
여자는 총을 들고 기다린다

1판 1쇄 2017년 8월 11일 | 1판 2쇄 2017년 8월 28일

지은이 에이미 스튜어트 | 옮긴이 엄일녀 | 펴낸이 염현숙
기획·책임편집 이현자 | 편집 윤정민 양재화
디자인 윤종윤 이원경 | 저작권 한문숙 김지영
마케팅 우영희 정진아 김혜연 | 홍보 김희숙 김상만 이천희
제작 강신은 김동욱 임현식 | 제작처 한영문화사

펴낸곳 (주)문학동네
출판등록 1993년 10월 22일 제406-2003-000045호
주소 10881 경기도 파주시 회동길 210
전자우편 editor@munhak.com | 대표전화 031) 955-8888 | 팩스 031) 955-8855
문의전화 031) 955-8896(마케팅) 031) 955-8859(편집)
문학동네카페 http://cafe.naver.com/mhdn | 트위터 @munhakdongne

ISBN 978-89-546-4664-2 03840

www.munhak.com